KB073208

평범한 사람의 자서전

평범한 사람의 자서전

섬소년 육지 상륙 성장, 분투기(奮鬪記)

주 세 훈 지음

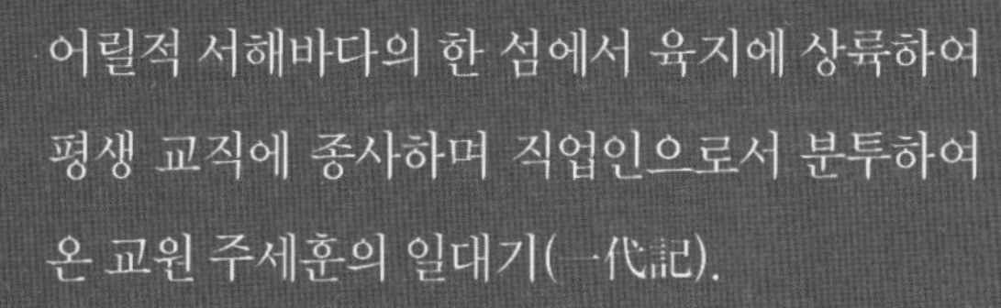

어릴적 서해바다의 한 섬에서 육지에 상륙하여 평생 교직에 종사하며 직업인으로서 분투하여 온 교원 주세훈의 일대기(一代記).

"참교육이란 학생들을 진실로 내 자녀들같이 생각할 때 보이는 교육이며, 참교사란 학생의 장래를 위하여 이로움을 주는 교사다."

좋은땅

책머리에

자서전 쓰기가 보편화되어야 할 이유

이 책의 제목을 '평범한 사람의 자서전'이라 명명(命名)하고 부제목을 '섬 소년 육지 상륙 성장, 분투기(奮鬪記)'라고 붙였다. 어둡던 시절 서해 바다 섬에서 태어나 육지에 상륙, 교직에 투신하여 세상의 파도에 때로는 부딪고 때로는 적응하면서 나름, 열렬하게 살아왔던 체험을 쓰고자 하는 것이다.

세상의 역사는 사람들이 한 명 한 명이 살아온 이야기의 총합이다. 한 사람 한 사람이 살아온 역사, 그것이 곧 한 나라, 또는 한 세상의 역사가 아니겠는가? 따라서 한 사람이 살아온 일생의 이야기는 누구의 것이든 소중하고 의미가 있다. 그러나 그 사람의 삶은 기록으로 남겨져 있을 때 비로소 존재한다. 아무런 기록 없이 일생을 살다가 세상을 떠난다면 한 줌의 연기가 사라지는 현상과 무엇이 다를까?

나는 길에서 높은 빌딩을 바라볼 때, 또는 바다 위로 지나가는 서해 대교나 인천 공항을 잇는 길고 긴 바다 위의 다리를 지날 때, 그것 설계하고 건축을 한 사람들의 이야기가 궁금하다. 그것을 만들어 올리는 과정에서 어떤 고통이 있었을까, 또는 어떤 기쁨이나 행복감이 있었을까….
그리고 함께 일하던 사람들 사이에 존재하였던 휴먼스토리, 감동 희열 갈등 모함 등을 겪으며 이루어 낸 대역사(大役事) 뒤켠의 이야기들은 무엇이었을까?… 이것들이 진정 역사(歷史)이며 공동체가 공유하여야 할 중요한 자산일진대 안타깝게도 함께 싸우며 공을 세웠던 사람의 고백은 들을 수 없다.

나는 거의 한평생을 교단에서 학생들을 교육하였고 이어서 학교 경영자로서의 일을 하여 왔다. 나는 내 평생의 일터였던 학교를 잊지 못한다. 내가 이 책에 쓴 많은 부분이 교육과 관련된 것이어서 이 자서전을 통하여 독자들은 학교 교육 현장의 모습과 교직자들, 특히 교감 교장 등 관리자들이 교사들과 함께 현장에서 어떤 일을 어떻게 이루어 내려고 애쓰고 있는지 엿볼 수 있을 것이다. 나는 이 책이 교사들과 교장 교감, 그 외 교육을 위해 일하고 있는 사람들에 대한 이해를 돕는 한편, 한국 학교사(學校史) 또는 교육사(教育史)의 자료로서 미미한 역할이라도 할 수 있게 되기를 희망한다.

혹자는 자서전 쓰기의 의의에 대하여 말하기를, 자서전 쓰기를 통하여 자신의 삶을 되돌아보며 내가 누구인지 스스로 인식을 할 수 있고, 감정을 글로 털어놓아 밖으로 분출케 하는 카다르시스 효과를 얻을 수 있으며, 이를 통하여 자신과 화해하게 되고 나아가 심리적 치유의 효과를 얻을 수 있다고 말한다.[1]

그렇다. 대체로 자서전의 내용은 한 사람이 살아온 과거사인바, 과거를 고백함으로써 의외로 오늘이 가벼워질 수 있다.

내 어린 시절의 우리나라는 세계적인 빈곤 국가였는데 나를 포함한 한국인들의 하루하루는 힘들고 고달프고 배가 고팠다. 이를테면 그 시대에 식량이 없어 굶주리거나 학비가 없어 진학을 못 하는 많은 사람들이 많았던 것이다. 그런데 그들은 지금에 와서 자신들이 과거의 굶주렸음과 진학을 못 했음을 부끄러워한다. (그게 죄일까?)

누구나 누추한 과거를 드러내고 싶은 사람은 없을 것이지만, 꽁꽁 숨길 필요는 없다고 생각한다. 그런데, 자신을 고백함에는 용기가 필요하다. 자신의 몸을 씻기 위해서는 과거의 헌 옷을 과감히 벗어던져 맨몸을 드러내어야 한다. 그리하여 과거와의 대화를 통한 화해로 나를 닦아서 새로운 세계를 열어 나아가야 한다. 나는 나의 간난신고(艱難辛苦)했던 지난날과 사생활(私生活)의 영역을 주저 없이 오픈하면서 이 자서전의 원고를 묶어 내기로 했다.

한편, 조선 정조의 모후 헌경왕후(혜경궁 홍씨)는 궁중생활 60년을 기록한 한중록을 남겼는데 이것은 임오군란 전말을 밝히는 중요한 사료가 될 뿐 아니라 궁중 용어, 궁중 풍속, 당시 사대부 사회의 인정과 풍속, 조선의 복식, 간택의 풍속 등을 후대에 자세히 알리고 있다.

또한, 1592년 임진왜란이 일어난 다음 달인 5월 1일부터 이순신이 전사하기 전 달인 1598년 10월 7일까지를 기록한 난중일기는 엄격한 진중(陣中) 생활을 서술하는 한편, 국정에 관한 솔직한 감회, 수군 통제에 관한 비책, 요인들의 내왕, 부하들에 대한 상벌, 전황보고, 장계 및 서간문 초록의 수록 등 임진왜란 연구에 귀중한 자료가 되고 있다고 한다.[2] 한중록이나 난중일기 역시 일종의 자서전이라 할 수 있는바, 이들의 자서전적 문헌들의 가치를 감히 무엇과 비교할 수 있겠는가? 이러한 가치적 측면에서도 나는 우리 사회에 자서전을 쓰고 읽는 문화가 보편화되기를 희망한다.

각설하고, 이 세상 모든 사람의 사고(思考)는 대체로 자기중심적이다. 누구나 본능적으로 자신의 자랑을 말하게 마련이다. 더구나 자서전은 자기 자신에 관한 자기의 독백을 중심으로 하고 있음에랴! 자서전을 통하여 전하고자 하는 이야기란 자신의 허물을 고백하고 자기를 질책하기도 하지만 많은 부분은 자신이 한 일에 대한 자랑, 또는 자신의 생각과 자신의 행동을 긍정하는 이야기가 될 수밖에 없다.

독자들도 어떤 사람의 실패담과 반성문보다는 행복했던 이야기와 성공담을 더 듣고 싶어 할 것이다. 독자들은 이 책을 읽으며 혹여 필자의 자랑이 보이더라도 마뜩잖게 생각하기보다 그것들을 필자가 독자들에게 진솔하게 고백하고자 하는 필자 나름의 소중한 성취의 소산으로 평가하면서 긍정적으로 이해하여 주신다면 더욱 고맙겠다.

여기에 등장하는 모든 지명과 기관, 그리고 사람들의 실명을 드러내지 않았다. 드러내는 것이 기관이나 등장인물들에게 혹여 조금이라도 결례가 되지 않을까 하는 생각에서다. 그러다 보니 실제의 인물과 연고 지역, 그리고 사실을 바탕으로 써야 하는 자서전의 속성에서 볼 때 그 가치와 맛깔이 많이 훼손된 듯싶어 무척 아쉽다. 독자들의 양해를 바란다.

2022. 10. 22. 저자

주(註) 1 조성일의 '자서전 쓰기'에서 2 한국 민족문화 대백과사전

차례

1. 전후(戰後), 어린 시절

나는 6.25 전쟁 발발 1년 6개월 전에 태어났다. 태어난 나라는 세계 최빈국, 가장 약한 나라의 한 국민으로 태어난 것이다. 모두 평등하였다. 너, 나 할 것 없이 빈곤하였고 주거 환경은 열악하였다. 거의 전 국민이 짚을 엮어 지붕을 덮은 초가에서 살았으며 10세 미만의 어린이도 대부분 노동을 하였다.

"군함이다"

"군함이 떴다!"

마치 비상경보가 발령된 듯 누군가 외친다. 그러면 우리들은 집 뒤 당산으로 황급히 올라간다. 바다가 보이는 데를 찾는 것이다. 동네는 바닷가에서 가까운 거리였지만 바닷가 '통개'라는 곳의 소나무 숲에 가려져서 바다가 잘 보이지 않았기 때문이다. 당산은 우리 마을 큰장돌 집의 뒤에 있는 산으로 집에서 그리 가파르지 않은 구릉형의 산이다. 마을에서는 종종 군함이 떴다는 소리가 들리면 동네 청소년들은 후다닥 당산으로 뛰어올라갔고 조무래기들은 손에 가지고 놀던 장난감(네모난 탄피 통)을 든 채로 뒤를 따라 뛰었다. 나는 "군함이다!" 외치는 소리에 두어 번쯤 당산을 뛰어올랐으나 군함을 보았던가? 큰 아이들의 뒷전에서 군함을 가리키는 손가락만 보았던가? 아리송하다.

이런 광경은 휴전 전의 일이었을 것이고 내 나이 4~5세쯤 되었을 때였을 것이다.

우리 집은 안면도 최남단, 바닷가에서 200미터쯤 떨어진 곳이다. 지금은 논이 펼쳐져 있지만 백여 년 전에는 아마도 바로 우리 집 앞마당까지 바닷물이 찰랑대었을 것인데 집 앞 좌우로 가로질러 이어진 사구(砂丘) 사이를 둑으로 막아 바닷물이 들어오지 못하게 하고 몇 년간 갯물을 우려내어 논을 만들었을 것이다. 집 앞 왼쪽에는 부락잎이라는 뾰족한 산(해발 70미터)이 있었고 오른쪽에는 도랑굴이라는 펑퍼지근한 산이 있었다. 어린아이가 죽으면 도랑굴 산에 묻었다. 날마다 함께 소꿉장난을 하던 이웃집 분연이도 어느 날부터인가 보이지 않더니 죽었다는 소리가 들렸다. 어느 저녁 무렵 사람들이 논둑을 건너 도랑굴을 향하여 올라가고 있었는데 그중 한두 여인이 따라가는 듯하였고 뒤에는 삽을 든 남정네들이 따르고 있었다. 해가 이미 가라앉고 있는 저녁놀을 향하여 울면서 산을 오르던 여인들의 하얀 옷자락이 지금도 눈에 선하다. 단명(短命)하던 시절. 분연이를 비롯하여 증을이 조카, 그리고 궝말 아무개…. 포대기에 싸인 채 도랑굴로 오르던 죽은 아이들이 한둘이 아니었는데 아이들이 죽으면 묻히는 산, 그 산의 별칭은 애장골이었다.

사립문 밖에 나오면 동남향으로 언제나 마주치는 풍경이 부락잎 산이다. 모가 난 산을 찾아보기 힘든 곳에서 45도 부채꼭지 모양의 뾰족한 부락잎 산의 꼭대기는 하루에도 수십 번을 마주하여서인지 친근한 모양새로 다가온다. 그러나 때로는 산의 뾰족함이 긴장감 없이 살아가는 오지(奧地) 사람들에게 각성을 환기시키기라도 할 듯 날카로운 창끝처럼 싸늘한 느낌으로 낯설게 다가서기도 했다.

어릴 적에는 큰 나무가 그리 많지 않았다. 지금은 없어졌으나 맨 꼭대기 정상에는 원두막 같은 구조물이 있었고 거기에 사이렌이 설치되어 있다. 들리는 말로는 해안 초소와 전망대 로 사용했었다고 한다. 내가 이 구조물을 보았던 나이는 5~6세쯤이었을 것이다.

특별히, 고향에서 자라던 수년간 눈에 박히게 보였던 풍경은, 부락잎 중턱을 뱀같이 휘감고 산 너머 바다 쪽으로 길게 이어지던 불그스름한 황톳빛 둔덕이었다. 교통호였다. 산속의 길 같기도 하고 큰 생채기 같기도 한 모습으로 내 눈에 선명하게 각인되어 있던 그것, 둔덕의 붉은 색은 파낸 지 얼마 되지 않은 황토의 색깔이었던 것이다. 나중에 들은 이야기로는 6.25 때 이 마을까지 접수한 인민군들이 마을 사람들을 동원하여 파놓은 것이라 한다. 당시 바다에서는 국군이 뭍을 향하여 함포 사격을 하고 있었는데 이것에 대항하기 위하여 인민군은 부락잎 산에 교통호를 파고 초소를 지었다 한다. 지금은 산을 휘감고 넘어가던 교통호의 속살을 드러내었던 붉은 흙은 오랜 세월 사이 씻기어 검무티티한 색으로 보이다가 지금은 숲에 가려져 보이지 않는다.

초등학교 다니던 시절, 고개 너머 귀신골에 식영이라는 동갑내기 아이가 살았다. 얼굴이 까맣고 머리는 밤송이 같았으며 늘 콧물을 달고 다니는 아이였다. 보통 아이들과 다른 점은 다소 포악스럽다는 것. '수틀리면' 돌멩이든 뭐든 닥치는 대로 집어던지며 상대방을 공격하는 것이다. 힘이 세거나 완력이 있어서가 아니고 피해 의식에서 오는 동물적 방어 습성이었던 것 같다. 지저분하고 난잡스런 행태로 아이들로부터 놀림감이 되거나 소외되었고 그리하여 그는 더욱 저돌적이며 공격적인 아이가 된 듯하다. 그 아이와 나는 그리 멀리 떨어져 살지 않았기에 초등학교 길에서 자주 볼 수 있었고 때로는 함께 귀가하기도 하였다.

그와 내가 세 살 때 6.25가 터졌다.

그가 어릴 적 살던 집은 우리 집으로부터 동북방 30미터 떨어진 곳이었다. 마을에서 그의 집을 가는 길은 바로 우리 집 뒤쪽 15미터쯤 후방, 언덕길을 가로지른다. 그런데 식영이가 누나 등에 업혀 우리 집 뒤를 지나가는 순간 바다에 있던 국군의 군함에서 함포가 발사되었다. 그 포탄이 우리 집 지붕을 스치고 지나갔을까. 식영이를 업은 누나는 바로 우리 집 뒷길에서 함포에 맞았다. 누나는 즉사하였다. 그런데 기이하게도 등에 업혔던 식영이는 피 흘리고 쓰러진 누나로부터 벗어나 아장아장 걸어 나오더라는 것이다.

함포는 식영이 누이가 죽은 우리 집 뒷길뿐 아니라 우리 집에서 서쪽으로 70미터쯤 떨어진 오동나무집 희동이네 집에도 떨어졌는데 몇 년 전까지만 해도 그 집 기둥에는 함포의 파편이 스쳐 간 큰 자국이 남아 있었다. 포탄은 방 안 솜이불을 반쯤 뚫고 쳐 박혀 있었다 한다. 기둥에 함포 파편 자국이 선명했던 그 집 기둥은 아직도 헐리지 않고 그대로 남아 있는지 궁금하다.

어릴 적 서정

이 땅, 지구의 어느 구석이든 생물체가 살고 또 사람도 산다.

어떤 사람은 러시아 최북단 마을, 겨울 평균 기온이 영하 25도인 곳(테리베리카)에서 살기도 하고 남미 칠레의 최남단(푼타아레나스)에 살기도 하며 3천 미터가 넘는 고산지대 히말라야 안나푸르나 계곡에서 태어나 평생을 그곳에서 살기도 한다.

나는 동북아시아 대륙 한반도의 남쪽 태안반도 아래에 붙은 안면도의 최남단 ㅇㅇ리에서 6.25 사변이 터지기 2년 반 전에 태어났다. 조그만 구릉이 오밀조밀한 땅, 어디를 보아도 바다가 보이고 바다 위에 떠 있는 조그만 섬들이 보이는 마을.

세 살 때 6.25가 터졌으나 전쟁의 참상을 직접 목도하지는 못하였다. 다만, 우리 집 뒤켠에 있던 음습한 방공호, 그리고 군함이 떴다는 소리가 마을로부터 들리면 마을 뒤 당산으로 뛰어 올라갔던 생각, 동네 청년들이 가슴에 x 자 모양의 흉대를 하고 입대하는 길, 배웅해 주려고 동네 어구에 모인 마을 사람들 앞에서 흉대를 두른 청년이 무사히 돌아오겠다며 인사하던 광경. 징집되는 청년들이 40리 밖 면소재지를 향하여 떠난 후, 길가에 주저앉아 통곡하는 청년들의 어머니들…. 그리고, 동네 사랑방에서 들었던 이야기로는, 육지 사람들로부터 들었다는 또는 직접 봤다는 전쟁의 참상. 목이 잘린 시체를 보았다느니 팔다리가 없는 시체를 보았다느니 시체의 창자를 감아 위장하고 죽은 척하다가 살아왔다느니…. 이런 심난한 풍문들 외에 나의 어릴 적 마을은 평화롭고 고요하였다.

들은 바로는 아버지는 6.25 무렵 한때 '깊은 갈매기'에서 화염(火鹽)을 하셨다 한다. 화염이란 바닷물을 계속 끓여서 소금을 내는 일이다. 인민군은 이미 섬에 들어왔던지 마을 앞바다 국군이 군함에서 동네를 향하여 함포 사격이 시작되었다 한다. 함포를 피하여 동네 사람들은 황급히 시뚝고개를 넘어 피난을 가는데도 아버지는 일터에서 집에 들어오지 않더란다. 어릴 적 어머니 말씀에 의하면 어머니는 나를 업고 황급히 시뚝고개를 넘어 귀신골 방면으로 뛰어가고 있었고 그 앞에 '게다(나무로 만든 슬리퍼형 신발)'를 신고 따라가던 누나가 넘어져 게다짝이 벗겨진 채로 울고 있는데 할머니는 혼자서 저 멀리 새선지 쪽을 향하여 뛰어가시더라고….

통학거리가 시오리나 되는 산길, 더러는 바닷가 길이어서 멀고 거칠고 피곤한 통학길이 고달픈 추억으로 남아 있으나 여름에는 빤스만 걸친 채 바다에 나아가 수영도 하고 모랫벌에서 달리기도 하며 따끈따끈한 흰 모래를 덮고 자는 시늉 죽은 시늉을 하며 놀거나, 해당화 냄새가 그윽한 땡볕의 따가운 모래를 밟으며 찔레 순이나 명감을 따 먹으러 다니면서 원시인과 같이 생활하던 것들이 즐겁고 행복했던 생각으로 남아 있다. 집에서 키우는 소를 아침에 산에 끌고 가 풀 많은 곳에 매어 놓은 후, 해가 질 무렵 저녁에는 소를 데려오면서 길가의 풀을 뜯어먹게 하는 일은 아이들의 몫이었다.

“이랴!” 하면 앞으로 걸어가고 “와.” 하면 제자리에 서던 말 잘 듣는 소. 소는 정든 친구와 같았다. 학교가 파하면 아이들은 소와 돼지를 먹이기 위해 꼴을 베는 일, 모내기할 때, 가족과 함께 모를 심는 일, 소가 밭을 간 후, 밭이랑의 굵은 흙덩이를 나무 메갱이로 내리쳐 잘게 부수는 일 등은 마을의 모든 아이들이 누구나 하는 일이었다.

지금처럼 학원을 가는 일이 없으니 친구와 어울려 노는 시간도 많았다. 낮에는 ‘가이생이’ 놀이, 밤에는 동네 넓은 마당에서 숨바꼭질 등으로 아이들이 시끄럽게 노는 소리가 밤늦도록 동네에 가득하였다.

못 찾겠다 꾀꼬리 꾀꼬리 꾀꼬리
나는야 오늘도 술래
………
어두워져 가는 골목길에 서면
어린 시절 술래잡기 생각이 날 거야
모두가 숨어 버려 서성거리다가
무서운 생각에
나는 그만 울어 버렸지

조용필의 노래가 실감나는 것이 어린 시절 야밤의 숨바꼭질이었다. 모두들 가난하였지만 어린 시절 고향에는 ‘고향의 행복’이 구석구석 묻혀 있었던 것이다.

야수와 어린이

내 나이 9살. 아버지와 함께 처음으로, 학교라는 데를 갔다. 6.25 전쟁이 끝난 3년 뒤인 1957년이었다. 아버지와 '동행' 또는 나들이는 고등학교 입학 전까지 이것 딱 두 번뿐이었던 것 같다. 부모님들은 우리들이 초등학교 시절에는 학교에서 교육을 어떻게 하는지, 관심 둘 시간도 생각도 없었다. 학교에 입학시키면 그것으로 끝이었다. 학교든 어디든 자녀들과 함께 나들이하는 일도 거의 없었다. 부모들은 새벽부터 밤에까지 눈 코 뜰 새 없이 바빴으니 아이는 아이대로 알아서 커 줘야 했다.

나는 9살, 늦은 나이에 입학하였는데 나중에 어른이 되었을 때 알고 보니 9살에 입학은 보통이었고 14살 또는 15살에 입학한 아이들도 있었다. 누나도 10살에 입학하였다. 어쩐지, 당시 초등학교 운동장에는 거칠고 사납고 덩치가 큰 아이들이 많이 설치고 다니더라니….

나는 어릴 적 몸이 약하였다. 통학길이 멀고 험하여 늦게 입학시켰다 한다. 그러나 다른 아이들도 당시에는 교육에 관심이 적었으며 일손도 부족하여 일을 좀 시키다 보니 입학이 늦어진 경우가 많다. 6살만 되면 지게를 만들어 주어 산에 가서 땔 나무를 하여 오도록 하였고 논밭에 나가 모심기 김매기, 그리고 밭을 갈아 덮은 후의 흙덩이 깨뜨리기… 입학 학령이 중요한 것이 아니었다. 아이의 학교보다 농사일이 더 급했고 농사일은 곧 먹고 생존하는 중대한 문제였던 까닭이다. 오늘날의 캄보디아에서 어린이가 노동하는 풍경을 볼 수 있는바, 그것이 바로 우리들 초, 중, 고 시절 대부분의 한국의 풍경과 다를 바 없다. 당시 아이들은 힘 센 아이가 동급생의 왕초 노릇을 하면서 작고 약한 아이들을 괴롭히는 일이 다반사였다.

어느 여름, 점심시간이었던가, 전교생이 운동장에서 놀고 있을 때, 서남 쪽 플라타너스 나무 아래에서 있었던 광경이었다. 우리 마을의 형건이라는 큰 녀석이 저희들 무리들과 함께 갑자기 달려오더니 나무 아래 얌전히 서 있던 희선이라는 아이를 쓰러뜨려 놓고 짓누르며 발버둥치는 그 아이에게 흙가루를 한 움큼 집어 입에 쑤셔 넣고 달아나는 것이 아닌가? 아무 잘못도 없는 희선이에게 갑자기, 불현듯 저지르던 만행…. 처참한 그 광경을 목도한 나는 그 이유는 무엇이었을까, 생각해 보았다. 어린 생각에 금방 떠오른 것은 다름 아닌 것, 바로 희선이가 부잣집 아이여서 입은 옷이 깨끗, 깔끔하고 예뻤던 까닭이었을 것이다. 그래서 기분 나쁘고 참을 수 없는 증오심이 북받쳤을 것이었다. 이런 것은 분명 죄악이었다. 시기심에서 분출된 증오와 무자비한 공격! 문화적 교육적 환경이 열악했던 당시의 어린이들의 미개하고 동물적인 행태가 엿보이는 광경이었다.

입학이 늦은 이유 중 또 다른 하나는 통학길의 문제에도 있었을 것이다.

아스팔트 길은커녕 잘 닦여진 신작로도 없었다. 들판, 산길… 산짐승의 길처럼 구불구불, 나무가 막고 서 있으면 나무를, 바위가 있으면 바위를 돌고 개울이 지나가면 끊기던 길. 개울을 건너뛰거나 넓은 개울은 바지를 걷고 물을 건너야 했다(겨울에도 마찬가지)…. 겨울에는 삭풍, 여름에는 땡볕 속에 시오리나 이십 리를 걸어야 했다.

동심의 세계에도 알력과 질투, 시기와 모략 등이 있는 걸까?

앞에서 말한 희선이.

그 아이는 당시 oo군 제1의 갑부라는 부잣집 아들이었다.

대체로, 남자 아이들은 대부분 머리는 중처럼 박박 깎고 다녔고 꾀죄죄한 차림의 용모… 얼굴과 목에는 까만 때가 절어 있었다. 코에서 콧물은 연실 들락거렸고 손등은 거북등 같은 딱지로 덮인 아이들이 많았는데 희선이는 하이칼라 머리에 언제나 깨끗하고 단정한 차림이었다. 여름철에는 말로만 듣던 잠자리 날개 같은 나일롱 남방까지 입었으며 겨울엔 신사복 컴비 같은 모양의 옷차림새. 대부분 아이들은 책을 보자기에 싸서 어깨에 들러 메었지만 이 아이는 책가방이라는 것을 메고 다녔으니 특출 난 귀공자의 모습에 다름 아니었다. 얼굴도 동그스름 예쁘게 생겼고 노는 것도 거칠고 난잡스럽지 않아 '착한 어린이'의 전형적 모습 그대로였다.

희선이는 아무 잘못도 없이 기습을 당하여 흙 세례를 받았는데 가뭄이었던지 흙먼지가 푸석푸석한 땅바닥에 굴리어진 희선이는 콩가루 묻힌 인절미 꼴이었다. 가해자인 그들은 아마도 5~6학년이었을 것이고 희선이는 2학년이었다. 당시 같은 2학년이었던 나의 눈에 비친 그들의 야만스러운 행각에는 치가 떨릴 지경이었다. 당시 형건이의 나이는 많아야 14세. 섬의 오지에서도 더구나 순진할 나이의 어린이들 사이에서 벌어지는 약육강식의 야만성. 순자의 성악설의 이론과 같이 사람은 누구나 태어날 때부터 악마의 심성을 지니는가? 그 악마의 심성을 교육을 통하여 순화시키고 정화시킨다는 것이 맞나? 나는 시골 무지랭이 아이들 중의 한 아이였던 형건이의 시샘에서 야기되었을 것으로 생각되는 증오심을 보았지만 그와 유사한 사례들은 이후로도 간간히 겪을 수 있었다.

나는 성격이 내성적이었고 초등학교 때에는 더욱 그러하였으며 활달하지 못하였다. 물론 당시 시골 아이들은 대체로 하고 싶은 생각을 말로 제대로 표현하지 못했고 행동도 소극적이었다. 부모들은 먹고살아야 하는 생존 문제에 급급하여 교육에 관심 가질 만한 형편이 못 되었다. 아니 관심이 적었다기보다는 관심을 가질 겨를이 없었다. 가정 분위기는 어둡고 폐쇄적이었다. 나 또한 예외가 아니었다. 어느 해에는 발표력도 리더십도 없는 내가 oo리 전체의 생활반장이 되었다. 담당 선생님께서 왜 나를 임명했을까? 어쨌든 무턱대고 임명했을 리는 없었을 것, 아마도 공부도 잘하는 편에 덜렁대지 않고 차분하며 책임감이 있다고 생각하셨을까?

당시는 통학 거리가 멀고 인적이 드문 곳이 많아 전교생을 a리, b리, c리의 3개 자연부락별로 나누어 각각 마을의 한곳에서 모두 모여 함께 등교하도록 하고 하교 시에도 운동장에 부락별로 모이게 하여 함께 귀가를 시켰다. 학교에서는 부락별로 생활반장 1명씩을 뽑았는데 어느 핸가 내가 c리의 생활 반장이 된 것이다. 생활반장은 주생활 목표를 설정하여 전체 운동장 조회에서 발표하고 일지도 써야 한다. 나는 걱정이 되고 고민이 되었다. 정도가 심하여 운동장 조회에 대한 생각만으로도 가슴이 답답하고 몸이 덜덜 떨릴 정도였다. 등교 때와 귀가 시에 수백 명 아이들을 인솔하고 등하교를 해야 하는 등 막중한 책임감도 걱정이었지만 더 큰 문제는 희병, 구왕이 같은 덩치 크고 주먹 센 아이들의 횡포가 무서웠다. 아니나 다를까 내가 생활반장에 임명됨과 동시에 나에게는 살벌한 전운의 기운이 엄습하여 왔다. 학교에서 저들을 제껴 놓고 나를 생활반장에 임명한 것 자체가 힘센 놈들에겐 자존심이 상하여 가만있을 수 없던 모양이다. 긴장 국면이 이미 조성된 것과 마찬가지였다. 이런 분위기를 감지한 나의 마음에는 바위덩어리보다 큰 무게로 내리 누르는 것이었다.

센 녀석들의 분위기가 심상치 않았다. 희병이는 덩치도 크고 완력도 셀 뿐 아니라 달리기도 잘하여 마을 아이들의 대장과 같았다. 그 대장을 제끼고 내가 장(長)이 되다니 뭔가 일이 일어날 수밖에 없었다.

어느 날 등교 때, 나는 심상치 않은 감을 잡았다. 희병이의 똘마니 수병이가 나타나 나의 주위를 맴도는 것이다. 솔개가 병아리를 낚아채려 기회를 노리는 것 같이. 그는 키는 작달막하지만 넓적하고 뚱뚱하며 다부지게 생긴 아이였다. 그는 싸움을 자주 했는데 싸우다가 코피가 터지면 코피를 자신의 손 앞뒤에 시뻘겋게 발라 그 피 묻은 손으로 상대방의 빰따귀를 공격하는 아이였고 만일 불리하면 돌을 주워 상대방의 머리통이든 얼굴이든 내리치는 아이였다. 일설에 그는 ××(일종의 신체적 기형)라 하였고 들리는 말로는 부모들이 만일 너를 깔보거나 너에게 '병신'이라는 말을 하는 아이가 있으면 돌이라도 주워서 내리치라고 시켰다는 말도 들렸다.

틀림없이 오늘일 듯하였다. 나를 습격하는 D-day!

학교는 파했는데 운동장 구석 플라타너스 아래 악동들은 어슬렁대고 있었다. 나를 찾는 것이다. 학교가 파한 지 오랜 시간이 지나 전교생이 모두 빠져나갔는데도 그들은 돌아갈 생각을 하지 않는다. 이제 학교에 남은 것은 그들과 나뿐인 것이다. 나는 마치 물 퍼낸 웅덩이에 드러난 한 마리 피라미와 같은 신세였다. 숨을 곳이 없었다. 나는 교실에서 유리창 틈으로 빠끔히 밖을 망보다가 책상 밑으로 몸을 숨겼다. 책상 밑에서 머리카락도 보이지 않도록 쭈그리고 있었다. 몸이 떨리고 오금이 저린다. 얼마나 시간이 지났을까? 운동장 구석이 조용해진 듯하여 유리창 틈으로 내다보니 그들이 보이지 않는다. 조심스럽게 교실 밖으로 나와 살펴보니 아니나 다를까 학교 맞은편 저쪽 원뚝 끝 모래판에 그들이 지키고 있지 않는가? 그곳을 지키면 집으로 돌아갈 길이 없다. c리의 희병이, 귓골의 태승이 등 당시 덩치 큰 주먹들을 비롯해 십여 명의 아이들이 둘러앉거나 서 있었고 그 가운데 서 있는 땅달막한 아이는 틀림없이 수병이였다. 생활반장에 발탁되지 못한 분풀이를 저들이 직접 하지 않고 나와 비슷한 크기의, 와일드한(?) 수병이를 내세워 구경거리를 삼으려는 의도였다. 수병이는 누구인가? 앞에서 설명한 바와 같이 그는 키는 작지만 거칠고 포악스러운, 유혈을 불사하는 선수(?) 아니던가. 마치 프로복싱 챔피언 결정전인 듯 링 위에는 오늘의 도전자 수병이가 이미 올라와 있고 관중들은 상대방인 내가 나타나기만을 기다리는 형국이었다. 저곳이 바로 로마시대의 콜로세움에 다름 아니다. 굶주린 맹수는 이미 들어와 있는데 죄수는 아직 입장하지 않았다.

오후의 해는 서산으로 떨어지고 있다. 나는 학교에서 깜깜한 밤중까지 숨어 있어야 될 것인가? 무엇보다 산에 매어 있는 우리 집 큰 소를 끌고 내려와야 할 시간은 되어 가는데 이것도 큰 걱정이었다. 진퇴양난이다. 손에 땀이 잡힌다. 어찌해야 할까?

어쩔 수 없이 나는 저녁해의 긴 그림자를 뒤로하고 저 멀리 모래톱에서 기다리는 하이에나 떼들 같은 악동들을 향하여 걸어갔다. 형장의 단두대로 걸어가는 사형수의 심정이 이랬을까. 코피가 온 얼굴에 붉게 덮이고 찢어진 볼과 입술에서 선혈이 낭자한 채, 무엇보다도 어머니가 새로 빨아서 풀을 먹이고 다리미질을 하여 옷깃이 날 서도록 빳빳하게 다려 입힌 깨끗한 남방이 흙 묻은 발길질로 엉망일 것을 상상하니 끔찍하지 않을 수 없었다. 누가 봐도 오늘의 대전에서 죽어야 할 쪽은 나다. 악동들은 내가 곤죽이 되도록 처참하게 당하는 모습을 보고 카타르시스를 느낄 것이다. 나는 수병이 앞으로 걸어갔다. 악동들은 뭐라고들 외치며 환성을 질렀다. 수병이는 누런 이를 드러내고 야릇하게 웃었다. 그리고는 팔을 걷어붙이면서 다가서고 있었다.

그런데, 눈 깜짝할 순간, 나의 주먹이 수병이의 얼굴을 강타했다. 이른바 선제공격이었다. 얼굴을 얻어맞은 수병이가 뒤로 주춤하는 순간 나의 왼쪽 주먹이 그의 오른쪽 면상을 향하여 야구 배트 휘두르듯 다시 일격을 가하였다. 비틀, 연이어 오른 주먹 어퍼커트, 그리고 오른 주먹, 왼주먹이 원투로 가격하는데 수병이의 눈의 초점은 제자리를 잃고 있었다. 내가 오른 주먹으로 최후의 일격을 찍어 내리치는 순간 수병이는 땅바닥에 털썩 주저앉았다. 지금 생각하면 홍수환이 카라스키야와 대전하는 모습과 유사한 광경이었다. 수병이가 쓰러지는 순간,

"벼엉신 새끼."

좌우의 악동들은 예상 밖의 상황에 어리둥절하였을 것이다. 그들은 나에게 욕하는 것이 아니라 수병이에게 야유를 하고 있던 것이다. 그의

부모가 너에게 병신이라 말하는 놈이 있거든 무조건 돌로 치라했다던 최대의 모욕적 금기어가 수병이에게 쏟아지고 있었다.

수병이가 쓰러지는 순간, 나는 땅바닥에 던져두었던 책보를 오른 팔에 끌어안고 냉큼 내달렸다. 도망이 아니었다. 수병이의 짱돌 2차 공격이 무서웠다기보다 우선 악동들의 소굴에서 빠져나와야 살아날 수 있다고 생각했던 것이다. 기를 쓰고 달렸다. 얼마나 달렸을까, 뛰면서 힐끗 뒤를 쳐다보니 따라오는 놈이 없었다.

이것이 나의 일생일대의 통쾌한 승부였고 가장 큰 '대첩(大捷)'이었다.

희선이가 나이 많고 힘센 영건이에게 강제로 흙 먹임을 당한 것과 내가 모래판 콜로세움에 서게 된 이유는 동일하다고 생각한다. 당해야 할 이유가 없었다. 억울한 일이다. 악동들 앞에서 피투성이가 되도록 맞아야 되는 현실 앞에서 어린 마음이 얼마나 무섭고 고통스러웠을까? 그들이 노리는 이유는 전자와 후자 모두 "니놈들이 그렇게 잘났느냐?" 하는 시기와 질투심이 아니었을까? 당시의 어른들은 먹고살아야 하는 생존의 싸움에 여념이 없어서 당신들이 모르는 사이에 그들의 자녀들은 살벌한 약육강식의 세계 방치되었음을 몰랐던 것이다.

모함

누나 이름이 '순희'인 것은 누나가 자랄 때 너무 양순해서 붙인 이름이란다. 2살 애기였던 누나를 돌봐줄 사람이 없어 어머니는 누나를 마루 기둥에 띠(아이를 업어 키울 때 아이를 등에 업고 허리에 붙들어 매던 굵은 무명 끈)를 이용하여 누나의 허리를 기둥에 잡아 메어 놓고 일하러 나갔단다. 마치 짐승 매어두듯. 5~6시간 후 어머니가 집에 돌아와 보면 기둥에 매인 채로 기대어 잠들어 있기도 하고 흥건한 똥오줌 두들기며 놀고 있기도 하고… 그러면서도 떼를 쓰거나 울지도 않더라고.

나도 4~5살 때 기억이 선하다. 부모들은 아침을 먹자마자 늘 들판에 나가시니 텅 빈 집 안에 어린아이들은 혼자 있기 마련. 어릴 때 텅 빈 집, 텅 빈 마을에 혼자 남아 있는 것은 너무 견디기 힘든 일이었다. 마루에서 기둥을 잡고 빙빙 돌아 보기도 하고 어머니가 바다에 가셨을 때는 하염없이 바닷가 쪽을 바라보기도 하였는데 저 멀리 통개의 소나무들이 바람에 너울거리며 어느 때는 까마귀 모양으로, 어느 때는 수탉 모양으로 어느 때는 무서운 도깨비 모양으로 보이기도 했다. 고독한 마음에서 보이는 이 풍경들은 언제나 싸한 쓰라림의 영상으로 나의 회상 속에 떠오른다. 어릴 적의 고독은 숨이 콱콱 막힐 정도로 먹먹하고 쓰라리다. 마당 한 구석, 어머니가 갯밭에서 돌아오는 길목에 돼지집이 있었다. 나는 때로는 몇 시간을 돼지 똥 냄새 가득한 돼지우리 옆 말뚝에 기대어 서서 어머니를 기다리기도 하였다. 꿀꿀거리던 돼지들은 내가 고독할 때의 동반자였다. 그 시간에 형들은 학교에 갔었는지, 아니면 나무하러 갔었는지 모른다.

어떤 날이었던가, 그날은 어쩌다가 작은형(당시 13살)이 나를 돌봐 주었던 날이다. 어머니와 할머니가 갯밭에서 돌아오셨다. 바다에 물이 들어오면(만조가 되어 가면) 비로소 고적하던 마을의, 여기저기서 사람들 소리가 북적이기 시작한다.

어머니가 돌아온 것이다. 아, 이 벅찬 기쁨!

나는 어머니 치마에 매달려 앙하고 울음을 터뜨렸다. 오전 내내 어머니를 보고픈 마음, 참았던 응어리의 터트림이었다.

"오메이, 우리 애기!"

어머니가 토닥거려 주는 바로 그때, 나는 의외의 희한한 거짓말이 불쑥 튀어나왔다.

"오머니!"

"응?"

"작은형이 복숭아를 사 먹었어."

당시 복숭아나 참외 따위를 머리에 이고 다니며 가가호호를 방문하며 파는 아낙들이 가끔 있었다. 나는 형이 사 먹지도 않은 복숭아를 사 먹었다고 거짓 고자질을 한 것이다. 왜였을까? 지금 같으면 용돈이 있어 복숭아든 과자든 사 먹는 일이 야단맞을 일은 아닌데 빈곤한 시절, 어른 몰래 뭘 사 먹는다는 것은 곧 크게 혼날 짓을 한 것이 된다.

"저기 뒤주에서 보리를 퍼다 주고 사 먹었어."

"복숭아 다 먹고 씨는 장행이네 논에 묻었어."

멀쩡한 사족까지 붙이며 고자질하니 어머니는 화가 나지 않을 수 없었다. 곧 작은형을 불러 등짝을 때리며 큰 야단을 치셨고 작은형은 울면서 통개로 달려갔다. 당시 그 마을에서 싸우다가 바다로 달려가는 것은 오늘날 죽으려는 사람들이 한강 다리로 가는 것과 같은 풍습(?)이었다. 오후 늦게까지 돌아오지 않는 형을 할머니가 찾아 나섰는데 작은형은 큰 통개 언저리 소나무 아래 쭈그리고 앉아 있더란다.

이 엄청난 무고(誣告)!

이런 엄청난 거짓말이 어린 가슴 어디서 나오는 것일까? 이러한 아동 심리를 나 자신도 모르겠다. 요즘, 우리 집 강아지를 혼자 놔둔 채 밖에 나갔다가 저녁에 돌아오면 기다리던 강아지는 반가움과 기쁨을 감추지 못하고 5분여 시간이 넘게 껑충거리며 환호한다. 뛰어오르기도 하고 뱅글뱅글 돌기도 하고 그러다가 기쁨을 감당치 못하겠는지 2~3미터나 총알같이 달려갔다 와서 또 뛰어오르기도 한다. 추정컨대, 이와 같이, 고독했던 마음이 응축되어 폭발하는 현상으로, 반가운 어머니의 돌아옴에 임하여 보상으로서 어머니에게 뭔가 주고 싶은 심리로 빅뉴스감을 찾다 보니 얼떨결에 '복숭아 전말(顚末)'의 기발한 거짓말이 술술 튀어나온 것 아닐까?

어릴 때 우리 집 건너편에 사시는 현자 할머니가 나를 볼 때마다 실실 웃으며 "원철이(형)가 복숭아씨를 워디다 묻데?"라며 놀렸다.

나는 자라면서 작은형 생각을 할 때마다 작은형을 무고한 죄책감에 가슴 한 켠이 무거웠으나 그 잘못을 고백하고 용서를 빌 용기가 없었던가, 사과도 못 한 채 찜찜한 세월만 계속 흘려보내고 있었다. 나는 수십 년 후, 나이 육십 줄에 이르러 어느 날 함께 술을 마시다가 작은형님께 '복숭아 이야기'를 고백하였다.

그런데 형님은,

"그런 것 물러어. 기억 나간디?"

라고 대수롭지 않다는 듯 말씀하시는 것이었다.

아, 사과의 시기를 놓쳤구나. 나는 다시 속으로 빌었다.

형님, 죄송합니다. 그 일로 어린 소년이었던 형님이 얼마나 상처를 받으셨겠습니까?

놀이

이상의 수필 '권태(倦怠)' 중에 이런 이야기가 있다.

'시골 아이들에게는 장난감이 없다. 친구들끼리 모여서 놀아 보지만 잠시 후에는 시들해진다. 나무도 들도 온통 초록색뿐이다. 하늘을 향하여 소리질러보다가 그것도 잠시, 무료하기는 마찬가지다. 그중에 한 아이가 길가에 똥을 눈다. 다른 아이들도 엉덩이를 내리고 똥을 눠 본다. 그런데 아이들 중 하나는 똥이 나오지 않는다. 똥을 누지 못한 그 아이는 민망하고 챙피하여 어쩔 줄은 모른다.'

수필가 이상(李箱)이 보았던 시골 아이들의 무료했던 풍경은 우리들 어릴 적도 마찬가지였다.

나는 주먹만 한, 그리고 삐쭉한 돌멩이 하나를 주워서 몇 주일을 가지고 논 적이 있다. 그 조그만 돌을 스스로 발동기라고 간주했다. 대문집 마당에서 추수를 할 때, 발동기가 돌아가는 모양을 보았기에 그 돌을 발동기라고 여기고 몇 시간이 지나도록 그 옆에 쭈그리고 앉아 발동기 시동 거는 흉내를 내거나 탕탕탕탕… 입으로 침을 튀기며 발동기 소리를 흉내 내기에 시간가는 줄 몰랐다.

여자 아이들은 공깃돌을 주워서 공기놀이, 남자 아이들은 나무 막대기로 '자치기'를 하거나 크고 작은 못을 호주머니에 넣고 다니며 못치기를 하였다. 자치기는 두어 뼘이 되는 뾰쪽한 막대기를 한 쪽이 살짝 뜨게 하여 땅바닥에 괴어놓고 그것을 긴 막대기로 쳐서 공중에 뜨게 한 후, 떨어지는 순간 다시 그 막대기를 긴 막대기로 때려 멀리 떨어지게 하는 놀이다. 자칫, 튀어나가는 막대기에 상대방이 얼굴을 맞을 수도 있는 위험한 놀이다.

'못치기'는 못을 번쩍 치켜들었다가 땅바닥에 내리 찍어 박히도록 하는 것이고 상대방이 땅에 박힌 그 못의 옆에 자기의 못이 박히도록 같은 동작으로 못을 내리쳐 박히게 한다. 그리하여 상대방 못을 쓰러뜨려 따 먹는 놀이다. 이 역시 옆에 방심한 채 서 있는 친구의 얼굴이나 눈을 찌를 수 있는 위험한 놀이였다.

어떤 아이들은 늦은 봄이나 여름에는 들판에서, 뛰어가는 개구리를 잡아 뒷다리를 모아 쥐고 땅에 패대기쳐 사지를 떨며 죽게 하는 놀이도 서슴지 않았는데 그 잔인함이 지나쳤지만 아이들은 생명을 함부로 죽이는 행위가 나쁜 짓이라는 것을 알지도 못하였다. 한편,

"뱀은 죽여야 돼, 사람의 원수래."

누구한테 들은 소리인지 남자 아이들은 길이나 들에서 뱀을 발견하면 누가 먼저랄 것 없이 너도 나도 돌을 주워 뱀에게 마구 던지다가 돌을 맞은 뱀이 도망가지 못하고 꿈틀대면 다 같이 모여들어 머리통을 짓이겨

죽이곤 하였다. 여기저기서 피가 나고 하얀 뼈가 드러나도록 실컷 돌로 치다가 더러 개구쟁이 악동들은 이것을 사람들이 지나다니는 길목 어느 나뭇가지에 잘 보이도록 척 걸쳐 놓고 통쾌함을 느낀다. 이상의 '권태'에서처럼, 내가 자라던 때의 시골 아이들의 놀이 문화라는 것은 원시 석기 시대와 같았다.

교육

어릴 적 교육 환경은 열악하였으나 내용면에서는 지금보다 바람직한 부분도 많았다.

신생 독립국가, 그리고 전쟁을 겪은 지 얼마 안 되는 국가로서 더욱이 세계에서 가장 빈곤한 국가로서 학교 교육이 그만큼이라도 이루어지고 있던 것은 얼마나 다행한 일이었던가. 나는 그때의 교육이 선진국의 문턱에까지 다다른 오늘날의 대한민국 발전의 원동력이 되었던 것으로 생각한다.

학교는 어디나 콩나물 교실이었다. 초등학생의 한 교실 인원이 90명 이상인 교실들이 많았다.

겨울에는 난방을 제대로 할 수 없어 교실은 무척 추웠다. 일주일에도 몇 번씩 아이들은 책보를 들고 산으로 솔방울을 주우러 다녔다. 사택 아래 언덕을 내려가면 바로 신작로가 나오고 만조에는 신작로 뚝까지 바닷물이 들어왔는데 전교생이 내려가 배가 싣고 온 장작을 몇 개비씩 들어다가 학교 창고에 나르기도 하였다. 수업을 생략하고 노역을 하는 때도 꽤 많은 편이었다. 학교 추녀 밑에 물받이 돌을 깔기 위해 동글동글

한 돌을 주워오려고 2km 되는 옷점 바닷가에까지 가서 책보에 돌을 담아서 힘겹게 들고 오는 때도 자주 있었고 집에서 만들어온 나무집게와 바께스를 들고 송충이를 잡으러 산에 올라가기도 했으며 봄이 되면 고학년은 삽과 괭이를 들고 학교 실습지에 가서 땅을 파고 밭을 고르는 일, 낫을 가져와 학교 주변 풀을 깎는 일 등, 한 달에도 몇 차례씩 노동에 동원되어 일하였다. 요즘 초등생에게 그런 일을 시킨다면 아마도 학교가 뒤집힐 것이다.

통학거리가 대부분 멀고 험했다. 나는 산길, 바닷길, 감길(간조 때 물이 빠진 갯길) 등을 거치는 시오리 길을 통학하였다. 눈보라 치거나 비바람 치는 날, 원뚝길을 걸어갈 때는 눈앞이 안 보여 낭떠러지 같은 뚝방으로 떨어질 듯 아슬아슬하였고 겨울 감길을 건널 때는 바닷물이 덜 빠져 맨발로 성예가 버걱이는 얼어붙은 물을 건너야 했다(물을 건널 때 젖은 옷은 하루 종일 몸을 떨게 하였다). 여름철에는 시오리를 걸어가고 걸어와야 했으니 어린 발걸음에 기진맥진, 날마다 힘겨운 고역을 겪어내었던 것이다. 길이라는 것도 폭이 50센티도 안 되는 돌부리와 나무들이 삐쭉삐쭉 나와 있는 길, 말이 길이었지 최소한 삽과 괭이 같은 연모로 닦은 길도 아닌, 산짐승의 길처럼 사람의 발이 닿아 자연스럽게 만들어진 길이었다. 다만, 학교 앞에 유일하게 안면도 남북을 가로지르는 '신작로'라는 것이 하나 있었는데 이 길도 1차선 넓이의 편도 비포장길로 비가 오면 여기저기 끊기고 무너지기 일쑤였다. 이 신작로 길도 일주일 내내 차가 한 대도 지나지 않는 길이었다. 차도, 사람도 없는 길인데도 그 길을 걸을 때, 우리들은 왼쪽으로 걸어갔다. 즉 좌측통행을 한 것이다. 학교에서, 길을 갈 때는 좌측통행을 하라고 배웠기 때문이다.

열악한 환경에서 아이들이 노동에 동원되는 때도 많았지만, 학교의 교육과정 운영의 면에서는 괜찮은 것도 많았던 것으로 회상된다. 교육과정도 확고하였고 선생님들도 열심히 가르쳤던 것 같다.

한글 미해득 어린이와 구구셈을 못하는 등 학습 부진아들은 학년마다 교실에 남겨 이른바 '나머지 공부'를 시켰다. 선생님이 직접 남기도 하고 급장이나 부급장 등 공부 잘하는 학생을 남겨 가르치도록 하는 등 뒤떨어진 아이들에게 한글을 해득하고 구구단을 모두 외울 때까지 지속적으로 공부를 시켜 학습 부진아를 구제하려 했던 것이다. '나머지 공부'의 대상자가 된 것이 마을에 소문이 나면 해당 아이들은 물론 학부모까지 부끄럽게 생각했음에도 학교는 지진아를 포기하지 않고 이끌고 가려고 꾸준하게 노력을 하였다.

여름 방학에는 학교에서 '조기회'라는 것을 시켰다. 학교에서는 부락별로 조기회 반장을 뽑도록 하고 자연부락별로 출석부를 만들어 주었다. 아이들은 방학 때, 아침 7시에 마을의 마당이든 바닷가든, 넓은 공터에 모이도록 하고 거기서 조기회 반장의 통솔(?)에 의하여 맨손체조, 이어달리기 등을 하는 것. 또 저녁에는 대청마루가 있는 집을 장소로 정하게 하여 자율학습을 하도록 하였다. 모르는 것은 아는 아이가 가르쳐 주게 하였고 일정 시간 공부가 끝나면 오락회도 하도록 하였다. 방학 중 아이들이 나태하지 않게 하고 건강을 유지하며 학습하는 습관을 지속하기 위한 좋은 방법이었다. 이와 같이 당시 학교에서는 아이들의 방학 생활까지 세심하게 관심을 가졌던 것이다.

학교에서는 해마다 운동회와 학예회를 열었다. 운동회 후반부에는 부락별 성인 경기대회를 펼쳤다. 운동회는 학생들의 체육 발표회임과 동시에 마을의 올림픽이었다. 부락별 단합과 선의의 경쟁을 할 수 있는 축제의 장이었는데 씨름, 역도, 마라톤 등 단위 부락별로 기량이 좋은 청년들이 자신의 능력을 드러낼 수 있는 좋은 기회가 되었다.

어느 마을 누가 역도에서, 누구는 마라톤에서 누구는 씨름에서 우승하였다더라는 소문은 오랜 동안 시골 마을의 뉴스로써 회자되었다.

학예회도 학생들의 예능의 발표회장이자 1년에 한 번 학부모에게 구경거리를 주는 공연 관람의 기회였다. 학부모들은 휴일도 없이 날마다 노동에 찌든 농부들이 거의 대부분, 그러나 바쁜 중에도 학교의 운동회와 학예회는 대부분 참석하였다. 운동회 날은 시골 마을 전체의 축제의 날이 되었고 학예회 날은 모처럼 학교를 구경할 겸, 한나절 쉬는 날이 되었던 것이다.

나는 어릴 적, 휴일이나 방학에도 태극기를 그려 들고 학교에 나간 적이 많았다. 여름 방학 중 광복절 기념식이 있는데 이런 날은 방학이지만 학교에 가야 되는 것이다. 이 밖에 삼일절, 제헌절, 광복절, 개천절 등에는 반드시 기념식을 하였고 기념식에서 부를 수 있게 하기 위하여 학교에서는 삼일절 노래, 6.25의 노래, 제헌절과 광복절 및 개천절 노래를 1~2주일부터 가르친다. 태극기는 전교생이 각자 그려서 가지고 온다. 역시 행사 훨씬 전부터 태극기 그리는 법을 가르쳐 준다. 창호지나 도화지 또는 마분지에라도 태극기를 그렸는데, 원을 그릴 컴퍼스가 없으면 밥그릇을 놓아 본을 뜨고 색깔을 칠한다. 그린 후 대나무 가지를 잘라 풀로 한 쪽을 붙인다. 태극기를 그리기 위해 밤잠을 설치기도 하였지만 기념식장인 운동장이나 때로는 강당에서 (교장선생님의 기념사가 끝난 후) 직접 그린 태극기를 가지고 대한민국 만세를 부를 때는 숙연함과 무슨 감동으로 눈물까지 나려 하였다. 어렸던 우리들은 삼일절 노래, 광복절 노래 등 행사의 노래에서 선조들의 훌륭함을 배웠으며 나름대로의 감동으로 나라에 대한 뿌듯함을 느꼈다. 이것이 바로 '애국심의 고취'였던 것이다. 행사를 겪으면서 어린 마음에 나라와 선조들에 대한 고마움을 알았던 것이 분명하다. 놀랍게도 이와 같이 물질문명으로는 원시시대와 다를 바 없는 그 시절, 교육은 제대로 방향을 잡아 시행하고 있었다. 그때의 교육은 오늘날처럼 목표나 방향이 불분명한 채로 정권이 바뀔 때마다 우왕좌왕하는 혼란스러운 교육이 아니었다.

빈곤

우리들도 열 살 남짓, 1950년대 후반에 산과 들에서 뛰어노는 일의 대부분은 산에서 명감 열매를 따 먹거나 바닷가에서 해당화를 찾아 가시에 찔리며 열매를 따서 발라먹는 일, 또는 연약한 찔레나무 줄기를 잘라 먹는 일, 열린 지 얼마 되지도 않은 떫은 감을 따 먹는 일, 잔디의 순(삐비)을 뽑아 먹는 일, 심지어 '창출'이라는 씁쓸하고 싸한 맛이 나는 풀뿌리를 뽑아 먹는 일로 산과 들을 누비고 돌아다녔다. 얼핏 보면 놀이 같이 보이지만 배가 고프고 먹을 것이 없으니 이런 짓을 하며 놀았을 것이다. 이러한 상황에서 식솔들을 책임졌던 부모님들의 심적, 육체적 고통은 오죽했을까?

할머니한테 전해 들은 이야기로는 우리 마을 oo리 일대 주민은 거의 강 주사네 논밭을 얻어 경작하는 소작농이었는데 강주사가 "아직도 논에 나가지 않고 처자빠져 있느냐?" 고래고래 소리 지르며 밤나무골 고개를 넘어오면 마을 사람들은 설설기며 부리나케 논밭으로 나갔다 한다. 해마다 가뭄이요 가뭄이 지나면 태풍으로 농사를 망쳐 마을 사람들은 굶는 것을 밥 먹듯 했다 하며 허기진 배를 물로 채우는 때도 많았다고 한다.

당시 아이들의 옷차림은 누더기 그것이었다. 아이들뿐이 아니었다.

무릎이나 팔꿈치가 해져 구멍이 나면 기워서 입고 엉덩이 부분이 낡아 뚫어지면 다른 쪼가리 헝겊을 덧대어 꿰매어 입는다. 쪼가리 천에 원래의 천이 있을 리 없고 같은 색깔도 있을 리 없다. 색깔이나 천의 종류가 달라도 상관없이 그냥 뚫린 구멍만 막으면 되는 것이었으니 여러 번 꿰매어 입다 보면 옷은 총천연색 누더기 옷이 된다. 거의 전 국민이 누더기 옷을 입고 있는 실정이었다.

아이들은 한 번 구입한 옷을 몇 년씩 업어야 한다. 해마다 옷을 살 형편이 못되는 것이다. 그러므로 새 옷을 사면 엄청 큰 것으로 사야 된다. 새로 산 옷은 소매든 바지든 걷어 올리고 입어야 될 때가 많다. 구럭에 쇠고기 한 덩이를 넣은 형색이 된다. 몇 년을 입다 보면 옷이 작아져 바지의 경우 정강이에 걸치게 되며 그간 옷은 수없이 기웠기 때문에 대부분 누더기가 되어 있다.

시골에 공중목욕탕은 전혀 없었으며 더구나 각 가정에도 목욕탕 있는 집은 전무하였다. 해마다 새 학기에 가정환경 조사를 할 때 초가집에 사느냐 또는 기와집에 사느냐 물으면 거의 100% 초가집에 살았고 문화시설 조사에서 자전거 있는 집은 전교생 중 어쩌다 한두 집, 목욕탕 있는 집은 일제 시대에 지은 관사에 사는 교장선생님 아들 한 명뿐이었다. 교장선생님 댁에 있다는 목욕탕이 뭔지 아이들은 때를 닦는 곳임을 짐작은 하지만 그 형상을 상상할 수도 없었다.

학교에서 봄철 어느 날, '때 검사'를 예고한다. 아이들은 비상이 걸린다. 그러나 하루 종일 논밭에서 일을 하고 들어오신 부모가 목욕을 챙겨 주는 일은 흔치 않다. 때가 많은 아이는 여럿 앞에서 망신을 당하므로 걱정이다. 더러는 집에서 물을 데워 손등이나 배 등 선생님이 옷자락을 들출 때 보이게 되는 배꼽 주변 등 우선 급한 곳만 닦고 오는 경우도 있지만 대부분 그냥 오는 아이가 많다. 선생님이 학생 전체를 세워 놓고 한 명 한 명 아이들 앞을 지나가며 "'이' 해 봐", "윗도리 올려 봐." 하신다. 온 몸에 먹물을 칠한 듯 새까만 아이들도 있고 손등에 때가 굳어져 거북등처럼 갈라진 아이도 많다. 때를 닦고 오지 않은 아이들은 선생님 앞에서 윗도리를 다 걷어 올리지 못하고 조바심하는가 하면 어떤 아이는 죽어라고 윗도리를 걷어 올리지 않으려고 옷자락을 붙들고 버티다가 매를 맞기도 하였다.

점심시간

점심을 먹는 아이들은 한 반 90명 중에 10여 명에 불과했다. 곡식이 부족하여 밥을 못 챙겨 오는 아이도 있었을 것이나 챙겨올 반찬이 없거나 벤또(도시락 그릇)가 없는 아이들도 있었을 것이다. 아이들은 아침에 집을 나설 때, 흙 묻은 고구마를 주머니에 넣고 오다가 산길 나무 덤불 속에 숨겨 둔다. 학교가 파하고 돌아오는 길, 숨겼던 고구마를 찾아 이빨로 껍질을 벗겨 씹어 먹으며 허기를 달래는 아이들이 많았다. 간혹 누룽지를 책보자기에 책과 함께 말아서 어깨에 메고 오거나(남자 아이들) 허리에 동여매고(여자 아이들) 오는 아이들도 있었다. 5, 6학년은 수업 후 청소나 주번활동을 마친 후 귀가하려면 오후 4~5시가 되는데 험한 귀가길 시오리를 걸어오려면 너무 허기질 수밖에 없다. 한때, 학교에서는 분유나 강냉이 가루를 배급하여 준 적이 있었다. 아이들은 책보자기에 우유 또는 강냉이 가루 반 되쯤을 받아 책과 함께 둘둘 말아 싸 가지고 집으로 돌아온다. 아이들은 귀갓길에 우유 가루를 손으로 입에 퍼 넣고 찌걱찌걱 먹으며 오는 아이들도 있었다. 어떤 집에서는 그 우유 가루를 떡 찌듯 반죽하여 쪄 먹는 집도 있었다. 더운 물에 타서 마시는 줄은 몰랐을까? 우유를 받아 온 날 저녁부터 설사하는 아이들이 많았다 한다. 못 먹던 우유를 하루 저녁에 다 먹어 버리니 배탈이 나지 않을 수 없었을 것이다.

명절 때는 동네 사람들 전체가 배탈 소동이 나서 뒷간을 드나드는 현상과 비슷하였다. 평소 고기 구경도 못 하다가 명절에 비로소 돼지고기를 한꺼번에 많이 먹으니 마찬가지로 배탈이 날 수밖에.

마을 사람들은 거의 공동우물에서 물을 길어다 썼다. 우물에서 1km나 떨어져 사는 집도 있었다. 아침에 물동이나 물통으로 한두 번 길어온 물로 밥을 짓고 설거지도 하고 여러 식구들 세수도 해야 했으니 수시로 쉽게 손을 씻을 수도 없었다. 어린이들은 새까만 손으로 음식을 집어 먹었으며 밭에서는 야채 뿌리를 캐어 먹고 온종일 손을 씻지 않았다. 학교에서는 1년에 두어 번 회충약을 주며 다음 날 구충 결과를 조사한다. 학급 조회 때, 선생님은 어제 약을 먹고 회충이 몇 마리나 나왔는지 명단을 부르며 일일이 물어 기록한다. 어떤 아이는 5마리, 어떤 아이는 15마리…. 어떤 아이는 20마리가 나왔다고 자랑스럽게 신고한다. 반 아이들이 탄성을 지른다. 횟배보가 나왔다는 아이도 있다. 횟배보는 회충이 20~30마리가 보따리처럼 뭉텅이로 얽혀 있는 것을 말한다. 회충은 대체로 한 마리의 길이가 10~15센티나 되는 것들이었다. 아이들의 말은 사실이었다. 그 시절, 많은 수의 회충을 몸속에 담고 살던 어린이들… 그래서일 것이다. 대부분 아이들이 깡마르고 얼굴은 노랗고 핏기가 없었다. 이것은 비단 내가 살던 마을의 어린이들의 모습이 아니라 대한민국 전체 어린이들의 모습이었을 것이다.

대부분 아이들은 소풍을 기다리지 않는다. 싫어한다. 이유는 도시락 때문이었다.

선생님은 소풍날 반드시 도시락을 싸 오라고 엄명을 내렸는데 아이들은 고민한다. 집에서 도시락을 변변히 싸 줄 형편이 아님을 아는 까닭이다. 소풍날, 선생님의 엄명에도 도시락을 싸 오지 않은 아이들도 많다. 소풍날 아침에는 배고플 걱정보다 선생님의 숙제(도시락 싸 오기)를 못 해서 마음이 무겁다. 도시락을 싸 온 아이들도 막상 점심시간에 어느 구석진 곳에서 혼자 먹는 아이들이 많다. 보리투성이의 누런 밥에 반찬이라곤 짱아찌나 새우젓 한 가지뿐이니 창피하여 누구의 눈에 띌까 봐 숨어서 먹는 것이다. 실정이 이러하니 아이들이 소풍이란 것을 좋아할 수 없는 것이었다.

도둑놈 잡기

2학년 때, 임창기 선생님은 키가 작달막하고 눈썹이 새까맸으며 곱슬머리에 하이칼라 모습이었다. 학교 뒤 ㅇㅇ리 쪽에서 산다고 했다. 군에서 제대한 지 얼마 되지 않았다 한다. 아이들에게 군인처럼 딱딱하고 절도 있는 목소리로 군대 이야기를 자주 하였다. 아이들이 미술 시간에 준비를 해 오지 않았을 경우 "군인이 전쟁터에 나갈 때 총칼이 없으면 목숨을 지킬 수 있는가? 너희들이 학용품을 가져오지 않으면 총칼이 없이 전쟁에 나가는 것과 무엇이 다른가?" 하며 열변을 토하듯 말하였다. 학용품을 챙겨오지 못한 아이들은 죄인처럼 얼굴을 붉히거나 고개를 숙인다.

아이들을 야단쳐 무엇 하나? 목에 풀칠하기도 어려웠던 당시 시골의 가정환경, 아이들의 학용품을 챙겨 줄 수 있는 가정이 얼마 되지 않는 것을 모르고 하시는 말씀이었나? 선생님의 호통에 집에 가서 부모를 졸라대면 또한 아이들에게 벼락이 떨어지듯 부모님의 야단이 떨어질 것이다. 아이들은 선생님과 부모님 사이에서 샌드위치의 처지로 이래저래 야단을 맞아야 하는 형편. 선생님과 부모님들, 그리고 아이들은 절벽 같은 빈곤 앞에서 속수무책으로 이리 채이고 저리 채이는 실정이었다.

물질이 귀해서였을까? 학급에서는 간혹 분실 사고가 일어났다. 어느 날 아이들 중에 누군가 무엇을 잃어버려 선생님 앞에 가서 울음으로 신고하였고(말 대신 아이들은 우는 것으로 의사표현을 하였다.) 선생님은 화가 나셨다.

선생님은 아이들에게 분실 사고를 말씀하였고 수업 후 귀가 전까지 스스로 가져올 것을 통고하셨다. 그러나 아무도 훔쳐 간 것을 가져오지 않았다. 종례 때 들어온 선생님은 전부 눈을 감으라 하셨다. 만일 눈을 뜨면 그 사람이 훔친 사람일 수 있다고 말했다. 아무도 눈을 뜨지 못했다.

"가져간 사람 손들어라. 그러면 용서해 줄 것이고 만일 손을 들지 않으면 부모님께 말씀드려 퇴학을 시킬 것이다."

아무도 손을 들지 않은 모양이었다. 얼마 후, 선생님은 모두 나와서 복도에 한 줄로 서라는 것이다. 선생님은 교사용 책상 위를 가리키며,

"여기 잉크병에 개구리 한 마리가 들어 있다. 너희들은 눈감은 채 잉크병 속에 손가락을 넣어라. 물건을 훔치지 않았다면 손가락을 개구리가 물을 것이다. 개구리가 물거든 '아야' 소리를 내어라."

앞에서부터 아이들은 차례로 잉크병에 손가락을 넣은 후, 교실로 들어갔다. 어떤 아이는 손가락을 넣었지만 아무 소리 없는 듯했고 어떤 아이들은 '아야' 소리를 내었다. 내 차례가 되었다. 마음이 떨렸다. 훔치지 않았는데 왜 이리 떨리는 것일까? 만일 개구리가 손가락을 물면 아플까? 아니면 물지 않을까? 차례가 되어 떨면서 손가락을 넣었다. 잉크물 속에서 손가락이 바닥에 닿는 느낌이 있었지만 개구리가 물지는 않았다. 당황스러웠다. 얼굴이 빨개졌었겠지. 선생님이 다시 한 번 넣어 보란다. 또 넣었다. 개구리는 잉크 병 속 어느 구석에 쭈그리고 앉아 있는지 물지

를 않는다. 선생님은 다그쳐 물었다. "물어? 안 물어?" 나는 떨리는 목소리로 쥐죽은 듯 대답했다. "살짝 물었어요." 나는 그만 거짓말을 하였다. 선생님은 종례 끝나고 남아 있으라 하였다. 남아 있는 아이들이 나 말고도 서너 명인가 있었다. 복도에서 기다려도 선생님으로부터 아무 말도 전함이 없었다. 한참을 기다려도 소식이 없으니 아이들은 한 놈 두 놈 비실비실 집으로 가 버렸고 나도 그냥 집으로 돌아왔다. 내내 찜찜하였다. 다음 날도 선생님의 호출이 있지 않을까 했으나 아무 소리 없었다. 선생님이 잃어버린 것을 찾으려고 꾀를 내어 아이들의 정직성을 테스트한 것일 게다. 그러나 개구리가 물었다고 말하는 아이들이 여러 명 나오자 그 방법이 실패하였음을 느낀 선생님이 더 이상 수사를 하지 아니하고 유야무야 내버려 둔 것이다. 그러나, 혐의를 의심받으며 남아 있던 아이들에게만이라도 남아 있게 한 데 대해서는 해명했어야 되지 않았을까? 그 선생님 나이는 아마도 스물 대여섯쯤 되었을 것이다. 선생님이었지만 아직 덜 익었던(미숙했던) 것이다. 그 선생님을 탓하는 것은 아니다. 나도 젊은 시절, 철없는 나이부터 교단에 서 왔기에 위와 같은 실수를 저지른 적이 없지 않았을 것이다.

어떤 기억

2학년 때만 해도 담임이 세 번이나 바뀌었다. 이영준 교감, 임창기 선생님 그리고 강식정 선생님… 강 선생님을 제외하고 두 분은 엄격했으며 아이들을 대함에 따뜻함이 없었던 듯하다. 한 반 인원이 90명 정도였으니 통솔하는 데 힘들어 아이들에게 다정다감하게 대하기가 어려웠을 것이다. 그러나 늘 퉁명하고 딱딱한 말투가 어린 마음에도 정감이 가지 않는, 먼 곳의 낯선 사람 같았다. 해방된 지 13년, 일제식 권위주의가 아직 사라지지 않았던 까닭일 수도 있다. 힘들고 어둡고 우울했던 학교생활…. 특히 나는 내성적이고 소극적인 성격으로 주변의 아이들에게 치이며 학교를 다닌 듯하다. 그럼에도 1학년 때와 2학년 때에 우등상을 받았다. 내가 공부를 잘했던가? 아님 시험을 잘 봤던가? (당시에는 초등학교 저학년에도 일제고사라는 시험이 있었던 듯.) 분명히 종업식 때 강당(교실 3개의 미닫이 같은 칸막이를 치우고 강당으로 사용한 후 다시 막아서 교실로 썼음.)에서 "학업 우등상을 받는 사람."을 호명할 때 다리와 가슴을 떨면서 일어섰던 기억, 집에 돌아와 어머니의 칭찬을 받은 기억이 생생하다.

아이들은 놀렸다. 내가 나타나면

"동생 간에 일~등." 하면서 조롱(?)하였다.

일등을 한 것이 놀림감이 될 수 없음에도 시기심에서였나, 당시 개구진 아이들은 한동안 내가 운동장에 나타날 때마나 "동생 간에 일~등."이라고 소리 지르고 달아났던 것이다.

"얘들아, 쟤는 동생 간에 일등이래야."

당시에는 졸업식과 종업식을 겸하여 동시에 하였다. 전교생이 모인 강당은 앞자리에 졸업생들이 의자에 앉아 있었고 뒤에는 전교생이 마룻바닥에 앉아 있었다. 졸업생 우등자를 호명한 후 이어서 재학생 우등생을 호명하면 뒷자리에 앉아 있던 호명된 재학생은 대답하고 앉았던 자리에서 벌떡 섰던 것이다. 같은 자리에서 누나도 우등상 호명을 받았기 때문에 "동생 간에 일등"이라는 별명이 붙었던 것.

대문집 앞에서

'대문집'은 우리 옆집이다. 당시 시골집들은 거의 모든 집들이 대문이 없었다. 대문 대신 사립문이라는 것을 열어 젖혀 놓고 출입하였다. 대문집 위쪽 마당 둘레의 건장(김을 건조하기 위해 나무 '와꼬〈틀〉'에 짚을 엮어 덮어 만든 김 건조용 울타리) 아래 양지바른 곳에서 동네 청년 몇 사람이 쭈그리고 앉아 어디서 구했는지 신문 한 쪽을 서로 들여다보고 있었다.

4.19 학생 혁명을 크게 보도한 신문이었다. 신문지면 위의 큰 흑백 사진을 보았다. 신문을 보고 있는 청년들 옆에 서 있던 나도 많은 청년들이 트럭에 가득 타고 혹은 트럭 옆에서 떼 지어 길을 걸으며 혹은 태극기를, 혹은 손을 흔들며 시내를 행진하고 있었다. '자유당이 잘못한다더라, 깡패가 많다더라'는 소리를 나도 전부터 들어온 바 있었다. 이승만 박사 탄신 83주년 기념이 어쩌구 하는 소리를 여기저기서 들은 것도 그 얼마 전인 듯하였다.

그해 3월 초였던가? 4학년 때가 분명하였다. 담임이 유철재 선생님이었다. 습자 시간에 붓글씨로 써야 할 내용을 연습한 후 선생님은 잘 쓴 것(작품) 10장 정도를 교실 뒤 게시판에 앞정으로 나란히 붙였다. "대통령이승만, 국회의장 이기붕”

지금 생각하면 어린이들 서예 시간까지 이용하여 정부에서 선거운동을 한 셈이다.

그해 4월, 4.19 학생 의거가 일어났을 것이고 아마도 5~6월에 국회의원 총선거가 있었던 모양이다. 동네 길가에 있는 초가집 추녀 아래 벽에는 작대기로 표시된 기호가 그려진 선거 벽보들이 붙어 있었다.

“독재와 싸운 사람 안만복, 마음 놓고 찍어 주자 안만복”

메가폰이었던가 어떤 마이크 소리였던가, 지금도 그 선거 구호가 기억에 박혀 머릿속을 맴돈다. 안만복은 서산군 지역의 민주당 국회의원으로 당선된 사람이었으며 무슨 일로 곧 의원직에서 사퇴하였다는 후일담을 들은 기억이 있다.

얼마 지나지 않아 다음 해 5월, 무슨 군사혁명인가 하는 것이 일어났다 하였다. 학교 교실 복도에 뭔가를(화보) 쭉 붙여 놓았다고 한다. 5학년 때다. 어느 일요일, 나는 그 화보들을 보고 싶었다. 가슴도 뛰었다. 궁금증과 호기심이 발동하였나? 라디오도 신문도 없었으니 궁금하였다. 초등학교 아이가 왜 이런 일에 궁금해하였을까?

가만히 앉아 있을 수 없었다. 시오리 산길을 걸어 텅 빈 학교에 혼자가 보았다. 과연, 복도에는 군인들 사진 수십 명이 찍혀 있는 큰 화보가 붙어 있었다. 나는 한참 동안 그 사진들을 보았다. ‘국가재건최고회의’, ‘국가재건최고회의 의장 육군 참모총장 장도영’, ‘국가재건최고회의 부의장 육군 소장 박정희’ 그리고 ‘…윤필용 김종필 김동하 강기천…’

그해 6월이었던가? 우리들은 새로운 노래를 배웠다.

5.16의 새벽나팔 행진의 소리,
우리들은 나아간다 발을 맞추어
충무공의 민족정기 이어 받들고~

마을 아저씨들의 이야기 소리를 옆에서 들으면 대개 이러하였다.
"군사정부가 잘 들어왔지. 맞어, 나라를 한번 깨끗이 청소해야 되여."

졸업식 풍경

앞에서 말한 바 있지만, 당시 아이들의 나이는 같은 학년임에도 들쑥날쑥하였다. 나이 차이가 많게는 5~6살이 되기도 하였다. 바쁜 농촌이었으므로 집안일 때문에 입학 시기를 놓친 아이도 있고 통학거리가 험하고 멀어 입학을 늦춘 아이도 있고 부모의 무관심으로 때를 놓친 아이도 있었을 것이다. 졸업생이 되는 6학년 아이들의 연령대는 13살부터 17~18세나 되는 아이들도 많았다. 여자 아이의 경우 그 나이는 당시에는 거의 결혼 적령기였다.

문화적 체험을 할 만한 곳이 전혀 없는 시골. 논밭에서 일하고 먹고 잠자는 것이 거의 전부인 원시적인 마을에서 학교는 딴 세상처럼 얼마나 신기하고 고상한 곳이었던가? 깔끔한 옷을 입고 하이칼라를 한 남자 선생님과 벨벳 치마에 양단 저고리를 입고 분을 바른 여선생님들에게서 공부와 노래와 무용을 배울 수 있고, 더구나 흙투성이가 되어 온종일 두더지처럼 일하지도 않는 세상, 학교! 그곳을 이제 떠나야 하는 것이다. 졸업식은 학교의 마지막 날이고 학교라는 세상과 영원한 이별을 하는 시간이다(당시 대부분, 특히 여학생들은 진학을 하지 못함). 졸업식의 순서가 거의 끝나는 식의 말미쯤에 졸업가를 부르게 된다. 먼저, 후배들이 부르는 "빛나는 졸업장을 타신 언니께~" 여기서부터 졸업식장 여학생 석에서는 훌쩍훌쩍 흐느낌이 일어나기 시작한다. 졸업생들이 부르는 2절, "잘 있거라 아우들아 정든 교실아 선생님 저희들은 물러갑니다~"에 이르러서는 아예 울음바다가 된다. 재학생과 졸업생이 함께 부르는 3절, "앞에서 끌어주고 뒤에서 밀며~"에서 재학생의 목소리로 겨우 졸업가가 이어지지만 으레 졸업식은 졸업생들의 울음 속에서 막이 내렸는데 어떤 담임들은 아이들과 끓어앉아 아예 엉엉 우는 풍경도 드물지 않았다.

어느 해 졸업식 후의 한 장면을 기억한다. 식(式) 후 각 반 교실에서 졸업장을 분배받고 재학생 졸업생들이 대부분 빠져나갔는데도 교문 기둥을 부여잡고 하염없이 슬피 울던 4~5명의 여학생들… 흰 저고리에 까만색 무명 치마를 입은 여자 아이들인데 18~20세나 되었던 듯싶다. 그 아이들은 왜 그리 슬피 울었을까? 졸업 다음 날부터 그들을 기다리는 '내일(來日)'이란 거친 흙덩이의 밭과 정강이까지 질펵하게 빠지는 논, 그리고 흙구덩이에서 땀과 진흙을 뒤집어쓴 채 평생 벗어날 수 없는 무지(無知)의 세상, 절망의 농촌이 그들 앞에 버티고 있었기 때문이 아니었을까?

2. 가족 이야기

우리 가족들은 일반 한국인들처럼, 그 시대에 갖은 어려움을 겪어 왔으나 아버지의 일생에서 볼 수 있듯, 이웃들에게 덕을 베풀며 남에게 해를 끼치지 않고 선량하게 살아왔다. 특출 나게 출세하거나 권력을 누리지는 못하였다. 그러나, 인정이 많고 감성이 풍부하여 가족 구성원이나 이웃의 어려움에 임하여는 따뜻한 눈물과 희생하는 모습을 보여 왔다.

족보

나는 신안 주(朱)씨의 28세 손(孫)이다.

본관은 신안(新案)인데 신안은 중국 안위성에 있다. 시조 주희(朱熹)는 주자학을 집대성하여 중국뿐 아니라 동양의 사상계에 가장 큰 영향을 끼친 분이시다. 그분은 논어와 맹자에 관한 집주(集注)를 저술하면서 자사(子思)의 철학 사상을 펼쳤다고 하며 중국, 한국, 일본의 지식인 사회에 영향이 크게 미쳤다 한다. 주희는 역사에도 깊은 관심을 보여 사마광의 역사서 자치통감의 재편집을 지휘하여 1172년에 자치통감을 완성하였는데 이것은 동아시아 전역에서 널리 읽혔고 유럽에서 최근 간행된 중국 역사서인 '중국통사'의 토대가 되었다고 한다. 주희의 철학 체계는 유일하게 관학(官學)으로 인정받았으며 관학의 풍조는 19세기 말까지 지속되었다고 한다.

나는 신안 주씨 3대 계파의 거두(巨頭)인 주인장, 주인원, 주인환 중 주인환(첨의부사공, 7세)의 계파인 안천군(조선의 1등 개국공신으로 인정, 하사받은 작호) 주인(朱仁, 11세)의 후손이다.

조선 초, 주인(11세)의 일곱째 아들 원유(12세)는 '함흥차사' 이후 이성계의 복위를 꾀하다가 실권을 쥔 이방원 권력의 박해를 받는다. 그리하여 원유의 아들 주언희(13세)는 박해를 피하여 1453년(단종시, 계유년)에 홍주(홍성)으로 내려오게 된다. 나는 홍주에 내려온 주언희 할아버지의 후손이 되는 것이다. 아버님이 28세손(世孫), 나는 29세손이다. 조카(작은형님의 딸, 30세손)이 손자를 보았으니 현재 32세손으로 이어진다.

부모님

해방 직후, 네 집 내 집 가릴 것 없이 곤궁하고 어려웠던 때, 가장이었던 나의 할아버지는 일찍 돌아가시고 호구지책이 암담한 가정에서 아버지와 어머니는 각각 15세와 16세에 결혼을 하셨다 한다. 부모님은 어려운 시절, 7남매를 낳으셔서 둘은 잃으시고 5남매를 키우셨다.

아버지와 어머니는 매우 건강하신 체질을 타고나셔서 단지 육신을 써야 하는 고된 농사를 지으며 5남매를 데리고 어려운 시절을 잘 극복하여 오셨다.

어머니는 1912년생, 아버지는 1913년생이셨다. 태어나고 보니 조선은 망했고 조국은 일본의 식민지였다. 그 시절 살 만한 형편이 되는 국민은 1000명 중 1명이나 되었을까? 거의 99.9%의 한국인이 호구지책도 어려워 초근목피(草根木皮)로 연명하였을 것이다.

아버지와 어머니는 금실이 좋지 않으셨다.

나는 부모님 슬하에서 자랄 때, 두 분이 서로 화기애애하게 지내는 시간보다 두 분 사이에 전운이 감돌고 불안한 분위기였던 시간이 많았던 것 같다. 집에 있을 때, 밖에서 아버지가 들어오시는 기척이 보이면 가슴이 쿵쿵 뛴다. 불안한 것이다. 오늘은 또 무슨 일로 전쟁이 발발할까?

아버지는 술을 좋아하셨고 술 드시고 오신 날엔 거의 어머니와 다툼이 있었다. 아버지의 벼락 치는 듯한 고함 소리와 와장창 그릇 깨지는 소리가 들리고… 잠자던 우리들은 잠이 깨었지만 무서워서 잠자는 척하며 쪼그린 채 벌벌 떨어야 했다. 큰 소리가 날 때마다 오싹오싹 소름이 끼치는 듯했다. 10세 이전 어릴 적 아버지는 무서워서 감히 접근을 하지 못했다. 그러한 아버지는 어머니를 비롯하여 식구들의 원망의 대상이기도 하셨다. 농한기에는 '이 노인네(술을 팔았음)' 또는 '허○○네(역시 술을 팔았음)'를 종종 들렀는데 이것을 어머니는 아주 싫어하셨다. 어린 새끼들이 줄줄이 자라고 있는데 술집 출입이 말이 되느냐는 것이었다.

그러나 어머니는 추운 겨울 저녁에도 아버지를 기다리는 어머니는 된장찌개를 아궁이의 숯불에 얹어놓고 기다리다가 국물이 너무 쫄아든다 싶으면 추운 마루와 토방을 지나 부엌까지 가셔서 찌개를 내려놓는다. 잠시 후 또 내려놨다 올려놨다 하며 몇 번씩이나 부엌을 드나드셨다. 전화도 시계도 없는 시절, 언제 오실지도 모르니 따뜻한 밥상을 드리기 위해 찌개를 덥히며 계속 대기하고 계신 것이었다.

부모님은 주로 다투시는 이유와 관련하여 어머니의 항변인 즉, 아이들을 헐벗기고 술집이 웬 말이냐는 것. 말이 되는 말씀이었다. 어렸던 우리들이 듣기에도 어머니의 절규(?)는 당연히 공감대를 형성하였고 생활을 위해 바동바동 혼자 애쓰시는(당시에는 이렇게 생각되었다) 어머니에 대한 불쌍한 생각과 안타까움에서 아버지에 대한 원망이 자라고 있었던 듯하다. 점점 아버지에 대한 거리감과 무서움이 생기게 되었다.

한편, 어머니의 아버지에 대한 불평도 그럴 수밖에 없지만 우리들이 한참 자란 후에 생각하니 아버지를 일부분 이해할 수 있었다. 거친 논밭에서 식솔들을 위해 온종일 힘든 일을 하시던 아버지가 무슨 낙이 있었겠는가? 풍비박산 났던 살림을 맨몸으로 일으키신 아버지… 풍류와 술을 좋아하시니 일 하신 후, 술집에 들러 술을 마시는 것을 어머니가 너그럽게 봐주셨으면 어땠을까 하는 마음이 들기도 하였다. 수십 년 지나 나이가 들어 생각하니 아버지는 맨손으로 땅을 일구고 식솔들을 먹여 살렸으며 형제들을 모두 반듯하게 키우신 훌륭한 분이셨다. 물론 어머니, 할머니도 함께 일하신 것은 물론이다. 다만 두 부모님들의 관점이랄까, 생각하시는 방향의 차이로 쉽게 말해 의견 차이로 다툼이 잦았고 다툼이 잦으니 자연, 가정의 분위기가 침체되었던 때가 많았던 것으로 생각된다.

우리 형제들도 더러는 말썽을 부렸을 것이고 자라면서 부모님 맘에 안 든 적도 많았을 것이었지만 아버지는 단 한 번도 자식들을 심하게 나무라신 적이 없었다. 인정이 많으셨던 것이다.

어머니는 보통의 여성들보다 훨씬 감성적이셨던 것 같고 (어느 어머니가 안 그럴까마는.) 우리 어머니는 누구보다도 자식에 대한 사랑이 극진하셨다. 이를테면 형님들이 군에 입대하였을 적, 밤중에 바람이라도 불면 형님들이 있는 전방이 얼마나 추울까 하며 베갯머리에서 우셨고 무더운 여름에는 더위에 고통 받을 형님을 생각하며 우셨다. 연일 눈코 뜰 새 없이 계속되는 농사일에 고달픈 육신임에도 마음은 자식들을 걱정하는 아픔에 시달렸던 것이다.

어머니가 16세 때 시집을 오시니 우리 집은 완전히 망한 상태였다 한다. 빚쟁이들이 쓸 만한 가재도구는 물론 심지어 절구통에 있는 찧다 만 보리 두어 되까지 싹 쓸어갔다고. 허씨네 중선 사업에 투자하고 함께 중선을 탔다가 망하는 바람에 이러한 파탄지경에 이른 것이었다 한다. 정확히 언젠가는 모르겠다. 할머니 말씀에 따르면 한때 새oo에 있는 전씨댁 앞의 층답 논들과 시뚝고개 너머 포강(저수지) 아래 논들(1000여 평)을 비롯하여 재산이 웬만큼 있었다 한다.

어쨌든, 우리 부모님이 결혼하였을 때에는 완전히 파산상태였다. 그러나 면(面)에서 면답 지역을 개간할 때, 아버지는 그 개간 사업에 참여하며 개간한 논 2~3필지 10마지기 이상을 확보하였고 한다. 또한 면답마을 야산을 일구어 밭 3000평도 개간하셨는데 날마다 밭을 일구는 모습은 어릴 적, 나도 보았다. 뿐만 아니라, 20리나 되는 '깊은할매기'까지 가셔서 소나무를 벌목하여 사기점 근방의 바닷가로 끌어내리고 뗏목을 만들어 만조(滿潮)때를 이용, 집 앞의 통개 바다까지 끌어다가 현재 고향집터에 번듯한 4칸짜리 집을 지으셨다. (추후에 다시 4칸짜리 ㄱ 자형 아랫집까지 지으신 것이다.) 아버지는 적수공권(赤手空拳)으로 집안의 경제를 일으키려 기를 쓰고 노력하셨고 그리하여 폭망했던 가정을 일으킨 것이다. 맨손으로 논밭 수천 평을 개간하셔서 식솔들의 생계의 근원을 만드시고 또한 맨손으로 좋은 재목을 취하여 새로 집을 번듯하게 지으셨으니 그것만으로도 부모님의 공적은 대단한 것이라 아니할 수 없다.

아버지는 농한기에 시골 청년들에게 한문을 가르치셨다. 당시에는 신문이나 거리의 간판에도 온통 한자투성이였다. 한자를 모르면 거의 문맹과 같았다. 젊은이들은 시오리 밖에 떨어져 있는 초등학교를 대충 졸업하고 대부분 농촌에서 땅을 파먹고(농사를 짓고) 살았다. 땅을 파고 식량을 생산하고 땔나무를 하는 것이 생활의 전부였다. 연중 정신없이 바쁘지만 겨울엔 농사가 없으니 시간이 남는 청년들은 화투를 배워 일찍이 도박에 발을 들여놓는 등하면서 한가한 시간을 발전적으로 사용할 줄 몰랐다. 아버지는 이런 청년들에게 한자와 한문을 가르치신 것이다. 해마다 7~8명씩의 마을 청년들을 불러 모아 직접 한자 교육을 하셨다. 순수한 봉사였다.

아버지는 학생이 한 명씩 들어올 때마다 한 권씩의 천자문 교재를 만드셨다. 창호지를 사다가 가위질하여 B4용지 크기의 겹으로 된 지면을 만드시고 여기에 해서체로 천자문을 쓰셨다. 학생 한 명의 교재를 만들기 위해 해서체(楷書體) 정자(正字)로 1000자를 쓰시는 것이다. 4자씩 8줄, 31페이지를 써야 된다. 다 쓰신 후에는 각 권의 페이지마다 들기름을 먹여 책장을 수백 번 넘겨도 종이가 해지지 않도록 만드셨다. 아버지는 학생들에게 겨울 밤 초저녁에 모이게 하여 글을 가르치고 몇 차례 함께 읽게 한 후, 학생별로 서상대(書上竹?)를 짚으며 각자 읽어 보도록 하였다. 각각의 낭송을 시킨 후, 다시 합창시키듯 학생들이 글자를 한 자 한 자를 가리키며 "하늘 천, 땅 지, 검을 현…." 훈(訓)과 음(音)으로 읽게 하셨다. 대여섯 번을 음독과 훈독을 시킨 후 각자 복습을 시킨다. 복습 후에는 앉은 순서대로 한 사람씩 읽도록 하신다. 여기서 청년들 개개인의 총기가 드러난다.

다음엔 일제히 음독(音讀)을 시킨다.

"천지 현황(天地玄黃)하고 우주 홍황(宇宙洪黃)이라. 일월 영측(日月盈昃)하고 진숙 열장(晨宿列張)이라 한내 서왕(寒來暑往)하고 추수 동장(秋收冬藏)이라…."

겨울 밤, 청년들이 구성지게 글 읽는 소리가 합창하듯 밤하늘에 합창이 메아리치듯 퍼져나간다. 글 읽는 소리는 고적(孤寂)한 시골 마을의 저녁에 가장 아름다운 오케스트라였다.

아버지는 마을 사람들을 위해 하시는 일이 많으셨다. 동네 어느 곳에서 집을 신축할 때 상량문(上樑文)을 써 주는 것도, 초상이 났을 때, 수십 장씩 만장(輓章)을 써 주는 일도 묏자리를 봐주시는 일도, 탄생한 아이 작명(作名)을 하여 주는 일도, 동네 어르신들이 연초에 토정비결을 봐 달라 찾아오면 쾌히 응해 주시는 일까지 아무 대가도 보수도 바라지 않고 베풀어 주시던 무급(無級)의 봉사자였다. 지역의 부족장이고 제사장이었다고 할 수도 있겠다.

또한, 시조를 잘 읊으시고 퉁소를 잘 부시는 낭만인이기도 하셨다. 나는 스무 살 무렵, 아버지의 색다른 문건(文件)을 본 적이 있는데 퉁소 악보였다(그것을 잘 보관하였더라면 우리나라 음악사의 좋은 자료가 될 뻔했을 것이다). 간혹 아버지는 우리 집 '끝에 방'에서 퉁소를 부시는 적이 있었다. 아버지의 퉁소 소리는 끊어질 듯, 이어질 듯 구곡간장(九曲肝腸)을 에이는 듯하였다.

어머니께서는 아버지의 이 모든 것이 불만이셨다. 본인의 가정에는 할 일이 태산인데 남의 자식까지 불러 한문을 가르치는가 하면 만장이든 상량문이든 수십 리 밖에까지 달려가 남의 일을 해 주는 데 대하여 심히 못마땅하셨던 것이다. 아버지는 타인에게 좋은 일을 많이 하셨고 가정에서는 그것이 불화(不和)의 요인이 되기도 하였다. 늘 이런 분위기에서 살았던 나는 당시 두 분 간에는 도무지 사랑이라는 것은 없는 것으로 생각하였다. 그러나 그렇지는 아니 하였다.

아버지가 젊을 적에는 오랜 기간 위장병을 앓으셨다. 아버지께서 늘

복용하시던 약은 직육면체의 파란 병, 거기에 들어 있던 유윳빛깔의 하얀 액체의 약이었는데 지금도 기억에 선하다.

어머니는 농사에, 살림에 바쁘신 중에도 굴 껍질을 햇볕에 말려 그것을 질그릇에 넣고 아주 미세하고 보드라운 가루가 될 때까지 방망이로 빻고 다지며 문질러서 고운 가루를 만드셨다. 아버지의 위장약으로 쓰기 위해서다. 굴 껍질을 고운 가루로 만드는 것이 쉬운 일은 아니었다. 그러나 어머니는 그 일을 오랫동안 계속하셨다. 또한 평소에도 아버지가 외출하여 돌아오실 때까지 아버지의 밥상에 올릴 찌개를 덥히셨는데 (앞에서 말한 바와 같이) 겨울밤 부엌까지 나가려면 찬바람을 맞으며 마루에 나가서 다시 부엌문을 열고 아궁이의 타다 만 불씨에 찌개 그릇을 올려놓고 덥히기를 여러 차례…. 아버지가 들어오실 때까지 찬바람 부는 방문을 열고 드나들며 찌개를 덥히는 정성은 아버지에 대한 사랑 아니고는 할 수 있는 일이었을까? 아버지는 간혹 마을에서 돼지를 잡은 날에는 돼지고기 두서너 근을 사 오신다. 어머니가 조리하시는 부엌에서 아버지는 돼지고기를 썰어 직접 석쇠에 구우시는 등 어머니가 일하시는 부엌을 들락거리시며 어머니의 일을 도우셨다. 이런 모습에서 나는 부모님의 평화로운 모습을 떠올릴 수 있다. 그것은 분명 사랑이 담겨 있는 부부의 모습이었다.

어느 해 늦가을, 정오 무렵의 날씨는 따뜻하고 쾌청하였다. 사립문 앞, 마당에서 아버지는 이엉을 엮으셨고 어머니는 새끼를 꼬을 짚을 다듬었던가? 바로 옆에서 세 살쯤 된 막냇동생이 아장아장 걷다가 오줌을 누려 하였다. 아버지는 양재기로 동생의 오줌을 받더니 그것을 마셔 버리시는 게 아닌가! 다 마신 후 껄껄 웃는 아버지, 그 옆의 어머니는 "오머(어마나)!" 하시며 하하 웃으셨다. 어린 나의 눈에 비친 부모님의 함께 기뻐하시는 모습은 참 보기 좋았다. 눈에 넣어도 아프지 않을 막둥이의 오줌을 받아 마신 데 대하여 어머니가 무슨 이의를 제기하겠는가? 아마도 어린 아이의 오줌이 약이 된다는 속설을 들으시고 마셨겠지만 귀여운 자식의 오줌이었으니 그것이 설령 똥인들 못 드셨겠는가.

어릴 적 따뜻한 가을, 어느 날 부모님이 서로 웃으시며 행복해하던 모습이 떠오르는 것이 귀한 사진을 보듯 아련하다. 아마도 그때가 부모님의 얼마 안 되는 가장 행복한 시간이었을 것이다.

타고나신 건강한 육신과 뜨거운 열정으로 농토를 일구며 집안을 일으키신 아버지는 한편으로 인정이 넘치셨다. 어머니는, 아버지가 한량스러운(?) 생활과 타인을 위한 봉사에만 만사를 제쳐놓듯 앞서지 말고 좀 더 가정을 챙길 것을 원하였는데 당신의 바람[望]에 부응하시지 못한 아버지에 대해 불만과 원망이 깊어지게 된 것으로 보인다. 나는 어릴 적 어머니가 스스로 행복하지 못한 처지에서도 자식들을 위해, 애쓰시던 불쌍하고 슬픈 모습을 잊을 수도, 배신할 수도 없었다. 그리하여 허튼 짓 하지 않고 공부를 열심히 하려고 애썼던 것이다. 오늘날, 밥술이라도 먹으며 편안하게 살게 된 행운은 오직 두 분의 은혜에서 비롯된 것이라고 생각한다.

어머니의 친정은 안면도 oo리 소속의 작은 섬 'o섬'이었다.

천수만을 끼고 있는 안면도 동쪽 해안의 천수만 쪽은 조석 간만의 차이가 큰 리아스식 해안이었다. 30여 년 전, 여기에 간척사업이 이루어지면서 이제 o섬은 육지에 붙게 되었다. 간월도처럼.

내가 초등학교 때에만 해도 o섬에서 oo초등학교까지 통학하는 아이들이 몇 명 있었다. 그들은 바닷물이 빠지는 간조(干潮)와 등하교 시간이 맞을 때에는 신발을 벗어들고 물 빠진 지 얼마 안 되어 질척질척한 바닷길을 건넌다. 건넌 후 3km 떨어진 학교까지 또 걸어서 등하교를 하였던 것이다. 아직 물이 덜 빠진 바다 개울을 건너다가 익사 사고가 발생하기도 하였다.

나는 학교에 등교했다가 어느 날인가, 한두 번 그곳 o섬에 사는 동급생을 따라 외할머니 댁을 간 적이 있었다. 어머니 말씀에 따르면, 어머니가 어릴 적 o섬 외갓집은 대단히 부자였다고 한다. 중선 수십 척을 부리며 연평도에까지 나아가 고기잡이를 하였는데 서해안 선주들 중에서는 재력이 막강하였다고 했다.

어느 날 o섬에 화적 떼들이 습격하였다. 외할머니 댁이 습격을 받아 재물을 털리게 되었다 한다. 화적들은 할머니 댁에서 비단이며 패물, 값비싼 가재도구와 자기 그릇, 그리고 쌀과 말린 해산물 등을 바닷가 선창에 끌어내어 쌓아놓고,

“저 많은 것들을 어떻게 싣고 가야 하나?” 하며 한숨을 쉬더란다.

내가 외할머니 댁에 찾아갔을 때는 가세가 완전히 쇠락하였는데 어린 눈에도 쇠잔한 할머니 댁의 모습이 안쓰럽게 보일 정도였다. 바닷가로부터 30미터도 안 되는 거리에 초라한 옴팡집(오두막집)이었다. 본채는 헐어버렸고 아랫집만 동그마니 남아 있었다. 식구래야 외할머니와 아직 소년인 태혁이 형뿐인 듯하였다. 형은 외할머니의 손자, 즉 나의 외사촌 형이었다.

내가 어릴 적, 어머니가 우시면서 황급히 시뚝 고개를 넘어가는 뒷모습을 보곤 하였다. 어느 때는 어머니가 안 계셔서 큰형과 작은형, 그리고

나, 이렇게 셋이 안방에서 잠을 잘 때도 있었다. 내 나이가 네 살쯤이었던 듯, 저녁에 큰형과 다툰 작은형이 훌쩍거리며 팔을 내어 나에게 팔베개하게 하고 재우던 기억이 난다. 이런 날은 외가에 초상이 나서 어머니가 급히 우리 형제들만 남기고 외가로 달려가신 때였던 모양이다.

외숙모는 젊은 나이에 연주창이란 병으로 돌아가셨다 한다. 외숙모는 겨드랑이에 종기가 악화되어 몸통의 속까지 뺑 뚫려 시뻘겋게 몸통 속까지 들여다보였다 한다. 외삼촌은 해방 전 oo초등학교 교사였다(일제 때 사범학교를 나와 교사를 하는 것은 쉽지 않았다 하니 당시에는 지역의 인재였을 것). 어느 해 섣달 그믐날 댓고지(안면도 oo리)에 있는 친척집에서 (외숙모 제사였던가?) 제사를 지낸 후, 밤늦게 집(o섬)으로 향하였다 한다. 밤이 늦었으니 자고 가라 권하였지만 마침 썰물 시간이 그윽하였으니 감(썰물, 즉 바닷물이 빠진 후 생기는 갯벌 땅)을 건너가겠다며 굳이 나섰다고. 그러나 외삼촌은 o섬 본가에 도착하지 않으셨다. 전화도 없던 시절, 전날 저녁 제사를 지낸 친척집에서는 당연, 무사히 감을 건넜을 것이리라 믿었는데 o섬의 본가에서는 돌아오지 않으니 거기(댓고지) 친척집에서 자거나 또는 학교에 가서 숙직하느라고 귀가를 하지 않은 것으로 알고 있었다고. 다음 날은 정월 초하루, 일본 설날이었는데(당시에는 초하루에 교사들은 학교에 출근, 신년식을 하였다 한다.) 외삼촌이 출근하지 않았다고 학교에서 기별이 오는 바람에 동네는 발칵 뒤집혔다. 댓고지(oo리)에서 떠난 사람이 물 건너 o섬에 오지 않았다면 분명 바다에서의 사고였다. 동네 사람들은 물이 빠진 개펄과 바닷가로 돌아다니며 단서를 찾으려고 헤매었다. 그러던 중 원래의 감 길에서 1km쯤 떨어진 곳에서 혁대를 발견하였다. 외삼촌의 혁대였다. 아마도 간조가(干潮) 끝나고 물이 밀려오기 시작하는 바다 개울을 건너다가 그만 물에 빠져나오지 못한 것이었다. 이리하여 외삼촌 내외 모두 어린 태혁이 형 남매를 이 세상에 남겨두고 세상을 떠나셨던 것이다. 외삼촌 내외를 비롯, 외삼촌 친족들이 대부분 젊은 나이에 모두 세상을 떴고 어머니를 비롯한 딸들은 출가하였으니 외할머니는 손자와 손녀만을 데리고 80이 넘은 연로한 나이에 가장이 되어 혼자 사시게 된 것이다. 이 산더미 같은 슬픈 이야기의 한가운데 어머니가 계셨고 내 나이 4~5세 전후 30대 후반의 어머니는 밤낮으로 눈물의 세월을 보내신 것이다.

외할머니께 남겨진 가족은 나이 어린 '덕이'와 '태혁'이었다. 어머니는 남동생(나의 외삼촌)이 남기고 떠난 어린 남매에 때문에 가슴에 슬픔이 사무쳤던 것이다.

'태혁이'와 '덕이'…. 남매의 이름은 어머니의 눈물과 더불어 어린 시절 내 가슴에 슬픈 동화의 주인공이 되어 시리고 쓸쓸하게 남아 있다.

내가 초등시절 ㅇ섬에 갔을 때, 태혁이 형은 열여섯쯤 된 소년이었던 듯싶다. 누나 덕이는 보이지 않았다(시집을 갔었던가?). 몇 년 후 외할머니는 태혁이 형을 데리고 육지(안면도) 댓고지(ㅇㅇ리)로 이사 오셨다. 내가 5학년 때인가? 학교 끝난 후 나는 집(장ㅇ리)으로 가지 않고 ㅇ섬에 살던 반 친구 영호를 따라 댓고지 외할머니 댁을 찾아갔다. 초가집들이 올망졸망 자리 잡은 마을이었는데 사립문에서 오른쪽 아래로 몇 발자국 떨어진 곳에 석정(후에 육사에 입학함)이네 집이 있었다. 석정이 할아버지가 외할머니의 형제라 하였다.

외할머니는 외손자가 왔다 하여 쌀밥을 짓고 기름 바르고 잔소금을 뿌려 구운 김 등을 상에 올려 나의 밥상을 차려 오셨다. 머리는 하얗게 세었으며 등은 굽으셨고 거동은 가볍지 못하셨다. 그 후 내가 고1 때, 이번엔 누나와 함께 이곳 외할머니 댁을 찾았다. 외할머니 댁 방문이 세 번째였고 그것이 외할머니 댁을 방문한 것의 마지막이었다.

외할머니의 손자, 즉 태혁이 형은 나이 20에 결혼하였다. 손이 귀한 집이니 결혼을 빨리 한 모양이었다. 첫 아이 일형이를 낳아 3살쯤 되었는데 우량아처럼 토실토실하고 매우 귀여웠다. 형수님은 손바닥 위에 아이를 곧추세웠다. 형수님이 "둥기둥 둥기둥." 하고 손바닥 널을 태우고 얼르다가 라디오를 틀면 일형이는 트위스트를 한다며 몸을 흔들었다. 트위스트는 60년대 중반 젊은이들에게 한창 유행하고 있었다. 이 애기가 자라서 오늘날, 경찰 총경이 된 김oo이다.

어머니는 부모(어머니의 남동생과 올캐) 잃은 외사촌(태혁)이 할머니를 모시는 가장이 되어 고달픈 세상을 살아가게 된 것에 늘 눈물지으며 슬퍼하셨다. 어머니 말씀에 따르면 태혁이 형은 열두 살부터 겨울 바다에 나가 김발을 매었다 한다(지금은 기업에서 기계로 김을 채취하지만 당시에는 개인별로 바다 속에 구조물을 설치, 발을 매어달아 여기에 달라붙은 김을 채취하였다). 태혁이 형은 겨우 열두 살 나이로 동네 어른들 틈에서 찬바람이 매섭게 휘몰아치는 겨울 바다로, 생활 전선으로 뛰어든 것이다. 형은 결혼 후에도 수년간 김을 매고 한편 소규모의 농사도 지어 자라나는 자녀 4남매를 육지에 학교를 보내며 어렵지만 손색없이 가정을 꾸려 갔다.

그로부터 20년 후, 안면도 동쪽 바다인 천수만의 북부에 현대건설에서 대규모 간척 사업을 벌였는데 이후로 해류가 달라지고 천수만 바다에는 간척지의 신개발 농장의 방제용 소독으로 인한 오염이 발생하여(피해 어민들의 주장) 종래의 김 농사를 할 수 없는 지경에 이르렀다 한다. 태혁이 형은 쫓겨나듯 고향을 떠나 객지인 c시로 올라가게 된다. 그곳 변두리에서 돼지 농장 인부로 일하면서 매우 어렵게 살았다고 한다. 그럼에도 자녀들을 반듯하게 잘 키워 큰아들은 경찰대에, 둘째는 해군사관 학교에, 셋째(딸)는 교육대학에 그리고 넷째는 3군사관학교에 보냈다. 이들 남매들이 다닌 학교 또는 사관학교들은 국립이어서 학비가 저렴하면서도 장래 취업이 보장되므로 지방에서는 누구나 선호하는 학교였고 공부를 잘해야 갈 수 있는 곳들이었다. 태혁이 형은 자녀들에게 진로를 잘 선택하여 주었으며 자녀들 또한 어려운 가정을 이끌어 가는 부모의 고달픔과 고마움을 깨닫고 부모의 바람에 잘 따라 주었을 터였다. 태혁이 형 본인은 조실부모하여 어린 나이에 가장의 역할을 하느라 상급학교 문턱에도 가보지 못하였으나 네 자녀를 훌륭하게 교육을 하여 성공시켰다. 국가 또는 관련 기관에서 어버이날 같은 때, 자랑스러운 부모로서 추천을 하여 큰 상을 올려도 부족함 없는 훌륭한 부모였다고 생각한다. 형의 큰아들은 경찰서장, 둘째는 육군 영관급, 셋째는 해군 영관급, 막내(딸)는 학교 교사를 하고 있는바, OO도 남부 일대에서는 자녀 교육에 성공한 태혁이 형의 이야기가 전설처럼 회자되고 있다.

그러나, 소년 시절부터 갖은 어려움을 극복하고 가정을 일으킨 태혁이 형이 자녀들을 성공시키고 살 만하니 웬일인가? 형은 어느 날 공공사업에 참여했다가 뇌졸중이 발생하여 걸을 수도 없게 되었고 무엇보다 말을 할 수 없게 되었다. 언어 구사를 못 하는 것이다. 나는 일 년에 한두 번씩, 태혁이 형 동네인 댓고지로 형님들과 더불어 성묘를 갈 때마다 투병하시는 형을 방문하였다. 자녀들은 모두 객지에서 생활하여 적적한 집안에서 외롭게 투병하는 형은 우리들을 보면 반가워서 어쩔 줄을 모른다. 말은 못 하지만 과일이든 음료를 권하며 아둔한 음성으로 많이 먹고 오랫동안 놀다 가라고 간절히 권하였다. 형수에게 뭐 좀 먹을 것을 대접하라고 (거북하지만) 소리도 치며 채근하고 성화를 부린다. 일가를 보고 반가와 어쩔 줄 몰라 하며 오랫동안 얼굴을 보고 담소하고 싶은 간절함…. 태혁이 형의 모습에는 핏줄이 많지 않은 우리 외가의 외로움이 절절하게 묻어났다. 형의 이 마음을 조카들(그의 자녀들)도 모를 것이다. 형 외가의 비극을 몸으로 겪으며 눈물 속에 젊음을 보낸 우리 어머니의 역사를 모르는 외갓집 후예들이 잠시 방문한 우리들과 짧은 시간 조우하고 헤어져야 하는 그들 아버지인 태혁이 형의 안타까움과 아쉬움, 그리고 간절한 형제애를 어찌 절절히 알 수 있겠는가.

그분이 일생 동안 쓰라렸던 역경과 삶의 질곡(桎梏), 그리고 외로움에 굴복하지 않고 맞서 싸워 이기며 살아온 터에 인생 후반기에 또 다른 시련을 당하여, 또한 이 시련과도 처절하게 싸우고 있었으니 상심인들 이루 말할 수 없었을 것이다.

나는 몇 년 전, 태혁이 형이 작고하셨다는 통지를 받았다. ○○○ 공동묘지 근방, 마지막 길 위에 태혁이 형의 운구차가 잠시 쉬고 있었다. 길 위에서 조카(태혁이 형의 큰아들)에게 조문을 한 뒤 돌아섰다. 하관 후, 술이나 한 잔 올렸어야 했는데…. 아쉽다. 태혁이 형과 영원한 헤어짐의 자리가 이렇게 간단하다니.

큰형님과 작은형님

부모님은 일찍이 큰형님 내외에게 경제권을 넘겨주셨다. 아마도 큰형님 나이 28세쯤이었고 부모님 연세는 52세쯤이었을 것이다. 당시 얼마 되지 않는 논밭의 경작으로는 호구지책도 안 되는 어려운 시대, 형님들은 그들의 자녀인 조카들이 자라고 있는 형편에서 누나와 나, 그리고 동생도 아직 성장 과정이어서 돌봐야 되는 처지였으니 살림 책임자가 된 형님들의 어깨는 무거울 수밖에 없었다.

큰형님은 부지런하고 성실함이 몸에 배었을 뿐 아니라 책임감이 대단하셨다. 또한 빈틈이 없으셨다. 당시 농촌에서는 농한기에 친구들과 어울려 술도 마시고 이른바, 나이롱뽕 같은 화투를 이용한 내기 놀이가 빈번했는데 나는 형님이 단 한 번도 이런 자리에 어울리는 것을 보지도 못하였을 뿐 아니라 그런 것을 하며 놀았다는 이야기를 듣지도 못하였다. 하루 일과도 빈틈이 없는 듯하였다. 아침에 일어나 집 주변 청소에서부터 시작하여 해 뜨기 전후 밭에다 지게로 퇴비를 나르거나 논에 가서 논두렁 풀을 깎고 일정한 시간에 들어오셔서 세수를 하시고 식사, 그리고 난 후 9시쯤 동네 사무소에 출근(리서기를 거쳐 리장으로 오랫동안 근무하셨다)….

생활이 매우 규칙적이셨다.

바닷가(통개)에 버려진 황무지와 다름없는 간사지 2곳(도합 5마지기 정도)을 일구어 논으로 만들고 모를 심어 부지런히 경작하셨다. 바닷가이니만큼 만조(滿潮) 때에 바닷물이 넘쳐 들어올 염려가 있으므로 밤 12시든 새벽 2~3시든 깜깜한 밤, 바닷가에 나가 논을 살피고 수문을 단속하고 들어오시는 것이 한두 번이 아니었다. 이렇게 농사와 마을 일(리장)을 겸하시다가 1970년대 중반, 안면도에 농협이 생기면서 직원으로 선발되셨고 농협에서 25년간 근무하시다가 상무의 자리에서 정년 퇴임하셨다. 농협 설립 당시 형님의 성실함을 익히 아는 면지역 유지들이 추천하여 농협의 최초의 직원이 되셨던 것이다. 농사는 계속 지으시면서 농협에 수십 년 근무하셨으니 농토도 많이 늘어났다. 이른바 중농(重農)이 되신 것이다.

퇴임 1년 후, 조합장 선거가 있었고 형님은 조합장에 출마하였다. 4명이 출마하였는데 개표결과 다른 후보 3인의 표를 모두 합친 것보다 많은 득표로 조합장에 당선되셨다. 4년 후, 조합장 임기 1차를 마치고 다시 출마하여 역시 압도적인 표 차로 또 당선, 조합장을 연임하게 되셨다. 형님은 성실성과 자기 계발의 노력으로 일개 영세 농업인 겸 리서기(里書記)에서 출발하여 중농으로 성장하셨으며 농협에서 번듯한 직장인으로 정년 퇴임하셨을 뿐 아니라 퇴임 후, 조합장까지 2차례나 역임하신 입지전적인 인물이셨다. 어찌 보면 냉랭하고 융통성과 포용력이 없어 보이기도 한다. 그러나 큰형님은 갖은 어려움을 무릅쓰고 본인의 성장을 위한 노력은 물론 형제와 가족 구성원 전체를 물심양면으로 책임지셨다. 5남매의 형제들이 각각 성인이 되었을 때에도(형제들이 각각 본인들 문제는 본인들이 알아서 하면 되는 것이고 큰형님이 책임지지 않아도 되는 것이지만.) 큰형님은 나 몰라라 하지 않으셨다. 큰형님은 부모님 이상의 책임감으로 형제와 가족들과 관련된 일에 관하여는 기쁜 일이든 불행한 일이든 추호의 관심도 놓지 않으셨다. 그만큼 큰형님은 가족에 대한 맏이로서의 책임감이 투철하시고 인정이 넘치는 분이셨다. 큰형님 스스로는 성실하고 반듯한 삶을 살았음에도 하늘이 무심하셨던지 당신의 일부 자녀들(조카들)이 단명하는 불행을 당하셨다. 인정 많고 여리신 형님의 가슴에는 아물 수 없는 상처가 생기고 멍이 들어 있을 것이다. 큰형님의 그늘진 모습이 떠오를 때마다 큰형님에 대한 가엾은 생각에 가슴이 시려오면서 나 자신의 마음에도 동병상련(同病相憐)의 우수(憂愁)가 깊어졌다.

작은형님 내외는 젊었을 적, '의좋은 형제'라는 동화 속의 형제처럼 큰형님 내외와 사이가 좋았다. 모두들 어려운 생활이 어려운 시절이었지만 두 분이 각각 분가하여 결혼하였을 당시에는 거의 비슷한 농토를 가지고 농사를 지으며 별 탈 없이 잘 지냈다. 그러던 중, 큰형님이 직장(농협)에 나가게 되면서 큰집에는 일손이 부족할 수밖에 없게 되었다. 큰형수님 혼자 이리 뛰고 저리 뛰어야 할 상황에서 작은형님은 1.5킬로나 떨어진 자신의 집(면답 마을)에서 수시로 달려와 큰형님 댁 농사일을 도와주셨다. 온종일이든 한나절이든, 아니면 때로는 몇 시간이든 작은형님은 큰집 일을 자신의 일처럼 도왔다. 형제간의 돈독한 우애가 참으로 아름답던 풍경이었다.

나는 작은형님과 아홉 살 차이가 난다. 작은형님은 손재주가 많아서 내가 어릴 때, 나의 장난감을 자주 만들어 주셨다. 당시 십 리 밖에 구멍가게가 있었으나 장난감을 팔지는 아니 하였다. 장난감이란 거의 집에서 만들어야 했다. 장난감을 만들어 주는 형이 있는 것은 동생에게 행복이었다. 작은형은 나에게 바다에 정박해 있는 진짜 배와 똑같은 모양의 배를 만들어 주기도 하였다. 그냥 나무로 깎은 배가 아니고 나무로 깎아 배 모양을 만들고 거기에 얇은 나무 조각으로 갑판을 붙이고 키도 달았으며 돛대도 세웠다. 겨울엔 팽이도 깎아 주고 연도 만들어 주셨다. 특히 프로펠러가 달린 비행기를 만들어 주셨을 때는 내 자신이 하늘로 날 듯 기뻤다. 나무를 깎아 비행기를 만들어 청색 칠을 하였고 양철 조각을 오려서 프로펠러를 달았다. 6.25 이후 공중에 자주 떠다니던 B29였다. 그 무렵, 툭하면 하늘에 떠 굉음을 내던 그 비행기 B29를 모르는 아이들이 없었다. 작은형은 저녁에 손수 만든 비행기를 장대 끝에 고정시켜 사립문 기둥 옆에 세웠다. 바람이 불면 프로펠러 돌아가는 소리가 방 안에까지 들렸다.

"왱~ 왱~"

그런데 이튿날 아침, 사립문 옆에 세웠던 비행기 B29가 없어졌다. 가슴이 덜컹 내려앉았다. 나는 밥도 안 먹고 사립문 앞에서 울고 있었다. 온 식구들이 수소문에 나섰다. 누가 B29 비행기를 훔쳐 갔을까?

이틀 후였던가? 범인은 집에서 100미터쯤 떨어진 구억말에 사는 oo이었다. 좁은 동네였기에 금세 탄로가 난 것이다.

어릴 적 어머니의 친정에는 초상(初喪)도 많았고 우환도 많았다. 어머니가 갑자기 시오리 밖 외가 친척들이 있는 댓고지나 o섬 친정에 가시는 일이 자주 있었다. 그날도 어머니는 급하게 친정집으로 달려가셨다. 이 무렵 큰형님은 나이가 20도 안 되었으며 작은형님은 열 서너 살쯤 되었을 때다. 어떤 날은 저녁에 큰형과 작은형이 티격태격 다투게 되었다. 다툰 이유는 잘 기억이 나지 않는다. 큰형은 윗목에 누웠고 작은형은 아랫목, 그 사이에 내가 누웠다. 저녁은 먹었던가. 기억은 안 난다(아마도 정황상 아무도 먹지 않았던 것 같다). 밤이 되었으니 잠을 자야 했다. 다섯 살밖에 되지 않은 나는 형들 사이에 누웠다. 작은형이 훌쩍훌쩍 울면서 나에게 팔베개를 해 주었다. 어머니가 안 계시는 상황에서 동생을 몰라라 하지 않는 인정이 있었던 것이다.

부모님들은 늘 바빴으므로 형들에게 동생인 나를 맡겨 놓고 일터로 나가셨다. 이럴 때 나를 많이 돌봐 주셨던 분이 작은형님이시다. 큰형님이 나를 돌봐 준 기억은 별로 없다. 그때 큰형님은 아마도 40리 떨어져 있는 곳, 승언리에 있는 곳에서 자취하며 중학교에 다니고 있었기 때문이었을 것이다.

작은형님은 젊었을 때, 얼굴이 희고 미남이셨다. 어느 때인가, 입대 후 휴가 나오셨다가 다시 귀대할 때, 30리 떨어진 중장리까지 걸어가서 버스를 타고 가시게 되었다. 나는 작은형님이 떠나시는 길을 따라가 보고 싶어 했고 어머니는 나에게 작은형님을 배웅하고 오는 것을 허락하였다. 가을이었다. 큰 소나무들이 많은 깊은 갈매기 산길을 넘어 논벌이 펼쳐진 사기점 들판을 가로지르게 되었다. 9월 말쯤 되었던가? 드넓은 논벌엔 아직 파란 볏잎들 위로 이미 노래진 벼이삭들이 잔잔한 호숫물처럼 펼쳐져 있어 들판 속 곧은 논길들을 따라가는 나의 코끝에 벼이삭의 여릿한 향내음이 진동하였다.

지루지 고개를 넘고 버스가 오는 중장리까지 도달한 후 작은형님과 작별하였다. 30리 길을 혼자서 터벅터벅 걸어왔다. 휴가 나왔을 때, 작은

형님이 구성지게 부르던 노래가 자꾸 머릿속에서 맴돌았다.

"아 아~ 신라의 밤아암이이여. 불국사의 종소리 들리어온다. 지이나가는 나아 그으네여 거얼음을 머엄추어라~"

핸썸하고 희멀건했던 쾌남아 작은형님의 모습…. 이제는 이가 빠지시고 허리가 굽으신 팔십 노인이 되셨다. 지금 간혹 만나 뵈올 때마다 허망한 생각이 든다. 평생 함께 젓가락 장단이라도 맞추며 신라의 달밤을 한 번 불러 보지도 못한 채 어쩌다 세월이 여기에 이르렀는가?

누나와 동생

어릴 적, 작은형님과 지낸 시간이 많았던 것 같고 누나는 여자여선가, 시간을 따로 보냈기에 10세 미만의 어릴 적 기억은 많지 않다. 그러나 중학교 이후, 나와 가장 가까운 가족은 어머니 다음으로 누나였다.

누나는 학교 시절 6년 내내 우등상을 받았을 만큼 공부를 잘하였다. 배움의 열망 또한 대단히 컸다. 누나에게 날개를 달아 줄 수 있는 형편이었다면 얼마나 좋았을까? 형편도 형편이지만, 당시 농촌 사람들의 생각으로는 여자는 순종적으로 집안일이나 돕고 논밭에서 일하다가 시집이나 가는 것이 가장 바람직하다고 생각하였다. 혹시 상급학교 교육을 시킨다 해도 남자 형제를 우선하였고 여자는 뒷전이었다. 만일 누나를 계속하여 적극 밀어주고 최고학부까지 교육을 시켰다면 아마도 이 나라의 학계든 정계든 걸출한 여성 지도자쯤 되었을 것이다. 대학 교육의 기회를 남자인 나와 동생이 차지하여 누나에게는 미안한 마음이다. 더구나 누나는 나와 동생이 서울에 유학을 와서 함께 기거할 때 아침저녁으로 밥을 해 주며 뒷바라지까지 해 주었음에랴.

누나는 1965년 9월쯤이었나, 전격적으로 서울로 올라왔다.

내가 수천이네 집에서 고등학교를 다니고 있을 때였다. 앞으로 수천이네 신세를 지지 않게 하고 누나가 밥을 해 준다는 것이 누나의 상경 명분의 하나였던 것 같다. 때마침 수천이네 집 신세를 계속 질 수 없었던 형편이었던 차에 따로 자취방을 얻어 수천이네 집으로부터 나와서 독립(?)하였다. 누나는 나의 밥을 해 주면서 일단 수천이네에서 알선해 준 회사에 나가게 된 것이다. 누나가 서울에 올라옴으로써 시골에서 학교 다니던 동생 도훈이도 서울로 유학하게 된다. 누나는 희망이 없고 답답한 시골을 탈출(?)하면서 서울에서 동생들을 돌봐주는 것을 당연하게 생각하고 쾌히 받아들였으나 동생 두 명을 뒷바라지 하는 것이 그리 녹록하지는 않았을 것이다. 물론 학비나 생활비 일체는 시골에서 부쳐 주었지만 매일 아침저녁 반찬을 마련하여 식사를 챙겨 주는 것과 생활비가 (시골에서 늦게 도착하여) 떨어졌을 때 변통하고 해결하는 일, 그리고 자주 꺼지는 연탄불을 피워야 하는 일 등…. 어쨌든 객지에서 미성년 동생 2명의 총체적 책임을 지는 가장(家長)의 역할을 하였으니 당연히 쉽지 않은 일이었다.

당시 교통과 통신이 발달하지 못해서 시골 본가로부터 용돈이나 식량을 조달 받으려면 우리들이 서울에서 용건을 편지를 발송하고 편지를 받은 시골집에서는 용돈이든 식량이든 현지에서 주선하여 서울로 보낸다. 그러나 서울 자취집에 도착하는 데 무려 1개월 정도의 시간이 걸리는 때였으므로 식량이나 생활비가 늘 부족하고 동나기 일쑤였다. 당장 연탄과 쌀이 떨어져 밥을 지을 수 없는 경우도 허다하였다. 어떤 때는 겨울철에, 용돈은 한 푼도 없는데 학교에서 돌아오니 연탄은 꺼져 있고 쌀독에는 쌀도 한 톨 없이 바닥이 난 적도 있었다. 동생과 나는 배고픔을 참으며 오직 누나가 퇴근하기를 눈이 빠지게 기다리는데 그날따라 귀가가 늦는다. 9시… 10시… 밤 11시에나 회사에서 파김치가 되어 돌아온 누나. 그때, 자신이 오기만을 기다리며 굶고 있는 동생들을 본 누나…. 누나의 난감함과 곤혹스러움은 얼마나 컸을까? 이러한 상황에 봉착할 때, 어찌됐든 그 상황의 해결은 결국 가장(家長)이라 할 수 있는 누나의 몫으로 돌아간다. 우리들(나와 동생)이 처한 가장 절실하고 어려운 생활고의 문제를 나서서 해결해 주던 누나, 귀찮고 궂은일임에도 동생들을 위해 본인이 당연히 책임져야 되는 것으로 생각하던 누나, 학생 시절 객지에서처럼, 누나는 부모님을 대신하여 우리 형제가 기댈 수 있는 유일한 기둥이었던 것이다.

누나는 결혼 후, 경제적인 어려움 속에서도 큰딸을 어릴 때부터 피아노 레슨을 시켜 오스트리아 국립 음대에 유학시켰으며 작은딸 역시 바이올린을 가르쳐 독일에 유학을 시켰다. 지금은 흔한 일이지만 20~30년 전, 누나는, 사내로서도 감히 엄두를 낼 수 없는 용기와 과감한 결단으로 두 딸을 해외에 보내어 음악인으로 성공시킨 것이다. 외국 유학을 마친 자매 중 큰딸(카타르 왕실 국립 교향악단 소속)은 국제적으로 명망 있는 피아니스트가 되어 도쿄와 뉴욕 등에서 대형 연주회를 펼쳤으며, 둘째 딸은 독일에서 석사(바이올린 전공), 미국에서 박사학위(비올라 전공)를 획득하고 뉴욕 맨해튼 매네스 음대에서 바이올린과 비올라 겸임 교수가 되었다고 한다. 누나는 젊은 시절, 어려운 형편으로 본인 스스로는 이루어 내지 못한 학구의 열망을 두 딸을 통해 실현하지 않았나 싶다.

동생 도훈이는 누나 못지않게 청소년기 학창 시절 7년간을 객지의 한 방에서 함께 지낸 돈독한 형제다.

내가 중학교 때, (면소재지 근방의 있는 마을에서 중학교를 다닐 때.) 일주일간 자취, 또는 하숙 생활을 끝내고 토요일 오후에 집에 돌아오게 된다. 어머니는 간혹, 토요일 저녁 무렵, "형이 오나 나가 봐라."고 동생 도훈이에게 이르는 모양이었다. 동생은 나를 마중 나오다가 1km쯤 떨어진 새선지에서, 또는 거의 2km 이상 떨어진 높은 갈매기에서 나와 반갑게 만나 함께 집에 들어오곤 하였다. 1주일 동안이나 떨어져 있던 보고 싶었던 형을 집도 뜸하고 이정표도 간판도 없는 시골 길, 시간 약속도 없이, 때로는 산길 때로는 바닷가 길을 걸어 10리나 20리 밖까지 마중 나오는 동생. 그리고 어느 지점에서 영화의 한 장면같이, 전원(田園)의 들판에서 멀리서 보이는 한 점과 같은 서로를 발견하고 뛰어가 조우(遭遇)하는 형제. 아우에게 형을 마중을 내보는 어머니와 길에서 만나는 형제… 아름답지 아니한가, 지금 생각하면 이때가 우리 가족의 가장 행복했던 때였던 듯하다.

동생의 나이 11살쯤 되던 해였다.

그 주일에는 내가 무슨 일 때문이었던가, 시험 기간이었던가? 집에 가지 못하였다. 그러나 동생은 토요일인 만큼, 나의 귀가를 믿고 나를 맞이하기 위하여 계속 중학교 방향으로 걸어올 수밖에 없었다. 언덕을 넘고 바닷가 원뚝(뚝방)을 걷고 사기점 방향 깊은 갈매기를 향하여 멀고 먼 논 옆길과 산길을 걸었다. 집에서 멀리 떨어질수록 서쪽 산의 해는 뉘엿뉘엿 지었고 점점 날은 어두워져 앞이 보이지 않게 되었다. 집에서 25리쯤 떨어진 사기점 부근이었을까? 형이 오지 않으므로 할 수 없이 동생은 되돌아 와야만 했다. 동생은 완전히 어두워져 길이 보이지 않아 어디가 어딘지 방향 감각을 잃게 되면서 한 가지 생각을 떠올린다. 우리 동네는

k리, k리는 y리의 남쪽에 있다. 여기는 y리 근방이다. 그렇다면 바닷가를 따라 계속 남쪽으로 내려가면 k리 큰장돌 바다가 나올 것이다. 큰장돌 바다는 동생이 자주 가 본 곳이어서 거기만 도착하면 집에 찾아갈 수 있을 것 같았던 것이다. 동생은 바닷가로 내려왔다. 그 지점이 어딘지도 모른 채, 무턱대고 희미한 모랫벌을 따라 걸었던 것이다. 때로는 해당화 가시덤불인 듯싶은 바닷가를 지나고 때로는 절벽 아래로 돌과 바위를 넘으며, 때로는 바위 사이 바닷물이 허리까지 차오르는 깊은 곳에 첨벙첨벙 빠지기도 하면서…. 그러나 지형지세가 보이질 않아 어딘지도 모르고 무턱대고 걷다 보니 힘이 빠져 걸을 수도 없었다. 지쳐서 그만 모랫벌에 쓰러지고 말았다.

그런데 얼마 후, 해당화 가시에 찔리며 어렴풋이 익숙한 풍경이 보이는 듯했다. 오른쪽 산의 능선이며 왼쪽 소나무 숲이며 쓰러져 있는 모래언덕 너머로 어렴풋이 보이는 산 아래 논빼미…. 우리 동네 바닷가의 '작은 통개'와 비슷하다고 생각했다. 논길을 더듬어 걸어갔다. 저 멀리 2백미터쯤에 불빛이 보였다. 그 거리가 평소 '작은 통개'에서 우리 집의 거리와 비슷하였다. 좁은 논길, 이슬 젖은 풀을 헤치며 그쪽을 향하여 기를 쓰며 걸어가니 아, 그것이 바로 우리 집이었다. 동생은 사립문에 들어오며 그만 마당에 쓰러져 버렸다. 어린 나이에 한 밤중 길도 안 보이는 험한 곳에서 무려 30리 이상 헤맨 것이다.

할머니와 삼촌

할머니는 매우 부지런하신 분이셨다. 나는 할머니가 주무시는 짧은 시간 외에 단 한순간도 쉬고 계신 모습을 본 적이 없었다. 동네 우물가에서 또는 사랑방이나 대청마루에서 동네 사람들과 어울려 한담(閑談)하시는 모습을 본 적이 없었다. 늘 일을 하셨다. 땡볕 아래 밭에서 김을 매시다가 저녁 무렵에는 집으로 오셨지만 들어오셔서도 어둡도록 집 주변이나 울타리 아래서 김을 매거나 절구통에서 방아를 찧거나, 야밤에는 밤늦도록 처마 밑 또는 토방 위에서 조개를 까시거나…. 한순간도 쉼 없이 없이 늘 일을 하셨다.

농촌에는 토요일, 일요일도 없었다. 일 년 열두 달 거의 매일 일을 한다. 단, 노는 날은 일 년에 세 번, 정월 초하루나 대보름, 그리고 추석날이다. 일 구덩이에 묻혀 사는 사람들이지만 이런 명절날에는 쉰다. 이런 날에도 일하는 사람이 없었다. 그러나 할머니는 명절날에도 갯바구니를 머리에 이고 바다에 가셨다. 아무도 없는 바닷가 바위에서 굴을 따며 무슨 사념에 빠지셨을까?

삼촌을 생각하셨을 것이다.

할머니는 5남매를 낳으셨는데 그중 아들은 아버지와 삼촌 둘뿐이었다.

둘째 아들인 삼촌은 일제 때 징용으로 끌려갔다가 돌아오셨다. 말이 없으시고 극히 내성적이셨다. 삼촌은 내가 어릴 적 결혼을 한 모양이었다. 내가 5~6살 때인가, 어릴 때 '버뚝네'니 '영목네'니 하는 소리를 많이 들었는데 삼촌의 부인들을 가리키는 말이었다. 한 명은 버뚝에서 온 여인이고 다음 부인은 영목에서 온 여인이었다는 것. 내가 네 살쯤 되었던 때였나? 삼촌 부인, 즉 작은엄마가 마루에 누워 있는 나의 겨드랑을 손으로 간지럽혔다. 영목네인지 버뚝네인지는 모른다. 나는 깔깔대며 웃었다. 작은 엄마는 내가 재미있어하는 줄 알았던지 계속 옆구리와 겨드랑을 손가락으로 간지럽혔다. 나는 계속하여 깔깔거리며 숨넘어가듯 웃어제꼈다. 내가 자지러지게 웃던 것이 우스워서가 아니고 고통스러워서도 웃었던 것이다. 또다시 간지러움을 태우면 울 것만 같았다. 삼촌의 부인에 관한 기억은 이 작은 에피소드 하나뿐이다. 마루에 나를 뉘인 채 웃기느라고 애쓴 것을 보면 삼촌과 달리 작은어머니는 성격 명랑하고 활달하였던 것 같다.

삼촌의 두 번째 부인과의 결혼 생활도 얼마 가지 않아 깨어진 것 같았다. 삼촌은 한동안 아버지와 함께 면답의 야산에서 산을 개간하여 밭을 만드는 일을 하셨다. 그 후 몇 년씩 객지에 나가 지내다가 명절 때나 그 밖의 농한기에 불현듯 집에 들어와서 '끝에 방(우리 집의 부엌에서 세 번째에 있는 방)'에서 기거하셨다. 날이 새면 벌떡 일어나서 아버지와 함께 일도 하시고 의사 표현도 속 시원하게 했으면 좋았을 것이었다. 말이 거의 없고 방에서도 잘 안 나오실 뿐 아니라 나오셔도 뒤꼍에서 마냥 서 계셨다. 남들은 물론 식구들과도 얼굴을 마주치려 하지 아니하였다. 그런 태도로 사회생활인들 제대로 할 수 있었을까? 심리적으로 깊은 상처와 트라우마가 있었던 모양이다. 오늘날 같으면 심리치료 등 병원 진료를 받았어야 될 것이었다. 아버지가 답답하시니 버럭 소리를 지르며 벼락같이 야단을 치셨다. 그러면 그럴수록 더욱 폐쇄적인 모습으로 변하는 듯하였다. 집에서 적응하지 못한 삼촌은 또다시 객지로 나가 버린다. 한 번 나가시면 수년간 들어오지 않는 것이다.

할머니는 삼촌을 사지(死地)와 같은 일제 징용에 보내 놓고 얼마나 노심초사하며 살았을 것인가. 그런데 돌아온 삼촌은 제대로 사람 구실을 못 하고 객지로 정처 없이 휑 나가 버려 소식이 돈절하니 어머니 된 마음이 얼마나 멍들고 있었을까. 명절날에도 쉬지 않고 마을에서 오직 혼자 갯바구니를 들고 바다에 나가시던 할머니, 나는 어린 마음에 할머니의 슬픔을 조금은 알고 있었지만 그 천 길 구덩이와 같은 근심의 깊이를 누가 알겠는가? 누가 위로를 해 드렸겠는가?

어느 땐가 삼촌이 어쩌다 시골집에 오셨을 때, 내가 머물고 있는 곳(서울)의 이야기를 간단히 말한 적이 있었다. 내가 다니는 학교가 신당동이라 하였더니 "아, 그래? 나는 거기서 얼마 멀지 않은 창신동 근방에서 일하고 있지."라고 말씀하셨다. 서울에 올라가면 만나 뵈어야 될 것 같으면서도 찾아뵙겠다는 약속은 하지 않았다. 또 어느 핸가 방학 때, 내가 객지에서 공부하다가 시골에 내려왔을 때였다. 삼촌이 서랑댕이 입구에 있는, 기간쪼(장배 기관실에서 일하는 사람) 주씨가 살던 집에서 새끼를 꼬고 있었다(그때 주씨는 객지로 떠나 그 집은 빈집으로 있었다). 내가 삼촌이 있는 방에 들어갔다. 객지에서 공부하고 왔으니 삼촌께 인사라도 드릴 요량으로. 삼촌은 꼬깃꼬깃한 지폐 몇 장을 나에게 건네주었다. 얼마 되지는 않는 돈이었으나 객지에서 공부하는 조카에게 삼촌의 도리로서 주는 돈인가 싶었다. 고맙긴 하나 마음이 무거웠다. 삼촌이 불쌍하고 안쓰러웠던 것이다. 오히려 누군가 삼촌에게 용돈이라도 드려야 할 형편이었기 때문이다.

세상에는 자신의 생각은 무엇이든 옳다고 주장하며 잘못을 저지르고도 잘못을 인정하지 않을 뿐 아니라 오히려 상대방에게 덤터기까지 씌우는 사람까지도 있다. 자신의 행동이 뻔뻔스러움에도 오히려 자신의 행태를 모르는 사람도 있다. 반면, 별 잘못이 없으면서도 자신이 가장 못났고 무능하고 죄가 많다고 자책하는 사람도 있다. 단 한 번 남을 탓할 줄도 모른다. 자신이 죄인이라고 생각하므로 그 자신은 할 말이 없다. 삼촌이 바로 후자의 경우다. 어린 내 눈에 비친 삼촌은 매우 착한 사람이었다. 자신에게 쏟아지는 여러 사람의 책망에 대해 반발하는 적이 별로 없었다. 삼촌의 답답한 태도에 참지 못한 형님(아버지)가 벽력같이 야단칠 때도 있다. 그저 땅만 쳐다보고 말이 없다. 온순하고 소심하고 우울하다. 아버지가 야단치면 아주 드물게 반발하는 듯한 큰 소리를 지르기도 한 것같이 기억되는데 그 소리는 차라리 비명 같았고 짧고 약하였다. 홧김에 무슨 물건 하나라도 내던지는 모습도 본 적이 없다. 그러나 그런 모습으로 가족들과 한집에서 공존할 수 없었다. 집에서도 따뜻하지 못했던 삼촌, 집에서 포용하지 못하는 삼촌, 집을 떠난다. 거친 사회의 풍파 속에서 어찌 살아갔을까?

삼촌의 어머니로서의 할머니. 나약하고 우울하고 소심할 뿐 아니라 전혀 숫기도 없는 아들이 객지에서 떠돌고 있으니 단 하루인들 마음이 편할 날이 있겠으며 행복한 날이 있었을까? 나의 어린 눈에는 그럼에도 말

없으시고 초연하신 할머니의 모습에서, 울타리 아래서 어둑어둑할 때까지 하얀 천 조가리가 한 장 떨어져 곰실거리듯 혼자 앉아서 김을 매시다가 어두움과 함께 들어오셔서는 마루에서 또는 토방에서 밤늦도록 석상처럼 꼿꼿이 앉아 등잔불의 어두운 그림자를 더불며 기계적인 손놀림으로 마냥 조개를 까고 계시던 할머니의 비장함 또는 처연한 모습에서 어릴 적 나는 절벽 같은 막막(漠漠)함, 또는 깊은 우수에 빠지기도 하였다.

비가 오는 날에도 밭둑에서 풀을 매거나 처마 밑 토방에서 굴을 까거나 하셨다. 때로는 바다에서 채취하여 온 한 무더기의 조개를 까실 때도 오직 조개칼을 쥔 손목만 움직일 뿐 하루 종일 꼼짝도 안 하시고 앉아계신 모습이 돌부처와도 같았다. 아니, 사람을 초월한 도인이거나 성자(聖者)와 같은 존재로 느껴지기도 하였다.

할머니에게 낙이 있다면 오직 손자(나와 동생 도훈이)들이 노는 모습을 보는 것이었나 싶었다. 나와 동생이 까불거릴 때, 할머니의 얼굴은 웃는 하회탈의 모습처럼 만면에 합죽 할아버지 같은 웃음을 띠는 것이다. 할머니가 웃을 때는 흐린 날 '쨍하고 햇볕이 들듯' 내 마음 구석도 비로소 환한 느낌을 받았다. 할머니는 동네 어느 집에 혼사나 회갑 잔치에 갔다가 돌아오실 때에는 치마 춤에서 돼지고기와 떡을 꺼내어 주셨다. 어린 날의 행복한 순간이었다. 자신의 몫으로 차려진 상에서 본인이 잡숫지 않으시고 싸오셔서 손자들에게 건네는 것이다. 그 후, 오랜 세월이 지나고 우리들은 객지에 올라와 공부하게 되었다. 일 년에 한두 번밖에 만날 수 없게 된 할머니, 할머니 앞에 잠시 앉았다가 다음 날, 또는 며칠 후 서울로 떠날 때 점점 빠르게 연로해지신 할머니는 드디어 막대기(지팡이)에 의지하고 사립문을 따라 나오신다.

"할머니, 어서 들어가세요."

외치지만 손자가 안 보이는 데까지 굽은 몸을 지팡이에 의지하고 따라 오시는 것이다. 이번이 너희 보는 것, 마지막일 것 같다고 생각하시는 듯.

해마다 배웅하시려고 따라 나오시는 할머니는 해마다 허약하고 왜소해지셔서 바람이라도 불면 날아갈 듯 깃털 한 줌처럼, 오늘이 마지막… 처절한 아쉬움으로 아슬아슬 굽은 몸, 지팡이에 의지하고 동구 밖에서 계시던 백발 한 줌의 할머니….

내가 교직에 발령받은 다음 해 겨울, 돌아가셨다는 소식이 날아들었다.

그 후 50년이 지났다. 돌아가셨다 하나 할머니 모습은 지금도 내 마음 속에 살아 계시며 늘 눈앞에 어른거리신다.

3. 미몽(迷夢)에서 눈을 뜨다, 중학교 시절

선생님들은 우리 학교가 섬의 '최고 학부'라 하였다. 그랬다. 그러나 섬사람들은 이 섬의 최고학부를 10명 중 3명 정도밖에 다니지 못하였다. 학비를 낼 수 없었기 때문이었다. 나는 중학교에 입학하였는데 뜻밖에 성적이 최상위권이었다. 이로부터 나는 자신감을 갖게 되었고 이때의 자신감은 평생, 어려울 때마다 나를 일으켜 주었다.

중학교 진학

호구지책도 어렵던 당시 시골에서 학교를 보낸다는 건 사치였다. 대부분 예닐곱살 때부터 남자 아이들에게는 몸에 맞는 지게를 만들어 주고 산에서 나무를 해 오게 하거나 꼴을 베어 오게 한다든가, 밭에서 캔 고구마를 져서 날라 오게 한다든가… 하였다. 일이 몸에 배고 길들여지면서 장정이 되면 스스로 농사를 지었고 결혼 후, 농사로서 얻은 곡식으로 자신은 물론 식솔들을 먹여 살리는 것…. 이것이 대부분 농촌 아이들의 성장 과정이며 진로이기도 하였다.

그때까지만 해도 농사라는 것이 단군 이래 별로 달라진 것 없는 거의 모두 원시적 육체노동으로 이루어지는 행위들이었다. 호미나 낫 같은 약간의 노동 보조적인 연모들이 있었으나 기계를 이용한 경작은 꿈에도 못 꾸었으며 몸으로 땅을 파고 몸으로 져 나르고, 벼 포기 하나하나 몸으로 심고 몸으로 타작하는 것, 몸뚱이가 유일무이한 도구의 전부이던 시대였다. 진학은 없고 앞길엔 끝없는 노동의 미래만이 펼쳐져 있던 시대.

그런데 나는 다행이었는지 불행이었는지 어릴 때부터 약골 취급을 받았고 노동일도 잘하지 못하였다. 나는 태어나자마자 살 건지 죽을 건지

기약할 수 없을 만큼 건강상태가 시원찮았다는데 세 살 때는 죽을 고비를 한 해에도 몇 번씩이나 넘겼다 한다. 얼굴은 백짓장 같고 눈은 퀭하니 들어갔을 것이며 몸에는 뼈가 앙상하였을 것이다. 이후 자라서도 다른 아이들은 산에 가서 나무도 한 짐씩 해 오고 바다에 가면 소라나 조개를 바구니에 가득 잡아 오는데 나는 산으로 나무하러 가면 까치집만도 못한 나뭇짐을 지고 내려오기 일쑤였다. 갯밭에 가도 도무지 게도 소라도 눈에 띄지 않아 두리번거리며 시간만 보내다가 바닷가에 나와 매끈하고 넓적한 돌에 마모된 굴껍질로 그림이나 그리고 글씨나 써서 바구니에 담아오곤 하였으니 어른들이 보기에도 한심하였을 것이고 눈총을 받는 본인 자신도 자신감과 용기가 있을 리 없었을 것이었다. 저 놈을 장래 무엇을 해서 먹고살게 할 것인가?

식구들은 나를 학교에 보내기로 하였다. 그런데 중학교는 집에서 40리나 떨어진 면 소재지 근방에 있었던 것.

당시 초등학생이 중학교 갈 때는 중학교 입학시험을 치러야 하였다. 농촌에서도 초등학교 고학년이 되면 담임들이 시험을 많이 보게 하는 등 나름대로 중학입시를 위해 노력은 하고 있었다. 집에서도 이른바 입시공부를 한다면서 희미한 등잔 밑에서 코에 까맣게 그으름이 끼도록 잠을 늦게 자는 아이들도 더러는 있었다. 학교에서는 일부 악동들이, 담임이 가리방을 긁어 모의시험을 출제한 후 버린 등사 잉크 묻은 원지를 뒤적여 찾아내어 손에 까맣게 등사 잉크를 묻히며 시험 문제를 미리 알아내고 돌려보며 킥킥대던 일도 기억된다. 어쨌든 예나 지금이나 시험 앞에서는 누구나 신경 쓰고 조바심을 했던 것이다.

어느 해, 추위가 만만치 않았던 12월, 동네 선배 구인이를 따라 나는

oo중학교에 입학시험을 치러 갔다. 학교에서 1.5킬로 떨어진 oo산이라는 곳. 숲속의 조그만 마을의 초씨네 문간방이 구인이의 자취방. 거기서 며칠 묵으면서 시험을 치르기로 하였다. 엄동설한인데 방은 불을 한 번도 지피지 않은 냉방이었다. 제 스스로 산에서 나무를 해다가 저희들 방에 불을 지펴야 했을 터. 부엌에는 땔 나무를 비축한 것도 없었고 불을 피울 생각도 하지 않았다. 잠자리라는 것이 요도 없이 이불 딱 한 장뿐. 엄동설한 추운 겨울 얼음장 같은 냉방에서 손바닥만 한 이불 한 장 밑에서 두 놈이 잠을 자려고 했으니 말이나 되었던가. 그래도 쏟아지는 잠에 겨워 잠시 눈을 붙이다 보면 이불은 (구인이가 끌어다 덮어) 온 데 간 데 없고 나는 알 바닥에 내동댕이쳐져 있는 것이었다. 오한을 느끼며 구인이의 이불 밑으로 달라붙었으나 눈을 뜨면 다시 방바닥에 나동그라져 온몸이 드러난 채 오돌오돌 떨고 있는 나 자신을 발견한다. 웅크린 채, 칠흑의 어둠 속에서 이빨 떨리는 소리만 날 뿐이었다. 지금 생각하면 참으로 무모한 어른들이요 무모한 어린 학생들이었다. 겨울 냉방에서 바닥에 깔 요도 없이 손바닥만 한 이불 한 장으로 2명이 밤잠을 자도록 하게 된 상황을 무어라 설명해야 할까? 구인이의 부모나 나의 부모 모두 아이들이 객지에서 잠잘 곳이 있는 것만으로 다행으로 생각했지 추운 겨울, 어떻게 잠을 자는지까지는 관심을 가질 경황이 없었던 것이다. 그때 동사(凍死)하지 않은 것이 다행일까, 나는 그 뒤로 수년간을 혈변을 눴는데 그때 발생한 냉방병이었을 것으로 생각되었다.

시험을 친 얼마 후 합격자 발표. 일본식 중학교 건물 기와지붕 밑, 까만 송판을 대어 만든 벽에 합격자 발표가 붙었다.

합격자의 수험번호와 이름을 세로로 내리 쓴 갱지 두루마리를 가로로 펼쳐서 학교 추녀 밑 송판 벽에 좌악 붙여 놓았는데 나의 이름은 왼쪽 첫 머리에서 두 번째로 올라 있었다. 수험번호 순서는 아니었다. 경쟁률이 얼마인지는 몰랐지만 우선 합격한 것이 기뻤다. 선배 구인이가 전체의 2등으로 붙었다고 알려 주었다. 믿겨지지 않았다. 안면도 맨 끝 구석진 곳에서 올라온 나, 초등 저학년 이외의 학년에서 별로 두각을 나타내지 못하던 내가 안면도 전체 9개 초등학교의 수험생이 지원한 중학교 입시에서 2등으로 합격하였다는 사실이 믿어지지 않았던 것이다. 그런데 입학 후, 담임선생님이 실장과 부실장을 임명하셨다. 실장에는 김진성을, 부실장에는 나를 지명하시는 것 아닌가. 김진성은 이후 연세대 의대를 다녔고 연대 의대 교수와 강남 세브란스 병원 방사선과 의사를 하였다.

1962년 12월 오후, 나는 어머니와 함께 눈보라 치는 바닷가, 그리고 긴 원뚝(제방)을 걸어 어딘가를 가고 있었다. 눈이 쏟아지는데 바람까지 거세어서 눈도 뜰 수 없을 지경이었고 발을 앞으로 떼어놓기도 힘든 지경이었다. 논길 산길, 바닷가와 긴 제방을 걸어 다시 산길…. 어느 동네에 이르러 이모 집을 찾아갔는데 아니었다. 다시 오던 길로 되돌아와 겨우 찾은 집이 이모네였다. 겨울해가 짧아 어느덧 어둠이 깔리는 저녁이었다. 어머니는 나를 데리고 평소 왕래도 적었던 성(姓)이 다른 막내이모를 찾아온 것이다. 이모 아들, 즉 나의 외종사촌 아이도 같은 중학교에 입학하게 되므로 나를 이모 집에 맡겨 함께 중학교에 다니게 하고자 한 것이었다. 우리 집과 중학교까지는 험한 길 40여 리나 되어 통학은 불가능한 거리. 비싼 하숙을 시킬 형편은 못 되었고 어린 나이에 입학하자마자 자취시킬 수는 없다고 생각하신 모양이었다. 이모 댁 아이는 계진이었다.

중학교는 이모 댁에서도 20리나 떨어져 있고 이모댁 역시 3남매를 키우며 농사에 바쁜 실정이어서 나를 받아 주기가 어려운 형편이었을 것이다. '누울 자리를 보고 다리를 뻗는다'는 속담이 있듯 이모 댁은 누울 자리가 못 되었음에도 나를 의탁시키려 한 당시 우리 집 사정은 얼마나 궁색하고 힘들었던 것인가.

지금은 초등학교 입학 전부터 학부모들이 자녀들을 각종 학원에 보내면서 재능을 발견하여 신장시켜 준다. 행여 잘하는 구석이 있으면 그 방면에 무슨 신동이라도 난 것처럼 호들갑떨고 의기양양하여 아이를 고무시키고 기를 세워 주기에 안간힘을 쓴다.

시골, 내가 자라던 그때는 자녀의 재능을 찾아서 공부시켜야 하겠다는 생각조차 가져 보는 부모들이 아마도 거의 없었을 것이다. 하루하루 목숨을 잇고 살아가기조차 힘들었던 빈곤한 한국의 농촌. 아이들은 특별한 꿈도 미래도 없었다. 혹 꿈이 있다면 튼튼하게 자라서 황소 같은 힘으로 땅을 파고 곡식을 잘 가꿔 굶지 않고 배불리 먹는 것, 그리고 산에 가서 나무를 잘해서 쌓아 두었다가 겨울에 군불을 잘 때어 뜨뜻한 구들장 위에서 떨지 않고 사는 것 정도가 아니었나 싶다.

나는 초등학교 1, 2학년 때 우등상을 받아 '공부 잘하는 아이'라는 소리를 들어 본 후, 이후 초등학교 고학년에 이르러서는 공부로써 주목을 받지 못하였다. 또 나의 능력에 대하여 누구의 칭찬도 별로 받지 못하고 자랐다. 초등학교 저학년 이래 사기는 저하되고 자신감은 떨어져 있었던가, 9개 초등학교 학생이 모이는 안면도 유일의 중학교 시험에서 2등으로 합격한 사실을 한동안 스스로 믿지 못할 정도였으니!

나는 이모네 집에서 왕복 30리 산길을 통학하면서 공부에 노력하려고 애썼다. 중학입시 2등은 분명 나에게 용기와 자신감을 주었다. 열심히 공부해야 한다, 노력해야 한다는 마음을 다지며 기를 쓰고 공부했다. 먼 통학길 이모네 집으로 귀가하면 거의 깜깜한 밤이 되지만 저녁 식사 후, 밥상(책상 대용)에 앉아 공부를 했다. 등잔불 아래 방 안은 어두컴컴하였고 갈라진 방바닥에서는 굴뚝으로 나가야 할 연기가 갈라진 방바닥 틈으로 들어와 자욱하다. 함께 통학하는 계진이는 나보다 일찍 이불을 펴고 잠을 잔다. 나는 "조금만 더, 조금만 더."를 몇 번씩 반복하며 늦은 밤까지 공부를 했다. 나는 수학에 약했다. 풀다가 막히면 가르쳐 줄 사람이 아무도 없다. 체크해 놓았다가 내일 학교에 가서 교장실에 가서 물어봐야 할 수밖에 없다(당시 작은 학교에서는 교장도 수업을 했는데 그때 수학은 교장이 맡았음).

통학길 사정도 먹는 것도, 잠자리도 열악하였는데도 불구하고 '열심히 공부해야 된다.'는 결심과 의지는 어디서 나온 것일까? 어머니 때문이었다. 어머니의 고생하시는 모습을 옆에서 눈으로 직접 보면서 어머니가 원하시는 것(공부 열심히 하는 것.)을 거스를 수가 없었다. 당시 대부분의 농촌 사람들의 모습이 다 그러했겠지만, 어머니의 하루는 너무 힘들고 고달프셨다. 새벽에 일어나시면 윗동네 우물에서 물동이로 물을 길어다 큰 독을 다 채우는 것에서 시작하여 새벽부터 보리쌀을 절구에 찧으시고 보리를 삶고 대치고 그리고 어두운 부엌에서 눈도 뜰 수 없을 만큼 연기가 펑펑 역류하는 아궁이에 생솔가지 꺾어 넣으며 밥을 지으시고…. 공휴일도 휴일도 없이 하루 종일 단 한 시간을 쉴 틈도 없이 노예처럼 일하시던 어머니(나의 어머니뿐 아니라 당시 모든 어머니들의 모습이었다), 매일 밤 고달픈 일과 후, 밤에는 주무시지도 못하고 희미한 등잔불 아래 앉아 두루마기며 저고리 바지를 꿰매어 짓고(옷 속에 솜이 있으므로 세탁할 때 옷을 모두 뜯어서 세탁 후 다시 솜을 넣어 옷을 짓는다), 식구들의 구멍 난 양말을 기우시던 어머니…. 나는 바늘귀를 꿰면서 등잔불에 비치는 어머니의 눈물을 종종 보았다. 삶의 고달픔과 마음의 아픔(아버지에 대한 원망이 많으셨다)에서 흐르는 눈물이었을진대, 어머니의 눈물은 납덩이처럼 어린 나의 가슴에 촘촘히 떨어져 박히고 있었다. 빈곤과의 힘겨운 싸움과 정신적 고통으로 그렇게 살 수밖에 없던 현실. 어머니의 삶은 당신 위함이 아니고 오직 자식을 위한 희생임을 어린 나의 눈으로도 똑똑히 볼 수 있었다. 그리하여 어머니의 희생적 모습이 어린 마음에 바위처럼 무겁게 들어앉아 있게 된 것. 어머니의 서러움은 육신의 고통보다 더 큰 마음의 아픔과 슬픔이 있었다. 눈물은 마를 날이 없었다. 약골인 나를 유독 아끼시던 어머님은 나를 공부시키기 위해 보릿쌀 자루(이모 댁에 나를 위탁한 경비에 보태 쓰라고 몇 말의 쌀 또는 보리를 보냄. 이후 자취할 때는 식량을 머리로 여서 30리를 운반해 주심.)를 이고 30리를 배웅해 주면서 "공부 열심히 하거라."라고 당부하셨다. 어머니 말씀을 어찌 배반하겠는가?

학교 선생님 외에는 모르는 것을 가르쳐 줄 사람이 아무도 없어 그냥 혼자 애쓰며 공부를 하였다. 그 까닭이었을까? '잘하는 게 없어.'라며 스스로 과소평가하던 내가 1962년 중학교 첫 중간고사에서 3위를 하였다. 이후, 연간 4번의 중간·기말고사, 졸업할 때까지 12번의 중간·기말 고사에서 단 한 번도 3위 이하에 내려간 적 없이 내내 3위 이상을 하였고 2학년 1학기에는 1등도 거듭 2번을 하기도 하였는데, 나보다 앞섰던 아이는 훗날에 서울대를 입학한 키가 작달막하고 짱구처럼 생긴 형운이라는 아이와 연세대 의대를 입학한 키가 크고 얼굴이 길쭉한 김성진, 이 둘뿐이었다.

그러나 시골 중학교에서 공부를 잘하는 편이었다 하여 특별한 꿈을 가질 수 있는 처지가 아니었다. 고등학교에 진학할 형편도 아니었지만 설혹 고교를 진학한다 하더라도 이어서 대학 진학을 꿈이나 꿀 수 있겠는가? 고등학교에 진학이 어려웠던 것은 고등학교 학비 조달도 어려웠지만 가까운데 고등학교가 없기 때문에 객지로 유학해야 하는 것이 더 큰 문제였다.

어쨌든 안면도 맨 끝자락의 촌 무지랭이 같은 아이가 섬 중앙의 면소재지 중학교에 들어와 3년 내내 3등 이상의 성적을 낸 것은 '무지랭이'로서는 대단한 일이었다.

나는 한 주일을 객지에서 보낸 후 집에 귀가하는 것이 가장 기쁜 일이었다. 객지에서 고생한 아들을 위해 맛있는 밥과 반찬을 차려 주며 도닥여 주는 어머니가 너무 보고 싶었던 것. 무엇보다 좋은 성적표를 받아 가지고 가는 주말이면 그 행복감이란 이루 말할 수 없었다. 특별히 좋은 일이 없었던 가족들에게도 나의 성적표는 모처럼의 좋은 뉴스였는데 성적표를 내놓으면 식구들이 즐거워하는 표정이 역력하였다. 칭찬과 격려를 구경할 수 없었던 나에게 식구들이 나의 개선(?)을 환영해 주는 것은 유일한 기쁨이었다. 이것이 행복이라는 것일까?

그러나 아무리 중학교 성적이 우수한들 무슨 소용 있겠나? 고등학교 진학을 못 하면 면서기도 못 하니 사람구실을 할 수도 없다. 그러나 내일의 앞날이 어찌될지 몰랐지만 중학교 시절은 그 많은 아이들 중에서 뒤에 처지지 아니하고 앞서 가던 것으로도 즐겁고 행복하였다.

중학교 때는 40리 밖 면소재지에서 때로는 자취, 때로는 하숙을 하며 생활하였는데 남아 있는 기억들은 학력 경쟁과 자취 생활에서 오는 힘든 것들이지만 세월이 지나니 힘들었던 추억들은 오랫동안 물에 씻긴 돌멩이처럼 오붓한 모양으로 아름답게 남아 있는 듯하다.

일주일 객지 생활을 마친 귀갓길, 꾸꾸우 꾸욱 절규하듯, 호소하듯 조개산에 가득하던 뻐꾸기 소리(당시 나는 이것이 뻐꾸기소리인 줄은 몰랐다. 밤중에 한 맺히게 운다는 불여귀 소리인가 했다). 때로는 바닷길, 끝없이 펼쳐진 모랫벌, 외로운 발자국 남기며 촘촘 걸어가던 그 바닷가. 하얗게 부서지던 잔물결이 쇄쇄 밀려오는 아득한 저쪽에 하늘 끝까지 펼쳐진 바다, 그 꿈이 아련하던 세상, 유년 시절이 지척인 양, 손에 잡힐 듯하다.

안호정 교장선생님

중학교가 초등학교와 다른 인상적인 것. 선생님들의 말투였다. 어린이 다루듯 간질간질한 말은 사라지고 말투는 무뚝뚝하고 딱딱하였다. 그중에서도 초등 시절에는 볼 수 없었던 모습을 지닌 선생님이 있었으니 그분은 바로 안호정 교장선생님이었다. 키는 작달막, 머리는 하이칼러에 가르마를 탔고 안경을 썼으며 복장은 늘 제복(골든 기지의 밤색 간편복)이었다. 5.16 혁명 직후여서인가, 당시 선생님들도 이러한 간편복을 입고 있었다.

매주 월요일, 운동장 조회. 학생 수는 얼마 안 되었지만 전교생이 부동자세로 자로 댄 듯 오와 열을 맞추고 조회를 대기하고 있을 때, 교장선생님이 연단에 오르시면 전교 회장이 "재건!!"이라는 구령으로 거수경례를 한다. 전교생은 학생회장의 구호에 이어 일제히 "재건!!"을 복창하며 착, 거수경례를 올린다. 교장선생님은 역시 거수경례로 답하며 구령과 함께 올린 오른쪽 손을 눈썹에 일자로 댄 채 학생들을 꿇아보듯 고개를 좌우로 돌려 둘러보고 착, 손을 절도 있게 내린다. 이어서 학생회장이 혁명공약을 외치면 전교생은 한 줄 한 줄 복창한다.

"하나, 반공을 국시의 제1의로 삼고 지금까지 형식적이고 구호에만 그친 반공태세를 재정비 강화한다."

"둘, 유엔 헌장을 준수하고 국제 협약을 이행할 것이며 미국을 위시한 자유 우방과의 유대를 더욱 공고히 한다."

"셋, 이 나라 사회의 모든 부패와 구악을 일소하고 퇴폐한 국민 도의와 민족정기를 바로잡기 위해 청신한 기풍을 진작시킨다."

"넷, 절망과 기아선상에 허덕이는 민생고를 시급히 해결하고…."

교장선생님의 훈시 말씀, 내용은 기억되지 않는다. 그러나 그분의 각(角)지며 청아 낭랑한 음성과 단호하고 군더더기 없는, 옥구슬 굴리듯 청산유수 같은 훈시는 어린 내 마음에 감탄을 자아내었을 뿐 아니라, 그분의 경건, 단호, 신념… 대쪽 같은 결기, 또한 말씀에 더듬거나 에~, 또~ 식의 허사가 단 한마디도 없이 처음부터 끝까지 기승전결 이어지는 매끄러운 훈화에 탄복이 터져 나올 지경이었다.

소규모 학교라서 그분은 한때 수학 수업을 직접 맡았었는데 수학이 약했던 나는 모르는 문제를 고민하다가 교무실 깊숙한 한 구석에 있는 지엄하신 교장실을 노크하여 들어가 교장선생님께 안 풀리는 문제를 몇 번인가 물어보기도 하였다. 물론 당시에는 학원이 없었지만(있었다 하더라도 학원에 다닐 수도 없었겠지만.) 수학 공부하다가 막히면 큰일이었다. 더 이상 진도를 나갈 수 없기 때문이다. 덜덜 떨면서 교장실까지 찾아가 물어볼 수밖에 없던 것이다.

내가 나름, 열심히 노력한 것은 입학 때 석차였던 2등을 고수하기 위해서였던 점도 있지만 가난 속에서 고생하시는 어머니의 얼굴이 떠올라서였다. 그래서 누구도 살펴주는 사람 없는 객지에서 내 자신의 관리를 위해 스스로 채찍질을 거듭한 것이다.

1학년 때에는 학교에서 시오리 떨어진 이모네 집에서 통학하였으나 2학년 때부터는 지금의 안면도 휴양림 속에 있는 oo산에서 통학을 하게 되었다. oo산의 범형이네 아랫집 방 한 칸을 얻어 우리 동네 수행이라는 아이와 함께 자취를 한 것. oo산 마을에는 나와 자취하는 상급생 수행이, 주인집 아들 범형이, 건너편에 사는 나와 같은 학년 범현이, 하숙하는 고남리 선배 최렬상…. 이들은 친구 수행이가 있는 우리 방에 놀러 오기도 하였다. 평소 이들은 가끔 놀러 와서 공부하는 내 옆에서 화투를 쳤으나 나는 그들과 어울리지는 않았다. 수행이와 한방을 쓰는 나는 밤 11시, 12시까지 공부를 하는 날이 많았고 수행이는 10시쯤 자리에 눕는다. 수행이는 잠을 잔다며 불을 끄라고 강요하였고 불을 안 끈다고 내게 신경질을 내는가 하면 어떤 때는 욕설을 하기도 하였다.

중간고사 기간 중, 시험 마지막 날을 앞둔 어느 날 봄철의 저녁이었다. 이 아이들, 즉 oo산 팀(?)이 오늘 저녁 학교에서 시험공부를 하잔다. 선배 수행이, 범형이, 동급생 범현이 그리고 고남의, 최열상…. 나는 같은 방의 수행이가 학교로 가서 함께 공부하자는데 거부할 명분이 없었다. 깜깜한 oo산 길, 지금의 자연 휴양림 매표소 앞을 지나 산길을 넘어 학교에 도착하였다. 학교에는 사택에 사는 교장의 아들 훈신이도 나와 있었다. 나는 다음 날 시험과목인 물상 책을 꺼내어 공부를 하고 있었는데 분위기가 심상치 않았다. 그들은 무언가 수군거리며 촛불을 들고 복도를 왔다 갔다 하더니 잠시 후, 두루마리처럼 둘둘 말린 봉인된 시험지 뭉텅이 몇 개를 들고 교실로 들어왔다. 시험문제 보관함에서 시험지를 유출하여 가지고 온 것이다. 잠시 후, 촛불 아래서 이것을 뜯고는 내일 볼 고

사지를 찾아내어 한 장씩 나눠 주는 것이 아닌가? 시험지 부정 유출 사건이 벌어지는 순간이었다. 전깃불도 없는 시골 학교 교실, 아무도 보는 사람은 없었을 것이다. 내 앞에도 시험지 한 장이 놓여진다. 아! 이 순간 나는 어떤 행동을 취하여야 할까? 몇 초간에 결단해야 할 중대한 시험이 코앞에 떨어진 것이다. 아직 책상 앞에 촛불을 켜지 않아 내용이 보이지는 않지만, 이 시험지는 내일 아침에 치르게 될 물상 시험지라 한다.

내가 가장 어려워하는 과목의 하나인 물상 시험지! 나는 시험지를 가지고 온 선배 앞, 1, 2초간의 선과 악의 갈림길에서 갈등의 순간을 겪다가… 그 시험지를 거절했다.

"나는 이거 안 받을 거유."

내가 부정한 시험지를 거부한 이유는 그간 부정한 행위 없이도 1~2등, 최하 3등을 해 왔는데 이제 와서 (설혹 안 들킨다 해도) 부정한 시험지를 미리 본 후 시험을 치르는 건 자존심에 먹칠하는 것이라는 생각이 들었다. 고생하시는 어머니 생각을 하면서 밤잠 못 이루고 공부하며 여기까지 왔는데 부정행위로 성적을 보태는 것이 말이나 되나? 이런 생각으로 '악마의 유혹(?)'을 단호히 거절했던 것이다. 일행들에게는 호의에 대한 배반일 수도 있다. 부정하게 답을 쓰는 일은 당연히 있어서는 안 될 일이지만 시험을 앞둔 학생에게는 한 개의 문제가 구세주같이 절실하다 할 때, 여럿이 함께 움직이는 거사(?)에서 눈앞에 통째로 굴러온 시험 문제를 홀로 거절한 판단과 용기는 당연하지만 쉽지 않은 일이었고 잘한 일이었다. 기특한 일이었다. (나는 그 시절, 자존심을 빛나게 지켰던 중학 시절의 나를 평생 대견하게 생각하여 왔다.)

그 후, 보름쯤 지난 어느 날 예정에 없던 운동장 조회를 한다 하여 전교생은 아침도 아닌 대낮에 운동장으로 나왔다. 선생님들은 왠지 어두운 얼굴로 학생들 앞에 도열하여 서 계셨다. 무슨 일일까? 분위기가 심상치 않았다. 모두들 궁금한 가운데 국민의례 등 모든 의식이 생략된 채 교장선생님이 연단에 올라오셨다. 교장선생님께서 말문을 여셨다.

"지난번에 치른 중간고사에 일부 학생의 시험시 유출이라는 부정행위가 있었고 그 일에 나의 아들 안훈신이가 관련되었다. 그 중간고사를 무효화하겠으며 나의 아들 안훈신을 퇴학에 처한다."

라는 말 한마디를 남기고 연단에서 내려오셨다. 그 말씀의 서슬이 마치 진검으로 대숲을 쳐 단박에 절단시킨 것과 같았다. 그날 저녁의 시험지 유출 사건은 아무 소문도 없었고 나 또한 누구로부터도 그런 말을 들을 수 없었는데 비밀은 없는 것인가. 전교생들은 찬물을 끼얹은 듯 아무 소리 못 하고 서 있을 뿐이었다.

지금 생각하면 시험지 유출 사건에 대하여 뒤늦게 발각되었다 하더라도 징계위원회를 열어 전학 조치도 가능했을 것인데 공개적으로 자신의 아들의 잘못을 밝히고 퇴학을 선언한 교장선생님! 자신에 칼날같이 엄격한 안호정 교장선생님이 그 시절, 대한민국 오지의 작은 일개의 중학교에서 후인들에게 큰 귀감이 되면서 별빛같이 빛나고 있었던 것이다.

수천이 어머니와 주영이 아버지

수천이는 나보다 한 살 위.

그의 가족은 6.25 때 북한의 고향을 버리고 38선을 넘어 피난 왔다고 하는데 전 가족이 안면도의 우리 집에까지 흘러오게 된 상세한 사연은 알지 못한다. 그의 가족은 6.25 이후 얼마간 우리 집에 기거한 모양이었다. 수천이를 포함한 그의 아버지와 가족들이 다시 광천으로 건너가 살다가 서울로 올라가 살고 있다고 하였으나 수천이 어머니는 안면도 장곡리, 우리 마을에서 혼자 남아서 보따리 장사를 하고 있었다. 수천이 아버지가 나의 아버지와 얼마나 친한지는 자세히 모르지만 어쨌든 아버지의 친구였다 한다. 우리 집에 기거하면서 친구가 되었는지 친구였기에 우리 집에 기거하였는지, 수천이 엄마가 우리 집에 있게 되어 후에 서로 알게 되었는지는 모르지만, 어쨌든 수천이 어머니는 내가 어릴 적부터 우리 집에 기거하며 보따리를 머리에 이고 온 동네를 돌아다니며 장사를 하였다. 닷새마다 한 번씩 장배를 타고 천수만을 건너 광천의 5일장에서 잡화를 떼어다가 머리에 이고 구불구불한 논밭 길, 또는 산길을 걸어 이 집 저 집 물건을 팔러 다녔고 동네 사람들이 주문한 물건을 다음

장날에 사다가 약간의 이윤을 붙여 배달하는 방식이었던 듯하다. 키는 작달막하였고 얼굴은 뽀얗고 고운 얼굴이었으며 늘 웃는 얼굴이었다. 저녁에는 우리 집에 돌아와 자는 때가 많았지만 식사는 물건 팔러 다니면서 동네에서 하고 들어오는 때가 많았다. 끼니를 제대로 먹었을 리 없다. 우리 집에 폐 끼치기가 미안하여 더러는 식사를 건너뛰기도 하였을 것이다.

우리 형제들은 수천이 어머니를 좋아했다. 장에 갔다 오는 날은 군것질 감을 사다 주셨고 더러는 우리 식구들의 양말이나 내의 같은 것을 사다 주었으니 산타클로스나 다름없었다. 무엇보다도 아버지와 어머니가 자주 다투어 집안 분위기가 냉랭하거나 위축즉발의 긴장감이 고조되었을 때, 장사를 마치고 우리 집에 귀가하는 수천이 어머니는 우리 집의 전운을 멈추게 하는 평화의 여신이었다. 수천이 어머니가 들어오시면 아버지와 어머니의 전쟁은 일단 휴전으로 들어가니 전쟁이 벌어질 때마다 우리들은 조바심하여 마음속으로 수천 어머니를 초조하게 기다리곤 하였던 것. 지금 생각하면 수천이 어머니가 행상으로 벌어오는 수익금은 참으로 미미했을 것이었다. 우리 마을 가구 수가 겨우 100호 남짓한 데다가 수천이 어머니는 지게도 손수레도 없어 무거운 물건은 혼자 운반이 불가능하니 기껏 물건이라야 양말, 내의, 고무신, 성냥 등 머리에 이고 올 수 있는 것 정도의 한정된 것뿐, 다 팔아 본들 몇 푼이나 받을 수 있었겠는가? 그나마 대부분 외상으로 갖다 주는 것이어서 치부책만 늘어날 뿐이었을 것이다.

광천 시장에서 물건을 떼어서 머리에 이고 3km 이상을 걸어 항구(독배)까지 와서 소형 목선을 타고 멀미를 겪으며 2시간이나 배를 타야 했으며 안면도 바람아래에 배가 닿으면 거기서 다시 보따리를 이고 바닷가와 산비탈을 2km나 걸어서 우리 집까지 와야 했던 것. 이와 같이 고달픈 생활에서도 우리 집에서는 물론 동네에서도 단 한 번 화난 표정을 보이거나 큰 소리를 내는 법이 없이 누구에게든 늘 잔잔한 미소로 웃던 수천이 어머니의 얼굴이 눈에 선하다.

후에 들은 이야기인데 수천이 아버지가 소실을 두어 할 수 없이 자녀들과 떨어져 장사를 하며 밖으로 떠돌게 되었다는 것. 수천이의 새엄마는 30살이 다 된 아들을 데리고 들어왔고 그 후 수천이 아버지는 새엄마와의 사이에서 옥영이와 옥명이라는 두 딸을 낳은 것이다. 수천이와 수남이, 두 아들은 새엄마 밑에 놔두고 나왔으니 아버지의 소실이 형제를 맡아 키우게 된 셈이다. 어릴 적 대충 이런 내막을 모른 건 아니었는데, 어머니가 늘 그런 처지에 있는 수천이 어머니에 대하여 "자식을 거기에 놔두고 온 심정 얼마나 아프겠나?" 하며 걱정하는 모습을 자주 보았다. 지금 생각하면 수천이 어머니는 보따리 행상으로 돈을 벌기 위함보다 남편의 배신으로 인한 아픔으로 집을 나와 말없이 객지를 떠돌지 않았나 싶다. 그렇다면 왜 두 아들을 데리고 나오지 않았을까? 두 아들의 교육 문제에서였을까? 키울 능력(경제력)이 없어서였을까? 그건 알 수 없는 일이다. 짐승도 새끼를 떼어 놓지 못하는데 하물며 사람으로서, 두 아들을 소실에게 맡겨 둔 어머니로서 어린 아들들이 날마다 얼마나 보고 싶었을까?

중학교 때 일이었다. 어느 주일, 내가 학교를 마치고 집으로 돌아오자마자 나는 참담한 소식에 접하였다. 수천이 어머니가 장에 갔다 돌아오다가 장배에서 돌아가셨다는 비보였던 것이다. 놀랐다. 어쩔 줄을 모를 지경이었다. 나는 뒤꼍으로 가서 수천이 어머니를 생각하며 그리고 수천이와 수남이를 떠올리며 훌쩍거리고 울었다. 청천벽력 같은 이 소식을 들은 어머니가 마루에서 통곡하시던 모습이 선하다.

배가 광천 독개를 떠나 안면도를 향하여 올 때, 오천 어디쯤인가 오는데 어두운 저녁에 비마저 내려 사람들이 모두 장안(선실)에 들어오게 되었다 한다. 조그만 목선이니 선실이라야 물기가 축축한 배 밑바닥 서너 평도 안 되는 공간, 가운데에 스크루우를 움직이게 하는 발동기가 빠르게 돌아갔을 것이고 사람들은 발동기 주변에 콩나물시루같이 빼곡하게 쭈그리고 앉아 있었을 것이다. 비가 오니 머리 위 출입구 뚜껑도 닫았다. 들리는 말에 따르면 수천이 어머니는 자신이 늘 장배를 타서 익숙하니 자신이 피대가 돌아가는 (위험한) 발동기 옆에 앉겠다며 다른 사람에게 안전한 자리를 내주고 자신이 발동기 기계 옆의 위험한 자리에 앉았다 한다. 그것이 탈이었다. 긴 시간 바다 위를 지나는 동안 깜박 졸게 되었을 때, 옷자락 한 가닥이 돌아가는 발동기의 피대에 말리게 되었고 천수 어머니는 그만 무지막지하게 돌아가는 발동기 속에 휩쓸려 들어가 몸이 찢긴 상태로 현장에서 사망하였다는 것이다. 기가 막힌 일이다. 안전성이 극히 열악한 조그만 배로 수십 명의 섬 주민이 먼 바다를 오고 가는 위험한 나들이를 하여 왔던 것. 비 쏟아지는 칠흑 같은 밤, 천수만 근방 오천만 바다 위에서, 남의 안전을 위해 자신의 자리를 양보하다가 비명에 돌아가신 수천이 어머니의 고귀한 희생이 연꽃처럼 피었던 것인데 이 아름다운 희생을 기억하는 사람이 세상에 몇이나 될까? 사고 소식만 며칠간 설왕설래했을 뿐, 서해바다 오천만에서 있었던 숭고한 인간애의 스토리는 귓가에 바람 스치듯, 한 송이 눈꽃이 녹듯 사라져 버렸으리라.

그로부터 두어 주일 후, 수천이 작은 어머니의 전남편(의부) 소생인 청년(균영 씨)이 우리 집에 왔다. 동네에 쫙 깔아 놓은 수천이 어머니의 외상값을 수금하기 위하여 온 것이다. 우리 집에 며칠 묵으며 동네를 돌아다녔으나 본인 없는 상황에서 외상 장부로의 수금이 쉽지 않아 수천이 어머니 생전의 다리품과 땀방울 값은 얼마 회수하지를 못했다. 사람들은 다시 한번 수천이 엄마의 죽음을 안타까워했다.

1960년도 전 후, 두 분 형님이 동시에 군에 입대하여서 우리 집은 아버지 혼자 농삿일을 감당할 수 없었다. 머슴을 두었다. 숭어듬벙 마을에 사는 구승이가 머슴으로 들어왔는데 우직하고 힘이 세었으나 게을렀다. 그는 얼마 있지 못하고 그만두어 내 또래의 주영이가 다시 머슴으로 들어왔다. 주영이는 상냥 쾌활하고 싹싹하며 긍정적일 뿐만 아니라 일함에 야무져서 우리 부모님의 신뢰를 받았으며 칭찬도 많이 들었다. 나와 동년배의 소년이건만 주영이는 머슴이요 나는 주인집 중학생이었다. 나 또한 빈농가의 아이로서 하숙도 못하고 자취를 하는 형편… 쌀도 못 가져가고 보리를 반 이상이나 섞어 자루에 넣어 메어 나르며 자취를 하는 학생의 처지였는데도 주영이에 비하면 행복한 아이였는지 모른다. 주영이는 눈썰미 있고 부지런하여 일을 잘하였다 하나 나이가 아직 어리니 당연히 덩치도 작고 힘도 장정만큼은 안 되어 밭갈기 써래질 등 큰일은 하지 못했다.

농촌에서는 식량 생산과 더불어 땔 나무의 확보가 가장 중요한 일이었다. 농한기에는 청소년들이 아침밥만 먹으면 산으로 나무를 하러 갔다. 온 마을 사람들이 매일 같이 산에 올라 낫질을 하고 갈퀴질을 하니 가까운 산은 진작 벌거숭이가 되어 버렸다. 근처의 산은 몽땅 벌거숭이

이니 송통이에 밥을 싸들고 20여 리나 되는 산으로 가서 나무 한 지게를 하여 해가 뉘엿뉘엿 질 무렵 집에 돌아오는 것이 농촌 젊은이들의 하루 일과였다. 연탄이 보급되기 전의 일이다. 하루 종일 연탄 한 덩이면 방 한 칸을 덥힐 수 있는데 이 방을 나무로 덥히자면 하루에 최소 1짐의 나무가 필요하다. 청년이 하루 종일 산에 가서 노동하여 나무 1짐을 해 올 수밖에 없으니 결국 청년 하루의 노동의 값어치는 연탄 1장에 불과한 셈이었다.

중학교에서 일주일간 공부를 하고 집에 돌아온 나는 방학 때나 휴일, 밭에서 일을 돕거나 산에 나무하러 갈 때에도 주영이와 함께 다녔다. 주영이가 나무를 한 짐 다 할 때까지 나는 삼분의 일도 못 하였다. 주영이와 나는 풀을 벨 때에도 숙련도가 어른과 아이의 차이만큼 컸는데 주영이는 자신의 바지게를 다 채우고 나의 바지게에까지 반 이상을 채워 주곤 하였다. 주영이와 나는 주인 아들과 머슴이라 할 수 없을 만큼 절친한 친구 사이가 되었다. 따라서, 나는 주영이가 없이는 밭에도 산에도 한 발자국을 나가기 싫을 정도였다. 매주일마다 학교에서 돌아올 때는 어머니가 가장 보고 싶었고 그다음이 동생 도훈이와 그리고 주영이였다.

이렇게 친하던 주영이와 어느 땐가 이별의 날이 왔다. 학교에서 돌아오니 주영이가, 명랑하던 주영이가 시든 풀같이 풀이 죽어 있었다. ㅇㅇ도(島) 저의 집에 계시던 아버님이 돌아가셨다는 것이다. 큰일이었다. 나는 뭐라고 위로해야 좋을지…. 나를 보며 소매로 눈물을 닦는 주영이에게 나는 "주영아, 주영아(너무 슬퍼하지 마)."라고 더듬거리며 주영이의 이름만 불렀지 그다음엔 무슨 말을 해야 할지 몰라 멍하니 그의 옆모습만 쳐다보고 있었다.

어느 땐가 그의 아버지를 한 번 본 적이 있었다. 키는 크고 몸은 깡말랐는데 마치 시 '오감도'를 쓴 수필가 '이상'이나 작고한 시인 '김수영' 같았다. 그의 아버지는 이른바 아편쟁이였다. 인근의 섬 장고도에 아편을 구하러 조그만 목선을 타고 갔다가 돌아오는 길, 바람이 불었고 큰 물결에 배가 뒤집혀 물에 빠져 사망하신 것이었다.

그 후 나는 서울로 올라와 고교와 대학을 졸업하고 교직에 근무를 시작하였을 즈음까지 어릴 적 주영이와의 우정을 잊지 않았다. 그런데 만나지는 못하였다. 시골에서 어머님이 올라오셨을 적 간혹 주영이의 소식을 물으면 그는 돈을 많이 벌어 그의 마을 OO도(島)의 유지가 되었으며 기초의원에 출마하기도 하였다 한다. 고생 많이 하던 그의 어린 시절, 바탕이 부지런하고 착하고 상냥하던 어릴 적 친구, 그가 시골에서 돈도 벌고 군의원까지 되었다 하니 참으로 다행이구나 싶었다.

꽂지

지금의 '안면도 자연 휴양림' 서쪽 해안. 자연 휴양림 입구에서 서북쪽으로 약 300미터 거리에 있는 oo중학교는 4칸 건물 1개 동에 2칸 정도의 부속 건물이 전부였다. 검정색 송판으로 외벽을 마감한 일본식 건물이었다.

앞에서 말했듯, 중학교 시절 가장 싫었던 시간은 체육시간이었다. 체육복이 없어 빌려야 했는데 몇 번은 동네 형뻘 되는 졸업한 선배 이희동의 체육복을 빌려 갔었다. 그의 체육복 바지는 흰색 무명 바지인 듯했는데 풀을 먹여 빳빳했지만 누렇게 퇴색되었을 뿐 아니라 핫바지처럼 통이 커서 입으면 창피할 정도로 우스꽝스런 모양이 되었다. 당시 체육복은 지금처럼 단체로 맞추지 않았고 색깔만 흰색으로 지정해 주고 알아서 구입하도록 한 듯하다. 면소재지에 체육복 가게도 없을 것이지만 설혹 가게가 있다 하여도, 교과서도 선배들이 쓰던 것을 빌려 쓰는 판에 교과서도 아닌 체육복까지 사서 입을 형편이 안 되었다. 주일마다 체육복을 빌리는 것도 힘들어 빌리지 않고 그냥 집을 떠나온다. 체육시간이 돌아올 때까지 1주일간 야단맞을 걱정을 해야 했다. 그러니 걱정덩어리 체육 시간이 좋을 리 없는 것이었다.

중학 시절 1학년 때는 이모 집에서 통학하였고 2학년 때는 oo산 마을에서 자취를 하였으며 3학년 때 한때는 중학교가 있는 딴뚝 마을에서 하숙을 한 적이 있었다. 같은 집에서 하숙하는 이구승 선생님(농업)이 나를 포함하여 하숙방 친구 3명을 데리고 꽂지 바닷가에 산책을 간 적이 있었다. 해변에는 산맥과도 같은 모래 사구(砂丘)가 끝이 보이지 않을 만큼 이어지고 광야와 같은 노란 모래벌이 아득하게 펼쳐져 있었다. 서해바다 까마득한 수평선 저 쪽에서 물결이 한없이 밀려오고…. 전인미답의 원시의 땅처럼 태초의 자연 그대로인 고즈넉하고 아름다운 풍경이었다.

바닷가를 거닐며 이구승 선생님은 우리들에게 장래 희망을 물어보았다. 나는 "정치가요."라고 대답하였다. 구름 잡듯 막연한 대답이었음을 스스로 알고 대답하고도 머쓱하였다. 그러나 나는 정치에 관심이 있었던 것 같았다. 5.16.이 일어난 때 일요일, 내가 혼자 시오리 길이나 달려 아무도 없는 학교에 일부러 가서 벽에 게시된 정변(군사혁명) 관련 홍보 게시물(군사 정부 국가재건 최고회의 인물들 사진 등)을 기어코 보려 했던 욕구…. 그 심리의 저변에 내재되어 있는 나의 정체성은 무엇이었을까? 또 한 가지, 중학교 2학년, 당시 사회 선생님과 미닫이 창문 하나 사이를 두고 하숙을 했는데 선생님 방의 트랜지스터라디오에서는 시간마다 뉴스가 들려왔다. 어느 날 뉴스에서 들으니 당시 야당의 젊은 국회의원 김대중의 대정부 질의가 예고되고 있었다. 목포 출신의 김대중 의원은 언변이 수려했는데 서슬 퍼런 정권을 날카롭게 비판을 잘하여 당시 국민들의 스타가 되었던 모양. 나도 김대중 의원의 대정부 질의 날짜를 외워 둘 정도로 그에 대한 관심이 특별했다. 당시에도 일간신문이 시골까지 배달되었다. 부락에서 구독자는 두세 명에 지나지 않았다. 중학교 2학년인 나도 구독자의 한 사람이었다. 한자투성이의 경향신문이었다. 배달부가 2~3일치를 한꺼번에 몰아서 한 주일에 두어 번 배달하여 주었다. 초등학교 저학년 때부터 형님 연배들이 아버지로부터 한문을 배울 때, 아버지는 나를 간혹 글공부하는 방에 참석시켰는데 나는 그때 곁불 쬐기 식으로 한자를 접하다 보니 어릴 적부터 한자에 친근감이 있었다. 그러다 보니 자연스럽게 한자를 많이 알게 되어 신문에 섞이는 한자를 웬만한 것은 읽을 수 있었던 것이다.

선생님은 "너는 정치가가 안 맞아." 선생님의 말씀에 섭섭하지는 않았다. 그런 것 같았다. 나는 정치에 특별히 관심은 많았지만 정치가로서 맞는 사람은 아닐 것 같았다.

꽂지 바닷가에 서 보면 하늘과 바다가 맞닿은 수평선이 보이는 망망대해가 펼쳐진다.

우리 동네는 남쪽이니 이 바닷가로 계속 걸어가면 우리 집앞 통개 바닷가에 이르지 않을까? 어느 토요일, 나는 바닷가로만 걸어서 40여리나 떨어진 우리 동네까지 걸어온 적이 있다. 흰 모래벌판을 건너고 흰 모래언덕을 넘어 남으로 남으로…. 하늘엔 갈매기가 날고 바닷가 모래땅에는 갯강구가 달음질…. 모래에서 반사하는 땡볕에 해당화 내음이 농익던 원시의 섬. 사람 한 명도 눈에 띄지 않던 바닷가, 그리고 숲길 40리.

왼쪽에 서해를 끼고 남쪽으로 길게 뻗어 있던 섬 안면도, 서쪽 해안은 원시 시대의 무인도나 다를 바 없었던 고적한 세상이었다.

에피소드

농업시간

전교 학생 180명에 선생님은 교장선생님 포함 8명. 지금은 서해안 고속도로를 달려오면 두 시간도 안 되는 거리였지만 당시에는 교사들에게도 이곳까지의 발령은 서로가 기피하는 오지 중의 오지였을 것이다. 버스가 비교적 자주 닿는 태안에서도 80리쯤 떨어진 신온까지 내려와야 되는데 태안에서 신온까지는 버스가 아마도 하루에 한 대밖에 없었을 것이다. 거기서 배를 타고 안면도 북단 창기리에 건너와 창기리에서 40리쯤을 걸어서(일주일에 한두 번 작은 미니버스가 있었을 것이나 비포장도로의 험한 언덕길을 넘다가 버스가 고장 나는 일이 잦았음. 대부분 사람들은 걸어 다녔음.) 남쪽으로 내려와야 면소재지이다. 면소재지에서 5리쯤 떨어진 조개산 딴뚝 마을에 중학교가 있다. 선생님들은 뭍에서 무슨 사정으로 여기까지 오시게 된 것이었을까?

김훈기 선생님의 농업 시간은 가장 싫었다.

농촌 지역인 만큼 농업 시간에 곡식과 채소 그리고 원예와 관련하여 조그만 텃밭이라도 만들어 씨를 뿌리게 하고 싹 트는 모습과 자라는 과정을 살피게 하는 방식 등을 수업 과정에 곁들였으면 좋았을 것이었다. 그런데 농업 시간은 노동 시간이었다. 배구장 옆 언덕에서 돌자갈을 삽이나 곡괭이로 파서 들것에 싣고 뛰어 내려가 아래 운동장 언덕에 쌓는 일이었다. 두 명에 당까(들것) 하나씩 배당하여 흙을 파 오게 하면서 흙을 파온 후 번호를 복창하면 선생님은 수첩에 횟수를 체크하는 것이었다. 들것에 자갈흙을 되도록 많이 싣고 아래 운동장까지 전속력으로 뛰어야 했으니 얼마나 숨이 가쁘고 다리가 휘청거렸던지! 한 학년 60명이 한 시간 내내 작업을 한다 해도 요즘 같으면 포클레인 두어 삽에 불과한 것을 퍼 옮기기 위해 한 학기 내내 농업 시간에는 힘든 노동에 시달렸던 것이다. 농업 시간이 있는 날은 20리 밖에서 통학하는 아이들도 삽이나 괭이를 들고 등교하여야 하였다.

교장 사택 근방에 10여 개의 토끼장을 만들어 토끼를 사육하기도 하였다. 방학 중 이틀쯤은 토끼집 관리 당번으로 배정을 받는데 당번활동을 위해 40리 밖에 사는 학생도 방학 중 학교에 나와야 했다. 또 방학 중 하루는 퇴비 증산의 날로 정해져 낫을 들고 등교한다. 역시 40리에서 등교하여 하루 종일 산에 가서 풀을 베어 칡덩굴로 다발을 묶어 학교에까지 끌고 와 A, B, C, D의 평가를 받으며 산을 몇 번씩 오르내려야 하였다.

영어시간

하복순 선생님은 미8군 복무를 마치고 영어 선생님으로 오셨다. 당시 나이 스물여섯이랬다. 바닷가 방향 '꽂지'라는 동네에서 사셨는데 등교나 하굣길에 열 십 자형의 가로지르는 길에 다다르면 지나가던 여인들이 기다렸다가 선생님이 지나간 다음에야 길을 건넌다고 말씀하였다.

남존여비의 풍습을 말하는 것이다. 그랬다. 그때만 해도 남자들이 지나야 할 길을 여자가 먼저 끊고 지나가면 안 되었던 것. 즉 저쪽에서 남자가 오면 여자들은 기다렸다가 남자가 지난 후에나 길을 가로지르는 것이 예의였다. 하복순 선생님은 수업 중 간단한 영어회화를 학생들에게 교육시키려 애쓰셨다. 교과서 독해나 문법 위주로 수업하던 당시 영어 교육 방식에 비하면 새롭고 선도적(先導的)이었던 셈이었다.

교실에 들어오자마자 인사, "오늘 몇 월 며칠? 무슨 요일? (창가에 있는 학생은) 창문을 여세요, 교과서를 펴세요. 몇 페이지죠?"

"What day is the month is it today?" 또는 "What day is the week is it today?"라고 묻고 영어로 답하게 했다. 칠판 왼쪽 상단에는 September 5th, 1963. 등의 날짜를 매일 써 놓았다. "Open your textbook, page one hundred and twenty-three."

선생님은 수업 전후 약간의 시간을 할애하여 일상적인 대화를 영어로 묻고 영어로 대답하게 하기를 계속하는 것이었다. 이것을 하루 이틀이 아니고 3개년간 지속적으로… 그때 영어로 듣고 말해 보던 간단한 회화는 지금까지 귀와 혀에 붙어 있다. 지금 생각하면, 원시 시대와 같던 오지의 학교에서 1960년대 초반, 하복순 선생님은 빛나는 수업 방식을 전개하고 있었던 것이다.

사회시간

박우종 역사 선생님은 서울 분이라 하셨다. 당시 서울에서 안면도까지 오려면 빨라야 총 15시간쯤 걸려야 올 수 있는 곳, 우리나라 오지 중의 오지였다. 어쩌다 그곳까지 오셨던 것일까?

하이칼라 머리, 늘 포마드를 발라 제낀 머리에 구두는 반짝반짝(같은 집 옆방에서 선생님과 하숙한 적이 있는데 선생님 구두 닦는 것은 늘 우리의 몫이었다). 수업은 지리나 역사였지만 매일 시간을 10여분씩 할애하여 시사적인 이야기에 열변을 토하듯 하던 선생님, 열강하니 학생들도 열심히 들을 수밖에 없었다. 선생님 자신도 자신이 강의를 멋지게 한다고 생각하는 듯했으며 우리들은 동의하듯 눈을 맞춰 드리며 경청하곤 하였다. 수업 첫머리에 "오늘의 세계정세는~" 하면서 '중동문제(당시 이스라엘과 아랍권의 전쟁)', '월남 문제', 'oo문제', 'oo문제'라는 소주제를 꺼내면서 무슨 시사평론가나 된 듯 국제 정세를 분석하며 신나게 떠드시는 것이었다. 에~, 또~라는 허사도 한마디 없이 그분의 포마드 빤질한 머리칼처럼 막힘없는 언사로 자르르 펼치다가 간혹 말이 막혀 군더더기가 말이라도 나오게 되면 금세 얼굴이 빨개지기도 하였다. 학생들에게 돋보이려고 매우 애쓰시는 것으로 보였는데 지금 생각하면 비록 오지 학교 학생들이었으나 하찮게 여기지 않고 이들에게 잘 보이려 애쓰신 점은 참으로 고마운 일이었다.

점심

초등학교 때는 90% 정도의 아이들이 점심을 굶고 학교를 다닌 듯하였는데 중학교에 진학하니 3분의 2 정도는 점심을 먹는 것으로 보였다. 그러나 나를 포함하여 많은 학생들이 점심시간에 점심을 먹지 않는 때가 많았다. 학교에서 본가가 멀어 자취생들이 많았고 자취생들은 대부분 도시락까지 챙겨올 겨를도 형편도 안 되었다. 주일마다 한 번 귀가하였을 때 식량 자루, 책가방 등을 들고 와야 했는데 거기에 부식까지 챙겨

들고 올 수가 없었다. 당시 시골에서 1주일분의 부식까지 챙겨오는 것은 거의 불가능했다. 김치를 가져와 봤자 무거우니 하루 이틀 분이었고 가져온다 해도 냉장고가 없던 시절, 보관도 불가능하였다. 고추장이나 가져와서 일주일 내내 밥에 비벼 먹는 정도였다. 찬도 없으니 도시락을 싸기 어려웠다.

나는 1학년 때 이모 집에서 이종사촌과 함께 학교를 다닌 적이 있다. 이모님은 바쁘셨으나 점심으로 도시락을 싸주실 때도 있었던 것 같다. 그런데 기억에 남는 것은 특유의 김밥이었다. 밥을 주먹밥처럼 둥그렇게 뭉쳐 김으로 둘둘 말아 싸서 주는 것이다. 지금과 같이 속에 소시지와 시금치, 단무지를 넣은 김밥은 상상도 못 했지만 보기 좋은 김밥을 만들 시간도 없었을 것이므로 특유의 간단한 김밥을 싸 주신 것.

계진이와 나는 두꺼운 성경책만 한 '벤또'에 담아 온, 두루뭉술하고 투박한 그것을 차마 점심시간에 꺼내 놓고 먹을 수가 없었다. 창피했던 것이다. 용기가 없어서일까, 시골 아이들의 부끄러운 체면이었을까? 새벽길 20리를 기진맥진 걸어와 온종일 학교 수업 마치며 굶고 있다가 어둑어둑한 오후, 학교가 파하여 돌아오는 산길, 으슥한 곳에 자리 잡고 앉아 그제서야 그 김밥 덩어리를 풀어 굶주린 배를 채우곤 하였다. 사람들이 안 보이는 곳, 가시덤불이나 작은 소나무 밑에 문제의 김밥을 꺼내어 계진이와 둘이 앉아 꾸역꾸역 먹었던 것이었다. 그 나이에는 촌스러운 김밥은 굶는 것보다 더 창피하였던 것.

새벽에 집을 나서서 온종일 학교생활에 지친 시간, 농업시간에 북한의 천 삽 뜨기 운동처럼 자갈 흙 파내어 당가(들것)에 싣고 100미터 뛰듯 뛰어 퍼 나르던 노역까지 하고 오후 5시가 되어서야 하교 길에 맹맹한 김

밥을 점심 대용으로 때우던 중학 시절. 한참 물오르듯 자라야 할 그 시기 제때 점심도 못 먹고 일과가 끝날 때까지 참아야 했던 행색이 지금 생각하면 가엾고 안타깝다. 얼마나 배가 고팠을까?

4. 갈등과 모색, 고교 시절

가정을 이룬 형님들은 전답에서는 농사를 지어 부모님을 모시고 사셔야 한다. 한 가정에 5~6남매는 보통이었는데 동생들은 무엇으로 살아야 하는가? 육지에 나가 살길을 찾아봐야 했다. 아무리 공부를 잘해도 언감생심 대학을 염두에 둘 수 없었다. 육지의 고등학교를 찾아 입학하지만 거의 농고나 공고, 상고를 찾는다. 감히 대학을 꿈꾸는 건방진(?) 시골 사람은 많지 않았다.

서울 유학

1960년대 당시 안면도 인구 23000명에 창기국민학교, 안면국민학교, 안중국민학교. 고남국민학교 등 4개교가 있었는데 남북으로 80리에 걸친 길쭉한 지형에 중간중간 4개의 초등학교뿐이었으니 산술적으로도 20리마다 한 개의 학교가 있는 셈이 된다. 즉 초등학교 통학에 20리를 걷게 되는 학생이 있다는 말이 되는 것이다. 농촌의 아동 인구가 늘고 박정희 정부의 교육에의 관심으로 각지에 분교를 세우게 되었다. 황도, 대야, 신야, 안곡, 누동, 영목 등의 분교가 생기긴 하였으나 5.16으로부터 몇 년 후의 일이다.

초등학교 졸업 후 간간히 친구들로부터 들리는 친구들의 진학 소식으로 유추하면 당시 초등학교를 졸업하고 중학교에 진학하는 학생은 20% 정도 된 듯하고 중학교를 졸업하고 고등학교에 진학한 학생은 중학교 졸업생의 15% 정도 되었던 듯하다. 호구지책도 어려워 하루 살기가 고달팠던 시절, 상급학교에 진학한다는 것은 어찌 보면 사치로 인식될 정도였다. 어른들의 말인 즉, 초등학교 졸업하고 제 이름 석자나 쓸 줄 알면 되었지 더 이상 배워서 무엇 하냐는 것이었다. 특히 나의 고향 안면도에는 중학교가 한 개 있을 뿐 고등학교라는 것이 없으니 설혹 진학을 하더라도 육지에 나가야 하였는데 문제는 방을 얻어 자취를 하든 하숙을 하든 그 경비가 학교 등록금보다 더 많이 드는 것이었다.

중학교 3학년 2학기 말, 고입 원서를 쓰는 계절이 되었다. 선생님이 학생들에게 진학 여부를 알아오라 하였는데 나의 경우, 우리 집에서는 감히 진학이란 말조차 꺼낼 수도 없는 분위기였고 진학을 운위할 수 없는 형편을 내가 잘 알고 있었다. 누울 자리를 보고 다리를 뻗어야 될 터. 어쩔 수 없는 일이었다. 진학하고 싶다 하여 졸라서 될 일은 아니잖는가. 마음속으로 (진학을) 반은 포기했고 또 안 될 일을 졸라댈 생각은 없었다. 그러나 이 시기를 맞이하여 나는 내 나름의 생각과 입장을 가족들에게 밝히고는 싶었다.

나는 큰형님께 장문의 편지를 썼다.

당시 살림을 거의 큰형님이 관리하는 듯 보였고 혹시 큰형님은 나의 말이 되는(논리적인) 호소를 귀담아 들을지도 모른다는 생각이 들어서다. 편지의 내용은 반드시 진학을 시켜 달라기보다 내가 중학교를 졸업하고 우리 집에 무슨 기여를 할 수 있겠는가, 나는 몸도 약한 편(체구도 작고 말랐으며 약골인 편)이고 노동일에 있어서도 남만 못하다. 그러나 이곳 아이들 중에서는 공부는 잘하지 않는가? 진학하려고 열심히 공부한 건 아니지만 갖은 어려움 속에서 땀 흘리며 공부하여 최우수 졸업생(충청남도 교육감상 받음, 그때나 지금이나 최우수 졸업생에게 교육감상 수여.)이 된 것으로 미루어 볼 때, 만일 고등학교에 진학시키면 앞길을 개척할 수 있는 가망성이 보이지 않겠나, 그러하니 어려우시고 고민스럽더라도 통촉하여 주시면 고맙겠다는 것이었는데 이것은 객관적인 사실을 말하면서도 더러는 감정에 호소하는 장문의 편지로서, 대부분 시골의 가부장적 가정이 그러하듯 보수적 엄부(嚴父)와 큰형님이 존재하는 가정에서는 시도하기 어려운, 나에게는 처음이요 마지막인 일생일대의 중요한 상소문을 올린 셈이었다. 이 글은 어느 주일이었던가, 내가 한 주 일을 토요일에 집에 가지 않고 하숙집에 있으면서 우리 집 이웃의 민 서기님(면서기로 근무하던 민철명 씨)께 부탁하여 집에 전달하였던 것이다. 아마 민 서기님도 이 편지를 전달하면서 "세훈이가 착하고 공부 잘하니 어렵지만 진학을 시키는 게 좋지 않겠냐."고 설득하였을 것이다. 민 씨는 우리 집 가까운 곳에서 살면서 안면면사무소에 근무하므로 나처럼 주말에 집에 왔다가 월요일 새벽에 출근하던 분이다. 어머니는 겨울철 새벽길이 어둡거나 눈이 많이 오는 날이면 혼자 등교시키는 것이 걱정되어 이웃의 민 서기님에게 함께 가 주길 부탁하였고 그분은 흔쾌히 응하였다. 성격이 온화하고 사근사근한 민 서기님은 함께 가면서 학교생활에 관해 묻기도 하는 등 관심을 가져 주었다. 친절하니 나도 이분에게 친근감을 느꼈으며 새벽길 40리를 데려다준 데 대하여 두고두고 고맙게 생각하여 온 터다. 그 후 내가 교직에 근무하게 되었고 나는 해마다 몇 차례씩 시골에 내려오게 되었는데 더러는 그분을 일부러 찾아가 의례적인 인사를 드린 적도 있다. 그러나 의례적인 인사가 아니라 어릴 적 험한 길 동행하여 주었고 청소년기 상담할 상대가 없던 그 시절 유일하게 멘토가 되어 주셨던 그분에게 내가 성인이 되었을 때, 정식으로 고맙다는 인사를 드리지 못한 것이 큰 후회로 남아 있다. 언젠가는 언젠가는… 하면서 차일피일 미룬 것인데 퇴임 후 고향에서 잘 지내시던 분이 몇 년 전 암으로 돌아가셨다 한다. 앗뿔싸, 죄송합니다. 민 선배님! 나는 진정 그분이 하늘나라에서 편히 계시기를 기원한다.

편지 상소문(?) 이후 우리 집에서는 아버지와 어머니, 그리고 큰형님이 나의 진학 문제에 대하여 '불가'가 아닌 긍정의 방향으로 고민하는 것 같았다. 도저히 가능성이 없는 어려운 일이 '상소문'에 의해 전격적으로 논의가 진행되고 있던 것이다.

우리 집 가족들의 전원 합의(?)로 나에 대한 고교 진학이 결정되었다. 당시 시골 가정들의 분위기는 대체로 어떤 가족 사안이 발생했을 때, 화기애애한 분위기에서 논의되는 것은 아니었다. 가정의 분위기는 늘 가라앉아 있었고 행여 가족 구성원 중 어느 사람이 본인들의 뜻에 맞지 않는 주장을 할 경우 서로 설득하고 양보하며 소통하는 것이 아니고 티격태격하다가 버럭 소리를 지르거나 삐져서 입을 닫아 버리거나 다른 곳에 돌출적 행동으로 불만을 터뜨리는 수도 많았다. 매끄러운 의사소통 기술이 없었다 할까? 당시 가정 경제 사정으로 볼 때, 나의 진학 결정은 대단히 큰 결단이었는데 의사소통에 익숙하지 않은 가족 구성원들이 아무 이의 없이 동의하였다는 것은 내가 생각해도 의외였다. 더구나 이왕 진학시킬 바엔 서울로 유학시키겠다는 것이었으니 진학의 가망성이 없을 것으로 생각하였던 나에게는 어리둥절할 만큼의 놀라운 희소식이었다. 여기에서 나의 인생길이 '농부'가 아닌 '공부' 쪽으로 방향이 잡힌 것이다.

그러나 마냥 기뻐할 일만은 아니었다. 집안 사정을 잘 아는 나는 기뻐할 겨를도 없이 입학금이며 수업료 그리고 하숙비를 걱정하지 않을 수 없었다. 어떻게 감당하실지…. 내가 생각해도 막막할 뿐이었다.

아마도 나의 고등학교 진학에 관하여 다음과 같은 공통된 생각으로 협의가 이루어졌을 것이다. 큰형님과 작은형님은 양분한 농토를 기반으로 살아가도록 하고 나와 동생 두 아이는 나누어 줄 농토가 없으니 교육을 시켜 스스로 자립하도록 하자는 것으로. 바로 몇 년 전, 부모님은 본가의 아랫집을 뜯어 면답 마을에 옮겨 짓고 갓 결혼한 작은형님을 분가시켰다. 본가에서는 큰형님 내외와 나를 포함, 3남매가 기거하고 할머니는 면답으로 분가하는 작은형님이 모시고 갔다. 많지 않은 농토는 큰형님 댁과 작은형님 댁 몫으로 비슷하게 양분한 바 있었다.

당시 시골의 대부분 가정에서 8남매 또는 9남매를 둔 부모들도 손바닥만 한 땅을 파먹고 그냥 눌러 사는 것이 일반적이었는데 우리 집에서 2명의 아이를 유학시킨다는 생각은 가히 획기적인 발상이었고 모험이었다. 가족들 모두 재학 중 내내 1, 2등을 다퉈 온 나에 대해서 농촌에서 썩으며 그냥 땅이나 파게 하는 것은 아깝게 생각했을 터였다. 안면도에서도 맨 끝 구석 오지에서 살던 무지랭이 소년이 안면도의 유일한 최고 학부(?)에서 1, 2등을 하고 있었는데 그냥 시골에서 지게를 지게 한다는 것은 아깝지 않겠냐는 가족들의 측은지심이 '이의 없는' 진학 결정을 하게 된 가장 큰 계기였다는 것을 몇 십 년 후, 큰형수님도 말씀하였다. 거기에다 고입을 앞둔 나의 상소문이 가족 모두의 마음을 움직였을 것이다. 사람의 운명은 스스로의 노력에 의해 열린다는 말이 이런 경우를 말하는 것 아닌가 생각된다. 내가 빈농의 아들로 태어나 땅을 파고 나무를 하는 어쭙잖은 농사꾼이 될 처지에서 운명이 바뀌는 순간이었다. 형편은 어려웠다. 그러나 어떻게 해서라도 진학을 시켜야 된다는 것이 모두의 생각이었으므로 가능한 방법을 모색했을 것이다.

섬 지역에서 혹시 진학하는 아이들은 대체로 광천, 홍성, 서산… 그리고 예산 지역으로 갔다. 큰형님은 광천이든 홍성이든 객지 생활을 하는 것은 서울에서의 객지 생활과 돈이 드는 문제에서는 다를 바 없다고 말하였다. 객지 생활을 시킬 바에는 교육의 질이 더 나은 서울로 보내자고 제안했던 것 같다. 서울 어디로? 바로 광천에서 살다가 서울로 이사 간 수천이네 집을 생각하였을 것이다. 앞에서 말했듯이 수천이네 가족은 6.25 이후 잠시 우리 집에서 기거한 것, 그리고 수천이 엄마가 우리 집에서 기거하며 수년간 보따리 장사를 해 왔으니 나를 서울 수천이네 집에 보내면 받아 주지 않겠나 하는 방안을 도출해 낸 것이다.

수천이네 집도 사업이 안 좋아 어려운 형편에 수천이와 수남이 그리고 작은 부인의 딸인 옥연이 옥영이 등 줄줄이 학교를 다니고 있는 어려운 형편. 그러나 우리 집의 부탁을 거절할 수가 없었을 것이다. 양측 모두 난감한 상황에서 어쩔 수 없이 서로 양해가 이루어졌을 것이다.

나는 1964년 12월이었던가, 난생처음으로 서울이라는 곳, 뚝섬의 수천이네로 올라가 4:1의 경쟁을 뚫고 고교 입시에 합격했다. 입학에 앞서 구정이 지난 1965년 2월 어느 날 아버지와 함께 상경, 뚝섬의 수천이네 안방에서 아버지와 수천이 아버지가 오랜만에 조우하는 것을 옆에서 보게 되었다. 두 분은 서로 격의 없는 친구라기보다 평양 사내의 무뚝뚝함과 충청도 양반의 점잖음이 마주했기 때문일까, 진중한 분위기였다. 시골에서 자식 아이를 데려와 턱하니 맡기는 데 대하여 염치없음을 불구해야 하는 아버지의 미안함과 형편이 어려우니 맡을 수 없다고 할 수도 없는 수천이 아버지의 난감함이 담담하고 묵묵한 대면의 분위기를 만들지 않았나 싶었다.

나는 그날부터 수천이네 세 평 남짓한 문간방에서 서른이 넘은 균영 씨와 수천이, 그리고 나… 이렇게 셋이 기거하게 되었다.

수천이는 말이 없는 편이었지만 나에게 우호적이었다. 내가 그의 어머니와 한집에 살던 아이였으니 이심전심의 친근감이 없지 않았을 것이다. 밤에는 균영 씨가 잠자리에 먼저 누웠고 수천이는 조금 뒤에 누웠는데 나는 공부하거나 책을 보다가 12시나 되어야 자리에 누웠다. 수천이는 청와대 근방 명문 사립고에 다니는 학생으로서 열심히 공부하면 1류 대학에도 갈 수 있을 것이었다. 그런데 귀가 후 한동안은 몇 시간씩 공부를 하고 잠자리에 들었는데 얼마 후부터 공부도 하지 않고 그냥 누워 버리는 것이었다. 당시 수천이의 아버지는 사업 실패로 인하여 늘 안방에 누워 있었고 균영 씨도 경제활동을 하지 않고 있는 데다가 좁은 방에는 불청객(나)마저 끼어들어서인가, 아니면 무슨 기분 안 좋은 일이 있는가, 자포자기한 사람처럼 늘 말이 없고 표정이 어두웠다. 그러다가 책상에 앉아 있는 나에게 "야, 불 꺼."라고 짜증을 내기도 하는 것이었다. 나의 어릴 적 '천사 아주머니'였던 그의 어머니가 돌아가신 것은 나에게도 우리 어머니가 돌아가신 것처럼 슬프고 가슴 아팠거늘 수천이는 상황이 어려울수록 더욱 마음을 굳세게 먹고 열심히 공부해야 함에도 될 대로 되어라 식으로 학교에 다니는 것으로 보였으니 참으로 안타까운 일이었다.

학교 선택

앞에서 나는, 당시 시골(안면도)의 중학교 진학률이 20%가 안 되었을 것이라고 쓴 바 있다. 고교 진학률은 15%나 되었을까? 이 섬 지역이 이렇게 진학률이 낮았던 것은 궁핍한 시골이라는 요인도 있었지만 고등학교가 한 개도 없는 이 지역에서 타지로 진학할 경우, 객지에서의 하숙비 등 경비가 학비보다 훨씬 더 많이 소요되는 어려움 때문이라고 밝힌 바 있다.

그럼에도 우리 집에서는 나를 서울 수천이네 집에 보내어 고등학교를 다니게 하기로 한 것이다(수천이 생모가 우리 집에 묵었던 것으로 수천이네는 대신 나를 거두었을 것이다). 일반계(인문계) 고교를 갈 것이냐 실업계 고교를 갈 것이냐의 선택에서는 당연히 실업계 고교였다. 고등학교 진학도, 더구나 객지에의 유학도 힘든 판에 대학 진학의 준비 단계 학교인 일반계 고교를 논의한다는 건 상상도 할 수 없는 일이었다. 이것은 아마도 나뿐 아니라 당시 우리나라의 수많은 농어촌 학생들에게 똑같이 해당되는 실정이었을 것이다. 국민들 생활이 얼마나 어려웠던가, 지금의 캄보디아 수준에도 미치지 못하는 상황이었다고 생각하면 짐작이 어렵지 않다.

빈곤층? 당시 우리나라는 90%가 농촌 인구였고 농촌 인구의 90%는 빈농이었을 것이다. 나뿐 아니라 대부분 대한민국 학생들이 빈곤층이었다. 그래서 공고나 상고를 많이 갔다. 당시에는 공고나 상고에도 더러는 시골 중학교 출신의 우수한 학생들이 입학하기도 하였다. 지금처럼 실업계 고교가 '공부 못하는 학생들이 가는 곳'이라고 인식하던 시대가 아니었음은 물론이다.

나는 당시 서울의 '실업계 고등학교'에서는 좋은 학교로 쳐 주는 서울 시내 한복판에 있는 s공고 건축과에 입학하였다.

시대는 박정희 대통령이 5.16 혁명으로 집권한 지 5년째 되는 해, "절망과 기아선상에서 허덕이는 민생고를 시급히 해결하기 위하여(혁명공약 제3항)" 산업 혁명과 기술 입국으로 대한민국의 미래를 열겠다며 연일 국민들을 고무시키던 때, 시골 학생들의 실업계 학교로의 진학은 자신과 가족을 살리는 꿈이요 희망이었던 것이다.

나는 원래 이공계 체질은 아니었다. 국어와 사회, 역사나 외국어라면 몰라도 수학과 물리 등의 이공계 과목에는 중학교 때부터 고전(苦戰)에 고전을 거듭하지 않았는가? 이공계는 나의 적성에도 도무지 맞지 않았던 것이다. 그래도 나는 열심히 공부하였다. 전교생 200명도 안 되는 시골 중학교 출신이 한양천리 상경하여 1500명 이상의 학생과 100명이 넘는 선생님이 있는 학교, 공고 중에서는 알아주는 서울시내 한 복판의 거대 학교에 다니게 된 것에 대한 자부심이 있었던 것이다.

기거하는 집의 환경이 열악하고 불편하여 평일에는 학교 도서관에서 공부하다 귀가하였고 토요일 오후, 그리고 일요일에도 학교의 빈 교실에서 공부하였다. 정문 수위가 일요일이나 공휴일의 학교 출입을 막았다. 이럴 때는 수위의 눈을 피하여 잽싸게 들어가거나 때로는 담장을 넘기도 하며 어떻게든 학교에 들어갔다. 1학년 때까지는 중간, 기말 고사에서 반에서 3등 이내를 유지하였다. 전교 1등으로 입학했다던 예쁘장하게 생긴 반장 이원영이와 이름이 생각나지 않는 oo라는 아이와의 3파전이었다.

그러나 고민이 떠나지 않았다. 내가 과연 1주일 중 하루를 온종일 건축 제도실에서 꼼꼼하게 제도를 하고 또 하루는 실습실에서 나무망치를 두들기며 목공 실습을 하는 것으로 고교 졸업 후 괜찮은 데에 취직, 시골 부모님들과 형님들의 기대에 부응할 수 있을까? 간혹 학교를 졸업한 선배들로부터 들려오는 소문은 실망, 그것이었다. 취직이라는 게 안정성도 없고 별 볼 일 없다는 것. 건축과 나와 봤자 건축설계 사무소에서 허드렛일이나 하고 심부름을 하는 정도이며 기계과나 자동차과 나와 봤자 기름 때 절은 작업복을 입고 얼굴엔 도깨비처럼 깜정을 묻힌 채 자동차 밑에 기어들어가 기술자의 시다바리나 한다고….

시간표에도 인문계 과목은 전멸이었다. 일반계(인문계) 고등학교에서는 국어, 영어, 수학 등의 주요 교과 시간이 본시간만 주당 각각 6시간(보충수업 시간 제외)인 데 비해 여기는 3시간뿐…. 주당 34시간 중 3분의 2가 실업계 과목으로 채워져 있었다. 구조역학, 건축 재료학, 건축 시공, 목공 실습에 건축 제도 등… 여기에 제도와 실습은 매주 각각 6시간(하루 종일).

배부른 소릴까? 나는 평생 이 부분을 아쉬워한다. 어디든 인문계 고교를 선택하여 보냈더라면 고교 3년의 기간이 '방황하는 세월'이 되지 않았을 것이라고. 또, 입학 후 알고 보니 실업계 학교를 졸업해도 취업이 쉽지 않은 실정이었는데 (일반계 학교를 갔더라면) 당시 어렸던 내가 고교에 입학하자마자 졸업 후의 진로에 대한 갈등과 번민의 고통에서 힘들어하지는 않았을 것이라고.

2학년 때부터 진로에 대한 갈등이 심하였다. 흔들리기 시작하였다.

아무래도 대학에 진학해야 되겠다. 일부 학생들이 그러했듯 나도 실업 관련 시간에는 인문계 참고서를 내놓고 선생님의 눈치를 살피며 도둑질하듯 대학입시 공부를 하기 시작하였다. 실습시간에 살짝 빠져나와 학교 도서실에서 딴 공부(대입공부)를 하는 불안하고 어정쩡한 학교생활을 이어 간 것이다. 적어도 30%의 학생들이 본교의 (실업 관련)수업으로부터 이탈 여부의 기로에서 갈등을 하고 있었다. 학교 수업을 포기하고 진학 쪽으로 마음을 굳힌 학생들도 20% 정도는 되었다. 더러는 이런 학생들을 자신의 진로를 위해 애쓰는 것으로 이해하는 선생님들도 있었지만 많은 선생님들은 곱게 볼 리 없었다. 오늘날의 실업계 고등학교에서는 이런 학생들을 모아 공식적으로 진학반을 운영한다. 그러나 당시의 학교는 진학 희망자에 대한 배려가 전혀 없었으며 모른 체하며 넘어가거나 선생님에 따라서는 전공 시간에 딴 공부를 하는 학생들을 엄격히 통제하였으니 진학 희망 학생들은 이단(異端)의 교인들처럼 학교생활이 고행의 연속이었다.

한일협정 비준 반대

1964년 6월 3일, 대학생들이 박정희 정권에 강력히 저항하며 대대적으로 시위를 벌였던 이른바 6.3 사태가 일어났다. 한일협정에 대한 반대 시위에 전국 대학은 휴교와 개교를 반복하였다. 내가 고1이던 1965년에도 학생 시위는 그치지 않았다. 시위대는 주로 대학생들이었지만 간간히 고교생도 시위에 나섰다. 4월부터 벌어진 시위는 5월, 6월에 더욱 더 크게 번지고 있었다. 정부는 6월, 전국 고등학교와 대학에 조기방학 조치를 단행하였다. 나도 7월부터 고향에 내려와 몇 주일간 쉬었다가 올라왔다. 8월 30일에야 휴교령이 해제되어 개학이 이루어졌다. 개학 첫날 아침, 담임인 우OO 선생님(체육)이 아침 조회 때에 잠시 들어와서 "밖이 소란하더라도 너희들은 교실에서 조용히 하고 수업에 임하라."는 간단한 말씀하시고 나가셨다. 선생님들끼리 학교 분위기와 관련한 무슨 회의를 했던 모양이다. 그런데 잠시 후, 덩치 큰 고3 학생들이 들어왔다.

"오늘 1시쯤 중학교의 종을 타종하면 전원 운동장에 집합하라." 한마디를 던져 놓고 나갔다. (당시 중, 고가 같은 운동장을 썼는데 중학교는 타종으로, 고등학교는 사이렌으로 운동장 조회 등 일과를 알렸다.) 그날 오전엔 자습 시간이 많았는데 학교 분위기가 술렁거렸다 할까, 내내 불안정한 느낌이었다. 개학 첫날 아침인데, 반 아이들은 어디서 들었는지 벌써 고려대학교 학생들이 신설동으로 내려오고 있고 인근의 대광고등학교도 따라나섰다고 수군거리는 아이들이 있었다. 4교시도 채 마치기 전인 12시쯤 담임선생님이 들이오셔시 다른 진달 사항 없이, 전원 모두 귀가하라고 전하시고 나가셨다.

바로 그때, 누군가 중학교의 종을 계속하여 때리고 있었다.

"떵떵떵떵…."

나와 집이 같은 방향인 성목이가 "나는 집에 갈 건데 같이 가지 않을래?" 하고 물었다. 나는 대답을 머뭇거렸다. 왜 함께 가자고 말하지 않고 머뭇거렸을까? 호기심이 발동한 것 같았다. 당시 고교생으로서 한일협정 비준이라는 것이 나라를 위해서 옳은 일인지 그른 일인지 판단하여 스스로 뚜렷한 주관을 가지고 있는 학생이 과연 몇이나 되었을까? 일본은 나쁜 나라인데 정부가 그들과 사바사바하는 것이 나쁜 거라는 정도의 막연한 생각이 있을 뿐이었다. 빨리 서두른 학생들은 교문을 빠져나갔을 것이다. 내가 잠시 머뭇거리다가 운동장으로 나와서 어정쩡하게 귀가하는 학생들과 섞여 교문 근처까지 다가왔을 때는 고3 학생들이 학교 밖으로 나가지 못하도록 이미 교문을 막고 있었다. 교장선생님과 학생주임 선생님 등 몇 분이 학생들을 귀가시키려고 하다가 고3 학생들과 몸싸움하는 광경이 보였다. 교장선생님은 간간이 소리를 지르시며 교문을 막고 있는 고3 학생을 교문에서 떼어내려 하였고 교사들은 엉거주춤하며 소극적인 모양새로 서성이고 있었다. 왜 운동장에 나온 교사들은 학생들의 움직임을 막지를 않았던가? 궁금하기도 하였다. 학생들이 이미 군중을 형성하기 시작하니 그들과 맞서기는 어려웠던 것으로 판단했을까?

귀가하려고 교문 쪽으로 향하거나 운동장에서 어정쩡하게 서 있던 학생들은 점점 구령대를 중심으로 모여들기 시작하였다. 구령대 위에서는 전교 학생회장이 "좌우로 나란히!" 하며 대오를 정리하였다. 반별 키순은 아니었고 대충 황급히 학년별로 줄을 세우고 있었다. 교장선생님이 구령대로 올라가 "이게 뭣들 하는 짓이야!" 소리 지르며 학생 대대장을 끌어내려 하였으나 소용없었고 금세 그냥 내려오셨다. 학생들이 점령한 구령대 옆에는 두 서너 명의 선생님들이 있었으나 난감한 표정으로 어정쩡하게 서 있었다. 학생회장이 종이 한 장을 펴 들더니 5~6가지의 구호를 한 가지씩 외치고 다 함께 따라서 복창하라 하였다. 내용은 굴욕적 한일 회담을 반대한다는 것이었다. 구호를 마치고는 하늘 쪽을 쳐다보며 종주먹을 치켜올리더니 "나가자!"라고 소리 질렀다.

고3부터 스크럼을 짜고 정문 쪽으로 향하였다. 고3 몇 명은 고1이었던 우리 대열 옆쪽으로 와서 "스크럼 짜!"라고 소리치며 독려하였다. 고3 지휘부는 몇 명 안 되는 듯 보였다. 우리들은 마음만 먹으면 학교 건물 뒤편이나 중앙시장 골목 등으로 도망쳐 흩어질 수 있었음에도 자석에 이끌리듯 함께 무리를 따라갔다. 절절하게 뭣에 반항하거나 분노하는 마음도 없이 어정쩡하게, 그러면서 그냥 한일협정이 일본 놈과 사바사바하는 것 같으므로 나쁜 것 아니겠나 하는 약간의 의협심으로.

그 순간 나에게 물었다. 오늘 왜 무리를 따라나서는가? 막연한 정의감, 호기심 또는 영웅심? 아마도 이런 것들이었을 것이고 그중에서 호기심이 가장 큰 까닭이었을 것이다. 여기에 아이들에 따라 어른들에 대한 막연한 반발심도 있었을 것. 선동이란 역시 마녀의 유혹과 같은 것인가. 왜 교문을 나가야 되는가 생각해 보고 따져 보기 전에 "나가자."는 선동 구호에 자신들도 이유를 모른 채 휩쓸려 몰려가는 꼴이었던 듯싶다. 교문은 잠겨 있었으나 일부 학생들이 교문을 잽싸게 뛰어넘어 밖에서 열어 제꼈다. 교장선생님이 제지하려 했으나 역부족이었다. 우리들은 한 손엔 책가방을 들고(당시는 메는 책가방이 아니고 손으로 드는 책가방이었음.) 한 손은 친구의 어깨를 짚어 종으로 10명씩 스크럼을 짜고 차도를 메우며 숭인동 쪽으로 향하였다. 우리 1학년은 거의 후미에 따라갔다. 선두가 청개천을 건너고 숭인동 노타리쯤 행진하였을까? 앞에서 행진하던 고3, 고2들이 스크럼을 풀고 우르르 뒤로 돌아 몰려오고 있었다. 선두 부분에서 경찰과 충돌한 모양이었다. 오와 열은커녕 거의 흩어져 학교 방면으로 되돌아 달려오니 선배들이 "스크럼 다시 짜!" 하며 앞뒤로 황급히 뛰어다녔다. 전원이 뒤로 돌았으니 이제는 후미였던 우리가 거꾸로 선두가 되어 맨 앞의 무리와 가까운 거리가 되었다. 신당동 로타리에서 우회전, 을지로 쪽으로 행진하였다. 한양공고 앞에 다다를 무렵 70미터쯤 전방에 방석 철모를 쓴 경찰들이 종대로 차도를 가로막고 있었다. 일부 학생들은 길거리에서 돌멩이를 주워서 경찰 쪽을 향하여 돌팔매를 던지고 있었다. (나는 왜 돌까지 던져야 하나 의아하게 생각되었다.)

잠시 후, 연달아 탁탁탁탁… 따다닥 소리가 나는가 싶더니 최루탄의 뽀얀 연기가 뒤덮고 눈을 뜰 수 없이 매캐한 속에서 경찰들이 무더기로 뛰어오고 있었다. 되돌아 도망가려 해도 급작스런 후퇴여서 넘어지고 덮치고 아수라장이 된 순간, 가방과 등, 목덜미에 무언가 연이은 충격이 있었나 싶었는데(최루탄이었던 듯.) 순간 경찰의 곤봉과 구둣발 세례가 퍼

부어졌다. 한양공고 정문에서 신당동 로터리 쪽으로 20미터쯤 떨어진 곳이었다.

"아이구 학생 죽겠어요."

길 가던 40대쯤 된 아주머니들이 경찰들에게 소리 질렀다. 우리들은 금세 경찰 트럭에 짐짝처럼 꾸역꾸역 실려져 하왕십리 로터리에 있는 성동 경찰서로 끌려가 수용되었다. 경찰서 강당이었다. 넓은 공간에 빽빽하게 쪼그리고 앉아 있는 연행된 학생들은 4~5백 명쯤 되었던 듯싶다. 배가 고팠다. 가방을 열어 보니 아침에 챙겨 와서 먹지 못했던 벤또(알미늄으로 된 책처럼 납작한 도시락)가 밥이 들어 있는 채로 ㄱ 자로 구부러져 있었다. 3시, 4시, 5시…. 경찰은 풀어줄 생각이 없는가, 6시쯤 되어 배oo 교장선생님이 들어오셨다. 특유의 충청도 사투리.

"여러분은 모름지기 공부만 하면 돼여. 이게 뭐 하는 짓들이여!"라고 꾸짖고는 5분쯤 야단과 질책의 훈화를 하시고 나가셨다.

저녁, 배가 고파 죽을 지경이다. 찌그러진 벤또를 다시 꺼내어 밥을 우적우적 씹어 목에 넘겼다. 하룻밤을 쪼그린 채 지새고 다음 날 9시쯤 눈이 퀭한 채 풀려났다. 그날이 일요일이었던지, 학교에 가는 날은 아닌 듯싶었다. 뚝섬 집으로 터덜터덜 돌아왔다. 내가 돌아오지 않아 수천이네 집에서 많이 걱정들 한 모양이었다. 수천이 작은어머니가 웬일이었냐 하며 부엌에서 나오셨다.

누나와 동생의 상경

내가 수천이네 집에서 기거할 때는 그의 아버님이 동생인 수천이 작은 아버지와 함께 운영하는 공장에서 (실패하여) 나와서 하는 일 없이 쉬고 있었으며 30세가 넘은 균영 씨도 특별한 직업이 없는 사실상 실업자였다. 전 가족이 실업 상태인데 내가 떡하니 공부한다고 이 집에 들어와 있었던 것이다. 집 앞에는 큰 창고 같은 엉성하고 허술한 건축물이 있었는데 그 건물 부지를 판돈을 까먹으며 산다 했던가?

그러던 어느 날 수천이네 일가는 살던 집(1층 단독주택, 약 28평? 대지 50평 정도)을 남에게 넘기고 다시 (쫓겨)나가야 되었다. 한양대 맞은 편 '살곶이' 다리 근방, 상원 삼거리라는 곳, 한양대에서 뚝도교를 건너자마자 건국대 방향의 버스길이 뚝섬 종점 방향으로 갈라지는, 바로 3거리에 위치한 고물상. 고물상의 한 구석에 천막을 치고 천막 내부에는 야트막한 블록 벽을 쌓아 놓고 온돌을 만들었던, 난민촌 마을의 집 같은 가건물이었다. 삼거리 바로 코너에 위치하였으니 엉성한 벽 하나 사이로 버스와 트럭이 지나가는 소음이 말이 아니었다. 밤에는 누워 있는 방바닥이 흔들릴 정도로 차량들의 덜컹거리는 진동이 전신에 전해졌다. 수천이 아버지와 작은어머니(계모), 그리고 6남매가 천막 가건물의 한방에 기거하는 고역스러운 하루하루가 지나가고 있었다. 이런 환경에서는 귀가하여 단 1분도 공부할 수 없으니 나는 평일 저녁, 그리고 토요일, 일요일 등 거의 모든 시간을 학교 빈 교실에서 공부하거나 어쨌든 밖으로 떠돌며 시간을 보내다가 들어올 수밖에 없었다.

그해 가을이었던가? 누나가 서울로 올라왔다. 흰색 바탕에 검은색 줄무늬가 있는 (옷이 작아 몸이 끼어 보이는 듯한.) 투피스 차림으로 여행가방 같은 것 하나를 들고. 말하자면 무작정 상경을 한 것이다. 하여, 여기서 하루 이틀 묵은 후, 수천이네가 원래 살던 집 바로 이웃에 있는 양옥집 2층 방 한 칸을 급히 세내어 들어가 살게 되었다. 나는 비로소 수천이네 집에서 독립하여 나오게 된다.

새로 옮긴 집은 온돌이 없는 다다미방이었다. 난방이든 취사든 작은 난로 하나를 의지하였으나 툭하면 난로불이 꺼져 오실오실 떨어야 하는 날이 많았고 난로의 탄불이 살아 온기가 있을 때보다 냉방에서 자야 되는 날이 훨씬 더 많았다. 불이 꺼지면 1층 주인집 부엌에서 연탄을 갈아야 했으니 주인의 눈치를 봐야 하는 불편은 이루 말할 수 없는 고역이었다. 얼마 후 다시 이사를 하였다. 경동국민학교에서 살곶이 다리의 중간쯤에 상원이라는 마을이 있었는데 거기서 사글세로 몇 개월인가 살다가 다시 경동국민학교 서남방 50미터쯤 되는 명색 한옥 마을인 성수동 656의 119번지의 집에 사글세를 얻었다. 이때 동생 도훈이가 광희국민학교로 전학을 오면서(수천이 작은 아버지 공장에 함께 근무했다는 이○○ 과장이 주선해 주었음. 이 과장은 누나의 회사 과장.) 이때부터 나와 누나, 그리고 동생 3남매가 자취 생활을 하게 된 것이다. 여기도 난방이 문제였다. 연탄아궁이를 제대로 만들어 놓은 집이 없었다. 굴뚝과 방고래 그리고 부뚜막이 서로 공기가 소통되지 않고 막혀 있거나 아궁이에 물이 스며들어 수시로 탄불은 꺼졌고 불이 꺼지면 식사도 못 하고 등교하거나 강추위 속 냉방에 떨어야 했다. 당시에는 집주인이 셋방의 난방 관련 시설을 점검도 하지 않고 무작정 세를 놓았던 것 같다. 세 사는 사람은 고장 난 아궁이에 대하여 고쳐 달라는 말도 못 하였다. 맘에 안 들면 아무 소리 말고 6개월 후 나가는 것이 관행이었던 듯. 아궁이나 구들이 정상 기능을 하도록 고쳐서 쓰는 것은 지금의 상식이지만 그때는 세 사는 사람은 고장 난 대로 그냥 쓰면서 인내하는 것을 당연시했던 것 같았다.

학교에서 돌아오니 연탄도 꺼지고 돈도 떨어지고…. 이럴 경우 배고픔을 참으며 누나가가 돌아오기를 기다린다. 누나는 밤 9시쯤에 돌아오기도 하지만 어느 때는 한밤중에 돌아오기도 한다. 누나가 만일 부모와 함께 자신의 집에서 살고 있다 할 때, 누나 또한 온종일 일한 후 집에 돌아와 차려 준 밥을 먹고 쉬어야 하는 초년생 직장인에 불과했다. 그런데, 늦은 시간에 막상 집에 돌아오니 얼음장 같은 방에서 동생들은 밥도 아직 굶고 누나를 기다리고 있으니 얼마나 난감했을까? 쌀도 연탄도 용돈도 떨어져 대책이 없는 날도 많았다. 설혹 탄불을 피어 밥을 지었다 해도 반찬이 있는 날은 거의 없었다. 혹 용돈 있으면 구멍가게에서 날두부를 사다가 간장을 찍어 먹거나 티각(미역 튀긴 것) 한 개를 사다가 반찬 대용으로 먹는 정도였다. 한창 혈기 왕성하게 자랄 나이에 영양 섭취를 못하고 (물론 점심을 싸가지고 가지 못할 때가 많고.) 온종일 학교에서 공부하다가 돌아오는 6학년 어린 동생 도훈이…. 책상에만 앉으면 졸음을 참지 못해 고개를 떨구고 졸고 있는 동생을 닦달하며 야단쳤던 나. 눈이 감겨 있으면서도 형의 눈치 때문에 책상에서 내려오지 못하고 버티고 앉아 있던 어린 동생의 하루하루가 얼마나 고통스러웠을까? 부모 밑에서 귀여움 받을 나이에 객지에 올라와 역시 철모르는 고등학생인 형의 치하(治下)에서 오금을 펴지 못하고 어린 시절을 보낸 동생을 생각할 때마다 죄책감에 지금도 가슴이 쓰려온다.

동생은 서울사대부중 입학시험을 실패하고 재수하여 후기인 oo중학교에 입학하였다. 중학교 입시 시절, 6대 공립에 속하는 중학교라하니 그런대로 괜찮은 학교였다. 부모 슬하를 떠나 누나와 형 밑에서 학교를 다닌 불우한(?) 처지였으나 중학교 내내 반에서 3등 안에 들 정도의 좋은 성적을 유지하며 착실하게 자랐던 것이다. 그만하면 반듯하고 성실하고 착한 아이였는데 책상에 앉아 조는 것 하나를 문제 삼아 나는 동생을 너무 구박했던 것 같다. 동생은 방 하나에 나와 함께 기거하면서 나름의 조그만 프라이버시도 허용이 안 되었던 것이다. 그녀석이 책상 위에서 졸고 있으면 겨울에도 밖에 나가 찬물에 세수하도록 시켰다. 물론 동생의 학력 향상을 위해서였지만 나 또한 철없는 고등학생 주제에 얼마나 가당찮은 행위였던가?

"치료비 급히 보내 주"

서울 거리에 공중전화가 있었지만 개인 가정에는 전화가 거의 없었다. 더구나 고향 안면도에는 전화가 있을 리 없다. 집에서 교통비 또는 생활비가 정기적으로 송금되는 것도 아니다. 돈이 급하면 이러저러한 사정으로 돈이 필요하니 생활비 얼마를 보내 달라며 편지로 연락하면 편지는 빨라야 1주일 후에나 도착할 것이고 본가에서 4~5일 후에 필요한 돈을 부치더라도 또 1주일 걸려서야 도착하니 빨라야 도합 20일 걸리는 것이다.

형님은 매우 합리적으로 사시는 분이었다. 형님은 평소에 이렇게 말씀하셨다. 돈은 아껴 쓰되 공부에 꼭 필요한 경비가 발생할 경우 연락하라. 쓸 돈은 당연히 써야 하는 것, 이왕 학교를 보냈는데 도중에 학교를 중단할 수는 없지 않는가? 라고.

그러나 서울에서 우리들은 발등에 불이 떨어져야 용돈을 부쳐 달라 했으니 늘 용돈이 없는 상태가 지속되기 마련이었다. 이왕 필요한 용돈을 예상하여 20일 전에 미리 알려야 했겠지만 본가의 실정을 아는 나로서 쓸 돈을 미리 부쳐 달랄 염치는 없었던 것이다. 돈을 쓸 곳이 생겨도 시골에 연락해야 하는 것이 싫었다. 더구나 그때는 살림살이 일체를 큰 형님이 관리할 때였으므로 돈이 부모님 주머니에서 나오는 것도 아니고 뭣이든 형님께 부탁하는 처지였으니 말을 꺼내기가 더욱 어려웠을 것이다. 객지, 서울에서는 늘 쪼들려 학교에서 돌아올 차비마저 없어 친구에게 버스표를 꿔 달라고 손을 내밀어야 했으며 등교 때에 수천이의 작은어머니께 돈 좀 꿔 달라는 말을 해야 되는 것도 한두 번이 아니었다. 집안 형편도 형편이지만 어차피 써야 할 돈을 미리미리 부쳐 달라고 하지 못한 우리들도 주변머리가 없었던 것이다.

그러던 어느 날, 돈이 급했던 나는 안면도에 전보를 치게 된다.

"필요금 급히 보내 주"

전보 문구를 10자 이내로 써야 요금이 적게 먹히기 때문에 줄이고 줄여서 8자(8개의 음절)로 전보를 발송하였던 것. 그런데 이 전보는 큰 사단을 발생시키고 말았던 것이다. 정작 시골 본가에서 받은 전보의 내용은 "치료금 급히 보내 주"였다. 집안이 발칵 뒤집혔다. 형님이 서울 다녀온 지 보름도 안 되었고 그때에도 멀쩡했던 동생이 무슨 치료비??

큰형님은 전보를 받자마자 동네 윤OO 씨께 사정하여 돈을 몇 만 원 변통한 후 눈을 붙였다. 내일 아침 오천 장배(보령군 오천과 안면도 영목을 오가는 소형 여객선)를 타고 상경하리라 마음먹고 자리에 누웠으나 도무지 잠을 이룰 수 없었다. 형님은 밤새 들척이다 먼동이 튼 듯, 창호지가 훤해지면서 벌떡 일어나셨다. 마당에 늘어놓은 쇠스랑과 갈퀴 등 농기구를 대충 챙겨 추녀 밑에 밀어 넣고 혹시 비라도 올까 짚 더미에 이엉을 덮고 있을 즈음 집 안에서 형수님이 급히 불러 들어와 보니 키우던 개가 눈이 뒤집힌 채 게거품을 물고 부엌에서 마루 밑으로, 다시 마루 밑에서 헛간으로 총알같이 내닫다가 마루 밑에서 거꾸러지는 것 아닌가. 거꾸러진 개는 바둥대다가 부르르 떨더니 쭉 뻗어 버린다. 개는, 쥐약을 먹고 죽어 있는 쥐를 주워 먹은 것이다.

이 개는, 당시 동네 이서기(里書記)로서(형님은 젊은 시절, 이서기, 이장을 거쳐 30대 중반 이후 반평생을 농협에 근무하시다가 50대 말, 농협 상무로 정년 퇴임, 그 후 60대에 민선 조합장을 2번 역임하셨다.) 동네 일 때문에 이 동네 저 동네 산길, 밭길을 걸어 갈 때마다 두어 발자국 뒤에서 언제나 따라다녔고 사무실에서 한 나절이나 일을 하는 동안 툇마루 아래 토방에 놓여있는 형님의 신발 옆에서 형님이 나오기까지 내내 기다리던 충견이었다 한다.

이른 아침부터 험한 꼴을 본 형님은 찬물에 밥 한 술을 먹는 듯 마는 듯 황급히 식사를 마치고 시뚝 고개를 넘어 영목을 향하여 20리 길을 뛰다시피 내딛는다.

형님은 영목항에서 작은 여객선을 타고 오천에 도착하였고 거기서 다시 30리를 걸어 진죽역까지, 그리고 진죽역에서 무려 8시간이나 기차를 타고 서울역에 도착, 밤 10시, 뚝섬에 들어오셨다. 마른 얼굴에 퀭한 큰 눈의 형님, 나를 보시고 크게 놀라며 한숨을 내뱉고는 털썩 주저앉아 버리는 것이다. 경상? 중상? 중병?

급히 치료비를 보내라는 전보를 받고 수천 리를 뛰어왔는데 동생은 멀뚱멀뚱한 표정으로 멀쩡하게 서 있는 것이 아닌가? 방금 전, 형님이 수천이네 집 마루에 올라오셨을 때 나 또한 갑자기 나타난 형님을 보고 어안이 벙벙하면서도 댓돌에 놓인 다 해지고 낡은 형님의 구두가 신경이 쓰였다. 형님은 이렇게 다 낡아빠진 구두를 신고 다니시며 객지에 동생을 유학시키고 있어 가슴이 짠한데도 나는 수천이네 식구들이 형님의 해진 구두를 볼까 창피한 생각이 들었다. 수천이네 식구들에 대한 옹졸한 체면 때문이었다.

돌아오는 길, 형님은 기차를 타고 광천에서 내려 5리를 걸어 독배항에 도착했다. 광천 장날도 아니어서 안면도 가는 배가 있을 리 만무지만 혹시 영목(안면도 남단)에라도 가는 배가 있으려나? 다행히도 oo리 가는 짐배가 있었다 한다. oo리 사람인데 염전의 소금 포대용 가마니를 사 가지고 가는 배였다. 배 위에는 짚으로 만든 소금가마니를 정육면체로 20장씩 묶어 쌓고 가빠(천막)으로 덮어놓은 형상이었다. 오천항쯤 지나고 있었다 한다. 산마루에는 보리밭 김을 매는 아낙들도 보이는 따뜻한 계절이었으나 배 위에는 아직 찬바람이 스쳐 지나간다. 형님은 배 뒤켠쯤에서 있다가 배 언저리까지 쌓여 있는 가마니 묶음에 앉으려고 엉덩이를 대는 순간 천막에 가려 보이지 않던 발밑 바닥은 허당, 바다를 향하여 거꾸로 곤두박질쳤던 것이다.

바로 그때, 배의 뒷전에서 키를 잡고 있던 선주는 까마귀가 스쳐 지나가듯 뭔가 휙 사라지는 것을 옆눈으로 느꼈다. 조금은 이상하다 싶어 그곳에 와 보니 아, 이게 뭔가? 형님이 새끼줄 한 가닥을 잡고 배 밑 바다 바로 위에 매달려 허둥대고 있었던 것이다. 형님이 바다로 곤두박질치는 순간 휘저은 손에 스쳐 본능적으로 휘어잡은 것, 그것은 가마니 더미를 고정시키기 위해 쳐 놓은 새끼줄이었던 것이다. 그 새끼줄이 그곳에 없었거나 있었다 하더라도 그것을 잡지 못했다면, 또는 새끼줄을 잡은 채 바다에 떨어지는 순간 선장의 시선이 스치지 않았다면 어찌 되었을 것인가, 눈 깜짝할 만큼 짧은 그 긴박한 순간의 장면을 상상만 해도 등골이 오싹하였다. 선장은, 형님이 배 밑에서 붙잡고 매달려 있던 새끼줄을 조심스럽게 조금씩 당겨 올렸다. 발아래는 시퍼런 바닷물이 요동치며 흘러가고 있었다. 아무도 모르게 바다 속에 사라질 일촉즉발의 순간에 구사일생으로 구출된 것이다.

동생의 입원

뚝섬에서 학교에 다니는 중, 경동초등학교 뒤 천수네 집 → 살곶이 다리 근방 삼거리 → 수천이네 집 뒤 2층 양옥집 → 상원 → 경동국교 아래 656-119호 → 천주교 뒷집 → 천주교 아랫집… 그리고 8번째 이사한 집이 양남이네 문간방이다. 대문을 들어가자마자 왼쪽 방, 방은 2평 반쯤 되었을까, 방을 들어가는 툇마루의 마룻장 아래 연탄아궁이가 있었고 마루 옆에 조그만 찬장 1개를 놓은 것이 부엌이 되는 셈이다. 주인집 포함하여 4집이 살 수 있도록 대문 맞은편에 방 1개와 부엌 1칸을 포함하는 가건물을 만들었고 대문 입구 오른편에는 또 한 가구가 세를 살고 있었으며 비교적 넓은 마당에는 공동 수도가 있었다. 뚝섬에서도 뚝도 시장 북동편 변두리였는데 근처에는 시금치 상추 등의 채소밭과 공장들이 널려 있고 하수구 시설이 안 되어 포장도 안 된 마을 입구 도랑에는 생활하수가 시커멓게 흐르고 있었다. 날마다 연탄이 꺼지는 난감함. 겨우 창호지 한 장으로 실내와 실외가 구분되는 문간방. 아궁이의 굴뚝은 막힌 듯하고 여름에는 습기가 차서 아궁이는 물구덩이처럼 언제나 축축했다. 연탄은 불도 붙기 전에 꺼지기가 일쑤였다. 아침에 불이 꺼지면 주인집 부엌에서 연탄불을 붙이는 데만 30~40분이 걸리니 기다려 밥을 지을 수도 없었다. 누나는 그대로 출근하고 나와 동생도 밥을 거르고 급하게 등교하는 날이 부기지수였다. 저녁에 귀가하면 방바닥은 냉방. 한 주일에도 두세 번씩 주인댁에 연탄불을 붙이러 가는 미안함은 큰 고통이었으나 착한 주인은 왜 아궁이를 고쳐 주지 않았을까? 또 우리들은 물에 젖어 있는 아궁이를 고쳐 달라고 왜 떼를 쓰지 않았는지? 이런 현상은 현실을 개선하려 생각하지 않고 현실에 순응하며 살았던 1960년대식 생활방식이 아니었나 싶다.

한때, 용돈이라도 벌겠다고 새벽에 신문배달을 마치고 도시락도 없이 등교하던 동생. 나중에 알고 보니 친구들이 교실에서 점심을 먹는 시간에 학교 뒤뜰이나 운동장의 철봉대 주변을 하염없이 서성거리며 시간을 보냈다 한다. 당시 동생의 모습을 생각하면 지금도 가슴이 저린다. 나 본인은 어찌됐든 형으로서 동생이 점심도 못 먹고 학교에 다니는 것을 왜 그냥 내버려 뒀을까?

그러던 어느 날 집에 돌아오니 동생이 교복을 벗지도 않고 좁은 방바닥에 두 다리를 뻗고 누워 있는 것이 아닌가? 방이 좁아 발끝은 방문턱에 닿아 있고 머리는 반대편 벽에 닿아 있었다. 머리맡에는 별표 전축이 돌아가고 있었다. (전축은 당시 가수 지망생이던 누나가 자신이 취입한 음반을 들으려고 구입한 것.) 학교 자율학습도 안 하고 이른 저녁에 들어온 동생이 떡하니 누워서 음악을 감상한다? 나는 화가 벌컥 났다. 공부도 아니 하고 전축이나 듣다니…. 나는 동생 앞에서 전축판을 들어내어 패대기쳤다. (설사 멀쩡한 몸으로 쉬고 있더라도 동생의 휴식을 허용하지 못한 철없고 옹졸했던 나 자신에 대하여 두고두고 후회하고 반성한다.) 그런데도 동생은 무표정, 아무런 반응이 없었다.

“야! 너 오늘 왜 일찍 왔어?”

“나 말야, 어… 학교에서… 응? 나 말야….”

동생은 분명 잠든 것이 아니고 눈을 뜨고 있는데 잠꼬대하듯 말을 하지 못하는 것이었다.

“어? 왜 그래?” 이상한 느낌이 들었다. 놀라 가까이 가서 손을 만져 보았다. 손과 이마에 열이 많이 나는 것 같았다. 저녁에 누나가 들어왔을 때, 몸을 일으켰으나 일어나지도 못했다. 들춰 업고 의원에 갔더니 열이 40도를 넘었다. 의사는 큰 병원에 가 보라 하였다. 시골집에 전보를 쳤던 것 같다. 이틀 후인가, 큰형님이 올라오셨다. 올라오시자마자 동생을 업고 버스를 태워 을지로 5가 국립의료원에 입원시켰다.

“이런 상황인데 그냥 보고만들 있었더냐?” 형님은 혼잣말처럼 탄식을 하셨다.

철이 없었을까, 무심하였을까? 세월이 흐른 지금 나는 부모의 입장에서 그때의 상황을 떠올려 본다. 가슴이 저리고 쓰라려 온다. 부모가 옆에 있었다면 그 지경으로 내버려 두었을까?

어린 나이에 객지에서 서럽게 또는 어리석게 살아온 그 시절의 비참함은 우리 형제들만의 설움이 아니요 1960년대 대부분 청소년들이 살아가던 슬픈 모습이기도 하였을 것이다.

동생은 을지병원에서 나왔다. 장티푸스 진단이 나왔다. 장티푸스 전문 병원인 효자동의 서울 시립병원에 가라는 것이었다. 서울 시립병원에 입원시켰으나 간병이 문제였다. 뚝섬에서 효자동까지는 대각선으로 서울의 끝에서 끝, 너무 먼 거리였다.

며칠 만에 어머니가 오셨다. 어머니는 병상에 누워 있는 동생의 얼굴을 어루만지며 하염없이 엎드려 우셨다. 철없던 나도 어머니가 우시는 모습을 보고 동생 도훈이가 아니 자식이 부모에게는 얼마나 소중한 존재인가, 자식을 얼마나 사랑하는가… 깨우침이 비로소 마음속에 쓰라리게 다가왔다. 수 주일간 병원에서 함께 고생하시던 어머니는 동생의 퇴원과 함께 뚝섬에 머무시면서 동생을 건사해 주셨다. 부엌도 없는 한데서 어머니는 닭죽을 끓여 동생에게 먹이며 한 시도 쉬지 못하시고 서울 생활을 하셨는데 이것이 어머니가 장기간 서울에 머무시게 된 계기가 되었던 것이다.

형님의 통첩

형님이 나를 서울로 유학시키기에 앞서 나를 불러 결연히 말씀하였다.

"너희들을 서울에 보내 공부를 시킨다. 졸업하는 동안 등록금 등 최소한의 학비는 대어주겠다. 단, 졸업 후 너희들이 먹고사는 모든 문제를 너희들 스스로 책임져라. 너희가 잘되어 나의 자식들, 즉 네 조카들에게 도움을 주면 고맙겠다. 그러나 바라지 않는다. 대신 너희는 완전히 자립하여 스스로의 인생을 스스로 살도록 하여라."

"객지에서 편히 먹고살 수 있나? 쌀, 소금, 연탄의 3요소만으로 공부할 수 있을 것이다."

형님의 이 말씀은 객지로 떠난 3남매에 대한 생활의 지침인 동시에 통첩이기도 하였다.

"최소한의 공부를 시켜 주겠다. 단 (실패하고) 집으로 돌아오지는 말라."

그 당시만 해도 서울에 유학을 시키는 것은 넉넉한 집 아니고는 흉내 낼 수도 없었던 때인 데다가 기껏 공부를 시켰더니 다시 농촌으로 돌아와 빈둥대는 일부 사람들도 있는 만큼 형님은 이런 낭패는 용납하지 않겠다는 결심의 표현이기도 하였다. 형님의 '자립' 통보 말씀은 법조문처럼 내내 나의 머리에 자리 잡고 있었다. 실제로 (교직에 발령받고 몇 년 후.) 결혼하게 되었을 때에도 결혼 비용은 물론 사글세방 한 칸 구할 돈도, 본가의 지원이 없었다. 그럴 수밖에 없기도 하였다. 나도 또한 전혀 아무것도 바라지도 않았다. 시골의 형편을 뻔히 알고 있는데다가 어려운 중에도 외지에 유학시켜 밥벌이라도 하게 하여 준 본가에 무엇을 더 바라겠는가 하는 마음에서였다.

혁명 정부는 농경 사회인 한국의 산업화를 통한 자립경제 시대를 예고하였다. 기술 입국의 희망찬 해머 소리가 나라 구석구석에서 들려오고 있었다. 그러나 내가 당장 고교를 졸업 후 안정적으로 자립할 수 있는 직장을 구할 수 있느냐 없느냐가 문제였는데 살 만한 일터를 확보하는 것은 졸업과 동시에 이루어지지 않으면 안 되었다. 제 집에서 먹고 자며 여유 있게 직장을 구할 수 있는 처지가 아니므로 서울에 묵고 있으면서 하루하루를 지내는 것 자체가 비용이 들어가는 일이었다. 자칫 잘못되면 서울에 존재할 수도 시골로 갈 수도 없는 낭인(浪人)으로 전락할 염려마저 있는 것이다.

서울의 유명하고 큰 고등학교를 입학했다고 좋아하였으나 현실은 현실이었다. 어느 날 나는 형님께 실정을 사실대로 고하였다. 공고를 졸업해도 마땅히 취직할 자리가 여의치 않음을. 형님이 얼굴에 실망한 빛이 역력하였으나 할 수 없었을 것이었다. 형님도 고졸로서의 취업의 실태를 모르지는 않을 것이었다. 형님은 취업 등 진로가 확실한 쓸 만한 대학을 합격하는 조건으로 대학 진학을 허락하였다. 쓸 만한 대학!

대학 준비와 관련된 수업 시간이 일반계 고등학교의 30%도 안 되며 보충수업, 모의고사까지 포함하면 일반계 고등학교의 20%도 안 되는 실업계 학교의 수업을 받아서 이것으로 대학을 간다는 것은 불가능…. 대학을 가려면 거의 독학으로 합격해야 한다는 말과 같았다. 그렇다면 처음부터 길을 잘못 찾아든 것이었다.

대입을 전제할 때, 실업계 학교는 아무짝에도 쓸데가 없었다. 실업계 학교를 다니며 시간을 낭비해야 하는 것 자체가 불리한 조건이었다. 스스로의 '노력'만으로 극복해야 되는 엄청난 짐이 나의 어깨를 무겁게 짓누르게 된 것이다. 독서실에서 혼자 애써 보기도 하고 고민도 하고…. 하다 보니 시간은 흘러 졸업하던 해, 대학 입학시험을 쳤다. 낮에는 학교에서 쓸데없는 실업계 수업을 듣고 밤에 참고서를 이용하여 대입 준비를 하는 열악한 조건에서 고3 기간을 지내 왔으니 제대로 준비가 될 리 없었다. 그런데 왜 명문 k대의 시험을 쳤을까? 이것은, 당시 서울의 소위 SKY가 아니고는 졸업해 봤자 취직도 안 된다는 인식이 팽배한 데다가 무명의 대학에 가서 명색 대학 졸업장 하나 받아 내는 사치를 부리려고 시골의 '뼈 빠지는 학비'를 뽑아낼 수 없었기 때문이었다.

추운 겨울 시험 날, 형님이 대학 정문에까지 오셔서 온종일 서 계셨다. 물론 불합격하였다.

연탄 배달을 하러 부산으로(?)

나는 k대를 불합격한 후 재수, 졸업 후 학원도 안 다니며 독서실에서 자습으로 독학, 명문대에 응시하기 위하여 예비고사를 치렀다.

대학입시 본고사 전에 예비고사가 있었다. 전국 대학 정원의 2배를 선발하고 나머지는 불합격시키는 것. 그동안 대부분 사립대학에서 등록금 수입을 늘이기 위하여 거액의 기부금을 받고 보결생으로 입학시키거나 정원 외 청강생을 뽑아 콩나물 강의실 수업으로 졸업생을 무더기로 배출하여 대학의 질을 저하문제를 유발시키는 등 사회적 문제가 팽배하였는데 문교부에서는 이제 최소한 대학 수학이 가능한 학생을 가려내자는 취지로 예비고사 제도를 만들었던 것이다. 예비고사에 세칭 1류 고등학교는 95% 이상도 합격시키지만, 지방이나 도시에서도 학력이 낮은 학교는 5~10%도 합격시키지 못하는 고등학교도 많았다. 예비고사로 인해 어중이떠중이들이 모두 대학으로 몰리는 현상은 많이 사라졌다. 청강생이나 보결생으로 재정을 확충하던 많은 사립대학들에게 예비고사는 큰 타격이었다. 예비고사를 합격하지 못한 학생에게는 아예 대학 입학 자격을 주지 않았기 때문이었다. 예비고사가 생기고 2~3년간은 서울의 경우, SKY대와 기타 대학의 일부 인기 있는 학과를 제외하고는 각 대학에서 어마어마한 미달사태가 빚어졌으며 특히 이름 없는 대학들의 경우, 정원 3분의 1도 못 채우는 학교, 또는 학과가 수두룩하였다. 학과 정원 30명에 지원자가 5~6명밖에 안 되는 대학의 학과도 한둘이 아니었다.

12월의 거리는 씁쓸하였다. 찬바람이 매서웠고 을씨년스러웠다. 동대문 이화대학 병원 건물이 우뚝 솟은 낙산(洛山) 위, 산언덕의 판잣집들 사이사이 바위에 희끗희끗한 흰 눈이 스산하게 덮여 있었다. 을지로 6가에서 동대문 쪽으로 300미터쯤 올라가면 덕수상고가 있다. 문교부는 덕수상고 운동장 게시판에 1970학년도 대학입학 예비고사 서울 oo지구 합격자를 게시하였다.

그날은 일요일이었을 것이다. 덕수상고의 교문을 들어서자마자 오른쪽 게시판에 조그만 글씨로 서울 중부지역 응시자들의 합격자가 예비고사 번호와 함께 깨알같이 인쇄, 게시되어 있었다. 죽죽 훑어보며 나의 수험번호를 찾아보았다. 없다? 다시 한번, 그리고 두 번, 세 번…. 아, 없다, 수험번호도 이름도 없다. 불합격인 것이다. 명문대학을 합격해도 형편상 대학을 갈 수 있을까 말까인데 예비고사에 불합격하다니! 절망보다 앞서 창피함을 어떻게 할 것인가 난감하였다. 시골 중학교에서 교육감상을 받고 졸업, 서울에 와서 유학한 내가 예비고사에 떨어져??

뚝섬 자취방에 돌아왔다. 누구와 술이라도 먹어? 아직 대낮… 함께 술을 마실 친구도 당장 떠오르지 않았으나 이런 기분으로 술을 마신들 무슨 해결 방안이 생겨나겠는가? 머리가 띵한 듯 멍해지고 도무지 손발을 움직일 수도 없이 기운이 빠진 듯했다. 어찌어찌 하루 이틀을 보냈다.

당장 무엇을 결정해야 했다. 여기 서울에서 방세를 내며 죽치고(?) 있을 필요도 없다. 진학은 틀렸고 무엇인가를 도모하여 내 스스로의 호구지책이라도 세워야 한다. "혹여 괜찮은 대학에 합격했을 때, 등록금만은 해결해 줄 것이다. 그러하지 못했을 때, 내려올 생각은 말라. 너희들 인생은 너희들이 책임져라."던 큰형님, 큰형님의 말씀은 특명이요, 법이었으며 당시 우리 집의 형편으로서는 당연한 것이었기에 나는 두말할 필요 없이 귀향은 불가하다. 그렇다 하여 예비고사 탈락으로 대입도 원천적으로 막혀 있으니 현실은 나에게 도망갈 곳도 없는 막다른 골목으로 한 마리 쥐를 몰듯 무섭게 옥죄어오고 있는 것이었다.

며칠 밤낮으로 고민하던 끝에 부산쯤으로 내려갈 것을 생각하였다. 왜 부산까지?

여기 서울만 해도 이미 내 얼굴을 아는 사람들이 많이 있다. 아무도 나를 알아보는 사람이 없는 곳, 서울에서 가장 먼 부산으로 가자. 거기서 연탄배달 수레라도 끌자. 퇴로가 없는 나의 처절한 결정이었다.

다시 며칠이 지났다. 답답한 그즈음, 이대병원이 있는 낙산의 언덕에 산다는 고교 동창 친구나 만날까 하여 버스를 탄 후 을지로 6가에서 내렸다. 6가 로터리에서 동대문 방향으로 걸어가던 길, 덕수상고 앞을 지나게 되었다. '끔직한 기억'의 예비고사 합격자 발표 장소였던 덕수상고 정문을 지나며…. 나는 미친놈처럼 덕수상고에 다시 들어가 합격자 발표 게시판을 다시 한번 훑어 내리고 있었다. 703132! 어라, 저 번호! 그리고 그 옆에 분명 내 이름??

다시 보고 또 보아도 분명 내 수험 번호와 내 이름이었다. 합격이었던 것이다. 그렇다면 왜 지난번에 왔을 때에는 보지 못하였는가? 보이기도 하고 안 보이기도 하는 현실… 이것이 색계(色系)의 현상인가? 합격자 명단에 올라 있었음에도 그걸 보지 못한 탓으로 일주일간 마음고생이 얼마나 컸던가?

이렇게 되어 나의 부산행과 연탄 배달의 구상은 없던 일이 되어 버렸다.

5. 학보사에서 살아온 대학 시절

1970년대, 공부는 잘하지만 가난한 집 출신의 많은 학생들이 교사를 양성하는 교육대학이나 사범대학으로 몰렸다. 교육대학에 간 나는, 대학이란, 수준 높은 학문을 탐구하는 곳으로 기대하였는데 교육대학 컬리큘럼은 나의 지적 욕구를 충족시켜 주지 못할 것으로 판단되었다. 보상심리에서였을까, 기사 취재나 편집활동을 지성적 활동으로 생각한 나는 대학신문(학보) 기자가 되어 대학 시절 내내 학보사에서 묻혀 살았다.

교육대학 입학

큰형님의 권유로 교육대학 입학시험을 봤다. 교육대학은 졸업 후 초등학교 교사가 되는 것인데 남자에게는 그리 인기 있는 대학은 아니었다. 허황된 자존심에서였을까, 나 또한 탐탁지 않게 생각되었다.

예비고사가 있어 고등학교 졸업생들의 반 정도를 대입 자격도 주지 않고 걸러내었기 때문에 서울의 명문대와 일부 지명도 높은 사립대학 중 선호도가 높은 학과를 빼고는 거의 대부분 대학에 미달사태가 벌어졌으나 수도권의 w교육대학과 c교육대학, 그리고 부산과 대구 등의 대도시 교육대학은 정원을 넘어섰고 경쟁을 치러야 입학할 수 있었다. w교대는 위험 부담이 따랐다. 만일 불합격한다면 또다시 재수하기는 곤란한 처지. 나는 c교육대학에 다니게 되었다.

서울의 동쪽 끝, 뚝섬에서 65번 버스를 타고 서울역까지 가서 제물포행 기차를 1시간이나 타고 등교하여야 하는 학교, 편도 2시간 거리의 통학을 하게 되었다. 나의 숙소가 있는 뚝섬에서 다리(살곶이 다리) 하나만 건너면 행당동, 당시 거기에 w교대가 있었다. w교대에 못 가고 인천까지 다녀야 하는 것에 대해 나는 늘 부끄럽고 자존심이 상하였다. 먼 후

일, 결과적으로는 서울의 w교대를 졸업하였다 가정하더라도 c교대를 졸업하고 교사가 된 것과 아무 차이가 없었을 것이었다. 그런 것으로 부끄러움이나 자존심 상하는 것은 어쩔 수 없는, 젊은 시절의 허황된 심리 현상이 아니었나 싶다.

학보사

'대학은 학문하는 곳 - 격조 높은 교양과 품격, 그리고 심오한 지성의 전당?'

당시 나는, 대학은 엄청 수준 높고 숭고한 교수님들이 대단한 교육을 시키는 곳으로 알았고 대학생은 품격 있고 교양이 깊으며 지성미 넘치는 청년들이어야 한다는 것으로 알고 있었다. 그런데 막상 입학을 하니 동료 학생들도 분위기도 그리고 교수님들도 위와 같은 기대에 부합될 것 같지 아니하였다. 나의 내면의 세계 안에서 나 혼자 잘난 양하는 것인가? 도무지 대화할 친구도 재미 붙일 곳도 마땅하지 않았던 터에 어느 날 나는 게시판에서 학보사에서 기자를 선발하는 공고를 보게 되었다. 바로 이거다.

응모를 했다. 6명 모집에 지원자가 30명쯤 되었던 것으로 기억한다. 학보사 건물이 있는 신관 3층 시청각실에서 1차 시험을 보았다. 반쯤을 걸러내었던가? 다시 1차 합격자를 대상으로 면접시험이 있었다.

나는 학보사 기자에 꼭 붙어야 했다. 그래야만 내가 학교에 재미를 붙일 수 있을 것 같았으며 또한 이 학교의 학교 신문 발전을 위해서도 내가 꼭 필요할 것 같았다. (기자 시험 전, 입학 직후 본교의 신문을 본 적이 있었다. 신문 꼴이 말이 아니었다. 내용도 유치한 곳이 한둘이 아니었으며 명색 신문이라는 것이 체제와 편집도 말이 아니었다. 이건 대학신문이 아니고 중학교의 학급신문 수준이었다 할까? 나의 관점에서는 그러하였다.)

그런데 면접시험 전에 들리는 소문…. "학보사든 동아리든 선배들이 고교 후배를 뽑는다. 남자는 주로 c고 출신, 여자는 i여고 출신을 뽑는다…."

나는 이 학교에 선배가 없으니 소문대로라면 불합격이다. 들리는 바, 당시 편집장과 기자들도 대부분 c고 출신에 여자의 경우, i여고 출신들이었던 것이다. 필기 고사는 마쳤으나 면접이 문제였다. 나에게는 비상이 걸렸다. 나는 면접날 비장의 무기를 준비하였다.

뚝섬에서 재수할 때 독서실에서 사귄 친구 모임이 있었다. 김래삼, 김원후, 김일종, 성인낙, 김균장, 김인종 등이었는데 이름하여 '한강회'. 그 중 김원후는 고려대 상대에 합격하였고 김균장은 외대 경제과, 김일종은 고대 농대, 김인종은 공무원 시험에 합격한 친구들이었다. 나의 제안으로 이 모임에서는 회지를 만들었다. 내용은 우리들 사이에서 일어나고 있거나 우리들의 관심사를 게재하되 체제는 기성의 신문처럼 기사화하여 헤드라인 기사는 굵고 크게 뽑았으며 그 밖의 사건들은 경중에 따라 2단, 3단 등으로 편집하였다. 정식 인쇄소에 맡길 형편이 못되었으니 원지에 가리방을 긁었고 프린트는 공무원을 하는 김인종이의 동사무소에서 하였다. 사설과 4칸짜리 만화도 실었다. 연재소설도 필요했다. 1~2회에 불과했지만, 나는 연재소설도 썼다. 그리고 뒷표지에는 광고란을 만들었고 한강회 광고를 실었다. 도안을 작성한 후 한강회 마크를 고무판으로 새겨서 뒷표지에 책마다 찍어 넣었다, 내가 가리방에 인쇄체형으로 일일이 긁어 필경하였다. 큰 글씨의 경우 글자 하나하나를 일일이 활자체형으로 그리는 것이었으니 얼마나 많은 시간과 정력을 소비하였던지! 글자를 가리방 위에 긁어야(써야) 하는데 한참 쓰다 보면 손가락과 팔꿈치가 시끈거리고 소름이 쫙쫙 끼쳐져 도저히 철필을 잡지 못할 때도 있었다. 1페이지를 쓰는 데 4~5시간 걸렸나 싶다. 이런 과정을 거쳐 '한강'이라는 동인지를 만들어 내었다. 회지가 뭐가 그리 절실했던가? 젊었기에 이런 짓(?)을 했을 것이다. 일종의 본능적인 표현 욕구가 아니었을까?

학보사 면접날이 되었다. 학보사 편집실이었다. 편집장 자리에 김인동 교수(가명, 소설, 아동문학)가 앉았으며 편집장 이휘정, 총무부장 홍룡준, 보도부장 이덕현, 연구부장 임해영 등 선배들이 도열하여 앉아 있었다. 지도교수와 선배들이 한두 가지씩 질문하였다. 이어서 지도교수가 질문하기를,

"본교 신문 oo학보를 본 적이 있느냐, 견해가 어떠하냐?"

는 내용의 질문을 하였다. 나는 서슴없이 'oo학보'를 본 소감을 솔직히 말하였다. oo학보는 대학 신문으로서 주제의식, 즉 핵심 이슈나 논점이 희박한 듯하고 잡지처럼 내용이 백화점식이며 특히 신문의 체제가 신문답지 못하다고 말하였다. 좌중의 선배 기자들이 눈이 똥그래서 서로 얼굴을 번갈아 보면서 무엇인지 체크하고 있었다.

교수가 말씀하셨다.

"그럼 자네는 어떤 식으로 신문을 만들 생각인가?"

이때다 싶었다. 나는 지참하여 온 '한강'지를 한 손에 들었다. "이와 같이 비중을 고려하여 핵심 이슈를 크로즈업시킬 것이며 신문의 체제도

이와 같이, 기사 제목도 독자의 시선을 끌 수 있도록 이와 같이 뽑아내겠습니다."라고 막힘없이 답변하였다. 김인동 교수는 내가 가져온 '한강'지를 관심 있게 보고 있었다. 인쇄된 것도 아니고 비록 가리방으로 긁은 동인지였지만 체제나 맵시 그리고 내용면에서 참으로 독특하고 괜찮다고 생각하였을 것이 분명하였다. 교수님은 제시한 그것을 내가 만들었음도 분명 확인하였다. 며칠 후, 학교 게시판에는 학보사 기자 합격자 명단이 발표되었다. 나를 포함하여 남녀 학생 6명이었다.

그 후, 선후배 기자들의 회식 모임이 있었고 끝난 후 남자 선후배 기자들의 뒤풀이 모임이 있었는데 여기서 선배 기자들이 최종 합격자 확정할 무렵의 후일담을 들려주었다. 나에 대한 이야기는 이러하였다. 응시생이 베레모를 쓰고 와서 선배들이 만든 신문을 날카롭게 비판하니 선배들은 건방지다며 나를 제외시킬 것을 지도교수님께 건의했다 한다. 그러나 교수님이 막무가내로 합격시키는 것으로 했다는 것이었다. 그로부터 10개월 후, 선배들이 졸업을 앞둔 11월쯤이었던가, 편집장을 뽑게 되었다. 지역 성향이 강한 도시 c시, 현재의 선배 편집장은 c고 출신. 역대 학생회장 역대 편집장들이 모두 c고 출신이었다 하며 c고 출신 학생들은 당연히 후임 편집장도 c고 출신으로 정하는 것이 상식인 양하였는데…. 지도교수는 c고 출신이 아닌 나를 편집장으로 임명하였다. 나는 임명 전 한동안 조바심하였으나 다행히 나를 지명하셨다. 나는 교수님의 결정이 당연하다고 생각했다. 건방진 말이 될 수도 있겠지만, 나만이 지리멸렬한 이 신문을 신문답게 개혁할 수 있을 것으로 확신하였기 때문이다. 학교신문 편집장은 특정 지역 학생이 해야 될 성질의 것이 아니었다. 적어도 대학 신문으로서 고등학교 학급신문 수준의 모습에서는 탈피해야 되지 않겠나? 신문에 관하여는 전체 학생 중에서 나만큼 할 사람이 없다고 생각했는데 지금 생각해도 이것만은 옳은 판단이었다. 당시의 학생들 중에는 신문의 본질, 신문 지면에 무슨 내용을 어떻게 담아야 되는지 조차를 아는 학생이 없었다. 출신 학교로 봐서는 당연히 편집장이 될 것으로 생각했을 터인 동료 기자 j 군은 학보사에도 나오지 않아 한동안 나와 소원한 관계가 되어 버렸다.

내가 학보사에 들어온 후, 나의 교대 시절은 학교생활이라기보다 학보사 생활이 거의 전부였다. 일단 등교와 함께 학보사로 출근하였고 강의 시간만 잠깐 참석하고 돌아오는 곳은 학보사였다. 초등학교 교사가 되기 위한 생물이니 과학이니 사회며 체육이니 하는 것들은 모두가 유치하고 우습게 보였다. 교과 시간은 건성이었고 오로지 신문 만드는 일에만 재미를 붙이고 열심히 하였으며 또 이 일에는 물불을 가리지 아니하였다. 편집 계획을 세우고 기자들과 함께 부서별로 학생이나 교수들께 원고를 청탁, 수집하고 이것이 끝나면 나는 신문 전면을 편집해야 했으며 신문에 들어갈 컷(그림)까지 도맡아 해야 했다. 청탁 원고의 수집과 편집이 끝나면 원고 보따리를 싸들고 돈암동 교수님 댁(교수님이 출강하는 날이 아닐 경우)에까지 가서 지도 조언을 받아 온 후 남대문 일요신문사에 와 리스께와 원고를 넘긴다. 문선이 끝나고 조판을 할 때가 되면 그날부터 며칠간은 몇 몇 기자들과 함께 신문사에서 온종일 대기하며 1교, 2교, 3교… OK가 날 때까지 교정본과 씨름해야 했다. 이어서 편집장은 사진과 활자 동판 그리고 윤전기에 감을 최후의 연판이 나올 때까지 지켜봐야 했다. 만일 윤전기가 돌아가게 된 후 잘못을 발견하면 되돌릴 수 없기 때문이다.

이러다 보니 학교 수업의 과제가 무엇인지, 진도가 어디까지인지도 모른 채 학교를 다니게 되었고 교과를 자주 결강하다 보니 교과에 대한 정보가 어두울 수밖에 없었다. 결강이 많이 발생하여 어떤 과목은 앞으로 단 1시간만 결강하면 학점이 나올 수 없는 위기 상황에 봉착하기도 했는데 그날은 어쩔 수 없이 강의실을 찾아가 수업을 들어야 했다. 그런데 다른 과(科) 학생들이 앉아 있다. 강의실이 변경된 것이다. 2층으로 4층으로, 별관으로 정신없이 강의실을 찾아 뛰던 다급하고 난감한 상황을 종종 겪었다. 1시간만 더 결강하면 학점이 안 나올 위기에서 수업 시작 전 강의실을 찾아야 하는 다급함과 초조함, 이 난감한 상황은 수십 년이 지난 지금도 꿈에서 재현되곤 한다.

전국 대학 출판물 경연대회

1970대 초반, c교육대학 'k학보'는 한글을 전용하는 가로쓰기 판이었다. 타 대학 신문들은 거의 기성 일간지들처럼 전통적인 세로쓰기 판에 한자를 많이 사용하였다(연세대학교의 '연세춘추'와 외국어대의 '외대학보'는 예외). 체제 면에서 기성 일간지와 다를 바 없던 것이다. 서울대의 '대학신문'과 고려대의 '고대신문' 등이 동아일보와 조선일보의 체제와 별반 다르지 않았는데 나는 이런 신문을 부러워하였다. 기성 신문의 이미지와 비슷하니 뭔가 신문답고 수준이 높아 보여서였다.

어쨌든 나의 편집 철학(?)은, 잡지와 달리 신문은 기사문의 체제적 특성을 살리고 시사성 있는 이슈를 찾아 날카롭게 진단, 비판하면서 신문 나름의 목소리로 독자에게 공감을 구하고 설득하되 독자의 눈길을 끌 수 있는 산뜻한 기사를 써야 된다는 것이었다. 그리하여 나는 가급적 1면에서부터 사설에 이르기까지, 그리고 2~3면의 특집란에 이르기까지 신문사가 당호(當號)에서 주장하고 관철해야 하는 문제가 부각되도록 일관성 있는 논조의 기사로 꾸려가는 방향을 견지하였다. 그런데 미안한 말이지만, 선배 편집장이나 선배 기자들은 물론 동기(同期)의 기자들도 신문에 관한 이러한 기본 개념이 없었다. 겨우 보도면(보도래야 신문 발행 빈도가 적으니 자연, 지나간 행사를 뒤늦게 알리는 꼴.)에 이어 이것저것 사랑방 소식류의 가십이나 단편적 이야기들을 잡화상 식으로 늘어놓는 것을 신문으로 알고 있는 듯했다. 신문에 대한 인식이 초등학교 때 학급문집 만드는 의식 수준이랄까, 답답하기 그지없는 노릇이었다. 편집회의에서 선배 편집장이 '무슨 기사를 실을까요?' 하고 물으면, 입학식, RNTC 입소 소식, 동아리별 소식, 교수 동정…. 등 지나간 소식만 말할 줄 알았지 당시 학내외에 문제가 되는 이슈를 제기해 보자거나 추적해 보자거나 등의 제안은 할 줄 몰랐다. 2, 3면도 문화면이라 하여 판에 박은 듯, 해마다 반복되는 각 교과 탐방 기사 또는 교수나 학생의 자유투고 형식의 글을 청탁하여 싣는 것 정도로 인식하는 선배, 그리고 동기(同期) 기자들…. 내가 선배와 동기가 함께하는 편집회의에서 신문이란게 다 지난 행사의 내용이나 전달해 주는 것은 죽은 신문이요 살아 있는 신문이 아니라고 혼자만의 목소리를 내니 선배 기자들이 예쁘게 볼 리가 없었다. 그러나 새로 주간이 되신 김인동 교수(일간 신문의 편집 책임자로 근무한 적이 있다함.)가 큰 틀을 잡아 주셔서 k학보는 과거 신문의 구태에서 탈피할 수 있었다. 김인동 교수는 2~3면에 전면(全面)에 걸친 특집을 설정하도록 하였다. 일간 신문같이 발행빈도가 잦은 신문이 아니므로 특집이 필요하다는 것이었다. 매월 특집을 설정하였다. 교육대학 신문인 만큼, 당시 교육과 관련 있는 것으로 문제성 및 시사성 있는 주제를 찾아 대문짝만 한 헤드라인을 뽑은 후, 대주제에 따른 하위 이슈들을 5~6개 설정, 그것을 기자들에게 분담시켜 취재하게 한 후 기사를 작성해 오도록 하는 방식이었다. 이를테면 5월에 발행되는 신문인 경우, "오늘의 청소년들, 어디에 서 있는가?"라는 주제를 설정하고 다음과 같은 소주제를 찾는다.

청소년 교육의 실상 / 청소년들의 여가 생활 / 청소년들의 문화적 환경 / 청소년 범죄 / 불우한 청소년을 위한 교육기관 / 바람직한 청소년 정책….

이와 같이 세분화된 과제를 기자들에게 분배한다. 기자들은 맡은 소주제의 기사를 작성하기 위해 관련 기관을 방문하거나 해당 전문가를 만나기 위해 때로는 출장 취재를 가기도 하였다. 어느 기자는 경찰서장을 만나러 가기도 했고 어느 기자는 소년원을 방문하였다. 책상머리에서 작성하는 기사가 아닌 발로 뛰어가서 얻어내는, 실제적이고 살아 있는 현지 르포로 얻어내는 기사였다. 교육대학의 이 작은 신문이 1970년대 초, 현장에서 채취하고 발로 뛰는 싱싱하고 살아 있는 기사를 쓰기 시작한 것이다. 당시, 대학 신문으로서 이렇게 참신한 취재 방식으로 기사를 쓰는 곳은 그리 많지 않았을 것이다.

그해, 1970년, 초가을, 우리 대학 'k학보'는 전국 대학 출판물 경연대회에서 금상을 받았다. 이 소식을 들은 교대의 학생들과 교수들, 심지어 학보 기자들마저 작은 대학의 학교 신문 'k학보'가 금상을 받은 데 믿기지 않는다는 표정이었다. 어느 곳에서든, 무슨 일에서든 하는 일에 명분이 분명하고 방향이 올바르면 거기서도 보석과 같은 열매를 딸 수 있음을 느끼게 하는 쾌거였다.

김인동 교수는 다음 해, 전통적으로 편집장 자리를 이어받았다던 k고 출신이 아닌 나를 편집장으로 임명하였다. 개인적으로는 나에게 꿈과 재질을 발휘할 수 있도록 날개를 달아 준 것이다. 신문의 체제가 확 변하였다. 작년에, '특집'부문이 부각되어 금상을 받았을 것으로 추정되는 우리 k학보, 이제는 내용을 물론 체제도 새롭고 수준 높게 일신되었다. 나는 아예 학보사에서 살다시피 하였다. 학보 편집 기간에는 거의 매일, 늦은 밤까지 일하다가 통금 시간이 가까운 아슬아슬한 시간에 경인선 열차를 탈 때가 많았으며 남대문 일요신문사에서 조판에 들어갈 때는 신문 인쇄가 끝날 때까지 신문사에서 온종일 조판공이나 문선공과 함께 신문에 매달렸다. 교과 수업이 어떻게 돌아가는지 과제가 무엇인지 시험 범위가 어디인지 알아볼 겨를도 없었다. 그해, 제2회 전국 대학 출판물 경연대회에 출품한 우리 신문 k학보는 이번에는 '은상'을 받았다. 금상은 놓쳤다. 전국 76개 대학에서 출품했다고 한다. 은상도 대단한 것이지만 섭섭한 마음은 숨길 수 없었다. 지도교수인 김인동 교수님이 심사 관계자로부터 들은 말이라면서,

"충분히 금상을 받을 만했으나 동일교에 연속하여 최고상을 부여하는 것에 대해서 일부의 이견이 있었다더라"

고 하셨다.

나중에 생각하니 이 말씀이 이해가 되었다. 상을 주는 사람들의 입장도 있을 것이다. 은상도 큰 상이었는데 상을 받고도 우울했다면 이것은 욕심 때문이었으리라. 욕심 때문에 스스로 쥐게 된 소중한 행복을 잠시 잊었던 것이다.

등나무 아래서

여기서 잠시 세월을 거슬러 올라가 본다.

2007년쯤이었다. 내 나이 거의 60에 가까울 때.

어느 날, 아내의 동창회가 인천에서 있었는데 나는 동창회가 열리는 인천의 oo횟집까지 아내를 데려다주었다. 나는 내가 밖에서 기다릴망정 아내와 함께 어디든지 동행하는 것을 좋아하였다. 아내가 모임을 하는 동안 나는 기다리는 시간에 모교인 c교육대학을 찾아가 보았다. 숭의동 로타리를 지나 남쪽으로 150미터 정도의 거리에 교대 후문이 있었다. 진입로 길가의 건물은 거의 신축, 개축되어 거리 전체가 크게 변하였으나 지형지세만은 그대로였다.

숭의동 로타리 4거리, 바로 아래쪽 교대 방향 코너, 거기에 1970년도 초반, 지하에 '숭의 다방'이 있었고 거기서 교대생들은 이제 앳된 초보 성인으로서 커피나 홍차를 시켜 마시며 '자유'를 즐기던 장소. 고교생 때까지만 해도 눈치 보이던 이성과의 만남, 그러나 이제 누구의 참견도 받지 않는 자유의 날개옷을 입고 성별 관계없이 만나서 대화를 하며 무지개 위로 떠다니던, 꿈의 세월이 머물던 장소가 아니던가.

학생 시절처럼, 후문을 통하여 교내에 들어가 보았다. 왼쪽은 신축 4층의 교무처가 있는 강의동이 그대로 있었다. 오른쪽은 당시 1층에 식당과 4층에 도서관이 있던 신축 건물이 있었는데 역시 대부분 그대로였다. 그러나 학교가 아닌 인천시 남구청으로 바뀌어 있었다. 도서관과 본관이 있던 이곳 마당을 지나 운동장을 향하여 계단을 내려가면 등나무 그늘막이 있었고 오른 편에는 구관 4층 건물, 30년 전 당시의 학교 본관 건물이었다. 그대로였다.

아, 모든 것이 그대로다. 도서관에서 내려오던 계단도, 계단 옆으로 쭈욱 심겨져 있던 회양목도 계단아래 등나무 그늘막도 그대로였다.

바로 이 계단. 어느 해 2학기, 즉 1971년 9월 1일 등나무 그늘이 시원하고 싱그럽던 아침, 손에 손에 대학 교재를 받쳐 든 깔끔한 셔츠 차림의 여학생들, 첫 시간 강의를 들으러 본관을 향해 이 계단을 내려가는 모습을 나는 카메라로 포착하였다. 그 주일, 학교 신문 k학보 첫 페이지 제호 바로 아래 왼쪽 상단에, 2학기 개강을 맞이하여 첫 강의실로 향하는 여학생들이 바로 이 계단을 내려가는 모습을 담은 사진을 크게 배치하고 그 옆에 톱기사 '개강'이란 두 글자를 크게 부각시켜 원형의 동판을 떠서 메인기사 제목으로 뽑았다. 산뜻한 개강의 첫 발걸음을 톱에 뽑아 넣은 그 신문 1면의 모습이 아직도 눈에 선한데 지금 이곳의 모습은 1971년 9월 1일, 카메라에 잡혀 학보에 실렸던 개강 날 바로 그 순간의 모습과 똑같구나! 등나무 있는 곳으로 내려오던 계단과 등나무와 당시 오른쪽 저 앞의 본관 건물은 어느 것 하나 달라진 것이 없는데 다만 그 계단을 내려가던 초록빛처럼 싱그럽던 여학생들과 1971년 9월 1일의 '시간'이 흘러가 사라졌을 뿐이다. 그 풋풋하고 싱그럽던 학생들, 그리고 40년의 세월은 어디에 가 있는가? 바로 이곳에서 삽상한 개강 아침 경쾌하게 계단을 내려가던 청춘의 여학생들, 그리고 그들과 함께 존재하던 1970년대 초반의 '시간'을 카메라에 잡았던 당시 스물세 살의 나는 지금 초로의 모습으로 여기에 서 있으니, 일찍이 500년 전 도읍지 개경에 찾아온 길재의 마음이 이러했을 것이다. 세월은 의구(依舊)한 산천을 지나가는 나그네인 듯, 엊그제 서 있던 이 자리의 풍경은 그대로인데 바로 그때 그 자리에 있던 청년은 오늘 이 자리에 노인이 되어서 서 있으니 도대체 이 무상(無常)한 조화(造化)를 어떻게 표현해야 할지? 3년 고개에서 몇 번 넘어지는 것으로 젊었던 인생이 한순간에 노년이 되어 버렸다는 옛날이야기처럼 몽롱하고 아득할 뿐이었다.

도서관 4층에 올라서면 앞에 펼쳐져 보였던 인천 항구의 저녁, 막막한 바다 위, 더러는 먹구름 사이로 햇살이 비치고 항구 쪽으로 아득히 펼쳐진 주택가, 전신주의 풍경이 쓸쓸했던 1970년대의 그날들. 가슴이 쓰릴 정도로 외로움에 빠지기도 했던 그때는 처절한 고독의 독감에 앓고 있던 시절이기도 하였다. 그때의 서정이 오늘, 여기 그대로 절절하게 남아 나를 기다리고 있는 것이다. 4층에 올라서면 지금도 간간히 뱃고동 소리 들리려나? 아, 그날의 젊음은 물처럼 흘러 지금 어디쯤의 강변을 지나고 있는가?

김인동 교수님

나와 가장 가까운 분이셨고 나에게 많은 가르침을 주셨으며 내가 가장 존경하는 스승은 김인동 교수님이시다. 나의 학창 시절 가장 비중 있고 중요했던 생활이 학보사 기자 생활이었는데 그분은 나를 학보사 기자로 뽑아 주셨으며 편집장을 시키셨다. 그분의 지도 편달로서 내가 활동했던 당시의 'k학보'가 전국 대학 출판물 경연대회에서 두 해 거듭 금상, 은상을 수상하였으니 이것만도 그분과 나에게 잊을 수 없는 추억이 될 밖에 없다.

줄탁동시(啐啄同時)라는 말이 있듯 그분은 과거 신문사에 근무한 일도 있어 신문 대하여 능력 있고 해박한 교수님이셨는데 마침 그분이 나의 신문과 관련한 재능을 알아주셨으며 나 또한 그분의 훌륭한 문학, 그리고 신문에 대한 높은 식견을 매우 존경하였다. 주제넘은 소리일지 모르지만, 젊은 시절 나의 생각은, 대학이란 지성, 학문, 전문성, 품격 등 격이 높고 고상하여야 하는 곳으로 생각했는데 교육대학은 가장 기초적인 교육기관인 초등학교 교사로서의 교수-학습 능력을 가르치는 곳이었으니 나의 바람과 기대에 부합될 리가 없었다. 이런 까닭으로 학교에 대한 홍

미를 못 느끼고 적응을 못 하던 나에게 김인동 교수는 나의 목마르고 허전한 부분을 채워 주는 지성인이었고 스승이었으며 나의 우상이었다. 학보사 선배였던가, 누구한테 들은 바로는 교수님은 부산에서 무슨 신문사 편집국장까지 하셨더라는 풍문이 있었고 아동문학가라 하였다. 아동문학가라는 것은 학보에 실린 그분이 쓰신 책의 광고에서도 금방 알 수 있었다.

교수님은 어느 날 강의시간에 회색 춘추복 양복을 쫙 빼입으시고 들어오셨는데 여담으로 말씀하시길, 현대문학에서 원고료를 받아 한 벌 해 입으셨다고. 아닌 게 아니라 당시의 현대문학지에 간간히 김인동 교수님의 소설이 실린 것을 본 적이 있다. 현대문학은 해방 이래 한국문학의 종주(宗主)격인 대표적 문학지가 아닌가. 교수님의 글이기에 거기에 실린 교수님의 소설을 꼼꼼히 읽은 적이 있었다. 거의 잊어버렸지만, 제목이 '인간 oo'이었던가, 기억에 남는 몇 조각 내용 중에 이런 것이 있었다. 소설 속 1인칭 주인공은,

"나이 20도 채 되기도 전에 부모님은 군에 가야 할 아들에게 결혼을 강권하다시피 한다. 연애는커녕 서로 말도 몇 마디 나누지 못하고 초야를 치르고 입대하였다. 군에서 부인이 수태하였다는 편지를 받은 적이 있는데 몇 년의 군 생활을 마치고 귀향하여 보니 과연 돌 지난 아이가 있었고 그 아이가 나의 아들이란다. 그날 밤, 남편을 기다렸다는 아내와 마주 앉았다. 할 말도 할 일도, 아무런 감정이나 이끌림도 없었다. 결혼이란 도대체 무엇인가? 부인이란 사람과 동물적 교접을 했을 뿐이고 정자와 난자가 만나 수태하여 2세를 출산했을 뿐 아무것도 아니다. 부모님들의 벼락같은 질책에도 불구, 아내를 외면하고 대문을 박차고 집을 나와 버

렸다….”

… 아들은 반항하였다.

“공부하라 강요하십니까? 공부를 하든 친구와 싸돌아다니든 내가 할 일입니다.”

아버지는 혈압이 올랐다. 손바닥으로 아들의 얼굴을 내리쳤다.

“서울역 앞을 못 보았느냐? 길가에서 음식을 펼쳐놓고 팔다가 단속 경찰이 나타나면 후다닥 광주리를 챙겨 차들이 질주하는 도로 한복판으로 뛰어들어 목숨을 걸고 도망을 한 후, 경찰이 사라지면 다시 광주리를 펼치는 아줌마들… 사는 게 쉬운 게 아니야, 이 소갈딱지 없는 놈아!”

혜화동 로타리를 바로 지나 돈암동 어느 마을 골목을 두 번 꺾어 들어가면 큰길에서 그리 멀지않은 평지에 교수님의 자택이 있었다. 한 학기에도 한두 번 신문사에 넘기기 직전의 마감된 원고 뭉치를 들고 교수님 댁에 가서 편집 와리스께와 원고를 보여 드리고 지시 말씀을 들어야 했다. 교수님 내외는 반갑게 맞이하여 주셨는데 어떤 때는 식사까지 함께 한 적도 있었다. 사모님은 매우 젊으셨다. 아들 한 명이 있었는데 b고등학교 2학년 학생이라 했다. 교수님이 어느 때는 아들을 골목에 내어 보내어 검토한 원고를 전해 주시기도 하셨다. 당시 신경 쓰진 않았으나 고등학생인 아들을 볼 때, 사모님이 무척 젊다는 느낌이 들었다.

나중에 안 일이지만 교수님은 경남 h군에서 출생하셔서 대학을 중퇴하시고 고교 교사로도 근무한 적이 있으셨다. 1950년 문예지 oo로 추천받아 신문사와 잡지사 등에서 소설, 동화, 시 등을 꾸준히 발표하였다.

한국 문인협회 회장도 하셨고 oo대학 재직 시 전래동화 연구와 전래동화 교육의 공로로 1990년 대한민국 문학상을 받으셨다. 내가 생각하여오던 것보다 교수뿐 아니라 작가로서도 훨씬 크시고 훌륭하셨던 김인동 교수님이셨다.

내가 교육대학을 졸업하고 현직에 근무하던 1976년 2월 어느 날, 나는 김인동 교수님을 찾아갔다. 나의 결혼식에 주례를 부탁하기 위해서였다. 그런데 일언지하에 거절하시는 것이 아닌가? 무안하고 당혹스러웠으나 다시 한번 정중하게 요청하였다.

"이 사람아, 내가 결혼 생활이 평탄치 않아 재혼한 처지인데 그런 내가 주례를 하겠다고 나서겠는가?"

나는 재학 시 교수님 댁을 드나들며 혹시나 하는 느낌이 들었지만 이런 것은 까맣게 잊고 있었던 것이다. 어쨌든 거절당한 당시의 마음은 씁쓸하였지만 나이 든 후에 생각하니 결과적으로 내가 교수님이 재혼했다는 사생활을 제자에게 스스로 고백하게 한 것 같아 너무 죄송스럽고 미안하였다. 그 무렵에 "교수님, 제가 마음을 불편하게 한 것 같아 너무 죄송합니다."라는 사과의 말이라도 왜 하지도 못했는가? 불쑥 찾아가 주례를 부탁하기 전에 미리 찾아뵙고 인사를 드렸어야 했다. 나의 행위는, 존경하는 은사님을 3년간이나 찾아뵙지 않았을 뿐 아니라 전화 한 통화 못 했던 주변머리 없는 처신이었다. 당시 내 나이 29세, 고마운 사람에게 고마움을 표현할 수 있는 주변머리나 말 한마디에 천 냥 빚 갚는 지혜가 없었던 것이다.

과외 선생

1965년에서부터 1973년 2월까지 나는 뚝섬에서 8년간을 살았다. 이 시기는 나의 고교 시절에서부터 대학을 졸업하던 시절에 해당된다.

누나는 직장에서 고생한 후, 퇴근하면서 부식이나 먹거리를 사 왔고 아침에 일찍 일어나 밥을 지었다. 냉장고는 물론 부엌도 없는 문간방 한 칸을 얻어 살아가는 자취생활. 방문 앞의 한 평도 안 되는 마루 위에 찬장 하나를 놓은 곳이 주방인 셈이었다. 찬장에 혹시 찬이 있더라도 겨울엔, 얼음덩어리였으니 먹을 수 없었고 밥을 할라치면 연탄불이 꺼져 있기 일쑤(방 구들로 지나는 공기 통로가 막혀 있었던 듯, 저녁에 탄을 갈아도 꺼지는 날이 많았음). 주인집 아궁이에서 연탄불 좀 붙이자고 사정하는 것도 한두 번이 아니었다. 어떤 날은 불을 붙일 시간도 없어 아침밥을 굶고 등교하는 날도 적지 않았다. 한창 성장하는 나이, 고등학생이었던 함께 자취하던 동생이 굶고 등교하는 것을 보는 나의 심정도 말이 아니었는데 이런 모습을 시골의 어머님이 보셨으면 얼마나 가슴 아파 하셨을까? 아니, 안 보셔도 눈에 뻔히 보이는 그림이기에 어머니는 자나 깨나 눈물 마를 날이 없었을 것이다.

어쩌다가 3평도 안 되는 방에서 과외 공부를 가르치게 되었다. 초등학교 2학년에서부터 중학교 2학년생까지. 당시에는 중학교 입학시험이 있었다. 좋은 학교에 입학하기 위해 학력을 높여야 했다. 초등생들도 과외를 하거나 학원에 다니는 일이 많았다. 부잣집에서는 가정교사를 들여다 자녀 교육을 시켰고 일반 서민들은 대부분 그룹 과외를 시켰다. 나는 방학 때의 경우, 아침부터 8시~10시, 10시~12시, 오후 1시~3시, 3시~5시 그리고 저녁에는 7시~9시… 5타임에 하루 10시간씩 과외 공부를 시켰다. 하루 세 끼 중 단 한 끼를 제대로 먹지 못한 채, 10시간을 쉴 새 없이 '말을 해야 하는 노동'이란 젊은 육체를 파괴할 수도 있는 중노동이었다. 낮 12시부터 1시 사이의 짬에 점심을 먹어야 하는데, 점심이란 것이 맨밥에 물을 말아먹거나 가게에서 사 온 단무지 몇 쪽을 반찬삼아 먹는 것, 아니면 두부 한 모를 사다가 그중 반 모쯤을 간장에 찍어먹는 것이 반찬의 전부였다. 이거나마 마음 편히 먹을 수 있었으면 좋으련만 이것을 먹을라 치면 1시 타임의 초등생들이 미리 방으로 뛰어 들어오기 일쑤. 당시의 나는 이렇게 초라한 식사 모습을 아이들에게 들키는 것이 너무 부끄러웠다. 그리하여 식사는 도둑질하듯 조바심하며 순식간에 입에 넣는 습관을 갖다 보니 나중에 이것이 병이 되었던가, 찬물에 말아 먹는 밥도 목에 넘기면 넘어가지 않고 가슴 구석에 꽉 막히는 증세가 발생한 것이다. 40대에 70kg이던 내가 20대 초반, 당시에 체중은 52kg까지 떨어졌다. 힘겹던 과외 선생의 생활이 이렇게 피골이 상접한 몰골을 만들었던 것이다.

실미도 사건

재학 중에 남학생들은 RNTC 교육을 받아야 했다. RNTC는 당시 아동 인구 증가에 따른 교사 부족의 해결과 우수 교육대생 유치를 목적으로 교육대생이 재학 중 일정 시간 군사 교육과 훈련을 받다가 방학 중, 병영에 입대하여 신병 훈련을 포함한 대한민국 육군의 일반적인 훈련과정을 이수하면 군 징집을 면제하여 주는 제도다. 남학생들은 교육과정에 의한 교과 시간을 마친 후, 거의 매일, 군사 관련 교육을 받아야 했기에 방과 후 시간이 바빴는데 나에게는 그 외 또 다른 문제가 있었다.

첫째로, 학보사 기자로서 학교 신문 만드는 일을 해야 하는 것 (더욱이 2학년 때는 편집장으로서의 업무.) 때문에 수시로 훈련에 참여하지 못할 사정이 발생하는 것이었다. 특히 신문 편집이 끝나고 서울 일요신문사에 원고를 넘긴 후에는 신문사 현장에 나가 '문선'을 통하여 뽑아온 인쇄물을 교정 봐야 할 때는 아예 아침부터 신문사로 출장해야 되었다. 이런 때 훈련 교육이 겹치면 어려움을 당하게 된다. 더러는 지도교수의 출장 확인서를 받아 교관에게 제시하고 교육을 면제받을 수도 있으나 그것도 한 학기에 몇 번 허용될 뿐이어서 군사교육 출석 날짜 미달로 RNTC에서 제명될 위기도 몇 번이나 겪었다. 둘째로 머리를 짧게 깎는 것이 문제였다. 두발 검사에서 적발되면 RNTC 두발 복장 규정에 의거, 벌점이 부과되고 이것이 일정 한도까지 누적되면 제적될 수도 있는 것이다. 당시 나는 긴 머리에 예술가 타입의 꼭지 달린 빵떡모자를 쓰고 다녔는데 이것은 나의 상징이었고 브랜드였으며 젊은 시절 중요한 프라이버시였다. 머리를 자르는 것이 죽는 만큼이나 싫었는데 목은 자를 수 있어도 머리는 자를 수 없다던 조선말 절개 있는 선비의 최익현의 '이념'에 버금가는 것이었다.

어쨌든 이러한 어려움 속에서 우리는 여름 방학 중에 군부대에 입소하여 일반 장교의 신병 교육에 준하는 훈련 교육과정을 이수하게 되었다. 나는 병영에 입소하면 심리적으로 매우 안정되었다. 군문(軍門)에 들어온 한, 학교생활이나 학보사, 또는 자취 문제 등 모든 문제로부터 떠날 수 있었고, 군에 들어와 밖에 나갈 수 없을 터, 마치 감옥에서처럼 사회생활과 얽혀 있는 모든 문제와는 일단 단절될 수밖에 없기 때문이었다. 젊은 시절, 공부 등 학교의 교육 과정에 집념할 수 없는 것은 잡념이 많기 때문이었을 것이고 잡념이란 이것저것 정리되지 못하고 단절하지도 못하여 끌어안고 있는 잡다한 걱정거리들이었을 것이다. 취재도 해야 하고 기사도 써야 했고 리포트도 내야 했고 오르간도 쳐야 했으며 RNTC 교육도 받아야 했고 교통비… 그리고 생활비 걱정에 오늘 당장의 점심값 걱정, 오늘 저녁 당장의 자취 쌀 걱정… 그리고 RNTC 교육 시간의 두발 검사에서 머리를 깎이거나 깎인 후의 몰골에 대한 걱정까지. 그러나 일단 부대에 입소하면 걱정해야 할 아무것도 없어진다. 즉 그곳에서는 걱정하여 해결될 일이 아무것도 없으니 걱정할 아무것도 없게 되는 것이다. 군에서 시키는 훈련과 군사교육 과정을 이수하는 것뿐 다른 것이 있을 수 없다. 그러하니 오히려 마음은 편하고 가벼웠다.

나는 군 입영 훈련을 받는 것이 인생 중의 귀한 체험이라고 생각했다. 못할 것 없었다. 열심히 해 보자고 작정하니 싫지 않았다. 스릴과 재미도 느껴졌다. 그렇다. 마음먹기에 따라 처해진 곳이 지옥일 수도 천당일 수도 있구나. 소대장이나 교관들이 하라는 대로 열심히 했다.

0.1초 이내로 집합하라 하면 빨리 뛰어나갔고 침상 3선에 서라 하면 빨리 서고 관물대를 정리하라 하면 담요와 속옷을 각을 세워 개었고, 사선(射線)에서 좌우로 정렬하라 하면 후다닥 서서 열을 맞추고…. 선착순 뛰어 집합하는데도 (달리기를 빨리 못하지만) 요령으로 앞 순위로 도착하였다. 기록을 재는 경기가 아니므로 선착순으로 뛰어라는 구령이 구대장의 입에서 나오기 전에 먼저 뛰어나가는 것이다. '군대는 요령'이라 하지 않는가? 앳된 초보자가 요령 먼저 배웠는지 모른다. 요령이 안 통하는 10km 마라톤 행군에서도 나는 거뜬하였다. 중학교 때까지 몸이 약한 편이었던 내가 지구력이 좋아졌던가, 오래달리기에는 지칠 줄 몰랐다.

특히 사격에는 흥미가 있었다. 이건 좀 잘해 봐야겠다고 마음먹고 흥미 있게, 재미있게 연습하였다. 명중률이 높았다. 표적지 정중앙에 탄착점이 형성되었다. 명중률이 좋으니 통쾌하고 재미있어 사격 시간이 기다려지기도 하였다. 총알구멍이 이곳저곳 사방으로 흩어져 있는 친구들의 표적지는 이해가 안 되었다(졸업 후, 예비군 훈련 시에, 군〈郡〉 단위 지역 수백 명이 합동으로 예비군 훈련을 받는 적이 있었다. 마지막 날에는 사격이 있었는데 나는 수백 명 중 5명 이내에 들만큼 사격 훈련 점수가 우수하여 오전에 일찍 귀가하는 특혜를 받은 적이 몇 번 있었다). 학교 훈련 시간에 고문관이었던 나는 병영에서는 우수한 후보생이 되었다. 사람이 하는 일의 이치가 이러하구나. 스스로 하고자하여 즐거우면 능히 이룰 수 있다는 것.

1971년 여름, 소사 33사단. 우리는 오전에 학과 출장을 마치고 점심시간 후, 내무반에서 오침(午寢)을 '실시'하였다. 그런데 잠시 후, 급히 비상 사이렌 소리가 정신없이 울려댔다. 소대장이 들어왔다.

"오후 교육은 별명(別命)이 있을 때까지 대기하라."

십 분, 이십 분, 삼십 분…. 그러나 '별명'은 없었다.

평소, 오침 후 학과 출장을 가는 것이 일반적이었으며 무한정 대기시키는 사례는 없었다. 오늘은 왜일까?

내무반 건너편 연병장에는 완전 군장한 군인들이 계속 꾸역꾸역 밖으로 나와 황급히 움직이는 모습이 보였다. 헬리콥터가 연신 연병장을 오르내렸다. 헬기로 군인들을 어딘가로 이동시키는 듯하였다. 오후 2~3시, 밝은 대낮, 도대체 무슨 일이 있는 것일까? 후에 안 일이지만 이 순간 그 유명한 실미도 사건이 터진 것이었다. 인천 앞바다 실미도에서 특수 임무를 맡은 대원들(북파요원들)이 대거 반란, 탈출하여 경인가도와 영등포를 거쳐 한강교까지 돌파, 청와대로 향하다가 전원 섬멸된 사건이었다. 이들 중 일부는 영등포에서 버스를 탈취하였다. 그러나 출동한 군·경의 사격으로 버스는 벌집이 되었다. 시꺼멓게 그을린 버스의 모습…. 그 사진이 신문에 대문짝만 하게 실렸었다. 나라를 뒤흔들었던 이 사건에 관할 부대인 33사단, 내가 바로 그때 병영훈련을 받고 있던 부대였다. 하나의 역사적 순간, 우리는 바로 33사단 내무반에서 학과 출장을 대기하고 있었던 것이다(계속 대기만 하였는데 결국 오후 일과는 이루어지지 않은 채 석식 시간이 되었다). 부대장이나 중대장 등 상급자들이 모두 전투에 투입되어 우리 후보생들에 대한 학과 진행은 할 수 없었을 것이다.

공로 표창

교육대학 졸업 시 나는 학장의 공로상을 받았다. 대학 졸업 시 공로상은 비중 있는 큰 상이다. 고등학교에서도 졸업할 때 공로상 심사는 엄격할 뿐 아니라 수상자도 극소수로 제한하는데 하물며 대학에서랴.

나는 교육대학 재학 시 학과 성적에 관심을 두지 못했다. 중·고등학교 때에는 최소한 반에서 1, 2, 3등 이내의 성적을 계속 유지했는데 교육대학에서 성적 관리를 하지 못했던 이유는 앞에서 말한 바 있다. 출석률도 좋지 않았다. 국어 교육이니 산수 교육이니 하는 초등생 시간표 같은 교육과정 자체를 우습게 생각하기도 하였고 시시하게 생각하였으니 공부에 재미를 붙일 수 없었던 것. 학교에 나가는 즐거움은 오로지 학보사에 가는 즐거움뿐이었다. 학보사에서 신문 만들기에만 골몰하고 애쓰다 보니 교과 성적은 겨우 최저 학점을 면할 정도였던 것이다.

토요일이나 일요일도 없이 학보사에 나와서 일을 했다. 대학신문이라기에는 너무 유치했던 이전의 학보의 체제를 혁신적으로 바꾸는 한편, 신문의 본질을 추구하되 핵심 이슈를 부각시키고 심층 보도에 접근하여 깊이와 무게 있는 신문으로 거듭나는데 크게 기여한 것은 사실이다. 물론 신문에 대하여 안목이 있으신 김인동 교수의 지도 편달(鞭撻)이 큰 힘이 되었음은 물론이다. 내가 학보사에 들어와 활약을 할 때, 전국 단위의 대학 출판물 경연대회에서 금상을 받았고 다음 해 내가 편집장을 할 때 이어서 은상을 받은 것은 학교 신문 발전의 객관적 성과이자 또한 대학의 명예를 빛낸 쾌거로서 그것만으로 내가 공로상을 수상할 만한 이유는 충분하였을 것으로 본다. 교수회의에서 김인동 교수는, 성적과 근태상황이 썩 좋지 않은 나에게 기를 쓰고 공로상을 천거한 것으로 보인다. 각 부서 지도교수들이 각각 나름대로 지도하는 학과나 동아리들이 한둘이 아닐 것인데 성적도 근태상황도 안 좋은 나를 공로상에 앉히느라고 얼마나 애쓰셨을까? 교수님을 졸업 후, 한 번도 변변하게 찾아뵙지 못한 주변머리와 용기 없음에 자책감을 느끼며 교수님의 영전에 무릎 꿇고, 나의 못나고 무례함을 깊이 사과드리고 싶다.

러브스토리

박진환 군은 깡마르고 얼굴이 모졌으며 김숙희 양은 눈이 둥글고 새침한 얼굴에 키는 작달막하였다. 그들은 대표적인 캠퍼스 커플이었다. 둘 다 회화반. 통학 버스나 식당에서, 그리고 도서관이나 교정의 등나무 아래서도 그들은 언제나 함께 붙어 있었다. 언제나 붙어 다녔으므로 학생들이나 교수들도 그들을 모르는 사람이 없을 정도였고 행여라도 둘 중 한 사람만 걸어가면 이상하게 보일 정도가 되었다. 박 군은 당시 명문고였던 서울의 s고를 나왔고 김 양은 인천의 명문고라 할 수 있는 i여고를 나왔다. 그들은 나보다 1년 선배였다는데 그중 박진완은 나와 동급생이 되었다. 1년 휴학한 후 복학하였다 한다. 교육대학 남학생은 웬만해서 휴학하지 않는다. 휴학하게 되면 학군단에서 탈락하게 되고 학군단에서 탈락하면 바로 군에 입대해야 되기 때문이다(졸업 때까지는 입대를 연기할 수는 있다 함). 그런데 휴학이라?

사연이 있었다. 바로 커플 김 양과의 연애 사건으로 인한 휴학이었다.

박 군은 1학년 때 김 양을 만나 곧 연애하게 되었는데 그것도 열정적으로 '밀착식' 연애를 한 모양이었다. 늘 달라붙어 다녔으니 표가 안 날리 없었다. 일반적으로 학군단 병영 입소 훈련에는 면회 오는 사람이 없는데 김 양은 훈련이 진행되는 과정에서 군부대까지 면회 오는 바람에 당시 학생들 사이에서 화제가 되었다. 당연히 김 양의 집에서도 김 양이 입학 하자마자 남자와 열애 중에 있다는 사실을 알게 되었고 집에서는 김 양에게 관계를 청산할 것을 강력하게 강요하게 되었다는 것. 김 양은 어쩔 수 없이 박 군에게 절교 선언을 하였다. 박 군은 만나 주지 않는 김 양 집에 찾아갔다. 그의 부친께 무릎을 꿇고 눈물을 흘리며 김 양과의 관계를 인정해 달라고 애원하였다 한다. 그러나 그의 부모는 단호하게 거절하였고 김 양은 이후, 박 군에게 냉담해졌다 하는데, 박 군은 충격을 받고 절망에 빠져 극한의 행동을 보였다 한다. 자세한 것은 오래된 이야기라서 잘 기억은 나지 않지만, 죽겠다며 행방을 감춰 버렸다고 했던 것 같다. 일주일, 보름, 한 달…. 집안은 발칵 뒤집혔고 학군단으로부터는 교육 훈련 결석일 초과로 퇴출되었으며 학교에서는 출석 미달과 시험 결시로 한 학기를 수료할 수 없게 되는 등 소동이 일어났다고 한다. 이런 극한 행동의 효과였을까, 김 양이 다시 박 군을 만나 주게 되었다 한다.

이런 사건으로 박 군은 함께 진급을 못 하고 김 양보다 한 학년이 늦게 되었다는 것인데 수업에는 함께 들어갈 수 없었지만 그 외의 시간에는 온종일 붙어 다니는 캠퍼스 커플의 모습을 다시 보여 주게 된 것이다. 이후 한 해 선배가 된 김 양은 먼저 졸업하게 되어 졸업 후 c읍의 초등학교 교사로 발령이 났고 한 학년이 늦어 버린 박 군은 이제 어쩔 수 없이 혼자 학교에 다니게 된다. 평소 늘 김 양하고만 붙어 다니며 지냈기 때문에 혼자 남은 박 군은 사귄 친구도 없었다. 강의 시간에 나타났다가 어디로 갔는지 잘 보이지도 않았다.

봄이 가고 여름이 갔다. 또 가을이 지나고 늦가을의 낙엽이 다 떨어져 찬바람이 일기 시작하고 때로는 눈발도 날렸다. 을씨년스러운 초겨울, 종강을 앞둔 어느 날, 학생들은 해를 넘기는 아쉬움과 때로는 허탈한 심정으로 강의 후 삼삼오오 다방이나 막걸리집을 찾는 학생들이 많았다.

어느 날, 웬일인가? 숭의동 로타리 저 아래 학교 맞은편 골목 oo막걸리 집에서 그간 구경하기 힘들었던 박 군이 나타난 것이다. 희한하였다.

커플인 여자가 먼저 교직에 발령을 받아 짝을 잃은 기러기 처지로 외톨이가 된 채 잘 보이지 않던 박 군, 어찌 보면 늘 친구들을 무시하는 것 같기도 하고 건방진 것 같기도 했던 그가,

"그간 함께 어울리지 못하여 미안했다."

면서 사과까지 하는 것이었다. 진정성 있는 듯한 자세로 목소리를 낮추며 술잔이 몇 잔 돌아가니 이방인 같던 박 군으로 인하여 서먹서먹하던 좌중의 분위기는 어느 정도 풀렸다. 그간 어울리지 않던 박 군에게 누군가 여자 친구에 관하여 슬쩍 운을 떼면서 술잔을 건네었다. 그는 권하는 술잔을 받자 원샷으로 들이키더니 이어서 스스로 막걸리 두서너 잔을 연속 들이켰다. 그러더니 갑자기 주먹으로 목로 테이블을 주먹으로 내리치더니 엉엉 우는 것이 아닌가! 좌중은 갑작스런 박 군의 행동에 당황하였다.

잠시 후, 그는 훌쩍거리며 그간의 사연을 풀어내었다.

현직에 먼저 발령이 난 김 양을 만나러 버스를 2~3시간씩 타고 c읍에까지 매주 주말은 물론이고 평일에도 찾아갔더란다. 그러나 점점 찾아오는 자신을 반가워하는 정도가 전만 못한가 싶더니 심지어 피하는 눈치가 보였으며 매일같이 보내는 편지에도 답장이 오지 않더란다. 좌중

은 박 군에게,

"교직에 있으니 주변의 눈치도 봐야 하는 것 아니겠어?"라며 위로하여 마지않았다. 그러나 잠시 말을 멈추고 있던 박 군은,

"그게 아니라…."

이제 어깨를 들썩이고 흐느끼는 것이다.

"그 ×이 그 지역 유지의 아들과 결혼해 버렸어. 나 2년간 자네들과 어울리지도 못하고 그 ×만 좇아다녔는데 닭 쫓던 개가 되어버렸어."

6. 대한민국 교사가 되어

26세에 교사가 되었다. 교사는 그런대로 내가 할 수 있는 최적의 직업이었다. 나는 교직 거의 대부분을 고등학교에서 근무하였다. 많은 교재연구와 정규 수업, 그리고 보충수업과 부수적 행정업무를 극복해 내어야 했다. 교직 후반기에는 승진경쟁도 벌여야 했다. 치열한 경쟁을 통하여 교감으로 승진하였다. 그러나 그 무렵, 내 몸에 중대한 병마가 찾아들었다.

발령

1973년 1월 20일께 oo도 교육청으로부터 교직에 발령이 났다는 통지가 왔다. 이 순간 가장 먼저 와 닿는 느낌은 울적함이었다. 그간 수년간 과외공부를 가르쳐 오던 아이들과 헤어지는 아쉬움과 섭섭함. 나를 믿고 3~4년간 '선생님'이라 따르며 공부하던 아이들에게 과외를 갑자기 중단해야 하는데 대한 걱정이었다. 이 밖에 살아오던 생활 환경과 패턴이 크게 바뀌게 될 것에 대하여 마음의 어수선함과 불안함도 있었다. 그간 익숙해진 삶의 터, 뚝섬 현미네 집에서 과외 선생을 하면서 여가에는 oo 도서실 친구들(원후, 균장, 내삼, 융종….) 등과 뚝섬 유원지 부근을 무대로 '한강'이라는 동우회 문집까지 발간하며 어울리던 시절. 익숙하고 정들었던 이 바닥을…. 떠나게 된다?

몇 년 전까지만 해도 미지의 세계, 낯설고 물설었던 이곳, 시골에서 올라와 싱그러운 이팔청춘 시절 처음으로 정착한 곳이 뚝섬이었다. 그것도 생활이라고 상경 이후 몇 년간 이곳에 묻어있던 이런저런 생각들이 내 마음에 우수(憂愁)를 불러일으켰다. 이것은 곧 폭포가 되어 눈물로 쏟아졌다. 발령장을 앞에 놓고 나는 끝내 동생 도훈이 앞에서 눈물을 떨구었던 것이다. 갓 대학생이 된 도훈은 형을 위로하였다.

"형, 괜찮아. 어차피 발령은 나야 되는데 잘된 거잖아? 주일마다 내려와서 또 만날 수 있고…."

나는 1973년 2월 1일, 경기도 c군 교육청에 가서 한탄강 지류인 포천천 근방에 위치한 y초등학교의 발령장을 받아들었다. 마침 졸업식이 있는 날인데 그 학교에 졸업식 임석관으로 참석하는 권oo 교육장의 까만색 관용 지프차를 타고 교직 최초의 학교에 부임하였다.

그 학교에 50대 중반인 소oo이라는 교사가 있었다 한다. 한 번 술을 먹기 시작하면 일주일이고 보름이고 계속하여 술집에서 살았다고. 거기서 온종일 술을 마시고 잠을 자고 또 술을 마시고…. 이곳에 부임 후 2~3년을 이와 같이 하다가 드디어 사표를 냈다 하는데, 자식들도 있고… 앞으로 어떻게 살아가야 할지 학교에 온 사모님은 땅이 꺼지도록 걱정했다고 한다. 그 불쌍한 알코올 중독 선생님의 후임으로 내가 발령받은 것이다. 교사들은 모두 사범학교 출신이거나 교원 양성소를 나온 분들이었다. 갓 졸업한 교육대학 출신인 내가 부임하자 학부모들은 매우 환영하는 눈치였다. 참신해 보였던 것일까?

발령장을 받고 뚝섬을 떠나던 당시에 눈물까지 떨구었으나 얼마 되지 않아 이곳 학교에 적응이 되었다. 전교 8개 학급뿐인 작은 학교, 나는 최초의 담임으로 4학년을 맡았는데 반 아이들과도 금세 정이 들었다. c군(郡)의 대부분 학교는 7~8학급 규모의 소규모 학교였고 전체 선생님 수도 교장 교감을 포함, 8~9명뿐인 작은 학교들이었다. 도시학교는 선생님 수가 70~80명이나 되어 교감이 출석부를 들고 교사들의 출석을 부른다는 소리가 신기하고 희한하게 들렸다. 일부 나이든 교사들은 가르치는 행위를 직업에 불과한 것으로 생각하는 수도 많은 듯했지만 순진해서일까, 젊은 교사들은 아이들과 함께 있기를 좋아했다. 나는 주 1회 뚝섬 본가에 다녀오지만 오히려 뚝섬에서는 잠시 머물 뿐, 마음은 벌써 학교가 있는 c군으로 달리게 되었다. 그리하여 휴일에도 학교에 머물며 교실 환경 정리도 하고 아이들과 함께 산골짜기로 개울가로 산책을 가기도 하였다.

내가 대학 때, 학교 신문을 만드는 데 '미쳐서' 살았을 정도로 신문 만들기에 애착을 가졌던 일화는 앞에서 쓴 바 있다. 바다같이 평온하기도 하지만 물결이 일기도 하고 때로는 풍랑이 일어나는 사회, 겉으로는 잔잔한 듯하지만 보이지 않는 심연에서 소용돌이치는 흐름. 이러한 사회(학교나 학급도 사회라 할 수 있음.)의 잔잔한 물결, 때로는 풍랑의 흔들림, 또는 정중동의 흐름을 포착하여 멋진 헤드라인을 뽑아 기사를 작성하여 대서 특필, 구성원들에게 읽히는 즐거움이란 아는 사람만이 느낄 수 있는 짜릿한 행복이었다. 그러나 과정이 쉬운 게 아니었다. 땀과 피를 바쳐야 이루어지는 일이었다. 지금은 컴퓨터로 워드를 쳐서 프린터의 단추만 누르면 좔좔, 출판사에서 찍어낸 듯 수백 장이라도 깨끗하게 프린팅을 할 수 있는 세상. 그러나 당시에는 인쇄 시설이래야 등사판 정도였다. 원고를 쓴 후 원지에 철필로 가리방을 긁어 조판(?)을 하고 이 원지를 등사기 망사에 붙인 후 잉크 묻힌 로울러를 밀어 종이 한 장 한 장씩을 찍어내는 것이 인쇄였다. 기사를 작성하고 별도의 종이에 편집, 모의신문(와리스께?)을 만든 후 이것을 보며 촛농이 배어 있는 원지를 가리방에 올려놓고 글자를 한 자 한 자 파 넣는 것이다. 때로는 만화 따위의 그림을 그려 넣기도 하지만 신문이니만큼 기사의 비중에 따라 시각적 효과를 위하여 기사 제목을 크게, 또는 작게 명조체 또는 고딕체로 글자 한 자 한 자를 그려 넣어야 했던 것이다. 제목 글자의 시각적 효과를 위해 입체적으로 보이도록 철필로 일일이 긁어서 명암을 넣기도 하였으니 얼마 되지 않아 손가락 끝이 시큰거리고 소름이 끼쳐지는 일이 반복되었다. B4 크기의 용지 각 장마다 단 1자의 오자(誤字)도 발생하면 안 된다. 고칠 수가 없다. 주의를 기울여야 한다. 자칫 오류가 나면 2~3시간이나 애써 긁은 원지를 버려야 하는 일도 있었다. 이렇게 1개 면을 완성하는 데 5~6시간 걸리는 수작업이었음에도 1개월마다 신문을 발행하려 애썼고 특별한 사건이 있을 때는 A4 크기의 호외마저 발행하였던 것이다. 초임지였던 미니학교에서도, 대도시 학교에서도 담임을 할 때에도 나는 신문 만들기를 계속하였다. 예술하듯, 대가(代價) 없이 나는 열정적으로 신문을 만든 것이다. 우리는 13, 14세기, 아니 기원전부터 지어진 유럽 여러 나라의 신전이나 성당 건물에 공들여진 장인정신(匠人精神)을 느끼며 그들의 열정에 감탄하거니와 나의 이런 욕구도 혹 그런 유물유적을 만들었던 장인정신(匠人精神)과 비슷한 것인지도 모르겠다.

5년 전, c군(郡)의 학교로 첫 발령장을 받았을 때, 눈물까지 떨구었는데 언제 그랬느냐는 듯 나는 의외로 금세 새로운 토양에 익숙해졌다. 초임지 5년의 세월은 사회에 첫발을 디딘 젊은 교사의 꿈과 열정의 시험장이 되었던 시간이었고 세속에 물드는 시간이기도 하였는데, 닳고 닳은 기성인들 틈에서 현실 사회의 풍토에 물들고 적응하는 한편, 젊은 교사로서 아이들에 대한열정이 피어나던 세월이기도 하였다.

그로부터 5년 후, 1978학년도, 나는 s시로 인사 내신을 하였다. 3월 1

일, 원하던 곳으로 발령이 났다. 나의 연고지가 뚝섬이므로 뚝섬에서 가장 가까운 경기도 지역인 s시로 오게 된 것이다. w초등학교로 전근을 오게 되었다. 전임지 학교에서 근무할 때 도시 학교는 교사가 60~70명이나 되고 출석 인원을 점검하기 위해 학급 담임이 아이들 출석을 부르듯 교감이 선생님들의 출석을 부른다는 소리를 듣고 놀란 적이 있었는데 내가 새로 부임한 w학교는 1개 학년이 무려 16반까지 있는 초대형 학교였다. 직원 조회 시 교무실에 착석하면 교장 교감의 모습이 저만큼에서 까마득하게 보이고 회의 시 발언은 마이크를 대고 하였다. 교실 2개를 터서 만든 교무실에 교사들이 꽉 차게 앉아 있었다. 가히 진풍경(珍風景)이었다. 1년이 지나도 교원들끼리 이름을 다 외우지 못할 정도의 대형학교, 학생 수만도 무려 4500명이 넘었다. 학교 수업도 3개 학년씩 오전과 오후로 나눠 2부제로 하였다. 좁은 운동장에서 수천 명의 아이들이 뛰어놀며 여기에서 주 1회 이상 전교생이 집합하여 운동장 조회를 할 뿐 아니라 전교 체육대회까지 하면서도 사고 없이 학교생활을 한 후, 귀가하는 익숙한 '질서!' 놀라운 현상이 아닐 수 없었다. 당시 교육을 잘한다는 것은 즉, 교육 기술이 좋다는 것은 아이들의 질서 훈련을 잘 시킨다는 것과 통하는 말이었다. 1학년이든 6학년이든 교사의 말 한마디, 아니 눈짓만으로도 휘하의 아이들을 일사불란(一絲不亂)하게 움직이도록 하는 것, 조련사처럼 아이들을 기계적으로 다루는 기술이 능한 사람을 유능한 교사로 인식하였다. 전교 조회나 행사 때에는 수천 명이 운동장에 모여도 아이들은 입을 꽉 다물고 아무 잡음도 내지 않아야 하고 줄자를 댄 듯 오와 열이 딱 맞아야 했으며 박힌 못처럼 움직이지 아니하여야만 교육이 잘된 것으로 인식하던 시대.

그럴 수밖에 없었다. 학급당 60명이 넘는 학생 수와 한 학교 인원이 5000명이나 되는 학교에서 위와 같이 집단을 통제하는 교육이 부실하다면 학교는 아이들을 단 하루도 수용할 수조차 없는 난장판 공간이 될 것이며 하루에도 몇 번씩 대형 사고가 터질 수도 있을 것이었다. 아이들은 화장실 앞에서 줄을 서는 것은 물론 실내 복도에서도 엉덩이에 손을 얹은 채 소리 안 나게 까치발을 딛고 한 줄로 걸어 다녔다. 전교생이 운동장에 조회하러 집합할 때에도 한 명도 뛰는 아이 없이 줄을 서서 운동장까지 수십 단계의 계단을 내려왔다. 아이들은 누구나 선생님 또는 어른을 만나면 공손하게 인사하였고 혹 땅에 휴지가 떨어져 있으면 스스로 주워서 반드시 휴지통이나 쓰레기통에 버렸다. 특히 아이들은 청소 시간에는 교실 바닥을 열심히 쓸고 닦았고 빛이 날 만큼 반짝반짝하게 윤내기까지 했다.

교사들도 방과 후에 한 푼의 수당도 받지 않고 자신의 반 아이 중에서 국어 맞춤법이나 산수 구구단 외우기 등 학력이 부진한 학생들을 남겨놓고 가르치고 가르쳐 기초학력 미달자가 생기지 않도록 하는 것을 당연한 것으로 알았다. 학교 당국이나 국가를 향하여 보충 수업 수당이 없다고 불평을 말하는 교사도 없었다.

"8반 선생니임~"

1970~1980년대만 해도 우리나라는 경제, 사회, 환경, 등 문화, 문명의 측면에서 아직 후진성을 면하지 못하던 때였다. 나라가 여러 방면에서 빠르게 발전하고 있었으며 경제개발 노력의 결과로 빈곤으로부터 한창 벗어나려는 단계에 이르렀지 않았나 싶었다. 그러나 사회 구석구석에 후진의 그늘이 남아 있었으니, 그것은 아직 개발도상국가로서 어쩔 수 없는 과도기 현상이었나 싶었다. 버스 정류장에서 줄서기를 제대로 할 줄 몰랐으며 거리에는 담배꽁초나 휴지가 널려 있었다. 공중 화장실에는 악취가 진동하였고 화장실이라면 어느 곳이나 예외 없이 오물이 흘러내려 발을 딛고 들어가기도 힘이 들 정도였다. 국가에서는 수출 증대, 새마을 운동, 반공 방첩 등 강력한 국가적 리더십으로 반강제적 개혁 및 발전 드라이브를 계속하였다. 업적주의 실적주의가 팽배한 것도 사실이었다. 후진국을 탈피하고 선진 문명국가를 추구하기 위한 과정이었으므로 처음부터 강하게 밀고 나아가지 아니할 수는 없었을 것이다.

앞에서 말하였듯이, 내가 두 번째로 부임한 s시의 w학교만 해도 학교의 학급당 인원은 65명에 이르고 1개 학년의 학급 수가 무려 16학급이나 되는 학교였다. 수많은 아이들을 통솔하자니 학생 개개인별 교수-학습이나 생활지도가 어려웠던 것은 사실이었다. 그러나 이런 사정을 핑계로 학생의 개성과 개인적 특성의 고려보다 획일주의적 통솔과 획일주의적 교육으로 학생들의 개성을 무시하고 억압하는 풍조도 만연하였다. 교사들은 아이들 앞에서 웃음을 보이거나 친절하기보다 딱딱하고 근엄하고 무서운 선생님이 되어야 했다. 비록 초등생일지라도, 이를테면, 전교 운동장 조회에서의 경우 열과 오가 맞지 않거나 자세가 흐트러진 아이가 있을 경우, 지도 교사는 큰 소리를 지르고 악을 쓰며 잘못한 학생을 적발하여 무섭게 다루었다. 아이가 잘못했다 하여 전교생이 보는 앞에서 따귀를 수없이 때리는 경우도 있었다. 지금의 시각으로 보면 교사가 어린 학생에게 무서운 폭력을 가한 것이 된다. 그러나 교사의 그러한 행위에 대하여 문제 삼는 동료도 학부모도 없었다. 오히려 무서운 선생님을 더 훌륭한 선생님으로 인식하는 학부모들이 적지 않은 실정이었다. 초등학교 아이들 수천 명이 모인 운동장 조회에서 단 한 명도 잡담하거나 저희들끼리 웃고 떠드는 아이가 있어서는 안 되는 운동장. 체조, 행진 등 집체 훈련도 군인처럼 잘해야 했다. 아니 군인처럼 잘했다. 실적과 성과를 중시하다 보니 전국 또는 지자체별 학력고사에서 학생들에게 은근히 커닝을 하도록 관리를 느슨하게 하는 사례도 있었으며 육성회비 납부 또는 각종 성금 모으기에서 돈을 가져오지 못한 학생을 집으로 돌려보내기도 하였다. 교육활동에서도 실적과 전시효과를 우선하는 경우도 많았다.

이런 일도 있었다. 불우 이웃 돕기를 한다며 아이들에게 집에서 쌀을 봉투에 넣어오게 하였다. 그것을 학년별로 모아 쌀자루에 담아 운동장 조회 때 전교생이 보는 자리에서 이미 선정된 불우 학생에게 전달하는 것이다. 불우 학생으로 지정된 아이들을 호명하였다. 호명된 아이들 중 일부는 창피하여 나오려 하지 않는 것이다. 그런 아이들을 혼내고 꾸짖어서 끌고 나오다시피 하여 전교생 앞에 세웠다. 불우 이웃으로 지정되어 전교생 앞에 나온 일부 고학년 아이들은 창피를 감당하지 못해 몸을 꼬며 어쩔 줄 모르고 울먹이며 서 있었다. 야단을 쳐서 울음을 그치게 한 후, 이 아이들 앞에 각각 조그만 쌀자루를 갖다 놓고 카메라를 들이대고 사진을 찍는다. 불우이웃 돕기 실적 근거를 남기기 위해서다. 이미 사춘기에 이른 소년 소녀도 있었을 것인데 그들의 마음에 부끄러움과 수치심 때문에 생긴 상처는 얼마나 컸을 것인가? 이런 일에 대하여 아무도 문제를 제기하지 않았다. 그와 유사한 수많은 일들, 교육의 이름으로 자행되던 비교육적이고 비인간적인 일들이 많았던바, 이것들은 일상적 현상이어서 문제성조차 의식하지 못하였던 시대였다.

1학년 아이들은 말 그대로 햇병아리였다. 얼굴에 이미 그늘진 아이들도 있었지만 아직 바깥의 찬바람을 쐬어 보지도 않고 엄마 아빠 앞에서 재롱이나 부리던 순진무구한 아이들이 대부분이다. 당연히 담임은 엄마 아빠와 같은 마음으로 아이들을 보살펴야 한다.

그러나 소수였다고 생각하지만, 일부 담임들은 이들 아이들의 맑고 티 없는 인간 본성을 소중하게 생각하기에 앞서 통솔의 능률성만 신경 쓰는 사람도 없지 않았다. 통솔을 잘하여 무엇을 얻고자 하는가? 윗사람으로부터 아이들을 꽉 잡는 능력(교육을 잘 시킨다는 것)을 인정받아 다음 해에도 자신이 얻고자 하는 것(이것을 적시하지는 않겠다)을 도모하기 위함이었을 것으로 생각된다. 이 '무서운 선생님'이 통솔의 능률성에 신경 쓰는 것은 아이들을 빠른 시간에 잘 휘어잡아 전체 조회 때 다른 반보다 두드러지게 줄을 잘 서게 하여 돋보이게 하는 것, 실내에서도 수업 시간에, 꼿꼿하게 앉아 있도록 만들어 교실을 순시하는 윗사람의 눈에 띄어 인정받고자 함이 아니었을까 생각한다.

1학년 어느 담임이 있었다. 아이들을 잘 다루기로 소문난 '무서운' 담임이었다. 전교 운동장 조회에서 어린 1학년 아이들은 재잘대며 장난도 치기 마련이다. 이 반의 순진한 아이가 무서운 담임에게 걸려들었다.

"야, 이 새끼야."

불호령이 떨어졌다. 아이들은 무서워 잠시 움찔하였으나 주의집중 안되는 산만한 7살 아이들이 담임의 눈치를 알겠는가? 담임을 향해서

"선생님, 선생님, 얘가 내 머리를 잡아당겨요."

순간 담임의 손바닥이 아이의 얼굴에 작렬하였다. 그럼에도 어디선가 이야기 소리가 그치지 않자 담임은 소리 나는 곳 근방에 열지어 있던 대여섯 명의 아이들을 연속으로 걷어차고 빰따귀를 때리기 시작하였다. 그중 우는 아이는 멱살을 잡아 질질 끌어다가 운동장 언저리에 처박아 격리시켜 버린다. 일곱 살 아이들을 포악하게 다루는 선생님.

어린 아이들이 무서운 선생님에게 적응된 걸까? 이후 얼마 되지 않아 그 반 교실은 언제나 조용하였고 수업 시간에도 아이들은 한 명도 삐뚠 자세가 없이 훈련 잘된 군인들처럼 꼿꼿하게 앉아 있었다. 아이들을 잘 교육하는(?) '능력 있는 선생님' 지도아래 학습 분위기 최고의 반이 되어 있는 것이었다. 조련되어 있는 북한 아이들의 모습에 다름 아니었다. 모든 선생님들이 이와 같다는 것은 아니다. 정말로 교육의 본질을 알고 아이들을 사랑으로 대하는 교사가 없는 것은 아니었다. 나보다 훨씬 훌륭

한 교사들이 많이 있었을 것임을 전제로 여기서 잠시 나의 이야기를 써 보고자 한다.

나는 초등학교 교사 시절 w학교 5학년 5반과 6학년 5반, 그리고 1학년 8반의 담임을 하였다. 이때를 잊지 못한다.

1학년 8반 교실 맨 왼쪽 줄 맨 앞에는 눈이 작고 키도 작은 백철종이가 앉아 있었다. 이때 나는 이 학교에서 처음으로 1학년 담임을 했던 것이다. 아이들은 참으로 귀여웠다. 교실에서 이 아이들을 만나면 즐겁고 행복하였다. 내가 동화 구연(口演) 전문가처럼 갖은 표정과 연기를 다하여 옛날이야기를 해 주면 이 천진한 아이들은 쥐죽은 듯 조용히 이야기에 빠져들었다. 나는 연기력을 발휘하여 실감나게 이야기를 해 준다. 체면에 걸린 듯 아이들은 푹 빠져들었다. 무서운 이야기로 갈 때는 서로 끌어안고 무서워했으며 웃기는 부분에서는 깔깔거리며 배꼽 빠지게 웃는가 하면 슬픈 이야기에는 모두 엉엉 소리 내어 울어 버린다. 아이들을 재미있게 하기 위해서 연기하는 것은 수업을 몇 시간 하는 것 이상으로 에너지가 소비되었고 힘이 쭉 빠졌다. 제절로 되는 것이 아니었다. 열정이 있어야 하고 노력을 바쳐야 했다. 나는 되도록 날마다 귀여운 우리 반 아이들을 즐겁게 해 주려고 애를 썼다. 그리하여 8반 아이들은 담임인 나에게 푹 빠져 버렸고 나를 엄청 좋아하게 되었다. 아이들도 분명 학교에 가는 것을 즐거워했을 것이다. 나 또한 학교에 출근하는 것이 즐거웠다. 내가 학교 근처나 시장 거리를 지나갈 때면 마침 엄마와 함께 지나가던 아이들은 "8반 선생니임~" 하며 불러댔다. "엄마, 8반 선생님이야." 시장통에서나 골목에서나 "8반 선생니임~"은 유행가처럼 여기저기서 들리곤 하였다. 8반 아이들뿐 아니었다. 노래처럼 불려지는 "8반 선생니임~"이라는 부름은 8반 아이들뿐 아니라 다른 반 아이들에게까지 번진 듯하였으니, 딴 반 아이들도 내가 지나가면 여기저기서 "8반 선생니임~"을 외치고 있는 것이었다. 나는 금세 1학년 꼬마들의 스타가 되어 있었다. 그해는 정말 행복한 해였다.

5학년 5반은, 초대형 w학교로 부임하여 처음 맡은 반으로서 김선유, 전미은, 김란석, 임언형 등이 있었던 반이다. 김선유와 전미은이는 공부를 잘했고 반장 또는 회장을 번갈아 하며 서로 경쟁하던 아이들이었다. 학교 맞은 편, 상대원 시장 언덕 중턱에 살던 김선유 모친은 후에 나에게 보험을 들어 달라고 몇 번씩이나 집에 찾아와 나를 난처하게 하였는데 아마도 집안 형편이 매우 어려웠던 모양이다. 아이를 언제나 깔끔하고 단정하게 하여 학교에 보냈으며 빈곤한 티를 내지 아니하였다. 전미은은 학교 후문 앞에서 문방구를 하던 집 아이였는데 시샘이 많고 똑똑하였다. 후에 서울대에 입학했다는 소리가 들렸다. 이란석은 성남시 중동에서 약국인가 하던 집 아이였는데 눈망울이 동그랗고 얌전, 귀엽게 생겼으며 5반 김언형이는 서쪽 창가에 앉아 있던 학생으로서 성장한 뒤, 나에게 주례를 부탁하였고 모란의 예식장에서 처음으로 주례를 서게 하였던 아이였다. 이들은 모두 5학년 5반이었다. 나는 이 5학년 5반 담임 때, 가리방을 긁어 학급신문을 만들어 전교에 배포하였다.

학예발표회 때, 연극 '홍부전' 감독을 맡아 어린이 배우들을 뽑아 휴일을 불문하고 무려 1~2개월 연습시켜 발표하기도 하였다. 어느 책이었던가, 연극 대본을 얻어 (연극 대본은 예술적, 전문적이었다.) 나는 아이들을 대본대로 연습시켰다. 의상 등은 디자인을 제시하여 맞춰 입고 오게 하였다. 나는 6m×4m의 대형 캔버스에 페인트로 직접 홍부네 집 전경을 그려 세트장을 만들어 세웠다. 그때만 해도 나라가 많이 살기 좋아졌던 모양. 나의 어릴 적 학예회와는 비교도 되지 않을 정도로 발표 내용이나 수준도 높아졌고 연극의 경우, 아이들이 의상을 맞춰 입힐 수 있을 정도로 학부모들의 교육열과 경제적 수준이 높아졌으며 학교에서의 물품 지원도 웬만한 편이었다.

양모광, 김용형 등 도깨비 가면을 쓰고 나와야 하는 아이들은 '총연습' 중 자꾸 가면을 벗으려 하여 나는 약간의 짜증을 내었는데 생각해 보니 그럴 수밖에 없었다. 그 아이들의 입장에서야 저희들 얼굴을 저희들의 친구와 부모 등 관객들에게 내보이고 싶지 않았겠나? 연습할 때는 얼굴을 내어 놓되 정식 발표날에는 절대로 가면을 벗지 말라 일렀다. 나는 그때, 아이들의 뜻을 들어 줄 여유를 보이지 못했던 것이다. 후에 서울대 국악과에 입학했다는 연화는 이 연극에서 흥부의 아들이었고 눈망울 동그랗고 예뻤던 란석이는 흥부의 딸이었다.

6학년 5반은 내가 초등학교 교사로서 마지막으로 맡은 반이었다. 그 무렵에는 아이들의 희망에 따라 반을 편성하였는데 내가 맡은 반은 미술반이었다. 똑똑하지만 주의가 산만하였던 이혁준이 반장이었고 김정호는 회장이었다.

아이들은 모두 착하였다. 아이들이 어느 날 담임에게 노래를 요청했다. 나는 "동그라미 그리려다…." 이 노래를 애잔하게 불렀다. 아이들은 내 노래가 슬펐던 모양이다. 슬퍼하며 여기저기서 눈물을 글썽이는 아이들도 있었다. 내가 노래를 잘 불렀던가, 아니면 아이들이 너무 순수해서인가? 세월이 40년 넘게 흘렀지만 엊그제 같은 그 날이 생각난다. 너희들을 만나 행복했던 청춘이었다.

초등학교를 떠나 고등학교에서 근무한 지 33년 만에 반 회장을 했던 김정호, 김정현, 김준기 등과 분당에서 함께 만나 식사를 하였다. 모두들 50을 바라보는 나이가 되어 있었다. 재직 시 어느 해 연말, 구 성남시청 맞은 편 어느 회관에서 있었던 동창회에 참석했다가 만난 것을 계기로 우리 반끼리 한 번 모이자 했던 것이다. 이 중 김정현은 꽤 명랑하고 상냥하여 담임이었던 나의 자잘한 심부름을 잘해 주었고 귀여움을 받던 아이였다. 그 아이는 매우 반가워하면서 중학교 진학 후, 내가 어느 학교로 떠났는지 알아보기도 하였다 한다. 그는 이후에도 지금까지, 계속 나의 안부를 물으며 간간히 소식을 전한다. 뿐만 아니라 명절마다 소박한 선물까지 보내는 것이다. 40년 전 제자 정현이, 그녀도 이제 50대 중반에 들어서고 있다. 그런데, 앞서 말한, 제자들과의 분당 모임 3개월 후, 그중 김정호가 그만 세상을 떠났다는 소식을 들었다. 참으로 안타까운 일이었다.

주경야독(晝耕夜讀)의 세월

앞에서 말한 것처럼 교육대학을 졸업 후 초임 발령은 경기 북부 지역의 작은 학교였다. 당시 교육청은 대부분의 초임자들을 산간벽지나 도서 지역 학교에 발령을 하였는데 운이 좋은 것인지 나는 도회지에서 그리 멀지 않은 곳, 서울에서 1시간 거리에 배정하였다. 여기서 만 5년 을 근무한 후 6년째 되던 해 대도시의 대형 학교에 발령을 받았다. 이것은 당시 사회 통념상 초등교사로서 그런대로 잘나가는 것이었다. 지금은 학교 행정 업무의 일부를 실무관이라는 직원을 두어 처리하게 하고 있으나 당시에는 교사가 학교의 행정 등 교육활동에 필요한 모든 부수적 업무를 수행하여야 하는 터. 대형학교는 교사의 수가 많아 개인별 교사에게 부담되는 잡무가 대폭 줄어든다. 학생들 교육에만 전념할 수 있는 것이다.

그러나 나는 초등교사로 만족하며 그냥 주저앉고 싶지는 않았다. 교육대학 시절 교육대학 교육과정에 만족할 수 없어 학보사에서 살았던 것처럼 초등 교단에서 아이들을 교육하는 것은 즐거웠으나 초등 교단에서 평생을 주저앉는다는 것은 스스로 용납이 안 되었다. 초임지에서는 중등

교원 자격시험을 보기 위해서 그 방면의 정보를 알아보기도 하였다. 당시에는 초등교사 자격증이 있는 사람들을 대상으로 중등교원 임용 고시라는 것이 있었다. 역사과를 택할까 했었다. 초등이나 중등이나 교사라는 점에서는 같았으나 사회적 통념이나 사회적 위신 순위, 보수면에서도 중등교사를 더 높이 평가하는 시대였다. 그러나 중등교원 고시는 과목에 따라 선발 과목이나 선발 시험이 상시적(常時的)이지 않아 본격적으로 대비할 수 없었다. 그러던 중 도시의 대규모 학교로 전근하여 오게 된 것이다. 여기에서 개인적으로 다소 시간적 여유가 생겼다. 여건이 좋아지니 또다시 나의 '발전을 위한' 진로 문제를 고민하게 되었다.

황금 같은 젊은 청춘, 나의 지금의 위치에서 더 나아갈 수 있는 곳은 어디일까? 공부를 더 하고 싶었다. 다른 것을 몰라도 그간 공부에서는 우등생이었던 내가 교육대학에서는 전공과목이 학문적 수준이 낮다는 생각으로 학교 공부에 재미를 못 붙이고 학교 신문 편집 일에 매달렸고 그 명분(?)으로 공부를 어정쩡하게 하고 나온 것이 아쉽기도 하고 한이 되기도 하였다. 무얼 해서 '발전 욕구'의 갈증을 채울 수 있을까? 교사직을 유지하면서 할 수 있는 것은 대학에 다시 편입하는 것이었다. 교육대학 커리큘럼의 허전함을 전문적 전공으로 채우며 하고 싶은 분야의 공부를 더 하는 것, 이것이 이루어진다면 참으로 좋을 것 같았다.

그러나 당시, 베이비 붐 시대에 출생한 고교 졸업자는 해마다 폭발적으로 느는데 비해 대학 인원은 매우 적은 편이었다. 고등학생의 경우, 지방의 어느 곳을 불문하고 4년제 대학을 합격하려 할 경우 그는 평균적인 학력의 고등학교에서 상위 10% 이내에는 들어야 가능했다. 내가 낮에는 학교에서 근무하면서 4년제 대학을 편입한다면 수도권의 야간 대학이 되어야 했다. 당시 4년제 대학에서 야간 학과를 개설한 대학은 극소수였다. 나의 경우 1학년부터 입학하는 것이 아니고 2학년 또는 3학년에 편입이 가능하였다. 그런데 편입으로 뽑는 학생은 과별로 3~4명 정도… 편입 경쟁률은 50~60:1의 경쟁률이 보통이었고 100:1 이상이 되는 곳도 있었다.

편입을 목표로 삼고 공부하기 시작하였다. 독서실에서, 집에서, 일요일에는 학교에 나가 빈교무실에서 공부를 하였다. 방학에는 상대원 언덕에 있는 독서실에 나가 공부하였는데 독서실은 추운 겨울, 난방이래야 19공탄 연탄불이었고 온종일 꺼져 있기가 일쑤였다. 초등교사를 계속하여도 안정된 직장에 많지는 않지만 봉급은 나오는데 고생도 불구하고 참으며 더 공부하려 했던 무모한 용기가 어디에서 나온 것이었을까? 이런 용기가 아마도 도전, 또는 개척의 정신이었을 것이다. 비록 사회에 두각을 나타낼 만한 큰 인물은 되지 않았지만 나의 이러한 발전 지향적 정신이 서해바다 흙수저 소년으로 하여금 대처에 나와 사람구실을 하게 한 것이 분명하다.

단순히 공부만 해서 되는 것이 아니었다. 편입 정보가 필요하였다. 백방으로 알아보려 발품을 하였다. 이미 편입하여 다니고 있던 선배 이철상 선생님이 도움을 주셨다. 지금도 고맙게 생각한다. 그때 공부하던 영어교재가 지금도 보관되어 있다. 충분히 익히지 못한 부분을 언젠가는 반드시 공부하여 정복하리라 생각하며 손때 묻은 책들을 보관하다 보니 40년이 흘렀다.

편입 시험에서 h대학에서 실패했으나 k대학에 드디어 합격하였다. 감격적이었다. 국어국문학과였다. 교육대학 때 교육과정이 마음에 안 들어 갈등하였는데 국어국문학, 좋았다. 이제 진짜 수준 높은 학문을 할 수 있겠구나 싶었다. 이 대학을 졸업하고 무엇이 되든 그것은 나중의 문제다. 우선 지적 갈증과 욕망을 해소할 수 있는 기회를 잡은 것이 세상을 다 가진 것처럼 행복하였던 것이다. 학과 40명 중 편입 인원은 9명이었는데 그중 6명은 서울교대 출신으로 서울에서 근무하는 교사들이었고 경기도 출신 교사는 나를 포함하여 3명뿐이었다. 나는 다시 대학생이 되었다. 직장에서 1~2시간쯤 일찍 퇴근하여 당시 대학생들이 들고 다니는 까만 책가방에 문학 개론, 한국 문학사, 언어학 개론, 양주도 박사의 여요전주(麗謠箋註) 같은 책을 가득 넣고 대학을 향하여 서울행 버스를 타곤 하였다. 신바람이 났다. 신이 나니 고달픔도 몰랐다.

집 장만

물가가 해마다 다락같이 오르던 시절이었다. 한 해에 30% 정도는 올랐던 것으로 생각된다.

결혼도 했으니 허술한 집이라도 거주할 곳은 있어야 했다. 집을 사고 싶어도 돈이 없으면 방법이 없지만 집값이 한 달에도 수백만 원씩 오르는 것이 문제였다.

빈곤한 시대였으나 당시에도 결혼을 하게 되면 부모나 본가에서 전세방은 마련해 주는 경우가 많았다. 그러나 나의 경우, 시골 본가의 사정이 나에게 그런 도움을 줄 형편이 못 되었다. 일찍이 부모님은 큰형님과 작은형님을 결혼시키면서 많지도 않은 논과 밭을 2등분하여 두 분 형님께 나눠 주시는 것으로 재산을 정리하였다. 5남매 중 아직 어렸던 누나와 나, 그리고 동생에 대한 대책은 없었다. 또한 부모님께서는 가정의 경제권을 내려놓으시고 살림을 첫째와 둘째에게 양분하셨으므로 부모님 본인들께서도 두 분 형님들께 얹혀사시는 모양새가 되셨다. 아마도 큰형님 댁에 토지를 약간 더 얹어 주신 대신 큰형님이 부모님을 모시면서 누나와 나, 그리고 동생까지 부양하도록 하셨던 모양이었다. 가정 형편은 말이 아닌 상황에서 누나는 무리하게 안면도 남단의 종교계 중학교에 들어갔는데 비슷한 때, 안면도 유일의 공립 중학교에 다니던 내가 고등학교에 진학할 나이가 되면서 아마도 부모님과 큰형님은 큰 고민에 봉착하게 된 듯싶었다. 당시 대부분 농촌 사람들이 그러하듯 나와 동생을 애당초 중학교만 졸업시키고 그냥 일이나 시킬까 했으나 그럴 수도 없는 문제가 대두된 것이다. 그리하여 어쩔 수 없이 나와 동생을 서울로 유학시키기로 결정하였던 이야기는 앞에서 말한 바 있으므로 생략한다.

지금은 초등학교 가듯 젊은이들이 거의 대학까지 진학하고 있지만 당시에는 초등학교 졸업하자마자 으레 부모님과 함께 논밭에서 일하는 것이 일반적이었다. 초등학교 졸업 후 중학 진학자는 20% 정도, 그리고 중학생이 고교 진학하는 비율은 중학 졸업생의 15% 정도 되었던 것 같다. 한국인들은 대부분 농촌에서 '땅을 파먹고 사는' 시절 우리 형제를 서울 유학까지 시키기로 결정하였던 것은 그야말로 특별한 용단이었다. 이때, 형님이 하신 말씀이 있었다. 일종의 선언이었다.

"너희들이 고등학교를 졸업하면 거기까지, 혹여 장래가 유망한 대학을 입학하면 대학까지의 학비를 어떻게 해서라도 대어 주겠다. 단, 그 이후의 생활에 대해서는 전적으로 너희들이 알아서 해라."

즉, 등록금과 최소의 생활비는 지급해 줄 것인 즉, 졸업 후 장래에 살아가는 문제는 스스로 책임지고 더 이상 본가에 손 내밀지 말라는 것이었다. 형으로서 할 수 있는 최소한의 도리는 할 것이니 그 이상은 아무것도 기대하지 말라며 명확하게 선을 그어버리신 것이다. 당시 형편으로 봐서 형님의 말씀에 이의를 제기할 게재가 아니었다. 이 선언은 형님들의 동생, 즉 우리 3남매에게 헌법 같은 철칙으로 받아들여졌다. 이러한 실정이었으니 결혼에 임하여도 본가에서 숟가락 한 개의 지원도 없이 살림이라는 것을 꾸리게 되었다.

가정을 이루었으니 살림집이 있어야 했다. 이것은 가장 절실한 소망이었다. 당시는 물가가 오르는 속도가 매우 빨라서였는지 금융권에서 대출을 받는 것은 하늘의 별 따기처럼 어려웠다. 물가는 천정부지로 오르고 있는데 월급을 저축하여 어느 시절에 집 한 칸이라도 마련하겠는가? 아무리 생각해도 가망이 없는 일이었다.

어느 해, 시골에 갔을 때 형수님으로부터 동네 사람들이 하는 '쌀계(契)'에 대한 이야기를 들었다. 우선 쌀 100가마를 먼저 받고 몇 년이던가, 수년간 갚아 나가는 일종의 계(契)에 관한 이야기였다. 당시 쌀 100가마면 600만 원쯤이었다. 이 돈에 200만 원만 보태면 내가 당시 살던 성남의 20평짜리 단독 주택을 구입할 수 있는 돈이었다. 나는 형님께 어려운 부탁을 하였다.

"물가가 너무 뛰는지라… 혹시 동네의 쌀 곗돈이라도 우선 쓸 수 있을지요?"

나에게 600만 원을 빌려 달라는 뜻을 힘들게 말씀드렸다. 형님은, 나의 말이 틀린 말은 아니므로 긍정적으로 들으시며 나의 진언을 부정하지는 않으셨다. 그러나 형님도 이러지도 저러지도 못하는 듯, 난감해하시는 것 같았다. 몇 주간의 시간이 흘렀다. 나는 공돈을 본 듯 600만 원만 얻어오면 집을 살 수 있다는 생각으로 날마다 초조하게 형님의 연락이 도착하기만을 기다리고 있었다. 형님의 입장이 난감했던 것은 몇 년 후에나 깨달았다. 아무리 형제간이라 하지만 담보도 없는 동생에게 시골 곗돈으로 거의 집 한 채 값을 얻어 준다는 것, 그것은 결국 형님의 빚과 마찬가지였는데 내가 형님이었다 치면 냉큼 그리할 수 있었을까?

오늘날의 집값에 견준다면 당시 600만 원은 현재의 1억 5000만 원은 되는 돈이었다. 나는 더욱 간절하게 편지로, 혹은 전화로 형님께 조르며 설득하였다. 얼마 후 형님께서 드디어 600만 원의 자금을 보내 주셨다. 1979년이었던가, 나는 이 돈으로 대지 20평의 주택(성남시가 탄생할 때, 야산을 개발하여 일률적으로 단독 주택 대지로 20평씩 분양한 것임)을 사기 위하여 아침저녁으로 단독 주택가를 훑으며 돌아다녔다. 상대원동 단대동 중동은 물론 창곡동까지… 액수 등 조건에 맞고 마음에 드는 집을 찾으러 아마도 100개 정도의 집을 보러 다녔을 것이다. 그러다가 상대원 4281번지의 단독 주택을 800만 원에 계약하게 되었다. 전임지에서 살던 집을 150만 원에 팔아 합친 것이었다. 전임지에서의 가옥은 새마을 금고에서 대출받아 구입한 것이었는데 역시 빚으로 구입한, 군인 가족이었던 호광이네 집 40평의 단독 주택이었다. 방 수는 많았고 겉으로 보기에는 깔끔하였으나 부실한 건축 자재로 지어 그리 좋은 집은 아니었다. 상대원 4281번지의 집은 도시에서는 첫 번째 집이었고 집다운 집으로서는 최초의 집이었다. 20평으로 통칭되었지만 정확하게 대지 18평에 건평은 11평… 거기에 방은 4개나 되었다. 마당은 3평 정도나 되었을까? 당시 성남시에는 집들이 거의 모두가 이러한 소형 단독주택들이었다. 그 좁았던 집, 그중에서도 방 2개는 남에게 (두 집에게) 세(貰)까지 놓으면서.

이와 같이 어렵게 집을 마련하였으나 빚의 이자는 산더미 같았다. 당시에는 물가가 크게 오르는 만큼 빚에 대한 이율도 엄청 높아서(연이율이 20%쯤 되었던 듯) 600만 원에 대한 5년간의 이자가 무려 1200만 원이나 되었던 것이다. 봉급 다음 날엔 반드시 안면도 큰형님께 이잣돈을 포함한 상환할 액수의 돈을 부쳤는데 매달 부쳐 드려야 하는 돈은 당시 월급의 거의 절반이었다. 5년간 매월 돈을 부친 영수증이 세면가방으로 거의 1 가방이나 되었다. 이렇게 하여 신혼 초부터 셋방살이 2~3년을 제외하고는 비록 협소하였지만 거의 내 집에서 살며 아이들을 키울 수 있었다. 다만 신혼 초, 집을 마련하기 위하여 진 빚돈을 무려 15년이나 이자를 갚다가 1995년 무렵에야 다 갚았으니 명실상부한 빚 없는 내 집 마련은 내 나이 거의 50에서야 이루어진 셈이었다. 계산상으로는 셋방살이를 하면서 종잣돈을 모은 후, 집을 구매한 것이 훨씬 나았을 것이었다. 그러나 내 집이라는 애착으로 그곳 '내 집'에서 토끼같이 귀여운 우리 아이들과 행복하였던 그 시절은 어찌 산술적 계산으로만 값을 매기겠는가?

고등학교 교사가 되다

1982년 12월 초, 무슨 협의 사항이 있었던가, 오후에 전교 직원회의가 열렸다. 회의를 시작하기 전, 교감은 전 직원들에게 인사발령 소식을 알렸다. 내가 학기 중, 고등학교에 발령이 났음을 알린 후, 그 자리에서 교장은 교육감 명의의 발령장을 전달하였다.

"고등학교 교사에 임함.
c고등학교 근무를 명함
ㅇㅇ도(道) 교육위원회 교육감 ㅇㅇㅇ"

나는 초등학교 교사에서 일약 고등학교 교사로 점프하였다. 당시 고등학교 교사가 되면 2개 호봉이 올라가고 각종 수당 등 보수가 더 많게 된다. 몇 년간이던가 계속되지는 않았지만 간혹 중등학교 준교사 시험이라는 제도가 있었고 여기에는 초등학교 교사들이 수년간 시험공부를 하여 응시하는 사람들이 더러 있었는데 경쟁률이 수십 대 일이었다. 나도 교직에 발령받은 얼마 후부터 중등학교 교사 자격시험으로 중등교사가 될까 하고 약간의 준비를 하였던 적이 있다. 그러던 중 대도시에 전근한 이후 대학에 편입하여 통학이 가능하게 되었으므로 대학에 편입하였고 여기서 전공을 이수하고 중등 교사 시험이 아닌, 정규 코오스로 4년제 대학 국어국문학과를 다시 졸업, 중등 정교사 자격증을 받아 고등학교 교사로 임용된 것이다.

교직에는 진급이라는 것이 없다. 50대나 되어서 교감이 되는 것이 진급이었는데 한 학교에 한 명뿐인 교감이 된다는 것은 당시에도 하늘에 별 따기라 했다. 신분 상승을 할 수 있는 길이 거의 없던 교직의 젊은이로서 초등학교에서 고등학교의 정교사로의 발령은 매우 어렵고 희박하였다. 당시 상급교로의 전직은 초등 교사로서의 로망이기도 하였다. 거기에다 산간벽지도 아닌 도회지에서 그리 멀지 않은 c읍의 고등학교. 행운이었다. 나에게 이런 행운이 있기까지 얼마나 고생이 많았던가?

다른 교직원들이 퇴근하는 시간에 나는 장거리 버스를 갈아타며 먼 서울을 향하여 등교, 오후 6시부터 정규 수업을 하고 밤 12시 넘어 귀가하기를 3년… 고등학교로의 전직은 눈물 나도록 감격스러운 경사가 아닐 수 없었다. 그런데 막상 담담하였다. 아니 기쁨도 잠시, 새로운 걱정이 밀려왔다. 나에게 새로운 세상이 될 고교에 대한 낯섦, 그리고 9년 가까이 초등생을 가르치다가 갑자기 고교생을 가르쳐야 하는데 대한 막막함 때문이었던 듯하다. 또한 정들고 익숙한 초등 교단과 초등 교직 사회와의 석별의 정 때문이었을 것이다.

1982년 12월 6일 새벽, 나는 이불 보따리를 둘러메고 우리 집(당시 하대원 주공A.)에서 서울 마장동 가는 버스를 타기 위해 집을 나섰다(물론 당시에는 개인 승용차가 없던 시절이었다). 상대원 570번 종점에서 버스를 탈 생각이었다. 눈이 펑펑 쏟아지고 있었다. 아무래도 570번 종점에서 타야 하는 버스는 눈 때문에 상대원 고개를 넘어가지 못할 것으로 판단되었다. 그리하여 이불 보따리를 메고 2km 떨어진 성남 공설운동장 쪽으로 방향을 돌렸다. 멀지만 그곳은 평지이니 그곳에서 버스를 타면 되지 않겠나 싶었던 것이다. 쌓인 눈이 발등을 덮는가 했더니 얼마 되지 않아 발목을 덮을 정도로 쏟아지고 있었다. 버스도 보이지 않았을 뿐 아니라 무거운 이불 보따리를 메고 걸어가길 3km, 그만 지쳐버려 도저히 이불을 지니고 움직일 수 없었다. 마침 생각난 것이 김환일 선생 집이었다. 이른 아침이지만 어쩔 수 없이 김 선생의 집 대문을 노크, 거기에 이불을 맡긴 후 내려와 공설운동장 근처에서 간신히 마장동행 버스를 잡았다. 마장동에서 c읍 가는 버스를 갈아탄 후 셋방에 도착하였다. 고달픈 객지 생활이 시작된 것이다.

세(貰)로 얻은 집은 본채의 아랫집이었는데 세 칸으로 나누어 각각의 방마다 공무원 등에게 월세를 놓고 있었다. 방 1칸 외, 부엌도 욕실도 아무것도 없었다. 화장실은 건물 옆 구석에 재래식 공동 화장실. 나는 여기서 7~8개월 잠을 자며 학교근무를 하게 된다. 식사는 시장통의 식당에서 매식(買食)을 하고 퇴근, 집이라는 데는 밤에 교재연구를 하다가 잠을 자는 장소가 되었다.

늦은 봄부터 여름철까지가 문제였다. 하루에도 몇 번씩 땀을 흘리는데 귀가 후, 샤워를 할 공간이 없는 것이었다. 날씨가 더워 땀이 났는데도 씻지 못하는 고통이란 이루 말할 수 없었다. 또한 엊그제 초등 교사가 지금은 고등학교 국어 교사가 되어 국어 본교재 독본뿐 아니라 문법과 한문Ⅱ 등의 교재 연구에 시달려야 하는 어려움 속, 매주 토요일 저녁에 귀가하여 월요일 새벽에 출근해야 하는 불편, 가족과 떨어져 사는 어려움 등으로 어쩔 수 없이 그해 8월, 학교 소재지로 전 가족의 이사를 결정하지 않을 수 없었다. 가장 아쉬운 것은, 지난해 겨울, 천신만고 끝에 입주한 새 아파트를 남에게 세를 내어주고 이사를 해야 하는 것이다. 지금 생각하면 보잘 것 없는 조그만 서민 아파트였으나 그때는 새로 구입한 그 집이 나에게는 꿈같은 아방궁이었다. 아파트가 드물었던 당시, 시내 전체에서 처음 지어진 새로운 주거 형태였던 신식 아파트. 방한도 안 되는 허술했던 낡은 주택과 비교할 수 없을 만큼 좋은 보금자리였을 뿐 아니라 내 집을 마련했다는 마음에 새집에 대한 소중함과 애착은 이루 말할 수 없었던 것이다.

1982학년도가 거의 끝나 가는 12월 초, 조oo 교사가 군에 입대하여 나는 그 후임으로 c읍(현재 c시)의 c고에 발령을 받은 것이다. 내가 가르쳐야 할 교과는 3학년 한문Ⅱ, 3학년 문법, 1학년 국어 독본이었다. 주간 총 24시간이었다. 진도는 5분의 1정도를 남겨 놓고 있었다. 교재의 처음이 아닌, 진도 80% 이후부터 내가 가르쳐야 했으니 교재 연구를 처음부터 할 수도 없고 막막하였다. 첫 부임지에서 처음 만나는 학생들에 대한 첫 수업에서부터 버벅거리고 헤매는 모습을 보인다면 앞으로 이 학생들을 장악하고 수업을 진행하기가 어려워질 것이고 이렇게 되면 자칫 처음부터 무능교사로 인식될 수도 있겠다싶었다. 나의 이러저러한 사정, 즉 내가 이 시기에 새로 발령받아 애로점이 있으니 양해하여 달라는 말을 할 수도 없지만 그런 말을 한다 해도 학생들이 그 사정을 이해할 수 있겠는가.

전임자의 진도를 불과 며칠 전에 파악한 후, 주야를 불문하고 교재연구에 매진했다. 3~4일간 3과목의 교과서를 다 마스터할 수도 없는 노릇, 그 짧은 기간, 자신과 고통스러운 싸움을 벌여야 하는 지옥 같은 관문이 떡 버티고 있었던 것이다. 어떤 사람들 같으면 상황을 봐가며 대강 적당히 넘어갈 수도 있는 일인데 나의 성격은 그러하지 못했다. 나는 소심한 완벽주의자였던 것이다.

첫 출근 날 새벽까지 교재연구를 하다가 뜬 눈으로 밤을 새운 후, 차창에 성에가 성성한 싸늘한 새벽 마장동행 버스를 타고 출근하였다. 첫 시간은 1학년 3반 국어 수업이었다. 첫 수업인 만큼 기선을 잡아야 한다. 단원의 주제가 "언어와 사회"였던가? 제법 수준 높게 강의를 하였다. 학생들은 시끄럽게 잡담을 하거나 난잡스럽지는 않았으나 어쩐지 수업이 아이들과 겉도는 같은 느낌이었다. 후에 생각해 보니 그때는 이미 겨울방학 직전, 기말고사까지 끝난 때여서 아이들의 귀에 수업 내용이 들어올 수 없던 파장 분위기의 교실이었던 것이다. 아이들은 수업 내용에의 관심보다 난데없는 열강을 하는 나를 신기한 듯 관람(?)하였던 것 같다. 또한 그 반은 일반계열 아닌 상과계열 반이었던 것. 시골의 실업계 반, 그것도 기말 고사 끝나 파장 분위기인 수업 한 시간을 위하여 나는 4~5일간 주야로, 그리고 전날 밤 꼬박 밤을 새우며 교재연구를 하였던 것이다.

이사, 그리고 새로운 지역에의 적응

아이들도 보고 싶고 새로 사서 입주한 집에서 쉬고도 싶었다. 매주 토요일, 수업을 끝내고 마장동 터미널에서 버스를 타고 군자동과 잠실을 지나 널따랗게 펼쳐진 논밭의 한복판으로 한동안 달리다 보면 성남 570번 종점까지 이르게 된다. 여기서 내려서 2km 걸어가면 하대원 주공 아파트다. 이렇게 그리운 가정으로 돌아온다. 빨리 가고 싶다. 가정으로 돌아오는 사람들 마음은 대부분 나와 같을 것이다. 나는 대단히 가족적인 성격이었고 가족을 위한 일이라면 만사 제쳐놓고 최우선으로 몸을 던지지 않았나 싶다.

시골에 계시는 큰형님도 자녀(나의 조카)들에게는 최선을 다 한다. 본인이 어릴 적, 부모님의 따뜻한 사랑을 받지 못하고 자라서 자식들에게는 어떤 일이 있더라도 잘해 줘야 된다는 뼈저린 생각을 갖게 되셨다고 들은 바 있다. 나 또한 형님 생각과 같다. 그러나 지금 생각하면 부모님들이 자식에 대한 사랑이 부족해서 자녀들에게 관심이 적었던 것이 아니었다. 당시 지독한 후진국, 호구지책이 암담하던 그 시대, 부모들은 식솔들의 목에 풀칠하기 위하여 혹독한 생활전선에서 싸우느라고 자식들에게 따뜻한 손길을 주지 못했던 것이다. 나를 포함하여 그 시대를 살아온 한국인들은 대부분 자신들 어릴 적의 한스러운 추억으로 오늘날 자식에 대하여 오히려 과보호에 이를 정도의 끔찍한 사랑을 자녀들에게 베푸는 것이 아닌가 싶다.

당시 c읍에서 혼자 있는 숙소… 가장 큰 고생은 수도 시설이 없는 단간방에서 여름을 나는 것. 하루 종일 쏟아진 땀을 씻을 수 없는 고통이 가장 괴로웠다. 만일 내 직장 근방으로 아이들을 전학시키면…. 아내가 새로운 동네에 적응하기 어려움, 새로 산 소중한 아파트에서 살아 보지도 못하고 남에게 세를 내주어야 하는 아쉬움… 어쩌나? 많이 고민하다가 결단을 내렸다. 이구훈 선생님 등 선임자들의 이사 권유도 조금은 참고가 되었을 것이다.

c읍내 중심에서 약간 벗어난 곳, 옆에 밭들이 펼쳐져 있던, 시골 분위기가 나는 마당 넓고 깨끗한 집을 얻어 이사를 하였다. 가장 신경을 쓴 점은 안전, 찻길에서 20미터쯤 들어가는 곳으로 위험성이 없는 것이 좋았다. 그런데 이 집은 수도가 없었다. 마당 한가운데 우물이 있는데 이 우물물을 두레박으로 길어 올려 사용해야 했다. 또 문제는 부엌에 하수구가 없는 것이었다. 한겨울에도 설거지 물 한 바가지라도 밖에 나가서 버려야 하는 곳. 40년 지난 지금도 아내는 그때를 불평한다. 강추위에도 우물물을 길어 밖에서 살을 씻고 설거지도 밖에서 해야 했다는 등 고난의 c읍 시절이었다고. 나는 식솔들을 고생시키지 않으려고 내가 앞장서서 신발이 닳도록 뛰어온 것으로 아는데… 이를테면 상대원 5181번지의 단독 주택을 매입할 때(90%의 빚으로 샀지만), 조금이라도 나은 집을 사기 위해서 상대원 단대동 중동 신흥동 심지어 저 멀리 창곡동 등 산꼭대기

산비탈집을 망라하여 엄동설한의 추위를 무릅쓰고 성남시 전 지역을 돌아다니고 방문한 곳이 100여 곳은 족히 될 것이었다. 또 이후의 일이지만, 단독주택 2층에 살적에 엄동설한, 한 밤중이든 새벽이든 가리지 않고 건물 밖 1층에 내려와서 연탄을 가져다가 2층의 보일러실에 갈아 넣는 것도 아내를 시키지 않고 혼자 도맡아 했던 것. 그럼에도 추억담을 말할 때마다 한때, 우물에서 물을 퍼 올리며 살았던 아내의 고생담은 남편이 식솔을 위해 뛰었던 공적(?)을 구름이 햇볕을 가리듯 일거에 덮어버리고 마는 것이다.

어쨌든, c읍에서의 생활이 시작되었다. c읍 시절은 일생에 가장 행복한 시절 중의 한때였다. 고교 교사로서의 진출과 내집 마련, 그리고 예쁜 3남매가 저희들끼리 어울리며 잘 자라고 있을 뿐 아니라 아내도, 비록 상호간 의사소통 방식에 문제가 있어 자주 다투긴 했으나 순수하고 예쁘고 매력 있는 젊은 20대 여인으로 가정적이었으며 남편을 위해서도 지극 정성, 희생적으로 살아가고 있었던 시절이었다. 토요일이나 휴일에 아이들을 데리고 왕방산이나 한내천변, 그리고 일동 방면의 큰 개울에 자주 놀러가기도 하였다. 넓적한 돌판을 주워다가 구들같이 괴어 놓고 아궁이에 불 넣듯 불을 때어 돌을 덥히고 그 위에 양념하여 가져온 돼지고기를 구워먹는 즐거움도 행복이었다. 예나 지금이나 나는 산책을 좋아하여 왕방산 골짜기를 거슬러 올라가 왕방산 꼭대기까지, 그리고 구읍리까지 반경 10km 이내의 군·읍내 지역을 안 걸어 가 본 곳이 없을 정도였다. 30대 중반을 넘어선 나는 자연과 인생을 깊이 생각하며 관찰하려 하였고 그 감동으로 시심이 넘쳐 그곳 c읍과 관련한 여러 편의 시를 쓰게 되었다. 내 시의 처녀 작품들이 이때에 지어진 것들이었다. 객지의 시골 풍경에 감동하고 시를 쓰고 또 시에 스스로 감동하고…. 얼마 후 나는 '토요문학회'라는 문학 동아리를 만들어 학생들에게 '시 짓기(詩作)' 지도를 하였다. (요즘은 중·고등학교에 각종 동아리활동이 활성화되고 있으나 당시만 해도 학생 동아리활동은 흔하지 않았다.)

토요일 방과 후, 그들에게 시 짓기를 가르치고 주머니를 털어 간혹 회식도 시켜주며 제자와의 정을 돈독히 하였다. 이런 활동을 계속한 후에 축제를 맞이하여서는 비록 프린트물에 불과했지만 동인지 '토문(土文)'을 발간하여 학생들의 인기 속에 배포하였다. 나는 참으로 바쁜 사람이 되었다. 동아리 학생들에게 시를 가르치면서 나도 시작(詩作) 공부를 하고 있었다(교재는 '우리시 짓는 법'을 참고로 하였다). 그 당시 같은 학교의 왕일행 선생님은 미술부 아이들을 지도하여 미술 전시회를 하였으며 연극을 지도하기도 하였다. 나는 축제 기간에 아이들과 함께 서예전도 펼쳤다. 서예의 수준은 미약했으나 작품은 교실 하나를 가득 채웠다. 또한 내가 학생들과 함께 발행한 학교 신문 '한내'는 학교 문화의 압권(?)이었다.

내가 근무하게 된 c고등학교에서 퇴근하면서 정문 앞에 나설 때, 눈앞에 펼쳐지던 왕방산.

높고 우람하고 싸늘하고… 그런데 시시 때때로 왕방산 얼굴의 모습은 다르게 변하였다. 때로는 골짜기가 보이기도 하고 안개에 가려져 사라지기도 하며 날씨가 밝을 때는 드러나는 산의 적나라한 면모와 산그늘, 그리고 저녁에는 그 얼굴이 숨겨지는 산의 형상들… 시간에 따라 한 번도 같은 모습을 보이는 적이 없었다. 변화무쌍… 사람의 모습도 바로 저 왕방산의 모습과 비슷할 것이다. 모든 인간사가 왕방산의 변화무쌍한 형상과 다르지 않으리라.

나는 여기서 인생의 꽃이라 할 수 있는 30대 중후반을 보내게 되었는데 당시의 아내는 아직 처녀처럼 젊었고 큰아이는 초등학교 2학년, 둘째는 유치원, 셋째는 겨우 아장아장 걸어 다니는 아기에 불과하였다.

휴일마다 아내와 함께 아이들을 데리고 산책을 나갔다. 이를테면 일동 방향의 포천천, 둥근 돌이 가득 펼쳐진 맑은 개울가에 가서 산책을 하기도 하고 왕방산 골짜기 길을 올라가 산 중턱에서 돌판에 돼지고기를 구워먹기도 하고, 때로는 포천천에 어항을 놓아 피라미를 잡기도 하면서 우리 가정을 평안하게 정착시키는 한편, 초등학교 교사에서 고등학교로 점프한 이후, 고등학교 교사로서의 입지를 다져 가고 있었다.

점차 자리를 잡아 가면서 나의 재주와 능력이 발현되기 시작하였다. 자화자찬 같아서 쑥스럽지만, 그냥 수업만 하고 나오는 교사가 아니라 여러 방면에서 특유의 교육적 재질을 발현하면서 한창 젊은이로서 능력을 한껏 발휘하는 교사가 되어 가고 있었다. 교내 체육대회 중 축구대회에서는 내가 중계방송 마이크를 잡아 해설(체육 교사가 맡음)을 곁들인 유창한(?) 중계방송으로 학생들의 인기를 얻기도 하였고 대외적으로, 군지(郡誌) 편찬, 교정 등 감수(監修)를 하였으며 군 체육관에서 펼쳐진 군내 전체 교원들의 행사에서 교사 대표로서 결의문을 낭독하기도 하였다.

바로 6년 전 이 지역 구석진 곳의 무명의 초등학교 교사였던 내가 군지역 가장 역사가 깊은 대형 고등학교의 교사가 되어 군지역 초중고 교사가 전부 모인 행사의 무대 위에서 어떤 역할을 대표로 맡아 설 수 있게 되니 또한 감회가 깊었다. 앞에서 기술한 바와 같이 감수성 예민하던 청년기, 그 시절에 나는 시문학에 대한 왕성한 의욕으로 작품(시) 활동을 시작(始作)하였고 토요문학회라는 문학 동아리를 만들어 학생들에게 토요일 오후, 시에 대한 이론과 시 짓기 학습을 시켰는데 이런 것들이 바로 젊은 교사 특유의 열정에서 비롯되는 것이었다.

아무런 수당이나 보수도 없었으나 퇴근 시간 후 나의 시간을 할애하여 스스로 시 짓기 학습을 지도하는 것 자체가 젊은이들만이 할 수 있는 순수한 열정이 아니었나 싶다. 그들을 지도하여 시를 쓰게 하고 그 시를 타자(打字), 프린트하여 (인쇄 상태는 빈약하지만) '토문'이라는 동인 시집을 내어 축제 때 배포하던 토요문학회, 여기에 마침 시를 좋아하던 당시 26세의 새로 부임한 화학교사 양직용 선생이 함께하였다.

어느 해, 여름방학 토요문학회 학생들을 데리고 포천의 어느 개울가에 여름 캠핑을 갔었다. 낮에는 시를 가르치고 시를 쓰게 하였으며 밤엔 화덕을 만들어 고기를 구웠다. 학생들은 어울려 춤을 추며 놀았다. 나와 양 선생은 개울가에서 술을 마셨다. 아이들이 연신 삼겹살을 구워서 안주를 가져왔다. 아침에 일어나보니 빈 소주병이 14병이나 있었다. 도수가 25도 되는 '진로'였다. 두 사람이 각각 7병을 마신 것이었다. 물론 오후 7시부터 밤 12시 정도까지 오랜 시간의 음주였으나 양 선생이나 내가 엄청난 과음에도 끄떡없었다는 것… 젊은 나이였기에 가능했을 것이다. 무엇보다 학생들에게 즐거운 시간을 부여하는 데 있어 긴 시간을 곁에서 지켜야 되는 책임감…. 그 길고 무료한 시간에 두 젊은 교사는 술을 매개로 끊임없이 대화를 이어갈 수 있었던 것이다. 무려 5~6시간의 긴 시간이었으나 지루함이 없었고 오히려 시간이 빨리 흘렀음에 아쉬웠던 것 같다. 이 시절, 학생들의 문학활동 지도 외, 나는 개인적으로는 시

문학에 관심이 커져 이후 월간문학으로 등단한 김규선 외 양직용, 박리규, 왕일행 선생님과 문학 모임을 만들고 동인 시집을 발간하기도 하였다. 이것은 내가 문단에 노크하는 계기가 되었다. 문학과 우정, 술과 대화… 그리고 만남의 즐거움… 한창 의욕이 왕성하고 행복했던 젊은 시절이었다.

교장선생님의 서거

1980년대에는 교통이 지금처럼 원활하지 못하여 서울 사는 사람들도 통근하지 못하고 읍내에 방을 얻어 잠을 자며, 특정 음식점에서 식사를 해결하는 공무원이나 교사들이 많았다.

학교 정문에서 한내천을 건너자마자 교장 사택이 있었다. 사택은 슬레이트 지붕에 목조 건물로 그리 좋은 집이 아니었다. 교장선생님은 이 사택에서 기거하였다. 교장선생님을 비롯하여 교사들도 1주일간 가족들과 헤어져 생활하는 동안 퇴근 이후에는 동료들과 음주를 하는 수도 있으나 대체로 숙소에서 교재 연구를 하는 수가 많았다. 당시만 해도 고등학교 교사의 주당 수업 시수가 23~25시간 정도나 되었고 과목 수도 많았기 때문에 매일같이 교재연구를 하지 않고는 수업에 들어갈 수가 없었다. 나도 국어 독본, 고3 한문Ⅱ, 고3 문법 등의 수업을 맡았기에 연일 교재연구에 몰두하여야 했다. 한편, 교장 교감선생님들은 퇴근 후의 시간이 무료할 수밖에 없다. 어쩔 수 없이 자주 음주를 하는 수가 많았다.

어느 월요일, 직원 조회가 시작되었는데 교장선생님이 들어오지 않았다. 웬일일까? 회의에 참석하지 못할 사정이 발생하면 당연히 누구를 통해서든 연락을 취할 수도 있었을 것이다. 심선기 교감선생님이 사택에 기사를 보내셨다. 잠시 후 교무실은 술렁거리기 시작 하였다. 교장선생님이 돌아가셨다는 것이다. 어제까지 멀쩡하던 분이….

후에 들은 이야기이지만, 전날 저녁 교장선생님은 저녁 늦게까지 술을 드시고 사택으로 들어가셨다. 발을 씻기 위해 세숫대야에 찬물을 담아서 연탄불 위에 올려놓은 후, 그만 깜박 잠이 들었다는 것. 겨울철이므로 부엌문을 닫았고 부엌에서 방으로 통하는 쪽문이 있었는데 그것이 제대로 닫히지 않았다. 부엌의 연탄불 위에는 연탄 덮개용 뚜껑 대신 세숫대야를 올려놓았으니 당연 연탄가스는 새어나와 부엌에 가득 찼을 것이고 부엌에 가득 찬 가스는 열린 쪽문을 통하여 방으로 계속 들어올 밖에 없었던 것. 이것은 부엌 현장을 보고 추정한 것이라 하였는데 틀림이 없는 정황일 것이었다. 술을 과하게 드신 것이 탈이었고 그래서 부주의가 발생하였으며 부주의는, 허술한 사택 시설로 인하여 멀쩡했던 사람을 사망에 이르게 하였다. 안타까운 일이다. 오늘날 같았으면 연탄불도 없었을 것이지만 교장 사택이 그렇게 허술한 곳도 없었을 것이고 발을 닦기 위해 물을 데울 일도 없었을 것이다. 샤워 시설에서 밸브만 열면, 샤워기에서는 뜨뜻한 물이 좌악 쏟아질 것이기 때문이다. 교장선생님의 죽음은 후진 사회의 시대적인 희생이 아니었을까?

겨울이라서 날씨는 추운데 장작불을 피운 사택 앞마당엔 본교 직원들을 비롯한 부음을 듣고 찾아온 타교의 교원들, 그리고 지역 기관장 등 문상객들이 삼삼오오 찾아와 마당의 멍석에 앉아 술잔을 기울이고 있었다. 젊었던 나는 이런 중대한 사건에 임하여 (학교 신문을 맡고 있는 교사로서) 신문쟁이의 기질을 발휘하지 않을 수 없었다. 그날 수업이 끝나자마자 저녁도 거른 채, 학교 신문인 '한내신문'의 호외 기사를 작성하였다. 당일의 사건을 당일에 기사화하고 당일에 편집하여 당일에 인쇄, 배포해야만 될 일이었다. 하루만큼의 시간도 아니었다. 수업 끝난 후, 단 4시간 정도다. 이날 저녁 중에 신문은 깜짝 놀랄 정도로 최대한 빨리 나와야 한다.

이 사건은 아주 불행한 일이었으나 특보를 만들 돌발적 기회가 왔다는 것은 신문 만드는 사람들에게는 안타깝고 비통한 한편, 흥분되는 일이기도 하였다. 이 일을 대서특필하는 것을 긍정적으로 해석하면 고인을 위한 예의에 벗어나는 일도 아닐 뿐 아니라 오히려 고인의 죽음을 중요시하는 일이 아니겠는가. 비보가 알려진 당일 저녁 10시쯤 신문은 완성되었다. 방 쪽에서 사모님의 울음소리만 이어지는 사택 마당, 여기저기 모닥불을 피우고 멍석에 앉아 술을 마시거나 화투를 치는 문상객들에게 잉크 냄새도 가시지 않은 호외가 쫘악 배포되었다.

"김oo 교장선생님 서거."

검은 색 지문에 주먹만 한 흰색 글씨로, 충격적이고 청천벽력 같은 사건의 놀라움을 시각적으로 부각시킨 학교 신문 '한내신문'의 호외판! 쇼킹한 뉴스를 알리는데 있어 이것은 신문 체제나 행간(行間)의 긴장감, 그리고 신속성에 있어 국내 유력 일간지의 그것과 다를 바 없었다. 신문에는 교장선생님의 서거를 알리는 내용과 교직원과 지역 학부모들의 애도의 말, 교장선생님의 약력과 그분이 걸어오신 발자취, 그리고 본교에서의 공로 등을 소개하였다.

고등학교 교장선생님의 갑작스럽고 안타까운 사고 소식은 큰 뉴스였다. 그런데 그보다도 세상에서 처음 본 고등학교 교내신문의 특보는 사고 소식 못지않은 뉴스였고 특보에 대한 이야기는 오랫동안 읍내에 회자된 듯하였다. 학교와 관련된 불행한 이야기의 자리를 학교 신문의 깜짝 특보 호외가 재빨리 차지하게 되어 사고의 내용과 관련된 불필요한 소문들은 많이 희석되었을 것으로 생각되었다.

성남 s고 시절

성남은 수도권의 큰 위성도시였다. 광주시 산골짜기에 인위적인 도시를 조성한 지 15년 만에 당시 50만 명의 대도시가 형성된 곳은 세계적으로 유래가 없다고 하였다. 같은 시구역인 당시 분당은 허허벌판. 끝도 보이지 않을 만큼 논과 밭이 펼쳐진 들판이었다.

나는 1986년 3월 1일, 성남의 s고등학교로 발령받았다. 당시 성남 s고는 경기도 동부권에서는 명문 고등학교였다. 불과 몇 년 전 이곳 성남의 w초등학교에서 근무하던 내가 5년 후, 같은 지역 얼마 떨어지지 않은 곳의 큰 고등학교 교사가 되어 되돌아왔으니 이전, 초등의 동료였던 젊은 교사들은 아마도 나를 선망의 눈길로 바라보지 않았나 싶다. 성남 s고는 일반계 고등학교로서, 전임지와 달리 특기적성의 신장이나 문예·학예활동은 전무한 상태였다. 어느 학교나 일반계(인문·자연계)고등학교 학생들에게 문학 또는 연극이나 미술 등의 특별활동은 장려하는 것은 쓸데없는 허영이요 시간을 낭비하는 짓거리로 인식하던 때였기 때문이다. 만일, 예능이나 동아리활동 같은 것을 조장하는 교사가 있다면 진학 분위기를 해치는 교사로 지목되어 학교와 학부모로부터 눈총을 받거나 민원을 일으키는 교사로 오해 받을 수도 있었다. 당시는 베이비 붐 시대 태어난 아이들이 청소년이 되어 학생 수가 해마다 증가하고 있어 학교와 교실과 교사의 수가 대단히 부족하던 시대였다. 고등학교 한 학급의 학생 수가 65명이나 되었는데 대학의 수용인원이 진학을 희망하는 고등학교 졸업자를 받아들이기에는 턱없이 부족하여 전국 어느 곳이든 (강원도든 전라도든 막론하고) 4년제 대학에 합격할 수 있는 학생이라면 평균 수준의 고등학교에서 10~15% 내외에 포함되는, 비교적 공부를 잘하는 학생들이라 볼 수 있었다.

일반계 고등학교에서는 1류 대학을 몇 명이나 보냈는가, 또 4년제 대학을 몇 명이나 합격시켰는가의 수치가 해당 고교 수준을 평가하는 잣대가 되었다. 그러므로 일반계 고등학교의 모든 관심은 대학 진학률을 높이는 것이었다. 대부분 일반계 고등학교에서는 인문계, 자연계 별로 우수반을 편성하였다. 성남 S고 고3은 인문계 5학급, 자연계 4학급으로서 계열별 석차순으로 65명을 끊어 인문, 자연 2개 반의 우수반을 편성하였다. 새로 부임하던 해 나는 비우수반 3학년 1반을 맡았다. 우수반은 1류대를 포함하여 거의 전원을 4년제 대학에 합격시킬 수도 있는 반면, 비우수반은 4년제 대학에 고작 3~4명을 붙이기도 어려웠다(나머지 진학희망자는 2년제 전문대학에 지원하도록 지도함). 비우수반에는 기초학력이 부족하고 학습 훈련이 잘되어 있지 않은 학생들이 다수 섞여 있기 때문에 수업 분위기가 좋은 편이 아니었으며 담임들도 학생 관리에 매우 힘들어 했다.

나는 그해 학력 수준이 서로 비슷한 비우수반들 중에서 다른 반보다 합격자를 3~5배 정도 많이 내었다. 이렇게 할 수 있었던 까닭은 다음과 같았다.

대입학력고사가 끝나면 입시 전문기관에서는 전국 대학을 서열화하고 거기에 따른 합격 가능 점수를 매겨 배치표를 만든다. 당시의 대학입학 학력고사는 전국 대학 지원학생을 상대로 일률적으로 시행되던 단 하나의 학력평가 잣대였는데 전국의 대입 지원생은 누구나 여기서 획득한 점수로 대학을 지원을 하였던 것이다. 담임들은 이것을 참고로 학생들이 받아 온 학력고사 성적과 전국 대학 성적대별 배치표를 대조하며 진학상담을 한다. 강원도 경상도 전라도를 망라한다. 학생들이 받아온 학력고사 점수로서 지원 가능한 대학 학과를 추출하고 학생들을 한 사람씩 불러 학생이 지망할 수 있는 학과의 특성과 비전, 취업 전망을 일일이 설명한다. 여기까지는 대부분 교사들이 누구나 하는 일이다. 나는, 우리 반 학생들의 적성, 장래 희망, 희망학과 등 자료를 분석하고 일단 받아온 고사 성적으로 갈 수 있는 전국 수백 개의 학과를 일일이 추출하고 분석을 하여 학생과 학부모에게 설명한다. 학생이 받아온 성적을 최대로 살려 학과의 전망이나 합격 가능성 등 가장 적절한 대학, 적절한 학과에 지원하도록 얼마나 설득할 수 있느냐가 합격의 여부를 가른다. 60명이 넘는 학생에 관한 자료를 성실하게 분석하여, 적절한 학교에의 지원을 하도록 하는 것은 학교라는 전답에서 추수를 하는 것과 같다. 받아온 성적으로 갈 수 있는 가장 나은 학교를 지원하게 하여야 하는데 이것은 담임의 열정과 성실성에 의해 좌우 되는 수가 많으므로 담임의 역할이 매우 중요하다. 교사들은 점수가 낮은 학생들에게 저 멀리 지방에 내려갈 것을 권하나 학생들은 수도권을 벗어나지 않으려 한다. 받아온 성적은 터무니없이 낮은데도 학생은 수도권 대학을 고집하거나 또는 학생은 설득되었는데 학부모가 반대하는 경우도 있고 학생과 학부모가 떨어져도 좋다며 무턱대고 요행수 지원을 요구하는 경우도 있다. 물론 학생들의 장래 희망이나 형편(지방에서 하숙을 할 수 있는 경제적 형편) 등도 상담의 요건이다. 이렇게 여러 가지 요건을 합리적으로 조정하여 학생과 학부모 그리고 교사의 의견을 합일(合一)시키는 것도 쉬운 일이 아니다. 학생과 학부모가 하고 싶은 대로 지원시켰다가는 대다수가 낙방하여 열심히 가르치고도 진학 실적이 저조하다는 부정적인 평가를 받을 수도 있지만 무엇보다 정치(定置)의 잘못으로 학생들의 12년 공든 탑이 아무 결실도 없이 허망하게 무너지는 수도 얼마든지 있는 것이기에 진학 지도를 경솔하게 할 수 없었던 것이다.

나는 반 전체 아이들의 성적과 배치표에 나타난 전국 대학 수백 개 학과의 예상 커트라인을 비교하여 반 학생별 합격 가능성을 치밀하게 분석하고 전국의 대학 중 합격 가능한 학과를 학생별 맞춤식으로 4~5개 뽑아 둔다. 뽑아 놓은 4~5개 학과에 대하여 학생과 때로는 학부모도 불러 학과에 대한 적성, 학과의 장래성, 등록금 액수의 부담 여부, 하숙 방법 등 장시간 진지하게 상담한다. 중요한 것은 합격 가능성이 있는 학과의 추출이다. 그러나 대부분 학생과 학부모는 본인 학생 자신이 취득한 점수보다 눈높이가 높아 현실을 이해시켜 수용하게 하는 설득 작업이 어렵기 때문에 진학 지도에는 노력과 집념이 필요하다. 또한, 비록 낮은 점수를 획득한 학생도 그 학생에게는 나름대로 최선을 다한 노력의 산물이므로 최선을 다하여 상담하여야 한다. 학생이나 학부모가 요구한다 하여 학생의 성적을 고려한, 대학이나 학과의 치밀한 분석 없이 대충 조정하였을 때, 불합격 했을 때는 물론이고 합격 하였더라도 대학 입학 후 학생들의 실정이나 진로에 맞지 않아 결과적으로 학생에게 피해를 준다면 교사는 큰 죄를 짓게 된다.

내가 S고에 부임하여 첫해에 비우수반 담임을 할 때, 다른 비우수반들은 3~4명 또는 많아야 5~6명의 합격자를 내었는데 내가 맡은 반에서는 무려 13명의 합격자가 나왔다. 김권기 학년부장은 이 사실을 교감 · 교장에게 보고하면서 담임인 나에 대하여 호평의 말을 많이 전한 듯하였다. 나는 다음 해 자연계 우수반 담임으로 임명되었다.

우수반은 계열 전체의 학생을 성적순으로 1위부터 56위까지(당시 학급당 인원수)를 싹둑 잘라 편성하였다. 이 지역 학생들이 전국적으로 볼 때 학력 수준이 썩 좋은 편이 아니더라도 상위 25%의 학생들(자연계 4개 반 중 1개 반)만 모아 놓았으므로 학습 분위기는 보통반에 비해 하늘과 땅 차이다. 어떤 반에, 학습 의욕이 큰 학생의 수가 많은 것과 공부를 하기 싫어하는 학생의 수가 많은 것이 차이는 엄청나다. 공부를 하고자 하는 학생이 많은 반은 설혹 하기 싫어하는 학생이 끼어 있더라도 분위기는 공부하는 쪽으로 기울어지지만, 공부하기 싫어하는 학생이 더 많은 반은 설혹 공부를 하고 싶은 학생들이 끼어 있더라도 분위기는 공부를 안 하는 쪽으로 기울어진다. 따라서 후자와 같은 분위기에서는 학습 의욕이 강한 학생들이 끼어 있다 하더라도 그 학생은 불리한 분위기를 극복하기 쉽지 않다. 우수반은 수업 시간에는 물론 자율학습 시간에도 교실에서 장난치고 떠드는 아이는 없다. 고요한 교실, 숨소리마저 들리지 않는 정숙한 학습 분위기. 우수반에서는 쉬는 시간이나 점심시간의 짬에 노는 아이들이 눈총을 받지만 반대로 성적 수준이 떨어지는 집단에서는 공부를 하는 아이들이 오히려 동료들로부터 눈총을 받거나 비야냥거림을 당할 수도 있다.

나는 여러 교사 중 특별히 우수반 담임으로 임명된 후, 교사로서의 사기와 자존심이 살아나는 기분을 느꼈다. 비록 몸은 더 고달프더라도 직장에서 인정받는다는 것은 기분이 안 좋을 리가 없는 것이다. 그러나 우수반 담임은 다른 교사들보다 출근을 1시간 정도 일찍 해야 되고 퇴근은 4~5시간 늦게 해야 된다. 이런 규정이 있는 것이 아니며 학교에서 그리하라고 드러내놓고 요구하는 것도 아니다. 학교장이 특별히 선발하여 우수반을 맡겼기 때문에 선택되었다는 자부심과 또한 우수한 학생들의 진학에 대한 책임감으로 과중한 업무를 쾌히 수행하였던 것이다.

일반 교사들이 퇴근 시간 이후 야간에 근무하는 자율학습 감독의 경우, 다른 교사들은 일주일에 한두 차례이지만 우수반 교사는 매일같이 야간 근무를 하였다. 밤 10시까지 아예 교실에서, 공부하는 아이들과 함께 붙어 있었던 것이다. 토요일은 아침부터 오후 6시까지, 일요일도 한 달에 1번을 제외하고 아침 출근하면서부터 저녁 6시까지 학생을 관리하였던 것. 지금은 그런 학교도 없겠지만 그런 격무를 감당할 교사도 아마 없을 것이다.

오늘 날에는 근무 시간 외 학교에 머무르면 시간 외 수당이라도 있다. 그러나 그때의 교사들에게는 일체의 시간 외 수당은 물론 아무 보상도 없었다. 가정도 건강도 보류시킨 무서운 봉사 그 자체였다. 그런데도 우수반 담임을 마다하지 않은 것은 제자들을 좋은 대학에 많이 보낼 수 있는 보람도 없지 않겠으나 젊은 교사로서 능력자로 인정받았다는 자부심과 한 번쯤 공부 잘하는 제자들을 배출하고 싶은 의욕 때문이었지 않나 싶다. 거문고의 명인 백아와 종자기의 고사(故事)에서 백아는 자신의 거문고 소리를 알아주는 종자기가 죽었음을 알고 소중한 거문고의 줄을 끊어버리고 평생 거문고에 손을 대지 않았다는 단금지교(斷琴之交)라는 말이 있다. 그렇다. 인정해 주고 알아줄 때, 사람은 물에나 불에라도 뛰어들 수 있다. 젊기에 고달픈 업무를 받아들이고 견디고 이겨 낼 수 있었던 것이었다.

벽지냐 도회지냐, 승진이냐 가정이냐?

초등학교 교사를 하다가 고등학교로 발령을 받은 후, 3년 3개월 만에 같은 지역의 고등학교 교사로 부임하여 근무하게 된 것은 한창 젊은 나이의 교사로서 자부심을 가질 만한 일이었다. 젊은이로서 자신의 신분적 발전과 향상을 위한 욕구를 실현할 수 있는 점에서였다. 호봉도 높아져 봉급 차이가 있는데다가 사회적 위신 순위도 많이 높아지는 것은 사실이다. (당시 조선일보였던가 직업별 사회의식 조사 중 초등학교 교사의 경제적 사회적 위신 순위는 23위, 중등은 16위…. 물론 이때만 해도 옛날이었다. 지금은 초중고 각급 학교 학생으로부터 조사된 교사의 선호도는 의사, 판사 등에 앞서는 1위로 나타나고 있다.)

성남 s고에서 나는 일반학급 3학년 담임 1년, 3학년 우수반 담임 1년, 1, 2학년 부장교사 4년, 산업체 특별학급 학생부장교사 1년을 지냈다(당시는 일반계 고등학교에 전체 학급 비율에 맞춰 산업체 특별학급을 몇 학급씩 설치하였다). 특수지(대도시) 근무학교 제한 연수는 5년이었는데 나는 2년을 유임하여 7년을 특수지인 이 학교에서 근무하였다.

본교에서 6년 차 근무하던 1991년 12월, 교장선생님은 다음 해 인사

내신을 앞두고 나를 불러 이른바 내신상담(?)을 하였다. 비단 나만 부른 것은 아니고 본교 근무 연수가 많은 교사들을 몇 명 더 불렀을 것이다.

"주 부장 나이와 경력을 볼 때, 이제 교감 승진을 염두에 둘 때가 아니겠느냐?"라면서 벽지로의 내신 같은 것을 고려해 보면 어떻겠느냐는 것이었다. 맞는 말씀이었다. 나의 나이가 40대 중반을 바라보고 있었으며 경력도 20년에 가까운 때였기 때문이었다. 승진을 위한 점수 중 근무 평정, 경력 점수, 부장 점수, 연구 점수 등은 도회지에서도 딸 수 있지만 비중이 큰 벽지 점수는 벽지에 가서 근무 해야만 딸 수 있는 것이었다. 이런 까닭에 승진에 뜻이 있고 경력 있는 교사들은 너도나도 벽지를 지원하기 때문에 벽지에 발령받기가 매우 어려웠던 것이었는데 이것은 지금도 마찬가지다. 당시 나는 현임 근무학교 경력이 7년이나 되어 벽지에 지원할 경우 매우 유리한 입장이었다(대부분 3~4년 또는 많아야 5~6년). 그러나, 한창 초중고를 다니는 아빠의 보살핌이 필요한 아이들과 떨어져 지내고 아내와도 헤어져 나 홀로, 저 멀리 소청도나 백령도에까지 배를 타고 가서 근무한다는 것은 선뜻 결정할 수 없는 어려운 일이었다.

"벽지냐 도회지냐, 승진이냐 가정이냐?"

총 경력으로 보나 동일교 근무 경력으로 보나 벽지학교를 지원하면 발령 가능성이 많았지만 며칠간 고민 끝에 나는 벽지 근무를 포기하였다. 승진 대비를 위한 고생(수년간 가정을 떠남)은 미래를 위한 저축과 같은 것이라면, 젊은 시절 처자식들과 함께 평안하게 지내는 것은 마치 있는 돈을 오늘의 행복을 위해 써버리는 것과도 같았다. 오늘 힘들더라도 미래를 위한 저축이 바람직하기는 하다. 하지만 나는 이 문제에서 당장 용단을 내리지 못하고 일단 '벽지에의 포기'를 택하였다. 나는 승진 같은 미래의 발전을 위해 매우 신경 쓰는 편이었으나 가정에서의 떠남, 가족과의 헤어짐… 이런 것까지 감수하면서 미래의 승진을 추구하는 야멸차고 결단성 있는 인물은 못 되었던 것인가?

문단에의 입문

중학교 때 동급생이던 이형운이가 대학 노트에 시를 써 모은 후, 당시 국어 담당이셨던 홍순방 선생님께 표지 제목을 써 달라고 하였다. 홍 선생님은 공책 표지에 붓으로 '詩'라는 글자를 초서체로 휘갈겨 써 주셨다. 형운이는 일종의 개인 시집을 만들었던 것이다. 이에 영향을 받아 나도 이 친구처럼 공책에 시를 써 모은 후 역시 홍 선생님께 표지를 써 달라고 했던 적이 있었는데 중학교 때의 바로 그 시 공책이 내 최초의 습작 시집이었던 셈이었다. 이후 고등학교 때에는 지도교사 오종호 선생님의 문예반에 동참하여 팜플렛 교지 '성공(城工)'에 시('고향')를 발표하고 이어서 교내 가을 시화전에 내 작품 '소라껍질'을 발표(시 작품 속의 그림은 미술반 학생이 도안식 서양화로 그려 넣었다), 그리고 또한 오종호 선생님의 인솔로 문예부 북한산성 백일장에 참석한 것 등… 이것이 나의 시작(詩作)의 시초였다.

그 후, 30대 중반, c시에서 고등학교 교사를 할 때부터 문학적 감수성이 왕성하게 살아나기 시작하였다. 나는 성남 s고로 부임한 이후에도 c고 시절, 토요문학회를 양직용선생과 함께, 왕일행 선생님을 통해 알게 된 김규선, 김리규 등 문학 동인들과 모임을 계속 이어왔다. 월간문학 신인상 당선으로 시단에 나온 김규선 씨는 이미 시집을 내었는데 그의 시는 참으로 애잔하면서도 감미로웠으며 시어(詩語)들이 매끈하게 잘 다듬어져 있어서 호감이 갔다. 양직용선생도 이미 자그마한 동인지를 내었다. 그의 시 역시 시적 감수성과 시어의 구사가 좋았다. 이들과 함께 5인은 모두 술을 좋아하여 각지로 흩어진(왕일행은 포천, 양직용은 이천, 김규선은 상계동, 나는 성남…) 이후에도 서울 상계동, 이천, 성남 우리 집 등지에서 모임을 가졌으며 함께 '어머님은 아직도 살아계신다'라는 동인지를 내기도 하였다. 나는 김규선 씨의 안내로 원로 시인 김oo 님을 찾아가 문단으로 가는 길을 물었다. 김oo 시인은 임직창 시인이 발간하는 '문예oo'를 안내하여 주었다. 나는 '바람' 등 5편을 '문예oo' 제3호에 제출하였다. 심사위원들의 심사를 거쳐 결과는 추후에 발표한다고 하였다. 보름 후 '문예oo 문학상' 수상 통보가 왔다.

획기적인 것은 이 무렵, 나는 현대문학에 나의 시를 발표하였던 것이다. 70년의 역사를 가진 순수 문예지 현대문학은 대한민국에서 가장 권위 있고 유력한 문예지이다. 나는 이 현대문학에 '등꽃아래서'(1991), '왕방산을 보며'(1991), '바다추억'(1993), '그해 시월'(1993), '역기를 들며'(1996), '풍뎅이'(1996) 등을 발표하였다. 나는, 해방 이후의 문학사에서 한국문학의 대표적 문학지로서 권위 있는 '현대문학'에 나의 작품을 발표함으로서 정식으로 문단에 데뷔하였다. 이후 k일보 신년시를 비롯, s신문, '새교육', '좋은 생각' 등에 작품을 발표하였다. '좋은 생각'은 작은 잡지이지만, 소시민들의 삶의 애환을 담는, 독자층이 넓은 책으로서 수십 년간 전국 서점에 쫙 깔리는 책, 판매부수가 아마도 몇 만권은 될 성싶은 유명한 소책자이다. 여기에는 나의 시 '비밀'이 수록되었다.

h고 근무 시절 어느 날, 점심시간에 여학생들이 내게로 몰려왔다.

"선생님 지금 KBS 방송에서 선생님 시 '비밀'이 낭송되고 있어요. 허수경 아나운서가 낭송하며 해설하였어요."

여학생들은 난리가 난 듯 떠들었다.

나의 시 '비밀'은 아내가 민들레 꽃씨 한 개가 하늘로부터 내려앉는 순간, 그 광경을 보고 감탄하는 모습을 담아 시화(詩化)한 것인데 이 시가 '좋은 생각'에 실렸고 그 후, KBS 점심시간 프로에서 당시 인기 아나운서 허수경 씨가 감수성 넘치는 목소리로 낭송한 것이었다.

이 시기에 성남 문화원장을 지낸 ooo 씨와 성남 펜클럽을 조직하였다. 한때 성남의 문인, 언론인 등 20명 정도의 문학을 좋아하는 사람들이 모여 조직한 성남펜클럽에서는 '성남펜'이라는 괜찮은 지역 문학지를 발간하였다. 시와 소설, 그리고 수필과 평론 등 지역 문학을 아우르는 문학지로서 자부심을 가질 만하였다.

나는 성남 펜클럽의 총무를 맡았다. 총무의 업무가 적지 않았다. 각종 연락(당시에는 주로 엽서나 우편물로 통신하였음)에 원고 모집에 행사 주관에… 작품집 '성남펜'의 편집, 교정에 발간 및 배포에 이르기까지 고역을 치렀다. 이러한 노력의 덕분으로 지금도 지역 문학사 관련 자료를 보면 동인지 '성남펜'이 성남 문학사의 한 페이지를 장식하고 있다. '성남펜'이라는 문학지가 매년 1권씩 무려 10호나 발간되었는데 더러는 해를 거른 적도 있으므로 도합 약 15년 정도의 세월에 걸쳐 '성남펜 시대'가 펼쳐진 셈이었다.

또한 한국 문예예술 진흥원에서 발간한 '1997년 한국 문학 작품선'에 나의 작품 '역기를 들며'가 선택, 게재되었다. 한국 문화예술 진흥원에서는 주요 사업으로 당해 연도의 좋은 작품을 선정하여 작품집으로 발간

하는 바, 여기에 나의 시가 선정되어 올랐다는 것은 참으로 기분 좋은 일이 아닐 수 없었다.

나는 문학에 나의 모든 역량을 집중시키지는 아니하였다. 직업적인 문학인이 아니고 교육자였기 때문이었을까? 어쨌든 문학활동은 40대 초반에 가장 왕성하였지만 이후에는 소강상태(?)를 보였다. 교감, 교장을 거쳐 정년 퇴임하고도 7년이 되도록 뜸하다가 2018년부터 시 작품과 자서전 원고를 쓰게 되면서 다시 작품활동에 기지개를 켜게 된다. 다시 한 번 시에 손을 대게 되니 잠자던 필력이 살아났는가? 2019년 8월, 나는 짧은 시일 내에 전격적으로 시집 한 권(풀잎을 스쳐온 바람)을 다시 상재(上梓)할 수 있게 되었다.

나는 2021년 5월, "세종의 눈으로 세상을 여는 창(窓)"이라는 슬로건을 걸고 발행하는 '세종신문'에 '여주 용담리에서'라는 원고를 투고한 적이 있다.

어느 날, 세종신문사에서 나에게 말하기를 세종신문의 '초대시' 형식으로 계속하여 원고를 보내 줄 수 있겠느냐고 물어왔다. 나는 이 제안을 받아들였다. 세종신문에는 이미 김슬옹(세종국어문화원장) 님과 김광옥(전 수원대 교수) 님이 세종실록을 바탕으로 한 세종의 공적 소개, 설명 또는 세종실록의 해설 등을 고정 기사로 게재하고 있었다. 나는 한두 편을 지역 관련 소재로 게재하다가 세종신문의 발행의 모토라 할 수 있는 내용, 즉 세종대왕 관련 시를 쓰고 싶었다. 세종은 백성을 위한 뛰어난 업적이 빛나지만 내가 주목하는 것은 세종의 인간주의였다. 하여, 나는 세종실록 행간에 나타난 세종의 휴머니즘에 관하여 시로 쓰고 싶었고 바로 이 내용으로 세종의 휴머니즘에 관련한 시를 무기한으로 게재하게 된 것이다.

대학원 시절, 내 인생의 전성기?

나는 교육대학 졸업 후, 성남에서 교사로 재직하면서 대학에 편입하여 퇴근 후 오후에는 매일 서울까지 통학하며 4년제 대학 국어국문학과를 졸업한 바 있다. 현재에 위치에서 안주하지 않고 미래의 성장 발전을 위하여 열정과 피 땀으로 도전한 젊은 시절이었다고 본다. 국어국문학과를 졸업하고 중등 국어교사 자격증을 취득하여 고등학교 국어교사로 부임하였는데, 5년쯤 지나다 보니 대학원에 진학하여 공부를 더 하고 싶었다. 평생 교직을 할 것이면 어차피 대학원을 마치는 것이 좋을 것 같았다. 그런데, 공무원의 박봉으로 교대 졸업 후 사립대학을 하나 더 다닌데다가 또다시 대학원을 진학한다는 것은 집안 살림으로 보아 어려운 일이 아닐 수 없었다. 당시 3남매의 가장으로서 살림도 어려운데 학비가 비싼 사립 대학원을 다닐 수는 없었다. 사립 대학원은 원서만 제출해도 들어갈 수 있는 곳이 허다하였다. 그러나 학비가 저렴한 국립 대학원은 지명도가 높고 평판도 좋으니 당연 경쟁이 심하였다. 즉 실력으로 돌파하여야 했다.

들리는 바로는 서울이나 수도권의 많은 대학원들이 수업료는 엄청나게 비싼 데 비해 교육의 질은 부실하다는 소리들이 많았다. 이런 소리들은 대학 교육의 질적 문제가 대두될 때마다 나오는 이야기였다. 일반 대학원보다 행정대학원이나 산업대학원 등 특수대학원들이 더욱 그러하였다. 수업도 부실하고 논문을 엉성하게 써도 학위를 주니 대학원을 학위장사를 하는 곳이라는 심한 소리도 들렸다.

나는 등록금이 비싼 사립대 대학원은 다니고 싶지 않았다. 봉급으로 아이들을 키우는 형편으로 사립대의 등록금은 비쌌고 아까웠다.

나이는 40이 훨씬 넘고 있었다.

교원대 대학원은 특수 대학원이 아니고 일반 대학원인 데다가 국립이었다. 교원대에 들어가고 싶었다. 가장 마음에 드는 것은 학비가 싼 것이었고 국립대학에다 일반대학원인 것도 선호할 만한 것이었다. 당시 사립대 대학원 등록금은 학기당 300만 원이 넘는데 교원대는 20만 원 정도였으니 거의 공짜와 다름없었다. 국립인 만큼, 90% 이상의 자금을 국가에서 지원해주기 때문이다. 기숙사와 구내식당의 요금도 저렴하였다. 당연히 경쟁률이 높을 수밖에 없었다. 입학 자격은 현직 교사에게만 주어진다. 교사 집단은 사회 일반인에 비해 학력 수준이 높다고 볼 수 있는 데다 그 교사들끼리 경쟁이니 대학원 입시가 그리 만만치 않았다.

함께 성남펜에서 활동하던 임옥명 선생이 한국 교원대학교에 재학 중이었다. 임옥명 선생으로부터 교원대 학비며 기숙사 관련 정보, 그리고 교육과정, 입시 경향 등을 알아본 후, 시험공부에 착수하였다. 3개 과목 전부 논술식이라 하였다. 나는 한국문학사 구비문학 국어학 등에서 출제 가망성이 있는 내용 20여 가지를 뽑아서 대학 노트에 정리한 후, 퇴근 후 반복하여 읽고 이해하고 요약하고 또 실제로 논술식 시험 답안 형태로 기술하여 보면서 대학원 시험을 준비하였다.

난방이 잘 안되던 겨울의 단독 주택은 방에서 얼굴과 손이 몹시 시렸다. 퇴근 후, 이불을 뒤집어쓰고 앉아서 주경야독, 토요일 일요일에도 책과 싸웠다. 공부라는 것은 한이 없었다. 읽고 이해하고 기억하고… 그러나 다시 백지에 정리하려면 막히고… .

시험날이 다가왔다. 시험 전날 청주 근처 강내면 어느 여관에 방을 정한 후, 역시 시험 전날 밤에도 이불을 쓰고 벽에 등을 기댄 채 평소에 정리해 둔 예상 문제들을 서술식으로 쓰면서 암기하다가 눈을 붙였다. 다음 날 아침에 교원대학교 본관 건물에 있던 시험장에 들어섰다.

내가 지원한 국어교육 전공 분야는 9명을 뽑는다고 했다. 시험실은 2개 실, 각 실에는 좌석이 한 줄에 9명씩 7줄이던가? 2개 시험실에서 1줄 정도만 붙고 나머지는 모두 불합격생이 되어야 하는 것이다.

시험은 모두 서술식이었다.

즉, "한국문학의 전통성을 논하여라." 이런 식인데 전통성을 구체화하여 서술하고 그것들이 현대문학에 어떻게 잇닿아 있으며 어떻게 영향을 끼치고 있는가를 고대와 현대에 이르기까지 내용별로 맥락을 세워 정리해야 될 것이며 여기에 대한 수험생 자신의 주장이나 견해도 밝혀야 될 것이었다. 분량면에서도 B4 시험지의 앞뒤를 지정된 시간 내에 빼곡하게 채워야 할 것이며 자필로 서술하는 것이기 때문에 필적 또한 수려해야 될 것이었다.

일기 예보로는 밖의 날씨는 영하 13도의 추운 날씨였다. 실내도 써늘하여 영하 2~3도는 될 터인데 답안을 써내려 가는 동안 닭똥 같은 땀방울이 책상위로 시험지로 뚝뚝 떨어지고 있었다. 시험을 마칠 때까지 지옥을 체험하는 것 같았다.

집에 돌아와 내가 써 낸 답안을 수십 번 반추하여 보았다. 과목별로 웬만큼은 쓴 것 같긴 한데 아쉬움이 많았다. 합격 또는 불합격의 예측이 도무지 불가능하였다.

합격자 발표 날, 나는 안방에서 대학에 전화를 걸었다. 수험 번호를 알려 주었다. 잠시 후 교무처에서 대답이 왔다.

"합격입니다."

나는 큰 소리로 "야! 합격이다."라며 소리를 질렀다. 작은 방에 있던 큰딸이 뛰어나오며 "아빠, 정말 합격이야?"

사춘기에 접어들며 웃음을 잘 보이지 않던 딸의 얼굴에 싱글벙글하며 웃음기가 가득하던 얼굴이 선하다. 기쁨 넘치던 딸의 모습을 내 인생의 행복의 역사 중의 한 장면으로 기억하고 싶다.

기숙사는 2인 1실이었다. 국어교육 전공 학생들은 기숙사의 같은 통로에 배치하였으므로 강의가 끝나고 식사 후, 기숙사에 돌아오면 한방에 모여 그날의 강의 내용에 대해 토론도 하고 정보도 교환하였다. 또한 각자의 직장(학교) 이야기도 하고 근무 중 어려움에 대하여 서로 상담을 하기도 하였다. 때로는 술과 안주를 사다가 함께 마시며 관심사에 대하여 열띤 토론도 하였으며 가끔은 1.5km 되는 강내 마을까지 걸어가 마을 주점에서 밤늦도록 토론도 벌였다. 그러다 보니 학과 친구들이 가족같이 친밀하여지고 우정도 돈독하여 졌다.

청o문학회

현대시 분야에 성oo 교수님, 고전 문학 부문에 원oo교수님과 최oo 교수님, 언어학 분야의 성oo 교수님 등의 수업을 받았는데 성oo 교수님은 시인이시며 시동인 그룹인 청o문학회를 주관하고 계셨다. 물론 나도 청o문학회 회원이 되었다. 청o문학회에서는 '2000년대 문학 지평'이라는 순수 문예지를 해마다 발간하였으며 이 책의 발간은 십 수 년간 전통처럼 이어져 오고 있었다. 회원들 중에는 동아일보 신춘문예 당선된 염oo, 한국일보로 등단한 임oo 등 필력이 막강한(?) 교사들도 여럿 있었는데 이미 박사학위를 받은 졸업생과 박사학위 과정 중인 교사 등 면면이 내로라하는 실력파들도 많았다.

학교 근방에 있는 성oo 교수님의 교수 아파트에 간혹 간 적이 있었다. 방에는 수천 권의 책들이 발 디딜 틈이 없이 쌓여 있었다. 장서들이 너무 많아 책꽂이에 꽂을 수가 없었던 것이다. 교수님은 저서만도 당시에 100권이 넘는다는 것이었다. 같은 과(科) 원oo 교수가 말하기를 성 교수님의 필력과 정력은 불가사의 할 정도라고 말하였다. 교수님은 청o문학회 회원 학생들을 인솔하시고 여름과 겨울 방학 때마다 수련회, 즉 전국 각 지역의 문학 관련 유적지나 연고지를 탐방하는 연수 여행을 추진하셨다(물론 대표 간사가 있어 총무와 함께 일을 추진하였다). 대표간사는 임oo 박사였다.

교원대 대학원생들은 제주도는 물론 경상도 전라도 등 각 지역에 분포되어 있는바, 방학 때마다 학생들 연고지에 있는 문학 관련 명소를 탐방하는 것이다. 회원은 졸업생들을 포함한 30여 명에 이르렀다. 때로는 경상도, 때로는 강원도에 이르기까지 먼 길을 쫓아가야 되었지만 누구도 불평이 없었다. 교수님께서 추진력이 강하고 카리스마가 있었기 때문인가.

나는 대학원 시절, 청o문학회에 참여하다 보니 부산 앞바다의 오륙도, 공주, 부여의 유적지 그리고 철원, 예산의 추사 고택, 홍성군 서해바다의 꽃섬 그리고 남한산성 등 많은 곳의 탐방에 참석할 수 있었다.

청o회는 회원들이 학생 신분임에 비춰볼 때 회비가 많은 편이었다. 학기 당 20만 원쯤 되었던가? 어쨌든 회원의 회비 총액이 당시 금액으로 3천만 원이 된다 하였다. (당시 수도권 대도시 30평 아파트 의 20% 정도.)

어느 해였던가, 청o회 수련회 중 저녁 식사 후 회의에서 기금을 어디다 활용할 것인지 논의하였다. 몇 몇 사람의 의견이 개진되었는데 이 자리에서 나는 안면도 바닷가에 조그만 팬션 같은 집을 마련하자고 제안하였다. 그리하여 청o회 회원들이 대학원 졸업 후에도 식구들과 함께 이곳에 와서 휴식을 취하며 글도 쓰면서 활용할 수 있도록 하면 이 장소가 연고가 되어 청o회가 영원히 기념도 될 것이 아니냐고. 그런데 좌중에서 누군가가 학회 출판 사업에 투자하는 것을 검토하자고 하였다. 이것은 교수님의 안(案)이라 하면서. 그리하여 얼마 후, 청o회 기금은 교수님의 안을 따라 투자하자는 것으로 결정되었다고 했다.

그런데, 어느 해 문제가 발생하였다. 회비 관련 문제였다. 투자한 회비

전액을 회수하지 못하게 되었다는 것이었다(이하 관련 내용은 생략함).

청○회 기금을 구체적으로 어디에 어떻게 투자하였는지 상세히 모르겠으나(알고 싶지도 않았고) 애당초 의도는 아마도 한국 문학 발전에 보탬이 되는 좋은 일을 하고자 하였을 것이리라. 좌중은 이 소식에 무표정, 묵묵히 침묵으로 앉아있었다. 뭐라고 언급할 적절한 말이 없었던 것일까? 누군가 질문이 있었고 누군가 아마도 이리 되었지 않았을까라는 추정을 말하였을 뿐이었다. 잠시 후, 자리에서 그냥 일어섰다.

뜻하지 못한 결과로 손실이 났으니 교수님도 얼마나 난감하였을까? 몇 년이 흐른 후 생각하니 이것을 시시콜콜 따지지 않고 아량으로 묻어두고 불문에 부친 청○회 회원들의 너그럽고 원만한 마음 또한 청춘 지성들이 모인 청○회의 아름다웠던 면모가 아니겠는가 싶다.

이런 일이 있은 후, 청○회의 활동은 유야무야(有耶無耶)한 상태가 되었다.

세상의 모든 일에는 흥망성쇠가 있게 마련이다. 발원하고 융성하다가 쇠락하는 과정을 겪게 되는 것. 청○회는 쇠락하였으나 청○회활동의 면면은 파노라마처럼 내 마음에 살아 존재한다. 청○회를 비롯한 대학원 시절의 학구적 활동은 매우 견실, 풍성하였고 역동적이었는데 이때가 나의 학창 시절 중 가장 덜 춥고 덜 배고프고 덜 괴로웠던 행복하였던 시절이었다고 생각된다.

7. h고 시대

나는 38년의 교사생활 중 거의 30년을 고등학교에서 근무하였다. 그중에서도 교사 경력이 무르익은 40대에 8년간이나 h고등학교에서 교단에 섰다. 당시 h고는 학력 전국 최고 수준이었다. 바로 이때는, 많은 교재의 연구와 기타 업무를 수행하며 치열한 승진 경쟁에서도 뒤질 수 없었던 때였다. 이 시절 나는 내 인생의 최대 비극적인 일을 당하게 된다(이 부분은 기록 생략). 교감 승진을 성취하였으나 몸에는 중대한 질환이 발생하였다.

h고 시대

1991년 말, 성남 s고 재직 시 나는 나의 거취와 관련하여 김철진 교장 선생님과의 상담 이후, 과연 벽지로 가야 될까 고민하다가 일단 벽지에의 내신을 포기하고 그곳 성남 s고에서 1년을 더 연임 근무하다가 1993년 3월 1일, oo 소재의 h고등학교로 발령을 받았다.

oo 지역은 주택난 해결을 위한 노태우 대통령의 200만 호 신도시 주택 건설 정책으로 짧은 시일 내에 조성된 신도시였는데, 수십만 호의 아파트가 완공, 입주가 시작되면서 외지로부터 전입되는 학생 수가 한창 늘어나고 있던 때다. 처음에 전입생 한두 명을 받아 수업을 시작하던 이 학교는 내가 부임할 당시, 학년별 9학급의 정원이 막 채워지고 있는 상태였다(전입생들이 3학년이 되면서 그 후 입학한 1, 2학년은 정식으로 각각 9개 학급을 선발하였다).

oo신도시는 h고 부근의 삼성, 현대 아파트 등 50, 60평형 심지어 80평형까지, 층수도 무려 30층에 이르는 주택들이 지어졌으며 도시 전체의 구획과 조경 일체가 현대적 신도시로 설계된 것이어서 지금은 흔한 풍경이지만 당시에는 그야말로 선진국에서나 볼 수 있었던 새로운 풍경의 현대적인 도시였다. 서울의 중산층이 몰려들기 시작하면서 많은 학생들이 유입되었고 단시일 내에 수십 개의 초중고가 개교하였다. 고등학교도 금세 5~6개로 늘어났다. h고는 개교 불과 3년 만에 신도시 oo지역에서 학력이 가장 우수한 학교가 되었다. 내가 부임한 후 얼마 되지 않아 h중학교 내신 성적이 200점 만점에 190점 이상이 되어야 합격이 가능한 우수한 학생들이 몰려들어 당시 수도권은 물론 전국적으로 손꼽히는 소위 학력 명문교가 되었다. 해마다 대학 진학률이 높아져 1999년~2000년 무렵에는 서울대 합격자 수가 40명이나 되었고 고려대 100명, 연세대 80~90명, 이화여대 90명 등 경찰대와 카이스트를 합친 세칭 1류대학 합격자가 전체 졸업생의 70%가 넘고 있었다.

그런데 교실 분위기는 동일 시지역인데 구시가지 지역과 신시가지(신도시) 지역의 차이가 크게 달랐다.

구도시의 학생들은 교사들에게 순종적이며 수용적인 태도가 두드러진다. 이들 학생들은 대체로 선생님의 말씀을 무조건 받아들이는 자세였고 공부를 잘하든 못하든 수업 시간에는 부동자세를 견지하며 선생님의 강의와 지시를 군말 없이 경청한다. 알아듣든 알아듣지 못하든, 아무리 공부를 못하는 학생일지라도 수업 시간에는 부동의 자세로 앉아서 딴 곳으로 고개를 돌리는 일이 없고 수업 시작에서부터 끝날 때까지 똑바로 정면을 바라본다. 이것이 당시 고등학교 학생들 수업 시간의 일반적인 모습이었다. 혹시 졸리더라도 꼿꼿하게 앉은 자세로, 눈을 감을지언정 수업 중 책상에 엎드리는 일은 상상할 수도 없다. 선생님의 지시가 본인 마음에 안 들더라도 "예, 알았습니다."라는 긍정적 반응으로 응답했으며 잘못을 지적하였을 때, 토를 달지 않고 "예, 시정하겠습니다."

라고 대답하는 것이 상식이었다. 선생님의 말씀을 아니라고 부정하거나 거부한다는 것은 있을 수 없는 일이었다. 선생님이 야단을 치면 공손하게 수긍하였고 때리면 맞았다. 학교에서 교육을 명분으로 선생님으로부터 폭언을 듣거나 매질당하는 학생이 한둘이 아니었다(당시 초중등 학교의 일반적 모습).

그러나 같은 시기 신도시 지역의 학생들은 전혀 달랐다. 수업 시간에 학생들끼리 잡담은 예사였고 엎드려 있거나 아예 잠을 자는 학생도 있었다. 교사가 구도시에서처럼 수업에 집중을 안 한다 하여 벌을 세우거나 큰소리로 야단을 쳐도 통하지 않았다. 선생님의 말씀을 엄중하게 받아들이기는커녕, 사사건건 도리어 교사의 말꼬리를 잡아 비판하는 태도가 다반사였다. 잘못한 학생에 대하여 단 30센티의 잣대로 때릴 수도 없었다. 구시가지와 신시가지, 멀지 않은 거리를 두고 19세기와 20세기의 학생들이 공존하는 희한한 현상이었다. 신도시의 경우, 결국 학생을 이끌어 수업을 진행하는 방법은, 매시간 귀에 쏙쏙 들어오고 눈이 번쩍 뜨이는 내용으로 강의를 하는 방법밖에 없었다. 바야흐로 교사의 고달픈 시대가 도래한 것이었다.

신도시. 아마도 교사들은 신도시에 들어와서 자신들이 처음 보는 딴 세상의 교단으로 내던져져 있는 것을 발견하지 않았을까 싶었다. 신도시에 이주하는 서울 강남 중산층들은, 아직까지 구시대의 교단에 머물고 있던 수도권 학교에 새 시대로의 변화를 요구하는 갑작스런 불청객이었다할까? 지금은 신도시 구도시의 교실 풍토에 차이가 없을 것이다. 위에서 쓴 이야기는 1990년대 초반의 이야기다.

활약, 고군분투(孤軍奮鬪)의 8년

나는 h고등학교에서 '레스보스'라는 문학 동아리를 만들어 그리 긴 기간은 아니지만 동아리 학생들에게 시작법(詩作法)에 관한 공부를 시키고 시를 좋아하는 학생들끼리 문학활동을 할 수 있도록 멍석을 깔아주었다. 특히 학교 축제 때 '전국 중진작가 친필 전시회'를 열었는데 학생과 학부모들의 좋은 반응을 얻었다. 축제라는 것이 먹고 춤추는 것만이 전부인 양 오해하던 당시 일부의 풍조가 만연하던 중, 이 전시회는 학력 수준이 높은 본교생들에게 걸맞은 소재로서 환영받으며 학생들과 학부모들의 반응이 좋았고 교장선생님도 좋아하셨다. 나는 우선 B4 크기의 두꺼운 종이에 작가들의 약력과 대표 작품, 그리고 h고 학생들에게 주는 말을 넣을 수 있도록 양식을 만들고 인쇄를 해오도록 하였다. 그 양식 중앙에는 원고지 3매 정도를 부착하여 작가가 직접 원고의 일부를 써 넣게 하였다. 중진급 작자들의 주소록을 확보한 후 이 양식을 봉투에 넣어 3주일 전, 일일이 집이나 사무실로 발송하였다. 축제 전까지 약 150인의 작가들이 친필로 지정된 분량만큼의 자신의 작품을 써서 보내 주었다.

문학 동아리의 전시실은 강당 일부에 배정받았는데 작가 친필을 어떤 방식으로 게시하느냐가 가장 큰 문제였다. 자료가 아무리 좋다 한들 한 구석 책상 위에 널려 놓으면 무슨 꼴이 되겠는가? 그렇다 하여 우리 동아리만 위해 학교로부터 큰 예산을 받아내어 세트장을 만들 수도 없는 노릇이었다. 궁리하다 보니 생각이 떠올랐다. 음악실의 6인용 긴 의자가 생각났다. 학생들을 시켜 그것을 몽땅 끌어내렸다. 의자들을 일으켜 (천정에서 볼 경우) ㄹ 자형으로 나란히 이어서 세웠다. 거기에 두꺼운 A4용지 양식에 첨부하여 온 작가들의 친필을 눈높이에 게시하였다. 그리고 전시실 중앙에 테이블을 갖다 놓고 꽃꽂이 등으로 장식하고 관람자들의 방명록을 펼쳐 놓았다. 참으로 멋있는 입체적 전시실이 되었다. 입구에는 가로로 "전국 중진 작가 친필전"을, 그리고 강당 앞에는 폐문짝으로 세운 입간판에 모조지 전지로 대문짝만하게 '전국 중진작가 친필전' 안내 광고 포스터를 설치하였다. 기물들을 이렇게 지혜롭게 활용하지 않고 전시장을 돈 들여 꾸미자면 아마도 기백만 원은 더 들었을 것이다.

h고에서도 나는 'oo진로신문'이라는 신문을 발간하였다. 우수생들이 모인 학교이니만큼 그들의 진로(대학 입학)에 도움이 되는 뉴스와 정보 제공을 중심으로 하는 이른바 '진로신문'은 좋은 테마가 아닐 수 없었다. 1면에는 학교 관련 뉴스, 또는 속보 등 여느 신문과 같았고 제2면에서는 사설, 그리고 시의 적절한 주요 대학입시 정보를 알리는 특집을, 그리고 기타의 면에서는 교사와 학생들의 작품을 게재하였다. 전전임지 c고에서의 '한내신문'의 경우, 큰 활자에 해당되는 것은 그려서 넣고 작은 활자를 대신하여 작은 글씨로 직접 써 넣었으나 본교의 'oo진로신문'의 경우, 본문은 컴퓨터로 워드를 치고, 제목 등의 활자의 경우도 컴퓨터 한글 파일을 이용하여 의도한 활자의 크기에 따라 출력한 후 이것을 와리스께(편

집 지면)에 오려 붙여 복사를 하는 방식이었다. 즉 '한내 신문' 당시만 해도 직접 그리고 써서 복사기로 복사를 하는 방식이었는데 여기 'oo진로 신문'은 10년이 지나는 동안 컴퓨터 워드를 활용하는 시대가 온 것이다. 다만 담당자인 내가 문서 작성 실력이 아직 부족하여 판 전체를 파일로 작성하지 못하고 크기가 다양한 글씨체를 컴퓨터로 쳐서 크거나 작게 확대 또는 축소하여 뽑아서 지면에 오려붙인 후 복사하는 방식을 썼다.

기사를 작성하고 → 편집하고 → 워드를 치고 → 글자를 확대 또는 축소하고 → 오려붙여 와리스께(모형 지면)를 만들고 → 이것을 인쇄실 기사에게 맡겨 1000부 가량 프린트하고 → 각반에 배포하였다. 신문의 발행은 진로 상담부이 고유 업무가 아니었고 학교 측에서 요구하는 것도 아니었다. 나 스스로가 자발적으로 하는 '창의적 업무'였던 것이다. 월 1회의 발간이지만 한 달이 그렇게 빨리 돌아올 수 없었다. 한 번 발행에 수십 시간을 투여해야 하는 이 일도 그리 쉬운 것은 아니었다. 그러나 나는 수준 높은 큰 학교에서 정보 미디어가 단 한 가지도 없는 것은 체면상으로도 말이 안 되는 것으로 보았다. 또 내가 맡은 부서가 명색 진로 상담부이므로 진로 신문의 발행은 부서 업무에 구색이 맞을 뿐 아니라 또한 내가 대학 재학 시 학보사에서 신문을 만들었고 교직에서도 매(每) 학교에 부임할 때마다 언제나 학교 또는 학급신문을 해왔던 터라 학교 신문만은 만들어야 직성이 풀릴 것 같았던 것이다. 이런 것을 타고난 기질이라 하였나?

시켜도 안 한다 할 판에 시키지 않는 신문을 만드는 일을 하는 것은 동료 교사들이 볼 때는 분명 어리석은 짓일 수도 있었다. 그렇지만, 명색 교사인데 이런저런 아무런 열정도 없이 주어진 업무만 처리하는 생활 태도로 살아간다면 그런 삶은 단순한 월급쟁이의 삶과 무엇이 다르겠는가? 그러고 보니 나는 어느 곳에서나 분장 업무도 아닌 별도의 학교일을 하느라고 바보처럼(?) 땀 흘려 온 적이 한두 번이 아니었다. 신문 발행 외에도 글씨를 잘 쓰고 그림을 잘 그린다는 이유로 학교 상급자들의 요청에 의해 내 업무가 아닌 수많은 기타의 일들을 맡아 수행하여 왔다. 컴퓨터가 없던 시대, 손으로 쓰고 그려야하는 각종 입시나 행사장의 안내문 입간판 쓰기, 졸업대장 쓰기, 상장 쓰기, 학교 현관이나 교장실 환경 꾸미기… 그런데 싫지는 않았다. 꼭 해야 할 일인데 안 하면 누가 할 것인가? 설혹 하고 싶지 않더라도 나는 이런 겨우, 매정하게 선을 그으며 거부하는 재주도 없었던 것이다.

h고에서, 수업 외 나의 분장업무는 진로 상담부였다.

나는 학생들의 올바른 가치관 형성은 매우 중요하다고 생각하였다. 올바른 가치관을 갖지 못한 학생에게 아무리 좋은 교육을 한들 무슨 소용이 있을까? 순수한 어린 학생들의 마음속에 가치관을 바르게 세워 줄 수 있다면 이것보다 더 중요한 일이 있을까?

나는 방학 때, 심성수련을 위한 교사 연수를 자청하여 4주간의 교육을 받았다. 이 연수를 받으면서 나는 심성교육의 필요성을 절실하게 느꼈다. 이후 학생들을 대상으로 교내 심성수련 과정을 개설하고 1학년 전체 학생에게 여름방학에 이 과정을 이수하도록 하였다. 시의 전 지역에서 심성수련 강사 10명을 초빙하여 학생들에게 심성수련 교육과정을 이수시키는, 작지 않은 행사였다. 학교 측의 주문이나 요구가 아닌 나의 자발적인 교육 사업(?)이었다. 나는 방학 내내 쉴 수 없었다. 물론 그 당시에는 시간 외 수당도 없을 때였다. 아무 보상도 없지만 교사로서 학생을 위해 교실 수업 외 무엇인가 기여하고 싶었던 것이었다.

승진으로 나아가자

교사로서, 출근 잘하여 학생들을 열심히 가르치면 봉급은 나올 것이니 (승진 같은) 딴생각 말고 가족들과 더불어 날마다 행복하게 사는 것이 가장 바람직한 것일까? 오늘날 말하는 '저녁 있는 삶'을 추구하면서 근무 시간에만 열심히 근무하고 퇴근 시간엔 칼 퇴근하여 날마다 가족들과 즐거운 시간을 보내면서. 아니면, 가족과의 이른바, '저녁이 있는 삶'이나 또는 '행복 추구'를 유예하고 자신의 발전을 위하여 많은 시간과 정력을 투자하면서, 동료들과 치열하게 경쟁하는 힘든 레이스에 뛰어들 것인가?

미래를 위한 자아의 발전, 혹은 현재의 행복 추구?

이 양자에 관한 고민은 가치관의 문제이기도 한바, 나는 그중 한 가지를 쉽게 선택할 수가 없었다. 나이는 바야흐로 40대 후반을 들어서고 있었다.

내 주변의 교사들 10여 명 중 7명 정도는 이미 30대부터 승진 준비를 하고 있었다. 이들, 아니 대부분 남자 교사들은 승진을 위하여 조금이라도 보탬이 된다면 서해 바다의 백령도나 휴전선 근방의 오지에도 서슴없이 달려가 근무하는 사람들이었다. 승진 제도 중에는 벽지 점수 가산점이 있는데 이것의 비중이 적지 않다 보니 벽지에 근무하고자 하는 사람들이 줄을 서 있어 벽지에 부임하는 것조차도 쉽지 않았다. 아니 대단히 어려웠다. 벽지라 해도 등급에 따라 배정되는 점수에도 차이가 있었다. 단시일에 벽지 점수를 많이 따기 위해서는 벽지 특a 지역, 즉 가장 먼 낙도(落島)나 최전방의 위험한 지역이라도 마다하지 않고 떠나야 된다. 이러한 지역을 원하는 사람이 많기 때문에 특a 지역도 한 곳에서 2년 이상 더 있을 수도 없다. 벽지 점수를 더 많이 따기 위해서는 또 다른 곳의 벽지를 찾아 이동하여야 하였다.

벽지 특a 지역 학교를 가기 위해서는 특a 지역 학교로 바로 갈 수 없고 그 학교가 소속된 군(郡)의 점수 없는 학교에 일단 발령을 받은 후, 특a 학교에 자리가 날 때까지 몇 년이든 대기하며 근무하여야 했다. 타 시군 전입자들보다 동일 군내(郡內) 이동이 우선순위이므로 일단, 벽지교가 포함되어 있는 구역의 (점수 없는)대기 학교에 들어가야 하는데 이것도 경쟁이 심하여 동일교 연속 7년의 근무 경력이 있어야 (그것도 운이 좋아야) 가능하였다. 보통 교사들은 동일한 학교에서 3~4년, 많아야 4~5년을 근무하였고 동일교 7년을 근무하는 교사들은 그리 많지 않았다. 인사규정상 동일교 5년이 만기이고 해당 학교에서 특별히 필요하여 학교장이 계속 근무를 원할 경우에만 동일교 6년이든 7년이 가능한 것. 동일교 7년 근무한 교사가 위에서 말한 바와 같이 점수 있는 벽지, 특a 학교를 가기 위해서 거쳐야 하는 예비학교 기간까지 포함하면 벽지에서 최소한 4~5년을 가족과 떨어져 살거나 전 가족이 벽지로 이주할 수밖에 없는 것이다. 벽지에 간 교사들 중에는 한창 초중고를 다니는 자녀들 때문에 이주는 못 하고 혼자 자취하는 교사들이 많았다. 퇴근 후, 무료한 시간이 많다 보니 자주 술을 마시게 되고 그러다가 알코올 중독 등 술로 인한 병이 생기거나 술로 인한 사고(事故)를 당하는 경우도 종종 있었다. 승진을 원하는 교사들은 이러한 어려움도 각오하여야 한다. 그럼에도 승진을 위하여 벽지를 지망하는 교사들이 줄을 서기 때문에 벽지 특a 학교 가는 것은 '하늘의 별 따기'인 실정이었다.

물론 승진을 위한 점수는 벽지 점수가 전부는 아니었다. 교직경력 점수, 부장 경력점수, 담임경력 점수, 연구 점수, 대학원 점수를 포함한 각종 연수 점수. 그리고 승진 대상자 명부 작성 시를 기준으로 최근 3년간의 근무성적이 등이 망라된다. 이 중에 '현장 연구' 점수는 연구 주제의 가설을 세워 1~2년간 교육 현장에 적용 후 논문을 작성하여 심사받는 것(연구 점수 고득점 획득을 위하여 수개년간 연구에 집념하는 교사들도 많음)이고 연수 점수는 교육을 주제로 한 각종 연수를 받은 후 상대평가로 얻은 점수 중 높은 것을 승진 점수로 쓰는 것이다. 이러한 연수(연수당 3~4주)를 받기 위하여 방학 중에 대학 등 각종 연수기관에 등록, 치열하게 공부한 후 시험을 치러야 한다. 각종 연수에서 상위 10% 이내(90점)에는 들어야 승진 점수로 사용할 수 있다.

앞서 열거한 각종 항목들의 점수가 어느 정도 찼을 무렵에는 근무성적 평가에서 전체 교사 중 1등, 또는 2등을 해야 한다. 개인이 취득한 점수가 아무리 많다 해도 근무평정에서 최상위 점수를 획득하지 못하면 아무 소용없게 되므로 해당자는 근평을 잘 받기 위한 불꽃 튀기는 근무 경쟁에 뛰어들지 않을 수 없다.

더러는 승진에 관심이 없는 사람도 소수 있을지도 모른다. 또 자신의 집안 사정이나 승진 요건 중 어느 한 부분에서 자신이 없어 승진을 포기하는 교사들도 있을 것이다. 하지만 직장인이 승진을 원하지 않는 사람이 몇이나 될까?

많은 교사들이 승진 대열에 뛰어든다. 승진을 못하였을 경우, 교직 후반 연로한 나이에도 젊은 교사들과 똑같은 양의 수업과 생활지도를 하여야 하는 노년교사로서의 업무적 부담, 그리고 무능한 모습으로 비춰질 자신의 미래가 염려되기도 할 것이다. 더구나 학생들도 나이든 교사가 교단에 서는 것을 싫어하는 경향이 많다.

나는 전임지 성남 s고에서 동일교 7년의 유리함으로 벽지에 갈 수 있는 기회 앞에서 고민하고 망설이다가 벽지를 포기하고 신도시 h고등학교에 부임한 것은 일단 승진을 보류, 또는 포기한 것과 마찬가지였다. 그러나 당장 백령도나 연평도를 향하는 배를 타는데 대한 망설임이었지 승진에 대한 희망을 아주 놓아버린 것은 아니었다.

1995년, h고등학교는 교육부지정 연구학교 과제를 수행하게 되었다. 연구학교 과업의 하나로 시행된 '새로운 교수-학습 방법 모색을 위한 수업 발표대회'에서 내가 대표 수업을 맡았다. oo도(道)의 국어과 관련 연구학교 교사들이 대거 방문하여 참관하는 수업 발표대회였다. 대표 수업자로 지정된 나는 말 그대로 교육부 지정 연구학교를 맡은 본교의 대표, 그리고 전체 교사의 대표로서 수업을 하는 것이다. 부담감에서 서로 맡지 않으려는 이 수업을 내가 맡은 것.

수업의 주제는 '쓰기'와 관련한 것이었다. 당시에는 아직 빔 프로젝터 같은 시설이 없던 시대여서 내가 사용한 주요 수업기기는 PPT였다. 소심했을까? 수업 발표 전날은 잠이 오지 않았다. 잠을 이루지 못하고 눈만 감을 채 누워 있다가 출근을 하였다. 이 수업에서 수업지도 우수교사

표창을 받으면 인사이동 시에 현임지 근무 7년에 해당하는 혜택을 받게 된다. 전임지 학교에서 현임교 경력 7년으로 벽지에 갈 수 있던 티켓을 버렸는데 이번에 (벽지를 포기하고 s고를 떠난 1년 만에) 벽지의 티켓을 거머쥘 수 있는 기회를 잡은 것이다. 부담되는 이 수업에 뛰어든 나의 심리는 무엇인가? 가슴속 밑바닥에는 아직도 승진을 포기하지 못한 미련이 웅크리고 있었던 것이다.

한 달쯤 후, 나는 1995학년도 수업지도 우수교사 수상을 알리는 통지를 받게 된다. 교육부 장관상을 받게 된 것이다.

대학원 졸업

전임지에서 입학했던 대학원을 h고 근무 기간 중 졸업할 수 있었다. 그런데 졸업 전, 외국어 시험이 문제였다. 국어교육 전공이었지만 외국어(영어)과목의 시험을 통과하여야 했던 것이다. 그런데 외국어 담당 교수가 소위 원리원칙주의자로 정평(?)이 나 있는 김oo 교수였는데 이 교수는 학생들에게 외국어 시험에서 시험 범위를 정해 주지도 않을 뿐만 아니라 만일 답안을 제대로 못 써 일정 점수에 미달하면 인정사정 볼 것 없이 낙제시켜 버린다는 것이다. 대학원내 교수들끼리도 대화와 타협이 안 되는 외골수라고 소문이 났던 터였다.

그는 외국어 시험의 출제 범위와 방식에 대하여 안내가 없었다. 세상에 무턱대고 공부하라는 법도 있는가? 출제 범위와 방식을 가르쳐 주기 않는 것이 원칙주의인가? 우리 국어교육 전공 대표와 일부 수강생이 서울 자택까지 찾아가 제발 시험 범위라도 가르쳐 줄 것을 간청하였으나 시원한 대답을 듣지 못하고 왔다. 겨우 힌트라는 것이, oo년도 모 외국 신문의 사설을 읽어 보랬다던가? 우리들은 시내의 큰 도서관에 찾아다니며 워싱턴 포스트, 뉴욕 타임즈, 월드 스트리트저널 등 외국 신문의 사설들을 학생들끼리 분담, 복사하여 다시 취합, 교재처럼 묶어 나누어 갖고 이것을 번역, 해석하는 등 갖은 고생을 한 끝에 몇 명을 제외하고 외국어 시험을 통과하였다. 그 까탈스러운 교수님은 학생들을 골탕 먹이기 위해 그랬던 것은 아니고 학점을 쉽게 따려 하는 풍조를 경계하기 위함이었을 것이다. 권위가 없는 허술한 대학들의 이야기이겠지만, 들리는 바에 따르면, 대학이 학생들로부터 등록금을 받고 학위를 엉터리로 주면서 이른바 '학위 장사'를 한다는 비판들이 없지 않았던 때였으므로 교수님의 태도를 나쁘다고 할 수만은 없었다.

나의 대학원 논문 주제는 '서정주 시의 감탄어(感歎語) 연구'였다. 구체적으로 '서정주 시에 나타난 감탄어의 표출구조(表出構造)'였다. 서정주 시 수백 편 중, 감탄어 부분을 추출하고 그 감탄어가 시에서 어떤 의미로 표출되는가를 분석, 연구한 것이었다.

일반적으로 독자들은 시를 쓰거나 감상함에 있어 감탄어의 역할에 대하여는 간과하는 수가 많다. 아니 그 감탄어가 표출하는 시적 의미를 느꼈다 하더라도 감탄어들의 다양한 의미와 역할, 그리고 표출 구조와 방식에 대해서는 말하는 사람이 없었고 또 이 부분을 정리하여 발표한 사람도 없었다. 나는 시에 나타나는 감탄어가 시적 의미의 형상화에 있어서 다양하게 표출되는 것에 주목하였다. 언어의 압축성과 상징성을 중요한 표현 방식으로 하는 시 장르에서 감탄어가 시적 언어로서 시심의 표출, 또는 표현에 있어 미묘하고 중요한 역할과 기능을 수행하고 있는 여러 가지 양상을 인식하였기 때문이었다. 나는 내 논문의 주제가 매우 흥미롭고 의미 있다고 스스로 평가하였다.

대학원 졸업하기 바로 전년도 1학기에 담당 교수는 학과 학생들 앞에서 각자의 논문 계획을 발표하도록 하였다. 주제를 발표한 후, 서론-본론-결론별로 구상을 요약하여 발표하는 것이었다. 이어서 학기말에 소강당에서 국어교육 전공 선배들(박사과정, 또는 학위 취득자), 국어교육학 전공 재학생들과 그리고 교수들이 모두 모인 가운데 정기 소논문 발표대회를 열었다. 논문 발표 후 발표자와 청중들 간의 토론과 질의응답 후 선배들 그리고 교수님들의 의견과 조언을 듣는다. 이 행사는 석사학위 논문의 질적 향상 제고를 위해 교원대학교 국어 전공학과에서 전통적으로 시행하는 학술행사였는데 참으로 의미 있고 바람직한 행사였다.

일부 대학원들이 졸업 직전까지 학생들의 지각 논문으로 소동을 벌이는 사례들이 있다 하는데 교원대학교 대학원의 학사 일정과 절차는 참으로 계획성 있고 합리적이었다. 근래 유명 정치인들이 인사청문회나 지자체 선거 후보로 나서서 학위논문 표절로 곤욕을 치르는 것을 많이 본다. 논문을 작성할 때 선행 연구자의 논문을 인용하지 않을 수는 없다. 그러나 인용한 부분은 반드시 정확하게 밝히고 출처, 즉 본인이 인용한 피인용 선행 연구자의 논문의 페이지와 인용한 문구가 있는 부분을 각주로 분명히 제시하여야 하는 것이다. 이 간단한 논문 작성의 상식을 벗어나 두루뭉술 남의 글을 무더기로 나열하고 인용 부분인지 아닌지 표시도 안 하여 아리송하게 만들어 버린다면 말이 되는가? 가관인 것은 일부 인사들이 이런 식의 기본을 안 지킨 논문으로 말썽이 되고 궁지에 몰리자 "그때는 그런 것(남의 글을 인용하고도 자기 글인 양 슬렁슬렁 넘어가는 것)이 관행이었다."고 우긴다. 장관이니 총리, 또는 유명 대학 교수를 하던 중 권부(權府)에 들어가 권력을 행사하던 사람, 지자체 시장을 하던 어떤 사람 등이 자신의 논문은 표절 덩어리이면서 남의 논문 표절을 신랄하게 비판하던 기가 막힌 내로남불… 행태가 이러하였으니 우리나라 대학들에는 논문 심사 시스템들이 과연 존재하기는 하는 것인가 의아하지 않을 수 없다.

나는 교육대학에서 학점 관리에 실패한 경험이 있었다. 그러나, 이후 다시 대학에 편입하여 졸업할 때까지 스스로 학점 및 학사 관리를 철저히 하는 것을 신조로 삼았다. 이것은 학보사 기자와 편집장을 한다는 핑계(?)로 학점 관리를 소홀히 하여 낭패를 본, 뼈저린 반성과 후회에서 비롯되었을 것이지만, 무엇보다도 중요한 요인은 중학교 때 교육감 상을 받으며 졸업한 내 자신에 대한 나의 신뢰가 바탕이 되었을 것이고 또한 고교와 교대에서의 실패에 대한 절치부심(切齒腐心)의 반성에서 비롯되었다고 생각한다.

나는 논어의 한 구절, '학이시습지 불역열호(學而時習之不亦說乎)'라는 말을 좋아했다. 이 세상에서 가장 보람 있고 행복한 것은 공부하는 일이라는 것을 믿었던 것이다. 믿음은 곧 정신이다. 이런 믿음이 없었다면 직장의 과중한 업무들 때문에 대학원 공부를 후순위로 제쳐놓았을 것이고 아마도 예비논문 발표도 못 하고 차일피일 끙끙대다가 논문 심사도 제때 받지 못해 학위 받는 것도, 졸업도 당해 연도에 하지 못하면서 여러해 동안 허둥대었을지도 모른다(학생들 중 사정은 있었겠지만 학위도, 졸업도 해당 연도에 못 하거나 아예 끝내지 못하는 사람들도 흔하게 볼 수 있었다).

나는 예비논문도 가장 먼저 통과하였고 논문 심사도 졸업 이전 해 11월, 담당 교수의 좋은 평가와 더불어 학과 동료들 중 맨 먼저 통과하였다. 참으로 기뻤다. 논문 통과의 기쁨도 컸지만 이것은, 고 2, 3학년 때와 교육 대학 시절, 여러 가지 잡다한 사정과 잡념 때문에 자신의 관리를 제대로 하지 못했던 비참하고 굴욕적이었던 불명예를 확실하게 만회한 내 나름, 인간승리의 기쁨이었다.

1995년 2월 20일, 교원대학교 종합 운동장에서는 교원대학교 졸업식 및 학위수여식이 있었다. 내가 대학원 재학 시 날마다 조깅하던 대운동장… 스탠드 중앙, 앞부분의 졸업생 석에 앉았다. 많은 졸업생 중 국어교육 전공 학과는 입학 때 9명 중 졸업은 7명이었던 듯싶다. 1줄로 앉았다. 내 바로 앞에는 서울에서 근무하는 김정현이 앉았다. 김정현은 교원대 초창기, 학부에서부터 입학하여 우리들과 대학원에서 만난 학생이다. 그녀가 입학하던 때, 즉 전두환 대통령은, 육사와 같은 정예 엘리트 교원 양성 기관으로서 교원대학교를 만들어야 한다는 야심찬 계획으로 교원대를 설립했다 하며 이리하여 전국의 수재들이 교원대에 지원하였는데 당시 입학생들의 학력은 서울대와 같은 수준이었다 한다. 그녀는 대학원에서 나이 많은 우리들과 동기동창이 되었고 당시 그녀의 나이는 아직 20대 후반이었다.

나의 졸업식 참석을 위해 시골에서 올라오신 큰형님 내외분, 매형과 누나, 그리고 아내… 감개무량! 시험에서부터 졸업에 이르기까지, 더구나 '학문에 목말라 하던' 내가 드디어 대학원 졸업을 이루었으니 하늘에 뜨는 무지개처럼 행복한 기분이어야 했다. 한데… 담담하였다. 행복한 순간에 임하여서는 그 순간, 방방 뜨지 못하는 나의 보수적 습성 때문이었나?

현장 연구를 하다

원론적으로, 교사를 하려면 끊임없이 연구를 하여야 한다. 교재 연구는 물론이지만 교사가 가급적 짧은 시간에 교육목표를 달성하기 위하여 효과적으로 교육할 수 있는 기술과 방법을 연구하는 것이 마땅하다. 물론 그때그때 지도안을 통하여 교수학습 방법을 구안하고 연구를 하겠지만 좀 더 깊이 있는 연구를 할 필요가 있다. 이런 취지로 교육 당국에서는 교원으로서 근무하는 동안 교육대나 사범대학, 또는 교사들에 대하여 각종 연수기관에서 현장교육과 관련한 연수의 기회를 제공하고 참여할 것을 권장한다. 그런데 실제로 현장교육 연구를 하는 교사들은 대부분 교감 승진을 준비하는 일부 중견교사들이다.

누구나 승진을 염원한다. 그런데, 연구 점수 없이 교감에 승진할 수 있는 사례는 매우 드물다. 승진 점수 중에는 연구점수의 비중이 크기 때문이다. 많은 교사들이 연구 점수의 관문에 막혀 승진을 못 하는 사례가 많다. 연구 방법을 모르니 이에 대한 공부를 해야 되었다. 그러나 교직 생활을 하는 중 차일피일 공부를 미루다가 연구를 못 하여(연구 점수를 확보하지 못하여) 결국 승진을 못 하고 평생 평교사로 교단에 서는 사람이 많다. 연구를 해 보지 않은 사람에게는 현장 연구가 쉽지 않다. 현장 연구는, 현장 연구에 대한 공부도 필요하지만 창의적 주제를 잡아서 현장에 적용, 그 결과를 정리하여 참신한 논문을 작성한 후 연구 논문으로 평가를 받아야 하는 것이다.

앞에서 말하였듯이 나는 승진을 위하여 벽지에서 근무하는 것은 일단 포기한 바 있지만, 승진을 위한 험로를 가느냐 평안한 생활을 위한 쉬운 길을 가느냐, 두 가지 길 중 하나의 선택을 놓고는 계속 고민을 하였던 것. 그러던 중, 어느 여름방학, 나는 드디어 현장 연구를 해 볼 마음을 먹게 된다. 연구를 시작하자.

"만일 이번 연구로서 점수를 획득하면 승진 쪽으로 나아가고, 일단 연구를 해 봐서 점수를 획득하지 못하면 승진 포기로 확실히 정하자."

양재동에 있는 교총(한국교원총연합회)회관 도서관에 갔다. 과거 현장 논문에 입상한 교원들의 논문이 있다는 소리를 들은 것이다. 여기서 최고 등급인 푸른 기장, 1등급 등의 역대 현장교육 연구 대회에서 입상한 연구 논문들을 열람할 수 있었다. 주제 일람표를 열람한 후, 마음에 드는 5~6편의 논문들을 복사해 가지고 왔다. 귀가한 후, 가지고 온 연구 논문 복사본을 정독하였다. 우수한 논문을 정독하다 보니 누구에게 논문 작성법을 배우지 않아도 될 것 같았다. 저절로 현장논문 작성 방법을 알 만하였다. 일반 논문과 달리 연구 주제의 적용을 통한 교육 효과의 성취를 위해서 교육 효과에 대한 가설을 설정하고 효과를 위한 실행계획을 세워 실행한 후 그 결과에 대한 검증하고 그 결과를 통계처리 함으로써 연구 주제의 교육적 적용이 현장교육에 효과가 있음을 증명하는 것이다.

나는 겨울방학 중에 논문 계획서를 oo도 교육연구원에 제출하였는데 그해 2월, 계획서 심사에서 합격하였다. 소재는 당시 새로운 교육의 패러다임으로 부각되어 교육개혁을 위한 주요 방안으로 설정, 시행되고 있던 '논술 교육'에 관한 것으로 잡았다. 주제는 '기사문의 분석-해체-복원을 통한 논술 교육의 방안'이었다. 나는 1년간 간간히 이 연구의 주제를 학생들 수업 중 '쓰기' 시간에 적용하면서 다음 해 1월, 현장교육 연구보고서를 교육 연구원에 제출하였다. 2월에 결과를 통지하는 공문이 왔는데 oo도(道) 1등급이었다. 연구 점수 0.5점을 획득한 것이다. 0.5점은 승진점수 환산 시 대학원을 졸업한 것으로 쳐 주는 점수의 절반이나 되며 벽지 특a 급지에서 1년간 근무한 점수와 같은 것이므로 적은 점수가 아니었다.

현장 연구 논문에서 득점을 올린 것을 계기로 나는 앞으로 승진의 길을 향하여 나아가는 것을 확고하게 결심하게 된다. 자신감과 가망성을 느낀 나는 다음 해에도 논술 지도와 관련한 현장 연구를 계속하여 또다시 1등급과 2등급을 추가하게 된다.

연구 점수 확보, 이것을 위해서는 별도로 현장교육 연구 분야의 공부를 해야 되며 연구의 주제도 창의적으로 설정하여야 하고 교육 현장에의 적응 가능성과 교육적 효과를 제고할 수 있는 참신한 것인지의 고민과 검토가 필요하다. 이와 같이 현장 연구라는 것이 녹록하지 않으니 '교육연구'는 누구나 쉽게 범접하지 못하는 부분이다. 나는 첫 시도에서 현장 연구의 두려움을 극복함으로써 낙타가 바늘구멍 뚫듯 어렵다는 승진의 길을 향하여 몇 걸음 나아갈 수 있게 되었다.

열화(熱火)와 같은 근무

시를 좋아하는 학생들에게 토요일 근무 시간 이후 나는 시간을 할애하여 학생들의 문학활동을 지도하였다. 한편으로 'oo진로 신문'이라는 학교 신문을 발행하였다. 학교 신문 발행은 내가 부임하는 학교에서마다 해 오던 일로서 내 나름, 학생들을 위한 봉사적 교육활동이었다.

재주가 많아서인가. 사람이 물렁해서인가, 나는 어느 학교에서든 학교 관리자(교장, 교감)분들은 정식 분장업무 외에 수많은 학교 일들을 나에게 부탁하였다함은 앞에서 말한 바와 같다. 이를테면 글씨를 잘 쓰니 졸업대장을 작성해 달라, 상장들을 써 달라(컴퓨터가 일반화되기 이전), 환경 게시물을 만들어 달라, 졸업식 때는 회고사를, 입학식 때는 축사를…. 새 학교에 이동하여 부임할 때마다 나는 새로 부임한 그 학교에서 다시, 일을 가장 많이 하는 몇 사람 중의 1인이 된다.

학교 운영위원회가 생긴 지 몇 년 되지 않았던 어느 해, 본교가 학교 운영위원회 시범학교로 지정되었고 1년 후, 시범학교 운영 결과 발표회를 하여야 했다. 학교 운영위원회는 교원, 학부모들, 지역사회 인사들과 함께 학교 운영을 논의하는 법적 기구였다.

학교 운영위원회 시범학교 발표회! 이런 주제의 발표회는 전무(前無)한 것이었다. 학교 관리자는 시범학교 발표회에서 무엇을 보여 줄 것인가 막연하여 고민하지 않을 수 없었다. 학교운영위원회 시범학교라는 것이 처음 시행된 것이기 때문이다. 발표회나 보고회 등 모든 행사가 이전에 시행한 방식과 내용을 바탕으로 계획, 새로움을 추가하면서 이루어지며 추후 거기서 다시 진일보(進一步)하여 발전하지 않는가.

교감은 나에게 발표회를 대비하여 뭔가 보여 줄 내용의 구안을 주문하였다. 나는 학교 운영위원회 담당자도 아니었고 학운위에 소속된 교사도 아니어서 막연할 밖에 없었다. 설혹 담당자라 하여도 뾰족한 수가 없을 것이었다. 답답하고 애매하고 곤란한 일이니 그 일감이 나에게 떨어졌을 것이다(나는 당시 승진을 바라보는 처지였으므로 근무 평가가 매우 중요하던 때여서 무엇이든 학교에서 부여하는 일은 기피할 수 없는 처지였음). 깜깜하고 답답하고 머리가 찌근찌근하였다. 그렇지만 못 하겠다 할 수도 없었다. 여느 교사라면 못 하겠다라고 말했을 것이다. 그러나 나는 그럴 처지가 아니다.

내가 받은 자료래야 단지 2개년간의 학운위 관련 공문철뿐이다. 공문을 보고나서야 학운위 성격이나 운영 목적을 알게 되었고 좋은 교육을 위하여 학운위가 해야 할 일이 무엇인가 하는 정도를 파악할 수 있을 뿐이었다. 학운위라는 것이 결국 지역 사회와 학부모, 교사와 학생이 민주적 소통을 통한 바람직한 교육을 하자는 것 아니겠는가?

나는 일에 착수하였다. 나는 학교 교육활동 중 외부에 널리 알려도 괜찮을, 본교만의 특색적인 교육활동의 모습을 담은 사진자료와 예화자료를 학교 교육 목표와 교육 방침별로 분류하였다. 분류한 자료들을 다시 교육 목표의 상위, 또는 하위 항목별로 체계를 세웠다. 이것을 딱딱하지 않고 아주 편하고 부드럽게, 마치 잡지식으로, 그러나 산뜻하고 품위 있게 책자로 발간하였다. 학부모와 교사가 연간 교육 계획 단계부터 협의하고 참여할 뿐 아니라 각종 행사와 교육활동에 학부모들이 직접 참여한 자료들과 학교 문화와 학력의 발전상을 화보와 함께 제시하면서 학운위의 활성화로 학교 교육이 좋아지고 있다는 요지로 책자를 편집하였다. h고등학교 학교운영위원회지(學校運營委員會誌) 'h고등학교 학교운영위원회'!

좋았다. 아마도 우리나라 학교운영위원회사(學校運營委員史)에 최초로 발간된 '학운위지(學運委誌)'가 아닌가 한다.

한편, 1999년도 2월, 교육부는 각급 학교에 목표 관리제를 도입하여 학교를 운영하라는 지침이 내려왔다. 목표 관리제란 기업에서, 각 부서가 기업의 목표를 실천하기 위한 부서의 목표와 전략을 설정, 실천하여 성과를 계량화, 수치화함으로써 목표 달성을 촉진하고 연말에 목표 달성여부를 파악하기 위한 제도였다. 종래의 대충, 두루뭉술한 학교 운영이 아닌 기업식으로 학교를 경영하라는 것이었다. 그런데 신년도 교육계획이 수립되어 이미 교육계획서가 인쇄되어야 할 시기였는데 갑자기 교육부의 생소한 지침이 떨어져 학교들은 발칵 뒤집혔다.

목표 관리제에 의하면 학교 구성원들마다 1년간 수행하여 온 교육 실적이 그대로 드러나게 되는 것이어서 관리자뿐 아니라 교사들도 긴장하였다. 그간 학교 교육은 교과 지도 이외의 교육활동에 있어서 목표를 얼마만큼 성취했는지 측정한 적도, 측정할 기준이나 기구도 없었던 것이다.

공공 기관에서 하는 모든 일은 목표가 있어야 하고 목표가 얼마나 이루어졌는가를 측정해야 한다는 것은 맞는 말이다. 그러나 교과 성적의 수치는 시험으로써 드러나지만, 학교에서 교과 아닌 각종 교육활동의 목표 성취에 대하여 계량화, 수치화를 한다는 것은 막연할 수밖에 없다. 어쨌든 학교 관리자를 포함하여 전 교사들도 목표 관리 방식에 의거하여 상부의 평가를 받는다 하니 모두들 긴장하였고 불안해하는 기색이 역력하였다.

우선, 종전의 학교 교육계획서와 전혀 다른, 목표 관리식 교육 계획서를 어떻게 만드느냐 하는 것이 문제였다. 학교 평가, 교사 평가는 물론 교장·교감 당사자들도 평가를 받아야 되는 제도였으니 이 생소한 업무의 계획 자체가 엉성하면 안 될 터, 이 일을 놓고 교장과 교감도 고민이 많았을 것이다. 소관 부서는 당연, 연구부였다. 연구부장이 교감과 의논하여 초안을 만들어야 할 일이다. 그런데 이 일이 나에게 떨어졌다. 막중하고 힘든 이 일이 왜 나에게 떨어졌을까? 부장들이나 교사들도 의아해 하였다. 연구부 업무의 90% 정도가 학교 교육계획의 수립과 계획의 추진이다. 교육 계획서가 목표 관리제로 대체된 지금 목표 관리 계획과 추진의 거의 전부가 연구부 소관인데 이것을 타부서 사람인 내가 한다? 이것은 연구부 업무의 거의 전부를 내게 이관하는 것과 마찬가지였다. 연구부에서는 차년도 학교교육계획을 전년도 11월부터 2~3개월 걸쳐서 겨우 수립하는 형편이었는데 나에게 3월, 갑자기 (듣도 보지도 못했던) 본교 목표 관리 시행 계획서를 3월 20일까지 제출하라는 명이 떨어졌던 것. 나는 당연히, 그건 내 업무가 아니라는 한마디로 거절할 수도 있는 것이었다. 그러나 나는 이미 승진하는 방향으로 나아갈 것을 결정하지 않았는가? 내가 맡은 진로 상담부, 이 부서도 일을 제대로 하자면 가장 바쁜 곳일 수 있지만 진로 상담부는 일반적으로 주요 부서가 아닌, 한직으로 인식을 하는 곳이었으니 나는 '승진'이라는 목줄에 매인 처지로서는 무엇이든 일감을 찾아서 해야 할 형편이었다. 이런 골치 아프고 부담되는 일이 떨어지면 누구라도 못 한다 하였을 것이다. 실제로 아무도 할 만한 사람이 없었다. 일을 맡아야 할 사람에게는 엄청 무거운 멍에를 씌우는 것이 되지만, 어쩌면 교장 교감이 그 일을 나에게 주어야만 해결이 가능하다고 보았을지도 모른다.

이리하여 나는 3월 초, 그날부터 죽음의 행군길에 나서게 된다. "주 부장. 수고 좀 해 줘."라는 말을 남기고 모두들 나가 버린 빈 교무실… 때로는 교장 교감과 부장들이 시끌벅적 회식을 하고 여흥을 즐기는 시간에도 나는 빈 교무실에서 목표 관리의 각 부문의 계획서 작성을 위한 문서들과 싸워야 했고 한편으로 수업이나 보충 수업, 그리고 교재연구나 각종 잡무도 안 할 수 없었으니 나는 거의 매일, 밤 12시나 되어야 퇴근을 하였다. 시간의 여유가 있는 것도 아니었다. 자료가 충분한 것도 아니었다. 머리에 쥐가 난다더니 과연 어느 날, 실제로 나는 머리에 쥐가 나버리고 말았다. 밤 10시쯤인가, 눈으로 서류는 보이지만 읽을 글자가 왔다 갔다 계속 눈에서 맴돌 뿐, 아무리 생각해도 머릿속은 백지 상태 같아 아무 생각도 나지 않고 생각이 진전되지도 않으며 두뇌의 작동이 멈춰선 것처럼 멍해지는 것이 아닌가?

1999학년도 h고등학교 교육목표 관리제

전략목표 1, 자율적 학교 운영을 위한 공동체 구축

전략목표 2, 실천 위주의 인성교육

전략목표 3, 개성과 창의성 신장교육

전략목표 4, 토론문화 형성을 통한 민주시민 교육

전략목표 5, 교원의 전문성, 책무성 제고……

위의 각 목표에 대하여 목표별 목표의 개념, 추진 계획, 문제점 및 대책, 목표 달성 효과….

그리고 전략 목표 아래 중점목표가 각각 5~10개 정도, 중점 목표 아래 기본 목표가 약 5개 내외… 그리고 이런 내용을 일목요연하게 일람(一覽)할 수 있는 중점 및 기본목표 관리 종합 목록을 작성한다….

아래에서부터 말하면 교육계획상 하위 단위인 기본 목표가 각 부서별 총합 200여 개가 나온다.

기본목표는 → 중점목표별로 분류·포괄되며 → 중점 목표는 전략목표별로 분류·포괄된다. 상, 중, 하 개념의 목표가 피라미드형으로 그물코같이 체계화되어 엮이는데 단위 기본 목표마다 책임 교사들까지 지정, 명시된다. 물론 기본 목표마다 업무 추진 실적을 계량화, 수치화할 수 있도록 하였다.

200여 가지의 교육활동을 총체적으로 체계화하여 일람표를 작성한 후 10개 부서별, 또 부서내의 개인별로 일목요연하게 체계화하였으며 각 부서의 기본목표별 교육활동 계획은 별도의 부서별 추진실적 기록부에서 방침, 추진계획, 실적, 문제점 및 대책별로 상세화, 구체화하도록 하였다.

목표 관리 제도가 교육 현장에서 적절 또는 부적절하다는 논란은 계속되었으나 어쨌든 나는 목표 관리제의 취지를 살린 가장 적절하고 명쾌한 계획을 수립하였다. 이렇게 수 주일간 계획을 수립, 작성하고 피와 눈물이 나는 노력으로 각 부서장(부장)들의 협조를 받으며 추진하고 있었으나 교육부에서는 뒤늦게 목표 관리제가 교육 현장에서는 무리하다고 자성(自省)하였는지, 아니면 어떤 비판과 원성에 직면했는지는 모르겠으나 처음에는 추상같던 독려가 서서히 유야무야되는 분위기였다. 그럼에도 우리 h고등학교에서는 2000년 12월, 'h고등학교 단위목표 관리제 교육활동 실적 보고서'를 단행본 책자로 훌륭하게 발간하였다. 공문서처럼 딱딱하지 않게 여러 면의 컬러 화보까지 넣으며 괜찮은 월간 잡지처럼.

이oo 교장선생님은 당년 12월, 교육계획 실천 보고서라는 공문과 함께 이 책자를 경기도 교육청 담당 장학관에게 전해 주라고 특별히 나에게 지시하였다(맥 빠진 사업이 되었으나 나의 손으로 직접 교육청에 가지고 가게 한 것은 계획을 수립하고 추진하였으며 그 결과물을 도출, 보고서를 작성하기까지 고생한 당신을 기억한다는 뜻을 암시하는 배려였던 것 같았다). 나는 나의 피땀 어린 작품(?)을 도교육청 장학관에게 전하였다. 장학관은 무덤덤한 표정으로 이 책자를 받아 자신의 책상 위에 놓았다. (이미 상부의 철회로 김이 빠진 정책인데) 뭐 이렇게 대단하게 만들어 왔냐는 듯.

근평(勤評) 경쟁

승진을 위해서, 전임지 근무 시절 동일교 7년의 근무경력으로 서해 5도 같은 가산점수 높은 벽지에 갈 수 있었음에도 벽지를 포기한 대신, h고등학교로 부임한 후, 장학지도 우수교사 표창을 받아 또다시 벽지에 갈 수 있는 여지를 만들었다함을 앞에서 말한 바 있다. 장학지도 우수교사 표창을 받은 교사에게는 현임지 근무 경력을 2배로 가산해 주는 혜택이 있었던 것이다. 만일 h고등학교 7년 차에 벽지 가산점이 있는 파주군을 가고자 할 때, 7년 경력은 14년이 되므로 일단 벽지 지역으로 분류되는 파주군 내에 (벽지 점수가 없는 학교에) 진입할 수는 있다. 그러나 그 군내(郡內)에서 점수 있는 학교에 발령받으려면 벽지 점수가 없는 군내의 그 학교에서 다시 2~3년을 대기하여야 겨우 가산점이 있는 벽지학교로 들어갈 수 있으니 파주군에 진입한다 해도 벽지 점수를 확보하기 위해서는 도합 4~5년이 필요한 것이 된다. 점수 있는 학교에 들어가서도 최소 2년은 근무하며 점수를 따야 되기 때문.

인사이동 혜택을 주는 종합 장학지도 우수교사 표창을 어렵게 받았지만 벽지 점수를 얻기 위해 최전방으로 가야 하는 것인가에 대해서 또 머뭇거릴 수밖에 없었다. 설혹 운이 좋아 가산점 있는 학교에 진입하여 벽지 점수를 획득한다 하여도 이번엔 승진 점수 중 가장 비중이 큰 근무평정에서 1등을 받아야 하는 관문이 또 남게 되는 것이다.

그런데, h고에서 5년쯤 되었던가? 여기 근무 중 대학원을 졸업하게 되었고 교육부 지정 연구학교를 2년간 수행하게 되었으며(이것도 연구학교 경력점수로서 가산점이 됨) 같은 시기, 현장 연구를 수행하여 연구 점수도 확보하게 되었다. 상담교사 자격 연수에서도 90점 이상 확보하게 된데다 일반 연수 점수도 94점을 얻은 것이 있었다. (그동안 여러 번 받은 연수 점수 중 가장 잘 받은 점수를 쓰게 되는데 각종 연수들이 상대평가여서 90점 이상을 얻기가 쉽지 않았다.) 이렇게 한 가지, 두 가지 점수를 모아 보니 근무평정 점수를 제외한, 나의 승진점수가 113점에 이르는 것 아닌가? 근무 평정에서 1등(80점 만점)을 받는다면 총 193점으로 벽지 경력점수가 없다 하더라도 교감승진 연수 대상자로 차출될 가망성이 있게 된 것이었다(교감 연수 차출 가능 점수는 180점 이상). 벽지가 많은 경기도에서는 벽지 점수를 확보한 교감 승진 대기자들이 많아 벽지 점수를 능가할 여타의 점수를 확보하기가 어려워 벽지 근무를 거치지 않고 교감에 승진하는 경우는 매우 희박한 실정이었는데 나는 교육연구에서 확보한 점수, 1급 정교사 자격연수 점수, 일반 연수 점수와 부장 경력 점수, 연구학교 근무 경력 점수 등으로 교감 연수 대상자에 근접한 것이었다. 와! 벽지를 거치지 않고도 승진의 길이 보이게 된 것이다. 일신상 매우 중요하고 어려운 관문을 통과할 수 있게 된 것이었다.

이제는 관리자(교장, 교감)가 부여하는 근무평정이 문제였다.

근무평정 점수 획득의 유·불리는 반드시 분장 업무별 부장 서열에 따라 좌우되는 건 아니다. 부장 서열이 법전에 명시된 것은 아닐 듯하지만, 일반적으로 업무별 서열을 교무부장, 연구부장, 생활지도부장…의 순서로 인식하고 있는 형편이었다. 그러나 대부분 학교에서 관리자들은 (근무를 충실히 하는 것을 전제로,) 교사 개인이 취득한 점수가 승진에 가망성 있게 근접한 교사에게 점수를 최우선으로 부여하는 것이 관행이었다.

그런데 내가 이 학교에 부임하니 주요 부장인 교무, 연구부장은 맡은 사람이 따로 있었고 그들은 계속하여 연임하고 있는 중이었다. 교무부장은 여타 가산점이 턱없이 부족하여 승진 대상에서 열외라 하더라도 연구부장 박숙제는 당시 본인이 확보한 점수로는 승진 대상자 반열에 낄 수 없는 형편이었으나 근평 점수에 욕심을 내었다. 나의 경쟁자가 된 것이다. 나와 같은 국어과, 나이도 비슷….

승진을 앞둔 사람들이 치열하게 경쟁해야 되는 것은 어느 직종에서나 다를 바 없을 것이다. 나 역시 승진의 반열에 오른 이 시기를 전후하여, 수년간 핏줄 터지리만큼 고통을 겪어 왔지만 지면을 통하여 상세히 기술하는 것은 생략하겠다. 다만 앞에서 말한 대로 주요 부서로 인식되는 곳은 내가 부임 전, 이미 딴 사람이 맡아버렸기에 나는 한직으로 인식되는 부서를 맡아 기울어진 운동장에서 싸워야 했고 그러하기에 고통이 더욱 클 수밖에 없었다. 이 구구절절했던 이야기는 내 인생의 기록(자서전)에 올라야만 할 비중 있는 것이지만 굳이 이 부분은 기록을 생략하려 한다. 다만, 한직으로 인식되는 진로 상담부를 맡았음으로 인하여 학교에서 발생하는 무엇이든, 즉 고난도의 두뇌를 써야 하는 골치 아픈 일, 많은 시간과 노력이 필요한 일, 누구나 피하고 꺼리는 일 등, 나는 가리지 않고 위에서 주는 대로 또는 자발적으로 맡아서 해야 했으며, 맡은 일을 대충 처리가 아닌 완벽에 이를 만큼, 부각되도록 완수해야만 하는 고달픈 생활을 감내할 수밖에 없었다. 이 참절비절한 일들을 글 몇 줄로 표현할 수 있겠는가? 예를 들면, 앞서 서술한 바와 같이 목표 관리제 운영은 교육 전반에 걸친 교육의 실천 계획이면서 학교에 최초로 적용되는 교육 실적 관리 방식인 바, 이 업무는 성격상 연구부 소관이며 연구부장이 전적으로 책임, 추진해야 하는 사업이었음에도 내가 떠맡아야 했던 것이 그 예(例)다.

또, 1998년이었던가, 교육계획 실천 우수학교 평가에 임하여 1년간에 걸친 교육활동을 분석하고 그 실적과 효과를 체계화한 수백 종(種)의 사진 등 각종 증빙자료, 또 이것을 바탕으로 책자로 만든 보고서와 함께 제출하는 것 역시 연구부의 명백한 소관이었음에도 이 업무 역시 내가 맡아서 수행하였다. 나는 비록 타부서(연구부)의 일이었지만 이 일을 받아서 약 2주일에 걸친 야간작업과 때로는 밤샘도 여러 번 하였던 것이다. 교육계획 전체를 구조화하고 체계화한 후, 실천 내용을 각종 사진자료를 입수하여 소개하였다. 연중 이루어진 교육활동을 누군가 촬영하였다 해도 그것을 한 군데에 보관한 것이 아니었다. 이 사람 저 사람, 그리고 학교 사진관이나 각 부서를 뛰어다니며 구하고 찾아내어야 하였다. 설혹 관련 있는 사진이라 하여 아무거나 턱턱 붙이는 것이 아니다. 사진 한 장 한 장 눈에 쏙쏙 들어오는 특종들을 찾아 붙여야 한다. 감각과 조예(造詣)도 필요하다. 내가 수일간 밤샘 작업으로 만든 교육계획 실천 보고 자료집이 멋진 작품처럼 정리 되어 교육청에 보내졌고 이것이 최우수상을 받았으며 그 보상으로 학교는 적지 않은 학교 교육활동 지원비를 받은 것으로 기억된다.

이런 일도 있었다.

학교 1층 현관 옆에는 대변기 소변기가 각각 10개 정도가 있는 대형 화장실이 있었다. 그때만 해도 화장실을 포함한 교내 모든 청소는 교사의 지도 아래 학생들이 하고 있던 시대였다.

1층 화장실은 전교직원뿐 아니라 외부 손님들이 사용하던 화장실이었는데 학생들이 전날 밤, 자율학습 시간에 그 화장실을 사용하니 아침에 보면 늘 불결할 수밖에 없었다. 교사 중 화장실별 청소 책임자가 있지만 교사들은 학생에게만 맡겨둔 채 관리를 소홀히하고 학생들은 대충 하는 척하다 가 버리고… 그 화장실이 청결하기는 불가능한 일이었다. 교장선생님이 중앙현관의 이 화장실이 불결함에 골치를 썩이고 있던 중 부장회의에서

"누가 좀 맡아 책임져 주어야 하겠소."

라고 말하였다. 아무도 나서는 사람이 없었다. 잠시의 시간이 흘렀다.

"제가 하겠습니다."

나는 이 골치 아픈 곳의 청소를 책임지겠노라고 스스로 나섰다. 학생들은 바빴고 매번 바쁜 그 아이들을 끌어다가 시키는 일 자체가 더 큰 일이었다. 내가 스스로 그곳의 청소를 하였다. 3년간을 아침, 저녁으로 완벽하게 청소하였다. 책임진다 하였으니 책임을 졌던 것이다.

또 한 가지 에피소드.

부장은 제외시키고 평교사만 주번을 시키는 데 대하여 평교사들이 불평이 많았던 모양이다.

교장선생님은 어느 날 부장회의에서,

"부장들도 주번활동에 동참하여야 되는 것 아니냐?"고 제안하였다. 부장도 주번을 맡을 경우, 한 학기에 1주일 정도의 주번활동이 부장들에게 돌아가는 것이다. 부장은 부장대로 수업 들어가는 일 외에 부장 업무가 막중한데 주번까지 맡아야 하느냐하는 불만을 하던 터였다.

나는 생각했다. 부장이 부장 고유의 업무가 있다하지만 하려는 마음만 있으면 못 할 일이 무언가? 그러나 회의 중 불쑥 내가 하겠다고 나설 수는 없었다. 부장회의 끝난 후, 나는 교감에게 말하였다.

"제가 혼자 1년간 주번교사를 하겠습니다."

교감은 깜짝 놀란다.

"다들 1년에 1주일도 싫어하는 주번교사를 1년간이나 맡겠다고?"

교감은 교장께 나의 제안을 전한 모양이었다. 나는 3월부터 매일 7시 10분까지, 다른 교사들보다 무려 1시간을 일찍 출근하여 주번 학생들을 인솔하고 운동장이며 교문·후문 앞, 건물 뒷마당 등 전교의 청소 취약 지역을 말끔하게 청소하였다. 1주일도 아니고 2개월, 3개월… 1년. 나는 혹시 병이라도 생기면 어쩌나 걱정하였는데 이것은 몸이 아플까 하는 걱정이 아니고 내가 혹 결근이라도 하여 주번 수행 역할에 차질이라도 생기지 않을까 하는 걱정이었다.

교감 연수

2000년 3월, 교육청에서 2000년도 교감 연수 대상자 명단을 발표하였다. 본교에서는 나와 박숙제 부장교사가 올라있었다. 나는 드디어 교감으로 승진되는 것이다. 모든 교사, 아니 세상의 모든 직장인이 승진에 목매지 않는 사람이 있을까? 아무리 미화하려 해도 직장 자체가 경쟁사회의 압축판으로서 거기에는 위계와 서열이 있음에, 나이는 들어가고 세월이 가는데 승진을 못 하면 동료는 물론 학부모, 학생, 심지어 가족에게까지 자칫 무능인으로 인식되기 십상. 자존심으로 사는 인간으로서 때가 되었는데도 승진을 못 한다면 그에 따른 자괴감은 이만저만한 고통이 아닐 것이다. 이것을 누가 부정할 수 있겠는가? 정년이 4~5년이나 남았는데도 사표를 내는 사람들, 이들이 사표를 낼 수밖에 없는 이유를 생각해 본다면, (나름대로 여러 가지 사정이나 계획이 있는 사람도 있을 것이지만) 대부분은 승진을 못 한 것이 주요 원인이었음을 짐작할 수 있다. 이런 점에서 보더라도 교감으로의 승진은 교직 생활에서 가장 큰 경사요 축복이라고 아니할 수 없다. 더구나 교직에는 승진이란 것이 교감, 교장의 두 단계밖에 없는바, 더 말해 무엇 하겠는가?

간혹 낙도 학생들을 위해서, 또는 접적 지역 교육에의 봉사를 위해서 자청하여 오지에 지망하는 교사들도 없지 않겠지만 대부분 교사들이 일찍이 30대부터 가정에서의 안일과 평안함을 버리고 수백 리 바다 건너의 낙도에, 또는 인적도 드문 휴전선 근처의 오지 학교에까지 단신으로, 또는 가족을 데리고 부임하여 5년 또는 10여 년을 이리저리 옮겨 다니며 피난살이 같은 외지 생활을 하는 것이 솔직히 말하면 거의 승진을 위한 처절한 유랑이 아니던가.

우연인가 다행인가? 나는 승진 시 점수의 비중이 큰 벽지학교에서 근무 경력 1개월도 없이, 승진의 문턱에 올라올 수 있었다. 승진한 교사들 80~90% 이상이 거의 거쳐 온 벽지, 비중 큰 벽지 점수를 나는 연구점수와 연구학교 점수로 커버하였던 것이다.

교육청에서는 일단 승진 대상자들에 대하여 교사 개인별로 획득한 점수로 도내 중등교사 전체의 순위를 매긴다. 일반 연수, 자격 연수, 표창 점수, 연구학교 점수, 연구 점수(대학원 학위 점수 포함), 벽지 경력 점수, 담임 경력 및 부장경력 점수 등이다. 이것이 총 120점 만점. 여기에 최근 3년간의 근무 평정 점수 80점 만점 중에서 본인이 얻은 점수가 합산된다. 학생들 교육은 교육대로 잘하면서 한편으로, 연구학교 추진을 위한 참여와 기여, 상대평가인 교원 연수에서의 득점, 자격 연수 점수, 그리고 일반 연수 점수…. 이 모든 것을 이룸에 있어 한 가지 한 가지 뼈를 깎는 고생과 땀방울이 어려 있지 않은 것 있을까?

내가 교감 연수 대상자로 지정된 일은 내 인생에 있어 중요한 사건으로 생각되었는데 이것을 나의 '인간 승리의 6대 쾌거'의 하나라고 표현하고 싶다. 중학교 차석 합격, 대학 합격 및 편입, 대학원 합격, 교감 승진, 신설교 교장으로 승진 취임, 그리고 교장 재직 시 최상위권 명문교 성취….

독자는, 그깟 나라를 뒤흔든 일도 아닌데 무슨 대단한 것이냐고 물을 수도 있다. 그럴 수도 있겠다. 그러나, 사람은 누구나 하고자 하는 무엇을 추구함에 있어 추구하는 것에 대한 가치는 오직 자신이 열망하는 것에 대한 자신만의 기대치와 만족 여부에 있는 것, 그러므로 객관적으로는 각자 개인들이 추구하는 일에 있어 크거나 작거나, 귀하거나 또는 덜 귀함의 가치와 의미는 다르겠지만, 어쨌든 개인에게 있어 가장 의미 있고 가치 있는 것은 자신이 열망하는 바를 애써서 이루어 내었을 때의 성취감과 성공의 기쁨이 아니겠는가?

이런 관점에서 나는 위와 같은 어려움을 극복하고 교감 연수 대상자로 차출되게 된 나의 개인적 성취를 매우 귀하고 소중하게 생각한다. 대통령이 되어 오천 만 국민에게 고통을 주고 나라를 망치게 하는 사람도 있지만 일개 동사무소 직원이 관내 몇 만 명의 시민을 위하여 고귀하고 위대한 일을 얼마든지 이룰 수 있는바, 그 가치의 우열은 대통령이 한 일이라 하여 일반인의 그것보다 반드시 낫다 할 수 없는 것과 같다.

(나의 입장에서)나를 힘들게 했던 박숙제 부장(박 부장은 근무평가 1위를 놓고 이미 직장 내에서 나와 이른바, 라이벌 관계가 되었다.)은 연구학교 당시만 해도 승진 가망성에서는 나와 비교도 안 되었다. 그때까지는 취득한 점수가 약했던 것이다. 그런데 바로 전년도, 무슨 감춰두었던 비방(秘方)을 구사하였는지 단번에 푸른 기장을 받아왔다. 푸른 기장은 전국 단위 연구에서 해당 분야에서 최고 등급자에게 부여하는 인증으로서, 도 단위 개인 연구에서 1등급을 4번이나 받아야 되는 것과 같은 비중의 급수가 된다. 즉 전국대회 1등급으로서 승진 점수 1점에 해당되는 것이다. 대부분

사람들은 수년간에 걸쳐 도내 3등급(0.125점), 2등급(0.25점), 또는 1등급(0.5점) 등등을 모아서 연구 점수를 채우는 실정이었다. 작년까지 만해도 가망도 없던 박이 이것 한 방으로 단박 교감 연수 대상자가 될 수 있었던 것. 이리하여 우리 학교에서는 나와 박숙제 선생, 2명이 동시에 교감 연수를 받게 되었다.

교감 연수를 받으러 파주의 율곡 연수원에 들어왔다. 성남에서 승용차로 올림픽 대로를 달려 계속하여 김포공항 방면으로, 이어서 행주대교를 건너고 통일로를 달려 북한이 강 건너에 보이는 임진강 어구를 지나 문산 방면, 그리고 약간 으스스한 북쪽 지역 문산에서 우측으로 꺾어 들어가면 율곡 연수원이 있다. 연수원까지 가는 길은 멀었지만, 그 먼 길을 달려가는 긴 시간이 싫지 않았다. 오히려 이 길을 달려갈 수 있게 된 것이 감개무량하고 행복할 뿐이었다.

평교사 때, 간혹 일반연수를 받으러 이곳에 오는 적이 있었다. 그때 여기서, 연수를 받는 예비 교감 또는 예비 교장들을 볼 수 있었는데 그들이 얼마나 부러웠던가.

개소식이 끝나자마자 첫 시간은 오픈 북 논술 시험이었다. 율곡 교육연수원에서는 입소 전에 이미 5개의 논술 예상 주제를 공문으로 보내준 바 있다. 그중 3개 정도는 여기 오기 전에 논술문 형식으로 미리 작성해 보았다. 여기저기서 관련 자료를 찾아 5개의 논술문을 모두 작성해 보아야 했으나 시간이 부족하였다. 나머지 2개는 자료만 찾아 중요한 부분에 밑줄을 그으며 읽어만 보았다.

그런데 막상, 논제 2개가 문제로 제시되었고 그중 1개는 내가 작성해 보지 않은 것이 아닌가! 나는 교감 연수 첫 시간인 논술 시험부터 펀치를 한 방 먹은 권투 선수처럼 당황하지 않을 수 없었다. 90분간 2개의 논제를 작성하는 것이었는데 가지고 간 참고 자료는 책자 2~3권을 포함하여 유인물 10여 편이나 되었지만, 가로 줄만 그어 준 B4 사이즈의 시험지 앞뒤를 꽉 채우는 것은 쉽지 않았다. 아무 글이나 무턱대고 베낀다 해도 시험지 앞뒤를 채우는 것 자체가 시간상 녹녹한 건 아니다. 분량은 물론 채워야 할 것이고 주제에 부합되는 내용을 서론, 본론, 결론 또는 기승전결의 구조로써 논리적으로 풀어나가야 할 것이며 필체 또한 수려해야 좋을 것이었다. 그러나 2개 중 1개가 사전에 작성해 보지 않았던 생소한 논제인바, 가지고 온 자료 중에서 이것의 주제에 맞는 내용과 논거를 찾는 데만도 20분 이상 걸리다 보니 글씨를 쓰는 손은 떨렸고 땀은 뚝뚝 떨어졌다. 마치 전에 교원대 대학원 시험장에서 시험 답안 작성할 때, 겨울인데도 땀방울이 뚝뚝 떨어졌던 때의 판박이였다. 시간은 부족하고 지면은 까마득한데 손가락 끄트머리는 시큰거리고 아프다. 지옥이 따로 없었다. 끝 종이 울렸을 때, 2개의 답안 중 한 개는 그런대로 괜찮은 듯하였으나 나머지 한 문제는 지면을 1/2만 겨우 채운 채 펜을 놓아야 하였다. 절망감이 몰려들었다. 연수를 포기하고 싶은 생각마저 들었다. 채점이 어떻게 될지는 모르지만 첫날의 낭패로 교감 연수 대상자로 차출되었던 행복감은 하루 만에 무너지는 듯하였다.

나는 전공이 국어·국문학에 국어 교사다. 또 일찍이 다른 과목 교사들보다 글을 많이 써왔을 것이고 작품 발표도 많이 해온 편이며 경기도교육청에서 수년간 독서-논술교육 연구회 회원으로 활동하여 왔다. 그뿐인가? 논술을 주제로 한 현장 연구 논문을 3차례나 제출하여 연구 점수를 확보한 터인데 교감 연수에서 논술 시험에 실패하다니 낭패감은 정말로 뼈가 저릴 정도였다. 그러나 어쩌랴. 나는 첫 시간 논술 시험 실패의 쓰라림을 억누르며 학과 강의를 열심히 들을 수밖에. 강사들의 말을 하나라도 놓칠세라 교재 여백에 빼곡하게, 깨알같이 메모하면서. 그러다 보니 나는 강의실 주변의 연수생들에게 내가 공부를 꽤 열심히 하는 사람으로 인식되고 있었던 듯하다.

그런데 나는 스스로 나의 듣기 능력을 의심했다. 이해력도 뒤지는 것 같았다. 어릴 적부터 수업 시간에 남들은 다 알아들었는데 나만 못 알아들은 것 같아 스스로 나를 의심한 적이 많았고 강사의 설명을 이해하지 못하여 답답한 채 넘어가는 수가 많았다. 혹시 남들은 그들도 모르면서도 다 아는 척하고 있는 것은 아닐 텐데…. 여하튼 나는 최선을 다해 보기로 결심하였다. 복습할 수 있는 시간은 저녁식사 후부터 잠자기 전뿐이다. 연수생들은 저녁 식사 후, 숙소에 들러 샤워를 하고 커피를 마시고… 그러다 보면 복습을 못 하고 침대에 누워 있다가 잠드는 것을 반복하는 사람들도 있다. 나는 식사 후, 숙소로 들어가지 않고 곧바로 도서관으로 향하였다. 그곳에서 2~3시간 공부한 연후에 숙소로 돌아오는 것이다. 선(先) 공부, 후(後) 휴식이었다.

연수 기간에 2회의 시험이 있었다. 5지 선다형 상대평가였다. 시험 후, 삼삼오오 모여 서로 답을 맞춰 본다. '애매하였던' 문제에 대하여 자신들이 쓴 것이 정답이라고 소리치며 좋아하는 사람들도 있다. 그런데 그 사람들이 말한 답이라는 것은 내가 쓴 것과는 달랐다. 숙소에 들어와 책을 찾아 맞춰 보니 내가 쓴 것이 정답인 수가 많았다. 다시 기분이 좋아지기 시작하였다. 연수 끝 무렵 제2차 시험에서도 마찬가지였다. 평소 공부를 많이 하는 양 떠벌이던 화성의 최OO 씨도 시험 시간이 끝날 때마다 시험 답안을 서로 맞춰 보다 보니 나보다 틀린 것이 더 많았다.

이렇게 2000년도의 여름 방학은 율곡 연수원에서 보냈다. 어쨌든, 교사들이 모두 선망하는 교감 승진 대상자 연수, 그 연수는 무더위와 함께 무난히 끝났다. 나의 경우, 권투 경기 시작하자마다 첫 라운드에 한 방 먹고 다운되었으나 그 이후의 라운드마다 득점을 하며 끝까지 선방한 경기였다고나 할까? 나는 후반전에 이를수록 득점을 많이 한 것 같았다.

휴전선 아래, 파주 율곡 연수원에서 문산으로, 그리고 임진강 어구를 끼고 일산으로, 또 김포 방향으로 시원하게 뚫린 외곽 순환도로를 달려 집으로 돌아온다. 처음에 망쳤던 기분은 계속되는 연수를 거치면서 다시 괜찮아졌고 돌아오는 길은 행복하였다.

그로부터 2주일쯤 지난 후, 교장선생님이 나와 박 선생을 교장실로 불렀다. 연수원에서 교감 연수 성적표가 학교장 앞으로 날아온 것이다.

"이것, 여기서 뜯어봐도 되겠지?"

교장은 성적표를 두 사람 앞에서 뜯고 있었다. 순간 나는 박 선생의 점수가 높지 않을까 생각하였다. 평소에 틈만 나면 s대학 출신임을 자랑하여 오던 박은 남에게 절대로 지지 않으려는 사람이었다. 얼마나 열심히 파고들었겠는가. 교장선생님도 같은 생각이었을 것이다. 나는 담담한 마음이었다.

봉투를 뜯었다.

"박숙제 oo점, 주세훈 선생은 95.14점"

한 학교의 같은 국어교사로서 함께 교감 연수를 받은 이른바, 교내 라이벌의 객관적 성적이 오픈된 것이다. 나의 이 점수를 백분위 석차로 환산하면 그해 교감 연수자 220명(공립 180명, 사립 40명) 중 상위 5% 정도에 해당하는 것이었다. 뜻밖에 내가 이겼다. 박 선생보다 백분위 점수로 1.14점이 높았던 것.

나는 머리가 좋은 것인가, 노력이 많은 것인가? 어찌 생각하면 머리도 나쁘고(분명 머리가 탁월하지는 않다) 노력도 남보다 부족한 것 같다. 분명 강의를 잘 알아듣지 못하는 때가 많았고 논술도 실수하고… 그리고 내가 연수 후 도서관에서 계속적으로 공부하였다 했지만 공부를 나보다 대단히 열심히 하는 사람들이 많았던 것 같은데…. 중학교 때, 전체 2등으로 합격했을 때도 스스로 의아하게 생각했던 것처럼 이번에도 상위 5% 안에 든 것이 희한하였다. 박 선생에 앞선 것은 다행이었다. 박숙제가 이겼더라면 '역시 s대 출신이 낫군.' 하는 선입견을 확인해 주었을 것이기 때문이고 간판 제일주의(?)를 증명해 주는 꼴이 되지 않았을까 하는 생각에서다. 그리고 솔직히 근무 평정 경쟁을 하는 상대자로서 자존심의 문제이기도 하였다. 교장은 두 사람의 성적표를 본 후, 한마디의 말을 던졌다.

"연수 성적이 뭐, 별 차이 없네."

박 선생이 무안해 할까 봐 달래고자 하는 말이었을 것이다.

감회(感悔), 칠판을 떠나면서

신도시 신설학교로서 전입생을 받으며 개교한 h고. 거기에 발령 당시(1993년)만 해도 겨우 3개 학년 27학급(9개 반×3)이 완성되어 학생들의 학력이 들쑥날쑥하였으나 서울 강남 중산층들의 신도시 입주가 끝나면서 h고는 oo 지역의 가장 좋은 학교로 알려지며 급속히 우수한 학생들이 몰려들게 되었는데 이에 따라 학생들은 주요과목 교사들의 수준 높은 교수-학습의 지도를 요구하게 되었다. 학력이 높을수록 교과서나 특히 보충수업 교재의 진도가 빠를 수밖에 없다. 웬만한 것은 학생들이 이미 알고 있으니 새롭고 수준 높은 문제들을 찾아 가르쳐서 그들의 지적 욕구를 충족시켜 주어야 했다. 당연, 많은 분량의 교재연구가 필요하였다. 소량의 학습내용을 유장(悠長)하게 펼치며 수업을 이끌어 가서는 우수한 학생들의 욕구를 만족시킬 수 없고 학생들로부터 '실력 없는 교사'로 인식될 수 있다. 그리되면 그들을 상대로 수업을 이끌어 가기 힘들다.

대학교의 국어국문학과 교수일 경우, (일반적인 현상은 아니겠지만) 문학에서 시론, 또는 언어학에서 형태론이나 음운론 등의 교재 한두 가지를 강의하는 것으로 평생 강단에 설 수 있는 데 비해(물론 가르치는 것 외에 연구 실적도 내어야 하겠지만) 고등학교 교사의 경우, 매시간의 수업을 위해 새로운 교재 연구를 하지 않으면 안 되었다. 학력 수준이 아주 높은 편은 아니고 웬만한 수준의 교실이라 하더라도 교사가 수업 연구 없이는 단 한 시간도 수업에 들어갈 수 없다. 그런데, 거의 전체 학생이 고교입시 평균 95점 이상 최상위권의 학력으로 입학한 학생들임에랴. 수업 과목도 국어 독본 1과목이 아니고 문학 또는 작문이나 독서 등 3개 과목 정도에 보충수업이 하루에 2시간. 그러하므로 하루 최소한 5~6시간(보충수업 포함)의 수업을 위해서 매일 최소한 5~6시간의 교재 연구를 해야 되는 셈이었다.

수업은 교사의 생명이요 교사의 존재 이유다. 학력 우수교의 경우, 교재연구가 부실하면 수업에 자신이 없게 되고 수업에 자신이 없는 교사는 반드시 학생들의 외면을 받게 된다. 학생들의 외면을 받는 교사는 학교에서 버틸 수 없다. 물론 이런 현상은 학생들의 학력 수준 차이에 따라 하늘과 땅 차이이다. 농어촌 지역 등 학력 수준이 낮은 학교에서는 교사들이 수업에 대해서 전혀 걱정하지 않아도 되는 학교도 많다고 생각한다. (물론 그런 지역에서도 열심히 하는 많은 교사들이 있을 것이다. 농어촌 지역 등 학력 수준이 낮은 학생들에 대하여 그 지역에 근무하는 교사는 오히려 더 많은 노력을 해야 하는 것은 당연하다. 다만, 교사가 당면하는 현장에 따라 근무 긴장도가 다르다는 것을 말하는 것이다.)

당시 h고에서는 타교로 전근하는 교사들 중에는 (여러 가지 개인적 사정에 의한 것일 수도 있지만) 수업을 이기지 못해 보따리를 싸는 교사들도 없지 않았다고 본다.

학교에서는 수업 이외의 행정 업무도 많다. 교재들을 싸서 집으로 들고 와 집에서 교재연구를 하는 날도 하루 이틀이 아니다. 토요일 오후나 일요일, 그리고 방학에도 끊임없이 수업 준비를 해야 하였다.

h고에 근무하다 보니 5년의 세월이 흘렀다. 한 학교에 5년이면 동일교 만기이다. 전근해야 한다. 그러나 나는 무려 3개년을 더 유임하여 8년을 h고에서 재직한 후, 이 학교에서 교감으로 승진하였다. 그간 고등학교 평교사로서 c읍의 고등학교에서 3년 4개월, 성남 s고에서 7년, 그리고 학력이 당시 대한민국 최고 수준이던 h고에서 8년을 근무한 것이다.

국어 독본이든 문학이든 문법이든, 고전이든 한문이든 중견 교사가 되어 교단에 서는 것이 이제 자신감이 생길 무렵, 나는 '교사'라는 직위를 마감하고 r시 p고등학교 교감으로 발령받게 된다.

캐비닛에 있는, 고등학교에서만 20년간 교재 연구를 하여 정리해놓은 많은 교과서, 참고서, 문제지, 보충수업 자료 등 분량으로도 수백 권은 될 만큼 많은 자료들…. 이것들을 공부, 연구하는데도 수천 시간이 걸렸을 것이다. 이 산더미 같은 '교사의 자료'들을 어쩌나?

아쉽지만 폐기하였다. 시원섭섭한 건가? 교감으로서 새로운 길을 나서게 되는 설렘과 새로운 길에 대한 두려움, 그리고 피와 땀이 서려있는 저 책들과 자료들을 떠나보낸(폐기한) 것에 대한 아쉬움일까? 마음이 잠시 싸해(?)졌다. 이 아쉬운 감정은 또 무엇이던가? 만감이 교차한다던 말은 이런 때를 두고 하는 말인 듯하였다.

8. 죽음과 싸워 이기다

암 못지않은 중병(重病)과 싸웠다. 병과 싸우는 것보다 더 힘이 드는 것은 사면초가와 같이 몰려드는 정신적 불안과 싸우는 것이었다. 심각한 우울증에 빠지기도 하였다. 그러던 중, 나는 침대에서 쓰러져 죽으나 일하다가 쓰러지나 마찬가지라는 결심으로 자리를 박차고 일어나 출근하였다.

2001년 새봄

2001년 2월 어느 날 아침, 잠자리에서 일어나려는 순간, 몸통에서 큰 통증이 왔다. 겉은 아니고 옆구리 쪽의 가슴 속 어느 부분인 듯하였다. 좌견갑골 안쪽 어디쯤이던가. 갑자기 발생한 통증은 팔을 들거나 굽히지도 못할 정도였으며 몸을 굽혀 신발을 신을 수도 없는 지경이었다. 도대체 어디에 무슨 문제가 생겼는지 알 수도 없는 상태인 채, 차를 운전하여 간신히 학교까지 도착하였다. 운전대를 움직여 좌회전, 우회전도 할 수 없을 정도의 어색한 자세로 교문 앞에 들어서는데 장한성 선생이 차 속에서 비스듬히 앉은 채, 고통스럽게 운전하고 들어오는 나를 목격한 모양이었다. 후에 복도에서 만나니 도대체 어디가 아픈지 물었다.

이날부터 나는 나의 인생 최대의 시련을 겪게 된다. 교감 승진이라는 행복한 사건(?)을 맞이하였으나 병마와 싸우며, 거의 30년 가까이 근무하여 온 목숨 같은 직장을 그만둬야 되느냐 하는 심각한 고민에 빠지기도 하였다. 그러다가 우울증까지 겪게 되는 마(魔)의 한 해가 되고 만다.

나는 인근 c병원에서 진료를 받았다. 열이 높으니 입원하란다. 3~4일을 입원하여 예닐곱 가지 각종 검사를 하였으나 의사들은 병명을 밝히지 못했다. 의사의 만류에도 불구하고 열이 잠시 내리는 듯하여 다시 학교로 복귀, 수업에 들어갔다. 온종일, 몸은 물론 팔다리를 마음대로 움직일 수도 없는 중환자의 몸인데도 학교와 학생들에게 폐(弊)가 될까 봐 입원도 하지 못했다. 착한 처신인가 바보의 미련함인가?

3월 1일 자로 이수학 교감이 도교육청 장학관으로 발령이 나면서 나보다 나이가 4살쯤 아래인 박건승 교감이 부임한다. 그리고 박숙제 선생이 n시의 oo중학교 교감으로 승진, 발령이 났다. 2년 전만 해도 나보다 까마득히 뒤지던 점수였으나 작년에 푸른 기장을 따더니 먼저 교감으로 나가는 것이다. 박숙제 선생이 나보다 먼저 발령이 난 데 대하여 나는 덤덤하였다. 아무런 부러움도 시샘도 없었다. 김호수 교장은 내가 3월 1일 자로 승진 발령이 나지 않은 데 대하여 많이 신경이 쓰였는지 여러 차례 위로하였다. 틀림없이 주 부장도 금년 내로 (발령이) 날 것이라고. 개인이 획득한 점수로서는 아직 내가 높았을 것임에도 지난해의 근무 평정은 박숙제 선생을 1등 주었던 것이 분명하였다. 나는 그에게 1등을 준 관리자들에 대하여 아무 불평이 없었다. 지난 번(재작년)에 나에게 1등 주었는데 이번에도 1등을 욕심을 내고 싶은 심정은 아니었다. 나에게 또 1등을 주었다면 당연히 3월에 내가 먼저 나가는 것은 분명한 일이었지만….

나는 나대로 여러 경로를 통하여 알아보았다. 나의 교감 임용 순위는 116위였다(당시 투명한 인사 행정을 도모하는 취지에서 순위를 공개하였음). 이 중 당해 연도인 2001년도 3월 1일 자로 113명이 발령이 났는데 이틀 후, 모 학교에서 결원이 생겨 1명의 교감이 새로 발령이 되어 나갔다 하였다. 앞으로 결원이 생기면 그다음 자리는 분명 나의 차례가 되는 것임을 알고 있었다.

어쨌거나, 교감 승진을 앞둔 나의 마음이 훨훨 날아다니는 기분이어야 함에도 마음은 그리 가볍지 못하였다. 발령을 기다리기보다 이렇게 몸이 아픈 상태에서 교감으로 발령이 나는 것도 걱정이었다.

며칠 앞당겨 2월 말에 새로 부임한 박건승 교감은 나에게 새 학년도 연구부장을 맡아 달라고 간청하였다. 2001학년도는 특별활동이니 전일제 재량활동이니 하면서 교육 과정이 개편되어 연구부의 업무가 복잡함을 예고하는 해였다. 그런데, 발령을 앞둔 나, 현재 몸이 아파서 정신이 없는 내가, 어떤 일을 일단 맡았다 하면 대충하는 성격이 아니어서 빈틈없이 아니 빛이 나게 하려고 기를 쓰는 성격을 가진 내가 이 상황에서 주요부장을 맡을 수는 없는 것이었다. 극구 사양하였다. 그러나 교감은 교장의 지시라며 교장께 직접 가서 말하라는 것이었다. 나도 입장이 너무 곤혹스러웠다. 이 학교에서, 8년을 근무하며 승진까지 앞둔 처지에서 막판에 마치 일을 회피하는 인상을 주는 꼴이 된다면 이것은 내 체면에도 허락하지 않는 일이었다. 게다가 나의 처신의 원칙(?)은 어디서나 유종의 미를 거두는 것, 그리고 떠나는 자리를 깔끔히 하는 것이었는데 이런 곤경에 처하다니 난감한 일이었다.

김호수 교장도 간청하다시피, 또는 강권하다시피 연구부장을 받으라 하셨다. 교장은 금년에 더욱 막중해진 연구부 업무에 나를 적임자로 본 것이었고 내가 보기에도 현재 본교에 연구부장의 적임자가 없는 것은 사실이었다. 참으로 곤혹스러운 일이었다. 그럼에도 생각을 굽힐 수가 없었다. 드디어 내 고집에 그분들이 포기, 이 엄청난 난감함에서 나는 어렵게 벗어났다. 나의 희망대로 환경부장이 주어졌다. 내 몸의 상태를 볼 때 환경부와 같은 단순한 임무가 차라리 나은 것이었다. 아침 일찍 출근하여, 통증이 욱신욱신 찔러대고 몸을 운신하기 어려운 고통을 참아내며 주번 학생과 더불어 빗자루를 들고 교내외 청소를 말끔히 하는 등 환경 부장으로의 임무를 수행하고 있었다. 그때 나는 몸을 굽힐 수도 없이 상체가 아파서 땅바닥에 있는 휴지를 줍거나 구두끈을 맬 수도 없는 지경.

3월 중순 나는 다시 c병원에 입원하였다. 내과 의사는 매우 친절하였다. 우리 학교에 고3 딸이 있는 학부모 의사였다. 진찰을 잘해 보려고 노력하는 것 같았다. 어쩌다 통증이 덜한 때도 있었다. 그래서 중간에 퇴원하여 수업에 들어간 적도 있었다. 그러나 집에 돌아오면 그대로 소파에 쓰러진 채 일어나지 못했다. 열이 38~39도로 오르며 마치 지독한 독감에라도 걸린 듯 밤새도록 앓고 있었다. 의사는, 도무지 왜 열이 내리지 않는지 알 수 없다고 하였다. c병원 내과에서는 나를 호흡기 내과로 옮겼다. 호흡기 내과 김태현 의사도 매우 친절하였다. 그는 나의 증세를 늑막염으로 보았고 가슴에는 물이 고여 있는데 이것을 뽑아내려면 가슴을 열어 제치고 수술을 해야 한다고 하였다. 고민이 되었다. 가슴을 열게 되는 것은 대수술인데 가슴에서 물을 빼어야 한다는 것이 과연 정확한 진단인가?

결정을 하지 못하다가 아내와 의논 끝에 다른 병원으로 옮겨보기로 하였다. j병원이었다. 그간 c병원에서 촬영한 X-Ray일체를 갖다 주었다. c병원에서도 오랫동안 못 고치고 여기까지 온 본인은 한 시가 시급한 실정, 그런데 c병원에서 이미 수십 가지 진료와 검사를 했건만 j병원에서는 처음부터 다시 진료를 해 보잔다. 막연하게 굴지의 병원이라는 명성만 믿고 여기까지 왔는데 도대체 석연치 않았다. 좋은 병원은 어디일까? 환자를 침대에 뉘여 놓은 의사와 간호사의 태연한 모습들… 저리 태평할 수 있는가 하는 생각이 들었다. 의사도 어리고 미숙해 보이고 도무지 믿음이 안 가고 안심이 안 되었다. 다시 이틀 만에 이곳에서 나와서 d대 한방병원으로 가 보았다. 희망은 여기에도 없었다.

집으로 돌아왔다. c병원에서 조제하여 준 진통제만 하루에도 수십 알씩 먹으며 출근하였다. 하루 이틀도 아니고, 무언가 큰 병이 있을 듯한데 대형 병원에서도 잡아내지 못하는 답답함이란… 아내도 나도 도무지 심란하고 우울한 날들이 이어지고 있었으며 아내의 눈, 눈가에 눈물이 담겨 있는 날이 계속되었다. 도대체 괜찮아질 것인가, 어쩔 것인가?

이 시기는 나의 아픔도 문제지만, 우리 아이가 불시에 떠난 상처가 더 큰 시기였다(참절비절하고 가슴 아픈 이 이야기는 차마 이 책에서 실마리를 꺼낼 수도 없다). 어느 날 아내와 나는 성남시 중동 성호 시장 위 언덕 오르막길 어느 점집에 찾아갔다. 분위기조차 음산한 점집 여편네는 우리 부부에게 전혀 위로가 되지 못하였다. 무슨 놈의 영혼결혼식을 시켜야 된다고? 가당찮은 이 말이 우리 부부의 우울한 마음을 더욱 짓눌리게 하였다.

발령

3월 말이었을까? 부천지역 어느 교감이 병으로 사표를 냈다는 소리가 들려왔다. 그곳에 교감 발령 대기자 1명이 꽂힐 것이다. 그렇게 되면 금년 대기자 중 115명이 발령 났으니 이제 내가 대기자의 1순위가 되고 앞으로 자리가 생기면 그건 분명 나의 자리가 되는 것이다. 이 사실은 본교 교감도 교장도 아무도 알지 못한다. 오직 나만이 알고 있는 정보였다. 2001학년도 교감 대기자들의 3월, 정규 발령 이후 내가 다음 순위로 몇 번의 순번인지 아는 사람이 없기 때문이다. 다음 자리는 내 순서이지만 어느 학교에 교감의 자리가 언제 다시 결원이 생길지는 알 수 없는 노릇이다. 나는 이제 교감 발령이 빨리 나는 것보다 내 몸의 병이 걱정이었다. 병은 낫게 될지, 발령은 어느 때쯤 나게 될지 심란하고 우울한 우리 가정에도 봄은 찾아왔다.

날씨가 풀린 어느 날, 답답하기도 하고 궁금도 하여 아내와 나는 갈마터널 입구의 어느 점집을 찾았다. 그 집에서도 무슨 시원한 이야기를 들은 것 같지 않다. 몇 개월인가 지나면 괜찮아진다 했던가? 부적을 써 줘서 받아다가 농 위에 올려놓았다.

박호수 교장선생님은 나를 볼 때마다 1학기에는 분명히 발령이 날 거라고 말씀하셨지만 내 코앞에 발령장이 다가오고 있는 것을 아는 나에게는 괜한 위로의 말씀에 지나지 않았다. 여전히 몸은 호전되지 않아 퇴근하자마자 소파에 쓰러진 채 밤을 새우며 앓아야 하는 상황이 이어지고 있었다.

4월이 되었다. 본교에서 근무하시다가 3월 1일 자로 r시의 r고등학교 교장으로 승진하신 이석남 교장님의 전화가 왔다. 이교감은 본교 재임할 때 나를 신뢰하였고 나 또한 그분을 존경하던 터이다.

"주 부장, 발령 순번이 어떻게 되나? 지금 r시에 있는 p고에 교감이 유고(有故)가 났어."

알고 본 즉, 3월 1일 자로 p고에 부임한 교감이 3월 말, 학생들을 인솔하고 수련회에 갔다가 돌아오는 길, 버스에서 쓰러졌는데 급히 병원에 데리고 갔으나 그만 세상을 떠났다는 것이었다. 고인(故人)은 오랜 기간 평교사로서 고생하다가 어렵게 승진하여 교감으로 초임 발령을 받았으며 겨우 1개월이 지나지 않았는데 변을 당한 것이었다. 참으로 안타까운 일이었다. 부인과 가족들은 얼마나 기가 막힐까? 작고한 교감의 공석(空席)…. 순번대로 간다면 내 차례가 되는 것이다.

과연 2001년 4월 9일 자로 나는 r시 택지개발 지구 내에 있는 신설학교, 공립 인문계(일반계) p고등학교의 교감으로 발령을 받았다.

이제 교감이 된 것이다. 교사에게 승진이란 2번뿐, 그중 1번의 승진을 성취한 것이다. 평교사 28년 만의 승진! 개인적으로 얼마나 기쁘고 감격스러운 일인가! 첫 발령은 대체로 시골의 작은 학교를 거치게 마련인데 나의 경우, 산골짜기나 외딴 섬마을도 아닌 대도시 대형학교의 교감으로서 어엿하게 발령이 난 것이다. 나 자신은 물론 집안의 경사가 아닐 수 없다.

"승진을 안 하고 평생 교단의 칠판 앞에 선다면?"

"동료들로 싫어하지, 나이 든 사람이 해야 할 잡무를 젊은이들이 떠맡아야 되는 일이 많으니까"

"그뿐이 아니지. 늙으면 수업 후 보충수업이나 자율학습 관리를 하기도 힘들어."

"그뿐인가? 나이 예순을 넘긴 늙은 나이에 교단에 서면 우선 아이들이 싫어해."

이러한 궁싯거림에서도 이제 벗어나게 되는 것이다.

관운(官運)이 좋은 거야. 관운? 아니 관운보다는 수십 년, 오로지 교육의 정도를 걸으며 미련하리만큼 성심 성의껏 근무하여 온 데 대한 신(神) 또는 국가의 보답이 아닐까…. 이렇게 긍정적으로 생각도 해 보았다.

그러나, 경사를 맞이하여 기뻐해야 할 나는 그러하지 못했다. 기쁨보다 오히려 마음이 쇳덩이같이 무거웠다. 소심한 탓이었을까, 직접 수행하여 보지 못한 새로운 직무에 대한 염려도 컸으며 무엇보다도 치료되지 못한 병 덩어리를 몸에 지니고 새 학교에 부임해야 되는 걱정은 정말로 태산 같은 무게로 나의 머리를 짓누르고 있었다. 새 학교에 초임 교감으로 부임하자마자 몸이 아프다 할 것인가? 내가 가야 할 학교는 새로 출범하는 학교, 당장 대학입시에 신경써야 하는 일반계 고등학교가 아닌가? 성격상 나는 누구에게 눈곱만큼의 손해나 폐를 끼치지도 못하는 융통성 없는(?) 사람인데 과연 다가올 상황을 어떻게 대처해야 할까?

부임(赴任), 그리고 근무

2001년 4월 9일(월) 자 r시 p고등학교 교감으로 부임하였다. 나는 부임 전날(일요일), 근무하게 될 새 학교를 아내와 함께 처음으로 찾아가 보았다. 미술과 k 선생이 일요일임에도 학교에 나와서 환경 미화에 관련된 일을 하고 있었다. 당시 우리 집(성남시 h동)에서 버스로 학교에 출근한다 할 경우, 잠실에까지 가서 한강을 건너고 구의동과 광나루을 거쳐 r시까지 가야 되는 복잡한 길이지만 승용차로 갈 경우, 집에서 언덕 하나를 넘어 약 1km에 불과한 약진로를 거쳐 제2순환도로에 진입 후, 토평 I.C에서 빠지면 5분 거리면 학교가 나온다. 집에서 30분 거리다. 발령운이랄까. 관운이라 할까 여하튼 운(運)이 무척 좋았다. 집에서 가까운 대도시의 신설학교, 그것도 내가 원하던 고등학교다. 연천이든 가평이든, 또는 연평도나 백령도이든 교감 자리가 났을 경우, 당연, 그곳으로 부임해야 했을 터였다.

새 학교 교장선생님을 뵙고 발령을 고(告)하기 위해 처음으로 새 학교에 가는 길, 이제 전임지가 된 h고 교장선생님께서 함께 동행하여 주셨다. 새 학교의 교장선생님은 키가 작고 까무잡잡한 얼굴에 첫 인상으로는 정적(情的)인 느낌보다는 업무적인 면을 중시하는 비즈니스맨 같은 느낌이 들었다(후에 함께 지내다 보니 양자 모두를 함께 지닌 분으로 생각됨). 그분은 나에 대한 정보를 미리 알고 있는 듯,

"아, 글 잘 쓰고 아주 열심히 잘한다고 들었어요."라며 나와 그리고 함께 오신 h고 교장선생님을 맞이하였다.

나는 근간에 몸이 약간 아프다는 말씀을 드렸다. 첫 대면부터 많이 아프다고는 할 수 없었다.

"인문계 고등학교라서 자율학습 관리 등 힘든 일이 많을 텐데 괜찮으실지요?"

"예, 제가 잘해 보겠습니다."

이분 교장도 초임 교장이었기에 새로 오는 교감이 업무 수행에 뛰어난 사람이 오길 바랐을 것이다. 첫 대면에 새 학교 교장선생님은 나에게 다소 실망하는 듯한 표정이 아니었나하는 생각이 든다.

내가 교감으로 부임한 우리 p고등학교, 처음 인가학급은 학년당 12학급으로 총 36학급이었다(2년 후, 김대중 정부의 교실당 학생 수 감축 조치로 최초 학년을 제외한 이후의 연도부터는 학년당 15개 학급, 총 42개 학급의 대형학교가 된다). 그런데, 당시 1층만 지은 채 신입생을 입학시켰기 때문에 수업 중에도 2, 3층의 공사가 계속되었다. 교문에는 건축 자재를 실은 트럭이 수시로 드나들었다. 첫 신입생 입학 후 1개월, 시설도 미완성이지만 학교의 교육 시스템, 즉 생활지도 계획이나 교복설정, 그리고 학력 신장 계획 등 모든 면의 기초가 아직 제대로 수립되지 않은 실정이었다. 교감으로서 해야 될 일들이 산더미 같았다.

교사로서 일생일대의 승진을 기뻐하지 않을 사람이 있을까. 그런데

젊어서부터 선망하던 하늘같이 아득한 저 자리(교감)에 드디어 올라섰는데 왜 이리 마음이 무거울까? 소심한 까닭일까? 잘해 낼 수 있을까? 교감은 직원을 통솔하자면 누구보다도 학교 행정, 특히 교육과정에 밝아야 한다. 그런데 나는 교무부장을 거치지 않고 교감에 승진하였기 때문에 교육과정면의 업무가 매우 걱정이 되었다. 나는 모든 면에서 교감이 지적(知的), 업무적으로 우월하여 교사를 가르쳐 줄 수 있는 능력이 있어야 되는 것으로 지레 예민하게 생각했던 것 같다. 그러나 후에 알게 되는 것이었지만 이 걱정 중 절반은 기우였다. 교감이 전지전능하다면 이보다 좋은 것은 없겠지만, 여러 직원들을 적재적소(適材適所)에 배치하여 그들의 두뇌와 능력을 활용하면 되는 것이었다.

학기 초 3월의 한 달이 지난 후이니 교육과정과 학교 교육 계획은 일단 가동되고 있었다. 교육과정 수립과 교내 인사조직이 끝나고 학교가 굴러가고 있을 때, 이 시점에서 발령이 난 것도 나에게는 복이었다. 인문계 고등학교여서 자율학습과 보충수업, 교내 장학 등 교감이 관장해야 될 일, 그리고 신설학교로서 미루어 두었던 6월 초의 개교식을 준비하는 일 등이 당면 과제였다. 부임하자마자 야간 자율학습 관리를 해야 했다.

부임하던 그날부터 나는 밤 10시까지 교무실에 남아 수시로 교실을 순회하며 자율학습 관리를 시작하였다. 치명적인 병마는 몸의 구석구석을 허물고 있을 터였다. 하루에도 몇 번씩 진통제를 먹으며 버텨 나갔다. 4월 초이므로 교무실의 난방은 껐는데 기온은 영하로 내려간 듯, 웅달진 교무실은 나를 온종일 오실오실 떨게 만들었다. 교무실 중앙에 있는 교감석에 기대어 잠시라도 편안한 자세로 앉아 있을 수도 없었다. 처음부터 풀어진 모습을 선생님들에게 보일 수는 없었다. 간혹 눈에 안 띄는 주차장, 차 속에서 아픈 몸을 기대어 더러는 쉬어보기도 하였으나 그것도 잠시일 뿐, 교무실을 자주 비울 수 없었다.

멀쩡한 사람도 5시 이후 퇴근하여 집에서 쉬어야 할 것인데 일반 교사들의 퇴근 시간인 오후 5시 이후부터 자율학습이 끝나는 밤 10시까지 무려 5시간의 길고 긴 야간 자율학습 시간이 날마다 내 앞에 장승처럼 버티고 있었던 것이다. 당번 교사가 있지만 교감도 교실을 순회하며 학생관리와 교원 관리, 그리고 학교 전반의 관리가 필요하였고 이 시간 역시 낮의 근무 시간과 근무의 난이도에서는 다를 바 없었다. 밤 10시에 전교생이 하교한 후, 최후로 교문을 닫고 순환도로를 운전하여 집에 도착하는 순간, 나는 소파에 쓰러져 고열 속 끙끙거리며 앓다가 다음 날이 밝자마자 새벽같이 일어나출근해야 했는데 밤새 앓던 몸을 일으키는 일조차 쉽지 않았다.

4월 초에 부임하여 신설학교 학습 분위기 조성 및 교사들의 수업 참관과 강평… 주일 마다 2회의 참관 수업을 한 후, 개별 강평, 거의 매 시간 각 층 각 교실, 그리고 10여 개의 연구실과 특별실을 순회 점검하는 등 쉴 틈 없이 철저하게 교육일정을 관리하였다. 이런 교감은 몇이나 될까?

나는 중환자의 상태로 이렇게 제대로(?) 근무하였다. 성격 탓인가? 미련함에서인가? 어쨌든 혹시라도 일 안 하고 대충 넘어가는 무성의한 사람으로 남에게 인식되는 것은 싫었다. 더구나 몸이 아픈 처지인 만큼 아픈 티를 내기는 더욱 싫었다. 평소에도, 봉급을 받아 먹고사는 교원으로서 본인이 부임한 학교와 학생이 잘되도록 최선을 다하는 것이 마땅하고 당연한 일이며 양심이라는 것이 나의 소신이었다.

꽃길 아닌 고행의 길… 앞에서 말한 바와 같이 교직 28년 만에 대망의 교감으로 승진한 직후, 룰루랄라의 꽃길이 펼쳐지기보다 나에게는 인간의 한계를 실험하는 듯한 고행의 강행군이 시작된 것이다.

무엇보다 회복되지 않은 몸이 문제였다. 밤 10시에 자율학습 야간 관리가 끝나 정리 후, 교문을 닫고 순환도로를 달려 집에 도착하면 11시였다. 그대로 쓰러져 밤새 골골하며 앓다가 새벽, 무거운 육신을 일으켜 또한 순환도로를 달려 학교에 출근하는 것.

학생 등교 시 교문지도(지각생 단속, 복장 지도… 학생부장이 하는 것이지만 교감도 수시로 참여하여 힘을 보태야 한다), 아침 자율학습 교실 분위기 관리(담임들의 교실 현장지도가 느슨해질 우려, 교감의 순회 없이는 분위기 유지가 쉽지 않다), 그리고 직원조회 준비.

수업 관리, 수업참관 및 교내 연수, 교사들의 근태(勤怠) 관리, 학생 또는 교원 관련 사안이나 민원 관리…. 약 1400명 학생과 학부모의 민원성 질문에 답변과 해결, 그리고 100명에 가까운 교직원 관리 등 학교의 총체적 관리를 사실상 모두 교감이 해야 할 일이다. 그러나 휘하의 부장 등 구성원에게 일을 맡겨 버리면 굳이 이른 아침에 출근하여 밤 10시까지 근무하지 않아도 될 수는 있다. 실지로, 평교사 시절 때 일부 교감들의 경우를 보면, 교감직을 아주 편하게 하는 사람도 많았다. 나는 그리하지 못하였다. 잘되든 잘못되든 내버려 두기로 한다면 할 일이 많지는 않겠으나 잘되도록 하려면 몸이 열 개라도 부족할 판이었다. 어찌 보면 바보 같은 관리자였는지도 모른다. 그러나 학생 1400명과 교사 85명의 관리책임을 맡은 교감으로서 법적으로 정해진 시간에 출근하고 정해진 시간에 퇴근할 형편은 결코 아니었다. 그럴 뱃장도 없었다. 학교 분위기와 학습 분위기가 어수선하고 교원들 기강이 무너져도 천하태평할 수 있는 위인이 못 되었던 것이다.

학교는 구석구석 깨끗해야 한다. 학생들은 용의가 단정해야 하고 반듯해야 한다. 교원들은 복무규정을 잘 지키며 수업을 충실히 하여야 하고 교과 외, 재량활동이나 특별활동 등은 형식적이거나 유명무실하지 않게 이루어져야 한다. 또한, 학력은 최소 지역사회 상위권에 이르러야 한다. 교사나 학생들이 형식적으로 하는 척, 대충 시간 때우기… 이런 것은 용납할 수 없다. 나는 교사들도 학생들도 할 일을 제대로 하지 않고 하는 시늉으로 넘어가는 행태가 보이면 개운치 못할 뿐 아니라 스스로 견디지 못한다.

이를테면 토요일, 교사들이 학생들을 이끌고 oo천에 봉사활동을 나가게 된다고 하자. 어떤 때 현장에 가보면, 아이들은 어슬렁거리며 놀고 있는 때가 있다. 물으니, 휴지든 뭐든 아무것도 주울 것이 없다는 것이다. 말이 되는가? 담당 교사는 반드시 사전에 현장 답사를 하고 지정된 시간에 학생들이 부지런히 일할 만한 일감이 있는가 제대로 파악하여 활동 장소를 정해야 한다. 노는 것도 아니요 일하는 것도 아닌 상태로 어슬렁거리다 시간만 때우고 오는 일이 없도록, 그리하여 학생들도 봉사활동에 땀 흘린 보람을 느끼도록 해야 한다.

그런데, 일부 교사들이 학생과 함께 어슬렁거리다가 시간이 끝나기도 전에 아이들을 보내고 일찍 귀가해 버린다면 이후부터 학생들은 봉사활동을 어떻게 인식할 것인가? 봉사활동이란 것을 대충 노는 것으로 생각하게 될 것이며 시간을 엉터리로 때웠으니 이후 생활기록부에는 누구나 비슷비슷한 말로 뻰지르르하게 가짜의 기록을 해주는 것으로 인식하게 된다.

이런 행태는 학교와 학교의 교육에 대한 신뢰를 무너뜨리는 짓이다. 이 얼마나 무서운 일인가? 그러하니 교감이 담임들에게 아이들을 인솔케 하면서 그 일이 어떻게 이루어지고 있는가, 이루어지는 실상을 파악해야 한다. 실상을 모르거나 관심이 없다면 이것은 큰 직무유기이다. 비단 이것뿐 아니라 학교에서 이루어지는 수백 가지의 교육활동이 모두 마찬가지이다. 교사는 학생들을 지도함에 있어 하나하나 제대로 하도록 해야 하고 관리자는 일일이 계획 → 실행 → 결과에 대하여 지도, 점검 및 파악 그리고 조처를 해야 한다. 일단 하기로 한 일은 철저하게 해야 하는 것이 옳다고 믿는다. 이것이 나의 소신이었다.

잘하는 것은 쉽지 않았다. 하루 종일 눈 코 뜰 새가 없었다. 승진하여 (관리자가 되어) 한가롭고 편하기를 바란다면 그것은 애당초 잘못된 생각이다. 더구나 본교는 42학급에 교감이 1명이니(45학급부터는 교감이 2명 배정되었음) 보통 수준으로 근무한다 하여도 업무가 과중하지 않을 수 없었다. 교감의 업무량은 학급 수와 비례한다고 할 수 있다. 나는 10학급 학교 교감의 업무를 4배만큼 한다 해도 과언이 아닐 것이었다.

교감으로서 나의 신조, 즉 내가 지향하는 학생과 교원의 태도는 이러하여야 했다.

“행동은 반듯하게, 환경은 청결하게, 하는 일은 제대로 성의껏 하여 효과가 있고 보람 있게, 하는 척 구렁이 담 넘듯 하는 행태는 절대로 안 돼.”

이런 원칙을 신조로 마음에 새기고 근무하는 나는 늘 몸이 고달플 수밖에 없었다.

입원

6월 7일, 큰 행사인 개교식 행사를 잘 마무리하였다. 1학기가 거의 끝날 무렵이었으나 병세는 여전하였고 열은 내릴 줄 몰랐다. 부임한 지 얼마 되지 않는 교감으로서 병가를 내는 것은 나의 성격상 정말 어려운 일이었다. 그러나 병은 이미 깊어 가고 있는 것이 분명하였다. 막연히 이런 상태로 근무할 수도 없었다. 결단을 내리지 않을 수 없다. 이 병원, 저 병원 헤맬 것이 아니라 서울대병원으로 가자. 제대로 판단했는지는 몰라도 서울대 병원은 국내에서는 가장 신뢰할 만한 권위 있는 병원이라고 생각한 것이다. 그러나 서울대 병원에 절차를 밟아 정식으로 입원하자면 몇 개월 걸릴지 모른다. 무턱대고 응급실로 가자. 사실 진작 수술을 받아야 했을 응급환자임에 분명하지 않은가?

긴급히 병가를 낸 후, 앰뷸런스를 불러 혜화동 서울대 응급실로 직행하였다. 응급실에서 이틀 밤을 샌 후, 4층 병실로 옮겼다. 일반 병실은 방이 없어 2인용 병실로 들어갔는데 하루 병원비만 20만 원이 넘는다는 것이다. 일단 호흡기 내과에 입원하였다. 전에 c병원, j병원 등에서 촬영한 필름 자료를 가져왔지만 여기서도 MRA 등 각종 검사를 수없이 되풀이하였다. 척추염으로 판단되었다. 수술을 결정하였다. 몇 번 척추던가? 어깨 바로 아래쯤, 척추 한 마디 뼈가 썩어 그 일부를 떼어내고 엉덩이뼈를 잘라서 그 자리에 덧붙여야 한다는 것이었다. 수술 날짜는 o월 oo일로 잡혔다. 무려 oo일 이상을 수술을 대기하며 병실에서 누워 있어야 했다.

나는 해야 할 일이 잘 정리되지 않고 어수선하게 널브러져 있는 것을 용납하지 못하는 성격이다. 일이 하나하나 매듭지어지고 깔끔해야만 직성이 풀리지 그러지 않고는 잠도 편히 못잔다. 그러나 상황은 최악이었다.

옛말에, 머슴이 소의 꼴을 베러 갔다가 소나기를 만나 돌아오는 길. 비는 쏟아지지요, 바람은 세게 불어와 지게 위의 꼴은 날아가 버리지요, 대변은 급하지요, 허리띠는 풀어지지 않지요, 고삐를 놓친 소는 남의 곡식을 뜯어 먹고 있지요, 저 쪽에서 주인은 뭣하냐고 소리질러대지요…. 2중 3중으로 난감한 상황을 빗댄 야담이다. 나의 상황이 바로 이것과 같았다.

병실에 누워 있지만 한 시도 마음을 안정시킬 수 없는 심리적 불안정 상태, 감당하기 어려운 심각한 딜레마의 늪에 빠져 있는 것이다. 수술은 잘될 것인가, 수술 후, 병가 기간 내에 몸이 나을 것인가, 병가가 끝났는데도 병이 낫지 않으면 그런 상태로 등교할 수 있을까? 만일 학교장이 등교를 허용하지 않으면 휴직을 해야 될 것인데 휴직 후 복직하게 될 때, (교사의 경우는 어디든지 자리가 날 것인데) 교감의 경우, 1학교 1교감이므로 마침 자리가 없으면 어찌되는 것인가, 병원에서는 교감 인사 이동 시점인 학기 초에 맞춰 완쾌되었다는 증명을 발부하여 주겠는가? 이런 고민에 이어, 만일, 병이 단기간에 낫지 않는다면 사표를 내야 할 것인 즉, 이렇게 될 경우 우리 식솔들의 생계는 어찌해야 하나?

이런 생각들이 끊임없이 뇌리에 밀려들었고 아무리 생각해도 확실한 해답이 보이지 않았다. 다만, 몇 시간이라도 이런 생각에서 벗어나야 하는데, 단 한 순간도 이런 고민의 거미줄에서 벗어날 수 없었다. 어떤 일이 깔끔하게 정리되지 않은 채 유유자적이 안되는 성격 때문이기도 할 것이다. 앉으나 서나 누우나 거듭되는 고민, 고민….

내가 병중에 있던 2001년, 그 시절의 아내는 가장 아름답고 착실한, 천사와 같은 사람이었다(이것은 괜한 미사여구가 아니고 지금 생각해도 그때의 아내는 실지로 그랬다). 서울대 병원 이전에도 여기저기 병원을 전전할 때 수속을 밟을 때나 병실에 누워 있을 때나 이동 시에 아내는 그때그때 민첩하게 일을 처리했으며 갖은 심부름과 돌봄을 쉬지 않았다. 힘듦에도 언제나 웃음을 잃지 않고 환자인 나에게 늘 밝은 모습을 보여 주었다. 장기간 서울대 병원 입원 기간, 내가 좋아하는 아이스크림, '누가바'를 내 입에 물려 휠체어에 태우고 병원 내 정원을 산책시켜 주었다. 단 한 번도 안 좋은 표정을 보이지 않았다. 그런데 나는 온종일 나의 부정적 근심과 고민의 보따리를 아내에게 쏟아 놓았다. 그 보따리는 나의 머릿속에 온통 가득차서 사라지지 않기에 줄줄이 나오느니 근심이요 걱정이었던 것이다. 아내는 내가 수없이 쏟아내는 부정적, 절망적인 말들로부터 받는 스트레스를 무던히 견디어 주었다.

한번은, 내가 이런 질문을 하였다.

"내가 병이 낫지 않아 사표를 내게 되면 그땐 우리 가족들 어떻게 살아야 하나?"

아내는 말하였다.

"걱정 말아요. 그간 당신이 벌어서 우리 식구들이 살아왔으니 이제는 내가 벌어서 살면 돼요."

나는 말했다.

"그럼, 당장 병원비며 생활비, 아이들 학비는?"

"우리 집 팔고 전세를 들어가면 되지 않아요?"

무너지는 남편 앞에서 이렇게 위로가 되고 힘이 되는 말이 있을까?

이렇게 고운 말이 있을까?

이런 상황에 빠져 있을 경우 일반적으로 대부분의 아내들은 남편보다 더 낙담하면서 우린 어떡해요 하며 울며불며 불평하는 사람도 많을 것이다. 나는 내가 가장 절망적인 상황을 당하여 무너지고 있을 때, 아내가 보여준 반듯하고 용기 있고 현명했던 모습을 평생 잊지 못한다. 당시 나는 말로는 표현하지 않았으나 이런 생각까지 하였다.

"아내가 후에 혹 변심하여 나를 배신하더라도 나는 절대로 아내를 원망하지 않으리라."

아내는 내가 가장 힘들 때, 내게 한없이 베풀고 큰 사랑을 주었으니 그것으로 나는 평생 받을 만큼의 아내의 은덕을 이미 몽땅 받은 것과 다름없기 때문이라는 생각에서였다.

수술

값비싼 2인용 병실에서 수술을 기다리는 기간은 너무 지루했다. 응급실에 입실한 때로부터는 oo일이나 지난 것이다. 그간 장마가 폭우로 변하여 쏟아졌다. 병실 밖, 낙산 중턱에 민가들이 좌악 보인다. 서민들의 집 지붕은 폭우로 새지 않았을까? 하도 비가 많이 쏟아지니 이 경황 중에 나는 창 밖에 보이는 산동네 마을 지붕 걱정을 하고 있었다.

아내는 나와 함께 운전면허 연습을 하여 거의 비슷한 때에 면허증을 받았지만, 도로 연습 중, 신흥동에서 작은 추돌 사고를 낸 후에는 운전을 중단하여 (그 당시에는) 차 운전을 하지 못했다. 내가 입원해 있을 때, 서울대 병원까지 버스와 지하철을 몇 번씩 갈아타며 왕복 하느라고 고생이 많았을 것이고 집에서 혜화동까지 오는 길은 멀기만 했을 것이다. 병원에서 자는 날에는 집에서 뭐 좀 싸들고 와서 대충 먹거나 아마도 식사를 건너뛰기도 했으리라. 밤에는 병상 밑에서 새우잠을 자기도 하였는데 이러다보니 날짜는 또 oo일이 지나갔다.

수술 전, 병원 측은 수술 동의서를 제시하였다. '수술 시 가슴을 열고 척추 안쪽 썩고 있는 뼈를 잘라낸다. 거기에 갈비뼈 일부를 잘라 이식

한다.'

"수술의 부작용으로 하반신을 영구히 못 쓸 수도 있다. 혹은 식물인간이 될 수도 있다. 대소변을 못 할 수도 있다…. 사인하라."

어쩌겠는가? 수술을 안 하면 꼽추가 될 수 있다는데 사인을 안 하겠다고 하겠는가? 머릿속이 하얀 듯, 텅 빈 듯 아무 생각이 없었다. 병을 고치는 길은 이와 같은 위험한 길을 거쳐야 하는 것인가? 사인할 수밖에 방법이 없었다.

아내, 누나, 그리고 큰형님이 수술실에 들어가는 나를 배웅했다. 4시간 걸린다는 수술은 무려 8시간이 걸려 끝났다 한다. 눈을 떠 보니 다시 병실에 누워 있었다. 간호사들이 발가락을 움직여 보란다. 양쪽 발가락이 움직였다. 수술 후, 만일 잘못된 경우, 평생 식물인간이 될 수도, 반신불수가 될 수도 있다 했는데 수술이 가장 성공적으로 이루어졌다는 것이다.

상반신 깁스를 했다. 목 아래에서 엉덩이 바로 위까지.

그런데 왜일까? 몸이 몹시 무거웠다. 마치 쌀 1말 정도를 옆구리에 붙이고 다니는 것과 같은 느낌이었다. (깁스의 무게인 줄 알았다. 그런데 후에 깁스를 제거했을 때에도 무게감은 사라지지 않았다.) 여름철, 등에서 땀은 흐르는데 닦을 수도, 가려운데 긁을 수도 없을 뿐 아니라 기가 막힌 일은 대변 후, 팔이 닿지 않아 닦을 수도 없는 것이었다. 더 기가 막힌 일은 수술이 끝나고 며칠 쉬었다가 바로 출근할 수 있으려니 했는데 깁스를 3개월 후에나 풀 수 있다는 것이다.

아, 세상에!

수술을 대기하던 날짜는 길었으나 수술 후, 퇴원은 빨랐다. 정형외과 김OO 의사는 수술 후, 아무런 유의 사항도 말해 주지 않고 내보냈다.

입원 시 또는 퇴원 후, 간혹 교장선생님께 전화하였다. 전화 받기 편한 타이밍을 고민하여 전화를 드린다. 전화인 즉 매번, 학교에 못 나가고 폐를 끼쳐서 미안합니다라는 내용이었다. 몸이 이 지경이 되어 병원에 있어도 단 한시도 편한 시간이 없었고 늘 좌불안석이었다. 소심함인가? 몸이 아픈 고통보다도 학교 걱정이 더 힘들었다. 빨리 깁스를 풀고 학교에 나가야 할 것인데 수술 후 3개월이나 깁스를 풀지 말라는 의사의 말은 황당함과 난감함 바로 이것이었다. 퇴원한 지 불과 사흘 만에 나는 집을 나와 운전대를 잡았다.

아내와 함께 교장선생님을 찾아간 것이었다. 교장선생님께 병가가 끝난 후에도 깁스를 해야 되므로 당분간 깁스한 채로 학교에 나갔으면 했다. 교장선생님은 완곡히 거절하였다. 아이들이 수시로 뛰어다니는 학교에서 그러다가 무슨 일이 생기면 어쩌겠나? 그런 것은 병가 끝나고 그때 가 보자. 아무 걱정 말고 그냥 푹 쉬어라는 말씀이었다. 말씀 자체는 아무런 문제가 없었다. 당연하신 말씀이었다. 그러나 깁스를 한 채로 출근은 곤란하다는 말이 가슴을 철렁하게 하였다.

내가 오해일까? 나는 교장선생님의 이 말이 "고장 난(?) 너는 그냥 쉬고 있어. 학교는 당신 없어도 잘 돌아간다. 새 학기에 다른 교감 불러오면 돼."라고 들리기도 하였다. 쉬라는 말이 무슨 뜻이냐고 다시 물을 수도, 그렇다 하여 고맙다 할 수도 없는 노릇이었다. 충격으로 다가왔다. 병환 중인 약자로서 자격지심일지 모르겠다. 푹 쉬어라? 푹 쉬어라? 교장선생님의 이 말이 귓가에서 떠나지 않았다.

아내는 신문이라도 보고 TV라도 보라고 권하지만 나는 온종일 침대에서 멀뚱히 앉은 채로 고민에서 벗어나질 못했다. 낮에도 저녁에도 새벽까지도. TV에서는 미국에서 9.11 사태라는 엄청난 사건에 대하여 연일 보도하는데도 내 동공은 허공을 향한 채, 넋을 잃은 사람이 되어 있었다.

어느 날, 초연한 듯하던 아내가 나의 예사롭지 않은 모습을 보고 울음을 터뜨렸다. 당신이 직장을 그만두어도 괜찮다던 아내는 나의 정신상태가 무너져 내리는 데에는 의연할 수 없었던 모양이었다.

그냥 막연히 누워 있을 수만은 없었다. 머리가 터질 것 같았다. 그로부터 한 주일 후, 두 번째로 학교에 갔다. 윗몸을 깁스를 감은 상태에서 운전석에 제대로 앉지도 못한 채 어정쩡한 자세로 학교로 간 것이다. 땀은 비 오듯 쏟아져 깁스 속 가슴으로 흘렀으나 닦을 수도 없었다. 교장선생님이 안 계셨던가, 교무부장, c부장 등 일부 부장교사들을 복도에서 마주친 후 행정실에 들렀다. 한 학기를 겨우 마치고 병원에서 돌아온 교감이라서인가, 직원들이 모두 나와 "아이고 얼마나 고생 많으셨습니까?" 하는 분위기는 아니었다. 노조가 극성인 요즘 세태에서 그럴 수도 있었겠거니 싶지만 아픈 모습으로 초라해진 나의 처지가 씁쓸하였다.

그날 돌아오는 길, 2km를 운전하지 못하고 oo톨게이트 도달 전, 어느 주유소 앞을 지날 무렵, 주유소 마당에 이르러 그만 차내에서 옆으로 쓰러지고 말았다. 엊그제 수술한 옆구리가 쑤시고 땡겨서 더 이상 운전할 수 없었고 운전대를 잡을 수도 없었다. 운전석에서 쓰러져 있다가 한참 후, 학교로 되돌아오고 말았다. 김oo 선생이 나의 세피아 차량을 운전하여 집에까지 데려다주었다. 본인의 집 방향과 정반대인 나의 집에까지. 돌아가려는 김 선생을 억지로 집에 들어오라 하여 주스 한 잔을 권하였다. 가는 길, 성남에서 왕십리까지 버스를 여러 번 갈아타고 갔을 것이다. 이후로 김oo 선생은 교감인 나를 도와 많은 일을 하였다. 매우 긍정적이고 능력(특히 컴퓨터 능력)이 뛰어난 데다 성격이 원만하고 판단력이 좋았다. 교감 근무 중 그는 가장 큰 조력자로서 내가 교감 업무를 수행하는 데 큰 힘이 되었다.

출근

수술 후, 집에서 가료(加療)를 하고 있는 동안 시간이 많으니 뭣이든 여유롭게 할 수 있으련만 나는 아무것도 할 수 없었다. 책을 읽어도 내용이 머리에 들어오지 않았고 읽을 의욕도 없을 뿐 아니라 TV 같은 것도 보고 싶지도 않았다. 잠자는 몇 시간을 빼고는 멍하니 앉아 고민에 빠져 있는 것이었다. 깁스한 채로 등교해야 하는가, 교장선생님은 깁스 상태에서의 출근은 곤란하다 하는데…. 어쩔 수없이 휴직을 해야 하는가? 2월 학기말까지 휴직한다면 3월 1일, 복직 전에 때를 맞춰 병이 완쾌될 것인가, 병가 기간이 끝나면서 완쾌되면 3월 초 복직은 할 수 있을 것인가? 휴직을 했는데도 만일 3월까지 완쾌되지 않으면 본교에는 복직할 수 없을 것이다. 타교 어느 곳에 복직해야 하는가? 타교 교감의 공석(空席)에 딱 맞춰 병원에서는 완쾌되었다는 진단서를 발급해 줄까?

병가 기간 종료 시한은 얼마 남지 않았는데 깁스를 풀어야 되는 날짜는 아직 멀었던 것이다.

"깁스한 채로 출근은 곤란하다."

교장선생님은 병가 기간 아무 염려 말고 푹 쉬어라며 좋은 말씀을 해 주신 것이겠지만, 깁스를 한 상태로 출근은 곤란하다는 말이 뇌성처럼 머리를 쾅쾅 울리는 것이었다. 깁스를 못 풀었기 때문에 병가가 끝나고 출근을 못하면 학교는 어쩔 수 없이 행정상으로도 다른 교감을 받아들여야 되는 것 아닌가. 나는 어찌 되는가. 그러잖아도 심신이 쇠약해진 상태에서 앞에서 열거한 온갖 문제가 모두 고민으로 응집되며 머리는 폭파될 지경이 된 것이다. 풀어보려 해도 풀리지 않는 고민 속에서 석고상처럼 멍한 상태로 앉아 있는 나의 모습. 우울증? 우울증이라면 심각한 상태의 중증 우울증에 빠져 있었던 것이다. 하루 세 번씩 6~7종의 알약을 종류별로 분류하여 먹어야 함에, 아침 점심 저녁의 약을 분류하는데도 이 약인가 저 약인가 생각이 안나 끙끙거렸으며 더구나 아침에 약을 먹었는지 안 먹었는지도 헷갈려 가끔 먹은 약을 또 삼켰다싶어 손가락을 목구멍에 넣고 토하는 일도 있었다. 멍한 상태로 앉아 벽시계만 쳐다보고 또 쳐다보는 중 하루가 지나고 다시 새벽이 오는 것이었다. 사는 것이 아니었다. 아니 죽음의 길을 향하여 가는 것이 분명했다.

병가가 끝나기 4~5일 전이었던가, 나는 출근을 결심하였다. 침대 위에서 죽으나 출근하면서 죽으나 죽기는 마찬가지였다. 그해 늦가을 어느 날 아침, 나는 침대를 박차고 일어나 아내에게 머리를 감겨 달라 하였다. 상체 전신 깁스 때문에 팔이 닿지 않아 머리를 혼자 감을 수 없었다. 아내가 근심스럽게 걱정하였다.

"집에서 죽으나 학교에서 죽으나 마찬가지야."

이 말을 남기고 학교를 향하여 집을 나섰다.

다시 학교생활의 시작

상반신 깁스를 한 채 출근을 단행한 것은 목숨을 건 결단이었다. 수술 후, 2개월 넘도록 넋이 나갈 정도로 매일같이 번민하여 온 고민의 귀착점이자 일생일대의 결단이었고 모험이었다. 깁스로 인해 상체는 배와 가슴이 불룩하고 평소 입던 바지는 단추가 잠가지지 않았다. 특별히 헐렁한 바지를 다시 사서 걸쳤다. 몇 개월 지옥 같은 생활을 하였으니 몰골도 말이 아니었다. 깁스 상태로 출근하였으나 교장선생님은 별 말씀이 없으셨다. 하루, 이틀, 사흘, 나흘…. 깁스한 채로 근무를 계속하였다. 교장선생님이 깁스 상태에서 출근은 곤란하다 말씀은 하였으나 애당초 그 말씀을 나에 대한 선의로 생각해버리고 이렇게, 병가 끝난 후, 깁스 상태로 그냥 출근을 하리라고 진작 마음을 느긋하게 먹었더라면 수 개월간 그 엄청난 정신적 고통을 겪지 않아도 되었을 터였다. 결과적으로, 윗사람의 말을 엄히 받아들인 고지식한 나의 성격 탓에 스스로 고통의 가시밭길을 걷지 않았나 싶다.

일단 출근을 하고 있으니 환자가 아니었다. 아니, 환자일 수 없는 것이다. 새벽 일찍 순환도로를 타고 출근하여 학생부의 교문지도를 관리하고 교실 5층까지 순회하며 아침 자율학습과 보충수업을 관리하였다. 교장실의 부장회의와 시청각실의 전 직원 회의를 주선해야 했고 보충수업이나 자율학습 등 현안 문제를 가지고 운동권과 줄다리기를 해야 하였다. 층층이 오르내리며 교실 순회와 교내 선생님들의 수업도 참관하였다. 해마다 학급 증설이 되면서 초임교사의 부임이 많았다. 신설학교이므로 다시 1개 학년이 늘어나면서 한 해에 무려 25명의 초임교사가 새로 온 적도 있다. 교원 승진규정에 농어촌 점수가 강화되면서 도시 학교는 중견 교사들이 변두리로 빠져 나가고 그 자리에 신규 교사들이 채워졌던 것. 병아리 교사들이 인문계(일반계) 고등학교에 처음 발령받아 왔으니 그들의 수업 상황을 실제로 교실 현장에서 파악, 지도하지 않을 수 없는 실정이었던 것이다. 학교 교육 계획서에 따라 정기적으로 시행하는 연구수업이라면 해당교과 선생님들이 다 함께 수업에 참관하여야 할 것이지만 신규교사의 상시 수업에 해당 교과 교사들이 모두 참관하기에는 수업 시간 조정이나 교사들의 시간 부담으로 어려움이 있어 교감인 내가 혼자 하기로 하였다. 20여 명의 초임 선생님들의 수업을 일일이 참관하는 것도 보통 업무가 아니었다. 한꺼번에 하는 것은 아니지만, 한 주일에도 몇 번씩 참관 후 당사자와 협의까지 해야 하므로 시간도 많이 소요되었다.

출근한 지 얼마 안 되어 마침 고입 연합고사가 있었다. 새벽에 출근하여 집에서 싸온 간단한 아침 식사를 교무실에서 대충 먹다가 마침 교무실에 들른 교장선생님과 마주쳤다. 교장선생님이 눈치하는 것 같았다. 미안했다. 그러나 어쩌란 말인가? 온종일 굶을 수는 없고 집에서 새벽 6시에 식사할 수도 없는 노릇. 앞에서 말했듯이 깁스한 몸은 상체에 5kg 정도의 쌀자루를 매어단 듯 몸이 무거웠다. 후들후들 떨리는 듯한 다리로 하루에도 수십 번 계단을 오르내리며 학생 관리 교직원 관리 일과 진행 관리를 하였다. 절대로 병약자의 티를 내면 안 된다. 새로 개교하여 발전해야 할 학교에서 새로 부임한 교감이 신병으로 장기간 학교에 폐를 끼친 터에 학교의 발전에 걸림돌이 되어서는 안 된다는 생각이었다. 매일 3번, 매번 한 주먹씩 먹는 약으로 인하여 자주 배변을 하게 되었는데 으스스한 몸으로 영하의 차가운 화장실에 자주 앉아 있는 것도 고통이었다. 약이 독해서였을까, 약을 먹은 후, 입술이 파래지며 뒤틀린다. 짬을 내어 100미터쯤 떨어진 의원에 가서 항생제 주사도 맞아야 했다.

첫해에는 교내 식당이 없었다. 교직원들은 밖에서 음식을 주문하여 점심을 먹었다. 나는 교무실 중앙 태극기 아래 교감 자리에서 식사를 하였는데 이것이 매우 불편하였다. 교직원들의 시선이 집중되는 위치이기 때문이다. 교감 자리 아래, 응접 소파에 앉아 식사를 할 수도 없었다. 깁스한 상체를 구부릴 수 없었기 때문이었다. '떴다방'이라는 부동산 용어가 처음 생긴 oo택지개발지구 신설학교였던 본교의 주변에는 그때까지 음식점이 별로 없었다. 점심에 아무것도 먹고 싶은 것이 없고 유일하게 자장면이 먹고 싶었다. 점심시간에는 인근 지역을 헤매며 중국집을 찾아 다녔건만 없었다. 배달 전문이라며 식당도 없는 누추한 중국음식 배달집을 발견하고 그곳 비좁은 주방에서 맛없는 자장 한 그릇으로 어렵게 점심을 때우기도 했다. 따뜻한 방에서 쉬어야 할 환자로서 외롭게, 힘든 일과를 수 십여 일간 수행하며 버티다가 겨울 방학을 맞이하였다. 방학 중에는 관리자인 교장 교감이 반반씩 학교를 관리하는 것이 일반적이었으나 나는 혼자 겨울방학 내내 근무하였다. 교장선생님께 그간 나의 병가로 폐를 많이 끼쳤으니 이번에는 나 혼자 내내 근무를 할 작정이었다. 이것이 나의 염치였다.

좋은 학교를 만들기 위하여

내가 오랜 기간 병가를 내고 출근을 못 했기 때문에 더욱 분발해야 했다.

어느 집단이든 수십 명, 또는 수백 명을 이끌어 가자면 무엇으로든 주도권을 잡아야 한다. 그러나 당시 나에겐 무기가 없었다. 교사들은 교감을 측은하게 보았을 것이다. 초임 교감인 처지에 몸도 안 좋아 비실비실하는 교감이라니!

나는 스스로 환자였던 티를 내지 않으려고 매우 신경을 썼다. 몸의 상황으로 보아 10시까지의 자율학습 관리는 부장들에게 맡기고 퇴근하여야 될 형편이었으나 내 스스로 나를 채찍질하였다. 고입 연합고사 업무로 w시에 있는 도교육청 출장은 물론이고 각종 연구학교 보고회 참석 등 먼 곳의 출장을 마친 후, 나는 반드시 학교로 돌아가 야간 근무를 하였다.(출장을 마친 후에는 퇴근 시간이 되므로 그냥 집으로 돌아가면 되는 것인데 나는 학생들의 야간 학습 분위기가 행여 흩어질까 염려되어 다시 w시로부터 r시까지 되올라가 기어코 야간학습 관리까지 마치고서야 귀가하였다.) 매일 밤, 11시 이후에야 집에 들어왔다. 바보였던가?

하늘은 스스로 돕는 자를 돕는다 하였던가. 발령받자 교감 업무에 익숙하기도 전에 몇 개월 후 대수술을 받고 퇴원하자마자 깁스도 풀지 않고 과로를 하며 종횡무진, 하루하루를 투쟁하듯 살아가던 힘겨운 생활 속, 나의 몸은 큰 탈이 없이 조금씩 학교생활에 적응되어 가고 있었다. 처음에는 낯선 지역, 성치 않은 몸, 최초의 관리자 업무, 조직을 장악하지 못한 스트레스가 우울증과 함께 힘들게 하였는데 이제 병마를 극복하여 내가 나의 업무를 이상 없이, 열성적으로 하게 되니 점점 내 자리가 확고해지는 것이었다. 나는 교장선생님과 긴밀히 협의하며 점점 이 학교 조직에서 목소리를 높이게 되었고 드디어는 나의 페이스로 학교를 이끌어 갈 수 있게 되었다. 전체 36학급으로 신설, 인가되었으나 정부의 학급당 학생 수 감축 조치(55명에서 35명 이하로)로 이듬해 신입생 모집부터 학년 당 15학급으로 학급수가 늘어나게 되었다. 교사는 한 해에 무려 30명씩이나 늘어났다. 그다음 해(2003학년도)에도 마찬가지로 15학급이 더 증가되었으며 교사도 30명이 또 늘어났다. 이제 학급 수는 42학급이 되었고 교사 수는 교장, 교감 외에 84명이나 되었다. 이 모든 것의 증가는 교감의 업무가 몇 배씩 늘어난다는 말이 된다. 교실을 순회하여도, 수업 참관을 하여도, 교사별 자료를 준비하는 것도, 교사별 파악을 하는 것도, 교사별 근무평가 보조 자료를 작성하고 근무 평가를 하는 것도, 교사별 상담과 근태 관리를 하는 것도 작은 학교 교감의 3배 또는 4~5배의 업무가 되는 것이다. 어쨌든 나는 수시로 교실 순회와 매시간 5개 층의 복도 및 연구실 순회를 통하여 수업 시간 관리와 교사들의 복무 관리를 하며 학교 분위기를 잡아갔다. 하다 보니 교장이든 교감이든 책임자의 노력 여하에 따라 학교 집단의 분위기 조성과 조직원들 업무의 효율성, 그리고 성과가 얼마나 크게 달라지는지를 절절하게 느낄 수 있었다. 실로 지도자의 정신적 자세와 열정, 그리고 책임감은 대단히 중요한 것이었다.

해마다 초임 교사들 거의 전부에 대하여 수업 참관을 하고 참관 후 1:1 강평회 또는 협의시간을 가지면서 새로 출발하는 선생님들을 돕는데 최선을 다하려 하였다. 교감의 잦은 순회와 수업 참관은 교사들에게 신경 쓰이고 부담되는 일이지만, 신입 교사들을 도우며 신설학교 학습 분위기 향상을 위해 열심히 애쓰는 교감에 대해 교사들도 뭐라고 불평할 수 있겠는가?

당시 특기적성 신장을 위한 재량활동 운영 등 교육계획의 특색 발현이 학교마다의 중요한 이슈였으며 이를 위한 새로운 교육계획서의 수립이 필요했다. 그런데 해마다 1~2월에 작성되는 교육계획이라는 것이 옛날 방식과 틀을 벗어나지 못했는데 토요일을 전일제로 하여 시행하던 재량활동과 특활 시간의 운영에 대해서는 누구도 창의적 방안을 내놓지 못하였다. 나는 내 나름의 특장(特長)이라 할 수 있는 창의성으로 새로운 교육방식에 대한 아이디어 상품을 제시하며 교육계획을 주도하였다. 보도 듣지도 못한 새로운 구안에는 제3자는 구경꾼이 되기 마련이다. 교감의 교육계획 구안에 교사는 따르는 입장이 되어야 했고 나는 학교의 중요한 사안마다 참신한 방안을 내놓으며 새롭게 치고 나갔다.

이를테면, 새 교육과정으로 도입된 재량활동과 특활 시간의 운영이다.

1학년의 경우, 주1회 창의적 재량활동 시간과 주 1회 특활 시간을 배치하였는데 이 시간의 의의와 중요성을 간과한 일부 선생님들은 대충 자습 시간으로 넘어가려 하였다. 새로움에 대한 귀찮음과 무성의의 탓이며 과거부터 굳어 온, 하는 척 흉내만 내다 마는 타성 때문이었다.

시대가 바뀌는 추세에 맞추어 국가에서 수년간에 걸쳐 많은 연구와 재정의 투입으로 만들어 제시하는 새로운 교육과정의 틀에 학교에 맞는 창의적 교육계획을 세워 학생들을 지도하여야 함에도 막상 일선에서 대충 넘어가려 한다면 말이 되는가?

어느 학교의 어느 선생님은 1학년 재량활동 중 '진로의 시간'에 "자습하고 싶다고?"라면서 아이들을 부추겨(아이들은 자습하라 하면 일단 좋아한다. 저들이 자유롭게 하고 싶은 것을 할 수 있기 때문이다) 진로의 시간마다 자습 시간으로 하기도 한다. 우선 본인이 편하기 때문이다. 그러나 진로의 시간에는 아이들이 자신의 장래 진로를 결정할 수 있도록 교사는 새롭고 다양한 자료를 준비하고 수업 지도안을 잘 짜서 학생들이 자신의 진로를 탐색할 수 있도록 해야 하며 나아가 자신의 적성과 능력에 맞은 올바른 진로를 결정할 수 있는 계기가 되게 하여야 한다. 그래야만 당장 2학년 진급 후, 인문계나 자연계 또는 예체능계열을 선택할 수 있는 것이다. 1학년 때의 진로의 시간은 학생 개인의 장래가 좌우되는 중요한 교과시간이 아닐 수 없다. 그럼에도 교사가 학생들에게 부여된 진로의 시간을 어영부영, 대충 날려버려 학생들이 자신의 진로를 생각해 볼 기회마저 잃게 한다면 이것이 말이 되는가? 과거에는 특별활동 시간을 여벌의 시간으로 인식하며 교사들도 학생들도 어영부영하며 얼마나 많은 시간을 엉터리로 보냈던가?

절대로 안 된다. 교육이란 큰 각오로 임하여도 어려움이 많은데 일선 현장에서 아예 대충 넘어가려 한다면 결국 학생들에게 막심한 피해를 주는 것이 된다. 재량활동과 특활의 철저한 운영, 아니 모든 교육활동의 철저한 운영이 절실하였다. 이를테면, 나는 재량활동 담당교사들을 모아 재량활동의 중요성을 설명하고 독서든 논술이든 토의·토론이든 연중 계획과 주별 계획을 세우도록 하였으며 재량활동 연중, 월중, 주별 계획을 아예 학교 교육계획서에 명시하도록 하였다.

대부분 학교의 경우, 교육 계획서를 연초에 작성, 제본하여 교사들에게 3월 새 학기에 나누어 주는데 그걸로 끝이다. 1년간 쳐다도 보지 않는 경우가 많다. 교육계획이란 것이 애당초 실지 교육활동과 동떨어진 형식적이고 요식적인 것이었기 때문이었다. 그러나 본교는 비망록이나 수첩을 보듯, 매주 교육계획서를 보지 않고는 학교 일정과 수업을 진행할 수 없게 되어 있었다. 실제적인 내용, 즉 주별로 진행되는 재량활동이나 특별활동의 주별 계획과 주생활 목표까지 반드시 필요한 내용을 교육 계획에 담아놓았기 때문이었다. 추상적이고 형식적인 계획에서 탈피하여 실질적이고 활용성 있는 계획서로 만든 것이다. 또한 학교 교육 계획은 교육계획서에 명시된 대로만 변동 없이 가는 것이 아니었다. 과연 주마다 제대로, 내실 있게 운영되는가 파악하고 문제점을 수시로 수정, 보완하면서 운영하도록, 즉 활용성도 있지만 신축성도 있도록 수립하였다.

교감인 나는 교과 수업의 관리, 전 직원 근태 관리 학생 생활지도 관리, 수업연구 등 연구활동의 관리에다 재량활동 및 특별활동 관리 등을 위해서 분야마다 일일이 현장을 점검하고 교육활동이 제대로 이루어지는가, 평가는 제대로 이루어지는지 파악, 지도, 조치하여야 했다. 하루 종일 화장실 갈 시간조차도 없을 만큼 '분주(奔走)'의 연속이었다.

ICT연구학교를 수행하다

신설학교로서, 학생 교육을 위한 든든한 기반을 세우면서 한편, 연구하는 풍토를 조성해야 했다. 교육 인프라와 교육 효과 제고를 위하여 교육청이 지정하는 '연구학교'의 유치가 필요했다.

연구학교는 학교가 가만있는데 누가 맡겨 주는 것이 아니다. 적극 나서서 연구학교를 따 와야 한다. 마침 oo도교육청에서는 ICT(Information and Comunication Technology)연구학교를 공모하였다. 나는 정보부장에게 도지정 연구학교 계획서를 제출하자고 설득하였다. 연구학교 사업운영은 정규 교과활동 외의 사업으로서 교사들에게 부담이 가며 추진에도 힘이 드는 것이어서 교사들은 연구학교의 주무 업무를 맡지 않으려고 버틴다.

정보부장은 그가 시내 k여고에서 학기 만기가 되어 타교로 이동해야 할 즈음 사전에 본교로 전입을 희망하여 교감인 내가 교장선생님께 적극 추천, 영입한 얌전한(?) 교사였는데 막상 업무를 맡기려 하니 여러 가지 사정을 말하면서 빠져나가려는 것이 아닌가? 이전에도 3학년 부장을 맡아달라고 부탁하였는데 거절하여 나는 그에게 실망을 했던 터였다.

젊은 교사였는데도 늦게 퇴근하면서 고3의 자율학습 관리를 하는 것이 싫었던 모양이었다. 자신의 장래에 관하여 관리를 하고 싶어 하면서도 막상 연구학교의 어려움을 알기에 그는 연구학교 담당 업무에서도 피하려 하였던 것 같았다(물론 당사자는 나름, 피하지 못할 사정이 있을 수도 있다).

일을 좋아서 하는 사람이 몇이나 되겠나? 어쩌면 누구에게나 있을 수 있는 인지상정이었을 것이다. 나는 난감하였으나 끝까지 설득해 보기로 하였다.

"명색 정보부장인 당신이 안 하면 누가 해? 주제가 바로 ICT 분야이잖나? 좋다, 교감이 주제와 방향을 잡아주마. 서론도 써 줄게. 해 보자."

나는 토요일 또는 일요일임에도 막론하고 퇴근 후에도 전화로 대화하며 집요하게 설득한 끝에 드디어 협조할 것을 약속 받았다. 과거 같으면 교장, 교감이 지시하면 끝날 일이었다. 또 관리자의 하명을 받은 자체를 자랑스럽게 생각하는 때도 있었다. 그러나 시대가 많이 달라지고 있던 것이다.

한편, 칠판에 백묵으로 교육하는 시대는 사라지고 바야흐로 이제 교단에도 정보화 시스템을 갖추고 ICT교육을 해야 하지 않으면 안 되는 시대가 코앞에 다가왔음을 대부분 교원들도 인식하기 시작하던 시대였다. 시대의 새로운 흐름에 부응하는, ICT활용을 통한 교육의 질적 향상을 추구하는 방안을 설정하여 연구학교 운영 계획서를 작성하기 시작하였다. 마침 본교는 신설학교로서 오래된 학교와 달리 이미 기본 시설은 되어 있었는데 신설학교 준비 예산을 정보 통신과 관련 있는 부분에 투여한다면 연구주제에 걸맞은 시설을 갖출 수 있을 것으로 보였다.

o. 통합 교실: 극장식으로 된 130여석의 회의실이 있는데 여기에 빔 프

로젝터와 스크린을 설치하면 필요에 따라 4개 반의 합동 수업이 가능하다.

o. 도서관: 전체 도서관을 전산화하여 대출과 수납을 원활하게 하였고 여기서도 도서 자료를 쉽게 활용하여 토론 학습을 할 수 있도록 1학급분의 예쁜 책걸상을 배치하였다. 또 빔 프로젝터도 설치하도록 하였다.

o. 정보컴퓨터실: 학생들 각각의 개인별 컴퓨터 테이블을 일정한 각도로 움직이면 여럿이 함께하는 토론학습 테이블이 되도록 만든다.

o. 과학실의 획기적 개선: 종래의 과학실은 싱크대 같은 함지에 수도가 시설되어 있어 책을 펴거나 필기도 할 수 없었다. 과학실 테이블을 개인용으로 설치하고 조별 학습 때에는 자신의 테이블을 이동하여 4인이 함께 조별 테이블을 만들 수 있도록 시설한다. 물과 불이 필요한 실험용 테이블은 교실 사이드 쪽으로 배치한다.

o. 강당: 강당을 전교생의 ICT 교육장으로 꾸민다. 스크린과 빔 프로젝터를 설치한다.

나는 연구학교 계획을 학교 시설과 연계하여 세우도록 하였다. 평면적 계획이 아닌 입체적 계획이었다. 기존의 학교 시설을 보완하면 학교가 마치 ICT연구학교를 수행하기 위하여 지어진 것 같은 탁월한 여건이 될 수 있었다. 신설학교의 이점을 살려 거기에 어차피 필요한 교육 기자재나 시설을 ICT와 연관되도록 설치하는 것이다. 예산은 이미 확보되어 있는 개교 준비학교 예산을 활용하면 될 것이다. 어떤 일을 함에 창의성이란 참으로 중요하고 위대하다. 학교의 모든 시설이 연구학교 추진을 위한 인프라로 활용되다니, 얼마나 멋진 계획인가!

계획을 세웠다. 정보부장이 어차피 관련 부서이니 계획서 책자를 제작, 제본하게 되었고 재주도 발휘하였다. 시범학교 선정 실사(實査)가 예정된 날, 시범학교 입지가 우수함을 설명하기 위하여 그간 ICT와 관련된 교육의 산출물들과 여러 참고자료 증빙자료들을 체계화시켜 소형 교실에 가득 전시해 놓은 후 도교육청으로부터 파견되는 선정 심사요원이 도착하기를 기다렸다.

모든 설명은 각종 자료를 스크린 화면에 쏘기 위하여 파워포인트 작업까지 완료하였다. 각종 사진 자료 및 동영상도 곁들였다. 어느 학교든, 연구학교 선정 심사에 대비하기 위해서 이런 준비까지는 하지 않았다. 그냥 계획서와 몇 가지 보조 문서가 고작이었다. 우리 학교가 도교육청 지정 연구학교를 반드시 따내기 위하여 나는 부장들을 힘들게 설득하였고 드디어 의기투합, 멋진 '첨단적 제안 설명 방식(?)'으로 연구학교 사업 획득을 도모하였던 것이다.

10여 개 이상의 학교가 경쟁하였다 하는데 최후로 k시의 모 학교와 우리 학교가 최종심사에 겨루다가 드디어 우리 학교가 도지정 연구학교로 지정되었다. 거액의 연구 추진비 예산도 지급받았다.

심사는 일요일에 있었다. 심사위원들의 후일담으로는, 최후에 올라온 k시의 모 학교는 준비 상태에서부터 우리 학교와 천양지차였다는 것이다. 본교는 작은 회의실 1개에 가득 준비된 각종 자료에다 각 분야에 관련 있는 부장 5명(일요일임에도 주요부장교사 5명이 등교)과 교감이 대기하는 등 성의와 열정이 상대학교와 비교가 되지 않을 정도였다고 하였다.

그 외, 우리 학교에서는 수준 높은 교지와 학교신문의 발간 등 기존 학교에서 따라오지 못할 학교 문화를 정착시키고 있었다. 교지와 학교 신문은 내가 담당 교사에게 적극 지도, 관여하였는데 마침 지도교사도 교지나 신문에 관한 식견이 있어 내용과 편집에서 타교의 추종을 불허하는(?) 좋은 수준의 작품으로 발행되었다.

나는 학교 홍보와 고입 관리에서도 새바람을 일으켰다. 고교 입시 설명을 위한 중학교 학부모 총회에 본교는 교감인 내가 직접 찾아가 본교의 우수한 면모와 의욕적인 학력 향상 계획을 설명하였다. 물론 학부모에게 배포하는 안내 자료에 전 학년도 대학입시 실적을 상세히 공개하고 금학년도 본교 진학 계획을 소상히 밝히는 등의 친절한 자료를 제공하여 타교와는 자료에서부터 확연한 차별화를 모색하였다. 학부모들도 하나를 보면 열을 알 수 있었을 것이다. 여타 고교에서는 해당 교사나 부장이 나와서 심부름 하듯 자료를 대충 읽고 가는 경우가 많았으니 우리 학교에 대한 신뢰와 믿음이 단연 앞설 수밖에 없었다.

본교 돌풍이 불었다. 우리 p고는 개교 2년 차부터 고입 신입생 입학 성적 수준이 급격히 향상되어 가더니 불과 3년 차에는 신입생 커트라인이 162점, 평균 172점(200점 만점)으로 관내 '시 지역'에서 단연 1위로 뛰어올랐다. 비록 전국적 명문학교 수준은 못되지만 이쯤이면 신입생 학력이 백분위 점수로 평균 85점이 되므로 전교생이 모두 공부를 잘하는 학생으로 구성되는 것이 된다.

신설학교 초임 교감으로서 개교 3년, 부임 3년 만에 이런 결과에 이르게 한 것은 병마에 굴하지 않고 직책의 역할을 빛낸, 나의 '인간승리'라고 할 수 있지 않을까 한다. 교장선생님의 배려와 전교직원의 협조가 있었기에 가능했음은 물론이다.

p고(高)의 사람들

어느 학생, 성실하고 공부도 꽤 열심히 하던 학생이 공부에 전념하지 못하고 방황할 때, 그 학생은 고교 시절 단 몇 개월의 방황으로 대학 실패는 물론 장래 진로가 막힐 수도 있다. 그 학생을 구원하기 위하여 지속적으로 상담하며 각별히 신경을 써서 드디어 학생은 정상으로 돌아왔고 그 후, 좋은 대학에 합격도 하였다. 관심을 갖고 애써 일으켜 주신 선생님을 만나지 못했더라면 학생은 자포자기의 나락으로 떨어져 인생을 망칠 수도 있었다. 이런 사례와 비슷한 경우의 학생이 졸업식 직후 교문을 나서기 전, "선생님 고맙습니다. 은혜를 잊지 않겠습니다."라는 인사의 말 한마디를 하고 떠난다면 교사는 그 말 한마디로 얼마나 큰 보람을 느낄 수 있을 것인가?

그러나 특별한 은혜를 입고서도 한마디 인사도 없이 홀연히 학교를 떠나 버리는 제자들이 많은데 이럴 경우 교사들도 필부필부(匹夫匹婦)의 사람인지라 섭섭한 마음이 생기는 것은 당연하다. 그런데 평생 교단에 섰던 내 자신을 돌아보면 나도 전자(前者)의 학생들과 마찬가지였다. 나에게 용기를 주시고 좋은 가르침을 주신 선생님들을 찾아뵙기는커녕 안부

전화 한번 드리지 않고 세월을 보내고 있는 것이다. 배은망덕한 제자가 아니었던가.

한편, 누구에게나 완벽하게 자신의 마음에 드는 사람이 있을까? 고마운 은혜를 입었으면서 본인 스스로 전혀 은혜를 입은 사실조차 모를 수도 있고 상대방으로부터 많은 도움을 받았으면서도 상대방의 어느 한 가지 섭섭함으로 인하여 거리를 두거나 관계를 끊고 사는 사람도 있을 수 있다. 사람들은 본디 편협하고 간사하기 마련인가?

p고등학교에서의 교감 시절, 고마웠던 사람들이 한 분, 두 분 떠오른다.

교감인 나에게는 시어머니라 할 수 있던 교장선생님을 잊을 수 없다.

교장과 평교사들 사이에 위치하는 교감의 애로점은 이루 말할 수 없다. 모든 결정권은 교장에게 있는데 교사들은 교감을 향하여 요구하고 아우성일 때가 많다. 자신의 주장을 굽히지 않는 권위주의적인 교장선생님. 나는 그분으로부터 점수를 받아 승진해야 되는 교감이다. 교감이 교장에게 신뢰를 못 받으면 교장은 교감을 제쳐놓고 부장들을 직접 상대하게 되고 이럴 경우 교감은 허수아비가 된다. 그런데 교감은 교사들의 신뢰를 받아야 하므로 때로는 교사들의 편에 서주기도 해야 한다. 이런 때 자칫 교장은 교감을 불신할 수도 있다. 또 평교사의 많은 입들이 교장과 교감을 갈라놓을 수도 있다. 그래서 교장과 평교사, 양측 사이에서의 줄타기가 피곤하다.

나는 일단 교장의 권위와 체면을 지켜드리는 것에 소홀하지 않았다. 주의할 일은, 교사들의 요구 사항을 전하고 건의는 하되 교장과 교감은 하나가 되는 것이 바람직하다. 위계질서가 무너지면 학교가 통솔이 안 되고 결과적으로 100여 명의 교직원과 1500명의 학생, 그리고 수천 명의 학부모들에게 큰 혼란과 불신을 초래하는 염려도 있지만, 무엇보다 그 피해는 학생들에게 돌아가기 때문이다.

k 교장선생님은 나보다 1개월 앞서(3월 1일 자) 신설학교인 p고등학교에 부임하셔서 학교의 기반을 잡는 데 큰 기여를 하셨다. 나는 k 교장선생님을 도와 신설학교를 세우면서 3년 11개월을 함께 근무하였기 때문에 나 또한 차후, 신설학교 교장으로 승진하였을 때, 업무를 수행하는 데 많은 참고가 되고 도움이 되었다. 신설학교 교감으로 근무하지 않았다면 갑자기 신설학교 교장으로 부임하게 되었을 경우, 많은 걱정을 하였을 것이고 시행착오를 범하게 될 수도 있었을 것이다. 그러나 신설학교였던 p고등학교 교감을 하였던 나는 후에 별 걱정 없이 교장으로 부임할 수 있었던 것이다.

k 교장선생님으로부터 나는, 긍정적인 면이든 부정적인 면이든 많은 것을 타산지석으로 삼을 수 있었다. 교장선생님은 신설학교 교장으로서 학교 인프라와 행사 등 외형적, 형식적인 면에서 학교를 부각시키려는 활동을 많이 하셨다. 교사들로부터 학부모 행사를 너무 많이 벌이고 외형적이고 형식적인 면에 치우친다는 소리를 듣기도 했으나 교장의 하시는 일들이 신설학교로서 필요한 것들이기도 했다. 그분은 전교사의 연수 및 여행을 연중 2번, 그리고 부장들의 연수 모임도 연중 2회(1박 2일)를 반드시 시행하였다. 생일을 맞이한 교원들에게는 교장실로 불러 간단한 생일 선물을 주기도 하였다.

때는 바야흐로 도처에서 운동권의 바람이 불고 있었는데, 대체로 k 교장선생님은 아슬아슬하고 보기에 따라 위험하기도 한 일을 주변의 눈치를 보지 않으시고 본인의 생각대로 밀고 나아가셨다. 일반적으로 어느 학교에서나 교장은 교감에게 편한 존재는 아니다. 그러나 학교의 모든 사안은 최종적 책임은 교장에게로 돌아간다. 그러기에 때로는 교장이 독재를 부리더라도 이해하여야 할 부분도 많다. 책임도지지 않을 사람들이 이래야 돼, 저래야 돼라며 쉽게 말할 것이 아니다. (이하, 당시의 일들에 대하여 구체적인 사례를 기술하는 것은 생략하겠다.)

k 교장선생님이 하시는 일이 때로는 운동권들의 의심을 받고 반발을 사기도 하였다. 어느 때는 운동권 교사들이 전원 시청각실에서 집단으로 항의성 모임을 가진 적도 있었다. 그때 학교 분위기는 폭풍전야와 같았다. 나는 중간에서 매우 난감하였다. 교감인 내가 교장 또는 교사들에게 어떤 의사 표명을 한다면 양쪽 어느 편으로부터 오해받기 십상이었다. 나서봐야 도움이 되는 상황도 아니었다. 잠자코 관망하는 일도 힘들었다. 그러나 잠자코 있었다. 결국 큰일은 벌어지지 않고 유야무야 지나갔다. 운동권이 전교사의 70% 이상이었으나 다행히 극성스런 운동권 교사는 없었고 경험이 적은 젊은 교사들이 대부분이었기 때문이었던 듯싶다. 설혹 학교에 큰 문제될 만한 일이 없다 해도 운동권들이 협의(?)를 여기저기 퍼뜨리고 언론에 유포하여 논란을 일으키는 것만으로도 학교는 치명상을 입게 된다. 아슬아슬하였으나 다행히 파국은 피하였다.

교감으로 부임하던 해 여름, 내가 수술 후, 막 퇴원하여 집에 누워 있던 때가 있었다. 상반신을 깁스하고 있었고 목욕도 못할 때였으며 집안을 치울 겨를도 없던 때, 당연 환자로서 몸과 마음이 안정되지도 못한 때였다. 불쑥 부장들과 학부모 임원들이 우리 집에 들이닥쳤다. 병문안을 온 것이다. 물론 몇 시간 전에 학교에서 병문안을 온다는 c 부장의 전화가 왔는데 나는 극구 사양했지만 교장선생님의 지시라 하며 막무가내로 방문한 것이다. 이렇게 난감할 수가 없었다. 병문안은 고맙지만 보이고 싶지 않은 나의 부끄러운 모습이 송두리째 드러난 느낌이어서 여간 불편한 게 아니었다. 이어서 며칠 후, 교장선생님은 행정실장과 교무부장을 대동하고 오신다는 것이다. 아내와 나는 큰 걱정이 되었다. 정리되지 않은 집안을 보여 줄 수 없어 나는 아내를 차에 태우고 아픈 몸으로 운전을 하여 여주 용담집까지 갔다. 퇴원한 지 불과 며칠도 안 되어 수술한 부위가 아물기도 전, 편도 40km의 거리를 운전하는 것은 무리일 수밖에 없었다. 거기서 약간의 음식을 주문하고 병문안 손님을 맞이하였다. 정말로 황당하고 난감한 일이었다. 당시 k 교장선생님은 내가 불편해함을 미처 생각하지 못하셨으나 상사로서의 부하직원에 대한 도리를 매우 중요하게 생각하신 듯하다. k 교장선생님은 후에 내가 먼 곳(i시 관내)으로 교장으로 승진하여 옮겨왔음에도 새로 부임한 우리 학교의 큰 행사 때마다 여러 차례 그곳 학부모 대표님들과 함께 참석해 주셨다. 함께 있던 p고등학교에서 서로 각각 이미 딴 곳으로 떠난 마당에 함께 근무할 당시의 학부모 임원들을 대동하고 부하직원의 학교에까지 찾아오는 일은 쉽지 않은 일이다.

직장 상사든 동료든 자신의 마음에 100% 맞는 사람이 어디 있겠나? 교감치고 교감의 시어머니였던 교장을 좋아하는 사람이 별로 없지만, 나는 k 교장선생님에 대하여 그만하면 참으로 좋으신 분으로 평가한다. 리더십 있으시고, 친화력과 인정이 있으신 분이시며 의리 있는 교장선생님이셨다.

j 부장을 잊을 수 없다. 연구부장이었으며 반듯하고 예의 바른 모범교

사였다고 생각한다. 본인이 비축한 점수로 볼 때, 본교에서 근무평정 1등을 받으면 교감 연수 대상자로 차출될 수 있었다. 그는 정말 열심히 뛰었다. 전공은 oo이었다. 부장 업무 이외에 특기적성 oo반을 맡았는데 oo반 운영이 쉬운 일이 아니었다. 연구부는 주 업무가 교육계획의 추진이었다. 그런데 당시, 마침 교육개혁의 바람이 불어 교육개혁과 관련한 새로운 사업을 추진해야 했으므로 일이 더욱 만만치 않았다. 여기에다 축제 행사 업무까지 맡았다. 더구나 j 부장 개인이 자발적으로 지도하던 oo반 운영은 점심시간 등 자투리 시간을 내어 교육하는 것으로서 학생 관리에 어려움이 많았다. 점심시간에 아이들을 소집하는 것 자체가 힘들었다. 전통 음악인 oo가 좋은 것이긴 하나 피교육자인 학생들이 적극적으로 나서지 않으니 힘들 수밖에 없는 것.

그는 당해 연도에 근무평정에서 1등을 받아야 교감 연수차출이 가능하였다. 그런데 근무 평정은 행정 서열 순으로 교무부장이 1등을 받는 것으로 인식하는 사람들이 많다. 반드시 그러한 것은 아니고 일종의 관행이었다. 본인이 교무부장이 아닌 핸디캡을 극복하기 위해서일까, j 부장은 있는 힘을 다하여 학교일에 충성하였다. 전 직원의 근무 평가를 마무리할 즈음 교감인 나는 교장선생님과 1, 2등의 점수를 누구 에게 부여해야 할지, 순위에 대하여 함께 걱정을 해보기도 하였다. 당사자들이 승진을 위하여 개인별로 확보해야 하는 항목들의 점수는 j 부장이 높아 그에게 1등을 주면 그는 다음 해에 바로 교감에 차출될 가망성이 높고 관행에 따라 교무부장을 앞에 놓으면 두 명 모두 교감 차출이 어렵게 된다. 교장과 나는 oo 부장의 노력을 높이 평가하는 데 의견이 일치하였다. 그러나 앞서 말한 것과 같은 사정으로 교장과 나는 교무와 연구, 두 부장의 근무평정을 놓고 많은 고민을 하지 않을 수 없었다. 최종 평가를 어떻게 하였는지의 결과는 말하지 않겠다. 다만, 근무 평정에 '1등 수(秀)'를 부여해 주지 못한 oo 부장에게 오랜 세월, 미안한 마음이 가시지 않았다.

b 선생은 수학과의 젊은 교사로서 성실하였으며 컴퓨터를 잘하고 통계처리 능력이 뛰어날 뿐 아니라 통찰력이 좋고 판단력 또한 우수하였다. 교사들 간의 관계 파악에도 눈썰미가 대단하였다. 성격도 온순하고 깔끔하였고 교사들과의 관계도 원만하였다. 나는 교감으로서 b 선생을 최고의 참모로 생각하였다. b 선생도 또한 교감인 나를 성실하게 도와주었다.

ICT연구학교 유치에도 공헌이 많았고 시범학교 운영에도 b 선생을 뺄 수 없었다. 그는 각종 통계와 인사자료 기본 양식 작성에도 컴퓨터처럼 정확하게 처리하여 교감을 도왔다.

사적인 고마움도 크다. 내가 대수술 후 퇴원하자마자 학교에 갔던 날이 있었다. 나의 불편함을 본 b 선생은 본인의 집(서울)과 방향이 전혀 반대임에도 내 차를 운전하여 r시에서 성남의 집에까지 데려다주는 인정도 있었다. 내가 교장이 된 후, 그는 우리 학교에 두 번쯤 찾아온 일이 있다. 나는 그를 교장실에서 맞이하며 반가운 해후를 하였고 우리 집에 데리고 가서 차 한 잔을 대접하였다. 그런 그가 어느 때부터인가, 연락이 두절되었다. 무슨 오해가 발생한 것인가? 어쨌거나 그 어떤 오해가 있더라도 나의 인생에서 중요한 때인 나의 교감 시절, 나의 오른팔 역할을 해준 b 선생, 그를 잊지 못한다. 고맙다.

협장교를 맡았던 조 선생님, 나는 협장교 업무를 맡았던 젊은 교사 조 oo 선생님을 잊을 수 없다.

나는 본교 교감으로서 r시, 그리고 y시 지역 협장교 업무를 재임 기간 중, 2년 11개월에 걸쳐 맡은 바 있다. 협장교장은 본교 교장이고 협장교 업무 총괄은 교감인 나였다. 협장교는 교감 아래 2명 정도의 교사를 배정한다. 협장 교사는 수업을 하면서(수업 시간은 주당 4~5시간 정도를 적게 맡는다) 협장교의 업무를 추진, 처리한다. 협장교(지역 협동장학 위원회 담당 학교)는 관내 고등학교의 행정을 아우르고 처리하여 도교육청에 보고, 협력하는 일을 하는 학교로서 초, 중학교 경우의 지역 교육청과 같은 일을 한다고 보면 된다. 협장교에서 하는 일은 각종 보고문서의 취합, 통계, 시군 내 각종 표창의 추천 및 수상자 선정, 도교육청 협조 사항의 전달, 각종 교육실적 취합 보고, 관내 고등학교들의 학생 수 또는 교원 수의 변동과 교원 수급에 대한 조사보고, 관내 고입 대입시에 즈음하여 도교육청 업무협의 전달, 관내 고교 각종 학술 경시대회 주관, 모의고사 시험지의 수령·배포 및 특히 교원 인사 시기에는 관내 각 학교, 각 과목별 인사이동자에 대한 정확한 통계자료를 작성하여 도교육청에 제출하는 일 등이다.

각종 통계 등 유기한 문서(기한 내에 보고하여야 되는 자료)를 관내 각 학교들이 척척 보내 주는 것은 아니다. 두세 번을 독촉해도 보내지 못하는 학교도 있다. 정말로 어려운 것은 인사 전보 때의 교원 통계다. 관내에는 일반계고, 공업계고, 상업계고, 예능계고 등 다양했다. 교원 수급과 관련된 통계는 자칫하면 착오를 일으키기 쉽다. 인사이동에 따른 교사의 증감, 또는 학생 수에 따라 편성되는 반(班)의 수, 교과별 시수 등에 의한 정확한 통계가 필요한데 각 학교에서는 자신 본교의 통계에서도 착오를 일으키는 사례가 많다. 이러한 상황에서 협장교는 관내 15개 고교의 교원 수급에 관한 자료를 취합하여 전체 통계를 내야 되니 여간 어려운 일이 아니다. 어느 학교에서든 숫자 1의 착오가 있으면 교원 1사람이 공중에 뜰 수 있으며 1인분의 급료 수천만 원의 차질을 빚을 수도 있는 것이다.

조 선생은 늘 짜증나고 어려운 협장교 업무를 아무 불평 없이 수행하여 주었다. 어려움에도 웃으며 긍정적인 자세로 맡은 일을 책임 있게 수행하는 사람이었기에 나는 그에게 마음 놓고 업무를 지시하고 수시로 협의 조정할 수 있었으며 나아가 막중하고 어려운 협장교 업무를 큰 사고 없이 수행할 수 있었다. 어려운 일에는 갖은 구실과 핑계로 회피하려는 교사들이 많은 세태에서 찾아보기 힘든, 잊지 못할 훌륭한 젊은이였고 훌륭한 교사였다.

학부모들을 기억하지 않을 수 없다.

p고 교감 당시 학부모회 1대, 2대, 3대, 4대 임원님들… 15년의 세월이 흐른 지금도 몇 년에 한 번씩은 그분들의 얼굴을 볼 수 있다. 그곳을 떠나 내가 교장으로 부임한 학교의 개교식에서부터 강당 준공식, 그리고 정년 퇴임식에 참석해 주셨다. 학부모 임원들은 대체로 교장실에서 교장과 대화할 기회는 많아도 교감과는 특별히 학교 일로 마주할 일이 없다. 통상적으로 학부모회는 교장 소관이며 교감은 담임도 아니므로 학부모 임원들이 교감에 대하여 그리 관심 가질 일이 없다. 본인들이 학부모일 때의 교감을 타 학교 전근 후에도 학교의 행사 때나 개인의 경사 때에 찾아오는 학부모들이 과연 몇이나 될까? 그럼에도 그 곳 학부모들이 교감였던 내가 그 학교를 떠났음에도 먼 곳까지 찾아와 주시는 의리는

흔한 일이 아니다. 당시 교장이셨던 k 교장선생님의 리더십 또는 덕(德)이 아직도 당시 학부모 임원님들께 영향을 미치는 것으로 본다. 또 당시에 그분들과 나는 대화의 기회도 없었으나 그분들께 당시 교감인 내가 밉상으로 보이지는 않았다는 증거일 수도 있겠다. 어쨌든 보기 드물게, 바탕이 순수하고 의리가 있는, 좋은 분들이었다.

운동권

당시, 운동권 교사들이 야금야금 각급 학교에 번지던 시대적 혼란기에 교장과 교사의 중간 위치의 관리자인 교감은 처신하기에 어려움이 많았다(이 책에서 말하는 '운동권'은 특정 교원단체나 특정 교직원조직을 말하는 것이 아님을 밝힌다).

본교 교사들은 거의 70% 이상이 운동권으로 이루어진 신생국과 같은 학교였다. 내가 듣기로는 당시 경기도에서도 r시 · y시 관내 학교에 운동권의 바람이 가장 많이 분다 하였다. 우리 학교의 경우, 운동권 교사들 대부분이 초임이거나 교사 경력이 적은 까닭이었을까, 지독하게 극성스러운 운동권들이 없기에 학교 관리자들에게는 다행스러운 일이기도 하였다.

'일반적으로', 운동권들이 관리자(교장 · 교감)을 힘들게 하는 몇 가지 사례를 보자.(특정 학교의 사례는 아니고 당시 많은 학교에서 발생하는 현상들이었다. 이하의 운동권 관련 이야기는 나의 개인적인 생각임을 밝힌다.)

운동권이 자신들의 근무 여건에 대하여 건의하고 협의하여 개선하자는 것까지는 좋으나 위계질서나 직분 자체를 초월하는 요구, 또는 (교사는 학생을 위하여 존재하는 신분임을 망각하고) 교원 스스로만의 안일과 일방적인 복지를 추구하려는 본말전도식 행태들이 없지 않았다. 대체로 학교를 시끄럽게 하고 관리자들과 충돌하는 많은 사례들은 관리자의 권한에 대한 운동권의 간섭인 경우가 많았다. 관리자가 나름의 학교 경영 철학으로서 시행하는 일에 대하여 운동권에서는 '하지 말자'는 것, 이것도 하지 말고 저것도 하지 말자는 식이었다.

당시 일반계 고등학교에서 관리자와 운동권이 가장 많이 충돌하는 대표적인 사안은 대부분 자율학습과 보충수업이었다. 운동권은 이른바, 강제적인 자율학습과 보충수업을 하지 말자는 것이었다. 왜 강제로 하느냐? 희망 학생만 하게하라는 것. 또한 보충수업을 지도할 교사도 희망하는 교사만 하도록 하자는 것이다. 희망하는 사람만! 학생이나 학부모, 아니 누가 들어도 이 말은 아름답게 들린다. 그렇지, 강제로 하면 안 돼.

그러나 희망하는 학생만 데리고 자율학습을 하게 하거나 보충수업을 하는 것은 자율학습과 보충수업이 전적으로 망하게 되는 것임을 운동권 교사들이 더 잘 안다. 희망대로 공부시키자는 말은 하지 말자는 말과 동일하다. 공부를 잘하는 것을 원하지 않는 학생이 있을까. 그러나 학생들에게 희망을 물어 방과 후에 공부할 것이냐고 한다면 즉, 정규 수업을 끝내고 남아서 공부하든지 말든지 마음대로 하라고 할 때, 과연 몇 명의 학생이 학교에 남아 있겠다고 하겠는가? 100명 중 10명이 있을까 말까일 것이다. 이렇게 되면 멀쩡한 학교 건물과 시설은 방과 후에 쓸 데 없는 공간이 되고 수십만 교사들은 해가 아직 중천에 뜬 대낮에 퇴근하게 된다. 막대한 세금으로 급료를 받으면서 여름 겨울 방학 기간 2개월을 집에서 쉬게 된다. 학생들은 무더기로 학원에 몰려갈 것이고 학부모들은 학원비를 대느라고 허리가 휘어질 것이다. 학생들의 교육은 학원에서 좌지우지하게 될 것이 뻔하다. 자율학습이 느슨하다 싶으면 학원이 학생들을 금세 흡수하는 것은 불문가지(不問可知)였다.

또 한 가지 사례.

운동권 교사들이 주장하는 것 중 또 하나는 두발 복장 지도, 지각 단속, 소지품 검사 등을 포함한 교문 지도를 하지 말자는 것이다(이것은 당시 p고를 말하는 것이 아님). 또 평시에 주번활동이나 방학 때 당번 소집 활동을 반대한다. 일반적으로 대부분 학교에서는 교문지도를 통하여 학생들 지각 단속과 용의 복장 지도를 하고 있다. 또 주번을 조직하고 순번으로 아침에 30~40분 정도 일찍 나오게 하여 주번활동을 하도록 한다. 그러나 운동권 교사들은 교문지도가 학생들의 인권이나 자율권을 해친다는 것이다. 학생들의 인권을 내세우지만 교사들의 편함을 추구하는 바도 없지 않다. 어쨌든 점점 강력하여지던 운동권들의 요구에 의하여 학생 인권조례가 시행되고 있는 것으로 알고 있다. 오늘날 학생 인권을 위한다며 두발 규정을 없애고 교문지도 폐지한 학교가 많다. 결과 교육 현장은 어떠한가? 아이러니하게도 교사들이 "교사 좀 살려 줘요." 하며 아우성을 하는 현실이 되어 버린 것이다. 과거 7시 30분이면 전원 등교하여 수업 전 1시간 자율학습, 또는 보충수업을 하던 학교들… 지금은 9시가 넘도록 어슬렁거리며 교문을 들어서도 교사들은 아무 말도 못 하는 신세가 되었다. 교복을 단정하게 입은 학생을 보기가 오히려 힘든 상태, 추리닝을 걸치거나 티셔츠만 입고 등교하는가 하면 가을철만 되어도 담요를 칭칭 감고 등교하는 여학생들…. 일부이긴 하지만, 입술에는 새빨갛게 립스틱을 칠하고 새하얗게 분칠하며 남녀 가리지 않고 노랗고 빨갛게

염색한 머리… 교실에서 핸드폰만 쳐다보다 잠을 자도 교사들은 다스리지 못하는 교실. 교사가 학생의 심기를 잘못 건드렸다가는 학생으로부터 매를 맞는 교사들의 이야기가 언론에 보도되곤 한다. 학생들의 학력은 떨어질 대로 떨어지고 있으며 학교는 잠만 자는 곳으로 전락하고 학원은 문전성시를 이룬다. 이것이 과연 운동권 교사들이 바라던 바인가?

운동권 교사들은 방학 때 조별 근무를 줄기차게 반대하였다. 그러나 비록 학생들이 쉬는 방학일지라도 학교에는 매일같이 교육청 등 상부기관에서 공문이 접수되며 입·퇴학 상담 등 민원, 그리고 교육과 관련되는 각종 조사 및 통계 등 문서의 수발 및 시행할 사항들이 전달되고 있다. 또 당번 등 일부 학생들의 교과 외 활동이 이루어지기도 한다.

우리나라에서 공무원인 교사들이 방학 중 등교를 하지 않아도 되는 것은, 개학 후 좀 더 훌륭한 수업을 위하여 준비하는 기간으로 활용하라는 취지에서 국가가 허용하는 것으로 알고 있다. 원칙적으로 이 기간에 교사는 전국 어디든, 도서관이나 박물관, 그 밖의 학생 교육과 관련 있는 현장 등 방문하고 자료를 수집하고 교재연구를 하면서 개학 후의 수업을 준비를 해야 한다. 이를 위해서 연수 명목의 이른바 '연수원'을 내고 출근을 하지 않는 것이다. 그러나 사실 1급 정교사 연수 등 소수 몇 명의 교육 관련 연수를 받는 교사를 제외하고 대부분 사적인 일을 보거나 놀다가 오는 것이지 다음 학기를 위한 수업 준비를 위해 일하거나 연구하다가 오는 교사가 과연 몇 명이나 되던가. 이러한데도 교사가 불과 며칠의 당번 근무를 마다하고 방학 내내 학교에 나오지 않겠다면 방학 중에도 해야 할 일, 즉 교원 수급에 관련된 공문 처리나 입·퇴학 상담 등 학교 고유의 업무는 누가 처리해야 하는가? 소는 누가 키우나? 외부인에게 용역을 줘야 하나?

나는 학교 근무조 당번으로 불과 3~4일의 출근도 마다하며 끈질긴 반대 운동으로 학교나 교육 당국을 피곤하게 하였던 운동권들의 행동은 크게 잘못된 것이라고 생각하였다.

교육행정 정보 시스템(NEIS)이 개인의 정보를 유출할 가망성이 크다며 수년간 반대 투쟁을 벌여 오던 어처구니없는 일에 대하여는 논하지 않겠다.

인사 문제

국가든 기업이든, 교육청이든 기관의 책임자는 인사권으로 조직을 움직인다. 학교도 마찬가지다. 만일 학교장에게 인사권이 없다면 학생 수천 명의 질서를 잡아 교육해야 하는 학교, 그 학교의 교직원 수십 명을 무엇으로 움직이고 관장하여 학교의 교육 목표를 수행할 수 있겠는가?

운동권은 언필칭 '민주적'이라는 상투어를 좋아한다. 학교의 모든 것을 민주적으로 해야 한다는 것이다. 보충 수업도, 자율학습도, 방학 중 근무도, 교문지도도, 주번활동도 구성원들의 의견을 들어서 해야 된다는 것이다. 만일, 학교 측에서, 좋다. 지금 하는 방식에 문제점이 있으면 더 좋은 안을 내어 놓아 보아라. 학교의 강제적 자율학습이 효과가 없다면 방과 후, 학생들이 학원으로 몰려가지 않고 여가 시간을 스스로 활용할 수 있는 방안을 내놓아 보아라고 운동권에 요구하기도 한다. 그러나 개선안을 내어놓는 것을 본 적이 없다. 본인들이 반대하는 것들에 관하여 대안을 내놓지는 아니하는 것이다. 대안도 없이 수십 년간 전통적으로 시행하여 오던 것을 하지 말자? 그렇다면 아무것도 하지 말자는 것인가? 이를테면, 주번활동에 대한 대안이 없이 주번활동을 하지 말자면 학교는 쓰레기장이 되어도 좋다는 말인가? 민주적? 듣기는 아름답다. '민주적으로 해야' 한다는 말은 아름답고 그럴 듯하니 교사 동료들이나 학생, 그리고 학부모들에게 우선 잘 먹힌다. 상대방이 민주적으로 하지 않아서 민주적으로 하려고 싸우는 것이라 할 때 금세 싸우려 하는 사람들은 의인이 되고 상대방은 악인이 된다. 운동권은 교내 인사도, 학교 행정도 교육과정 운영도, 생활지도도 모두 민주적으로 해야 한다는 것이다. 반대하는 사람이 있으면 반대자를 설득해야 한다는 것이다. 설득이 안되면? 설득이 될 때까지 일을 진행시키지 말고 대화를 해야 한다는 것이다. 그러나 막상 학교에서 그들을 설득하려 하면 들으려 하지도 않고 절대로 양보하지 않는 수가 많다.

교육청에서는 각종 위원회를 만들 것을 권장한다. 학교는 각종 위원회를 만들었다(운동권들의 요구에 의해서인가?). 인사위원회, 생활지도위원회, 물품선정위원회, 도서선정 위원회, 표창심사 위원회, 급식위원회….

이런 위원회들의 본래 취지는 여러 구성원들의 의견을 널리 수렴하여 학교 경영권자의 학교 운영에 보탬을 주고자 하는 데에 있을 것이다. 어느 기관도 마찬가지이겠지만, 학교 일의 결정은, 각 위원회에서 수렴된 의견을 학생, 학부모 등 교육 공동체 전체의 객관적 관점에서 고려하고 참고하되 최종적으로는 학교장의 의사로 결정하는 것이다. 모든 것의 최종 책임은 학교장에게 있기 때문에 어떤 사안의 최종 결정도 학교장이 할 수밖에 없는 것. 이 명백한 이치에 대하여 일부 운동권들은 비민주적이라는 굴레를 씌워 구성원들을 선동하고 업무추진을 지연시키는가 하면 분란 상태를 야기한 후 심지어 외부에까지 폭로하여 학교와 학교 관리자의 명예의 훼손은 물론 직장을 마비시키는 사례도 없지 않았다.

학생들의 건강권을 위해 야간 자율학습이나 보충수업을 하지 말자거나 학생들의 인권을 위해 복장·용의 지도를 말자거나 학생의 불편을 덜기 위해 운동장에서 애국조회를 하지 말자거나… 하는 식이었다.

공적(公的) 조직은 상명하복의 위계질서가 무너지거나 이완되면 조직 본연의 기능이 제대로 이루어질 수 없다.

만일 실수를 하면 중대한 문제가 발생할 수 있는 고사 관리, 입시 관리 등 교사들이 힘들더라도 만일의 사고를 예방해야 하는 중대한 업무들이 있다. 업무를 수행하는 구성원들이 일을 추진함에 긴장하지 않으면 안 된다. 관리자 측에서 교사들에게 주의를 환기하고 철저한 협조를 구하면서 다소 깐깐한 점검을 한다. 만일 이에 대하여 운동권이 불평불만을 하거나 때로는 선동으로, 긴장되어야 할 업무 분위기를 이완시킨다면 어찌 되겠는가? 또 장시간 집단 이동을 하는 수학여행의 경우, 관리자들의 주의 환기와 통제(학생들만 놔두고 교사들끼리 별도의 유흥을 하지 말라든가 수시로 이상 유무를 보고하라든가)가 필요한 부분이 있다. 이것을 관리자의 하급자에 대한 권위적인 지시 명령이라며 불응, 또는 반발한다 할 때 어떤 결과가 오겠는가? 교사들의 분위기는 이완되지 않을 수 없고 이렇게 풀어진 분위기는 학생 인솔에 있어 긴장성이 떨어질 수밖에 없다. 관리자가 운동권의 요구대로 아무 참견도 통제도 하지 않고 자신들이 알아서 하라 했을 때, 여행을 인솔하는 중에나 또는 야간에 숙소에서, 만일 학생이나 교사들이 음주 등 유흥을 하다가 중대한 사고가 발생하면(이런 사례가 빈번하게 있었음) 그들 중 누가 책임진다고 나서겠는가? 책임도 지지 않을 사람이 인솔할 경우, 출발에서 도착할 때까지 과연 학생을 무난히 통솔하여 돌아올 수 있겠는가?

일부 운동권들이 관리자의 학교 관리 업무에 대하여 중구난방(衆口難防)식으로 제동을 걸거나 태클을 걸고 훼방하는 사례가 얼마나 많았던가?

그러다가 점차 교내 각종 위원회를 장악하는 방식으로 발전하여 갔다. 이를테면 운동권 교사들이 학교 운영위원회 교사 위원으로 대거 진출한다. 또한 교내 인사위원회, 도서 및 교과서 선정위원회, 물품선정위원회, 급식 위원회 등 각종 위원회의 위원이 되어(운동권 교사들은 자신들의 조직원을 지지, 용이하게 위원으로 선출하는 수가 많았다.) 사실상 학교 전반의 결정권을 그들이 장악하는 경우가 많았다.

학교의 책임자는 학교라는 조직을 무엇으로써 움직이는가? 인사권이다. 인사권이 없으면 그 집단이나 조직을 움직일 수 없다. 그러나 인사위원회를 운동권 교사들이 장악하고 있을 경우 학교장이 쓰고 싶은 적재적소에 성실하고 책임 있는 교사를 임명하여 쓸 수 있겠는가, 인사위원회에서 추천한 사람이 부적절 하다 하여 학교장은 그 교사를 배제할 수나 있는가? 엉뚱하거나 때로는 무책임한 사람이 주요 부장으로 들어와 교장의 교육 방침에 어긋나는 행위를 하여도 학교장은 어찌 할 방법이 없다. 물론 학교장은 인사위원회에서 추천한 교사를 배제할 권한이 있다. 그렇다 하여 추천되어 온 사람을 배제하려 할 때 학교가 뒤집어지게 싸워야 하고 그 시끄러움은 외부에 노출될 것이며 모든 허물은 교장이 덮어쓸 것이 명백하다. 책임자가 책임 있게 교육을 할 수 없고 행정을 할 수 없는 학교라면 그 조직은 위계질서가 붕괴된 오합지졸의 집단이 된다. 관리 책임자가 아무 권한 없는 허수아비인 학교가 되었을 때 구성원들은 누가 무서워 행동을 삼가고 조심할 것이며 애쓰면서 학생들을 지도하겠는가?

이런 데에서는 열심히 땀 흘리는 성실한 교사들이 조롱당하는 분위기가 된다. 교사들은 힘 있는 조직의 비위나 맞추며 적당히 놀며 월급 받는 봉급쟁이들로 전락할 수도 있다. 교육은 황폐화될 것이고 교육 황폐화의 쓰나미는 학생들을 덮칠 것이다. 철모르는 학생들은 어느덧 학교의 혼란스런 분위기에 익숙해져 점차 스스로 흐트러지고 힘든 공부는 하려 하지 않는다. 수업 시간에 잠을 자며 핸드폰이나 보면서 청소년 시절의 황금같이 귀중한 시간을 허비할 것이다.

국민교육 현장에서처럼 미래지향적 목표나 가치에의 추구가 없는 교육, 관리 체계가 확립되고 위계질서가 반듯한 학교가 아닌 난장판의 공간, 애국조회나 훈화가 사라진 운동장과 교실, 이념서적이 가득한 도서실, 정숙한 분위기가 아닌 잠자는 교실, 난잡스런 용의에 무질서와 소란…. 제발 학교 현장에 대한 나의 이러한 우려가 기우(杞憂)이길 바란다.

'참교사(敎師)'

교육계나 사회 일원에서 참교육이 화두가 되었다. 나는 당연히 교육을 함에 참교육을 하여야 한다는 것에는 적극 동감하였다. 그렇지만, 교사가 참교육을 하기 위해서는 먼저 '참교사'가 되어야 한다고 생각했다.

나의 교직 생활을 회고할 때, 쑥스럽지만 나는 대체로 우직하게 그리고 열심히 땀 흘리며 마라톤 하듯 뛰어온 교사였다. 참교사에 이르기에는 거리가 멀겠지만 마음으로는 참교사가 되고자 했다.

성남 S고에 발령받고 오니 교무부장이 나를 교무 차석으로 배정하였다. 고입 연합고사, 졸업식 등 교내 굵직한 계획서의 수립, 작성을 내게 몽땅 맡겼다. 당시는 아직 컴퓨터가 없던 때, 모든 문서는 수기(手記)로 작성하던 시대였다. 문서뿐 아니고 모든 게시물이나 현수막 등 직접 손으로 쓰거나 그려야 했다. 내가 글씨를 잘 쓰고 미술을 잘하는 교사라 하여 학교의 많은 일이 나에게 집중되었다. 고입 고사의 각종 안내 포스터, 시험실 배정 게시물은 물론 고사실 패찰까지. 졸업식 때에는 붓글씨로 졸업장이나 상장 수백 장은 물론 전체 학년 졸업대장을 썼다. 졸업생들 이름과 인적 사항은 모두 한자로 써야 했다. 이것들을 근무 시간에 해결하기는 시간이 부족하므로 보따리에 싸서 집으로 들고 와 수 일간 밤늦도록 작업을 하곤 하였다. 새 학기가 되면 현관과 교장실의 현황판을 비롯하여 복도의 게시물까지(요즘 같으면 광고 인테리어 업자가 해야 할 일들) 내가 해야 할 일이 되었다. 교장선생님의 졸업식 회고사는 물론 입학식 축사 등 연설문을 작성하여 깔끔하게 올려드리는 일까지. 당연히 교재연구를 해야 되고 보충수업 물론 들어가야 한다. 글씨를 잘 쓰고 글을 잘 쓴다는 죄목(?)으로 나는 부임하는 학교마다 중요한 일꾼으로 쓰였다.

어느 사회, 어느 직장이나 비슷할 것이다. 이를테면 어떤 사람이 처음으로 직장에 들어와 정직하게 열심히 일을 한다. 진심으로 내가 봉직하는 직장을 위하여 또는 자신이 무능력하게 보이지 않고 먼저 들어온 사람보다 손색없는 사람이 되기 위하여 땀 흘리며 고달프게, 열심히 일을 한다. 한동안 그러하다가 주위를 살펴보니 과히 어렵지 않게 일을 하며 가볍게 근무하는 사람들이 눈에 띄기 시작한다. 이들은 경험이 많아 일에 과히 힘들이지 않고 처리하는 요령이 있다. 그렇구나. 그런데 그중에는 스스로 익숙하여 요령을 부리는 수도 있으나 어려운 일은 타인에게 떠넘기고 빠져나가는 요령이 좋은 사람도 있다. 자신의 낯이 나는 데에는 발을 들여놓고 그렇지 않은 데에서는 피한다. 함께하던 일도 자신이 한 것처럼 상급자에게 얼굴을 나타내고 부각되게 하여 자신의 공으로 만드는 재주를 부리는 사람도 볼 수 있다. 그들은 아무리 구성원 전체에게 절실하고 필요한 일이라 해도 나서지 않는다.

만일, 학교 운동장에서 전교생과 내빈들이 참석한 학교 행사가 있었다 하자. 행사가 끝나고 학생들은 각자의 의자를 교실로 이동시키는데 단상에 벌여 놓았던 내빈들의 의자와 집기는 누가 치워야 하는가? 행사 주무자가 단상의 의자를 치우는 계획은 미처 세우지 못했다 하자. 일반 교사들이나 부장급 교사들이 몇 개씩 가져다 나르거나 일부 교사가 학생들 몇 명을 동원하여 원위치로 이동시키면 될 일이다. 그런데 모두들 못 본 척 사라져 버리는 사람들이 많다 할 때, 과연 이 조직이 추구 하는 바의 중요한 일들이 제대로 이루어질 수 있겠는가?

교육대학이나 사범대학을 졸업하고 임용고사를 거쳐 부푼 꿈을 지니고 교단에 들어온 청순한 교사들이 기성의 교원들로부터 직간접적으로 학습하는 부분이 많을 것이다. 선배들로부터 훌륭한 경험과 교육철학을 보고 배워 자신의 양식으로 삼는 교사들도 있을 것이나 많은 신출교사들이 금세 적당주의와 요령주의에 빠지는 경우도 많다고 생각된다. 나 또한 요령주의에 빠진 적이 있다. 열심히 일하다 보면 일하는 사람에게만 일감이 몰려오고 편하게 지내는 사람은 언제나 편하게 지내면서도 좋은 자리, 좋은 보직을 받는 경우를 많이 보아왔기 때문이다. 보이지 않는데서 아무리 땀을 흘리고 뛰어봤자 소용없고 보이는데서 잘하는 척, 재주부리는 자들이 좋은 자리를 차지하기도 한다. "재주를 잘 부리는 것도 능력이다…." 이런 풍조가 만연되던 때도 있었다.

30대 중반, s고에서 근무할 때, s고 근무 후반기에는 몇 년간 충실하고 정직한 분 아래에서 차석을 하게 되었다. c부장교사였다. 그분이 하시는 일은 진실하고 양심적이었다. 자신이 해야 할 일을 남에게 떠넘기지 아니하였다. 학교 행정뿐 아니라 학생들에 대해서도 진실하였다. 학교가 학생들에게 해 줄 수 있는 것을 아버지 입장에서 고민하였으며 모든 학생을 친자식으로 생각하는 듯하였다. 이분의 훌륭한 모습을 구체적으로 서술하는 것은 생략하지만, 이를테면 이런 것들이다. 교실 연탄난로 위에 당번이 주전자에 물을 떠다 놓는다. 그 물이 학생들의 식수이기도 하였다. 난로불은 꺼지기 일쑤였고 주전자는 먼지투성이… 불결하기 짝이 없다. c 부장교사는 이런 것을 걱정하고 개선하려 하였다. 또 겨울철, 아이들을 추운 교실에 붙잡아만 두고 시간만 때우는 형식적인 자율학습을 못마땅해 하였다. 기말 고사가 끝난 직후, 전혀 학습이 이루어지지 않는데도 불구하고 정규수업을 마치는 형식을 취하기 위해 아이들을 억지로 잡아두는 때의 이야기이다. 누구나 이런 형식적인 것이 바람직하지 못하다는 것은 말한다. 그러나 c부장교사는 난로 없는 교실에서 아이들이 추워하는 것을 걱정하는 것이었다. 이분 가까이에서 일하면서 보아온 그분의 바람직한 모습이 이후에도 늘 기억에 떠올랐다. 그의 언행은 마치 신호등처럼 건너야 할 길과 건너지 말아야 하는 길을 가리키는 듯하였다.

바로 이것이다. 직분을 통하여 밥을 먹고사는 사람들은 직분을 고맙게 생각하고 내가 해야 할 본질적인 일, 교사라면 학생의 올바른 성장과 그들에게 실질적으로 보탬을 주는 일에 최선을 다하여 땀 흘리고 노력하는 것, 이것이 교사가 할 일의 핵심이요 본질이다. 세월이 한참 지난 이후에도 나는 나의 잠재의식 속에서 그분의 모습을 추구하고 있음을 느꼈다. 그분은 나의 마음에 나도 모르게 멘토가 되고 있었던 것. 40대 초반 젊은 시절, 모처럼 좋은 분과 일하게 되어 그분으로부터 좋은 교사의 모습을 배웠던 것이다. 좋은 사람을 만나는 것은 참으로 중요하다.

너무나 당연하지만 앞에서 예를 든 바와 같이 교단에서 형식적으로 하는 척하는 것이 한둘이 아니었다. 누가 보든 안 보든 진심으로 하는 교육, 피교육자인 학생에게 보탬이 되도록 진정으로 애쓰는 노력…. 교사

뿐 아니라 모든 직종에서 일하는 대한민국 사람 모두가 직업에 종사함에는 이와 같아야 함에도 사람들은 건성건성 하는 척, 형식만을 위하여 본질이 희생되는 일들을 많이 했으며 사회에는 요령주의나 형식주의를 바탕으로 한 껍데기 실적으로 출세하는 사람들이 많았던 때도 있었던 것은 사실이다. 만일 교사가 이런 풍조를 벗어나지 못한다면 그 교사로부터 참교육이 이루어질 수 있을까?

참교육은 자신의 혁신으로부터 이루어져야 마땅하다고 본다. 자신이 과연 학생들에게 대한 교육의 열정이 뜨거운가? 학생의 불편과 고통을 이해하려 애쓰는가? 학생이 무엇을 목말라하는지 알고 있는가? 학생의 지적 성장을 위한 자신의 연구 노력은 성실한가? 내 자녀의 진학·진로를 걱정하듯 일반 학생들의 진학·진로를 걱정하는가? 학생들과의 인간적 소통을 게을리하지 않는가? 학교나 나라를 위해서 봉사하고자 하는 마음이 있는가?

그런데 교사들, 특히 운동권 교사들은 참교육의 명분을 내걸고 ooo활동을 하는 데 있어 내가 보기에는 큰 착각을 하고 있는 부분이 있는 것 같았다. 참교육이 마치 교육청이나 학교 관리자들을 비판하는 것이 전부인 양 오해하고 있는 듯하였다. 운동권 교사들은 위에서 언급한 바의 자신에의 채찍과 성찰이 선행되어야 함에도 대체로 남이 하는 일을 비판하며 반대하는 일을 많이 하고 있지 않나 싶었다. 참교육을 한다면서 왜 교육청이나 학교 관리자들을 공격하는가? 참교육 운동보다 먼저 해야 할 것은 스스로에 대한 참교사 운동이어야 하지 않을까?

참교육의 개념, 또는 실체는 무엇인가?(이와 관련해서는 뒤의 '참교육, 그리고 생활기록부' 참고)

모든 조직이 다 그러하지만, 교육기관인 학교에서도 위계질서는 필요하다. 국가수준의 교육목표 아래 단위학교 책임자인 학교장의 학교 경영철학을 바탕으로 교육목표를 설정하고 교육계획을 수립하였다면 (교육목표를 달성하는 방법에는 여러 가지가 있겠으나) 지향하는 바의 교육 목표를 향하여 학교장의 교육 방침을 존중하면서 함께 나아가야 할 것이다. 구성원들이 스스로의 성찰과 정진(精進)보다 타인의 흠결을 찾으려 애쓰면서 문제를 야기하여 조직을 흔드는 것은 바람직하지 못하다.

2000년대 초반, 몇 년 전만해도 듣도 보지도 못했던 운동권의 바람이 당시에는 이미 거세지고 있었는데 이를테면, 당해 연도에 초임으로 발령받은 일부 햇병아리 교사들이 보충수업 지도안을 제출하지 않겠다고 말하면서 그 까닭을 묻는 교감인 나에게 운동권 조직에서 제출하지 말라고 하였다는 사례를 들 수 있다. 지도안을 작성하고 수업하는 것은 대한민국 교단에서 수십 년간 이어지고 있는 교사의 통상적 업무이자 학교의 규정이기도 한 것인데 갓 발령받은 교사가 지도안 작성을 운동권의 방침이라 하여 거부하는 것을 어떻게 생각해야 할까? 학교에서 발생하는 모든 일, 긍정적인 것이든 부정적인 것이든 작은 일이든 큰일이든 최종 책임자는 교장이거늘 학생들을 대상으로 하는 모든 일에 운동권이 사사건건, 거의 모든 분야에서 집단으로 태클을 걸고 훼방하는 사례도 빈번하였다.

2000년대 초반의 학교와 관리자들은 그간 미미했던 운동권의 바람이 세어지면서 큰 혼란과 곤욕을 치르게 된다. 순풍에 돛단 듯, 지역사회와 학교, 학생 및 학부모가 화기애애하게 순항하던 학교에 어느 날 이상 기류에 휩싸이게 되고 서로 믿지 못하는 황량한 분위기로 돌변하는 학교들이 한둘이 아니었다. 설혹 운동권들이 창궐한다 하더라도 학교와 운동권이 서로 인정하며 합리적인 대화로 좋은 교육을 위하여 협력하여야 했다. 2000년대 초반의 운동권은 나름대로 학교 풍토에 긍정적인 변화를 가져오게 한 부분도 분명 있다고 생각한다. 그러나 학교 구성원들 간, 특히 교육 관리층과 교사 간, 또는 학교와 학생, 그리고 학부모 사이에 불신과 혼란을 야기하는 난기류를 형성시킨 것도 사실이다.

운동권이 학교 사회의 개선에 기여하느냐 안 하느냐는 것은 접어두고, 위계질서가 확립된 가운데 전체 교원들이 당연히 협조적으로 순조롭게 이루어지던 학교 사회의 학사진행과 교원 분위기가 마침내 균열이 가면서 어수선해지고 심란한 상황으로 변하였다. 관리 체제에도 문제가 생기기 시작하였다.

학교 관리자가 직원을 통솔함에 제대로 영(令)을 세울 수 없었다. 관리자는 학교의 통솔을 위해 때로는 태만하거나 무책임한 직원을 야단치고 직장의 기강을 잡아야 하는데 운동권은 교사들을 규합, 세력화하여 학교장 등 관리층을 공략하는 행태였으므로 관리자 측은 학생들의 교육성과를 위한 본연의 관리 업무에 소신껏 매진할 수가 없었던 것이다. 난데없는 복병을 만나 제 목숨 부지하기 어려운 난처한 장수의 꼴이 되었다고나 할까? 학교에 운동권들이 많으냐 적으냐에 따라, 또는 극성 운동권 교사가 있느냐 없느냐에 따라 교장이나 교감들의 희비가 엇갈리는 형국이었다. 교육성과의 제고를 위한 노력은 접어두고 일부 대충 술렁술렁 넘어가는 무골(無骨)의 학교장이나 교감들은 운동권과의 대립을 더러는 피할 수도 있다. 그러나 책임감이 강하고 주관이 뚜렷한 교장 · 교감일수록 학교는 풍랑에 휩싸일 개연성이 컸다고 본다.

학교는 학생들이 지적으로 또는 정서적으로 바람직하게 성장하도록 최선을 다하여야 한다. 생활지도도 잘해야 되고 개성과 창의력 신장을 위한 특별활동 교육도 잘해야 한다. 또한 학생들의 앞날을 위해 진로지도와 학력신장을 위한 노력도 게을리할 수 없다. 이 모든 것은 학교 관리자와 교사들의 움직임과 노력으로 이루어진다.

그런데 운동권은 대체로 학교 당국에서 하고자 하는 일에 반대하고 거부하는 수가 많다. 물론 학생들의 건강과 인권 등 여러 가지 명분을 내세운다. 대체로 그들의 요구는 "~을 해 보자"가 아닌, "~을 하지 말자"는 것이다. 학생들의 건강과 자율권을 위해 야간 자율학습을 하지 말자, 학생들의 인권과 자유를 위해 교문 앞 생활지도를 하지 말자, 학생들에게 청소도 시키지 말자, 주번도 시키지 말자, 방학 중 당번활동도 시키지 말자, 방학 중 보충수업을 시키지 말자, 애국조회도 하지 말자….

대안이 없다. "~을 하지 말자 대신 이렇게 해 보자"라는 운동권들은 내가 과문(寡聞)한 탓인지 보기 힘들었다. 즉 학생들의 건강이 염려된다면 학생들의 건강을 위해 점심시간이나 자율학습 전에 잠시 시간을 할애하여 음악을 틀어주고 전교생이 함께 스트레칭을 하거나 체조를 하게 해 보자, 또는 교문 앞 생활지도를 하지 말고 학생들 스스로 자율적인 기구를 운영하도록 지도해 보자라든지, 학생들을 주번이나, 방학 때 당번활동을 시키지 말고 교사들이 학교를 위한 자율 봉사활동을 한다든지, 방학 중 등교시켜 보충 수업을 시키지 않는 대신 꼭 필요하고 효과적인 방학과제를 연구하여 제시하고 그 과제를 객관적으로 평가, 반영하여 학습효과를 제고하는 방안을 만들어 보자든지…. 이런 대안은 없고 오랜 시간에 걸쳐 학력 향상이나 생활지도에 도움이 되는 것으로 일반화된 기존의 자율학습이나 보충수업, 교문지도, 주번활동, 애국조회 같은 것을 깨뜨리려 하고 있는 것으로 보였으며 교사가 학생을 위해 "~을 해 보자. 우리 교사들도 땀 흘려 보겠다."가 아니고 "~을 하지 말고 ~도 하지 말자."는 운동권들의 주장은 언필칭 학생을 위한 것임을 내세우지만 미안하지만 내가 볼 때는 본인들이 귀찮고 하기 싫은 것들이므로 그런 것을 안 하고 편하게 지내고 싶다는 소리로 들릴 수도 있었다. 왜냐하면 앞에서 열거한 것들은 이미 전통적으로 어느 학교에서나 운영하여 오던 것인 바, 이것들은 오랜 세월 전국의 중고교에서 해 오던 교육의 한 방식이며 수천 곳의 학교, 수십만의 교원들과 수만 명의 관리자들에 의해 오랜 세월 시행착오를 거쳐 검증된 현실적으로 가장 타당하고 효과적인 교육활동들이 아니었던가(물론 이것들에 대한 문제점은 언제나 새롭고 창의적인 대안으로 교체, 개선해야 함은 물론이다).

자율학습도 시키지 말자, 방과 후 보충수업도 시키지 말자, 방학 중 특기 적성 교육도 시키지 말자, 교문 생활지도도 주번도 시키지 말자….

그러면 무엇을 어떻게 하겠다는 것인가?

종래의 방식보다 더 좋은 교육적 방법이 있다면 그 새로운 대안을 제시해야 마땅하다. '그것은 하지 말고 대신 이것으로 합시다'라고 해야 말이 된다.

멀쩡한 학교 공간과 교육 시설은 텅 비워 두고 학생들을 해가 중천에 떴을 때 모두 학교에서 쫓아 보낸다면 그 아이들이 학원으로 몰려갈 것이 뻔하다. 학원은 문전성시가 될 것이고 막대한 시설과 비싼 땅에 지어진 학교는 텅텅 비어 거미줄을 친다. 국가에서 국민 세금으로 채용하여 쓰는 교사들은 할 일이 없어진다.

학생들의 성적 관리 문제든 생활지도 문제든 최종 책임은 학교장이 져야 할 것인데 만일 일부의 극성스런 선동이 발생하였을 때, 학교장을 보호할 장치가 없는 것도 문제였다. 양측의 충돌로 학교가 시끄럽게 될 경우 어느 측의 잘잘못이 밝혀지기도 전에 학교장은 상부 관청은 물론 지역사회로부터 학교를 다스리지 못하는 무능교장으로 낙인찍힐 수밖에 없는 것이 당시의 현실(지금도 마찬가지)이었다. 운동권들에 의한 소란이 발생했을 때, 아직은 소란 자체만으로 학교장의 리더십은 낙인을 찍히는 풍조다. 모두 아는 바와 같이 운동권은 학교만의 운동권이 아니었다. 지역 연합, 전국 연합의 거대한 공룡이었고 이것은 또한 다른 운동권 조직과도 연대하는 국가적 공룡이기도 하였다. 학교장 등 관리자들은 아야 소리도 못하게 되어 있으며 숨도 쉬지 못할 지경이라고 해도 과언이 아니었다.

교사가 84명. 연가 병가 육아휴직, 출산 전 육아 휴직, 출산 후 육아 휴직, 산후 조기 퇴근, 국내 연수, 국외 연수, 외국 연수….

교수학습지도 능력 향상을 위한 연수를 제외하더라도 매월 평균 15명 내외의 교원이 들쑥날쑥 학교를 나오지 않게 되어 교원 결원에 대한 관리를 하는데 교감은 정신을 못 차릴 정도였다. 기간제 교사를 못 구하면 학생들이 해당 시간마다 놀게 되니 큰 일, 착오가 없도록 교감은 엄청 신경 쓸 수밖에 없다. 과거에는 교사들이 몇 년 동안 단 1~2일 연가를 쓰지 않는 교사도 많았고 임용된 지 십 수 년간(법정 공휴일을 제외하고) 학교를 단 하루도 쉰 일이 없는 교사도 허다하였다. 나의 경우도 십 수 년 만에 한두 번 연가를 써 봤을 정도다. 집안에 대소사의 일이 많아도 공직에 있는 사람으로서 웬만하면 쉬지 않는 것을 도리로 생각하였다. 그러나 이제 교원들은 아주 쉽게 연가원이나 휴직원을 내고 있었고 교감은 당장 기간제 교사를 수소문하여 땜방을 해야 했으며 수업과 보충수업 시간표를 수시로 바꿔야 했다(물론 수업과 보충수업은 별도의 담당 계원 교사가 하지만 교사 요원의 조달, 수급은 교감이 대처할 수밖에 없음). 들어갔다, 나왔다, 또 들어갔다…. 한 사람이 1년에 무려 6번을 들락날락하기도 했다. 어느 여교사는 2학년을 담임하며 한 해 3분의 2 이상을 쉬는 경우도 있었다. 2월 병가를 내었다. → 또 3월에 개학하자마자 병가를 내었다. → 5월쯤, 출산 전 육아휴직 3개월 개월을 쉬었다. → 여름방학으로 1개월이 지나간다. → 9월 초 출산을 하였다. 9월부터 출산 후 육아 휴직 3개월을 썼다. → 출산 후 조기 퇴근으로 일찍 집에 간다. → 이어서 겨울방학 40일쯤의 쉬는 날이 이어진다. → 겨울 방학 개학 후 불과 1주일 출근하다가 또 2월 봄방학 2주일….

교사 본인은 여러 가지 가정 형편과 육아 문제에 봉착하여 산모로서 몸마저 불편하니 얼마나 고통이 컸겠는가? 복지 차원의 문제점에 대해서는 생각해 볼 점이 없는 것은 아니다. 예전에는 이런 사정이면 휴직을 하거나 사표를 내면 되었을 것이다. 이렇게 좋아진(?) 것은 운동권의 덕분이기도 할 것이지만 세금을 내는 국민들과 정상적으로 수업을 받아야 하는 학생의 피해는 간과할 수 없는 것도 사실이다.

이와 같이 일부 교사들이 이처럼 들쑥날쑥하는 뒤처리는 교감이 해야 한다. 차라리 휴직을 하고 1년을 계속 쉰다면 간단하다(그러나 당사자는 1년을 계속 쉬면 급여가 적어지니 개인적으로는 손해가 따르기도 한다). 단 1명의 교사가 5~6번씩이나 쉬면 5~6명의 기간제 교사를 구해야 한다. 휴직 3개월이면 좀 낫다. 그런데, 교사들이 휴가(병가 등) 15일을 일을 쓰고자 할 때, 교감은 단지 15일만 근무해야하는 기간제 교사를 수소문해야 한다. 15일간을 근무해 줄 기간제 교사를 구하는 것이 쉽겠는가? (차라리 해당 교사는 1개월을 쉬는 것이 학교를 위해서 낫지만 법에 위반되지 않으니 학교를 위한 배려까지 기대할 수 없는 노릇이다) 설혹 구했다 하더라도 학생들의 입장에서는 담당과목이나 담임 반에 낯선 교사가 15일을 근무하고 사라지게 되니 황당한 일이 될 밖에 없다. 이런 실정에서 월 평균 무려 15명이 들락거리니 관리 책임자는 그 복잡하고 다양한 날짜와 기간에 인력을 충원하는 것이 얼마나 머리 아픈 일이겠는가?

어느 학교에서 있었던 일이다.

2학년 학생들 15학급을 데리고 남해 방면의 화엄사 광양제철, 여수 오동도, 지리산 등을 거치는 수학여행을 떠났다. 각 반 담임 15명에 학생부장, 그리고 인솔자는 교감이었다. 여행 일정 중, 지리산 아래 도착하였다. 지리산 노고단까지 버스로 올라갈 계획이었으나 계획된 코스를 운행하다 보니 시간이 조금씩 지연되어 이미 땅거미가 드리우는 시간이 되었다. 교감은 지리산 초입에서만 산책하고 하산하자고 제안하였다. 그러나 담임들은 노고산까지 가자는 것이다. 그 이유를 물으니 지리산 노고단을 보고 싶다는 것이다. 젊어서일까, 학생들 수백 명의 안전을 생각하는 사람이 안 보이는 것이다. 학생들의 뜻을 말하는 것이 아니라 교사들 스스로 본인들이 올라가보고 싶다는 것. 담임들은 갓 대학 졸업한 초임 교사들인 데다 이미 운동권이 된 교사들이었는데 담임 숫자로 반 이상을 차지한 학년이었다. 운동권 교사들의 주장은 소리를 내었으나 비운동권 교사들은 으레 침묵하니 운동권 교사들의 목소리만 클 수밖에 없다. 철모르는(?) 교사들이 노고산까지 올라가자 하나 교감은 안전이 우려되는 야간이므로 그들의 의견을 묵살해야 한다. 교감은 순간 고민한다. 여행지에 와서 그들의 의견을 꺾고 분위기를 그르치는 것도 어렵지만 수백 명의 학생의 안전은 더욱 중요하지 않는가? 일반 교사들은 설득이 쉽고 상급자에게 대체로 수긍한다. 그러나 대부분 운동권은 대체로 떼를 지어 밀어붙이려 한다. 관리 측면에서 그들 의견을 묵살하면 학교가 내내 시끄러워진다. 운동권이 드세지면서 바로 이런 문제가 대두되고 있는 것이다. 이런 것은 누가 바로잡겠는가? 큰 문제다. 운동권은 학교 경영의 측면과 학생 관리에 대한 책임성에 관하여 각성을 해야 할 것인데 쉽지 않을 전망이다.

교감은 설득한다.

"어둠 속 무리한 단체 산행은 불가하다."

그러나 그들은 막무가내였다. 교감이 그들의 소위 자율권을 막는 모양새가 되는 것이다. 만일 사고가 생기면 스스로 책임진다고 나설 사람들이 아닐진대 교사들은 노고단까지 그냥 올라가잔다. 꼭 올라가 보고 싶단다. 여행 일정 운영상 이러한 경우 당연히 현장 최고 책임자인 교감의 지시를 따르는 것이 상식이다. 그러나 이들은 이런 것도 모르는지 떼를 지어 교감의 지시를 무력화시키려는 것이다. 반민주적이라며. 이와 같은 일들이 관리자들을 지치게 하고 교육 현장을 어렵게 하는 것이 아닌가 생각한다.

p고에서의 마지막 만찬

2005년 2월 25일.

이날은 마침 학년 말 방학으로 잠시 쉬던 학생들을 소집하여 새 교실 배정도 할 겸 p고 전입 교사들에 대한 송별 조회를 하는 날이다. 안타깝게도 교감인 내가 이 자리에 참석하지 못하고 oo도 교육청으로 출장을 가지 않을 수 없었다. 교육청에서 2005년 신규 승진교장에 대한 대통령의 임명장 전달식을 하게 된 것이다.

oo도(道) 교육청 김oo 교육감을 대신한 교육국장이 한 명 한 명씩 임명장을 전달(교육감은 출장?)하였다. 대한민국 관인이 중앙에 크게 찍힌 대통령 명의의 임명장이었다. 평교사 때 어쩌다 도교육청에 갔을 때, 이곳에서 회의를 마치고 걸어 나오는 교장들을 볼 때, 외경심이랄까 높아 보이고 중후해 보이고 부러워 보이던 사람들! 그런데 내가 오늘 그들과 같은, 대한민국 고등학교 교장이 된 것이다.

이 행사가 끝난 후, 경기도 교육청에서 우리 집 성남으로 돌아가는 길은 가깝다. 그러나 나는 다시 순환도로를 타고 r시에 있는 학교에까지 올라간다. 오후 2시쯤, p고에 올라오니 학생들과 대부분 교사들을 귀가한 이후였다. 내 책상 위에는 학생회와 학부모들이 이임식에서 내게 전달하려고 가져왔다는 꽃다발 두서너 개가 놓여 있었다.

나를 배웅하려고 온 학생들과 학부모들의 얼굴도 못 본 채 모두 떠난 텅 빈 학교, 텅 빈 교무실. 가슴 한켠에서 교감 시절 여러 가지 애환 어린 이곳을 떠나려 함에 가슴에 우수(憂愁)가 이슬비처럼 젖는 듯하였다. 병마와 싸우며 나의 자리를 지키고 역할에 최선을 다하던 3년 11개월, 이렇게 이곳과 작별하면서 인생 드라마의 한 장이 막을 내리는 것인가?

2월 28일, 마지막으로 교감의 서장(書欌)을 정리한 후 교장실을 찾아 j 교장선생님과 마주 앉았다. 나와 동시에 j 교장선생님도 이 학교를 떠난다. 교장실에는 아직 정리하여 챙기지 못한 각종 책과 물품들이 책상에 많이 쌓여 있다. 본교에 미련이 많으신 듯 이때까지 교장실에서 온종일 무슨 일인가를 하고 계셨다. 마지막 날까지 떠나시지 못하는 교장선생님…. 본교에 신규 교장으로 오셨던 j 교장선생님도 본교에서 희로애락과 우여곡절을 다 겪으시고 떠나시게 되니 그 감회가 나와 비슷하리라. 나는 교장선생님을 모시고 j 교무부장과 함께 학교 근처의 조용한 식당으로 왔다. 본교 교직원으로서 교장, 교감, 교무부장의 마지막 만찬이었다.

돌이켜 보면, 신설 p고등학교에서 만나 함께 고생하면서 p고를 시내에서는 학생들이 가장 선호하는 학교로 만들었다. 참 잘한 일이었다. 교원의 소임이 무엇이겠는가? 임기 중 학교를 잘 이끌어가면서 맡은 기간에 학생들을 공부 잘 시켜 그들의 진로를 열어주는 것 아닌가? 바로 이러한 소박한 결과를 이루고서 교장과 교감은 이 학교를 섭섭하지만 가벼운 마음으로 떠나는 것이다. 재임 기간 대과(大過) 없이, 무탈하게…. 하늘은 본교와 우리들에게 축복을 내리셨다.

이 순간 내 마음은 본교(p고)를 떠나게 됨에 아쉽고 섭섭한 마음이 가슴에 스민다. 여기, 부임 당시, 썰렁하고 삭막한 이곳에서 병마(病魔)에 시달리며 근무하여야 했던 핸디캡, 그리고 리더십을 제대로 발휘하지 못하던 무력함과 우울증에 빠지기도 하다가 입원과 퇴원을 거치며 점차 어려움을 견디고 극복하면서 교감의 업무적 주도권(?)을 확보하게 되었고 대부분의 부하 직원들과도 레포를 형성하였던 3년 11개월. 그리하여 교무실 중앙에 위치한 나의 교감 자리가 편안해졌으며(초기에는 교감 자리에 앉아 있으면 왜 그리 불편하였던지….) 학교 구석구석,그리고 5층의 도서관으로부터 왼쪽 1층 복도 끝 과학실까지, 또한 ICT실 그리고 교문 쪽 강당 구석구석에 이르기까지 익숙해지고 정이 들어 내 집같이 되어 버렸던 학교.

재임 기간 학교의 규모도 개교 시 12학급에서 42학급의 대형 학교가 되었고 교사가 84명에 행정실 직원까지 포함하면 100명이 넘는 큰 학교가 된 것이다. 80명이 넘는 교사의 근태 관리와 근무평정을 하다 보니 각 교원들의 인적 사항과 능력, 성격까지 꿰뚫게 되어 그제야 비로소 교감으로서 능력을 발휘할 수 있었고 능력 발휘가 되다 보니 일의 보람과 기쁨이 찾아오는 것도 알게 되었다. 나는 학교의 모든 자원, 학년별 학생 상황, 신입생 성적 추이와 관내 중학교 학력 정보 등 고입자료를 비롯해서 본교 신입생 재학생의 학력 추세 등 모든 정보를 누구보다도 확실하게 파악할 수 있는 본교의 소프트웨어인 동시에 하드 디스크가 된 셈이었다. 학교에 관한 각종 콘텐츠와 학교 관련 정보를 아주 잘 알고 전체를 파악할 수 있는 것, 이것이 바로 관리자(교감)의 자산이요 능력이다. 알아야 뭐든지 적절하게 대처할 수 있다. 아는 것은 저절로 되는 것이 아니다. 학교 관련 모든 분야를 탐구하고 골몰하고 겪어보고, 직접 애쓰며 처리하고 또 이런 일을 반복하고…. 이러는 과정을 통하여 학교를 내 손바닥에 올려놓고 보는 것처럼 구석구석 알게 된다. 알아야 처방할 수 있으며 처방을 잘하는 것이 곧 유능한 것이다. 유능해야 자신감이 생긴다. 나는 비로소 교감직에 보람을 느끼게 되었던 것 같다. 각 교실의 정숙한 학습 분위기와 학생들의 반듯한 용모에 이르기까지 그리고 자율학습 관리와 특별활동 운영이나 입시 관리, 선생님들의 근태 관리까지 나의 열정을 발휘하고 땀을 흘리며 뛰어서, 대충이 아닌 꼼꼼하고 치밀하게, 착착 잘 돌아가는 학교를 만들게 되었던 것도 보람이고 행복이었다. 부장들과 의기투합하여 거액의 지원을 받는 연구학교도 따내었다. 본교는 지역에서 좋은 학교, 명문학교로 뜨고 있었고 고입 평균점수도 처음에는 140점대 초반이었던 것이 무려 172점으로 상승되었다. 예상은 하였지만, 바야흐로 교감의 지휘체계도 확고하게 되어 학교 근무에 있어 사기와 열정이 충만할 무렵이었는데 교장으로 승진 발령이 떨어진 것이다.

9. 생애의 클라이맥스, 뜻을 펼치다

교장이 되었다. 자신의 교육철학에 따라 단위학교의 교육을 스스로의 구상으로 실현할 수 있게 된 것이다. 학생을 진정 사랑하면 교장의 길이 보이게 마련이다. 하루를 2배로 늘려 뛰며 나의 교직 최후를 모두 걸었다. 기적이 일어났다. 개교 4년 만에 최고 수준의 명문교의 반열에 오른 것이다.

승진 발령

2005년 2월 20일, 교육청에서는 2005학년도 각급 학교 교장 인사를 발표하였다. h고등학교에서 모셨던 김재철 교장선생님이 나의 발령 소식을 알려 주었다. h고등학교라 하였다. 광주시 신장읍 소재, 집에서도 가깝고, 괜찮다 싶었다. 그런데 신문에 보도된 것을 보니 h고가 아니고 j고등학교였다. j고? 생소한 이름이었다. 이름도 잘 기억되지 않는다. 신설학교라 하였다. 어쨌거나 내가 1973년 초임 교사로 출발하여 32년 만에 교직의 가장 정점(?)인 교장으로 등극한 하는 것이다. 교감이 된 지 3년 11개월 만이다. j고등학교는 i시 oo 부근이라 했는데 위치는 나의 집에서 가까운 듯했고 고등학교라니 더욱 다행이었다. 신설학교라 하지만 내가 교감을 신설학교에서 근무하여 신설학교를 키우는 과정을 그대로 경험했기 때문에 이 점은 별 걱정 없었다. 교장 승진 발령! 희소식 듣고 펄펄 뛰며 기뻐해야 할 것 같은데 내 기분은 담담하였다. 아니 눈물이 나려 했다. 승진 발령인데 눈물이 나려 했다면 나의 감정 상태는 무엇인가?

내가 교장으로 떠나야 할 학교이므로 3월 초, 개학식을 하기 전, 즉 최소한 1주일 전에는 현지로 부임하여야 했다. 신설학교니만큼 개학 준비에 할 일이 많기 때문이다. 내가 교장으로 가야 할 j고등학교에 이미 행정실장은 발령을 받아 근무 중이고 교감도 부임했다고 하며 교사들도 하나둘, 발령장을 들고 새 학교에 오고 있다고 전하여 왔다.

교감은 2월 말이 가장 바쁘다. 나는 아직 며칠간은 p고등학교 교감이다. 내가 몸담았던 학교, 정든 p고등학교의 개학 전 준비가 바빴다. 일반적으로 2월 말, 타교로 승진 발령받은 사람이라면 대충 정리하여 부장들에게 넘기고 새 학교로 뛰어갔을 것이다. 그러나 나는 절대로 그렇게 약삭빠른 인물은 못 된다. 내가 가야 할 j고등학교도 중요하지만 몸담았던 학교의 마무리를 잘해야 한다. 신년도 교내 조직이 중요하다. 교내 조직을 제대로 하려면 새로 전입되는 교사들을 일일이 면접해야 된다. 대충 정리하고 새 학교로 일찍 떠날 수 없었다. 새로 부임하여 오는 교사들을 포함하여 전체 교사들에 대한 교과별, 학년별, 업무 부서별, 특별활동별, 분장업무별로 여러 가지 요소를 종합하여 교사들을 적재적소에 배정하는 것이 매우 중요하다. 교사 개인별로 각자의 호불호와 능력별 차이가 있기 때문에 절대로 무턱대고 배정할 수는 없는 것. 분장업무들 중, 중요하지 않는 것이 없겠지만, 이를테면 고3 담임에 입시 지도 경험이 없는 교사나 출산이 예정되어 있는 교사를 배정할 수 있는가? 아무에게나 교무부장을 시킬 수 있는가? 근태 상황이 안 좋은 교사에게 수업계를 맡길 수 있는가? 수십 가지 요인을 검토하여 인사안을 작성하고서도 어느 한 사람의 교사라도 자신에 대한 업무분장을 받아들이지 않거나 의외의 문제가 발생한 것을 뒤늦게 알게 될 경우, 문제가 된 1명을 다른 곳에 배정하기 위해서는 5~6명을 연쇄적으로 이동시켜야 될 경우도 있다. 그들을 일일이 면담하여 설득, 조정해야 하는 것이다. 새로 부임하는 교사들은

25일이 넘어서야 발령장을 들고 하나둘 들어오기 때문에 학년말 2월 25일에서 27일 사이, 교감에게 이 시기는 정말 바쁜 시기이다. 10개가 넘는 연구실의 조정과 교실의 재배정 등도 동시에 이루어져야 하는데 연구실별로도 교사들의 배정은 물론 좌석 배치도까지 그려 줘야 한다.

정말로 내가 떠날 사람인가? 내가 계속 근무할 것처럼 본교 인사안을 다듬고 또 다듬었다. 더러는 일부 교사를 혼내고 그들과 다투기도 해야 한다. 근태 상황이 매우 안 좋은 교사, 책임감이 부족한 어떤 교사가 굳이 담임을 희망할 때, 자꾸 조른다 하여 떡 떼어 주듯이 줘 버리면 안 된다. 그 교사가 맡을 반 학생들 40명의 1년을 망칠 수도 있는 것이다. 학력 관리도 중요하겠지만 생활지도를 방기(放棄)하여 버린다면 반 학생들의 1년간 교실 분위기는 이루 말할 수 없이 혼란스러울 것이고 큰 사고가 발생할 염려도 있다.

마지막으로 한 사람, 수일간 해결이 되지 않는 ooo 선생을 설득하는 과제가 남았다. 최후의 결전처럼 그를 달래기도 하고 큰 소리도 쳐보면서 정말 힘들게 마무리하였다. 그를 담임 희망에서 배제시키는 데 성공한 것이다. 나는 내가 생각해도 정말 열심히, p고를 아끼는 끔직한 마음으로, 대단한 애착과 열성으로, 마지막 마무리에 정성을 다했다. 오히려 이 학교에 재임하던 평년보다도 더욱 더 빈틈없이 다듬었다. 아무런 조건도 대가도 없이 순수한 애정으로.

나는 내가 늘 떠나는 곳에 더 정을 쏟는 경향이 있다. 나의 이 애잔한 마음, 무엇인까? 나의 특성인가? 그른 것인가, 좋은 것인가?

이리하여 나의 새 학교에 부임하지 못하고 '정든 p고'의 새 학기를 위한 빈틈없는 교내 인사를 도모하기 위해 나는 y 부장과 b 부장의 도움을 받으며 한 사람의 불만이 없도록 최후의 한 구석까지 다듬고 있을 즈음, 새 학교에서 사신(?)들이 왔다. 내가 부임할 새 학교에서 한 발 먼저 부임한 중견 교사들이었다. 이순인, 김해철, 김숙인 선생이라 했다. 고운 보자기에 떡을 한 보따리 싸가지고 왔기에 교무실에 풀어놓고 이제 친정 학교가 될 이곳 선생님들께 나누었다. 그들이 본인들의 새 학교 교장이 될 나의 체면을 세웠다. 새로 부임할 교장을 보러 먼 곳임에도 불구하고 올라온 새 학교 교사들이 고마웠다. 새 교장의 부임이 늦어지니 궁금하여 중견 교사들이 대표로 올라온 것일 수도 있다. 과연, 이제 기관장(교장)이 되었음이 실감났다.

교장으로 첫 출근

2005년 3월 2일, 나의 교장 첫 출근 날이다. j고에서 김해철부장이 우리 집 앞까지 왔다. 교장의 첫 출근이니만큼 기관장에 대한 예우로서 첫 출근길을 '모시러' 온 것이다. 아마도 교감과 의논하였을 것이다.

학교 정문에 들어서니 마주 보이는 본관과 별관 사이의 가로지른 구름다리형 복도가 보였고 거기에 가로로 대형 현수막이 걸려 있었다.

"경축 - 주세훈 교장선생님의 j고 취임을 환영합니다."

신설 j고는 oo 택지개발지구 내에 있었고 oo은 (행정구역상으로 다르지만) 시가지가 분당과 연속적으로 붙어 있었다. 내가 p 택지개발지구에 새로 생긴 학교의 교감으로 부임한 것과 같이 이번에도 새로 조성된 택지개발 지구내의 교장으로 부임하게 된 것이다. oo 택지개발지구에는 1개의 고등학교와 2개의 중학교 그리고 4개의 초등학교를 지어 새로 개교한 것이다. 신설된 도시이니 물론 구획정리가 잘되었으며 거리가 산뜻하고 깨끗하였다. 특히 내가 부임한 j고등학교는 기존 학교의 풍경과는 완전히 다른, 새롭고 창의적인 설계로 아주 예쁘게 지어졌다. 과거의 학교들은 성냥갑을 쌓은 듯 직사각 컨테이너 형으로 지었고 조경이라는 것도 거의 전무(全無), 이곳저곳 대충 나무 몇 그루를 심어 놓는 정도였는데 비하면 우리나라에 비로소 선진국형 학교의 모델이 등장한 것이다. 본교는 내가 부임 시 조경까지 완성되어 있지 않았으나 바로 얼마 지나지 않아 지형과 건물에 맞는 조경설계로 교문 앞에 10여 그루의 소나무를 비롯하여 교내 요소요소에 주목이며 목련 그리고 배나무 모과, 벚나무 철쭉 등 한 구석도 빈 곳이 없이 적재적소에 수목을 심고 정원에 역시 각종 수목과 잔디를 심어 학교 전체를 예쁜 공원으로 만들어 놓았다.

건물 내에도 소강당 등 크고 작은 각종 실(室)과 샤워실, 탈의실 엘리베이터가 시설되었다. 5층까지 직통으로 연결되는 달팽이관 모양의 둥근 계단은 새로운 건축미가 돋보이는 특색 있는 설계였으며 학교의 명소로서 손색이 없었다. 나라의 발전과 더불어 우리나라의 학교 시설이 진일보한 현상이었다. 그러나 3월 5일에 개강하는데도 공사, 또는 비품 등 준비가 늦어 아직 건물만 덩그러니 서 있는 상태였다. 교장실은 물론이고 교무실의 책걸상이 들어오지 않아 발령받아 오는 교사들이 당장 앉을 자리도 없어 행정실에서 더러는 앉아 있고 더러는 서 있었다. 각 교실의 칠판이나 책걸상도 채워지지 않은 교실이 많았다. 심지어 교장인 나도 앉을 곳이 없어 교감과 숙직실에서 쪼그리고 앉아 협의를 해야 하는 형편, 할 일이 태산이었다.

행정실장은 나이가 서른여섯밖에 안 된 6급 주사였다. 사무관이 와야 할 자리지만 아직 1학년밖에 없으니 6급 주사가 온 것. 실장은 교장의 지시를 받아 매우 열심히 일하였다. 책걸상은 물론 각종 교구와 집기를 매일같이 신속하게 조달하고 있었다. 이곳저곳 채워 넣어야 할 교구와 비품들을 신속하게 주문, 배달시켰는데 한 가지도 본인 임의로 처리하지 않고 교장과 의논하였다. 교장이 긴급하게 독촉하는 사항을 이행하지 못한 경우에는 그 이유를 상세히 설명하였다.

나는 점점 실장을 신뢰하게 되었다. 나도 그가 나이는 어리지만 교사들이 보는 앞에서도 실장으로서 깍듯하게 대우하여 주었다. 교장은 실장을 잘 만나야 된다는 말을 들은 적이 있다. 실장이 교장과 의논도 없이 임으로 일을 처리한 후, 결재 문서를 불쑥불쑥 들이민다면 얼마나 골치 아프겠는가? 문제는 아래에서 일으켜 놓고 후에 잘못될 경우 책임은 애꿎게 교장이 지면서 곤혹을 치르는 사례는 얼마든지 있다. 나는 교장 임기 중, 내내 실장 복은 있는 편이었다. 참으로 다행이었다.

빠른 시간 내에 눈 코 뜰 새 없이 서두르며 교무실과 각 실의 책상을 채워나갔다. 특히 칠판은 당장 급한 것이었는데 일부 교실의 칠판을 확보하지 못해 개학을 앞두고 조바심이 컸다. 개학 전날 밤, 마지막 교실의 칠판이 들어왔다. 3월 2일부터 개학 전 3일간 온종일 물 한 컵 마실 시간이 없을 정도… 정신없이 뛰었다. 들여오는 물품이나 비품도 그냥 갖다 놓아서는 안 될 일이었다. 일일이 성능이나 질을 점검하고 확인한 후 접수하거나 또는 반납하여야 되었기 때문이다.

교장 취임식, 그리고 입학식

3월 5일, 나의 취임식을 겸한 개교 첫해의 입학식 날이다. 요즘은 신설 학교의 경우에도 모든 시설을 거의 개교 전까지 거의 100% 갖춰 놓고 개학식을 한다고 한다. 당시만 해도 본교는 건물 주변의 부지 정리나 운동장도 아직 닦지 않고 조경도 하지 않은 채, 무엇보다 식당 시설을 꾸미지도 않은 채 건물만 완공한 후 입학식을 올리게 되었던 것이다.(이때만 해도 많이 나아진 편이다. 내가 교감으로 갔던 p고등학교는 건물을 1층만 올린 채 2, 3층을 계속 올리면서 신입생 1학년에 대한 수업을 하지 않았던가.) 운동장에서는 아직 불도저가 지나다니므로 입학식을 할 공간이 없어 학교에서 가장 넓은 공간이라 할 수 있는 식당에서 입학식을 하게 된 것. 식당에 아직 학생용 식탁이 반입되지 않아 공간을 확보할 수 있어 신입생만의 입학식이 그런대로 가능하였다.

식당 바닥에 신입생 420명을 정렬시켰다. 앞에는 연설용 탁상을 갖다 놓고 뒷벽에는 현수막을 걸었다.

"경축!! 주세훈 교장선생님 취임식 및 2005학년도 신입생 입학식"

내빈으로는 새 교장 부임 전 본교 준비학교였던 인근의 s고 교장선생님만 불렀다. 100여 명의 학부모들은 학생들 뒤에 서 있었다. 입학식 간략하게 하되 추후 날을 잡아 정식 개교식을 '성대하게' 할 예정이었다.

나는 본교에 온 후, 신입생들의 본교 입학 성적을 들춰 보았다. 말도 아니었다. 200점 만점에 평균 92점…. 100점 만점으로 보면 46점밖에 안 되는 점수였다. 대부분은 90점 전후를 넘나들었고 120점이나 130점은 잘하는 편, 180점 이상 학생이 단 2명이었다. 성적이 좀 나은 학생은 본교의 신입생 지원자가 미달되니 서울에서 전입하여 온 학생들이었다. 신설학교였던지라 시내에서는 아무 데도 갈 데 없는, 학력이 가장 낮은 학생들이 모였던 것. 아, 나는 이 아이들을 어떻게 교육해야 할까? 신입생 접수 업무를 맡았던 선생들로부터 전해들은 바로는 학생들이나 학부모들이 신설학교에 원서를 내는 것을 부끄러워하며 대부분 의기소침하고 열등감에 젖어 있는 듯하더란다.

이것이 문제였다. 이렇게 패배의식에 빠진 학생들을 일으켜 세우려면 교장인 내가 무엇을 해야 할 것인가? 이들이 가장 부끄럽게 생각하는 것은 공부를 잘하지 못하는 것, 뒤집어 말하면 이들이 가장 원하는 것은 공부를 잘하는 학생이었으면 하는 것이다. 그리고 자신들이 입학한 학교의 이름이 창피하지 않기를 원할 것이다. 바로 이것이다. 교장은 학생들의 학력을 높이는 것과 본교를 명문화시키는 것, 이것만이 축 처져 있는 우리 아이들을 살려 내는 길이다.

나는 전날 밤 작성한 취임사를 겸한 신입생에 대한 격려사를 기운차고 또랑또랑하게 읽어 내려갔다. 첫 연설이 중요하다. 교장은 의기소침해 있는 학생들과 학부모들을 극복해야 한다. 구하여야 한다. 치고 넘어가야 한다.

취임사의 가장 핵심적인 내용은 나는 우리 j고 신입생 여러분과 더불어, 여러분의 학력과 모교의 획기적인 발전을 위하여 특단의 노력을 할 것이라는 의지를 표명하고 짧은 시일 내에 우리 학교를 반드시 명문을 만들 것임을 천명하였다. 학생들과 학부모들은 새로 부임한 교장의 의욕적이고 자신 있는 모습을 매우 좋게 보는 것 같았고 또 큰 기대를 하는 것으로 보였다. 나는 패기 있는 나의 취임사를 숨죽이며 경청하던 학생들과 학부모들의 눈빛이 빛나는 것을 느꼈다. 취임사가 끝나자 우레와 같은 박수가 터져 나왔다. 첫날, 성공이었다.

나는 그간 갖은 풍파와 시련과 우여곡절을 겪으며 교직을 뚜벅뚜벅 걸어왔다. 학생을 위한 좋은 교육도 하여왔지만, 늘 일에 치이면서 나의 생존을 먼저 신경 쓰다 보니 학생들을 최우선으로 배려하고 그들의 마음을 헤아리는 따뜻함이 부족하지 않았나싶다. 하여 나는 교장 취임에 즈음하여 아래와 같은 생각과 결심을 확고하게 마음속에 새겼다.

"나는 내가 교장으로서 근무하는 학교의 전체 교직원들을 가장 반듯한 직장인이 되도록 이끌어갈 것이다. 용의가 단정하고 언행이 바르며 품위를 지키는 교직원, 그리하여 학생이나 학부모들에게 친절한 교직원상(教職員像)을 만들 것이다! 물론 학생들도 마찬가지이다. 용모가 바르고 예의가 깍듯한 학생으로 키울 것이다. 또한 학교와 교실이 구석구석 정리정돈이 잘되어 있는, 언제나 깨끗하고 깔끔한 학교를 만들 것이다.

잘 지어진 새 학교, 아름다운 조경에 걸맞는 반듯한 교사와 반듯한 학생! 나는 우리 학교를 품격 있고 아름다운 학교로 만들 것이다."

좋은 학교 세우기

계속하여 학교의 비품들이 들어왔다. 시대가 많이 깨끗해졌으나 아직도 더러는 공직의 구석구석에 투명하지 못하고 어수룩한 부분이 남아 있던 때였다. 학교 관리자 회의(교장, 교감, 실장)에서 교감과 행정실장에게 나는 선언한 바 있다. "비품과 각종 교재교구를 가장 양질의 것으로 들여오되 업체 선정에서 물품 반입, 대금 지불에 이르기까지 행여라도 오해를 받지 않도록 하라. 배나무 밭을 지날 때, 모자를 고쳐 쓰지 말자. 우리 학교는 재정, 회계 등 금전이 관련되는 부분에서 완벽하게 깨끗한 학교가 되어야 한다. 우리들은 언론을 통하여 몇 푼의 공돈을 먹으려다가 자손만대 씻을 수 없는 불명예를 당하는 어리석은 사람들을 많이 본다. 물품을 사주고 몇 푼의 사례비를 받았다가는 명예와 직(職)이 달아나는 세상이 되었다. 우리가 공직에서 부정을 하여 평생 살 만한 돈을 먹을 수나 있나? 우리 학교는 완벽하게 깨끗한 학교를 지향하자. 이것이 나의 스타일이며 신조이다."

교감과 실장은 바로 알아들었다. 실장은, 학교의 거의 모든 물품을 공개된 전자 입찰로 구입하는 것이기 때문에 의심받을 여지가 없다고 말했다. 나도, 교장으로서 처음 인연이 된 김 실장이 신뢰할 만한 사람으로 생각되어 다행스러웠다.

나는 개학 이전, 본교의 설립준비 학교에서 내가 부임 전에 이미 교장실의 책상이며 대형 응접 테이블, 책장 등을 구입한 사실을 지적하였다. 우리 교장실에 배치하기는 너무 과분한 제품이니 다시 반환시키라 하였다.

교훈과 교가

학교의 조경이 거의 마무리되어 가고 있었다. 건설업체에서 태백산맥 어디선가 캐어왔다는 소나무 7그루를 정문 바로 안쪽에 심었다. 석물(石物)들이나 비품 일체는 업체를 상대로 교육청에서 수주하는 것이지만, 시공사는 적합한 물건의 선택, 교육적인 면을 고려한 물품의 질, 모양, 공간 내 구성과 배치 등에 관하여는 물론 건물의 설계 과정이나 건축할 때에도 원칙적으로 교장의 의견을 들어야 한다.

정문에서 바로 왼쪽 녹지에 오석(烏石)이란 까만 돌로 교훈석을 세웠다. 돌 모양은 괜찮았는데 교훈인 '정성(精誠)'이라는 글자가 너무 작았다. 어쩌나? 도저히 그냥 놔둘 수 없어 조경 책임자에게 다시 해 오든가 어쨌든 글자를 키워 오라 하였다. 오석의 산지인 대천까지 트럭에 싣고 가야 한단다. 다시 끌어간 며칠 후, 교훈석을 고쳐 왔다. 가지고 가서 깎아내고 그 위에 글자를 다시 팠다 한다. 글자가 조금 가라앉았지만 흠이 뚜렷하게 드러나지는 않았다. 교훈석이 소나무 조경에 어울리며 보기 좋았다.

나는 이에 앞서 교훈을 지었는데 교훈은 '정성(精誠)'이었다. 교훈 "精

誠"이라는 글자 아래 다음과 같이 풀이를 하여 새겼다.

"마음가짐이 참되고 거짓이 없으며 일을 함에 성의를 다하여 보배롭게 함."

교장으로 승진하며 진정 나는 학교를 위해서 이 교훈과 같은 마음으로 일을 하고 싶었고 이 교훈이 또한 우리 j고 학생들의 정신과 행동의 지침이 되기를 바라는 바였다.

교장실을 넓었다. 보통 학교 교장실의 1.5배가 되었다. 이것을 칸막이를 하여 줄일 수도 있겠으나 그렇게 하면 채광에 문제가 생기게 된다. 교장실 구석 끝부분에 큰 창이 있어 그 부분을 중심으로 2개 실로 분리시키면 교장실로 사용해야 할 공간은 낮에도 어두컴컴하게 된다. 유리창들의 바로 위에 위층 배란다가 나와 있기 때문이었다. 어쨌든 교장실은 i시 시장실과 크기가 같았다. 창가에는 부장회의 등을 위하여 응접세트를 놓았고 중앙에는 대형 원탁 테이블(이 기물들은 개교 준비 학교에서 이미 구입한 것)을 놓았으며 테이블 뒤에는 대형 활엽 덩굴 식물을 놓았다. 온상이 없으므로 밖에서 얼어 죽을 뻔한 것을 어느 겨울에 교장실에 갖다 놓았다가 계속 길러오고 있었다. 교장실은 넓고 늘 깨끗, 산뜻하였다. 나는 청와대 대통령 집무실이 부럽지 않았다. (이후 나는 교장실 공간을 활용하여 해마다 졸업 시즌에 4~5일간에 졸업생들의 반별 졸업식을 하였다. 수능이 끝난 겨울방학 후 2월초, 3학년 교실에 학생들을 잡아두는 것 자체가 힘들어지고 시기상 수업이 안 되는 때, 교장실에서 계속하여 반별 졸업식을 진행하였는데 넓은 교장실은 참으로 안성맞춤이었다.) 행사 때나 학교 손님들이 올 경우에도 교장실이 넓어서 참으로 유용하였다.

하루 종일 쉴 새 없이 바쁘지만 교장은 외로운 자리였다. 교내 100명 가까운 직원 중, 속을 털어 놓고 이런저런 이야기를 할 사람이 없다. 교장의 애로점과 힘듦을 아랫사람들에게 하소연할 수는 없는 것 아닌가?

잠시 일어서서 교장실 밖을 본다. 저쪽 경부 고속도로 건너편으로 소실봉이 바라다보이며 붉게 물든 노을 속으로 저녁해가 가라앉는다. 학교의 저 앞은 경부고속도로가 i시 h구를 양쪽으로 나누고 있다. 옛날 같으면 이곳은 한양으로부터 삼남지방을 내려가는 한양의 관문에 해당되었으리라. 3월 초순 어느 날, 나는 창밖으로 내다보이는 소실봉, 그리고 임진산을 바라보면서 교가를 구상하였다.

한양관문 삼남대로 아득히 펼쳐진 곳
호국의 임진산 우러르던 옛 터에
빼어난 젊은 인재 구름같이 모였네
인류의 빛이 되고 소금이 되세
정성을 다하여 일마다 보배롭게
oo고교 전진하세 세계를 향하여

법화산 뜨는 태양 소실봉에 질 때까지
모교의 전당은 뜨거운 열정
젊은 피 뛰는 혈관 벅찬 가슴으로
수천 년 길이 빛날 명문 이루세
정성을 다하여 일마다 보배롭게

oo고교 전진하세 세계를 향하여

위와 같이, 나는 j고등학교 교가를 지었다. 작곡을 하여야 했는데 어찌 하면 좋을까? 나는 멜로디를 궁리하여 흥얼대며 한 소절 한 소절 외워나갔다. 내가 교감 때, 당시 교장선생님이 어떤 음악선생님께 부탁하여 작곡했다는 p고 교가가 비가(悲歌)처럼 구슬프게 들려서 마음에 들지 않았었다. 나는 j고등학교 교가의 멜로디를 활기차고 박력 있게 구상한 후, 음악선생을 불렀다. 구상한 멜로디를 내가 한 소절씩 노래로 부르면 음악선생은 악보에 멜로디를 기록하였다. 다시 반복하면서 내가 구상한 멜로디와 악보의 멜로디가 일치하는지 확인을 거쳐 드디어 우리 j고등학교 교가의 멜로디를 완성되었다. 내가 노래 가사를 짓고 곡(曲)도 지었다. 다만, 곡을 기록하는 것은 음악선생이 하였다. 음악선생은 j고에 근무하는 동안 1학년에게는 교가 부르기를 음악의 실기 평가로 하였다. 교정에서는 여기저기 교가 부르는 소리가 넘쳐났다. 방송실로 하여금 청소 시간 시작과 동시에 반드시 교가를 틀도록 하였다. 교가가 학교와 인접한 아파트 단지에 매일 울려 퍼졌다. 금세 교가는 j고와 마을에 국민가요처럼 익숙하게 되었다. 인근 마을 아파트 사람들도 j고교 교가를 흥얼거리며 다니는 사람들이 있다 하였다.

차근차근 기본 시설부터

1학년 12개 교실에 칠판과 책상을 채워 넣었다. 교실이 아직 추워 난방도 급하므로 업체를 독려하여 밤샘 작업을 하도록 하였다.

교감과 행정실장은 교장실 자리를 선택하시라 하면서 2층의 원형 유리창으로 된 큰 방이 채광도 좋고 전망도 좋으니 그곳이 어떠냐고 권하였다. 그들이 권하는 2층이 역시 우리 학교에서 가장 햇볕도 잘 들어오고 운동장 너머로 고속도로가 가로지르는 oo동(洞) 너른 들판이 보였으며 탁 트인 전망도 좋았다. 바로 아래 1층 아니면 전망 좋은 2층의 둥근 유리방, 둘 중의 하나를 선택하여야 하겠는데, 나는 채광이 안 좋은 1층을 택하였다. 교장은 혼자인데 교장이 좋은 방을 차지하는 것은 아닐 것 같았다. 2층 둥근 유리방은 선생님들 10명 정도를 배정하는 제1연구실로 사용하도록 지시하였다.

학생들의 개인 사물함은 미관상 안 좋으니 복도에 벌여놓지 말고 교실에 넣어두도록 하였다. 교무실은 연구실로 명명하기로 하였다. 교사가 하는 일 중 가장 중요한 것은 수업을 잘하기 위한 연구이어야 함을 강조하는 의미였다. 제1연구실… 제2연구실… 제10연구실 식으로 패찰을 붙이고 그 연구실에 근무하는 부서의 명칭을 아래에 작은 글씨로 도안하여 넣기로 하였다. 패찰의 도안도 미관에 중요하므로 내가 직접 각실 명칭과 도안을 일일이 확인하였다. 3년 내에 10개 이상의 연구실이 필요할 것이지만 2층의 둥근 유리방은 교감 집무실을 겸한 교무부와 연구부 교사들의 연구실로 설정하였다.

그 외 제2연구실(1학년 연구실)과 제3연구실(학생부 연구실)을 마련하였다. 처음 출발하는 학교이니만큼, 교사들의 책상과 캐비닛 등의 연구실 내부 배치, 각 연구실 패찰의 모양과 색깔까지 교장인 내가 세밀하게 검토, 지정하여 주어야 했다(나는 한때 미술을 전공하기도 했다). 패찰 한 개라도 한 번 정하여지면 특별한 일이 없는 한 그것이 매년 그 모양 그대로 가는 경우가 대부분이기 때문이다.

식당의 시설도 늦어져 학생들에게 2주일간 점심과 저녁의 도시락을 주문하여 공급하여야 하였다. 3월이어서 날씨는 추웠는데 도시락 업체는 수백 개의 도시락을 배달하다 보니 국물과 밥을 따뜻하게 제공하기가 어려웠던 모양이다. 교장도 교장실에서 혼자 차가운 점심과 차가운 저녁을 먹고 있었다. 나는 직원회의에서 학교의 현재 사정을 이해하고 조금만 참아달라는 말을 학생들에게 전하라 당부하였다.

식은 밥을 먹게 된 데 대하여 일부 교사로부터 더러는 불평의 소리가 들렸다. 나는 우리 학교 학생들과 학부모들이 혹시 학교에 대하여 불평의 마음을 갖지 않을까 하는 점을 매우 걱정하였다. 학생과 학부모님들이 전폭 신뢰하는 학교를 만들려고 결심했기 때문이다. 그런데 어려운 실정을 가장 먼저 이해하고 협조해야 할 사람이 교사들임에도 일부 극소수 교사는 이런 것을 어떻게 먹으라 하느냐며 학생들 앞에서 투덜거렸는데 오히려 학생들과 학부모들은 많이 이해하고 참아주었다. 고마운 일이었다.

식당은 자체 급식이 아닌 위탁으로 하기로 결정하였다. 새로 출발하는 학교에서 전교생 식사 업무까지 맡을 여력이 없는 것이다. 설혹 학교가 안정이 되었다 해도 학생들의 식사 업무는 전문 업체에게 위탁하여야 한다는 것이 나의 소견이었다. 학교는 교육을 하는 곳이지 식당업을 하는 곳이 아니기 때문이다.

운영위원회를 통하여 교장을 포함한 학부모 5명, 교원 2명을 급식업체 선정 추진위원으로 정하였다. 나를 포함한 학부모 선정위원들은 각 업체들이 현재 급식을 하고 있는 경기 지역과 서울 강남 일원의 여러 학교들을 직접 방문하여 후보 업체들이 급식하고 있는 현장을 점검하러 다녔다. 이후 각 업체를 학교에 불러 설명회를 들은 후, 업체 선정 채점표를 작성하여 집계하였다. 규정상 교장도 선정위원에 포함되었다. 물론 최종 책임자인 교장의 의견도 반영되어야 마땅하지만 나는 아예 업체 선정 채점에 참가하지 않았다. 행여라도 교장이 1표의 투표권을 행사함으로써 '오이 밭에서 신발 끈을 고쳐 매는' 오해를 받지 않기 위함이다. 아니나 다를까 모 교사는 교사로서는 해서는 안 될 엉뚱한 짓(그는 교장이 마치 어느 업체로 결정하려고 하고 있으니 그 업체가 아닌 oo업체를 밀어야 한다며 선동하고 있었던 것)을 하는 것 아닌가? 바로 내가 서 있는 학교, 늘 만나는 부하 직원들 속에도 이미, 지뢰밭이 쫘악 깔려 있는 세상이 되어 있었던 것이다.

학생 식당은 식탁 테이블에 접이식 의자가 붙어 있는 것으로 선택하였다. 학생들이 의자를 넣었다 꺼냈다 하는 불편을 줄이기 위해서였다.

학교마다 교사용 식당은 학생 식당 한 구석에 차단 가리개(파티션)를 둘러놓고 그곳을 식당으로 사용하는 것이 보통이었다. 결국 교사들의 배식구는 학생들의 배식구와 같은 곳이 된다. 이렇게 되니 때로는 교사들이 학생과 함께 줄을 서서 차례를 기다리지 않고 급하다며 새치기를 하는 수가 많다. 이것은 좋은 모습이 아니었다. 교사 식당은 따로 있어야 한다…. 이것을 어찌 해결하면 좋을까?

식당 입구 공간, 넓은 현관의 안쪽 전면이 벽 대신 온통 유리창으로 되어 있고 유리창 너머 학교 울타리에는 봄꽃이 만발하였다. 맞은편에는 oo휴먼센터의 정원이 건너다보이는 아름다운 풍경이 눈에 들어왔다. 바로 이 유리창 앞은 학생 식당 입구(홀)의 20평쯤 되는 베란다였다. 나의 머리에 번쩍, 아이디어가 점화되었다. 여기(베란다)에 교사용 식당을 꾸미자.

나는 곧 공사를 하도록 하였다. 베란다 좌우에 벽을 만들고 원래 식당 입구 홀에 벽을 쌓아 베란다와 식당 현관을 분리하니 정말 경치 좋고 예쁜 실(室)이 되었다. 마침, 위치도 본(本) 식당에 입구에 있는 최적의 장소였다. 이 새로운 공간에 음료수대와 셀프 배식대를 설치하였다. 천정에는 예쁜 등을 달고 식탁 테이블엔 하얗고 깨끗한 식탁보로 분위기를 돋우었다. 의자도 가장 예쁜 의자를 설치하였다. 거리를 지나던 행인이 밖에서 올려다 보이는 식당 내부를 보고는 호텔의 연회장 같다는 사람도 있었다(이 사람은 후에 본교에 부임해 온 영어 교사였다). 비용도 크게 안들이고 아이디어 하나로 경치 좋은 베란다 위에 훌륭한 교사용 식당을 만들어 선생님들에게 제공한 것이다. 무엇보다도 학생들과 함께 길게 줄을 설 필요가 없어졌으니 얼마나 다행한 일인가?

음악실도 아름답게, 아주 편리하고 실용적으로 꾸몄다. 입구 왼쪽에는 예쁜 연주실을 꾸몄다(공간은 이미 설비되어 있었다). 본 공간과는 소리가 차단되도록 방음시설을 하였다 학교 음악실에는 다른 학교에서는 통상적으로 교회 성가대 좌석처럼 대부분 장형 의자를 사용한다. 한 의자에 5~6명이 앉는다. 이런 의자는 의자가 무거워 이동하기도 어렵고 공책을 받칠 곳이 없어 필기도 못 한다. 음악실에 왜 교회 성가대 의자와 같은 것을 써야 하나?

나는 책을 놓을 수도, 필기를 할 수도 있는 개인별 테이블에 개인별 의자를 구입하였다. 물론 거기서 노래도 부를 수 있고 수업을 들으며 필기를 할 수 있다. 테이블과 의자 밑에는 바퀴가 달려 있어 이것을 이동시켜 4~5인이 함께 돌아앉으면 조별 학습을 할 수 있는 공동의 테이블이 된다. 책상이나 의자도 산뜻한 색깔로 되어 있어 깔끔한 음악실과 함께 조화를 이루며 실(室) 전체를 아름답게 한다.

과학실도 개선하였다. 대부분 학교의 과학실에는 수도꼭지가 세워진 4~5개의 대형 싱크대 같은 실험대(實驗臺)가 있다. 여기서 실험은 가능하지만 토론이나 협의를 위하여 마주 앉거나 선생님을 쳐다보며 수업 듣기가 불편할 뿐 아니라 도무지 공책에 필기를 할 공간이 마땅치 않다. 그래서 수도꼭지와 싱크대, 그리고 불을 사용해야 되는 테이블은 교실 사이드에 설치하고 과학실 중앙에는 역시 바퀴 달린 개인용 테이블과 의자를 배치하였다. 학생 개인용 바퀴 달린 테이블은 강의를 들을 때는 정면으로, 토의 · 토론을 할 때에는 알맞은 방향을 돌려 4~5인이 마주하면 된다. 필기할 수 있는 책상도 되고 훌륭한 실험 테이블도 되는 것이다. 칠판 위에는 스크린을, 교실 중앙 천정에는 빔 프로젝터를 설치하였다.

가사실도 이와 비슷한 설비로 하였다. 화덕 테이블은 유리창가로 붙이고 교실 가운데는 역시 이동식 개인용 경량 책상이다. 이것을 4~5인이 합치면 조리대가 되는 것이다. 컴퓨터실도 획기적으로 개선하였다. 위치도, 도서관 맞은편에 설치하였다.

컴퓨터실은 컴퓨터 학습만 하는 공간이 아니고 토론 학습실도 겸할 수 있게 하였다. 외관상 종행으로 나란히 배치한 컴퓨터 테이블을 움직여 가운데를 향하여 돌아앉으면 3인용 반달형 테이블이 되는 것이다. 협동, 토론학습이 가능하다. 협동학습 중 바로 옆 도서실에서 수업 관련 도서를 검색하여 바로 참고할 수 있도록 이 방을 도서실과 최단거리에 배치하였다.

어학실 역시 방음장치가 되고 리시버가 부착된 개인용 테이블, 대형 TV 화면, 외국의 자료실 등으로 조성하되 공간미를 살려 꾸몄다.

본관 1층 서쪽 원형 유리창이 있는 예쁜 방에는 학생 회의실을 아늑하게 꾸몄다.

학교를 새로 열어, 정신없이 바쁜 시기였음에도 비품이나 교구를 턱턱 아무것이나 들여오지 않고 한 구석도 빠짐없이 새롭고 발전적으로, 연구적이고 실용성 있도록 알맞은 물품의 구입과 배치에 노력을 기울이는 한편, 각실 전체 분위기와 조화가 잘되도록 예쁘게 꾸몄다. 단 한 곳도 공들이지 않은 곳이 없었다. 여기가 내 교직 38년을 마감해야 하는 곳이므로 나의 힘과 모든 정성을 쏟아 붓는데 주저할 수 없었다. 나는 늘 각실을 순회할 때마다 마치 내가 나의 집을 아름답게 꾸미고 사는 것과 똑같은 행복감을 느꼈다. 아껴 가꾸고 정성들인 결과 얻어지는 충만한 행복과 보람, 겪어보지 않고는 알 수 있을까?

두발, 복장 지도

교장으로서 내가 꿈꾸어 온 학교상(學校像)은 무엇인가? 나는 우리 학교 학생들이 모두 착하고 성실한 학생들이 되길, 또 선생님을 존경하고 학교를 진심으로 좋아하는 학생들이 되길 희망하였고 반드시 그리 되도록 교육하리라 결심하였다. 품격 있는 학교를 만드는 것이었다.

또한 우리 선생님들도 반듯하고 예의 바른 선생님들이 되길 바라며 반드시 전원, 그리되도록 솔선수범하여 이끌어 가리라고 결심한 바 있다. 학생들이나 교원들이 학교에 머무는 시간만은 가장 즐겁고 행복한 시간이 되는 학교를 만들고 싶었다. 따뜻하고 평화로운 학교가 되어 학생과 교직원들의 분위기가 아름답게 조성될 경우, 새로운 모델로 지은 깨끗하고 아름다운 우리 학교의 환경과 얼마나 구색이 잘 맞겠는가? 예쁜 학교에 착하고 성실한 학생에 의젓하고 품위 있는 선생님들!

그런데, 나의 꿈이 이상적이고 아름답다 하여 그 꿈이 꽃길 걸어가듯 순탄하게만 이루어지지 않을 것임을 예고하고 있었다.

다음과 같은 사례를 기술하겠다. (여기에 예화로 인용된 이야기가 어느 교사를 비난하거나 험담하는 것으로 오해하지 않길 바란다.)

학생에 대한 교사의 강압적 자세, 또는 일방적 지도 방식에 관한 이야기인데, 이와 같은 일은 1990년대 이전, 교단에서 늘 볼 수 있는 일반적인 풍경이었다. 소수 교사가 다수 학생들을 능률적으로 통솔하기 위한 불가피한 관행이었을 수도 있다.

2000년대 초반, 시대는 민주화의 분위기에 편승하여 이미 학교사회에 자율화 바람이 불고 있었다. 그러나 아직 과도기, 많은 학교의 교단에서 교육의 이름으로 학생에 대한 강압적인 행위 내지 폭력이 비일비재하였다. 그러므로 아래의 사례는 어느 특정교사 개인의 이야기라고 할 수만은 없었다.

생활지도를 담당한 어느 교사가 있었다. 그 교사는 이전에 근무하던 학교에서 학생들을 다루는 문제로 시끄러웠던 일들이 자주 있었다고 전해졌다. 그는 학생들 생활지도에 있어 학생들을 강경하고 무섭게 다루기로 소문이 났다는 것이다. 학교장에 따라 이런 교사를 원하는 경우도 없지 않았다. 학생들을 강력하게 '잡아서' 학교를 잡음 없이 통솔하고자 하는 생각에서다. 그러나 시대는 이미 변하고 있었다. 강권으로 학생을 다스리는 시대가 아닌 것이다. 우선, 우리 학교의 경우, 학교장인 나의 생각과 방침은 학생들을 강압적으로 다스리는 것, 그건 전혀 아니었다.

그런데 입학식 후 얼마 지나지 않아 학부모들이 시끌시끌하였다. 그 교사가 아이들을 너무 심하게 다룬다는 것이었다.

교사들이 모두 우유부단하여 학생들을 휘어잡지 못하면 교육하기 어려운 점도 있기는 하다. 무서운 선생님이 필요할 수도 있다. 그런데 매를 안 들거나 벌을 안 세워도 무서워할 수도 있고 매를 들고 벌을 세우고 언어폭력을 써도 학생들이 무서워하지 않을 수도 있다. 어떤 형태든 학생을 다스림에 있어 교육적이어야 하고 학생들의 이해와 납득을 바탕으로 이루어지는 것이어야 한다. 학생들이 선생님으로부터 벌을 받고 돌아서서 그 교사를 원망하거나 증오한다면 교사의 지도 행위는 아무 의미가 없다.

예의 그 교사는 생활지도의 명분, 특히 두발지도와 지각 단속으로 학생들을 많이 들볶았다. 강하게 지도하지 않으면 단속이 잘되지 않는 건 사실이나 계속 민원이 발생한다면 이 또한 문제다. 나는 우리 학교에서 학부모의 원성이 일어나는 일은 절대로 만들고 싶지 않았다.

"어이, oo 선생. 아이들 좀 살살 다뤄 봐요."라고 말했다가 이 말의 뜻을 곡해한다면(물론 교사들이 교장의 참뜻을 수용하고자 이해하려 하는 사람은 문제가 없겠으나 유감스럽게도 교사들이라 하여 모두 생각이 긍정적인 것은 아니다.) 앞으로는 교장이 교사들에게 학생들 질서를 잘 잡아달라고 주문하기가 어려워질 수도 있다.

바야흐로 2005년 봄, 중고등학교에서 두발 자유화 바람이 불어 서울 한복판에서는 고등학교 학생들이 두발 자유화를 외치며 시위까지 하던 때였다. 그런데 이 교사는 남학들에게 조발(調髮)에 있어 바리캉으로 밀어올린 것 같이 짧은 스포츠머리를 요구하였고 여학생의 경우는 단발머리에 가깝도록 짧게 하라고 강요하는 모양이었다. 지각을 하거나 두발 복장 검사에서 적발되면 여학생은 운동장 한 바퀴를 토끼 걸음으로 걷게 하고 남학생들에게는 폭언을 하고 때렸다는 소리도 들렸으며 일요일에 등교시켜 벌을 주기도 하였다 한다. 학부모의 원성이 높았다.

학생들의 하루가 시작되는 아침, 교문을 들어서자마자 학생들에게 기분 좋게 하지는 못하더라도 되도록 불쾌하지는 않도록 하는 것이 바람직하지 않겠는가? 아침부터 심하게 벌을 받거나 욕을 듣는다면 그 학생이 수업에 전념할 수 없을 터, 학습 효과를 위해서도 이 점을 간과할 수 없었다. 특히 나는 우리 학교 전교생, 그리고 전체 학부모가 학교를 사랑하고 교사들을 신뢰하는 학교를 만드는 것이 꿈이거늘, 이 교사는 나의 뜻과 거리가 먼 곳으로만 가고 있는 것이었다. 역시 대화가 잘 이루어지지 않았다. 지나치지 않도록 하라 권하면 "아예 하지 말라는 겁니까?" 하는 식이다.

교장이 학교와 학생을 관리하는 것보다 교사들에 대한 지도가 더 어렵다는 것을 절감(切感)하였다. 교사가 학생의 두발을 군(軍) 신병 같은 머리형으로 만들려고 몰아붙인다? 성인들 보기엔 하찮은 것 같지만 사춘기 학생에게 있어 두발에의 관심은 절대적인 터. 이 문제를 잘못 다루면 학생들로부터 학교의 신뢰가 깨어지고 계속하여 말썽의 불씨가 될 것이 분명하였다.

나는 학부모 대표와 학생회가 바람직한 두발 규정을 협의하도록 하였다. 물론 교사 대표도 참여한다. 학생 대표와 교사만 참여하여 절충안을 내놓으면 자칫 선생님의 압력에 의해 어쩔 수 없이 결정이 된 것으로 일반 학생들이 오해할 수도 있다. 교사와 학생 대표에 학부모 대표를 참석하게 하면 학생이나 교사 어느 쪽에서도 지나친 주장을 할 수 없겠다 싶었다. 이 자리에, 학생들 본인들이 원하는 안(案)을 만들어 가지고 오게 하였다. 이렇게 한 후, 학생들의 안을 받아 보니 머리를 터무니없이 길게 기르자는 것은 아니었다.

3자 협의를 통하여 적절한 안이 나왔다.

"남학생들은 머리칼이 귓바퀴를 덮지 않는다, 여학생은 머리가 어깨선 아래를 내려오지 않는다."

학생-학부모-교사가 자리를 함께하고 결정한 안(案)이므로 누구도 불평할 수 없게 되었다. 교장도 이제 안심이 되었다.

회의가 끝난 10여 분 후, 마침 학부모 대표(운영위원들)와 교장이 현관을 나서고 있었다.

바로 그때, 난데없이 예(例)의 ooo 교사가 바로 운영위원들 일행 앞에서 씩씩거리며 누구엔가 험한 말로 소리 지르는가 했더니 계단으로 후다닥 뛰어올라간다.

"그냥 놔두지 않을 거야!" (이하 전개된 구체적인 이야기는 생략한다.)

회의에 참석했던 학생들을 요절낸다는 말인가?

학부모 대표와 교장이 있는 앞에서의 행태라니…. 민망하기 그지없는 광경이었다. 자신이 관여하고 있던 문제를 학생 대표와 교사대표, 그리고 학부모 대표들이 협의하여 타협안을 만들어낸 데 대한 소외감이었거나 자신의 지론(극히 짧은 형태의 머리 고수)이 무너진 데 대하여 불만이었거나…. 아마도 그런 심리에서일 것이었다.

이후에도 일부 교사와 관련된 사안은 끊이질 않았다. 교직원이 100명에 가까운 학교이므로 어찌 보면 당연한 일일 수도 있겠다. 교장은 1천500명에 가까운 학생들과 수천 명의 학부모를 상대하면서, 그리고 지역사회에서 제기되는 갖가지 교육문제와 관련하여 사회 구성원들과 우호적으로 협조하면서 보람을 찾기도 하지만, 때로는 극소수 학부모나 외부인들, 또는 내부 지원들과도 갈등을 겪어야 할 때도 적지 않다. 모두 학생 교육을 이루는 데 있어 협조자인 동시에 때로는 극복해야 할 대상이 되기도 한다. 이 중 가장 힘든 상대는 교사였다.

한편, 학생들이 공부하는 실내가 도떼기시장처럼 시끄러운 분위기가 되면 안 된다. 아주 조용히, 정숙한 분위기를 유지해야 하는 것이 필수다. 고맙게도 개교하던 해에는, 교실 분위기를 정숙하게 잘 잡아주는 학년부장교사가 있었는데 그는 학생들에게 강압적이어서 악명(?)이 높았던, (학부모들 앞에서 소란을 피웠다는) 바로 그 교사였다. 학생을 막무가내로 억압하는 듯한 그 교사의 생활지도 방식을 긍정할 수는 없었으나 일단 개교 1년차 학교로서, 학습 분위기를 꽉 잡아야 할 처지에 예(例)의 그 학년부장 교사의 긍정적인 역할도 적지 않았음을 인정한다.

자식같이 사랑하다 보니

반성한다. 나는 학생을 나의 아들딸같이 생각하여 왔는가? 교장이 되기 전까지는 학생을 '자식같이' 사랑하지는 못했다. 학교의 모든 제도, 행정, 그리고 교육활동이 교사 개인만의 생각으로 이루어질 수 없기에 어쩔 수 없었던 부분이 있기는 하다.

예를 들어 과거, 많은 학교들이 한 교실에 60명가량을 몰아넣고 수업하면서, 기온이 30도가 넘는데도 에어컨은커녕 선풍기도 없이 수업을 하던 때, 또는 난로불이 꺼진 상태에서 영하 15도의 교실에서 수업할 때에도 학생들의 고통을 그리 아프게 생각해 보지 못하였고 그러한 현실을 쉽게 받아들였었다. 평교사였으니 어쩔 수 없었을까? 당시는 나라 형편이 어려웠다. 하지만 여름에 폭염에 지쳐 숨 막힐 듯한 교실에서 늘어져 있는 아이들의 어려움, 혹한에 손이 꽁꽁 얼어서 글씨도 못 쓰는 아이들의 고통이 안쓰러워 이것을 어떻게 시정해 보자고 관리자들에게 건의라도 해 본 적이 없었던 것 같다. 이런 현상을 개신해 보려고 구체적이고 적극적으로 애쓰는 관리자들도 본 기억도 별로 없는 듯하였다. 물론 당시 관리자들도 관심이 없지는 않았을 것이고 나라의 경제적, 사회적 수준이 좋은 여건을 만들지 못하는 어쩔 수 없는 현상일 수도 있겠지만, 교육의 존재 이유이며 교육의 주체인 학생에 대한 관심과 애정이 두드러지게 나타나 보이지는 않았다.

학교 살림 사정을 내가 몰랐을 수도 있다. 그러나 여름엔 교장실과 교무실에 선풍기가 돌아가고 겨울엔 얼굴이 벌겋도록 난로 열이 후끈거리는데도 아이들 교실은 그러하지 못했던 것은 사실이다.

1970~1980년대까지는 나라 사정이 교실에 선풍기를 달 형편이 못되었던 것 같았으나 1990년대에는 대부분 학교 교실에 선풍기 2대 정도는 달아 놓는 학교가 많았던 때였다.

1990년대 중반이었던가? 딸아이의 학교는 사립 여고였다. 고3 때였고 교실은 맨 위층. 교실 천정은 옥상의 바닥이었다. 옛날 건물인지라 지금처럼 단열재를 사용한 것도 아닐 터. 여름철에 그 교실에는 선풍기가 단 한 대도 없었다는데 기온 30도가 넘는 폭염 속에 58명이 한 교실에서 콩나물시루를 이루며 공부하였단다. 찜질방이 따로 없었을 것이다. 평소에 말이 적은 딸아이가 고통을 호소하였다. 아빠가 그 교실에 선풍기 몇 대를 사다가 달아줄까 물었다. 딸은 다른 교실에도 선풍기가 없는데 저의 교실만 설치하는 건 안 된다고 펄쩍 뛰었다. 선생님들이 허락을 안 할 것이라며. 죽일 놈들. 너희들 자식이면 그 지경으로 놔둘까? 나는 그 학교에 대하여 분개한 적이 있다.

공립학교도 마찬가지다. 1990년대 초반의 이야기. 어느 사례를 떠 올린다. 학교 식당이 없을 때이므로 학생들은 점심 도시락을 싸와서 학교에서 먹었다. 교실 가까운 데에 급수 시설도 없었다. 먼 곳 수도꼭지에서 당번이 큰 주전자에 물을 떠다 난로에 올려놓은 것이 전부였다. 그 주전자는 새까맣게 그을렸고 찌그러져 있었으며 언제 닦았는지 주전자 속에는 때가 시꺼멓게 끼어 있다. 이런 식수를 마시게 하는 학교, 대책도 보살핌도 없던 교사들, 본인들의 자식이 먹을 물이었다면 그렇게 방치하였을까?

나는 앞서 말한 바와 같이 교장이 되면 교원들이 단지 월급쟁이가 아닌, 진짜 교사로서, 학생들을 최우선으로 위하는 학교를 만드는 것이 희망이요 소신이었다.

늦가을 어느 해, 10월 말이었다. 저녁 식사 후 교실에는 전체 학생들이 남아 공부하고 있었고 교무실에도 선생님들이 일부 있었다. 학년부장이 다가와 교장인 나에게 건의한다.

"교장선생님, 선생님들이 썰렁하다 하는데 교무실에 난방을 했으면 좋겠습니다."

나는 다소 난감하였다. 아직 겨울도 아니고 지금부터 난방을 하면 중간에 멈춤 없이 계속 겨울이 끝이 날 때까지 난방을 해야 되는데 난방비를 감당할 수 있을까? 교장도 이 밤 교장실에서 난방 없이 근무하는데… 조금만 더 참으면 될 것인데 쪼르르 달려와 난방을 해 달라니! 그러나 교사들이 추워한다는데 교장이 난방을 거절하면 교사들의 불평을 사게 될 수도 있다. 나는 말했다.

"학년부장, 좋소. 교무실 난방을 하되 전교생 교실도 함께 난방을 하시오."

학년부장은 눈이 휘둥그레지며 이해가 안 간다는 표정이다.

"교무실만 (난방을) 하면 되는데요?"

"아니오. 선생님들만 따뜻하게 하면 학생들이 어떻게 생각하겠소?"

이리하여 전 교실에 10월 후반부터, 야간 자율학습 시간에 난방이 들어가게 되었다. 전교생들이 뒤집혔다. 저들이 초등학교와 중학교를 거치면서 10월 후반에 난방하는 학교는 처음 보았기 때문이었다. 여름철에도 마찬가지였다. 5월 하순쯤에 교사들로부터 교무실 냉방 이야기가 나온다. 나는 교사들이 덥다 하는 것을 그냥 참으라며 거절하지는 못한다. 일부 교사들로부터 잡음과 불평이 나오기 때문이다.

"좋소. 전체 학생들 교실도 동시에 냉방을 켜시오."

학생들은 또 한 번 뒤집어진다. 천정에 부착된 성능 좋은 에어컨이 시원하게 교실을 식혀 준다. 쉬는 시간, 운동장에서 공을 차고 땀 흘리며 들어온 학생들이 교실에 들어오면 시원하니 교실이 천당 같았을 것이다.

학생들이 집에 가서 이런 말을 안 할 리 없다. 학부모들이 좋아하는 건 물론이다. 학생들 수천 명과 학부모들 수천 명의 입에 의하여 시내 전체에 우리 학교의 뉴스가 전파되었을 것이다.

그러나 절약하는 자세는 교육적으로 필요하다. 나는 교사들에게 학교에서 여름에는 시원하게, 겨울에는 따뜻하게 해 주겠다. 다만 체육시간이나 과학시간 음악시간 등 교실을 비울 때는 반드시 냉·난방을 꺼라. 교실에서 냉·난방을 할 때에는 반드시 교실 문을 닫고 하라. 즉 필요할 때 전력을 쓰는 대신 낭비는 하지 말자는 것이다.

그러나 이것이 잘 지켜지지 않았다. 담임들도 며칠간 신경 쓰다가는 유야무야해 버린다. 냉·난방 관리 당번제를 시행하기도 하고 냉난방 관리 우수학급 표창제도까지 만들어보기도 하였다. 실천이 안된다하여 포기하면 안 된다. 잘 안 되는 일은 잘되도록 지속적으로 살피고 신경 써야 하니 고달픈 것이다.

한편, 교장실과 행정실은 날씨가 아주 덥거나 아주 춥거나 한 날 외에는 냉·난방을 하지 않았다. 교장실은 여름엔 덥고 겨울에는 추운 오지가 된다. 교장부터 절약을 실천하는 데 있어 모범을 보일 필요가 있었기에 웬만하면 냉·난방기를 켜지 않은 것이다.

샤워장

우리 학교는 대한민국 중고등학교 중 가장 최신의 선진국형 설계로 지어진 학교라는 것을 이미 말한 바 있다. 그런데 더욱이 놀랍고 기쁜 것은 남·여 학생의 샤워장과 탈의실이 있는 것이었다. 각각 20평 정도였다. 좋았다.

늦은 봄이나 여름철, 점심시간이나 쉬는 시간에 학생들이 운동장에서 뛰놀다가, 또는 체육시간이 끝난 후, 시작종이 울리면 땀이 비 오듯 흐르는 몸으로 그냥 교실로 들어온다. 수업이 10여분 이상 진행될 때까지 땀을 주체하지 못하며 연신 책으로 부채질을 해댄다. 손수건도 없는 듯, 손으로 땀을 훑어 뿌린다. 이런 광경은 해마다 어느 교실에서나 볼 수 있다. 혈기가 왕성하여 에너지가 펄펄 넘치는 아이들에게 뛰놀지 말라할 수도 없는 일, 샤워시설이 없으니 대책이 없다. 안타깝고 답답한 노릇이었다.

그런데, 본교에 멋진 샤워시설이 있는 것이다. 이 얼마나 다행한 일인가?

그러나 며칠이 지나도록 학생들이 사용하는 기미가 보이지 않았다. 가서 보니 아예 문을 잠가 놓은 것이 아닌가!

"oo 선생님, 우리 학교 샤워실 왜 사용 안 하지요?"

"예, 사용하게 되면 문제가 있어요."

"뭐? 무슨 문제?" 나는 다시 물었다.

"예, 학생들이 지저분하게 쓸 뿐 아니라 청소도 문제고요…. 또 수건도 늘 준비해야 되고요…."

나는 말했다.

"물론 그런 부수적인 불편은 따르게 마련이지. 그렇지만 체육시간 끝난 후 아이들이 땀범벅이 된 채로 교실에 들어가면 공부가 되겠나? 청소 당번제를 만들어 자동으로 돌아가게 해 봐요. 수건은 학교에 물품구입 요청을 하여 공급하고…."

담당 교사는 대답하였다.

"예, 알겠습니다."

이렇게 지시를 했음에도 샤워실은 잠깐 이용되는가 싶더니 얼마 가지 않아 마찬가지로 문이 닫혀 있는 것이다.

교감에게도 지시하였다. 샤워실이 잘 운영되도록 신경 좀 써 보라고.

참으로 희한한 일이었다. 멀쩡한 샤워실이 있음에도 이 핑계 저 핑계로 운영이 잘 안 되는 것이다. 교장이 관련 부장의 코를 꿰어 끌고 다니며 시킬 수도 없는 노릇이었다. 운영이 안 되는 이유는 담당 교사가 '귀찮아서'인 것 같았다. 샤워실 없어도 그냥 넘어갈 것인데 교장은 왜 굳이 일을 만들려고 하는 것인가 하고 생각하는 듯하였다. 학생들을 자신들의 아들이나 딸로 생각한다면 이럴 수가 있을까? 교장으로서 부하 직원을 탓하는 것이 되는데 나 또한 젊은 교사시절 마찬가지였을 지도 모른다. 그러나 샤워실을 허접스런 창고로 만들다니…. 나는 샤워실을 포기할 수 없었다. 포기할 수 없는 만큼 교장이 신경 써야 할 일에 샤워실 문제 한 가지가 더 추가되는 것이다.

간이 농구대

본관 서쪽 옆, 학교 정원에 정식 농구 코트가 있다. 그런데 어느 음료수 회사에서 간이 농구대를 기증하였다. 나는 이것을 현관 가까운 마당에 설치하라 일렀다. 이유는 짧은 쉬는 시간, 학생들이 슈팅 같은 간단한 몸 풀기를 할 수 있도록 가까운 거리에 놓으라는 것이다. 학생들은 날마다 약식 농구를 하며 잘 써먹고(?) 있었다. 쉬는 시간에 운동장에까지 내려가지 않아도 10분의 짧은 시간에 뛰놀 수 있기 때문이었다. 그런데 어느 날 보니, 이 농구대가 본관 서쪽 구석에 옮겨져 있지 않은가? 물론 치운 사람은 교장이 농구대를 현관 근방에 놓아둔 이유를 몰랐을 것이다. 이게 웬일? 옮긴 이유를 들은 즉, 주차하기 불편하여 옮겼다 하였다. 이럴 수가? 여기가 주차장도 아닌데….

"빨리 농구대를 원위치시키시오."

옆에 있던 00과목 교사 00에게 지시하였다. 이 광경을 본 아이들이 저희들끼리 교장을 향하여 '엄지척' 제스처를 하였다. 이런 사례들(학생들에 대한 배려에 관심이 적었던 일들)이 1990년대 이전의 학교에서 늘 볼 수 있는 풍경이었다. 학생은 졸(卒)이고 교사는 대왕마마였다. 과거, 심지어 학생에 대한 관심과 배려에 신경 쓰는 행위 자체가 어색하였던 때도 있었다. 학생들의 불편함과 아픈 데를 감싸주는 것을 이상하게 생각했던 교단….

어느 학교 양호실이 있었다. 아프다는 학생이 한 명 누워 있었다. 때마침 oo 교사가 지나가다가 이것을 보았다.

“야이 얼어 죽을 놈아, 어디 와서 꾀병이야? 얻어터질래? 아님, 그냥 기어나갈래?”

학생은 비실비실하며 황급히 나가버렸다. 거기에 떡하니 자신이 누워 잠을 자고 있었다. 어제 저녁 과음을 한 모양이었다. 학생이나 학부모, 그리고 아무도 이런 일에 대하여 항의하는 일이 없었다. 1990년대 초반의 이야기이다.

학교 특색사업

새 학교로서 외형적인 시설이나 설비뿐 아니라 교육의 내용면에서 양질의 교육 테마를 설정하는 것은 매우 중요하다. 나는 학생들의 창의력 신장과 전인교육 꾀할 수 있으면서 대학입시에 도움이 되는, 그리고 정규 수업에 부담이 되지 않는 좋은 테마를 궁구(窮究)하여 시행하였다.

정규 교과 외, 다양한 학교 프로그램의 운영은 한 가지 한 가지를 모두 입안 → 계획 → 준비 → 실행 → 평가 → 정리(시상 및 학생부 등 등재)의 단계를 거쳐야 하고 각 단계마다 관리 및 업무를 추진하는 여러 명의 담당자와 협조자가 필요하며 또한, 이들의 노력과 정성이 요구된다.

이를테면, '기본 한자 학습장제'나 '사설 · 칼럼 읽기와 요약하기'의 경우, 매주 검사 확인하여 날인하는 일, 연 2회 전체 학생의 학습장을 모아 평가하는 일, 우수한 학습장을 선정하는 일, 시상 후 시상 대장에 올리고 최후로 생활기록부에 정리하는 일 등을 모두 담당 부서나 담임 교사들의 손을 거쳐야 하는 일이기 때문이다. 부장교사들은 해당 사업에 따라 구체적 추진 계획, 홍보, 책자나 자료의 출판 또는 인쇄, 행사 진행 및 관리, 필요한 물품의 신청 등을 해야 한다.

어떤 교육 사업을 시도했다가 유야무야 끝이 나면 아니 된다. 이런 프로그램은 학생들이 입학 후 졸업 때까지 지속적으로 추진되어야 하는데 사업마다 총체적 관리를 해야 하는 교장은 사업들의 내실을 위하여 늘 예의주시하고 추진 과정을 확인 점검하며 교사들을 격려 또는 독려해야 한다. 교육을 위한 모든 사업이라는 것들이 교사와 학생을 움직여야 하므로 교직원들에게 어떤 일을 하지 말자는 것은 환영받을 수 있지만 어떤 일을 하자는데 대하여는 모두 좋아하지는 않는 것은 인지상정일지도 모른다. 일하는 것을 좋아하는 사람이 몇이나 될까? 일부 교사들은, "안 해도 누가 뭐라지 않을 학교 특색 프로그램을 설정하여 왜 우리를 힘들게 하느냐? 다음 해부터는 하지 말자."며 불평하는 수도 있다.

그러나, 시의적절하고 학생들의 지적, 정신적 성장에 유익하며 그들의 입시를 위해 좋은 스펙이 되는 이러한 교육을 중단하거나 포기할 수 없다. 학교는 과거처럼 교과서만으로 교육할 수 없는 것이다. 또한 교장은 당연히 학생들을 위한 좋은 교육 프로그램을 개발하여 교육하여야 한다. 대부분 교사들도 학생들에게 유익한, 좋은 프로그램에 대하여는 성의껏 협조한다. 극소수 불평하는 교사들을 이해시키고 설득하는 것이 힘이 들 뿐이다.

이를테면, '밤샘 독서의 날'에는 담당 어문사회부 부장과 담당 교사가 남아서 학생들을 관리 · 지도하면 된다. 그러나 당일 업무에 특별히 하는 일이 없더라도 교무부장 등 일부 협조적인 부장급 교사들도 자발적으로 남아서 함께 돕는다. 교장은 퇴근해도 무방하다. 그러나 나는 교장실에서 밤을 함께 지새우며 행사 과정을 살피고 근무 교사들을 격려한다. 독서 행사가 끝나고 새벽 산책 후, 운동장에 집합한 학생들에게 교장이 칭찬의 말로 학생들을 격려한다. 교장까지 함께 밤샘하는 것과 해당 부서원들만 참여하는 것의 차이는 분명하다. 교사들은 물론, 학생들이 받아들이는 자세에서부터 차이가 나는 것이다.

교장인 나는 독서실, 또는 교실에서 학생들이 야간 학습을 하는 시간에는 매일 각 실을 순회하며 매시간 학생 상황을 파악하고 심야에 그들이 교문을 나서서 집으로 향할 때에는 교문 앞까지 나가 학생 한 사람 한 사람에게 일일이 배웅 인사를 해 주고 하이파이브를 해 주었다. 하루도 빠짐없이.

학생들은 토요일 오전에는 전체가 교실에서, 토요일 오후와 일요일에는 희망자가 학교 독서실 나와서 공부를 하였다. 공휴일임에도 교장은 빠짐없이 학교에 나와 현장을 순회하고 학생들을 격려하였다.

학교의 모든 특색 프로그램, 그중 한 가지 예를 들면, 독서 학습장은 학년별로 1~2개 학급을 표집, 때로는 전체 학년의 학습장을 몽땅 교장실로 가져오게 하여 학생 한 명 한 명의 학습장을 일일이 살펴보거나 읽어보고 제대로 하고 있는지를 파악한다. 아무리 학생을 위한 좋은 사업이라 할지라도 학생이든 업무부서든 담당교사든 어느 한 곳에서라도 하는 척하며 대충 넘어가면 하나마나가 된다. 교육은 '하는 척'만으로는 절대로 안 된다.

문제점이 발견될 때에는 해당 교사를 불러 개선 방법을 모색하였다. 이것은 한두 번으로 끝나면 안 된다. 끝까지 지속적으로 해야 한다. 매사 확실하게 제대로 이루어지게 하려고 애쓰다 보면 교장인 나는 온종일 물 한 컵 마실 시간이 없을 정도로 바빴다. 당번을 제외한 대부분 교사(야간 당번이 아닐 경우)는 오후 5~6에 퇴근하지만 교장은 매일 밤 11시 ~12시가 퇴근시간이 되었던 것이다. 매일 16시간(교사의 2배)을 근무한 것이다. 내가 본교에서 교장으로 6년의 세월을 근무했으나 사실상 12년을 근무한 것과 다를 바 없었다.

세상에 제절로 되는 일이 있는가, 이렇게 하여 신설학교가 3년 만에 전국적인 명문학교 수준이 된 것이다.

우리 학교에서 시행하여 성공을 거둔 주요 특색적 교육사업은 다음과 같다.

수능 발문식 독서 학습장제 운영

일종의 독후감 노트이지만 그냥 공책이 아니다. 고교생의 필독 도서를 안내하고 그중 주요 작품의 주요 지문을 제시한다. 학교에서는 독서 학습장을 칼라로 인쇄하여 입학 하자마자 전체 학생들에게 배포한다. 거기에 제시되어 있는 지시문에 따라 독후감을 쓰거나 지문과 관련된 문제에 관하여 수능식 서술형 답안을 작성하는 것이다.

1학년의 경우 재량활동 시간에 이 학습장을 작성, 정리, 발표하는 시간으로 설정, 운영하였는데 학생들이 진도에 따라 해당 도서를 미리 읽어온 후 재량활동 수업 시간에 임하도록 하였다. 연 2회 독서 학습장을 검사하고 우수한 학생을 선발하여 시상하고 표창하였다. 수능이나 논술에도 도움 될 뿐 아니라 대학입시에서 스펙 자료로 제시할 수 있는 좋은 결과물이 된다.

사설 · 칼럼 읽기와 요약하기

신문의 칼럼이나 사설을 읽고, 읽은 그 지면을 학교에서 만들어 준 스크랩 노트에 오려 붙인다. 노트의 지정된 난(欄)에 단락별 주제를 추출, 정리하여 쓴 후, 단락의 주제문들을 종합하여 전체 주제문을 작성하는 방식의 과제 학습활동이었다. 이 과제를 수행하면서 학생으로 하여금 신문을 읽게 하며 그들에게 시사적인 관심과 안목을 키우는 계기가 되게 한다. 겸하여 글을 읽고 요약하는 학습을 하도록 함으로써 읽기 능력과 논술 능력의 기초를 닦는 학습의 효과도 거둔다. 전교생이 교과 외 시간을 이용하여 3년간 지속적으로 하는 활동이었다. 연 2회 전교생의 '사설 · 칼럼 읽기와 요약하기' 평가를 통하여 반별로 우수작품을 선발하고 해당 학생에게 표창하였다. 전교생이 누구나 3년분의 '사설 · 칼럼 읽기와 요약하기' 활동 실적을 갖게 된다. '수시' 입시에서, 또는 각 대학의 자기 소개서 또는 면접의 자료로, 그리고 입학 사정관제 면접 자료로 제출하여 좋은 평가를 받을 수 있는 소중한 실적물이 된다.

1일 1단어 기본 한자 노트 및 주간 한자성어 익히기

지금도 그러하지만 당시 학생들은 한자를 너무 몰랐다. 기본 한자를 모르면 일상생활은 물론 수능 언어 영역과 국어 교과의 이해에도 큰 어려움을 초래한다. 나는 한자 급수 획득에도 대비할 수 있는 기본한자 학습장을 전교생에게 부여하고 학습하게 하였다. 그리하여 학기별로 1회 시행되는 한자 시험, 그리고 이와 별도로 한자 학습장 쓰기 우수 학생에게 시상을 하였다. 학생들은 입학 후부터 이것을 2학년 말까지 계속한다. 현관에는 전교생이 통행 중 볼 수 있도록 주간 한자성어 게시판을 설치하고 매주 새로운 한자 성어를 게시하였다. 한자 성어는 교장인 내가 매주 붓으로 써서 게시하였다.

전교생 아침 영어회화 시간 운영

등교 직후, 수업 전까지 교실은 산만할 수 있다. 이 공백의 시간에 원어민이 각 교실 TV를 활용하여 시의 적절한 주제로 영어 토크를 한다. 물론 사전(事前)에 원어민이 원문을 프린트하여 배포한다. 귀로는 원어민의 동영상 방송을 들으며 눈으로는 영어 원문을 읽는 학습을 계속한다. 이때 학습 자료로 활용한 원문은 날짜별로 철하여 영어회화 학습활동 스펙자료로 활용한다.

개교기념 글짓기 대회

신설학교 학생으로서 학교 사랑과 애교심 고취는 학생들 스스로 학교에 대한 긍지를 갖게 되어 학생들의 학습에도 좋은 영향을 미칠 수 있다. 전교생이 쉬는 개교기념일에 학교 사랑에 관한 글짓기를 하도록 하는데, 학교에서는 800자 원고지를 인쇄하여 제공하고 글짓기를 과제로 부여한다. 학교 사랑과 애교심에 관한 주제로 글을 쓰다보면 학생들이 모교에 대한 관심과 애정을 가질 수 있는 계기가 될 것이며 모교에 대한 정체성도 형성될 수 있을 것이다. 개교 기념 휴일을 보낸 후 등교 하여 학생들이 제출한 작품을 반별로 심사, 표창하고 그중 우수한 작품은 학교 신문인 'oo독서신문'에 게재하였다. 역시 학생들이 학교활동 경력 자료로(대학입시 자기소개서 및 면접 자료) 쓸 수 있다.

‘OO독서신문’의 지속적 발간

고교 사회에서 군계일학(群鷄一鶴)으로 수준 높은 학교 신문을 발행하였다. 수필, 논술, 독후감 등 학생들이 글로서 자기표현을 하고 발표할 수 있는 마당을 만들어 준 것이다. 체제나 내용, 편집 면에서 학교 신문으로서는 국내 어느 학교에서도 추종할 수 없는 수준 높은 신문이었다고 생각한다. 본교생은 물론 관내 중학교에도 수십 부씩 일제히 배포하여 중학생들에게 본교를 선택하는 데 좋은 정보와 도움을 제공하였고 본교를 홍보하는 데도 큰 기여를 했다고 평가한다.

밤샘 독서의 날 운영

밤샘 독서의 날은 다음 날이 휴일이 되는 날로 정한다. 이날은 강당에서 필독 도서 1권을 밤새도록 통독(通讀)한다. 고교생 필독 도서 한 권을 처음부터 끝까지 읽는 것, 그리고 친구들과 친교의 기회와 독서 추억을 갖는데 의의가 있다. 다음 날 이른 아침, 독서 체험담 또는 독후감을 작성(추후 우수한 작품을 선별, 시상한다.)한 후 새벽, 참여 학생과 지도교사 전원이 함께 교정 산책을 한다. 학교에서의 밤샘 독서 행사는 특별한 추억을 쌓게 되는데 이런 독서 체험도 대학입시 면접이나 구술 고사에서 좋은 발표 자료가 될 수 있다.

학년별 독서실의 운영

본교생의 면학 풍토와 학력향상을 위하여 학년별로 독서실을 운영하였다. 당시에는 대부분 일반계 고등학교 학생들이 야간에도 교실에서 남아 공부(자율학습)를 하였다. 본교는 개교 당시에 3층에 교실 3개를 터서 만든 도서관 겸 대형 독서실 1개를 운영하였으나 이것 외에 3층의 넓은 홀(hall) 공간을 독서실로 만들었으며 이밖에 여분 교실 2개를 독서실로 추가하여 운영하였다. 학생들 좌석은 개별 칸막이형 독서 테이블로 시설하여 학습 분위기는 사설 독서실 못지않았다. 그중 작은 독서실은 '심화 독서실'이라 하여 성적순으로 학년 당 40명씩 선발 운영하였다. 토요일에도 전교생이 등교하여 각 교실에서 일제히 자학자습을 하였다. 토요일 오후와 일요일(全日)에도 독서실을 운영하였는데 심화반 학생들은 물론 일반 학생들도 독서실을 가득 메우고 공부를 하였다. 대학입시를 준비하는 일반계 고등학교 학생은 휴일에도 대부분 어디에선가 어차피 공부는 하게 마련인 것이다. 이에, 학교에서는 학습 분위기가 좋은 독서실을 마련하고 휴일 임에도 교장을 포함한 교사들이 관리를 하여 준 것이다. 대부분의 학부모들은 학교의 배려를 고맙게 생각하였다.

반별 자율학습 관리 교사의 과목에 따른 자율학습 시간표 운영

(자율학습 담당과목 교사 예고제)

2005년 3월, 개교 첫해, 입시 경쟁으로 학생을 선발하던 당시, 신설학교인 본교를 지망하여 입학했던 아이들. 바로 전년도까지만 해도 중학생이어서 야간 자율학습을 하지 않았기에 고등학교의 갑작스런 야간 자율학습은 학생들에게는 벼랑길을 걸어가는 행군과 같은 것이었다.

중학 때, 오후 3시면 귀가하여 밤에 잠잘 때까지 자유롭던 아이들은 고교생이 되어서는 이제 7교시 수업이 끝난 후에도 약 1~2시간의 보충수업을 하고 학교에서 저녁 식사까지 하게 된다. 식사 후, 잠시 쉬었다가 이어서 7시부터 밤10시까지 야간 자율학습을 하게 된다. (입학 당시 얼마간은 밤 9시까지만 함.) 중학교 때에 비해 무려 7시간을 더 학교에 구금(?)되어 딱딱한 책상에 앉아 있어야 하니 얼마나 고통스러웠겠는가? 더구나 (솔직히 말하면) 개교 당시 학생들은 책상머리에 앉아 공부만 하던 '범생' 출신은 많지 않았고 절반 이상이 학교가 파한 후 자유롭게 시간을 보낸 학생들이 많았을 터, 고등학생이 되어 갑자기 교실에서 꼼짝 못하고 오랜 시간을 잡혀 있어야 하는 생활이 얼마나 고역이었을까?

야간 자율학습 감독 교사들로부터 들리는 소리로는 일부 학생들은 도대체 무엇을 공부해야 될지 몰라 멍한 채 허공만 바라보며 앉아 있거나 또는 학교 특색사업으로 하는 기본 한자쓰기를 획순도 무시하고 마냥 쓰고 있거나…. 어쨌든 좀이 쑤셔서 배기지 못하는 학생들도 많았다 한다. 그렇다 하여 당시 고등학교라면 전국이 다 하는 야간 자율학습을 처음부터 안 할 수는 없었다. 교사들도, 타교 학생들이 공부하는 시간에 본교 학생들만 풀어놓아서 시내를 활보하게 할 수는 없다고 하였다. 어쩌면 그냥 궁둥이만 붙이고 있어도 학습 훈련에 도움이 된다는 의견들이었다. 그러나 원시적이고 초보적인 '무작정 자율학습'의 방식에서 머물 수 없었다.

학생들의 공부는 누가 옆에서 붙들고 하나에서 열까지 가르쳐 주는 것보다 스스로 깨우쳐 가는 것이 좋다. 문제는 스스로 공부하다가 막히는 부분이 있는 것이다. 이렇게 막히는 부분만 해결해 줄 수 있다면 학생들은 계속하여 혼자서도 공부를 할 수 있다. 막힐 때 뚫어 주는 사람이 필요한 것! 이것이 문제다.

하여, 나는 이런 방법을 제도화하여 보았다. 학생들이 스스로 공부해야 하는 자율학습 시간, 공부하다가 질문이 생기게 되고 문제를 풀다가 막힐 경우를 위해 날마다 자율학습 담당 선생님들의 과목을 사전에 예고하여 되도록 그 시간에 학생들이 선생님들의 담당 과목과 일치하는 공부를 하도록 권장한다. 그리하여 담당 교사는 공부하다가 막히는 부분에 대하여 학생들의 질문에 대한 설명이나 풀이를 해 주도록 한다. 이것이 이른바, '지도교사 담당 과목별 자율 학습제'였다. 평범한 것 같아도 이 방식은 어떤 학교에서도 시도해 보지 않은 참신하고 획기적인 지도 방식이었다. 간단한 것 같지만, 이 새로운 방식을 적용, 운영하는 것이 그리 쉽게 정착되지 않았다. 학교는 되도록 새로움을 추구해야 되는데 정작 과거부터 하여 오지 않던 새로움의 추구는 불평과 반대가 따르게 마련이다. 사람들은 귀찮은 것을 싫어하고 행여 일감이 추가되는 것을 꺼리기 때문이다. 자율학습 담당과목 예고제는 오랫동안 지속되지는 못하였다. (그러나, 앞으로 이 방식을 정착시킨다면 많은 학생들이 학원을 가지 않고도 학교에서 학력을 향상시킬 수 있는 좋은 방법이 되리라 생각한다. 물론 근무 교사에 대한 처우도 고려된다면 더욱 좋을 것이다.)

수준별 이동수업

본교는 불과 몇 년 후부터 대부분 우수학생들이 모이게 된 학교이지만, 영어와 수학 과목의 경우 학생들의 학력 편차가 컸다. 영어와 수학의 학력 편차가 큰 것은 어느 학교나 마찬가지이다. 잘하는 학생을 중심으로 수업하면 중하위권 학생들은 따라가기 힘들고 하위권 학생들을 중심으로 수업하면 중상위권 학생들은 수업 시간에 배울게 없게 된다. 최소한 이 두 과목에 대하여는 수준별로 나누어 수업을 해야 한다. 등급을 많이 나누면 나눌수록 좋다.

영어와 수학에 대하여는 중간고사와 기말고사 성적순으로 3개 등급으로 수준을 나누어 평상시 수업에서 대학교식 이동수업을 하도록 하였다. 교사는 수준을 나누어 편성하고 학생은 자신의 과목 등급에 따라 다른 교실로 이동하게 되는데 처음에는 학생과 교사 모두에게 다소 불편이 따랐으나 계속 운용하다 보니 이동수업 체제에 익숙하게 되고 진행도 점차 자연스러워졌다. 후에 일부 교사들이 '평등'을 내세우며 수준별 수업을 와해시켰다는 소리도 들리는 것 같았으나 내가 근무할 때까지는 원만하게 진행되었다. 수준별 수업은 학력 우수학생과 부진학생을 다 함께 살리는 수업임에 틀림없다.

본교 주최 지역 학력 경시대회

본교가 주최하여 관내 40개 중학교를 대상으로 한 영어 수학 학력 경시대회를 열었다. 경시 대회 전, 참가한 수백 명의 학생에게 본교 중요 시설들을 공개하고 본교의 특색적 교육 프로그램을 안내, 설명하는 시간을 마련했다. 이 학력 경시대회는 엄격한 시험 관리로 운영하여 우수 학생들을 선발하고 그들에게 시상을 하였으며 이 대회에서 우수한 학생이 본교에 입학할 때에는 장학금을 지급하였다. j고의 조속한 명문화 실현을 위하여 발전하는 본교의 모습을 대외적으로 알리고 더욱 우수한 학생을 유치하기 위한 적극적인 노력의 한 가지였다.

20여 개 동아리활동들

이밖에 학생들이 자치적으로 운영하던 20여개의 동아리활동이 있었는데 이들도 대부분 평소에 체계적 계획을 세워 활동하다가 축제를 즈음하여 활동 결과를 발표하였다. 역사탐방 동아리, 경제토론 동아리, 과학 실험반 SOFT, 또래 상담 동아리, 방송반, 도서부 도모람, 뮤지컬 동아리, 모의재판 동아리, 뇌명상반, 힙합 동아리, 밴드반, 댄스동아리 M of M, 신문반 등 20여개였다.

축제 때, 각종 발표회를 비롯하여 수준 높은 수십 군데의 학생 작품 전시장이 많았던 것은 본교 동아리 활동이 그만큼 활발하게 이루어졌던 결과라고 본다. 활동의 결과물은 포트폴리오 하거나 자료화하여 개인별로 '수시 입시'나 '입학 사정관제', 또는 면접시험에서 활동 근거 자료로 활용할 수 있었을 것이다.

생활기록부

참교육이란 무엇인가?

많은 사람들이 참교육을 노래하고 있지만, 참교육의 실체는 아리송하다.

나는 단언한다. 참교육이란 명분이나 이념을 떠나 학생들 개개인에게 실제적이고 교육적으로 이롭게 하는 교육이라고.

우리 학교가 앞에서 열거한 것과 같은 교육 프로그램을 운영하는 동안 대학입시 제도는 계속하여 조금씩 변화하고 있었다. 과연 나의 예견대로 각 대학에서는 수시에 많은 인원을 뽑았는데 주지하다시피 '수시' 입시는 수능만으로 뽑는 것이 아니고 생활기록부나 논술, 그리고 학생들의 특기 적성이나 봉사활동, 그밖에 개성과 창의력 신장 위한 총체적 교육활동을 반영하여 선발하는 제도였다. 과거 교과서 위주의 암기식 교육이 아닌 전인교육의 결과로 학생을 선발하고자 하는 매우 바람직한 제도였던 것이다. 이것은 이제 학교에서 참교육을 실행하지 않을 수 없도록 구체화한 제도였다고 본다. 나는 이미 학생들을 이롭게 하는 교육 즉, 학력 향상을 포함하여 '개성과 창의성 신장을 위한 전인교육', 이것이 바로 참교육이라고 갈파한 바 있다.

자기 소개서와 면접이 강화되었고 입학 사정관제도 생겼다. 이 새로운 선발 방식은 내가 교장이 되자마자 추진해온 본교 특색 프로그램 운영의 목적이나 취지와 일치하는 것들이었다. 학생들은 면접시험을 보거나 자기 소개서를 쓸 때, 자신이 학교생활을 통하여 내세울 만한 활동, 또는 교과활동에서의 개인적 특성을 진술하여야 하는데 그 진술은 그냥 말이나 기록만으로 인정되는 것이 아니었다. 근거 자료, 즉 스펙 자료를 제시하여야 인정되는 것이다. 되도록 장기간의 활동 근거나 실적을 제시하면 더욱 좋은 평가를 받을 수 있었다.

입학 초부터 학교의 특색 교육사업 프로그램을 다양하고 풍부하게 수행하여 온 우리 학교 학생들은 대입 수시에서 일반 면접, 입학 사정관 면접 등을 대비하여 가지고 갈 수 있는 실적 자료들이 많았다. 학교의 특색사업 교육계획에 의거, 충실히 활동을 해온 학생이라 할 때, 약간 과장하여 말하면, 각각 한 보따리씩은 될 것이었다. 3학년 입시생 전원이 1학년 때부터 2학년 때까지 계속하여 온 '수능 발문식' 독서 학습장, 사설 · 칼럼 읽기와 요약하기 3개년 분, 아침 영어, 듣고 읽기 기록 자료물 2~3년 분, 기본 한자 쓰기 학습장 2개년 분, 그 외 개인별 실험실습 학습장, 동아리 기록장 등….

지금은 대학입시에서 수시나 면접 등을 거쳐 대학에 가는 제도가 여러 해 되었으므로 생활기록부 기재 양상이 좀 나아졌을 것으로 생각되지만 당시에는 어느 학교나 학년 말에는 담임들이 생활기록부를 정리하느라고 애쓰며 수선을 떤다. 대체로 담임마다 고민하는 것은 학생들 생활기록부의 특기란이나 교과 관련 기록 사항, 그리고 교과 외 활동 사항 등의 기록이다.

학생들 각각의 생활 기록부 해당란에 무언가 써 줘야 될 것인데 담임들은 쓸 말이 생각나지 않는 것이다. 백지 상태로 비워 둘 수도 없고…. 개개 학생에 대하여 생각해 보지만 반 학생 모두에 대한 특별한 무언가를 갑자기 떠올리기는 쉽지 않다. "성실하고 예의 바르며 매사에 모범적이다…." 이렇게 추상적으로 좋은 말을 써 주는 것도 한계가 있지, 생활기록부 3개 항목에 전체 학생을 똑같이 써 줄 수도 없는 형편. 하여 몇 가지 내용의 샘플을 번갈아 적어 넣기도 한다. "성실하고 예의 바르나 적극성이 부족하다." "예의 바르고 친구관계가 원만하나 학습 의욕이 부진하다." 등.

선생님들끼리는 특기 사항 난을 일컬어 "주절주절 난"이라고도 한다. 일종의 은어(隱語)다. 무언가 주절주절 써 주어야 하는 난(欄)이다. 교과 관련 기록란에 써 주는 것을 "소설 쓰기"라고도 한다. 즉 '지어서' 써야 하는 난(欄)인 것이다.

그런데, 나는 우리 학교 개교 당시에, 앞으로 입학한 학생들이 대학에 들어갈 즈음에는 이런 식으로는 통하지 않게 될 것을 직감했다. 교과 난에도 무턱대고 '글짓기를 잘함', '문장력이 좋음', '~에 모범적임'이라고 추상적인 말로 대충 쓸 수는 없는 시대가 될 것이 분명하였다. 과거처럼 추상적으로 좋은 말을 써줘 봐야 이제 그런 것은 대학에서 참고를 하지 않는다. 학생이 어느 부문에서 잘한 것이 있을 경우, 그 근거를 제시해야 된다. 이를테면 '글짓기를 잘 한다'가 아니고 "개교기념 글짓기 대회에서 우수상을 받음"이라고 구체적으로 기록하고 그 표창장의 주제와 받은 날짜 그리고 상장의 넘버를 기록해야 된다. 학생은 그 증빙서를 원본대조 날인하여 대학에 제출한다. 자기 소개서와 면접, 입학 사정관제 면접에서도 마찬가지이다. 자신이 무슨 활동을 하여왔고 무엇을 잘하는지 말로만의 설명은 인정받지 못하는 것이다. 담임은 근거를 바탕으로 써야 하고 증빙물을 첨부하여야 한다.

아, 내가 교장으로 부임하자마자, 시대와 입시제도가 이렇게 변할 것을 확신하고 위와 같은 실용적인 학교 특색 프로그램을 구상, 교육계획으로 수립한 후, 선생님들을 설득, 협조를 받으며 어렵고 고달프게 추진하여 왔던 것들이 우리 학생들에게 큰 선물 보따리가 되어 돌아오고 있는 것이다!

담임들도 생활기록부에 '소설을 쓰는데' 고민하지 않아도 되었다. 연말에 수상대장을 참고하거나 학생들로부터 1년간 획득한 각종 실적물 목록을 받아 보게 되면 생활기록부에 등재할 확실한 내용들이 나오게 되는 것이다.

우리 학교에서는 이렇게, 유익하고 다양한 프로그램을 보유하고 입학에서 졸업 때까지 프로그램을 지속적으로 운영하였으니 당연히 학기마다 종목별 교육 사업들에 대한 평가가 이루어졌으며 평가를 통하여 각 부문의 우수한 학생들이 발굴되었고 그들에게 상장과 표창장을 수여하였을 것이다. 당연히 각종 학교 프로그램 이수에서 이루어진 내용이 생활기록부에 기록이 될 것이었고 이 활동의 결과물은 스펙이 될 것이었다. 이런 스펙들은 비품 구하듯 어디서 급하게 구할 수 있는 것이 아니다. 스펙을 위한 교육활동이 아니라 학생들의 개성과 창의력 신장을 위한 풍부한 교육을 하다 보니 자연스럽게 스펙이 풍부해질 수밖에 없는 것이었다. 3개년간 전교생과 학교장, 업무 담당교사, 담임교사 등 전체 교직원들의 땀과 열정 없이는 이루어질 수 없는 값지고 보람 있는 결과물들이었다.

나는 학생들 개개인에게 실제적이고 교육적으로 이롭게 하는 교육을 참교육이라 정의하였다. 내가 근무하는 동안 우리 학교에서는 참교육이 풍성하게 이루어진 것으로 본다. 우리학교 학생들은 그간 학교 프로그램을 수행하며 작성하여 온 기록물이나 포트폴리오들은 가지고 있었다. 이것들이 진짜의 평소 학습의 근거들이며 훌륭한 수행 평가 근거 자료들이 되는 것이다.

그런데, 학교 특색 교육활동을 통하여 설혹 상장을 받지 못한 학생들도 실제로 활동한 체험적 사실은 명백한 것이므로, 이것들은 자기 소개서 작성이나 면접고사, 또는 적성 고사에서 활용할 수 있다. 우리 학교에서는 선생님들도, 학생부를 아리송하게 기록한 후 찜찜해하던 과거의 모습에서 탈피하여 당당하고 확실하고 떳떳하게 기록해 줄 수 있었을 것으로 생각된다.

한편, 사전에 준비가 없는 (개성과 창의성 교육을 소홀히 한) 학교의 학생들은 3학년이 되어서야 부랴부랴 스펙을 만드느라고 법석을 떨었을 것으로 보인다. 그러다 보니 일부 학생들은 제대로 활동도 하지 않은 채 어디선가 얻어 온 상장이나 표창장 같은 것을 사용한 경우도 있었던 듯하며 급기야 이것은 사회문제로 야기되기도 하였다. 대학에서는 당연히, 깨끗한 용지로 급조된 실적물을 원하는 것이 아니라 우리 학교의 사례처럼 평소에 장시간 지속적으로 활동하여 쌓아올린 진짜 교육의 실적물, 즉 손때 묻은 포트폴리오를 원하는 것이며 과연 제출한 것들이 실제로 실행한 것들인지, 또한 진실성이 있는지를 평가하고자 했던 것이다.

교육부 연구학교를 따오다

우리 학교는 2007학년도 교육부 지정 독서교육 시범학교가 되었다. 연구학교를 수행하는 것은 차치하고 유치하는 것 차체가 대단히 어려운 것이다. 도교육청 지정 연구학교의 유치도 어려운 판에 교육부 지정 연구학교를 유치하는 쉽지 않다. 교육활동 분야별로 전국 시·도에서 1개 교씩만 지정되기 때문이다. 계획서를 우수하게 수립 작성하여 제출하고 연구 추진 여건과 열정, 그리고 학교장 이하 업무 추진자들의 연구 수행 능력과 의지 등을 평가받으면서 연구학교를 유치하고자 하는 타 학교들과 경쟁하여야 한다.

교육부 연구학교로 지정되면 비교적 많은 연구 예산을 배정받을 뿐 아니라 연구에 참여한 교사 전원에게 승진 시 가산점(연구학교 경력 점수)을 부여한다. 시군 교육청이나 도교육청 연구학교보다 교육부 지정 연구학교는 예산이나 참여 교사들에 대한 가산점도 훨씬 많이 부여된다.

앞에서 학교 특색사업으로 설명한 바 있는 우리 학교의 '수능 발문식 독서 기록장'은 바로 2개년간의 교육부 지정 연구학교 운영을 통하여 얻어낸, 핵심 결과물이었던 것. 학교 특색 교육 사업에서 기술한 것처럼 우리 학교의 독서 기록장은 읽은 책의 독후감을 적는 맹탕의 독서기록장이 아니다. 전체 교과와 관련, 고등학생 필독 도서를 엄선하고 그 책의 핵심 주제에 대하여 문제를 제시한다. 학생들에게는 독서 후, 부여된 독서 과제에 대하여 다양한 관점에서의 사고 과정을 거치게 한 후, 창의적으로 서술형 답변을 작성하도록 하는 독서 기록장이다.

이 독서 기록장은, 수학능력 시험이 추구하는 창의력, 탐구능력, 사고능력, 분석 능력, 비판 능력 등을 신장하고자 하는데 목적을 두었으므로 나는 이것을 '수능 발문식 독서 기록장'으로 명명한 것이었다.

연구학교를 따낸 후, 연구를 수행하며 얻어낸 연구 결과물을 장기간 현장 교육에 투입하여 활용하는 학교들이 대한민국에서 과연 몇이나 될까? 교육 연구뿐 아니고 대학원의 석사 박사 학위 논문들이 과연 실제 현장에서 유용하게 활용되는 것들이 몇이나 될까? 일반적으로 많은 학교들이 연구학교를 따내고 연구학교를 끝낸 후 연구 보고회만 마치면 연구 결과를 현장에 적응하지 않고 사장시키는 수가 많다. 연구를 위한 연구, 즉 요식 행위적 연구로 끝내는 경우가 많은 것이다.

그러나 본교는 연구학교를 통하여 연구, 산출된 결과물인 독서 포트폴리오('수능 발문식 독서 기록장')를 무려 8년간이나 전교생이 활용하였다. 또한 이 자연스러운 교육활동 결과물을 각자 대학입시에 제출하는 실적물로도 활용하여 왔는데 이렇게 연구 결과를 오랫동안 현장에서 활용할 수 있었던 까닭은 연구가 제대로 된 연구였고 활용가치가 있는 연구였기 때문임을 의미한다.(연구 결과물인 '수능 발문식 독서기록장'은 내가 퇴임 후에도 본교에서 3개년을 더 활용함.)

이렇게, 학생들이 평소 장기간의 학습활동을 하면서 산출, 누적한 결과물, 이것이 바로 대학에서 원하는 바의 고교생 수행 평가를 위한 진짜 스펙자료였던 것이다.

만일 학생과 교사가 힘들다 하여 또는 귀찮아서, 아니면 그 밖의 이유(교사들의 업무 과중, 학생들의 부담 등)를 내걸면서 연구학교 같은 것을 유치하지 아니하였다면 학생들에게 대신 무엇을 줄 수 있었겠는가?

여기서 다시, 참교육이란 무엇인가 강조해 보고자 한다.

참교육이란 개별 학생들이 그들의 창의성과 개성과 능력을 살리는 데 필요한 교육 시스템을 창출하고 실제적이고 구체적으로 학생들을 유익하게 하는 실용적 교육, 이것이 참교육이 아니겠는가?

우리 학교의 교육부 지정 연구 사업은 교육 발전을 위한 연구로서 과정이나 결과물, 그리고 결과물의 적용・활용 면에서 참으로 바람직한 교육활동이었다고 생각하며 이 밖에 위에서 소개한 본교의 여러 가지 학교 특색사업 교육활동은 바로 구체적인 참교육 실현의 본보기였다고 감히 증언하고자 한다. 교육사(敎育史)에도 기록될 만한 참교육의 본보기가 될 수 있지 않을까 한다.

사랑하는 너희들을 위해 기필코 강당을 짓겠다

2008년 2월, 제1회 졸업식을 하게 되었다. 이 아이들이 바로 내가 교장이 되어 배출하는 첫 졸업생이었던 것이었다. 교장인 나의 방침 중 하나는 우리 학교에서 시행하는 모든 의식이나 행사는 '대충'이 아닌 가장 깔끔하고 멋지고 품위 있게 하는 것이다. 내가 재직하여 온 학교, 아니 일반적으로 대부분의 학교에서는 졸업식이란 것이 대체로 졸업생 대표들을 불러 세우고 졸업장과 개근상 또는 그 밖의 상장들을 수여하고 학교장 회고사를 한 후 졸업가를 부르고 해산하는 방식이었다. 나는 그런 식의 판에 박은 듯 무미건조한 졸업식은 베풀고 싶지 않았다. 졸업생들을 정성껏 대우하여 교문을 나서게 하리라.

나는 전체 졸업식 행사 전에 5일 전부터 반별 졸업식을 베풀었다. 겨울 방학이 끝난 2월초, 어느 학교든 3학생들이 등교하여 단축수업을 한다 하더라도 오전에 4개 교시는 마쳐야 되는데 모든 입시가 끝난 터라 수업진행이 여간 어려운 것이 아니다. 이런 여유 있는 시간을 활용하여 교장실에서 반별 졸업식을 진행했던 것이다. 1개 반씩 가운을 입고 4각 예모를 쓰고 담임과 함께 교장실에 입장한다. 식순에 의한 정중하고 오븟한 졸업식을 진행한다. 졸업장 수여 순서에서는 담임이 졸업생 한 명씩 호명하여 학생을 교장 앞에 서게 하면 교장은 한 사람 한 사람씩 졸업장을 직접 수여하고 격려한다. 담임은 사각모의 수술을 머리 옆으로 이동시켜준다. 학교장의 반별 훈화를 들은 후, 반별 졸업식이 끝나면 가운을 입은 모습으로 교장과 담임이 함께한 반 전체의 기념사진을 촬영한다. 이런 졸업식이 하루에 2개 반…. 5일째 되는 날 3학년 '반별 졸업식'은 모두 끝이 난다. 이후, 정해진 날 전교 교사들과 학부모들이 참석한 가운데 전체 졸업식을 한다.

교감과 교무부장에게 전체 졸업식이 차질이 없도록 지시한다. 그런데 첫 졸업식이니만큼 무언가 보기 좋은 이벤트가 필요했다. 인근 경찰대학 밴드와 ㅇ군단의 군악대를 섭외하였으나 경찰대는 자신들의 행사가 같은 기간에 있어 어렵다 하였고 군악대도 이 시기에 군에 사정이 있어 어렵다 하였다. 수원 ㅇㅇ공업고등학교 밴드부를 알아봤으나 무슨 사정인가 있어서 안 된다 했는데 성남 ㅇㅇ여상의 밴드부가 와서 찬조 출연(?)을 하기로 하였다. 다행이었다. 그러나 걱정이 있었다. 신설학교인지라 운동장 터를 닦은 지 얼마 안 되어 겨울철에도 기온이 높은 날은 운동장이 논처럼 질퍽해지곤 하였던 것이다. 행여 졸업식 날에도 그 지경이 된다면 큰 낭패가 아닐 수 없었다.

2월 5일이었던가? 졸업식 날이 되었다. 당시 우리 학교는 강당이 없었다. 졸업식을 운동장에서 할 수밖에 없었던 것이다. 그날따라 날씨가 엄청 추었는데 기온이 무려 영하 10도였다. 해마다 입학식 때에는 얼었던 운동장이 녹아서 질퍽거려 곤란하였는데 그날 졸업식은 운동장이 꽁꽁 얼어 다행이었지만, 그러나 날씨가 너무 추운 것이 문제였다. 찬바람도 제법 불었다. 각각의 교실 의자를 가져와 운동장에 놓고 앉아 있는 재학생과 졸업생들은 턱을 덜덜거리며 떨었다. 교장으로서 정말 난감한 일이었다.

운동장에는 조회대 둘레에는 아름다운 리본이 둘러져 있고 본관 건물 좌 우 양측에는 5층에서부터 1층까지 1회 졸업생에 대한 축하와 격려의 대형 현수막이 드리워져 있었다. 운동장 서편에는 성보여상 브라스 밴드 학생들이 멋진 제복차림으로 꼿꼿하게 서 있었다. 본부석 뒤에 설치된 천막 아래에는 내빈들 수십 명이 함께 서 있었다. 이렇게 분위기를 성대하게(?) 꾸민 졸업식은 나도 본 적이 없었다.

그런데, 학생들은 덜덜 떨고 있었고 일부 여성 내빈(oo중 교장 등)은 추위를 참지 못하고 교장실로 들어가 버리는 것이었다. oo여상 밴드는 애국가를 힘겹게 연주하였는데 졸업식 말미에 졸업가도 연주는 했으나 밴드가 팡팡 울려줘야 할 것인데 그러질 못했다. 그들의 입술과 손가락이 얼었던 것이다. 또한 밴드부 복장이 컬러풀하고 멋은 있었으나 동복이 아니었으니 얼마나 추웠을까? 최초의 졸업식을 멋지게 하려던 것이 강추위의 훼방으로 뒤숭숭하게 끝났다.

졸업식이 끝나니 점심시간…. 나는 oo여상 밴드부 담당자에게 감사의 뜻을 전할 겸, 본교에서 점심을 따뜻하게 먹여서 데리고 가라는 부탁을 하려고 식당에 가보았다. 밴드부 학생들은 고드름처럼 얼어 있었고 일부는 고통에 못 이겨 울고 있었다. 동복도 아닌 춘추복의 얇은 제복을 입고 부동자세로 1시간 이상 버티며 서서 얼어서 곱은 손가락으로 연주를 해야 했으니 얼마나 고통스러웠겠는가? 강당 없는 설움!

아, 속히 강당을 지어야 한다! 강당을 지어야 한다!

나는 강당을 지어야 한다는 필연적인 숙제 보따리를 짊어지게 된다. 짓더라도 빠른 시일 내에.

화재 대피 훈련

강당을 어찌 하나? 어찌하면 강당을 지을 수 있나?

실장에게 i 시장을 만날 것이니 시장 면담이 가능한 날짜를 알아보라 하였다. 며칠이 지난 후 시장과의 면담 날짜가 잡혔다.

비좁은 구(舊) 시청이었다. 대기실에 들어가니 시장을 면담할 사람들이 가득하였다. 아마도 시장으로서 '민원인과의 만남'이란 이벤트로 주 1회쯤 시민들을 만나는 것으로 추측되었는데 대기하는 사람들은 상인이나 사업가들인 것 같았고 승려도 보였는데 어쨌든 이들은 각계각층의 민원인들인 듯싶었다. 수십 명은 되어 보였다. 30~40분 정도 기다리니 드디어 나의 차례가 왔다.

나는 j고등학교에 새로 부임한 교장이다. 이 지역에 훌륭한 명문 고등학교를 만들려는 포부를 가지고 애쓰고 있는 중이다. 신설학교라서 여러 가지 애로점이 많은데 시장님이 지자체 예산으로 좀 도와줄 수 없는가, 나는 이런 요지로 진지하게 말하였다. 옆에서 비서로 보이는 사람이 메모를 하고 있었다. 그런데 듣고 있는 시장은 건성인 듯하였다. 지금 잠이라도 자야만 될 사람처럼 피곤해 보였고 눈동자도 희미한 듯 보였다.

나의 요망이 성과가 있을 것 같지 않았다. 시장의 입장을 이해할 만도 했다. 시장인들 시민 수천 명의 애로 사항을 모두 들어줄 수 있겠는가?

그러던 차에 2016년 11월 어느 날, 우리 학교 전교생이 비상 대피 훈련을 하게 된 날이다. 교육청에서는 도내 학교들에게 연1회, 화재 등 사고 발생 시를 대비한 비상 훈련을 하도록 하였고 이것을 지자체, 그리고 소방당국에 협조를 구한 것으로 보인다. 전교생을 운동장에 집합시킨 후, 미리 대기하던 소방차에서는 운동장 가운데 타고 있는 모닥불을 소방호스로 끄는 시범을 보인 후, 소방관들이 소화기 사용법을 가르치는 행사였다. 가장 중요한 것은 전교 학생들이 대피하는 과정(운동장에 나오는 과정)과 현장까지 나와서 질서 있게 자리를 잡아 도열하는 것이었다.

훈련 시간 20분 전, 뜻하지 않은 손님이 교장실에 찾아왔다. 도(道) 의회 의원 임선기 의원이었다. 차를 마시며 이야기를 들으니 본인이 도(道) 의회 안전분과(?) 의원이라 하였다. 그리하여 일선 학교의 안전교육 실황을 직접 보기 위해서 찾아왔다는 것이다. 소방차는 이미 와 있었고 이어서 비상 사이렌 소리가 요란하게 울렸다. 나와 임선기 의원은 운동장 조회대로 나왔다.

매월 1~2회의 운동장 조회는 질서 있게 이루어져 왔고 작년의 소방 훈련은 참으로 멋지게 이루어졌었는데 오늘은 연말에 가까운 시기에다 선생님이나 학생들이 긴장이 풀려서였던가, 담당 교사가 아침 직원조회 때, 학생들이 교실에서 반별로 빠져 나오는 동선(動線)을 그린 유인물을 담임들에게 배포하고 인솔을 부탁했는데도 학생들의 움직임이 시원치 않았다.

운동장의 중심 부근, 조회대에서 나는 소방훈련을 지켜보고 있었고 내 옆에 임선기 의원도 함께 서서 역시 이 광경을 지켜보고 있었다. 평소에 잘하던 우리 학생들…. 오늘은 영 아니었다. 질서가 제대로 잡히지 않는 것이다. 외부 인사가 참관하는 마당이어서 나는 무안하기도 했다. 김 의원은 말했다. 자신이 대만과 일본에 가서도 학생들 소방훈련을 참관하고 왔는데 아주 기가 막히게 잘하더란 것이다. 이럭저럭 훈련 참관이 끝나 나는 임의원을 안내하여 교장실에 다시 들어왔다.

김 의원과 담소를 하다 보니 의원의 이전 경력은 oo농협 조합장을 했다고 하였다. 나는 나의 큰형님도 농협 조합장이었다고 하자 의원은 형님의 이름을 물었다.

"아, 나도 그분을 잘 압니다."라며 반가워하는 것이 아닌가. 이야기인즉, 본인이 oo농협 조합장을 할 때, 그 지역에서 생산하는 고추를 본인의 농협에서 구매하는 형식으로 도·농 농협 간에 협력 사업을 하면서 큰형님을 알게 되었다는 것이었다. 아, 세상은 넓고도 좁구나!

나는 임선기 의원에게 나의 간절한 소망인 강당 건축에 대한 이야기를 하였다.

"의원님이 좀 도와주셨으면 합니다."

나의 간절함에 마음이 움직인 것인가? 임 의원은 애써 보겠노라고 하였다. 학교 소방훈련을 계기로 교장실에서 오랜 시간 담소하게 되었으며 큰형님과도 아는 사이였음에 대화가 화기애애하게 전개된 터에 나의 간청을 외면할 수는 없었을 것이다.

그러나 일이 그리 쉽지는 않았다. 그 후, 전화로 여러 번 묻기도 하고 채근하기도 하고 하였다. 의원을 직접 만나기 위해 약속 장소에 나가다가 유턴 대기 중, 신호 위반으로 달려든 차량에 의해 내 차의 범퍼가 심하게 훼손된 피해를 입었음에도 의원님과의 약속 시간을 지키느라고 제대로 사고 현장 상황을 확보하지 못해 적지 않은 수리비를 내가 부담하는 피해를 입기도 하였다. 그러나 나의 개인차가 망가진 것에 대한 아쉬움보다 학교 강당의 건축이 몇 십 배 더 절실하였다.

임 의원은 자신의 주머니를 털어 강당을 지어주는 것도 아니고 시의 예산을 따 와야 하므로 그분은 그분대로 시청의 oo과 담당자에게 간청을 하여야 했을 것이다. 시청의 담당자도 예산을 어느 곳에 배정할지는 자기 독단으로 결정하는 것은 아니었을 것이고, 수억 원의 예산을 특정 학교에 배정하여 주는 것이 쉽겠는가? 나는 임 의원을 조르고 임 의원은 시청에 졸라(나의 추측) 우여곡절 끝에 시에서 새해 예산에 본교 강당 예산 12억 원을 배정하기로 계획이 수립되었다는 소식을 들었다. 강당 신축 예산의 절반에 해당하는 액수였다.

고마운 일이었다. 그러나 학교의 행운이고 교장인 나의 간절한 열망에 대한 관청의 소원 수리였지 특혜는 아니었다. 앞에서 기술한 바와 같이 입학식, 졸업식도 하기 어려운 학교에 강당을 지어주기 위해 지자체 예산을 쓰는 것은 어쩌면 당연한 일일 터이고, 또 임 의원도 지역 학교의 애로점을 해소하고 교육 발전을 위해 애쓰는 것은 의원이므로 마땅히 할 일이라고 본다. 다만, 우는 아이에게 젖을 준다는 속담처럼, 강당 없는 학교가 한둘이 아닌 상황에서 우리 학교에 예산을 배정해 준 것은 해당 학교의 교육 발전을 위한 두드러진 노력과 지역 사회의 평판, 학교 책임자인 교장의 의지와 열망, 그리고 학부모들의 민원을 고려하여 타당성을 인정했기 때문으로 생각된다.

그런데 지자체인 시에서 예산이 배정되더라도 강당 신축 예산의 나머지 절반은 도교육청에서 지원을 받아야 되는 것이었다. 나는 도교육청에 출장을 가서 본교 강당 신축 예산의 지원을 요청하였다. 긍정적으로 검토해 보겠다는 말을 들었으나 역시 시원한 대답은 아니었다. 지자체와 교육청 양쪽 모두 100% 확실한 답변은 아니었다. 그도 그럴 것이 예산 계획은 계획일 뿐이고 그것이 계획대로 집행된다는 것을 담당자들이 장담할 수 있기는 어려웠을 것이다. 예산이라는 것이 어느 때라도 급한 일이 발생하면 우선 급한 데부터 막아야 하는 것이니 그들의 입장에서는 우리 학교 강당 건축이 최우선으로 시급한 사안이 아닐 수도 있다.

나의 간절한 열망에 학부모들도 도왔다. 학교 운영위원회 여성 위원들은 교육청에, 학부모회 회장단은 시청에 찾아가 예산지원을 해 줄 것을 요망하였다. 성oo 위원 등 여자 위원들은 시청에 민원서류를 들고 갔다. 나 또한 시청에 강당의 시급함을 몇 차례에 걸쳐 설명하였다.

우여곡절 끝에 2017년 시청 예산에 본교 강당 신축 예산이 확정 배당되었다. 이와 함께 교육청에서도 9억 원의 예산을 배정하는 것으로 확정되었다는 소식이 왔다. (당시 학교 강당을 신축하는 데는 최소 30억 원이 소요된다고 하였다. 그런데, 우리 학교의 경우, 1층 구조물은 이미 조성이 되어 있어서 주차 공간으로 쓰고 있던 터, 여기에 2층을 올려 강당을 신축하게 되므로 시청과 교육청 예산을 합한 20여억 원으로 건축이 가능했음.)

드디어 나의 간절한 소원이 이루어지게 된 것이다. 지성(至誠)이 있어 감천(感天)을 했는가?

나는 꿈에서도 강당을 소원하던 차, 학교 소방훈련에서 임선기 의원을 만났고 그리하여 강당에 관한 애로점까지 이야기하게 되면서 추진을 위한 레이스의 신발끈을 매게 되었으며 의원과 시청, 교육청 관계자들에게 적절한 설명과 요망…. 이에 시청과 교육청의 협조, 그리고 학부모 대표님들의 응원으로 강당을 신축하게 된 것이다. 결코 저절로 이루어진 것이 아니었다. 학생들을 위한 간절한 지성(至誠)과 그것으로 인한 감천(感天)의 결과였고 행운이었다고 생각한다.

아, 영하 10도의 노천 바닥에서의 졸업식도, 30도 폭염 속, 운동장 체육을 못하여 나무 밑에서 쪼그리고 앉아 시간을 보내던 가엾은 학생들의 모습도 이제는 사라질 것이다.

겨울이 가고 다음 해, 봄이 되었다. 나는 교육청 관계자들에게 공사를 조속히 착공하여 줄 것을 채근하였다. 드디어 설계에 들어갔고 설계 담당자와 관계 공무원이 설계 협의를 하러 교장실에 왔다.

학교 신축 공사 때 이미 기초가 되어 있어 주차장으로 쓰던 1층 구조물 위에 강당을 올리게 되는 바, 1층은 주차장이요 2층은 강당이 되는 것이다. 강당에 전교생을 수용하기는 어렵다 하였다. 그리하여 나는 강당의 높은 벽, 사이드 3면에 관람석 공간을 만들도록 주문하였다. 관람석이 2개 층이니 사실상 2층의 강당이 되는 셈이다. 이렇게 하면 2개 층 관람석에 2개 학년을 동시에 수용할 수 있다. 강당에 전교생이 참석해야 할 경우는 그리 많지 않을 것이다. 그러나 후에 전교생이 동시에 관람하거나 학부모들도 참여해야 될 일이 있을 경우를 고려하여 강당 면적과 똑같은 1층 주차장에 빔 프로젝터만 설치하면 화면으로 강당에서 공연되는 것을 함께 관람할 수 있도록 정보통신망 연결 파이프 공사를 함께 하도록 주문하였다. 강당은 실용적인 동시에 예쁘고 아름답게, 그리고 미적인 면을 중시하여 설계하도록 구체적으로 주문하였다.

무대의 오른쪽은 방송실이고 왼쪽은 출연자 대기실이다. 어떤 체육관이나 강당이든 출연진과 방송실의 연락이 필요하여 공연 중 관중석 앞으로 연락병(?)들이 왔다갔다 하는 경우를 많이 보게 된다. 참으로 어색한 풍경이다. 나는 이 점을 개선하고자 무대 벽 뒤에 왼쪽 대기실에서 오른쪽 방송실로 갈 수 있는 예쁜 복도를 만들도록 하였다. 강당의 이름을 'oo관(oo館)'으로 명명하였다.

나는 어느 일요일에 교장실에서 4절지 화선지에 예서체로 강당 이름 'oo館'을 직접 써서 황금색 놋쇠로 된 입체 주물 간판을 주문하였다. 운동장에서 보면 주물로 된 'oo館'이라는 황금색 입체 글자가 중후한 모양새로 눈에 띤다. 또한 강당이 큰 도로에 인접하여 있으므로 여기에 학교 이름을 크게 게시하여 학교의 위치를 알리고 학교를 광고하는 효과를 도모할 필요가 있었다. 나는 대형 입체글자로 교명 6자씩 2벌을 제작하도록 하여 강당 2개 벽면 추녀에 설치하였다. 지금도 oo역 방면 큰 도로를 지나다 보면 oo고 강당의 동 서 양쪽 면에 'oo고등학교'라는 입체 현판이 크게 눈에 띤다. 밤에는 야광으로.

oo역 번화가에서 웅장하게 눈에 띠는 oo고등학교 강당 oo관! 이 건물을 만들기 위해 조바심하며 진땀 흘리던 사람이 누구였던가. 사람들은 누가 그 강당을 만들어 세웠는지 생각이나 해 보는 사람이 있을까? 아무도 없을 것이다. 다만 그곳을 지나가는 사람들 중 딱 한 사람이 그곳을 지날 때마다 절실함과 애탐과 감동으로 가슴이 뛰던 그 시절을 회상할 것이다. 그 사람은 바로 당시의 교장 주세훈이다.

별관 증축, 제2식당과 제2과학실 만들어

우리 학교의 우수한 교육 프로그램과 학습 분위기, 그리고 최고 명문을 지향하는 열정과 수준별 이동수업 및 방과 후 수업, 학력 향상을 위한 개별 독서실 및 자율학습실 운영 등의 특장(特長)으로 개교 후 불과 3년밖에 안 된 본교는 이미 관내에서 명성이 자자한 것으로 확인되었다. 관내는 물론 외지에서도 우수생들이 본교에 몰려들기 시작하여 신입생의 학력 수준은 그야말로 수직 상승하고 있었다. 반듯하고 착하고 우수한 학생들이 전교에 가득 찬 학교의 분위기는 학교의 책임을 맡은 교장으로서 학생들의 모습 하나하나가 날마다 감동적이었다.

이를테면 점심시간에 길게 늘어서서 식사를 대기하는 학생들의 모습도 그 질서와 매너 그리고 예의가 참으로 반듯하고 의젓하였다. 서로 정숙하게 줄을 서서 양보하고 지나가는 선생님이나 학교 손님들에게 깍듯이 인사하는 모습과 언제나 긍정적이면서 밝은 표정들….

나는, 식사 시간에 길게 줄을 서서 기다리는 우리 아이들이 안쓰러웠다. 식당을 확장하여야 되겠다고 결심하였다. 가만히 앉아 있는 학교에 지자체나 교육청에서 예산을 갖다주겠는가? 나는 강당을 짓기 위해 애쓰던 것과 마찬가지로 식당의 확장을 위하여 또 한 번 뛰어야 할 판이었다. 제2식당이 필요하였는데 이를 위해서는 현재 1층 식당 위에 또 하나의 식당을 확보할 수밖에 없었다. 1층 주방에서 음식을 만들어 엘리베이터를 통해 가장 지근거리인 바로 위 2층으로 올리는 방법이 가장 적절했기 때문이다. 그리하면 2층에 있던 과학실은 어찌 하는가?

별관 건물을 더 증축하여 상부 층으로 옮기는 방법이 좋았다. 이리하여 별관에 2개 층을 더 증축하고 과학실도 배로 늘려 2개 층에 걸친 공간으로 확장하는 안을 마련하였다. 평소 나의 뜻을 가장 잘 이해하며 좋은 교육을 위해서라면 적극 나서서 협조를 마다하지 않는 안oo 행정실장이 증축 예산 확보에 많은 노력을 하였다. 우여곡절 끝에 식당이 있는 별관에 2개 층을 더 올리게 되었다. 별관 건물이 도합 4층이 되는 것이다. 2층 식당은 아름답고 예쁘게 시설하고 원래 1층 식당은 산뜻하게 리모델링하였다.

식당 공간이 배로 늘었다. 전처럼 학생들이 길게 줄을 서는 풍경이 사라졌으며 점심시간도 2부제로 하지 않아도 되었다. 학교마다 점심시간을 2부제로 하였는데 이 때문에 학교 분위기가 얼마나 소란스러웠던가? 3학년이 수업할 때 1, 2학년은 점심시간이어서 식사를 마친 학생들은 운동장에서 공을 차고 떠드는 소란 속에서 3학년은 수업을 해야 했고 반대로 1, 2학년이 수업할 때 3학년은 점심을 먹고 교정에서 휴식도 하고 일부는 운동장에서 공을 차기도 했던 것이다.

신축 새 건물에 과학실을 옮기고 그중 1개 층은 제2과학실을 만들었다. 길게 설명하지는 않겠다. 최신의 시설과 설비로 과학실의 학생용 책상도 바퀴가 달린 개인별 책상으로 구입, 4~5명의 책상을 합치면 실험용 공동 테이블이 만들어지도록 하였다. 종전의 과학실 실험 테이블은 수도꼭지가 있는 싱크대 식이었는데 이런 데에서는 테이블 둘레에 앉아 칠판을 바라보기도 불편하고 필기를 하기도 여간 불편하지 않았다. 그리하여 물을 사용해야 하는 (수도꼭지가 있는) 테이블과 불을 사용하기 위한 테이블은 과학실 둘레에 별도로 시설하였다. 물론 빔 프로젝터도 시설하였다.

소원하던 강당을 지은데 이어서 제2식당과 덤으로 과학실을 한 곳 더 만들었으니 전교생과 전 직원들도 무척 좋아했겠지만 나는 전교생의 기쁨을 모두 합친 것만큼 즐겁고 행복하였다. 아! 교장의 즐거움과 행복은 바로 이런 것이로구나. 담임의 노력은 반 학생 35명에게 혜택을 주지만 교장의 노력은 전교생 수천 명에게 기쁨과 이로움을 줄 수 있는 자리, 나는 교장이 된 보람을 절실하게 느끼면서 일생일대(一生一代)의 큰 행복과 만나게 되었다.

인생이란 세상에 태어나 단 한 번 살아 보는 기회인데 나(我)라는 존재를 무엇, 또는 무슨 가치를 위하여 의미 있게 사용할 것인가. 제자들을 위하여 일할 수 있는 마지막 기회인 현직 교장의 기간을 앞으로도 오직 학생들을 위해서 사용하리라. 나는 오로지 우리 학생을 위하여 나의 모든 역량과 시간을 바치며 타오르는 불길처럼 나 자신을 소진할 생각이었다.

도서실, 음악실, 컴퓨터실, 어학실 등 모든 시설을 최신으로, 효율적으로, 첨단 기능을 갖추면서도 아름답게 시설하였다. 당시 대한민국 고등학교 중 가장 최신, 최고의 인프라를 구축한 곳이 우리 학교였다고 확신한다. 여기에 학생들 또한 가장 우수한 학생들로 가득 차 있는 학교….

교문 두 기둥 위로 대들보처럼 가로지른 석조물(우리 학교의 정문은 마치 대학 정문 모양으로 건축하였다.)에는 "수직상승 밝은 미래, 최고 명문 OO고"라는 대형 표어를 상시 부착하였다. 이 구호에는 한 점의 과장도 없었다. 경기도 400개가 넘는 일반계 고등학교에서 개교한 지 4년 차에 학력 순위가 4위가 되었으니 누가 이의를 제기하겠는가.

독자들은 전교생이 이렇게 우수 학생들로 이루어진 학교의 분위기가 상상이 되는가? 수업 시간이나 자율학습 시간에 숨소리만 들릴 정도의 정숙하고 진지한 분위기, 교정에서 만나는 학생마다 밝고 긍정적이며 깍듯한 매너, 언제나 상냥하고 고운 말을 쓰는 학생들, 전교생 조회 때나 식사 시간 줄서기 등에서의 정연한 질서, 그러나 각종 경연대회나 체육대회에서는 뛰어난 능력을 발휘하는 인재들!

나는 날마다 학생들에게서 감동을 느끼며 일과를 보낸다. 하루하루가 바쁘고 힘들었지만 더 이상 행복할 수가 없었다.

나는 원래 이렇게 우수한 학교에 부임한 것이 아니었다. 자화자찬이 되어 미안하지만, 시내에서 가장 학력이 낮은 개교 학교 교장으로 부임하여 4년 만에 전국에서도 최상위권 우수학교로 일궈내었기 때문에 더욱 보람과 행복감이 컸던 것이다.

강당 개관식, 그리고 가을 축제

2008년은 교장으로서 나의 최고의 해였다. 내가 간절히 소원하던 대강당을 멋지게 완공, 개관한 해였기 때문이다.

그해 10월 15일(목), 16일(금), 17일(토) 사흘을 잡아 우리 학교 축제인 제4회 'oo제(祭)'를 펼쳤다.

'oo제'는 20여 개 각 동아리별 전시회, 10여개 특활부서의 발표회가 펼쳐졌고 그중에서도 특별한 것은 축제 첫째 날, 'oo제' 프로그램의 한 가지로 KBS '도전 골든벨'을 본교에서 유치, 녹화한 것이다. 또 그다음 날이 되는 2008년 10월 16일에는 본교 대강당인 'oo관' 개관식을 거행하였다.

나는 가을 축제 시즌을 염두에 두고 그해 7월에 KBS와 협의하여 중고등학생과 학부모들의 인기 프로그램인 '도전 골든벨'을 본교에 유치하였다. 이것도 강당이 있으니 가능하였다. 개학 후, 방송국 담당 PD가 본교를 몇 차례 방문하고 프로그램을 협의하였다. 이후 본교 학생부에서는 학생회 골든벨 추진 협조팀을 구성하고 방송국 PD들과 녹화 진행과 관련하여 몇 차례 더 협의를 거쳤다.

10월 14일에 KBS 방송국에서는 대형 트럭으로 무대 세트를 싣고 와서 오후 내내 2층 강당으로 이것을 끌어들여 설치하는 작업을 하였다. 다음 날 15일, 즉 축제 첫날에는 아침 9시부터 고3을 제외한 1, 2학년 전체 학생들과 전교 교사들이 강당에 입실한 가운데 녹화를 진행하였다. 많은 학부모들도 강당에 들어와 녹화를 관람하였다. 진행자는 KBS 인기 아나운서 김현욱(남)과 오정연(여)이었다. 도전 골든벨(녹화)이 드디어 시작되었다.

이런 에피소드. 진행자는 문제 발문에 앞서 몇 몇 학생에게 우리 학교의 자랑을 물었다. 맨 먼저 질문을 받은 학생은 서슴없이 "우리 학교 교장선생님입니다."라고 대답했다. 그 까닭을 묻는 진행자에게 학생은 우리 학교의 발전을 위해 많은 일을 하셨고 밤늦게까지 학생들을 보살피시며 특히 귀가 시에 교문 앞에까지 나와 일일이 하이파이브를 해 주신다고 대답하였다. "아, 그래요?" 사회자는 다른 자랑거리를 요구하는 듯 다른 학생에게 같은 질문을 하였다. 그런데 그 학생 또한 교장선생님 이야기다. 또 다른 학생에게 같은 질문을 하자 그 학생도 또 교장선생님을 말한다. 진행자는 "이 학교는 자랑거리가 모두 교장선생님이네요?"

학생들이 우리 학교의 자랑을 이구동성으로 "교장선생님"이라고 말하는 데 대하여 나는 학생들이 나를 알아주니 기분이 나쁠 리는 없었다. 그러나 이럴 때 표정을 어떻게 해야 되는가, 당황스러웠다. 순간 남감하며 쑥스럽기도 하였다.

다음 날(16일, 금요일)의 강당 개관식은 학교에 매우 큰 경사였다. 입학식, 졸업식, 그리고 학생들의 체육시간에 얼마나 절실하고 아쉬웠던가? 교육하는 학교에서는 절대적으로 필요한 시설임은 두 말 할 것도 없다. 그러나 그때까지만 해도 이곳저곳 오래된 학교에도 강당이 없는 학교가 적지 않았다. 강당이 없을 때에는 비가 오거나 눈이 오는 날에는 학생들이 체육을 할 수도 없고 바람이 조금만 일어도 배드민턴을 칠 수도 없었다. 무더운 날, 체육 시간에 운동장이나 화단 주변 여기저기 나무 그늘 아래 삼삼오오 쭈그리고 앉아 무료하게 시간을 보내던 안타까운 광경이 눈에 떠오른다. 특히 첫해 졸업식 날 영하 10도의 운동장에서 전교생이 덜덜 떨면서 고통스러운 졸업식을 했던 일이 눈에 떠오른다.

학생도 학부모도 그리고 교사들도 강당 개관이 반갑고 기쁘겠으나 이 강당이 개관되기까지 수많은 날의 가슴조림과 설렘과 학수고대의 조바심으로 날밤을 애태우는 사람이 있었는지 아는 사람이 있을까. 아니, j고등학교 강당이 언제 누가 지었는지를 생각이나 해 보는 사람이 있을까?

그러나 오직 내가 안다. 청계천을 복원하고 서해대교를 만든 사람들과 비교하면 매우 하찮은 일이겠지만 일개 학교 교장으로서 이 막중한 숙원(宿願)을 도모한 지 3년 만에 완공을 이룬 나의 노력과 열정은 공공(公共)을 위한 내 일생 최대의 수훈이라고 해도 무방할 것이다. 남들 생각은 모르겠지만 적어도 내 생각은 그러하다. 시민의 돈으로 지은 것이지만 누군가 십자가를 지는 심정으로 나서지 않았다면 어느 세월에 이 자리에 강당이 서게 되었을까?

가을 축제와 강당 개관식을 즈음하여 교정 곳곳에는 향이 그윽한 대형 화분을 놓았고 건물에는 대형 축하 현수막을 드리웠다. 특히 강당 무대 위에는 글자 한 개의 크기가 대문짝만 하게(강당 앞 벽면과 크기가 맞먹을 만큼 크게), "2008 'oo제(祭)' / 대강당 개관"이라는 컬러풀하고 멋진 대형 현수막을 걸었다. 강당 왼쪽 난간에는 '수직상승 밝은 미래, 최고 명문 oo고', 그리고 맞은편에는 '우리는 oo고등학교를 좋아합니다'라는 현수막을 가로로 길게 걸었는데 이 두 개의 현수막은 내가 정년 퇴임할 때까지 그대로 걸어두었다.

그랬다. 우리 학교 j고는 누가 봐도 학력이든 명성이든 수직 상승하는 학교였고 학생들은 모교인 j고에 대단한 긍지와 자부심이 매우 컸을 뿐 아니라 본교를 엄청 좋아하였다. 학교를 좋아하는 학생들과 함께하는 나는 너무나 행복하였던 것이다. 학생들이 학교에 대한 긍지를 느끼며 학교를 좋아하는 것으로 이미 교육의 반은 성공한 것이다. 만일 학교가 학생에게 불평의 대상이 되고 학생은 자신의 학교에 불만이 가득하여 자신의 학교를 비방이나 하는 학생이 많다면(실제로 타 학교 사례에서 그러한 학생들을 많이 볼 수 있었다.) 그 학교에서 교육은 제대로 이루어지겠는가. 국가도 마찬가지이다. 나라가 국민의 신뢰를 잃으면 국민들이 애국심이 고양될 리 없고 애국심 없는 나라에서는 국리민복이 이루어질 수 없는 이치와 같다고 본다.

강당 'ㅇㅇ관(館)' 개관식에는 관내 중고등학교 교장 등 내빈들과 학부모들이 많이 참석하였다.

개관 테이프 커팅.

20미터의 대형 오색 테이프. 테이프 앞에 학생 대표, 학부모회 대표, 학교운영위원들, 내빈들 수십 명이 도열한 그 중앙에서 나는 가위를 들었다. 짜릿하게 감개무량한 순간이었다. 짜잔, 일제히 커팅하였다.

내빈들과 함께 강당에 입장하자 우리 학교 대형 오케스트라반이 아름다운 선율을 연주한다. 잠시 후, 행정실장의 경과보고에 이어 나는 감격적인 축사를 낭독한다.

"여기, 우리 모두의 땀으로 아름답고 멋진 강당을 우리 학교 마당에 지어 개관하면서 나는 이곳 oo고에서 더욱 좋은 교육이 이루어지고 훌륭한 인재들이 구름같이 양성되는 획기적인 계기가 될 것을 확신합니다!!"

개관식이 끝나면서 내빈들과 학부모 임원들은 식당으로 옮겨 축하 오찬을 하였다.

한편, 내빈들과 학부모들은 개관식에 앞서 본관의 각 실과 교정에서 펼쳐진 각종 전시회와 발표회를 참관하였다. 20여개의 전시장과 발표회장을 관람하였는데 수준 높고 풍성한 전시내용에 모두들 감탄하여마지 않았다. 내가 교직을 통하여 평생 보아온 어느 학교보다 내용면에서나 형식 그리고 수준면에서 가장 우수하였다. 각 동아리들이 20여 개 교실에 전시장을 만들었는데 교실마다 수준 높은 전시 작품들이 가득가득…. 학생들의 숨어 있던 재능들이 보석 상자를 펼친 듯하였다. 상상도 못할 아이들의 재치 있는 아이디어와 재주와 능력에 깜짝깜짝 놀라지 않을 수 없었다.

오후 6시부터 새로 개관한 강당에서는 이번 축제의 하이라이트인 'oo제(祭) 전야제'가 펼쳐졌다. 승천하는 용이 비와 구름을 얻은 듯, 학생들은 각종 조명시설을 갖추고 새로 개관한 강당의 무대에서 평소 짬짬이 연습한 노래와 춤 그리고 각종 예능 프로그램을 전개하였다. 젊은 청소년들의 발랄한 에너지와 뜨거운 열기는 살아 존재하는 인간의 자유와 생명력을 생생하게 보여 주는 듯하였다. 학교 인근의 많은 시민들도 강당으로 몰려와 함께 관람하였다.

2008년, 우리 학교의 행복한 가을이 지나고 11월, 고입 시즌이 되었다. 종래 고속도로 건너 s고등학교로 향하던 시내의 각 중학교의 우수한 학생들이 놀랍게도 대거 우리 학교로 몰려들었다. 우리 학교의 학력 상승과 대강당 개관 등 여러 가지 경사, 그리고 발전적인 모습이 이미 시내 중학교에 널리 알려진 데에다가 때마침 펼쳐진 '도전 골든벨'이 중학교 각 가정에 일제히 전파를 탄 것도 우리 학교를 더욱 돋보게 하였을 것이었다.

3년간 축적된 우리 학교의 탄력이 폭발하였다. 이해의 본교 지원생들의 평균 성적은 182점(200점 만점)이었으니 100점 만점으로는 91점이나 되었던 것이다.

재학생 학력 최고의 수준으로

당시 교육부 교육 정책의 모토는 '교육의 수월성(秀越性) 제고(提高)'였다. 교육 당국은 외국어 과학 수학 예능 등 각 분야의 특성화 교육은 물론 학생 개개인의 학력의 제고를 권장하였다.

"세계는 바야흐로 뛰어난 인재 한 명이 수천만 국민을 먹여 살릴 수 있는 시대가 되었다. 교육에서 우수 인재를 키워 이들 인재들로 하여금 국제무대에서 활약하게 하여야만 우리나라의 미래가 열린다. 학교 교육을 통하여 실력 있는 인재를 키워야 된다."

맞는 말이다. 교육 당국은 학력의 제고 및 여러 방면의 특기적성 교육과 재능 보유 학생을 발굴하여 육성하도록 교육과정을 새롭게 개편하는 한편, 우수학생들의 학력을 더욱 높이기 위한 영재반 운영이나 심화반 운영도 장려하였다. 국민들도 나라의 교육 방향에 대하여 전적으로 공감대를 형성하는 분위기였다. 대부분 일반계 학교에서는 학력의 실질적 제고를 도모하고자 선발고사를 통하여 학생들을 모집하였고 수준별 수업에 대한 관심을 가지게 되었다. 과거에는 교과서 중심의 획일적인 한 줄 세우기 교육이었다면 이제는 학생 개인별 특성을 고려하여 여러 분야에 걸쳐 줄을 여러 개로 세우는 교육이 되어야 하는 것이다. 교육 당국이 뒤늦게 이런 교육 방향을 제시하고 국민들이 여기에 공감을 하게 된 것은 국제화, 세계화라는 도도한 시대의 흐름과 무관치 않다. 이러한 새로운 교육 방향으로의 물꼬가 트인 것을 교육 혁명이라고 불러도 지나치지 않을 것이다.

서울 등 대도시는 오래전에 평준화되어 있었다. 그러나 평준화 지역에서 도토리 키 재기식 하향 평준화에 불만을 갖는 많은 학생들은 분당 일산 부천 등 비평준화 지역으로 몰려왔다. 그리하여 분당의 서현고등학교나 일산의 백석고등학교, 안양고등학교, 부천고등학교 등이 전국적인 명문 고등학교가 되었다. 그런데 몇 년 후, 정치 바람에 의하여 이들 지역도 평준화가 돼 버렸다. 그런데 다행일까? 의정부나 우리 학교 소재 OO 지역은 아직 평준화가 되지 않은 지역으로 남아 있었다.

전국 초등학교 또는 중고등학생을 대상으로 한 전국 연합 학력고사 같은 것이 과거에도 있었다. 교육 기관에서 학생들의 학력 실태를 파악하는 것이 필요했기 때문이다. 시험 결과는 전국적으로 공개되므로 학교는 물론 교육청 단위의 지역별, 또는 시·도별로 학생들의 학력이 적나라하게 드러난다. 학교나 지역의 교육 당국자들은 학생들 학력 실태에 긴장하지 않을 수 없었고 부진한 학교나 지역은 때로는 학부모나 당국으로부터 눈총을 받을 수도 있었다. 한편, 학력의 실태 파악은 평가 관리가 제대로 되어 정확한 결과가 나오는 것이 중요한 것인데 학력고사의 관리가 부실하여 여러 가지 문제가 발생하여 왔다.

어느 해인가, 학력평가 관리 부실로 큰 사회 문제가 되었고 국민들의 비난과 비판이 빗발쳤던 일이 발생하기도 하였다. 일부에서 학교별, 또는 지역별로 점수를 높이기 위해 시험 관리를 느슨하게 할 가망성에 대하여 신뢰의 우려가 제기되었다.

그리하여 정부는 2010년, 학력고사의 명칭을 '국가수준 학력평가'로 바꾸고 막대한 예산을 들여 고사의 관리를 대학 수학능력 시험 수준으로 엄격하게 시행하기로 하였다. 만일 문제가 발생하면 해당 학교나 담당자들에 대하여 엄정 문책한다는 고사 관리 방침도 발표되었다.

드디어 국가수준 학력평가가 대학 수학능력 시험과 똑같이 학교별로 감독 교사까지 바꾸어서 엄격히 시행되었다. 채점과 통계 처리가 끝나자마자 주요 언론들은 전국 중고등학교의 국가수준 학력평가의 결과를 일제히 보도하였다. 우리 학교는 경기도 415개 일반계 고등학교 중 4위의 성적을 기록하였다. 엄청난 결과였다. 학교가 개교한 지 불과 4년 만의 일이었다. 더구나 4년 전 개교 당시 시내 고입 연합고사 최하위권의 신설학교가 아니었던가!

어느 학교가 세칭 명문교가 되기까지는 가파른 산에 등산하듯 수십 년의 세월 각고의 노력으로 조금씩 발전하여 '수준' 있는 반열에 오르는 것이 일반적이다. 건국 이래 교육의 역사에서 정책적으로 선발하는 특목고나 장학금이나 기숙사 등 혜택을 조건으로 선발하는 일부 사립 고등학교를 제외하고 일반계 보통학교에서 본교학교같이 불과 3~4년 만에 이렇게 비약적으로 학력 신장을 이룬 학교는 없었을 것이다. 자기중심적인 자화자찬을 하는 것은 아니다. 누가 보든지 참으로 놀랄 만한 결과였다. 요란하거나 시끄러운 반응이 눈에 띈 것은 아니지만, 내가 타 시군 등 어느 지역을 가더라도, 어떤 사람을 만나더라도 우리 학교의 높은 학력을 모두 알고는 있었다. 어디를 가든지 나에게 우리 학교 학력에 대해서 놀라움을 말하고 대단하다며 칭찬해 주는 것이었다. 교육과 관련되는 사람은 대부분 전국을 대상으로 한 학교 평가 결과 최상위권 학교들이 어느 학교인지 관심을 갖지 않을 수 없기 때문에 평가 결과를 분석한 공문이나 언론 보도를 통하여 최고 수준 그룹에 이름을 올린 학교들을 보았을 것이고 모든 사람들이 여기에 올라있는 우리학교 이름도 주목하여 보았을 것이었다. 우리 학교는 일약 수도권에서 학력 명문으로서 유명학교가 된 것이었다.

나는 신입생 입학식에서 학생들과 학부모들에게 최단 시일 내에 명문 고등학교를 만들겠다고 약속한 바 있는데 이 약속을 깔끔하게 지킨 것이 되었다. 이것은 일개 공기관인 학교가 학생과 학부모, 그리고 지역에 베푼 작지 않은 선물이 될 수도 있었다고 생각한다. 2년 후, 이 학생들이 고3이 된 후, 대학 수학능력 시험에서도 '언어, 수리, 외국어 3개 공통영역 학교별 1·2등급 획득자의 응시생별 비율'에서도 역기 경기도 전체 4위(특목고 포함 7위)의 실적을 보였다. 이것은 2년 전 국가수준 학력평가와 비슷한 결과였다. 2012년, 조선일보는 전국의 학교별 수능 결과를 대대적으로 보도하였다. 본교의 학력 수준을 전국에 확고하게 인식시킨 사건이었다.

나는 학교의 교육 인프라를 국내 어느 고등학교보다 못지않게 갖추는 한편, 학생들의 학력을 최고 수준으로 확실하게 이루었으니 아, 나는 대한민국의 일개 고등학교 교장이었지만 내가 일생을 살아오면서 맡은 바 직분에 대하여는 후회 없이 할 일을 다 했다고 자부한다. 혹자는 교육의 성과라는 것을 단지 학력 성취 여부만으로 판단할 수 있는가라는 이의를 제기할 수도 있을 것이다. 교육의 성과를 교육의 본질 면에서 따지자면 한이 없겠으나 앞에서 '참교육'과 관련하여 상세히 피력하였으므로 교육의 본질에 관하여 구름 잡는 식의 추상적이고 허무한 이야기는 하지 않기로 하겠다.

천영미와의 대화

아이들에게 물어보니 이름이 천영미(가명)라 했다. 유난히 눈에 띄었다. 여학생인데 키가 작고 머리는 빗질도 안 했는가, 엉클어진 채로 늘 운동장이나 화단 구석에 혼자 서 있다. 교복은 구겨져 있었고 얼굴은 꾀죄죄하였다. 아무도 그 아이와 어울리지 않는다. 반 아이들 말로는 천영미는 '말하지 않는 아이'라 했다. 벙어리냐? 물으니 모른다 했다.

담임이 출석을 불러도 대답을 한 적이 없다 한다. 아이들은 그 아이가 벙어리인지 아닌 지에도 관심이 없었다. 그냥 무시해버리는 듯하였다. 체육시간에도 운동장 구석에 서 있거나 앉아 있었다. 담임에게 물었다. 벙어리는 아닌데 말을 하지 않아 그냥 놔둔다는 것이다.

이럴 수가! 이 아이가 이런 상태로 학교에 다니다가 설혹 졸업한다 하자. 졸업 후, 나이를 먹어 30살, 40살이 되었을 때, 설혹 그때에는 다른 사람들과 어울려 지내는 평범한 아낙이 된다 해도 고등학교 시절, 벙어리같이 보낸 그 학창 시절이 얼마나 가슴에 맺히고 한스러울까?

나는 때로는 모른 척, 우연인 척하며 그 아이 곁을 일부러 지나갔다. 지나가다 웃으며 말을 건넨다. 고개를 비비 꼬며 말을 하지 않는다. 나는 순간, 학생이 무안해 하기 전에 쓱 지나가버린다. 식당 앞에서도 현관에서도 눈에 띠면 그에게 다가가 지나가는 척하며 웃는 얼굴로 안녕, 인사를 건넨다. 근처 아이들 이름도 함께 불러주면서 자연스럽게 천영미 이름도 부른다. 영미는 교장이 자신의 이름을 불러주는 데 대하여 (속으로) 놀랐는지도 모르겠다. 어느 날도,

"야~ 오늘은 날씨가 많이 풀렸네. 그렇지? 영희야 혜정아 영미야."

천영미에게 유별나게 보이면 안 될 것 같아 다른 아이들에게 말을 건네고 똑같이 영미에게도 말을 건네는 것이다. 사실은 영미는 중심인물이고 다른 정상적 아이들은 엑스트라가 되는 것이다. 영미는 교장을 한 번 쳐다보고 그것뿐이었다. 그냥 걸어가는 것이었다. 나는 그가 현관을 나서서 교문을 향하여 귀가할 때 역시 우연히 같은 방향으로 가는 양 따라나섰다. 말을 건넨다.

"영미야, 너의 집이 어디니?" 물었다.

"성남이요."

(아, 영미가 드디어 말을 하는구나!) 나는 그가 300미터쯤 떨어진 정류장에 걸어가는 동안 계속 따라가며 보드라운 목소리로 말을 걸었고 그는 대답했다. 집은 성남이랬다. 당시 성남은 구시가지가 평준화 지역인데 구시가지 4개 여고에 지원하여 정원에서 밀리면 외곽에 있는 학교를 가야 했다.

성적이 낮아 당시 신설학교였던 우리 학교까지 온 것이다. 단대 5거리에서 창곡동 방향의 어디쯤인가 산다고 했다. 아버지는 안 계시고 어머니가 혼자 일을 하신다 했다. 교장이 친근감을 가지고 편하고 자연스럽게 말을 건네서인가, 그는 내가 물어보는 모든 물음에 대답을 하는 것이

다. 이런 멀쩡한 아이가 쌀 씻은 물에 쭉정이 떠다니듯 소외되고 있었던 것이다. 아이들은 답답하고 못생긴 아이와 굳이 말하려 하지 않았고 출석을 부를 때에도 선생님이 천영미를 부르기도 전에 그 아이의 대답보다 먼저 다른 아이들이 "걘 말 안 하는 애예요!"라고 대답했을 것이다. 교사들은 바쁘다 보니 그 아이에게까지 관심을 갖지 못한 사이에 아이는 점점 벙어리가 되었을 것이고 아이의 마음 또한 석고처럼 굳어지고 있었던 것이다.

나는 천영미가 말을 정상적으로 하는 아이라는 것을 담임에게 일러주었다.

"예, 알았습니다. 관심 있게 지도하겠습니다."

이후, 나의 눈에는 간혹 교정에서 그 아이가 눈에 띄기도 하였다. 가까이 지날 때는 인사해 주었으나 먼발치에 있으면 다가가서 말을 건네지는 못했다. 안타깝게도 몇 개월이 지나도록 그 아이의 기색이 많이 달라지지는 않은 듯 보였다. 오랜 기간 상처를 받아 마음이 닫혀 있을 터, 짧은 시간에 금세 정상으로 돌아가기를 바라는 것은 무리일 것이었다. 일단, 담임에게 관심을 가져 달라고 일렀으니 교장이 너무 참견할 수도 없는 일, 담임을 믿어 보기로 하였다.

하이파이브

나는 우리 학교 학생들이 남녀 학생들을 막론하고 사랑스럽고 예뻤다. 나이가 들어서일까? 한 명 한 명이 모두 나의 친자녀들과 다름없게 생각되었다. 담임을 할 때는 우리 반 아이들에게만 관심이 있었고 부장 교사일 때는 가르치는 교과와 부장 업무에만 관심이 있었지 전체 학생들에 대한 절절한 애정은 없었던 듯하다. 그런데, 당연한 일이겠지만, 교장이 되니 학교의 구석구석 유리창 한 장, 수목 한 그루에 이르기까지 내 집처럼 똑같이 신경을 쓰게 되고 학생 한 명 한 명에 이르기까지 아들딸과 다를 바 없는 똑같은 관심을 갖게 되던 것이다.

나는 출퇴근 때나 출장 갈 때, 차를 운전하여 학교 근방을 지나다가 마침 길에 걸어가는 우리 학교 학생들을 발견하게 될 때가 있다. 그러면 반드시 창문을 열고 손을 흔들어준다. 만일 차를 멈출 수 있는 곳이라면 잠시 차를 세우고 아이들에게 인사해 주고 덕담으로 격려해 준 후 길을 떠난다. 누가 시켜서는 못한다. 내 자녀와 똑같이 예쁘고 반갑기에 그리하는 것이다. 거리에서 우리 학교 아이들을 만나면 그렇게 반가울 수가 없었다. 야간 자율학습 때, 귀가하려고 나온 학생이 교문에서 버스를 기다리는데 버스가 도착하지 않아 오랜 시간 서 있는 경우가 더러 있다. 나는 내 차를 몰아 그런 학생들을 동네까지 데려다준 적도 한두 번이 아니었다.

교장이 아이들에게 야! 너!라며 지칭하는 것보다 이름을 불러 주면 좋아하고 감동한다. 그런데 그런 학생들에게 그냥 '너' 또는 '애야'라고 부르긴 미안하였다. 교장실에 전교생 사진첩을 펴 놓고 짬짬이 이름을 외워 보기도 하고 표창을 받거나 임명장을 받아야 할 학생, 방송부 등 학교일에 봉사하는 학생 등 직접 만나게 될 일이 있는 학생들은 그 학생의 얼굴을 앨범에서 찾아 이름을 미리 외우거나 나만 볼 수 있는 메모지 구석에 이름을 써둔 후, 대면하면서 학생의 이름을 직접 부른다. 또 가장 학력이 뒤지는 학생, 친구들로부터 소외당하는 학생들 역시 이름을 기억한 후, 이름을 부르고 대화를 한다. 아이들은 교장이 자신들의 이름을 기억하니 놀라고 감동하는 눈치였다.

개교 후, 입학한 학생들은 첫 번째 수학여행을 제주도로 갔다. 일정에 따라 이들은 한라산 윗새오름 방향을 향하여 걸어가는 중이었다. 앨범에서 각 반의 학력이 뒤지거나 외톨이 학생들의 명단을 찾아 교장이 직접 그 학생들에게 전화를 하였다.

"잘 도착했니?"

"아침밥은 맛있게 먹었고? 지금 어디쯤 가는 중?"

"재미있게 지내고 와, 학교에서 만나자."

전화를 받은 학생들은 교장의 전화 한 통화에 좋아 하지 않았을까? 누구나 자신에게 관심을 가져주면, 더구나 선생님들이 학생들에게 관심을 가져주면 학생들은 당연히 기뻐할 것이며 작은 관심이 그들에게 큰 격려가 될 수도 있을 것이다. 관심을 받는 학생은 학교나 선생님들에게 긍정적인 마음이 생길 것이니 공부 또한 열심히 할 것이다. 하여, 나는 학생의 사기를 올릴 수 있는 일이라면 시간의 바쁨을 핑계하거나 귀찮아하지 않았다.

사회 봉사활동 실적이 있어 서울 등지에서 개인적으로 큰 상을 받는 학생의 시상식에도 참가하여 격려해 주기도 했으며 1학년의 경우, 충북 진천에서의 수련회마다 직접 찾아가서 학생들에게 격려의 훈화를 하였다. 학생회나 오케스트라반의 여름 수련회 현장에도 반드시 찾아가 학생들의 얼굴을 직접 보며 사기를 북돋워 주었다. 학생들은 교장이 현장에까지 찾아오면 부모를 만난 듯 너무 좋아하였다.

무엇보다도 특별한 일은 교장 부임 후 퇴임 때까지 6년간이나 계속하여 온 교문 배웅이었다.

온종일 펄펄 뛰어다녀도 직성이 안 풀릴 학생들이 밤늦게까지 교실에 갇혀 힘들게 공부하는 것은 어쨌든 안쓰러운 일이었다. 심야까지 버텨 주는 것만으로 기특한 일이지 않는가? 아이들은 해방된 기분으로 교문을 향하여 쏟아져 내려온다. 하루 종일 갇혀 있던 아이들인데 저 활기참과 발랄한 웃음은 도대체 어디서 나오는 것일까?

나는 개교하던 해 3월 초부터 자율학습을 끝내고, 귀가하기 위해 교문 쪽으로 우르르 내려오는 학생들에게 일일이 배웅 인사를 해 주었다.

아이들은 좋아하며 내 손을 두 손으로 잡는가 하면 내 손바닥을 마주쳐서 하이파이브를 하며 "교장선생님, 안녕히 계세요."를 외치며 교문을 빠져나간다.

나의 교문 배웅은 계속되었다. 어두운 밤, 학생들은 교장이 교문에 서서 배웅을 해 주는 것을 고마워하는 표정이 역력했다. 나는 처음에는 교문 배웅을 계속할 생각은 하지 못했다. 그러던 어느 날, 내가 외지에서 연수가 있어 하루 이틀 교문에 나오지 못했을 때가 있었다. 연수 끝난 후, 학교에 출근하였는데 교정의 여기저기에서 만난 학생들이

"교장선생님, 왜 어제는 교문에 안 계셨어요?"

"교장선생님이 안 계셔서 섭섭했어요."

라는 것이 아닌가?

아, 그렇구나. 학생들이 야밤에 교문을 나설 때, 교문 앞에서 등을 토닥여 주거나 하이파이브를 해 주며 배웅하는 것을 매우 좋아하며 고맙게 생각하고 있다는 것, 그리고 진실로 교장이 저들을 아껴 주고 있다는 것을 믿고 있음을 알게 되었다.

개교한 지 3년 차, 이제 본교는 3개 학년이 되었다. 1학년은 밤 9시, 2학년은 밤 10시, 그리고 심화반은 11시 30분에 교문을 나서게 되었다. 나는 야간에 교실을 순회하거나 교장실에서 일을 하다가도 귀가 시간에 맞춰 반드시 교문에 서서 학생들을 배웅하였다. 학생들에 대한 야간 배웅은 폭우나 눈이 쏟아져도, 폭풍우가 불어도 빠짐없었다. 그런 날에도 학생은 교문을 나서기 때문이다. 아이들은 인사말을 하거나 하이파이브를 하고 지나가기도 하지만 교장의 손을 붙들고 교장을 위로하는 학생들도 많았다.

"아이구 교장선생님, 어떡해요. 아직까지 퇴근도 못 하시고요."

"교장선생님, 감기 드시겠어요. 빨리 들어가 쉬세요."

야간의 교문 배웅, 그리고 학생들과 하이파이브는 내가 취임 때부터 정년 퇴임 때까지 무려 6년을 매일 계속하였다.

교문 배웅-하이파이브의 스토리는 미담이 되어 본교 학부모들을 감동시킨 듯했으며 시내 전 지역에 회자(膾炙)되었다. 이것은 본교생들 및 학부모들과 대화 중에서도 알 수 있었고 해마다 시행하던 개교기념 글짓기대회 학생 작품에서도 알 수 있었다. 학생 작품의 거의 반 정도가 교장의 교문 배웅 이야기 등 학교의 발전 또는 교장과 관련된 자랑을 많이 쓰고 있는 것이었다. 교장의 교문 배웅에 관한 소문을 듣고 온 신문('우리 신문')도 이것을 취재, 크게 보도한 적도 있었다.

"카이스트, 카이스트!"

야간 자율학습이 끝나고 귀가 시간, 학생들이 교문을 향하여 우르르 걸어내려 올 때, 내가 날마다 교문 앞 나가 서서 학생들을 배웅하는 중 많은 학생들은

"감사합니다."

"안녕히 계세요."

"교장선생님 파이팅."

등등의 말을 외치며 지나간다.

추운 날에는 어느 학생은 교장의 손을 꽉 잡고

"교장선생님, 추우시겠어요."

"어서 들어가세요."

하면서 교장을 위로하는 학생들도 있었다. 그런데 어느 학생은 나에게 하이파이브를 청하면서

"카이스트!!"

라고 외치는 학생이 있었다. 그 학생은 매일같이 인사 구호가 "카이스트!!"였다.

어느 날 교장이 그 학생에게 '카이스트'를 외치는 까닭을 물었다. 그의 말인 즉, 대학입시에서 반드시 카이스트에 합격하겠다는 뜻이라는 것이다.

"그래, 넌 반드시 카이스트에 합격할 수 있을 거야."

교장은 그 학생을 격려하면서 그 학생이 하교 시 교문을 지나갈 때면 교장도 함께 카이스트를 외쳐 주었다. 학생의 소망과 결심을 가상하게 생각한 나는 담임에게 그 학생에 대하여 물었다. 그 학생은 다행히 수학, 과학은 우수한 편인데(카이스트에서는 수학, 과학을 중시함) 현재의 학력으로는 카이스트의 일반 학과에 합격할 학력에는 다소 미흡하다는 것이었다. 일반적으로 카이스트는 서울대학교에 합격이 가능한 학생들이 지원할 수 있는 학교였다. 그러나 그 학생은 교문을 지날 때마다 교장의 손바닥을 마주치며 하이파이브를 했고 카이스트를 외쳤다.

그 학생이 2학년이 지나고 3학년이 되었다. 학생의 '카이스트를 외치는 하이파이브'도 3년째 들어서고 있었다. 그들이 3학년이 되었을 때, 전국의 우수 대학들은 수능은 물론, 수시전형, 입학 사정관제 전형, 특기자 전형 등 다양한 입시 제도로서 각 분야의 우수학생들을 선발하였다. 대학들의 입시의 경향이 과거 교과서 위주의 교육에서 개성과 창의력을 중시하는 방향으로 크게 변화하고 있었던 것. 일부 유명 대학은 각 분야별로 '소수 인재 발굴형' 입시 제도를 도입하였다. 카이스트에서는 창의력 분야의 인재 발굴 전형을 공고하였다. 카이스트의 인재 발굴형 입시 제도에서도 물론 수능을 반영하지만 창의력 경진대회 등의 수상 실적과 자기 소개서를 크게 반영한다 하였다. 카이스트는 건학이념에 입각하여 장래 국가의 과학 발전에 이바지 할 수 있을 만한 숨은 인재를 전국 방방곡곡에서 찾기 위한 제도라 하는 데 말만 들어도 신선하고 참신하였다. 3개년간 교문 앞에서 카이스트를 외치던 ooo 군은 드디어 카이스트 지역 인재전형 분야에 원서를 냈다('지역 인재 전형', 또는 '인재전형'으로 기억된다). 대학 당국이 분야에서 가장 중요시 하는 것은 학생 장래의 가망성이었다.

그는 중학교 때, 시군 단위의 창의력 경진대회에서 입상한 경력이 있다. 하지만 이것으로는 미약한 것으로 보였다. ooo 군은 수능 전까지는 최선을 다하여 학력을 향상시키는 동시에 자기 소개서에서 승부를 걸어야 했다.

지역 인재 전형의 특별한 점은, 카이스트에 지원한 학생이 재학하는 고등학교를 직접 방문하여 그 학생이 자기소개서에 기록한 여러 가지 내용들을 직접 확인하는 것. 평소 실험 실습을 하여 온 현장을 답사하고 실험실습 현장 여건과 사실 여부를 확인함은 물론 담임과 교장도 면담을 하게 되어 있는 것이다. 나는 ooo 군에게 유리한 점은 카이스트 담당 교수가 우리 학교를 방문하는 것이라고 생각했다. 그의 수능점수와 과학 실기대회 수상실적은 그 대학을 지원한 학생이라면 어느 학생이나 보유하고 있을 수 있어 변별력이 없다고 할 때, 학교 방문에서 확인되는 자기소개서만이 ooo 군의 합격에 중요한 변수가 될 것으로 생각되었다. 교장인 내가 이 학생의 입시와 공식적으로 관련되어 있는 것은 '교장 면담'이다. 나는 내방하는 카이스트 교수의 '학교장 면담'에 있어 실제의 사실을 가감 없이 정확하게 설명해야 되겠다고 생각했다. 교장의 설명 부실로 제자가 손해를 보는 일은 없어야 할 것이었다.

어느 날, 카이스트에서 '인재 발굴형' 입시 담당 교수가 학교에 왔다.

교수는 담임을 만나서 이 학생에 관한 종합적 사항을 물었다. 이어서 학생이 실험 실습을 해온 과학실을 일일이 살펴보았다. 때마침 본교는 2층의 과학실 외에 새로 3층에 제2과학실을 지어 기본 학습실과 첨단의 실험 실습실을 갖춘 최신의 시설을 완비하고 학생들에게 충실한 과학 수업과 실험실습을 하고 있던 터였다. 과학실을 둘러본 교수는 안내 교사에게 자신이 공부하던 모교와 비교하니 깜짝 놀랄 만큼 과학실 여건이 좋다고 말하였다 한다.

나는 대학 측의 질문에 답할 설명의 보조 자료로서 학교 특색 교육자료 중 관련 자료를 교장실 테이블에 쫘악 펼쳐 놓았다. 본교가 비록 역사는 일천(日淺)하지만 학생들의 개성과 창의력 신장을 위해 노력하는 모습을 보여 줄 수 있는 자료는 풍성하였다. 각종 학교 특색 교육 사업의 계획과 추진 과정을 알아볼 수 있는 각종 인쇄물과 사진자료, 그리고 교육 사업 추진에 따라 이루어진 학생들의 활동에 관련된 스크랩과 교육 실적 포트폴리오 자료가 풍부하였던 것이다. 사전에 교장실 탁자 3개를 연결한 테이블에 체계적으로 가지런히 진열하고 내방 교수에게 사실 바탕으로 진솔하게 설명하여 주었다.

여러 가지 특별활동 중, 학교에서 밤늦게까지 실험실습을 하여온 과학 실험·실습반활동의 모습과 전교생이 함께하는 수능 발문식 독후감 기록장 등 학생들의 창의성 및 개성 신장을 위한 학습활동을 소개하고 이에 관련한 각종 자료에 관하여 설명하였다. 덧붙여 ooo 군이 귀 대학 카이스트를 열망하며 교문에 나설 때마다 외치던 '하이파이브 스토리'를 소개하였다.

ooo 군이 1학년 때부터 3개년간 간절히 귀교를 열망하며 교장과 외치던 하이파이브 구호, 카이스트, 카이스트!!

교수는 하이파이브 스토리를 매우 흥미 있게 듣는 듯하였다.

그로부터 얼마 후, 카이스트에서는 1차 합격자 발표에 이어 또 얼마 후, 최종 합격자를 발표하였다. 우리 학교 ooo 군이 드디어 합격하였다. 3개년간 한밤중, 비가 오나 눈이오나 교문 앞에서 교장의 손바닥을 부딪히며 카이스트를 염원한 '하이파이브의 지성(至誠)'이 하늘에 닿았던 것인가?

대학 교수들의 방문

대학입시와 관련하여 oo대학 교수들이 본교를 방문한 적이 있다.

대학 입학 시즌이 지난 4월 어느 날, 수도권에는 상위권 대학인 oo대학 교수들 3명이 본교 교장실을 방문한 것이다.

본인들은 oo대학 입학 사정관 팀이라 하였다. 대학입시에서 우수한 성과를 거둔 학교를 직접 방문하여 그 학교의 교육 방식에 대해 알아보고 신입생 선발 업무에 참고하고자 한다는 것. 서울의 모 고등학교를 거쳐서 본교에 도착한 것이라 했다.

우리 학교를 방문교로 선정한 까닭은, 입학 사정관제를 통한 학생 선발에서 대학이 소재한 i시에서는, 귀교 출신 수험생들이 전원 합격하였기에 귀교의 교육 방식에 대해 알아보고 싶어 왔다는 것이었다.

나는 이들에게 본교의 교육 방식에 관하여 차근차근 설명하여 주었다.

"본교는 입학 사정관제도가 시행되기 전, '종래의 학력고사와 수학능력 시험만으로 대학 신입생을 선발하던 선발 방식에서 벗어나, 선진국처럼 다양한 교육활동을 통하여 축적한 결과로 신입생을 선발하여야 한다'는 입시 개혁에 대한 목소리가 비등할 때부터, 즉, 2005학년도 본교 개교 시 최초의 1학년이 입학하자마자 학생들의 창의력과 개성을 중시하는 학교의 특색적 교육 계획을 세워 추진하여 왔다. 학생들 전원은 학교의 교육계획에 따라 3개년간 수행하여 온 여러 가지 교육활동 실적물(포트폴리오)을 가지고 있다. 본교 출신 학생들의 합격률이 높았다면, 전교생이 이수한 학교 특색 교육활동을 통한 실제적 체험과 수행 실적으로 귀 대학에서 좋은 평가를 받았기 때문일 것으로 본다."

나는, 학생들이 본교에 입학하면 누구나 수행하여야 하는 교육 프로그램과 여러 가지 우리 학교의 특색적 교육활동을 소개하여 주었다.

"과학 실험반이나 토론 학습반, 수학 탐구반 등 소질이나 취향에 따라 학생들이 별도로 준비하는 것도 있겠지만 본교생이면 누구나 수행하는 여러 가지의 공통의 프로그램이 있다."

"아, 그랬군요."

그중 독서활동의 경우, 어느 학교나 쓰는 독후감이 아닌 수능식 발문에 답하는 방식으로 기록하는 독특한 독서 기록장, 그리고 글을 분해하여 단락의 요지를 추출한 후 요지들을 종합, 압축하여 주제를 추출하는 방식의 '사설 · 칼럼-읽기와 요약하기' 등 독특한 학습활동들을 소개하여 주었다. 이러한 활동들은 창의적 재량활동이나 특별활동 등의 시간에 1학년 때부터 계속 수행하는 것들이고 또한 이것은 전교생 모두가 함께 하는 활동임을 설명하였다.

"그리하여 본교생들은 대학입시에 임박하여 일부러 스펙을 만드느라고 허둥대는 타교의 일부 학생들과 달리 입학과 동시에 평소 3개년간 지속적으로 활동한, 공통의 학습활동의 실적물들을 가지고 있다."는 말을 덧붙였다.

나의 말을 들은 교수들은,

"아, 그렇군요."

감탄하면서 이런 말을 덧붙였다.

"어느 학교가 전교생을 대상으로 하는 특별한 교육 프로그램을 운영하고 그것이 인정받을 만한 것이라면 저의 대학은 해당 고등학교 출신의 수험생에 대해서는 자료 제출 없이 그 분야에 대한 가산점을 부여하는 방안을 검토하고 있습니다."

D일보, 스승의 날 특집에 나를?

2008년 어느 날이었던가? ‘w신문’에서 우리 학교와 교장인 나를 클로즈 업 시킨 기사를 지면 전체에 크게 게재한 적이 있다. w신문 편집 기자였던가. 예쁘장한 중년 여기자가 교장실을 방문하여 취재하여 갔다. 어찌 알고 왔느냐 물으니 “이 지역에서 뜨는 학교”로 소문이 나서 찾아왔다고 하였다. 아닌 게 아니라 당시 우리 학교는 학교 이미지나 학력 등에서 수직 상승하고 있을 때였다. w신문은 수도권의 광범한 지역에 배포되는 신문으로서 지방 신문치고는 꽤 구독 영역이 넓은 신문이었다.

그런데 2008년 4월 초, 어느 날 한국 3대 일간지 중 하나인 D일보에서 전화가 왔다. 앞으로 다가 올 스승의 날(2008년 5월 15일)을 앞두고 스승의 날 특집 기사로 D일보에서는 j고등학교 주세훈 교장을 클로즈 업 시킬 계획이라는 전화였다. 김oo 기자라 하였다.

나에 대하여 몇 가지를 물었다. 우리 학교에 관한 현황, 교장이 특별히 노력하고자 하는 점, 교육 철학, 학교 특색을 묻고 매일 밤, 교장이 직접 교문에서 학생들을 배웅하는 데 대한 동기와 의미를 물었던 것 같다. 나는 대답에 앞서 귀 신문사에서 우리 학교를 어떻게 알았는가 물었다. 김

oo 기자는 웃으며 "다 알게 되지요."라고 말하였다.

이후, D일보사에서는 교장이 신설학교에 부임하여 학생들과 학부모로부터 칭송을 받으며 지역 사회에 회자(膾炙)된 것과 관련된 이야기, 특히 날마다 야밤에 학생들이 하교할 때 교문에서 하이파이브로 배웅하는 이야기 등과 관련하여 교장으로부터 듣고자 하는 내용을 제시하며 이것을 메일로 작성하여 보내 줄 것을 요청하였다. 또 며칠 후, oo 부장교사를 통하여 교장이 야간에 학생들을 배웅하는 모습을 촬영하여 송부하여 줄 것을 부탁하였다. 부장교사는 사진을 보냈고 다음 날, D일보사에서는 보내 준 사진이 '좋다'는 연락이 왔다고 한다.

"내가 신문에 나려나?" 나는 스스로 중얼거렸으나 대수롭지 않게 생각하였다. 나는, 신문사 기자들이 기사를 취재하여 놓은 후(편집 계획에 의하여 취재한 것이므로 대부분 기사화하겠지만) 발간 직전 급하거나 중요한 기사가 생기면 기사의 우선 순서가 뒤바뀌며 때로는 원래 예정되었던 기사가 아웃되기도 할 수 있음을 생각했다. 이것은 내가 대학 시절, 편집장을 해 본 경험에서 나온 생각이었다. D일보 기자는 2008년 5월 15일 조간에 기사가 나갈 것이라고 말하였다. 나는 완전히 믿지는 않았다. 반신반의하였다 할까? 원래 나의 성격은 어떤 일에 쉽게 낙관하는 성격은 아니다. 그럭저럭 한 달 정도가 지난 5월 14일 오후 세 시, D일보 김oo 기자로부터 교장실에 전화가 왔다.

"교장선생님, 내일 아침 D일보에 교장선생님 기사가 나와요. 아주 크게 나옵니다."

나는 대답했다.

"아, 그래요? 수고하셨겠습니다."

이제야 실감이 났다. 기분이 좋았다. 내가 열심히 일을 했을 때 누가 이것을 꼭 알아주기 바라는 것은 아니지만, 알아주어서 싫은 사람이 있을까? 더구나 한국에서는 가장 권위 있다는 메이저 신문에서 크게 보도하여 준다니 기분이 좋지 않을 사람이 있겠는가?

바로 내일, 나와 우리 학교 이야기가 신문에 터지면…. 아, 그건 학교의 명성(학교에 대한 광고 효과)을 위해서도 아주 괜찮은 뉴스일 뿐 아니라 가문의 영광(?)도 되겠다. 이 좋은 소식을 누구에게 먼저 알려야 하나? 교감에게? 아니면 집사람에게?

교감에겐 아닌 것 같고 집 사람에게 알리는 것이 좋겠다. 좋은 일인데 숨길 필요가 있는가?

학교 일정이 모두 끝난 후, 기분 좋게 귀가하였다. 그러나 아내에게 이 일을 알리지 아니하였다. 내일 아침 현관에 배달되는 신문을 들고 들어와서 터뜨리는 것이 더 극적 효과가 있을 것 같았기 때문이었다.

밤이 지나고 15일 아침이 되었다.

일어나자마자 현관에 나가 배달된 D일보를 집어 들었다. 펼쳐 보았다.

어라? 없다? 1면, 2면, 3면, 4면… 6면, 7면… 뒤적였으나 나에 관한 기사는 없었다. 5~6면에 걸쳐서 이번 총선의 전국 공천자 명단이 깨알같이 가득 차 있을 뿐이었다.

출근하여 교장실에 앉자마자 동아일보사 김oo 기자로부터 전화가 왔다.

"교장선생님, 정말 죄송해요. 어젯밤 갑자기 공천자 발표가 터지는 바람에 지면 부족으로…."

10. 행복했던 순간들

나는 어릴 적부터 객지에서 고생을 겪으면서 공부하여 38년간의 교직으로서 사회에 봉사하였다. 어릴 적부터 고생한 모든 노력은 결과적으로 교직에 공헌하고자 한 것과 다름없다. 그러므로 교직은 내 일생의 거의 전부였고 교장은 평생 직분인 교직을 최후로 꽃피운 중요한 자리였다. 그리하여 나는 사심 없이 나의 모든 것을 걸고 교장직에 최선을 다하였다. 최대의 성과를 내었다. 시련과 훼방자가 없었던 것은 아니지만 진실의 무기로 이것을 극복할 수 있었다. 성공하였다. 만족한다. 그리고 행복하다.

행복했던 순간들

나는 중등교장 자격증 취득 이후 교직의 전체 기간을 고등학교에서만 근무하였다. 교장이 된다 해도 중학교보다는 고등학교 교장이 되길 바랐다. 내가 중학교에서는 한 번도 근무해 보지 않았을 뿐 아니라 중학생은 초등학생 같은 어린이도 아니고 고등학생처럼 철이 들지도 않은 어정쩡한 세대여서 교육하기도 애매할 것 같아 중학교에는 가고 싶지 않았다. 중등학교 교장 자격을 가진 사람들이 고등학교를 원하지 않는 사람이 몇이나 될까? 대부분 고등학교를 선호하지만 공직의 발령이 개인의 뜻대로 되는 것이 아니다.

나는 다행히 고등학교 교장으로 발령이 났다. 도교육청에서 대충 발령을 내는 것은 아니고 평교사 때의 고등학교 근무 경력 등 적합성을 고려했을 것이다. 인사 발령 시 신설학교에는 초임 교장들을 보내는 수가 많다. 신참 교장이니 신설학교에서 고생 좀 해 보라는 뜻인가? 신설학교는 하나에서 열까지 모든 것을 새로 만들고 새로 개척해야 하므로 바쁘고 골치 아프고 힘이 든다. 그러나 나는 시설이나 환경, 그리고 학교 체제가 굳어진 오래된 학교보다 신설학교에 발령이 난 것이 더 좋았다. 내가 교감 시절, 신설학교에서 근무했기 때문에 신설학교 만들기에 대한 노하우가 있을 뿐 아니라 힘은 들지만 학교의 교육 인프라, 교훈, 교가, 특색적 교육 사업 등 기존의 어떤 방식에 제한받음 없이 모든 것을 나의 뜻과 의도대로 만들어 나갈 수 있기 때문이다. 진정, 상위 책임자가 되고자 하는 것은 자신의 교육관을 펴고자 함이 아니던가?

파란만장함과 우여곡절을 극복하고 내가 맡은 제자들에게 미미하나마 나의 힘을 다하여 정성과 사랑을 베풀었으니 여한이 없다. 여기서, 나는 교직 생활 중에 있었던 많은 일들 중에서 행복한 기억으로 떠오르는 몇 가지를 건져 보고자 한다.

교훈석과 OO탑

2005년 4월 5일, 화창한 봄날, 교훈석(校訓石)에서 10미터 정도 떨어진 곳에는 '학교장 기념식수(記念植樹)'를 하였다. 그리 크지는 않지만, 2등변 삼각형 모양의 예쁜 주목을 심었다. 땅을 깊이 판 후, 구덩이에 나무를 넣고 우선 교장인 내가 흙 한 삽을 뿌리에 덮었다. 이어서 행정실 직원을 포함한 전교 교사들이 차례로 나와서 흙을 한 삽씩 떠서 나무뿌리를 덮었다. 기념식수 앞에는 사각형의 오석(烏石)으로 B4용지 2장 크기의 납작하고 예쁜 기념 비석을 세우고, 개교 원년에 부임한 전교 교사의 이름을 새겨 넣었다. 학교장 기념식수이므로 나무 앞의 기념 비석에 내 이름만 새겨도 되겠으나, 나는 개교 당시 전 직원은 나와 함께한 개교동지인 동시대의 교직원들이므로 전원의 이름을 새기는 것이 좋겠다고 생각하여 당시의 전 교직원 이름을 모두 새겨 넣었다(개교 첫해이므로 1개 학년 교사 21명과 행정실 직원).

한편, 정문 오른쪽에는 대형 자연석을 세우고 다음과 같은 글을 새겼다. 글은 교장인 내가 지었고 글씨 역시 내 고유의 한글 서체로 내가 직접 화선지에 써서 공인에게 맡겼다.

'oo탑(oo塔)'이라 명명(命名)하였다.

> "우리는 oo의 의미를 / 보배처럼 빛나는 / 창의(創意)의 공간이라 새긴다 / 평범한 원석(原石)을 갈고 닦기를 거듭하여 보석을 만드는 바, / 공들여 거듭 갈고 닦는 행위가 바로 '精誠'이니 'oo'의 이름 아래 일마다 精誠을 다할 때 / 우리의 앞날은 보배처럼 빛이 나리라."
>
> oo탑 비문(碑文)

아름다운 조경, 최신 모델로 지은 학교

건축 자체에서부터 한결같이 성냥갑 모양으로 멋 없게 지었던 옛날 학교와 요즘 학교는 다르다. 내가 부임하던 2005학년도의 신설학교는 외형이나 내부 구조에 있어 설계부터가 달랐다. 건축미에도 신경을 써서 모양도 예쁠 뿐 아니라 기능면에서도 효용성을 많이 고려했다. 교무실도 10개가 넘는다. 중형(中型) 교무실이 있는가 하면 교무실을 10명 내외가 근무할 수 있도록 소형(小型)의 학년별, 부서별, 연구실로 설계한다. 음악실 과학실 등 특별실의 기능별 고려는 물론이고 회의실도 극장식으로 설계된다. 실외의 경우에도 과거에는 조경이란 것이 없이 대충 구석구석에 나무 몇 그루를 심었을 뿐인데 내가 부임하면서 개교한 oo고는 오늘날 고급 아파트처럼, 미적인 면을 고려하여 각종 나무도 많이 심을 뿐 아니라 아름다운 조경으로 공원화하였다. 또한 도서관, 과학실, 연주실, 어학실, 식당, 강당 등 어느 곳 할 것 없이 번쩍번쩍 빛나게 새로운 건축 자재를 사용하여 첨단 시설로 꾸몄으니 새로 교장으로 승진하여 이러한 새 학교에서 근무하는 것도 기분 좋은 일이 아닐 수 없었다. (이러한 모든 시설은 처음부터 있던 것이 아니고 건물만 지어진 텅 빈 학교였으나 내부 공간은 내가 교장 부임 후 구상하여 꾸민 것임.)

더구나 개교 당시 지역 최하위권 학력의 학교에서 최상위권의 학력을 갖춘 학생으로 가득 채워진 학교로 만들었음에랴. 전교 학생들의 반듯한 용모와 예의, 그리고 학교를 압도하는 진지한 학습 분위기는 교육자, 또는 교장으로서 바로 이곳이 천국이었다. 학교에서 근무하는 하루하루가 흐뭇하고 즐겁고 행복하였다.

"명문교 만들겠다" 약속

최초 학생들의 입학식에서 최단 시일 내에 본교를 명문교로 만들겠다고 약속했던 나는 2008년 10월, 시청각실에서 관내 교육장과 학부모 대표, 학생 대표들이 참석한 가운데 '본교 명문성취 기념식 및 강당 기공식'을 하였다. 내빈으로 참석한 이oo 교육장은 자신이 평생 교육자로 생활을 하면서 '명문성취 기념식'을 하는 것은 처음 보았다고 전제하고 oo고의 초고속 발전을 축하한다는 인사와 함께 격려사를 하였다. 기념식에 이어 내빈들과 함께 주차장으로 쓰고 있는 강당 터 입구에서 강당 착공식의 삽질을 하며 기념 촬영을 하였다. 개교한 지 불과 3년 만에 대부분의 시설을 갖추고 화룡점정(畵龍點睛)격으로 강당 신축 공사까지 확정지었을 뿐 아니라 학생들의 학력은 수도권 최고 수준에 이르게 되었으니 교육자, 특히 학교장의 기쁨이 이보다 더 클 수 있을까?

너무나 사랑스러운 학생들

나는 우리 학교 학생들이 너무 사랑스러웠다. 잘생긴 녀석이나 못생긴 녀석이나 또 공부를 잘하는 학생이나 다소 떨어지는 학생을 불문하고…. 모두 그렇게 예쁠 수가 없었다. 시내를 지나다가 우리 학교 교복을 입은 학생이 지나가면 나는 타고 가던 차의 창문을 열고 손을 흔들어 주었다. 또 학생이 길가 가까운 곳을 지나갈 경우, 잠시 차를 멈추고 아는 척을 해 주었다.

온종일 공부하고 밤에 귀가하는 학생들이 너무 대견하고 예뻐서 거의 하루도 빠짐없이 그들이 귀가하는 시간에 맞춰 교문 앞에 나가 있다가 그들 한 사람 한 사람에게 일일이 배웅의 표시로 손을 흔들어주거나 하이파이브를 해 주었다. 그들은 교장과 손을 마주치기 위하여 연속적으로 우르르 몰려들었다. 교문을 빠져나가는 순간 되도록 빠짐없이 그들과 손을 마주치다 보면 한 순간이 정신없이 지나간다. 그들이 기뻐함에, 나는 비가 쏟아져 내리거나 눈이 내리는 날에도 내가 재직하던 6개년간 빠지는 날 없이 배웅을 계속하였다. 온종일 고생하고 귀가하는 학생들이 교문을 나서는 순간에라도 교장의 배웅에 기뻐한다면 나는 다리가 아프고 힘들어도 좋았다.

함께 행복한 식사 시간

운동장 조회와 귀가 시간 외에, 전교 학생들과 만나는 시간은 또 있었다. 점심과 저녁 식사 시간이었다. 학생들이 식사하는 시간에 그들의 테이블 사이를 차례로 순회하면서 식사 상황을 살피며 그들을 만난다. 나는 전교생들과 만날 수 있는 이 시간, 즉 학생들에 대한 교문 배웅 시간과 웃으며 맛있게 식사하는 급식 시간에 그들을 보는 것이 하루 일과 중 가장 행복한 시간이었다.

기다려지는 애국 조회

애국 조회도 기다려진다. 전교생을 만날 수 있기 때문이다. 나는 각종 경연대회나 학습활동에서 입상한 학생들을 조회대 위로 불러 일일이 상장, 또는 표창장을 수여하고 칭찬, 격려한 후 패기 있게 악수하여 격려해 주었다. 학교장 훈화 순서에 이르면 준비하여 온 훈화문을 참고로 하여 차근차근 또랑또랑하게, 교장이 평소에 학생들에게 꼭 들려주고 싶었던 주제로 훈화를 한다. 전교생이 훈화 내용을 다 기억하지는 않겠지만 학생들이 훈화 어느 부분의 한마디 또는 한 구절이라도 와닿는 내용을, 아니면 교장으로부터의 인상 깊었던 한순간의 메시지라도 마음에 새길 것을 기대하였다. 바야흐로 정신세계가 싱싱하게 성장 또는 확장되고 있는 전교생 1400여 명에게 한 달에 두어 번 씩 나의 마음을 전할 수 있는 것은 얼마나 행복한 일인가?

마음을 열면 진실로 통한다

강아지도 주인이 저를 사랑하는지 미워하는지 안다고 한다. 사랑을 받고 자라는 강아지와 미움을 받고 자란 강아지는 건강과 행동거지에서 큰 차이를 보인다고 한다.

우리 학교 학생들은 교장이 저희들 한 명 한 명을 얼마나 아끼고 사랑하는지를 알고 있었다. 사람은 상대방이 자신을 바라보는 표정과 태도에서 자신에 대한 선호도를 금방 알아차릴 수 있지 않는가. 가정에서 자신을 사랑하는 할아버지 할머니나 부모를 격의 없이 반갑게 만나듯 학생들은 교장이 복도를 지나갈 때나 교정을 지나갈 때는 "교장선생니임" 하면서 뛰어온다. 정말로 아무 스스럼없이 교장에게 응석을 부리기도 한다. 나는 우리 아이들(학생들)이 귀엽고 사랑스러워 그들의 말을 일일이 경청하고 말상대를 하여 주었다. 본교 학생이라면 어느 누구를 만나도 나는 그들의 친한 친구였다. 교장이 이렇게 대하여 주니 학생들에게는 생기가 넘쳤다. 점심 식사 후 또는, 휴식 시간 교정을 거닐다가 우연히 만난 학생들과 나무 그늘 벤치에서 이야기를 하기도 하고 때로는 함께 거닐던 아이들과 교장실에 들어와 대화를 하기도 하였다. 교장실에서는 그들에게 되도록 과자를 준비해 놓고 대접하였다. 학생들과의 격의 없는 대화에서 간혹 학교 경영이나 교육 프로그램 수립, 그리고 일과 운영, 특별활동 등 계획의 수립과 추진에 참고하고 반영할 만한 내용도 듣게 된다.

교정을 거니는 학생은 누구나 우등생

재학생 학력이 매우 높아진 어느 해, 외국에서 공부한 적 있는 좌중 어느 학생에게 영어로 경험담을 말하게 하기도 하였다. 유창한 영어로 이야기를 이어갔다. 나는 좌중의 일반 학생들 몇 명을 시켜 그 학생의 경험담을 우리말로 통역을 시켰다. 이 학생들 역시 거의 틀림없이 우리말로 번역을 하였다. 영어로 말했던 학생에게 확인하니 우리말로 번역한 학생들이 틀림없이 제대로 했다는 것이다. 무작위로 영어 말하기와 듣기를 시켜 본 결과 대부분의 학생들은 말하기든 듣기든, 수려하게 잘하는 수준이었던 것. 전체 학생의 고입 평균 성적이 91점을 넘었으니 교정을 거니는 그 누구든 우등생이었던 것이다.

이와 같이 우리 학교는, 교장에게 아무 거리낌 없이 편하게 다가와 저들의 생각을 이야기할 수 있는 학교가 되었고 그들은 모두 실력 있고 똑똑한 나의 어린 친구들이었다.

이런 일도 잊을 수 없어

해마다 여름방학 직후, 충북 괴산군 청소년 수련원에서 1학년을 대상으로 수련회를 하였다. 중학교의 어린 티를 벗고 고교의 규칙과 생활에 적응할 수 있는 기본을 교육하자는 취지로 수련회를 하였는데 수련원의 교육 방식은 군대식이어서 학생들에게는 고달픈 과정일 수도 있었다. 수련회가 중반에 이를 즈음, 통상 학교에서는 교장과 학부모 대표, 그리고 일부 부장교사들이 위문 차 그곳 수련회장을 방문한다. 학교장 훈화 시간을 대비하여 학생들은 강당에 집합한다. 교장이 강당에 들어가는 순간 우레와 같은 박수가 강당 공간을 찢는다. 교관들은 자신들의 교육성과를 보이려 애썼던가, 학생들은 군인들이 사열을 받으려 연병장에 집합한 것처럼 군기가 확 잡힌 모습으로 꼿꼿하게 도열해 있다. 이 아이들이 정말로 본교에서 교정에서 뛰어 놀던 우리 학생들인가? 학생들로부터 군기가 잡힌 채 행동이나 동작이 완전히 일신되어 있음을 볼 수 있으나 외지에서 고생 끝에 교장을 만나는 반가움으로 부모를 만나듯 표정들이 촉촉한 것도 여실히 느낄 수 있었다. 학생들은 교장의 훈화가 끝나니 “교장선생니임”을 외치며 강당이 떠나가는 박수와 환호성으로 교장을 환영한다. 감수성의 폭발인가? 불과 며칠을 떨어져 있던 학생들과 내가 반가움에 넘치며 조우하던 벅찬 순간…. 그 행복을 어찌 잊을 수 있을까?

강당 준공, 감동과 벅찬 행복

앞에서 기술한 바와 같이 우리 학교의 지상 과제요 가장 절실했던 강당 신축… 허가와 예산 배정, 그리고 훌륭하게 신축하여 개관한 일을 잊을 수 없다.

강당은 학생들에게 가장 필요한 시설이면서 내가 간절히 만들고자 소망한 꿈이었고 노력에 따른 성취의 결과물이자 나에게 가장 행복한 선물이었다. 여기서 펼쳐졌던 KBS '도전 골든벨'은 멋진 행사였다. 전국 고등학교에서 수시로 이루어지는 도전 골든벨을 우리 학교에서 유치한 것이 대단한 일은 아니지만 인근 지역에서는 수년간 없었던 행사였다. 우리 학교 지역은 당시 평준화 지역이 아니어서 고교마다 우수한 중학생의 유치를 위하여 관내 고교들은 지역 여론과 중학교의 관심에 신경을 많이 쓰고 있었던 때였다.

마침, 10월 중순, 중고교 특히 중학생들이 고교입시를 앞둔 결정적 시즌에 시내 각 가정의 TV 화면에 도전 골든벨이 방송되었던 것. 때는 2008년 10월, 이 무렵은 우리 학교가 개교한 지 3년 차가 되던 해였다. 바야흐로 신설 j고의 명성이 시내에 좌악 전파되고 있을 즈음, 'oo고편' 도전 골든벨은 폭탄 같은 광고 효과가 되어 시내 24개 중학교의 우수한 학생들이 지원 희망교를 j고로 돌리게 하는데 큰 영향을 주었다고 생각된다.

그해는 본교가 어학실, 과학실, 개인별 독서실, 식당 등 시설의 확충이 거의 완성 단계에 이르렀는 데다 냉·난방 등 복지 측면에서도 특별하여 본교에 대한 긍정적 소문이 자자했던 터. 때마침, 그간 신축 공사를 하던 대강당을 드디어 개관하면서 새 강당 개관식 겸 축제로 'oo제'를 3일간이나 펼치는 중, 제 1일차에 신축 대강당에서 KBS는 '도전 골든벨'을 녹화하였던 것이다. 예로부터 잘되는 집은 겹경사가 난다고 하였다. 겹경사였다.

금난새 선생님 초빙

나는 학생들에 대한 학력 향상에의 노력과 더불어 정서적이고 예술적인 면에도 관심을 기울였다. 개교 다음 해 가을에는 유명한 지휘자 금난새의 필하모닉 오케스트라 연주를 새로 지은 강당에 유치하여 학생들과 학부모들께 연주회를 펼쳤다. 필하모닉 측에서는 필하모닉 오케스트라와 본교 오케스트라가 합주하는 순서도 마련하여 본교 오케스트라의 사기를 높여주었다. 이에 앞서 나는 현수막의 문구를 구상하여 보았다. 나는 교문 위 가로 기둥에 "대한민국 최고의 연주자 금난새의 필하모닉 오케스트라 본교 연주회"라는 대형 현수막을 걸었다. 교장실을 찾은 금난새 선생은 과분한 환영이라며 고맙다는 인사를 하였다. 연주회 시작 전, 금난새 선생은 맨 앞좌석에 자리한 나를 언급하며

"학교가 아름답고 정감 있는데 분위기가 교장선생님의 인상과 비슷하다. 교장선생님께서 학교 문화 발전에 관심을 많이 가지신데 대하여 반가운 마음으로 축하의 말씀을 드립니다."라고 청중들에게 인사하였다.

가을 밤, 아름다운 선율이 강당에 가득 넘쳤다. 연주는 약 2시간에 걸쳐 펼쳐졌는데 금난새 선생은 새로운 곡이 시작될 때마다 그 곡의 작곡 동기이며 일화를 곁들여 곡(曲)에 대한 해설을 쉽고 재미있게 풀어가면서 시종일관 흥미진진하고 감동적인 음악회를 이어가고 있었다.

포병 연대와 자매 결연식

내가 재임 시 잊을 수 없는 일 중 하나는 OOOO포병 연대와 재매 결연

식을 하던 날이다. 2008년 10월 1일이었던 듯싶다. 아침, 학부모와 학생 대표, 그리고 일부 부장급 교사들을 대동하고 군부대와의 자매 결연식을 위하여 동두천으로 떠나게 되었다. 연병장에서의 결연식은 10시. 학부모 대표와 학생 회장단 및 각반 대의원들을 집합시켜 인원수를 파악하고 떠나다 보니 출발도 늦어진 데다 초행길이어서 시간이 많이 걸렸다. 9시 30분까지는 부대에 도착하여야 되었는데 동두천 시내에 진입하기도 전에 약속 시간은 이미 지나버렸다. 미안한 마음으로 부대에 도착하니 별을 단 연대장이 웃으며 우리 일행을 맞이하였다. 연대장 실에서 차를 마신 후 연병장에 나오니 아, 장병들이 부동자세로 대기하고 있지 않은가! 학교장인 나와 연대장은 연단에 올라 사열을 받았다.

"충성!!"

학군단 입소 훈련에서 졸병이었던 시절이 엊그제같이 떠오른다. 땡볕 아래 부동의 자세로 몇십 분이나 대기하였다가 열병, 분열을 하던 그 졸병 시대에는 오늘, 별을 단 장군과 함께 사열대에 올라 사열을 받을 줄은 꿈에서나 알았겠나?

그날 군부대에서 자매결연 기념 및 국군의 날 기념으로 벌어진 분열 열병식을 본 후 부대 관할 구역인 전방의 군사분계선에 접한 포병부대를 방문하였다. 남북이 긴장국면으로 대치할 때 그곳 현장은 아주 살벌하고 위험한 구역이었다 한다. 그러나 노무현 정부 당시, 남북 화해 분위기여서일까? 군부대의 분위기나 사병들의 모습에는 긴장감이 전혀 느껴지지 않았다. 거기서 학생들과 함께 포병 내무반을 둘러보고 각종 포를 구경하였다. 냉난방까지 이루어지는 최신의 포에 대해 설명을 들었다. 설명이 끝난 후, 한 장교와 담소를 나누었다. 장교의 말로는 몇 천 억

짜리 대포가 있으나 훈련소에서 부대 배치된 병사를 포병으로 훈련시킬 만하면 (군복무 기간이 계속 짧아져서) 제대하게 되니 이것이 큰 애로점이라 하였다. 이 부대의 견학에서는 직접 포신에 올라가 내부를 관찰하기도 하였으며 이어서 철책선 아래, 육안으로도 보일 듯 가까운 북한군 진영을 살펴보기도 하였다.

내가 교장으로 재직할 때에는 이때에 결연을 맺은 자매부대는, 졸업식 때마다 먼 곳 군부대에서 학교까지 찾아와 추천받은 졸업생에게 자매부대 부대장 상을 시상하여 주었다. 내가 정년 퇴임 후 몇 년이 지난 후에까지도 (졸업식에 초대받아 참석했을 때에) 자매부대에서 부대장상을 보내 주고 있었다. 전통으로 이어지고 있는 것이었다. 그러나 군부대에게 미안하다. 나의 시도(試圖)로, 자매부대 결연을 하였지만 우리는 위문 공연이나 위문품을 보내 주지는 못하였다. 재직하던 당시로부터 불과 몇 년 전만 해도 자매부대에 위문 공연 또는 위문품을 보내 주는 일들이 많았는데 시대가 각박해지면서 이런 일조차 할 수 없게 된 것이다.

맡은 일에 최선을 다하던 학생들

학생 활동방송부 동아리 학생들의 방송부 학생들은 운동장의 애국조회, 소강당의 행사, 대강당의 축제 등 각종 행사와 특히 대학 수학능력 시험이나 모의고사 듣기 평가 등에서, 시작 전 방송시설의 점검에서부터 행사가 끝날 때까지 방송과 함께 자리를 지키며 늘 긴장을 풀지 않고 만일의 방송 사고에 대비하는 일, 그리고 행사 후 방송 장비는 물론 식장(式場)을 정리하는 일을 수년간 빈틈없이 수행하였다. 물론 학생으로서 자신의 공부와 수업도 여느 학생들과 똑같이 하면서.

여러 학교의 수험생들이 해마다 본교에 와서 대학 수학능력 시험을 치르는 날, 학교는 초긴장을 하게 된다. 시험 관리도 중요하지만 그중에서 가장 어렵고 긴장되는 일은 언어 영역과 외국어 듣기 평가 시간이다. 전국적으로 똑같이 같은 시간에 방송되는 듣기 평가 시간에 학교의 방송 시설에 문제가 생기거나 방송 진행요원이 진행 시간 중에 실수를 하거나 어느 한 교실에서라도 방송이 잘 안 나오거나 듣기 평가 중 교내에서 잡음이 발생하면 수험생의 손해에 대해 책임을 면할 길이 없기 때문이다.

누가 알아주지도 않고 아무 보상도 없는 힘든 일임에도 저희들끼리 궁리하고 작전을 짜듯 계획하며 보이지 않는 곳에서 힘든 일을 묵묵히 수행하는 아름다움이라니! 방송부 학생들은 저들끼리 선후배의 전통을 세워 신입생은 부원 선배들로부터 할 일을 배우고 그들은 후에 또다시 후배에게 방송부의 업무와 풍습을 물려주는 것이다.

살펴보니 각 부서들이 학교 구석구석에서 이러한 긍정적인 역할들을 하면서 대를 잇고 있는 것이었다. 나는 교장을 수행하면서 이렇게, 방송부와 같이 아무 대가도 바라지 않고 학교의 일을 묵묵히 수행하는 학생 조직과 동아리들로부터도 큰 도움을 받고 있었던 것이다. 행복하였다.

초기 학운위의 순수한 봉사

우리 학교는 한때, 학운위(학교 운영위원회)가 학교를 힘들게 한 적도 있었다. 타 학교에서도 이런 사례가 없지 않았다고 한다.

학운위가 생긴 이후 수 년간 학운위는 당연히 학교 교육을 돕는 학부모 조직으로서 학교에 긍정적 역할을 하여왔다. 그러다가 2010년 전후

하여 일부 학교의 학운위는 학교를 힘들게 하는 조직이 되는 경우도 있었다. 그런 현상은 극소수 학교 당국의 비교육적이고 부정적인 요인에서 비롯된 수도 없지 않았겠지만, 일부 운동권 교사들의 이른바, 내부 폭로나 부정적 비판의 영향으로 그리된 경우도 많았다고 생각한다. 학운위는 학교 교육을 위해 학교를 도와주는 역할을 하는 학부모 조직(일부 지역 인사 포함)이지 학교를 감독하거나 감사(監査)를 수행하는 기구가 아니다. 그럼에도 일부 학운위 인사들이 자신들이 마치 학교의 감사자나 감독자로 착각하면서 학교를 힘들게 하는 경우도 생기게 된 것이다.

내가 재임할 때, 본교 운영위원회의 역대 회장님들은 개교 초창기, 학교 발전을 위해 애쓰시며 큰 도움을 주셨다(구체적인 내용 생략). 바쁘신 데도 한 학기에 몇 번씩 학교에 오셔서 회의를 주재하시고 운영위원회 자체 활동으로 학교를 도왔다. 감사하다.

특히 내가 재직할 때인 초대(初代)에서 4대에 걸친 운영위원회 위원장님들은 내가 퇴임한 지 10년이 가까워 오도록 아직도 한 해에 몇 번씩 회합을 열어 개교 초기의 순수한 마음을 간직하며 역대 회장단의 우정을 이어 가고 있다는 소식이다. 한편, 학교의 초창기, 명문 j고를 세우기 위해 교장과 함께 주야(晝夜)로 땀을 흘리던 부장 교사들도 학교를 떠난 10여 년에 이르기까지 연중 몇 차례씩 산행모임을 하면서 지난날, 학교를 위하여 땀 흘렸던 의리와 우정을 이어 가고 있다.

나는 나의 인생 중·후반에 운이 좋게도 신설 j고를 만났으며 j고의 사랑스러운 제자들을 만났고 훌륭한 교사들, 그리고 부장교사들과 학부모 운영위원님들을 만났다. 하늘이 돕고 작고하신 부모님들이 도우신 것인가, 참으로 고마운 일이다.

교장실에서의 기도

내가 대한민국 고등학교 교장이 된 것은 어릴 적부터 간난신고(艱難辛苦)를 겪으며 살아온 땀과 노력의 결과라고 할 수 있다. 교장을 마치고 정년 퇴임을 하면 이보다 더 가치 있는 그 무엇의 추구를 위하여 뛰어갈 일이 있겠는가? 교장직은 사실상 내 인생의 목표를 마무리하고 결산하는 최후의 과업에 다름 아니다. 이런 점에서 볼 때, 교장직의 올바른 수행은 곧 나의 인생을 올바르게 마무리하는 것이 된다.

부디 내 교직의 마지막 레이스, 결승지점까지 무탈하게 완주(完走)할 수 있도록 가호(加護)하여 주소서. 나는 교회나 성당을 다니는 신자도 아니어서 평소에 기도하는 일도 드물지만 내 자신이 위기나 어려움에 임하여는 기도를 한다. 가족이 갑자기 아프다거나 어떤 위급한 상황에 처해 있을 경우 등이다(궁할 때만 하나님을 찾는 나의 염치없음에 대하여 하나님께는 대단히 죄송하게 생각한다).

이 밖에, 해마다 기도하는 일이 있으니 그것은 수학능력 시험 날 새벽이다. 교장실에 출근하자마자 두 손을 모으고 간절히 기도를 올리는 것이다. 부디 오늘 본교에서 치르게 되는 수능 시험이 무탈하게 잘 이루어지도록 살펴 주십사고 두 손을 모으고 하나님께 간절히 기도를 올린다. 수험생 수백 명 중 어느 한 사람이, 서무 요원들 중 어느 한 사람이, 타교에서 본교에 파견된 교사를 포함한 시험 감독 중 어느 한 사람이, 수백 명 수험생 중 어느 한 사람이 문제를 일으켰을 때, 즉 어느 시험실에서 부정행위가 발생하였다든가 감독교사가 답안지 한 장을 빠뜨리고 퇴실했다든가 시험이 시간이 끝남과 동시에 답안지 회수를 못하였다든가 또는 듣기 평가 시간에 학교 방송 시설이나 주변에서 문제를 발생 시켰을 때 등등… 이런 사고가 발생하면 당장 언론에 보도될 것이고 이렇게 되면, 그간 쌓아온 수고와 노력, 그리고 학교와 교장의 명예는 하루아침에 추락할 것이며 막중한 책임과 후유증이 따르게 될 것이기 때문이다. 수능 날은 이른 아침부터 시험이 모두 끝나고 시험지가 회수, 확인되는 저녁 6시까지는 1초도 긴장을 풀 수 없는 초조한 하루가 된다. 고사장 전체를 책임지는 고사본부장이며 교장인 나의 마음, 더욱이 본교 교장직에 다 걸기를 하고 일생 일대의 정성과 노력을 학교에 쏟아붓는 나의 마음…. 수능 시험의 막중한 책임감에 이날은 심정은 천 근의 쇳덩이처럼 무겁고 초조할 수밖에 없다. 무엇보다도 수능같은 막중한 업무의 수행에 한 점의 실수가 없도록 하여 학생이 눈물 흘리는 일이 없어야 한다. 귀(貴)하게 빚은 도자기일수록 혹여 흠집이라도 날까, 깨어지지나 않을까 하는 근심이 따르게 된다. 만일 학교의 잘못으로 학생에게 손해를 끼치는 일이 발생한다면 그것은 가장 값진 도자기의 깨어짐과 같다. 이러한 심정에서 나는 수능날 새벽, 학교에 출근하자마자 맨 먼저 경건한 심정으로 두 손을 모으는 것이다.

행복은 파랑새와 같은 것이어서 날아가버리지 않을까하는 조바심을 항상 동반하게 되는가?

회고(回顧)

거듭 말하지만 나는, 내가 세상에 태어나 나의 뜻대로 가장 의미 있는 일을 할 수 있는 절호의 기회는 최후의 공직인 교장직이라고 생각하였다. 나는 스스로 고백하건대, 내 인생을 마감하는 나의 교장직을 사심 없이 성실하고 진실하게, 학생들에게 가장 유익하게 수행하리라고 결심하였다. 이 세상에 태어나서 단 한 번 살다가 죽는 것이 인생인데 세상을 위하여 보람 있게 살다가 떠나야 되지 않겠는가?

학교는 학생을 위해 존재하는 기관이다. 나는 학생들을 위해 혼신의 힘을 다하리라. 결심하고 다짐하였다.

그리하다 보니, 나의 모든 관심과 고뇌와 궁리는 오직 학교와 관련된 것이었다. 신설학교로서 좋은 환경과 인프라 조성을 위하여, 그리고 학력의 신장을 위하여, 학교의 연구 풍토를 위하여, 일취월장하는 신설학교로서의 대외 이미지 제고를 위하여 고뇌하고 연구하고 또한 발로 뛰었다.

우선 질 좋은 교육을 통한 조속한 명문교의 성취를 위하여 시설과 환경이 가장 뛰어나게, 그리고 교사들의 수업과 학력 제고 시스템이 가장 뛰어나게, 학생의 학력이 가장 뛰어나게 그리고 지역 사회에서 학교의 이미지가 가장 뛰어나게 하여야 한다고 생각하였다.

시설면에서 과학실 도서관 정보컴퓨터실 어학실 학년별 독서실 등등을 가장 뛰어난 설비로 꾸미고 별관 증축 시 첨단 과학실을 하나 더 만들었으며 당시 신설학교로서는 꿈도 못 꾸는 강당을 지역사회 여러 인사들의 도움을 받아 개교 3년 만에 신축하였다. 학교 구석구석을 예쁘게 꾸민 흐뭇함과 행복감은 내 집을 궁궐처럼 아름답게 지어 놓은 느낌과 같은 것이었다. 교정을 순시할 때마다 어느 곳이든 깔끔하게 꾸며진 학교의 모습에 행복을 느꼈다. 제2식당을 예쁘고 아름답게 짓고 강당도 멋지게 지었는데, 본관에서 구름다리를 건너 별관 음악실 앞을 지나 새로 지은 식당을 거쳐 다시 터널식 구름다리… 여기를 지나 강당 입구에 이르기까지 학교 정문 진입로와 운동장을 조망하며 이동하는 동선(動線)의 아름다움도 흐뭇하였고 강당 무대의 왼쪽 대기실에서 무대 오른쪽 방송실로 갈 필요가 있을 때에는 무대 앞에서 얼씬거리지 않고도 갈 수 있도록 무대 뒤에 오붓한 복도를 만들었음도 흐뭇하였다(도 교육청에서 온 강당 설계팀이 설계 전 나의 구상을 반영하였다). 또한 원래 계획된 강당의 예산과 설계의 범위를 크게 벗어나지 않고 2층 난간에 최소 300~400명 정도의 관람 공간을 설계한 것도 나의 의견이 반영된 것이다(교육청에서 학교장에게 가설계 도면을 설명하는 과정에서 나는 2층 관람석 난간의 설계를 요구하였고 설계팀은 나의 의견을 반영하였다).

운동권 모(謀) 교사가 말하였다. "교장선생님은 이 학교에서 영원히 근무할 분 같다(뭐 그리 열심히십니까)."고.

그랬다. 나는 이 학교에서 수십 년을 근무할 것도 아닌데 영원히 근무할 사람처럼 학교를 떠나는 순간까지 학교에 애착을 가졌으며 학교를 사랑하였다.

교육 사업면에서, 잠시 살펴본다.

신설학교로서 유치하기 어려운 2개년의 교육부지정 독서교육 연구학교를 지정받아 수행하였는데 이 기간에 연구한 수능 발문식 독서 기록장은 또 하나의 학교 특색이 되어 전교생이 2개년간 독서 포트폴리오로 활용, 대학 수시 입학의 스펙으로 큰 역할을 하였다. 이것은 본교의 계속적인 특색 교육으로 그 후 7년간이나 계승되었다.

또한 사설·칼럼 읽기와 요약하기 등 학력 및 창의력 신장을 위한 학습 프로그램을 개발 수행하였고 교실마다 여름에는 냉방, 겨울에는 난방을 흡족하게 하는 등 학생들에 대한 각별한 복지를 실천하였는데 이로 인하여 학생들과 학부모들이 학교를 매우 미덥게 생각하였다. 학교가 명실상부하게 우수한 교육과 우수한 교육 인프라를 갖춘 후, 진실한 자세로 지역사회와 학부모에게 학교를 소개하고 홍보함으로서 학교의 명성은 최고조에 이르렀다.

교장은 아침 7시 30분에 출근하여 밤 11시 30분까지 무려 16시간을 근무하면서, 야간 자율학습 후 최후로 교문을 나서는 학생들에게까지 반드시 교문 앞에 나아가 격려하고 배웅하여 주었다. 학력은 드높게 신장되어 개교 4년 차에 본교의 입학시험은 200점 만점에 평균 182점(백분위로 91점)으로 신입생 전체가 평균의 우등생으로 이루어지게 되었다. 특수목적 고등학교가 아닌 공립 일반계 고등학교로서 대한민국 교육사에 없던 신기록이라 말한다면 과장일까?

이들이 2학년 때 치른 국가수준 학력평가에서도 경기도 400개 이상 일반계 고등학교 중 4위라는 최고 수준의 학력을 이룩하였다(특목고 포함하면 9위). 이들이 2년 후, 대입 수능 시험에서도 비슷하였다(출신 학교별 언어 수리 외국어 영역 2등급 이상 비율 경기도 4위, 특목고 포함 7위) 결코 자화자찬이 아니었다. 엄연한 사실이고 결과였다.

내가 건강에 뛰어난 사람은 아니고 나이도 60이 넘었는데 매일 16시간의 격무는 어쩌면 생명을 위협하는 위험한 일일 수도 있었다. 그러나 나는 이런 생각으로 근무하였다.

"한 번 살다 가는 인생, 하고 싶은 일에의 열정적인 노력, 이에 따른 성취와 보람에서 스스로 행복할진대 학교 교육에 매진하다가 교정에서 쓰러져도 여한이 없을 것이다."

이것은 진정 자신의 업(業)에 목숨을 거는 일이었다. 이런 정신이 바로 진짜의 '프로' 정신이 아닐까 한다.

학교의 시설이 뛰어나게 갖춰지고 학부모나 지역 사회에서 칭송이 자자할 뿐 아니라 전교 학생들은 예의가 바르고 반듯하며 학력은 전국 최고 수준으로 상승하고…. 교장은 언제나 한 시도 긴장감을 풀 수 없었으나 매일 학교를 향하는 나의 출근길은 행복감으로 발길이 가벼웠다.

그런데, 모든 일이 순풍에 돛을 단 듯 다다익선(多多益善), 순조롭게 이루어져 가는데 왜일까? 호사다마(好事多魔)? 한편으로 얼핏얼핏 마음 한구석에 불안감이 스치는 것이었다.

어릴 적, 아마도 7~8살쯤 되지 않았을까?

내가 우리 집 사립문 밖 마당 구석에서 혼자 놀고 있을 때의 일이다.

부모님은 농사일을 하러 논밭에 나가셨을 터이고 형님들은 학교에 갔거나 나무하러 갔을 터이어서 그날도 집에는 아무도 없었다. 나는 바깥마당 한 구석, 돼지우리 뒤곁에서 흙으로 집을 지었다. 대충 지은 것이 아니다. 아주 근사하게 짓고 있었다. (지금 생각하면, 내가 어릴 때부터 만들기 재주는 있었던 것 같다. 아니면 동네 아이들에 비해 머리가 좀 좋은 편이었거나…. 왜냐하면 동네 아이들도 흙장난, 즉 흙을 뭉개어 동물 형상을 만들거나 집 모양을 만들기도 하지만 원시 시대 사람들이 만든 것 같은 수준이었지 이런 실감나는 형상을 만드는 것은 본 적이 없었기 때문이다.)

아침밥을 먹은 후 아홉 시 무렵부터 거의 점심때가 가까워 오는 11시가 넘을 때까지 두세 시간 걸렸을까? 나뭇가지를 꺾어다 기둥을 세우고 기둥과 기둥 사이에 흙으로 벽을 바르고 서까래를 촘촘히 얹고, 깨끗한 지푸라기로 이엉을 덮듯 지붕을 씌우고…. 부엌에는 아궁이, 집 뒤곁에는 굴뚝도 있었다. 납작한 나무쪽을 구하여 마루도 놓았다. 나는 이 순간에도 어릴 때 만들었던 그 진흙집의 형상이 그대로 떠오른다. 어린 나이에 만든 것으로는 꽤 잘 만든 수작(秀作)이었던 것이다. 날씨는 흐렸다. 이마와 등줄기에서 땀이 흘렀다. 이제 거의 완성의 단계에 이르렀다. 조그맣게 외양간을 만들고 작은 나뭇가지들을 고르게 잘라 울타리만 세우면 된다.

그런데 그때, 불안한 생각이 스쳐 간다. 거칠고 난폭한 동네 악동들의 얼굴들이 떠오른다. 이것을 부수면 어쩌나? 안 돼, 안 돼!! 물론 이 흙집을 여기에 영구적으로 놓아둘 수 없는 것은 안다. 그렇지만 어머니나 식구들 또는 동네 사람들에게 보여 주고 싶은 마음이 있었던 것이다.

아니나 다를까, 그 불안은 현실이 되었다. 동네에서 거칠기로 유명한 수행이와 귀신골 섭형이 등 악동들 3~4명이 돌연 시뚝 고개 쪽에서 이곳 우리 집 마당 쪽으로 뛰어오는 것이었다. 식인종들과 같은 괴성을 지르며. 잠시 후 그들은 나를 에워싸고 저희들끼리 낄낄대었다.

그중 누군가 내가 만든 집을 쳐다보며 "근사한데?"라며 비아냥의 한마디를 던지더니 약속이나 한 듯 발길로, 내가 땀 흘리며 만든 흙집을 짓이겨 버리는 것이 아닌가! 마치 서부극 '황야의 무법자'에서 로호파의 만행에 다름이 아니었다. 급습한 강도떼에 집안이 풍비박산 나듯 순식간에 한나절 내내 공들여 만든 땀방울의 소산, 내 집이 짓뭉개져 희끗희끗 나무 막대기가 섞인 한 덩어리 진흙덩이가 되고 만 것이다. 어린 나는 이 희대의 무자비한 폭력에 넋을 잃은 듯 한동안 흙바닥에 주저앉아 일어설 줄 몰랐다.

이 절망감!

이 원통함!

지금도 그때의 '불의의 습격'을 생각하면 끔찍한 생각이 든다.

11. 피습(被襲)과 상처의 회복, 그리고 해피엔딩

신설학교의 학력이 수직 상승하며 학교의 명성이 드높아지자 이상하게 불안감도 생기기 시작하였다. 호사다마(好事多魔)라 하였다. 평등교육의 미명을 앞세운 일부 운동권의 기습으로 본교는 큰 상처를 받게 된다. 그러나 진실은 드러나게 마련이었다.

운동권의 준동과 실제

내가 교장에 승진, 본교에 부임한 지 3년 차까지는 나의 학교생활은 순풍에 돛단 듯 매끄럽고 아름다웠다. 학교의 시설은 날마다 좋아지고 학력은 그야말로 수직 상승하고 있었으며 지역 사회는 본교에 대한 칭송이 자자하였고 신설 우리 학교의 명성은 경기도 일대에 회자되었다. 시내 25개 중학교 중3생들이 가장 가고 싶은(지원하고 싶은) 학교가 되었다. 그런데 4년 차가 되던 3월, 정기 인사이동 시 운동권 교사들 몇 명이 본교에 전입하게 되면서 학교의 시련은 시작된다.

'일반적으로' 그들은 무언가 문제를 만들어 학교 당국과 대치하는 전선(戰線)을 형성하려는 듯했다. 명분은 대체로 자율권과 인권이다. 이를테면 몇 년 전, 나이스(NEIS: 교육행정 정보 시스템)의 도입을 반대하며 수년간 교육 당국을 힘들게 하여 왔다던가, 출퇴근 지문인식기 설치를 반대, 또는 방학 중 보충수업과 자율학습을 반대하는 것 등이다. 이 밖에 인사위원회를 내세워 학교 책임자인 교장의 인사권을 간섭하는 사례도 적지 않았다.

이들은 교사나 학생들에게 자율권을 주어야 한다, 또는 인권 침해의 염려가 있으니 안 된다며 듣기 좋은 명분을 내세웠다. 또, 학생들을 위해 참교육을 해야 한다는 것이다. 참교육의 구체적 내용을 제시하지는 않았다. 명분을 아름답게 내세우면서 한편으로 학교의 소위 비리를 탐색하는 한편, 학교 운영과 관련하여 사사건건 참견을 하기도 한다. 그들은 누군가를 지목하여 비리 교원으로 매도하며 몰아붙이기도 하였는데 그들이 지목하는 대상은 대체로 교장이나 교감이 된다. (지목된 사람이 실지로 잘못을 저지른 소수가 있을 때도 있지만.) 누군가 공개적으로 또는 몰래 '문제'를 제기하고 사실 여부와 상관없이 누군가에 의하여 곧바로 지역 신문과 중앙지 또는 인터넷에 유포한다. 비리가 사실이든 사실이 아니든 그들이 한바탕 뒤집어 놓으면 학교는 풍비박산 나게 된다. 사실의 여부가 밝혀지기까지는 수개월, 수개 년 걸리지만 사실 여부가 판명되기도 전에 학교는 무너지고 지목된 사람은 불명예를 당하며 때로는 매장되어버리기도 한다. 학생들과 학부모들은 일시에 학교를 불신하게 되고 학교를 책임진 교장 또는 교감에게는 불명예의 오욕이 씌워지기도 하며 추한 비리의 주범으로 낙인찍히기도 한다.

그렇다 하여 운동권 교사들이 하여 온 모든 것을 부정적으로 말하는 것은 아니다. 또한 본교에 진입한 운동권 교사만을 특정지어 말하는 것도 아니다. 실제로 운동권에서 지목한 사람들 중 비리를 저지른 사람도 없지는 않다. 또한, 운동권들로 인하여 조직이 좀 더 투명하여진 긍정적인 면도 없지는 않다. 그러나 어떤 사람이 소속된 집단이나 조직, 또는 학교에서 문제 사항이 있을 경우, 진정 집단이나 또는 학교 사회의 상호 신뢰와 발전을 위해서 먼저 기관 내부에서 해당자에게 건의하고 충고하여 개선하는 것이 옳다. 사실 여부가 확인되기도 전에 의혹을 만들고 확대 재생산하여 대외적으로 유포한다면 집단이나 학교의 신뢰가 무너지게 되고 하루아침에 불신이 만연되어 조직의 리더십이 치명상을 입어 본연의 활동을 크게 위축, 결과적으로 수요자들이 큰 피해를 입게 된다. 이로 인해 억울한 희생자가 생길 수도 있으며, 더욱 큰 문제는 한번 훼손당한 명예는 회복이 거의 불가능하다는 것이다.

나는 앞에서 말한 바와 같이 내 인생의 마지막 직분에 나의 모든 것을 바친다는 각오와 열정으로 본교를 위해 투혼을 다하던 중 어느 해 갑자기 날벼락을 맞듯 운동권의 습격을 받았다. 물론 비리를 척결하여야 된다는 그들의 생각을 부정하는 것은 아니다. 또, 그들의 준동으로 밝혀진 특정 교원의 실수가 없었던 것은 아니다.

그러나, 벼룩을 잡기 위해서 기와집을 불태워야 하는가에 대해서는 도저히 이해할 수 없다. 반듯한 학교로서의 명예, 지역 사회로부터 사랑을 받던 학교의 이미지, 그리고 피와 땀으로 구축한 우리 학교의 특별한 학력 신장시스템, 4개년간 교사와 학생, 그리고 학부모들이 땀 흘려 쌓은 신뢰와 명성이 하루아침에 와르르 무너지는 끔찍하고 처참한 변을 당하게 된 데 대하여 기가 막히지 않을 수 없었다.

그 악몽 같은 시달림의 스토리를 본서에서는 상세히 기술을 하지 않으려 한다. 어쨌거나 한 울타리 안에서 존재하였던 일부 구성원들이 준동한 일이었음에 사무쳤으나 당시에도 말없이 덮어두었던 것처럼 본서(本書)에서도 상세히 기술하지 않으려 한다. 이것이 기관 책임자의 바른 처신일 듯싶어서다.

다만, 요약적으로 결과만 기술하겠다. 사건이 유발된, 2학년의 모 학생의 2학기 중간고사 성적 조작 의심(1개 과목)과 관련한 것은 경찰서에 고발되어 문제 유출 의심받는 해당자가 오랜 기간 수사를 받았으나 이후 그는 이와 관련, 아무 처벌도 받지 않았다. 증거나 혐의가 없어 수사가 종결된 것으로 보인다. 단, 해당자인 ooo 교감에 대한 학부모들의 촌지 혐의는 일부 인정되어 교육청의 징계를 받았다. 이 부분을 비리라 할 때 이것은 분명 학교의 비리가 아니고 개인의 비리일 뿐이었다. 들리는 바로는, 촌지의 많은 부분은 해당자가 입원했을 때, 문병 갔던 학부모들의 위로금 봉투가 포함되었다 하며 봉투들의 액수도 문병 온 사람들이 내놓는 통상적 축의금 액수와 비슷한 수준의 금액이었다 한다.

학생회 임원을 변칙으로 선발하였다는 데서 비롯되어 교육청에 고발한 건은 교육청 감사에서 해당 부장에게 징계 없이 경고만을 주었다. 앞으로 이런 일에 문제가 발생하지 않도록 세심하게 주의하라는 뜻이었다.

급식 재료에 약정된 물품이 아닌 한 등급 아래의 식품(육류)이 한 덩이가 섞였다 하여 제기된 민원은 학교 운영위원회에서 실상을 상세하게 파악하였고 행정실에서는 추후, 한 치의 오해가 없도록 각별히 조심할 것을 권고하는 것으로 끝난 일이었는데 누군가에 의하여 지역 언론사에 제보가 되었고 지역 신문은 인근 지역 모 고등학교의 교내 문제와 묶어서 크게 게재하였다. 이에 편승한 일부 시민단체라는 사람들이 교육청에까지 가서 항의까지 하였다 한다. 교육청에서는 식품을 전달한 업체와 학교 식당의 실수로 파악된 이 문제에 대하여 징계 없이 해당 부서장이 경고를, 학교장이 주의를 받는 것으로 종결되었다. 관청에서의 주의나 경고는 앞에서 말한 바와 같이 잘못을 인정하는 것이 아니고 앞으로 그러한 소란이 없도록 한층 더 세심하게 관리하라는 조치이다.

신입생 개인 정보를 수집한 것으로 고발된 사건은, 학교에서 교육활동상 필요에 따른 학생실태 파악을 위한 자료였으므로 문제가 없는 것으로 교육청 감사에서 처리되었다.

이와 같이 당국에서 건(件)마다 문제없음, 또는 주의나 경고만을 내린 것에서 알 수 있듯, 일부 운동권은 일부 학부모들에게 확인도 되지 않은 것들을 퍼뜨려 무책임하게 유포, 고발하게 하는 결과를 빚으면서 잘나가는 학교를 휘저어 놓고 오직 학생 교육에 헌신하는 학교 책임자를 힘들게 하였던 것이다.

태산명동 서일필(泰山鳴動鼠一匹)이라 했던가? 태산이 움직일 정도의 소란을 일으켜 무슨 엄청난 사건이 터진 것으로 알았는데 나중에 보니 쥐새끼 한 마리뿐이었다!

설혹 어떤 문제점이 발생하였다 하더라도 학교 구성원들끼리 대화를 통하여 얼마든지 개선할 수 있는 경미한 사안들에 대해서도 긁어 부스럼 일으키듯 내부에 건의하기에 앞서 학부모나 외부 기관 또는 언론에 먼저 고발하는 행태들이 과연 바람직한 행위인지, 이런 행태를 도저히 이해할 수 없다. 속어(俗語)에 무심코 던진 돌에 개구리가 맞아 죽는다 하였다…. 아니면 말고 식으로 사방에 질러댄 소리에 어떤 한 사람의 소중한 인생이 망가질 수도 있는 것이 아니겠는가.

함께 일하는 가족 같은 동료를 함부로 고발하여 한 사람이 평생 쌓아온 명예와 인격을 무너뜨리는 일이 허용되는 사회가 되어서는 안 될 것이라고 생각한다.

이런저런 시련을 겪었지만 진실이 속속 밝혀지면서 학교는 금세 활력을 회복하였으나 상처는 컸다. 난리 통에 2010학년도 신입생 선발고사에서 우수한 중학생 지원자가 줄어들어 신입생 평균 학력이 와르르 무너진 것이다. 학생을 제대로 가르치는 것과 학교 이미지 제고를 통한 우수 신입생의 유치를 위해서 얼마나 많은 공을 들였던가, 통탄스러운 일이 아닐 수 없었다.

그러나, 2011학년도, 본교 수험생들이 수능에서 최우수 학력을 보이면서(참고: 2011학년도 각 고등학교 수능생 1,2등급 비율, 이듬해 주요 신문 보도) 신입생들의 본교에 대한 선호도가 정상화되어 2012학년도에는 다시 우수한 중학생들이 몰려들기 시작하였다.

시끄럽고 우울했던 한 해가 지나고 2010년의 새봄이 돌아왔다. 힘차게 도약하던 지난날과 다름없이 금년에도 비상(飛上)하리라. 상처를 보듬으며 전열을 정비하고 다시 신발끈을 매었다.

2010년 6월 5일, 개교 5주년 기념을 즈음하여 전교 학부모를 초대, 전교사(全教師) 수업 공개 행사를 하였다. 일부 운동권들이 벌인 작년의 대반란(大反亂)을 불식(拂拭)시키고 종래의 참신하고 화목한 학풍을 진작시킬 수 있는 좋은 계기를 마련하는 데도 의의가 있었다.

아직도 새 학교였던 우리 학교 교정은 아름다웠고 복도와 교실은 호텔처럼 깨끗하고 아늑하였다. 5층 옥상 정원에 피었던 철쭉꽃은 지었지만 푸른 새잎이 우거지고 있었다. 전교 수업 공개 후, 강당에서 학부모에 대한 당해 연도 교육계획 설명회가 있었다. 당시 인기 있던 김현욱 아나운서가 진행한 본교의 KBS '도전 골든벨' 서두의 학교 소개 부분 영상을 보여 준 후, 동영상과 파워포인트를 활용하여 본교 2010학년도 특색적 교육사업 계획을 이번에도 교장이 직접 설명하였다.

나는 단시일 내 명문을 일으킨 교장답게 단호하고 의연하게, 금학년도에도 교육 계획의 성공적 추진을 통하여 질 좋은 교육으로 학부모님들의 여망에 보답하겠다고 밝혔다. 학부모들은 초롱초롱한 눈초리로 교장의 말을 경청하였다. 작년에 말도 안 되는 갖은 음해성 고발들이 사실이라면 당연, 교장은 금년 3월에 타교로 좌천되었어야 했다. 그러나 일부 운동권과 그들의 부추김으로 함께 반기(反旗)를 들었던 소수의 학부모들에 의해 청청(靑靑)하던 나무는 거듭 찍혔으나 쓰러지지 않았다.

각 교실의 수업 공개 현장을 살핀 데 이어서 강당 행사가 끝난 후, 나는 교장실로 돌아왔다. 신·구 학부모 임원들이 교장실을 방문하였다. 차를 마시고 담소를 나눈 다음 여타 학부모들은 교장실을 떠났는데 작년에 앞장서서 학교를 힘들게 하여 오던 학부모 ooo 씨가 주춤주춤 다가서더니 다음과 같이 말하였다. 이 학부모는 학교가 소란스러웠던 와중(渦中)에서도 교장을 돕는 양, 우호적인 양 하던 사람이었다.

"교장선생님, 작년에 제가 나서서 학교에 힘드셨던 일을 만들어 죄송합니다."

나는 잠자코 있다가 다음과 같이 말하였다.

"저도 학부모님이 하시던 일 처음부터 알고 있었습니다."

학부모는 얼굴이 벌게지는 듯하였다. 학교가 외부에 고발되는 등 소란스럽게 돌아갈 때, 누가 무슨 모함을 하는지 대놓고 가르쳐 주는 사람은 없었다. 그러나 기관장의 자리에서 이 구석 저 구석에서 일어난 일들을 내려다보며 관망하여 보면 이곳저곳의 움직임이 어디로 향하는지 흐름이 보이게 마련이다. 나는 이 학부모가 본교 일부 운동권의 교사들의 사주 또는 협조 하에 또 다른 소수 학부모들을 앞세워 어떤 일을 벌이는 것을 이미 짐작은 하고 있었다. 그러나 창의성 교육과 학력 향상을 위해, 그리고 신설학교의 조속한 안착과 더 나아가 본교의 명문화를 위해 피와 땀을 흘린 것밖에 죄가 없는 내가 무엇을 두려워하겠는가? 감사반에게든 기자에게든 당당하게 할 말을 들이대었다. 국가에서 특별한 지원도 없는 일반학교를 키워 보려고 맨손으로 이렇게 애쓰는데 근거도 확실하지 않는 일로 학교를 죽이려는 게 말이 되는 거냐고.

작년의 소란에 앞장섰던 그 학부모 ooo 씨는 이어서 말했다.

"나이가(교장선생님보다) 아래여서 철모르고 한 짓이라 생각하시고…."

드디어 그 지긋지긋하고 통탄스럽던, 생각하기도 끔찍했던 사건…. 학교에 대한 자랑스러움에서 용기와 자신감이 살아나 비로소 눈망울이 초롱초롱 빛나던 우리 학교 수천 명 청소년들의 기대와 자신감에 재를 뿌리며 학교에의 신뢰를 뒤흔들어 놓았던 악몽 같은 사건, 이 사건의 중심에서 학교를 힘들게 하였던 학부모가 사과를 하는 것이었다.

나는 아무 말도 하지 않았다. 기가 막히고 어처구니가 없었던 일들에 대하여 그 자리에서는 뭐라고 대꾸할 생각도, 대꾸할 적절한 말도 떠오르지 않았다.

이보다 3개월 전, 즉 2010년 2월 10일 무렵이었다.

2009년 말에 제기했던 본교 관련 몇 가지 민원(고발)이 혐의 없음으로 기관에서 통보된 후, 운동권 교사와 함께 민원을 제기했던 학부모 2명과 기타 학부모 한 명이 교장실에 함께 들어왔다. 하는 말인 즉,

"교장선생님이 너무 애쓰셔서 좋은 학교가 되었는데 저희들이 그런 일(민원 제기)을 한 것은 오해로부터 비롯된 것이었습니다."라고 말했다.

이어서 학부모들은 "정말 죄송하다."면서 사과를 하고 자신들이 교육청에 제기한 고발이 오해에 따른 것이었음을 인정하는 문건(확인서)에 서명하여 교장 앞에 내놓는 것이었다.

사도대상을 받다

2010년 11월 11일 오후2시, 나는 서울 역사박물관에서 '사도대상'을 받았다. 한국 사도대상 위원회와 전국 경제인 연합회가 주최하고 교육과학기술부와 대교그룹이 후원하는 시상식이었다. 이날 시상식에서 한국 사도대상 심사위원회 위원장 김유혁 씨와 정희경, 과학교육기술부장관 이주호, 국회 교육과학 기술위원회 변재일, 서울특별시 교육감 곽노현 등이 축사를 전하였다.

시상식에 참석하기 위해서 시골에서는 큰형님 내외가 오시고 매형과 누나도 참석하였다. 수상자는 전국에서 초등 7명, 중등 9명이었는데 전국 직할시 이상의 시, 도에서 초중등 망라하여 각 1명씩이었다. 나는 경기도에서 초중등 전체에서 선발된 1명의 수상자였다.

한 달 전, 한국 사도대상위원회 사무처에서 위원 한 사람이 우리 학교 교장실을 직접 내방하였다. 추천서 내용의 사실 여부를 확인하기 위하여 '현장방문 실사(實査)'차 온 것이다. 사도대상 공적서의 요지는 다음과 같다.

* 독서 · 논술 프로그램의 특성화와 성공적 운영.
* 교원 평가제 조기 적용과 자율장학의 활성화.
* 신뢰받는 공교육을 위한 열정적 노력.
* 책임 있는 학교 경영으로 신설교 학력의 현저한 제고(提高).
* 다목적 강당의 설치, 계발활동 및 지역사회 협력 인프라 구축.

어느 종목의 시상이든, 어느 기관에서 시상하는 것이든, 상(賞)이란 받을 만한 사람에게 주어야 한다고 생각한다. 공적이 없는 사람에게 인사치례로 내리는 상이라면 받는 자신이 쑥스럽기도 하지만 세상의 상(賞)의 가치를 떨어뜨리는 일이 될 것이다.

하루에도 본관 별관 5층까지 십여 차례 오르내리며 학생 상황 파악과 안전 관리, 학생 수업 관리, 교원 관리…. 학생들 1천 400명과 100명 가까운 교직원들의 막중한 교수-학습의 진행과 또는 각종 고사 진행이나 특별활동, 전교생 식사 관리 등 끊임없이 이어지는 일정…. 이것을 관리하는 학교의 총책임자였던 교장, 나는 한 시도 교장실에서 앉아 있을 수 없었다. 모든 정규의 일과가 끝난 후, 다시 야간 자율학습 상황 파악과 관리를 위해 각 교실이나 독서실을 순회하고 학생들 귀가 시 밤 11시 30분, 교문 배웅을 하기까지 하루 16시간의 일과(日課)… 이러한 격무에도 다행히도 내 건강에 변고는 없었다. 교감 때, 큰 병고를 겪고도 몸은 쇠망치로 단련된 대장간의 무쇠처럼 강인하게 버티면서 건강을 지탱하게 해 주었다. 하늘의 도우심 아니었을까?

나는 교감 시절 초. 입원하였던 일을 생각한다. 병실을 활발하게 돌아다니면서 청소하던 사람들이 그렇게 부러울 수가 없었다. 온종일 더러운 곳을 헤집고 다니는 청소부일망정 일하는 것이 얼마나 행복한 것인가를 거기서도 절절하게 느낀 바 있다. (퇴원 후, 집에 돌아와 있을 때에도 마찬가지였다. 온종일 천장만 보면서 자리에 누워 있을 때에도. 나는 회복할 수 있다는 확신이 없어서였던가?) 내 앞에 버티고 있는 '시간'이라는 것이 얼마나 무서운 괴물이던가? 아무것도 아니하고 가만히 있어야 하는 것은 죽음만큼이나 무섭고 괴로운 고통이라는 것을 와병 중에 처음으로 알았던 것이다.

우여곡절을 거치며 몸이 겨우 회복되어 직무에 복귀, 교감으로서 뛰어온 이야기는 앞에서 말한 바 있다.

교장 재임 기간은 교직의 마지막 기간이면서 인생을 통하여 내가 일할 수 있도록 자리가 보장된 마지막 기간이기도 하다. 이렇게 생각하니 어찌 하루라도 헛되이 보낼 수 있겠는가 하는 생각이 사무쳤다. (진심에서 우러나오는 생각이었다.)

나는 하루를 양적으로 배 이상으로 늘리고 질적으로도 밀도 있게 근무하였다. 시간으로는 하루 16시간을 근무한 것이다(평교사의 매일 2배였다). 누가 시켜서는 이렇게 하지 못한다.

국가로부터 학교 경영권을 부여받았고, 새 학교에서 사랑스럽고 순수한 아이들을 만났으며, 나의 교육 철학과 뜻을 발현할 수 있는 최후의 기회를 만났음에 이렇게 곱빼기로 근무할 수 있었던바, 이것은 나의 인생 중 다시 가질 수 없는 최대의 기쁨과 행복의 향유(享有)였음을 확신한다.

맹자가 교육하는 즐거움을 인생의 3락이라고 갈파(喝破)한 까닭을 이제야 터득한 것 같았다. 그러나 교육하는 이 즐거움을 평생 누릴 수 없다. 불과 몇 년의 시간이 주어졌을 뿐이다. 열심히 뛰어야 했다. 그러다 보니 학교에서 학생들과 살아가는 하루 16시간이 힘들거나 지치지도 아니 하였다. 나의 직업, 학교와 학생 사랑에 대한 뜨거운 열정이 나의 몸에 타오르는 불길과 같았음을 스스로 느낄 수 있었다.

나는 한국 사도대상을 받으면서, 이 상(賞)의 명성과 권위 여부를 떠나 진정 감사하고 참으로 고맙게 생각하였다. 쑥스럽거나 멋쩍어하지는 않았다. 왜냐하면, 나는 교장이 된 날부터 상을 받던 그 날까지 학교장으로서 단 하루도 허드레 날을 보낸 적이 없기 때문에 최소한의 자격은 있다고 생각하였기 때문이다.

나는, 신설학교였음에도 학생들의 학력을 전국적인 상위 명문권으로 끌어올렸다. 또, 학교의 인프라를 우수하게 조성하였고 학생들 진로에 실질적으로 도움이 되는 창의적인 교육 프로그램을 정착시켰다. 이것을 이수한 전교 학생들에게 대학 입학에 실질적으로 필요한 실적물(스펙)로 활용할 수 있게 하였으며 대부분 학생들이 대학 입학에서 자신의 학과 성적으로 입학 가능한 대학보다 더욱 좋은 학교에 합격할 수 있게 하였다고 생각한다.

또한 나는, 전교생에게도 학력 신장 외, 밝고 긍정적이며 애교심이 충만한 학생상을 진작(振作)시켰다고 생각한다.

한편, 개교한 지 3년 만에 학교에 훌륭한 강당을 지어 놓았다. (이것 하나만으로도 누군가는 상을 줄 만하지 않는가?) 개인의 돈으로 한 것은 아니지만 미친 듯한 열정 없이는 지자체 예산을 끌어다가 강당을 완공한다는 것은 결코 쉬운 일이 아니었다.

이런 성과는 교장 재직 기간 6년간 거의 매일 하루 16시간씩 근무하면서 이루어 낸 성과다.

대한민국의 어느 한 구석에서 애쓰고 노력한 어떤 일개 교장을 찾아서 알아주고 격려해 준 한국 사도대상위원회 관계자들께 진심으로 고맙게 생각한다.

나는 이 상을 받음에 미안하거나 쑥스럽지 않게 당당하게 받겠다. 누가 수상소감을 묻는다 할 때, "내가 받게 되어 황감합니다. 더 잘하라는 채찍으로 생각하겠습니다."라는 허사(虛辭)를 말하고 싶지 않다. 다만, 대한민국 구석구석에 나보다 더 지극한 열성과 노력, 그리고 애국심으로 뜨겁게 봉사하는 많은 교육자들이 있을 것임을 믿는다. 함께 시상대에 오르지 못한 그 분들께 미안하다.

기쁘고 감사할 따름이다.

마지막 2월, 그리고 졸업식

2011년 2월 10일은 내가 교단에 있는 중 이루어지는 마지막 졸업식이다. 이미 2월 1일, 개학 후부터 5일간에 걸쳐 반별 졸업식을 다 끝내고 전체 졸업식을 하게 되는 것.

새로 탄생한 ㅇㅇ고등학교에서 나는 학교의 미래를 위하여 좋은 전통이 될 만한 여러 가지 학교 문화를 만들어 놓았는데 과연 이것들이 계승되려나?

내가 개교하면서 본교의 전통으로 이어지기를 바라면서 시행한 것들, 실제로 해마다 잘 계승되어 가고 있는 몇 가지 사례는 다음과 같다.

* 매년 개교기념 휴일에 부여되는 '우리 학교'를 주제로 한 글짓기 과제…. 휴일 집에서 써서 학교에 제출하면 심사하여 표창했고 우수한 작품들은 개교 기념일 특집으로 편집하여 'ㅇㅇ독서신문'에 게재하였다.
* 수능시험에 임하여는 전교생이 운동장에 나와서 수능 출정식을 열고 고3 선배들을 격려하였다. 조회대와 본관 건물에는 대형 격려 현수막을 걸었다. 그날 1, 2학년은 3학년 선배들에게 찹쌀떡을 선물한다.

* 수능 당일 아침에는 1, 2학년에서 응원단을 조직하여 여러 가지 응원 현수막과 피켓을 들고 모교 3학년 응시생들의 수능현장에 응원하러 간다.
* 졸업식에는 졸업 모자와 졸업 가운을 착용하고 날짜별 반별 졸업식을 한다. 며칠 후, 전체 졸업식 날, 역시 가운과 사각모를 착용하고 정숙하고 차분하게 전체 졸업식에 임한다. (요즈음 일부 학교의 졸업식은 졸업생들이 댄스를 하고 노래나 부르며 시끄러운 쇼판을 벌이고 교문을 나서는데 이게 과연 올바른 학교의 모습인가?)
* 동창회의 확고한 조직, 졸업식 때 동창회장이 참석하고 동창회장상을 수여한다. 재학생들은 성금으로 동창회비 비축…. 이것은 개교 당시 제1회 졸업생들이 스스로 만든 전통이었다(동창회비는 동창회장 명의의 통장으로 행정실에서 관리한다).
* 'oooo포병 연대'와 자매결연, 졸업식 때 포병부대에서 직접 내교, 포병 연대장상 수여.
* 전 교사가 모두 참여하는 여름·겨울 방학 전 연수회 2회, 방학 중 여름·겨울 부장 연수회….

제1회 본교 졸업식은 강당이 없어 교문 앞 교회 건물을 빌려서 그곳에서 식을 거행하였다. 처음, 아무 시설도 없이 맨 건물 한 채에서 시작한 학교가 3개년을 걸치며 갖은 간난과 시련을 극복하고 시설과 학력 면에서 학교 꼴을 갖추었을 무렵, 드디어 최초의 졸업생을 내보내게 된 것에 대하여 만감이 교차하고 감동이 북받쳤던가, 나는 회고사를 읽으며 그만 울먹였던 것이다. 외동딸을 둔 부부가 애지중지 키운 딸을 시집보내는 날 혼인식 장에서 눈시울을 붉히는 바로 그런 심정이었던 듯하다.

그 후 얼마의 세월이 지나 나는 정년 퇴임을 하게 된다. 당시 2011년 2월 말에 정년 퇴임을 하게 되었으니 2011년 제4회 졸업식이 내가 주재하는 마지막 졸업식이 된 것이다.

학사보고, 내빈 축사, 졸업장 수여, 상장 수여…. 행사 거의 말미에 학교장 회고사가 있다. 전교생이 일어선다. 모교 스승의 마지막 가르침의 말씀이기 때문인가, 분위기가 숙연하여진다.

"졸업생 여러분과 함께 학교를 정성껏 가꾸면서 여러분과 함께 땀 흘리고 뛰다 보니 어느덧 3년이 지나 이제 여러분은 교문을 나설 시간이 되었다."

"여러분의 땀방울이 여러분의 졸업을 빛나게 하고 학교의 명예를 드높였다. 3년간 ㅇㅇ고등학교 학생으로서 최선을 다하며 성실하게 교육과정을 수행하면서 반듯하게 성장하여 온 여러분을 칭찬하고 여러분의 앞날의 영광을 기원한다. 어디서 무엇을 하든, 교훈을 가슴에 새기거라. 하는 일을 갈고 닦고 또한 정성껏 다듬는다면 그것은 분명 미래에 빛나는 보배가 되리라…."

졸업생들은 숨죽이며 교장의 말을 경청하고 있었다. 이러한 요지의 회고사를 마치고 교장은 덧붙였다. 이 말은 하지 않을까 생각하기도 했으나 졸업생들에게도 나의 거취에 대하여 알리는 것이 도리일 것으로 생각되어 말하게 된 것이다.

"교장은 너희들 졸업과 동시에 정년을 맞이하여 이번 달 2월 말을 끝으로 우리 학교를 떠나게 된다."

순간,

"안 돼요." "아이~ 어떡해?"

여기저기서 장탄식과 한숨이 터져 나오며 장내는 술렁였다.

졸업식장에서 나온 후, 나는 바로 교장실에 들어가지 않고 졸업생들의 요청에 삼삼오오 사진을 촬영에 응하여 준 후, 학교 현관에 서서 교문을 향하여 나가는 학생들에게 일일이 손을 흔들어 배웅하였다.

"졸업 후, 모교에 오면 교장선생님이 언제나 저희들을 맞이하여 줄 것으로 생각했는데…."

아쉬워하며 내 손을 한동안 놓지 못하는 학생들도 있었다.

담임을 하던 젊은 교사 시절에도 졸업식을 마치고 왁자지껄하며 떠나 버린 빈자리는 얼마나 허전했던가? 모두들 떠나 버린 교정(校庭), 내 교직의 마지막 졸생들이 떠난 곳에는 여운만 남고 나는 혼자 서 있었다.

정년 퇴임식 날에

퇴임식 날까지 무척 바빴다. 학교 연중 계획에 나의 정년 퇴임식은 2월 11일로 잡혀 있었다. 나의 임기는 2011년 2월 28일까지이지만 2월, 개학 하자마자 3학년 반별 졸업식(5일간), 2월 10일은 전체 졸업식에 이후 교내 인사조직과 교실 및 연구실 이동으로 학교가 매우 바쁠 것이며 더욱이 2월 20일 전후에는 새 학년도 인사 발령으로 교사들이 들쑥날쑥할 것이었다. 그리하여 정년 퇴임식은 미리 앞당겨 졸업식 다음 날인 2월 11일에 하기로 했던 것이다.

정년 퇴임식 날이지만 나는 그날도 아침부터 바빴다. 3학년 생활기록부 결재나 행정실 급한 업무들의 결재, 그리고 업무 담당자들에게 퇴임식 준비 확인 및 현장 점검도 해야 된다. 퇴임사가 긴 듯 생각되었다. 퇴임식이 10시에 시작이어서 9시쯤, 퇴임사를 다시 검토하며 분량을 짧게 가다듬고 있었다. 내용을 줄이고 문장을 다듬어 다시 워딩을 하여 출력하여야 한다. 정신없이 작업을 하고 있는데 전임 h고등학교 이oo 교장선생님이 제일 먼저 내빈으로 벌써 들어오셨다. 행정실에 연락하여 차 한 잔을 드리고

"교장선생님 잠시만 기다려 주십시오. 좀 급한 일이 있어서요."

나는 양해를 부탁하고 교장실 중앙의 교장 테이블에서 하던 일을 정신없이 계속하고 있었다. 아마도 내빈을 앉혀두고 자기 일을 보는 사람은 드물 것이다. 그런데 하던 일이 금방 끝나지를 않았다. 이 교장선생님은 잠시 후, 자리에서 일어섰다. 바쁜 일이 있어서 일찍 나가겠다는 것이었다. 황당하고 미안하지 않을 수 없었다. 그러나 나는 손님과의 대화를 위해 잠시 후 있을 퇴임사를 정리도 하지 않은 채 들고 갈 수는 없었다. 이oo 교장선생님은 내가 교감으로 승진할 때의 교장선생님이었다. 퇴임 이후에도 이날의 결례가 두고두고 마음에 걸리는 것이었다. 나와의 인연이 막중한 분, 제발 오해가 없기를 바랄 뿐이다.

마침 각 학교 졸업 시즌이어서 관내 외 교장 등 내빈들을 대부분 초청하지 않았으나(바쁜 교장들에게 불편을 줄 수도 있기 때문) 일부 교장, 학운위나 학부모회, 그리고 행정기관 기관장 등 교장실에 내빈들이 가득 차게 되었다. 때마침 퇴임식 시간이 임박하였다. 나는 행정실에서 대기하던 아내와 큰딸, 그의 남편(사위) 그리고 막내, 형님 내외분과 함께 식장에 입장하였다.

대강당!

강당 입구 출입문 아래 대리석으로 만든 강당의 초석이 보였다.

"지역 사회의 여러분의 뜻을 모아 여기에 oo고 대강당을 세우다.
2018년 10월 16일 oo고등학교장 주세훈"

강당이 없던 때, 나는 우리 아이들이 차가운 운동장 바닥에서 입학식과 졸업식을 그리고 땡볕 아래 체육을 해야 되는 안타까움을 도저히 참을 수 없었고 그리하여 강당 신축을 염원, 과하지욕(胯下之辱: 전국시대 명장 韓信의 고사. 큰 뜻의 성취를 위해 욕됨도 참음)의 심정으로 이곳저곳 관청을 뛰어다니며 호소, 예산을 지원받아 멋지고 예쁜 2개 층의 강당을 완공한 바 있다.

개관식 후 학생들은 이곳에서 처음으로 축제 전야제를 펼치며 춤도 추고 노래도 하고… 학생들은 참으로 기뻐하였다. 다음 날은 여기서 KBS '도전 골든벨'을 펼쳤다. 그해 대강당 개관식을 시작으로 한 가을 축제는 아마도 우리나라 상고시대의 무천(舞天)이나 영고(迎鼓)에 못지않은 학교 사적 경사였다고 생각한다.

강당을 누가 올렸는지 아무도 관심이 없겠지만 나는 내 인생에 있어 최대의 보람으로 생각되어 가슴에 넘치도록 행복하였다. 바로 여기서 나의 정년 퇴임을 하게 되니 정말 감개무량하였던 것이다.

식장 맨 앞 무대 위에는 '송공(頌功) 주세훈 교장선생님 퇴임'이라는 대형 현수막이 가로지르고 있었다. 강당 2층 난간에는 상시 게시되어 온 큰 현수막이 보인다.

"우리는 oo고등학교를 좋아합니다."

맞은편에는,

"수직상승 밝은 미래, 최고 명문 oo고."

나는 평소 이 표어들을 좋아하였다. 이 표어는 우리 학생들의 학교를 사랑하는 마음을 직설적으로 표현하였으며(전자) 학교에 대한 자랑과 긍지를 솔직하게 잘 담았기 때문(후자)이었다.

무대 앞자리 오른쪽에는 고등학교 예능 발표대회에서 수년간 고등부 최우수상을 거머쥐던 우리 학교 70명의 똑똑하고 예쁜 오케스트라 연주단이 자리를 잡아 고요하고 잔잔한 선율을 연주하고 있었다. 오늘 연주되는 곡들은 이들 오케스트라 반이 겨울 방학에 나의 퇴임식을 위하여 짬짬이 준비한 것으로 석별의 정, 감사와 은혜 등의 내용을 노래한 것들이라 하였다. 제자들이 나에 대한 의리와 헤어지는 아쉬움으로 겨울 방학 중에 학교에 나와 오늘 펼쳐질 곡들을 연습하였다고 한다. 이 얼마나 예쁜 제자들인가.

나는 평소 교내 순회 중, 우리 학교 오케스트라반이 점심시간이나 저녁 시간에 짬을 내어 아름다운 선율을 펼치는 신통한 모습을 지켜보면 참으로 행복하였던 때가 많았다. 때로는 교정에 내려앉는 저녁노을 속, 우리 아이들이 운동장 스탠드에 나란히 서서 베토벤과 바하를 연주할 때는 하늘에서 내려온 선남선녀들이 잠시 교정에 머무는 듯, 아니 선경(仙境) 속에라도 들어온 듯 아련하기도 하였다.

교감과 신oo 교무부장은 정갈하고 짜임새 있는 진행으로 프로그램을 인도(引導)하고 방송부는 장비를 잘 챙겨 음향과 영상을 돋보이게 하였으며 교사들, 그리고 학생회는 단상 탁자에 꽃이 가득하게 수반을 놓아 정갈하게 꾸민 '교장 내외석'을 가지런히 마련하여 나와 아내를 예우하였다.

내빈 소개 후, 나는 아내를 내빈과 전체 학생들, 그리고 교사들에게 소개하였다. "오늘에 이르기까지 오랜 세월 내조에 헌신한…." 찬사와 함께. 나는 퇴임식에야 비로소 아니, 남편의 교직 38년 만에 최초로 학생들과 교사, 그리고 내빈들에게 아내의 모습을 공식적으로 알리게 된 셈이었다. 아내는 단상에 고이 서서 사뿐 인사를 하였다. 30대와 같은 젊고 아름다운 모습이었다. 학생들은 특유의 발랄한 모습으로 와, 좋아하며 우레와 같은 박수를 보냈다.

어느 날이던가, 운동장 조회 시, 고3학생들의 수능을 격려하는 행사였던 것 같다.

전교생 앞에서 비욘세의 'Halo'를 열창하여 학생들로부터 스타 대우를 받던 이oo 양. 나는 평소 그의 재능을 칭찬하여왔다. 이에 대한 보답일까? 이 양은 퇴임식에서 석별의 정을 담은 송축의 노래를 열창하여 주었다.

전년도 가을 축제 전야제. 재학생들은 물론 수많은 학부모들이 강당을 꽉 메웠던 그날.

헌화(獻花)의 노래였던가, 이 양은 이날 축제에서도 관중들의 숨을 멈추게 할 정도로 멋진 노래를 불러 가창부문 1등을 했다. 그는 내내 꽃 한 송이를 들고 노래하였는데… 이 양은 노래와 함께 아름다운 안무를 펼치며 유연하게 객석으로 내려오더니 객석 맨 앞에 앉아 관람하던 나에게 그 꽃을 바치는 즉흥적 연기를 펼치는 것 아닌가! 교장에 대한 깜찍한 예우였고 교장선생님이 오늘 밤 공연에 함께하신다는 것을 알리는 재치였다. 관중들의 우레와 같은 박수를 받았다. 나는 그 여학생으로부터 받은 꽃을 관중을 향하여 높이 쳐들어 화답하였다…. 고맙다, 이oo 양, 나는 이 장면 또한 잊을 수 없겠구나.

전날(10일)에는 졸업생을 보냈고 당일은 2학년 전체가 식장에 참석하였다. 1학년은 각 교실에서 유선 TV로 퇴임식 장면을 동시에 지켜보고 있었다. 학교의 기반을 세우는 데 도움을 준 1, 2, 3대 학교 운영위원장님들과 1, 3학년 학부모 회장… 그리고 내가 교감 때의 교장선생님과 내가 교감을 하던 p고등학교의 역대 학부모 회장님들과 임원님들이 먼 곳 r시에서 아침 일찍 출발하여 참석하였다. 고향의 큰형님 내외분과 큰딸 그리고 사위, 그리고 막내딸이 참석하여 축하해 주었다. 현 운영위원장(4대)은 축사를 낭독하였다.

졸업 시즌임에 고루 초대를 하지 않았으나 y고, p고, s고, c초등교 교장님들과 분당에서 김oo 교장님, 포천에서 황oo 선생님 이 밖에 지역의 인사들… 특히 고마운 것은 혼자 키운 외손녀를 잘 보살펴 줘서 고맙다며 ooo의 할머니가 찾아오셨다.

그런데 나에게 가장 반가운 일은 졸업생이 열다섯 명이나 찾아온 것이었다. 이미 대학생이 되어 넓은 세상 새처럼 훨훨 날던 아이들, 모교 교장의 퇴임 소식에 둥지로 찾아오다니. 정말 반갑구나.

남녀 교사 대표로 김o진 선생과 이o윤 선생의 꽃다발,

총학생회 정·부회장 강oo 군과 박o현 양, 그리고 동창회의 전 총학생회장 강o 군과 김o현 양이 꽃다발을 들고 단상에 올라왔다. 고맙다, 잊지 않으마. 이 아름다운 날을 어찌 잊겠는가.

총학생회 정·부회장이 송축사를 낭독하였는데 화답식(和答式) 송축사에 석별의 아쉬움이 넘쳤다.

음악교사 이oo 선생이 지휘하는 우리 학교 오케스트라반의 송축 연주를 끝으로 참석자 전원이 일어서서 스승의 노래를 제창하였다.

(…나는 너희들과 함께 흙 한 줌, 나무 한 포기, 건물 한 모퉁이에도 빠짐없이 발길 손

길이 스친 이 교정, 뼛속 깊이 정든 우리 학교에서 모든 학생들과 빛나는 눈망울을 일일 이 맞추고 뜨겁게 배움의 열정을 불사르며 함께 뛰고 승리한 세월을 가슴에 문신처럼 새기리라.)

교가를 제창하였다. 현직 교장으로서 최후, 함께 불러보는 교가. 식장이 숙연하였다.

마지막 소절,

“○○고교 전진하세 세계를 향하여….”

나는 눈시울이 붉어졌다.

이임 교사 송별회

교원 친목 담당교사(친목회장)는 송별회 장소를 oo대학교 근방에 있는 고기구이 집을 선택하겠다고 한다. 음식점은 흙집으로 꾸몄는데 중간중간에 흙기둥이 있고 테이블들이 각각 멀찍이 떨어져 있어 교사들이 서로 얼굴을 보기 어려운 구조였다. 나는 친목회장을 불러 장소를 다른 곳으로 고려해 볼 것을 지시하였다. 그런데 말을 듣지 아니하였다. 그 까닭을 물으니 oo 교사의 동생 내외가 운영하는 음식점이어서 팔아주려고 그런다는 것이었다. oo 교사는 본인과 함께 ooo를 하는 교사였다. 이럴 수가 있는가? 이것은 공과 사를 구분하지 않는 행태였다. 그룹별 모임이 아닌 전교사의 회식 자리이니만큼 얼굴을 보고 석별의 정을 나눌 수 있도록 트인 공간이 필요하고 공간의 여러 여건, 즉 공간의 넓이와 함께 안전성 등을 고려해야 되지 않겠나 설득하였다. 그래도 말을 듣지 아니하였다. 만일 거꾸로 교장이 어떤 아는 사람의 업소에서 회식하자고 강권한다면 그들은 어떤 반응을 보였을까? (이하 생략)

나는 일시적 안일을 위하여 직책에 부여된 권한까지 훼손하며 어떤 개인이나 집단과 불의한 타협을 해오지 않았다. 교육하는 사람으로서 원칙과 대의를 훼손하지 않기 위해서 떼지어 어깃장을 놓은 세력들과 결연한 싸움도 하며 풍전수전 다 겪어온 사람이다.

나는 친목회장을 내보낸 후, 잠시 생각해 보았다. 교장으로서 체면과 자존심이 상하는 일이기도 하지만 전근할 교사들과 함께 교장인 나도 이번에 본교를 떠날 날이 며칠 남지 않았고 더구나 20명 이상의 전근할 교사들을 떠나보내야 하는 송별식이 장소 문제로 시끄러워진다면 원칙과 공정성을 지키려다 유종의 미가 아닌 아름답지 못한 마무리가 될 것 같았으며 원칙과 공정성을 위하여 일전(一戰)을 불사(不辭)하기에는 어찌 보면 사소한 사안일 듯싶기도 하였다. 깔끔한 기분은 아니었지만 마지막에 한 가지쯤 져 주는 것이 낫겠다 싶어 장소 문제를 더 이상 언급하지 않았다.

하여 2월 20쯤이었나, 토요일이었던 듯싶다(그 당시는 토요일이 휴일이 아니었음). 전 직원이 송별회 장소에 모였다.

교장도 학교를 떠나는 사람이지만 본교에 근무하다가 떠나게 되는 선생님들을 한 명씩 세우고 이임 인사를 시켰다. 또 여러 테이블을 돌며 그들에게 술 한 잔씩을 권하였다. 교장이 장소를 묵인해서인가, 친목 담당 교사도 "그간 학교를 위하여 불철주야 애쓰시던 우리 교장선생님의 건배사를 듣겠습니다."라며 연실 기분 좋은 표정으로 모임을 진행하였다. 어떤 사람이나 마찬가지이겠지만 떠나는 사람 중에는 미운 사람도 있고 아쉬운 사람도 있게 마련이다. 어쨌든 그날, 나는 모처럼 전 직원이 모인 가운데 함께 근무하다가 떠나는 교사들을 토닥거리고 격려하여 보냈으며 나 또한 여러 교사들 테이블을 돌며 그들과 얼굴을 마주하고 덕담을 나누었다. 좋은 자리가 되었다. 함께 근무하던 '관리자' 교장과 호흡이 맞아 교장이 떠남을 아쉬워하는 교사도 혹 있을 것이지만 어떤 교사는 이념이든 뭐든 마음에 맞지 않아 싫을 수도 있었고 교장이 자신을 미워한다 생각하면서 불평하던 교사도 있었을 것이다. 그러나 분위기는 좋았다.

테이블을 옮겨 다니며 호불호(好不好)를 불문하고 선생님들 모두에게 나는

"그간 열심히 근무하시고 나를 도와주고 따라 주어서 고맙다. 어디서 근무하던 행복과 건강이 함께하길 바라겠다."

라는 요지의 말을 해 주었다. 그들도 소주를 권하며

"교장선생님도 내내 행복하시기 기원하겠습니다."

덕담으로 응답하며 나에게 술을 한 잔씩 권하였다. 교감 교장을 거치는 10년의 세월 동안 한 번도 마시지 않던 소주를 받아 마셨다. 송별회 장소 때문에 언짢았지만 모든 선생님들을 두루 어르고 칭찬하고 덕담을 건네면서, 특히 평소에 교장을 힘들게 한 말썽장이(교장의 입장에서) 교사들과도 웃으며 헤어지는 좋은 분위기가 이루어진 가운데 송별회를 마치게 되었다. 선생님들과의 마지막 만찬은 나의 38년 교직에 기분 좋은 추억으로 남게 되었다. 내가 장소 문제를 더 이상 언급하지 않고 참아낸 것이 잘했다 싶었다.

마지막 근무

졸업식 다음 날 정년 퇴임식을 하였다.

나의 교직 재임 기간은 2월 28일까지이지만 미리 졸업하는 고3 졸업생들에게 졸업식에서 떠나는 인사는 했는데 20일쯤 학년말 방학에 들어가게 될 재학생들에 대한 이임 인사는 남아 있다. 교장이 학생들과 헤어짐의 인사도 없이 떠나면 되겠는가? 2월 후반에는 학년말 방학, 그 이전, 등교하는 기간에 퇴임식을 해야만 내가 학교를 떠나고 퇴임하는 사실을 재학생들에게도 알릴 수 있었던 것.

2월 11일에 이미 정년 퇴임식을 하였지만 재임 기간인 2월말까지, 나는 교직 38년간 가장 바쁜 기간이 되었다. 새 학기 반 편성 및 담임 조직, 그리고 분장업무 조직 등 분주하였다. 그러나 개교 이래 하여 오던 재학생 및 우수 신입생들에 대한 2월 자율학습도 한결같이 추진하였고 그들이 학습하고 있는 각 교실 관리와 순회도 평소와 다름없이 이어 갔다. 졸업식과 퇴임식까지 마친 교장이니 2월 업무를 교감에게 맡기고 차분하게 보따리나 싸는 것이 일반적인 모습일 수도 있겠으나 나는 결코 그런 모습으로 퇴임할 수는 없었다. 이 학교 j고에 대한 나의 애정의 깊이를 모르는 사람은 이해할 수 없을 것이다. 만일 어린 자녀를 어쩔 수 없이 놔두고 다시 돌아올 수 없는 곳으로 떠나는 어머니가 떠나기 며칠 전부터 편히 쉬면서 떠날 날을 기다리겠는가? 떠나는 순간까지 아이에게 보탬이 되는 그 뭣이라도 남겨 주기 위하여 쉴 틈이 없을 것이다.

바쁘고 시급한 일은 각 학년 반 교실 재배정, 교사들의 각 연구실 재배정, 신규 교사를 포함한 교무조직, 분장업무 재배정, 담임 배정 등 하나하나의 문제들이 새 학년의 학교 교육을 진행하는 데 있어 매우 중차대한 일이었고 이것들은 하나하나 교장의 손을 거쳐야 할 것이었다.

일 년간 담임을 맡느냐 아니냐 또는 몇 학년 담임을 맡느냐, 분장업무에 있어 무슨 부서를 맡느냐, 그 부서에서도 어떤 업무를 맡느냐하는 것은 교사들에게 매우 첨예한 관심사다. 교사들끼리 업무에 대한 선호도가 상충될 수도 있다. 또한 교사들의 특성과 해당 업무에 대한 능력도 고려되어야 한다. 그러므로 업부 분장을 평교사 자신들끼리 협의하게 할 수도 없는 것이다. 이것도 교내 인사 영역인바, 교장과 교감은 교사들을 일일이 상담하며 매우 어려운 조정을 거쳐야 되는 부분도 있다. 퇴임 날짜가 며칠 남지 않은 교장으로서 교감에게 다 맡겨 버리면 교장은 편히 퇴임할 수 있다. 그러나 이것은 정도(正道)가 아닐 뿐 아니라 책임 있는 자세도 아니다.

2월의 학교는 교장 교감에게는 일 년 중 가장 바쁜 시기이다. 학생과 교사들의 인원과 여러 가지 일들의 사정이 지난해와 달라지니 거의 모든 것을 바꿔야 한다. 연구실도 재배정을 해야 되는데 연구실의 위치와 공간의 크기 등이 다르므로 각 부서끼리, 또는 교사들 간에 매우 신경을 쓰는 부분이다.

부장교사와 평교사들을 조합한 부서의 편성, 학년 계열을 고려한 수십 명에 대한 담임의 배정과 분장업무의 배정 등에서 교사들마다 생각과 호불호가 다르고 업무의 특성에 따른 경중과 업무 추진의 난이도가 다르므로 교사들 개개인에게 아무 불평 없도록 업무분장을 하는 것은 결코 쉽지 않다. 때로는 서로 담임직을 회피하려고, 또는 간혹 고3을 맡지 않으려고 떼를 쓰기도 한다. 더 큰 문제는 성실성과 능력으로 보아 어떤 부서와 어떤 학년의 담임을 맡길 수 없는 교사가 바로 그 부서나 그 학년의 담임을 자신이 기필코 맡겠다고 고집하는 경우다.

교장은 업무적 특성과 수행 능력의 고려 없이 일을 아무에게나 턱턱 맡길 수는 없는 것. 만일 한 사람을 잘못 꽂으면 학교, 또는 학생들은 1년간 막대한 피해를 당할 수도 있다.

어느 학교의 경우, 모 교사가 아이들과 함께 지내는 것을 좋아한다면서 담임을 꼭 하고 싶다고 간청하였다. 학교에서는 그 교사가 적절하지 못함을 알고 있었지만, 교사의 뜻을 존중하는 입장에서 어쩔 수 없이 2학년 담임을 맡겼다. 아니나 다를까, 그 담임은 복무규정 위반을 피하여 갖은 구실로 병가 연가 휴직을 반복하며 무려 5~6차례나 많게는 3개월, 적게는 보름씩 쉬었다 들어왔다 하기를 반복한 사례도 있었다. 해당 반 학생들과 그 교사가 맡은 과목의 수업을 받는 해당 학생들의 피해가 얼마나 컸겠는가? 학교를 비울 때마다 급히 단기간 기간제 교사를 구해야 하는 교감의 애로점은 얼마나 컸겠는가?

교사들을 각 부서나 담임에 배치하는 것은 교장의 엄연한 인사권이다. 그런데 당시, 교장의 인사권을 흔드는 일부의 풍조가 만연하였던 것이다. 교육부에서도 학교에 각종 위원회를 두도록 권장하고 있었다. 그리하여 학교 규정집에도 무슨 인사위원회니 생활지도 위원회니 급식 위원회니 교과서 및 도서선정 위원회니 하여 많은 위원회들을 두고 있었다. 그러나 위원회에서 의견을 협의하여 내어 놓는 안을 학교장은 집행함에 있어 가급적 위원회 안을 참고, 반영하도록 하는 것이지 위원회가 결정한대로 교장이 시행하라는 것을 아니다. 위원회 안(案)대로 집행한다면 만일 그로 인하여 발생하는 문제는 누가 책임지는 것인가? 이를테면 인사위원회에서 사람을 배정해 놓고 문제가 발생했을 때 책임은 인사위원회가 지는가? 아니다, 책임지지 않는다. 책임질 사람은 결국 학교장이다. 그러나 당시, 불행하게도 마치 위원회가 결정하면 그것을 학교장이 따라야 하는 것처럼 오도된, 괴이한 바람이 설쳐댔던 것은 사실이다(오늘날은 더 심각할 것으로 생각된다). 나는 반드시, 기필코 본교 교내 인사 등 교원 조직, 그리고 새 학기를 위한 모든 준비를 제대로, 합리적으로 완결해 놓고야 학교를 떠나겠다고 생각했다.

2011학년도 2월은 내가 퇴임하던 마지막 학기말이었다. 10일에 졸업식을 끝내고 이어 다음 날 11일에는 나의 퇴임식까지 마쳤다. 그러나 2월 28일까지는 나의 임기가 남아있다. 이 기간에 교내 업무분장을 완결해야 되었다. 해마다 교내 인사 문제로 가장 바쁘고 힘든 시기이다. 새로 진급하는 3학년 교과 담임의 편성이 중요하였다. 3학년인 만큼 주요교과의 교과는 성실하고 실력 있는 교사를 배정해야 한다. 그러나 전년도에 교과를 맡았던 일부 교사들이 3학년을 기피하려 했다. 힘들었던 것이다. 나는 마지막으로 싸워야 했다. 주요 교과만은 할 만한 교사를 꽂아야 한다. 힘든 과정을 거치면서 웬만큼 편성을 했는데 수학이 문제였다. 작년에 수학을 맡았던 김oo 교사가 한 번 더 3학년을 맡아야 했다.

그러나 본인은 한사코 빼어 달란다. 수학에서 김 교사를 빼면 3학년 진용은 허술해진다. 3학년을 위해서는 김 교사를 어찌되었든 유임시켜야 했다. 떠나야 할 교장인 내가 직접 교장실로 불러 제자를 위해 한 해만 더 3학년을 맡아 줄 것을 간청하였으나 막무가내였다. 4~5일 후 떠날 교장이 이렇게까지 집착해야 되는가? 그러나 대충 편성하고 떠날 수는 없었다. “당신들이 그렇게도 아이들에 대하여 무정할 수 있느냐?”고 책망하며 그만 눈물까지 날 뻔하였다. 김 교사를 1시간 이상 설득하여 결국 대답을 받아내었다. 심성이 착한 교사였기에 교장의 말을 받아들였던 것이다. 김 교사가 고3에 남아있게 되어 그해 3학년은 매우 유익했을 것이다. 나는 비로소 한숨을 돌릴 수 있었다. 나는 마지막 날까지 피와 땀과 눈물로 닦은 이 학교가 앞으로도 잘 운영되도록 모든 조직과 준비를 깔끔하게 만들어 후임자에게 넘기고 교문을 나설 것을 다짐하였다.

그러다 보니 나의 교직 최후의 달인 2월에도 매일 밤 12시가 퇴근 시간이 되고 있었다.

2011년 2월 28일 밤 9시 30분

행정실 직원들은 교장 퇴임 전 결재 받을 모든 서류를 정리하느라고 며칠 간 야간 근무를 하여 온 모양이다. 나는 행정실에서 올라온 마지막 문건에 결재 도장을 찍었다. 내가 떠나야 할 시간이 된 것이다. 이 시간으로 나의 교직 38년을 마감하는 순간이다.

교무실에서는 교감과 교무부장이 내려왔고 행정실장인 m 사무관과 k 주사, 또 다른 k 주사(여), s 주사, oo 양 등이 현관에 따라 나왔다.

"교장선생님, 퇴임 후에도 내내 건강하시고 행복하게 지내십시오."

행정실장이 먼저 배웅 인사를 하였고 직원들도 떠나는 교장에게 한 사람 한 사람 아쉬운 듯 석별의 인사를 하였다. 솔직하게 말하면 대체로 교원들보다 평소 행정실 직원들이 더 인간미가 있고 믿음직스러웠고 예뻤다. 성실하게, 그리고 업무의 과다함에도 불평불만하지 않고 자신이 할 일을 충실하게 수행할 뿐 아니라 상하의 위계질서를 존중하며 직장인으로서 깍듯하고 예의 바르기 때문이었다. 행정실은 전원 믿을 수 있는 직원들이었으며 믿을 수 있는 부하들이었다.

나는 교장 재직 내내 행정실 복이 많았다. 행정실장과 차석(김oo), 여직원들(주사나 요즘 용어로 실무관들), 그리고 기사들이나 심지어 숙직 담당까지 단 한 사람도 예외 없이 성실하고 착하였으며 충성스러운 직원들이었다. 일을 시키면 기꺼이, 빠른 시간 내에 열심히 수행하였고 늘 표정이 밝고 긍정적이었다. 정말 고마운 일이었다.

학년도 말(末), 마무리 정리를 하고 있는 행정실 직원들을 남겨두고 교문을 향하여 걸어내려 온다. 6년간 야밤, 공부를 끝내고 귀가하는 학생들을 배웅하여 보내던 교문이다. 이 교문을 드나들며 나는, 천직이었던 교직의 꽃, 교장직을 수행하였고 나의 모든 역량을 쏟아 부으며 교육의 열정을 불살랐다. j고등학교는 나의 이상의 꽃을 활짝 피게 한 내 인생 최후의 도장이었으며 꿈같은 낙원이었다. 나는 6년간 하루도 빠짐없이 교문에 서서 벚꽃 향기 짙은 가절(佳節)이나 폭우가 쏟아지는 궂은 날이나 눈보라 휘몰아치는 겨울날에도 온종일 공부하다가 교문을 나서는 우리 아이들의 손을 잡아주고 그들과 손뼉을 마주치면서 배웅하였다. 바로 이곳 j고의 교문, 정든 교문을 나선다.

잘 있거라. oo고여!

함께 웃고 함께 뛰놀던 나의 제자들이여!

2011년 2월 28일 밤 10시, 나는 이 교문을 나섬으로써 나의 교직은 끝이 났다.

12. 참스승의 길

나는 평생 교직을 걸어왔다. 올바른 길을 걷겠다고 다짐했으나 잘못된 길을 걷기도 했다. 잘못된 길을 걷기도 하다가 반성하면서 가던 길을 바로잡기도 했다. 교사의 길이란 무엇인가?

교사의 길이란 이른바 참교육을 하면서 걸어야하는 길이라고 생각한다. 그러나 참교육을 주장하는 사람은 많은데 참교육의 개념은 정립되었는지 알 수 없다. 어쨌든 참교육을 하겠다 하면 참교사가 되기 위한 노력도 함께하여야 할 것이다. 필자가 생각하는 참교육이란 구호나 명분보다 진정 학생을 위하는 교육이며 학생에게 유익하여야 하는 교육이다. 학생을 진실로 내 자녀같이 생각할 때 보이는 길, 바로 그것이 참교사의 길, 참스승의 길이다.

진정, 학생을 위하여 (1)

진정 학생들을 위하여? 세상에 어느 교사, 어느 교장이 학생들을 위하여 일하지 않겠는가? 그러나 나는 여기서 '진정' 학생을 위한다는 것은 일반 직업인으로 근무하는 것이 아닌, (시간 외 수당이 없을 경우라도) 정해진 근무 시간의 여부와 상관없이, 보수의 많고 적음을 따지지 않고 자신의 시간과 노력과 에너지를 모두 바쳐 오직 학생 교육에 몰두하고 매진하는 것이라고 생각한다. 바로 이렇게, 나는 '진정' 학생들을 위하여 인생의 마지막 소임에 나를 불태우리라 결심하였다. 일생에 교장이란 직책을 하고 싶다 하여 두 번 다시 맡을 수 없는 것, 내 평생 동안 오로지 하여 온 일의 마지막 기회일진대 원도 한도 없이 열심히 뛰어 보리라고.

학생들이 책임감 있는 담임을 만나는 것과 무책임하고 불성실한 담임을 만나는 것은 학생 개개인의 유·불리에 크게 차이가 난다.

교과의 경우, 영어든 수학이든 실력을 갖춘 성실한 교사를 만나는 것은 그렇지 못한 경우에 비하여 그 학생의 학력 향상에 지대한 손해를 끼친다. 교장은 더욱 그러하다. 하물며 교장이 어떤 사람이냐에 따라 수천 명 전교 학생들에게 미치는 영향이란 이루 말할 수가 없을 것이다.

교장 승진은, 교직 대단원의 마지막 장(章)이며 교장의 시간은 나의 교육 철학과 교육적 역량을 가장 잘 펼칠 수 있는 최후의 기회일 수도 있다.

나는 교장의 시간을 어떻게 보내야 할까?

교장직을 "대한민국에서 가장 좋은 대우를 받으며 편하고 안일하고 안락한 자리(서울대 1급 정교사 연수 때, 모 교수의 말)"로 누릴 것인가. 아니면, (교장직을) 밭을 가는 소의 멍에로 삼아 내 일생 최후로 나의 직분을 위해 최대의 역량을 발휘하며 원도 한도 없이 땀 흘리며 일하는 우직한 소와 같이 살 것인가?

아마도 많은 사람들이, 평생 고생을 하였으니 교장에 승진한 후에는 편하게 근무하다가 은퇴하는 것이 좋다는 생각을 할 수도 있을 것이다. 이와 같은 생각으로 근무하는 듯한 선배들을 많이 보아왔다. 그러나 나는 유유자적(悠悠自適), 무사 안일을 추구하면서 교직의 대단원을 마감하고 싶지 않다. 나는 평생 느슨하고 무사안일하게 살아온 적이 없지 않았는가, 후자(後者)와 같은 교장이 되기로 작심하였다.

항간에 회자(膾炙)되는 이야기로는, 놀면서 (부하를 잘 부려) 기관이 잘 굴러가게 하는 것이 가장 유능한 리더이며 이런 방식이 가장 좋은 리더십이라는 말도 있다. 리더십이라는 것이 그러한 것인지는 몰라도 이런 말은 어떤 기관의 책임자를 해 보지 아니한 사람들이 만들어 낸 말일 것 같다. 말도 안 된다. 오늘날 가만히 앉아 전 직원이 부려지는 기관이 어디에 있던가? 지도자의 미래 지향적 식견과 눈이 번쩍 뜨이는 구체적 비전의 제시와 솔선수범하여 앞장서서 땀 흘리는 리더십이 없고는 그 조직은 지리멸렬, 퇴보는 있을지언정 앞으로 나아가지는 못할 기관이 될 것이 뻔하다.

내가 교장에 승진하여 부임할 당시(2005학년도)는, 조금씩 다양해지던 입시제도가 바야흐로 오늘날과 같이, 학생들의 개성과 창의성을 평가하여 반영하는 등 수십 가지의 다양한 방식, 즉 새로운 패러다임의 입시 제도로 빠르게 바뀌고 있는 중이었다.

나는 입학식이 끝나자마자, 이미 신설교 준비팀이 (기존 학교들의 교육 계획서를 참고하여 만든) 2005학년도 교육 계획서에 대대적으로 수정을 가하여 1학년 때부터 교육의 본질인 개성과 창의력을 신장하는 교육을 근간으로 삼아 3년 후 대학입시를 대비할 수 있는 개혁적인 교육 계획서를 만들었다. 그런데 거의 대부분 학교의 교육계획서라는 것이 전가(傳家)의 보도(寶刀)처럼 지난해의 계획서에 교육부나 교육청이 새로 설정한 당해 연도 교육방침, 학생 수나 교원 수 등 변동 사항만 바꾼 채 연말 또는 1, 2월에 전 직원에게 배포하면 그걸로 끝, 교사들은 1년 내내 열어보지도 않는 경우가 많았다. 내용들이 지극히 상투적이고 관습적, 추상적이어서 도무지 참고할 내용이 없기 때문이다. 일종의 요식 문서랄까?

나는 교감 때부터, 매주 들춰 봐야 학교가 움직일 수 있는 교육 계획서, 들춰 보지 않으면 당장 특별활동이나 재량활동 수업을 할 수 없는 교육계획서를 만들어왔다. 그만큼 실질적이고 실용적인 교육계획서를 만들었다는 것이다.

당시 개편된 대학입시는 학력고사로만 줄 세우던 때와는 전혀 달랐다. 과거, (학력고사만으로 대학을 가던) 입시 제도에서는 학교 교육의 문제점이 너무 많았다. 교과서나 참고서를 가지고 공부하면 합격할 수 있는 문제를 출제하였고 따라서, 학교는 학생들에게 교과서나 참고서의 내용을 일방적으로 제시하는 주입식 교육을 하였다. 그러나 개편된 지침에서는 입시 교육을 대비하는 것이 곧 전인교육이 될 수 있도록 되어 있는, 혁명적으로 개선된 교육의 개편이었다. 대학입시가 학과 성적, 수행평가(이것은 몇 년 뒤에 시행됨), 출결 상황, 봉사활동, 특활, 재량활동, 실기평가 등 모든 교육활동이 반영되는 제도로 바뀌고 있으니 학교 교육은 위와 같은 교육활동을 수행하는 전인 교육으로 방향이 전환되어야 하였고 또한 교육 계획서도 전인교육의 실행을 추구하는 방향으로 수립되어야 했다.

그런데, 이 모든 것의 계획과 추진과 평가는 교사나 교감·교장이 해야 할 일들이었다. 제대로 교육하자면 교원들은 무척 바빠지며 힘이 들어야 하고 대충하면서 내버려두면 오히려 더 편할 수도 있게 된다. 즉 달라진 제도를 대비하는 일들을 제대로 하자면 교원들의 일감이 엄청나게 늘어나게 될 수도 있지만 무사안일하게도 교과서 진도나 나가게 하고 시험이나 보게 하는 획일적 교육과 획일적 평가를 한다면 교원들은 쉽게 근무할 수도 있다.

교장이 입시의 방향을 꿰뚫고 거기에 부응하는 교육활동 계획을 세우게 하여 적극 대비하도록 하면 학생들을 원하는 대학에 많이 보낼 수 있다. 그러나 그와 반대이면 학생들은 모교의 혜택을 받지 못하게 될 것이고 뜻 있는 학생들은 자신들의 입시 관리를 위해 각자도생하는 길을 찾을 수밖에 없게 된다.

대부분 학생들은 학교에서 수업을 들으랴, 중간 기말 고사준비를 하랴… 하다 보면 금세 3학년이 된다. 그때 가서야 이것저것 스펙을 준비하려다 보니 제대로 될 리가 없었다. 학부모가 스펙을 급조하여 자녀에게 조달하는 어처구니없는 불법과 부정이 발생할 수도 있다. 그런데 학교들이 3년 후 입시를 대비한 학생 개인별 스펙을 1학년 때부터 대비하는 학교는 많지 않다. 미안한 말이지만, 일부 교원들은 변화에 능동적으로 적응하려 하지 않는 편이다. 또한 새로운 무엇을 추진하려 하면 으레 반발하는 교사가 나온다. 왜 작년에 안 했는데 굳이 하려는가… 타교에서는 안 하는데 왜 우리 학교만 하려는가… 식이다. 새로운 제도에 빨리 적응하지 못하는 보수적 태도도 있겠지만 종래 하지 않던 무슨 새로운 것을 해야 하는 것은 교사에게 새로운 일감이 늘어나기 때문에 정규 교과 외 색다른 새로운 것에의 거부감을 보이는 것이다.

다행이었다. 내가 교장으로 부임한 우리 학교는 초기에는 나의 학교경영 방침에 대부분 교사들이 적극 협조하였다. 몇 년 후, 일부 교사가 교원 업무 경감을 주장하며 이의를 제기하는 사람도 있었으나 내가 전개하는 교육 사업들이 학생들에게 요긴한 것이 분명함을 알았음인가, 일부 부정적인 극소수 교사를 제외하면 거의 모든 교사들이 적극 협조하였다.

나는 최초의 신입생이 입학하자마자 학생들에게 꼭 필요하고 또 대학입시에도 실제적으로 큰 도움이 될 만한 학교 특색사업을 세워 종목에 따라 2학년말, 또는 3학년에 이르기까지 수행하도록 꾸준히 이끌어 왔다. 실제로 대부분의 학생들이 정시 대입시, 또는 '수시'에서 면접, 자기소개서 근거자료, 또는 학생부 근거자료로서 본교 교육프로그램의 실천결과물(포트폴리오)이 많은 도움이 되었다고 한다.

진정, 학생을 위하여 (2)

나는 나의 교직 후반부, 교장의 직분 수행에 나의 모든 것을 걸었는데 그 동기는 어디에서 비롯된 것일까? 더욱 높은 자리에 오르기 위하여?

아니다. 나는 교육감이나 교육부 요직을 꿈꾸지 않았다(물론 요직에 오를 만한 능력도 없었을 것이지만). 교장으로서 나의 인생을 열심히, 충실히 사는 것으로 나의 업(業)을 마감하고 싶었다.

그런데 단순히 이런 마음으로 직장에 모든 것을 걸 수 있는가? 상부에 잘 보이려고? 아니다. 나에게는 상부가 없었다. 고등학교는 국가의 행정 조직상 교육감이나 교육부 장관이 윗사람일 수 있으나 권위주의 시대와 달리 내가 재임하던 기간에는 도교육청이나 교육부에서 단 한 번도 학교에 와서 참견하는 사람은 없었다. 그때만 해도 적어도 고등학교장은 상부의 감독을 받으며 교육을 해야 하는 관료주의적 풍토에서 완전히 탈피하였고 학교장이 학교장 철학으로 알아서 교육하고 책임지는 풍토가 확고하게 조성되어 있었다.

내가 학교장으로서 열렬하게 투혼을 발휘하였다면 그 까닭은 나의 적성에서 찾을 수 있을 것 같다. 나는 교사로서 교단의 적성보다 학교장으로서 학교 경영에 적성이 부합했던 것이다. 즉 교육의 방향과 갈피를 어떻게 잡아야 하는가의 시대 흐름의 감각에 촉수가 발달한 것 같았고 제대로된 목표를 설정하고 그 목표를 실행시킬 수 있는 교육 요소 추출과 기획 능력, 창의성 있는 프로그램의 구안 능력이 좋았던 것 같다. 나는 내가 설정한 학교 교육 특색 사업들이 시대의 흐름에 부합할 뿐 아니라 교육부에서 제시한 대입제도 개선의 방향에도 부합될 것이라는 확신을 가지고 있었다. 확신을 가지는 일에는 자신감이 붙게 되고 흔들림이 없게 된다. 교사들과 학생들이 할 일이 많게 되니 일부의 저항도 따르겠지만 대입 입시 방향과 전인적 측면에 부합되어 명분이 확실하니 일부 불평하는 사람들의 저항도 물리칠 수 있다.

나는 교육청이나 여타 고등학교, 학부모나 교사 등 누구의 눈치도 볼 필요 없이, 우리 학교의 제대로 된 교육에 자신감과 행복감이 충만하였다. 이렇게 교육의 내용과 방향에 확신이 있고 그 방향으로 교육하는 것이 학생을 위해 유익한 것이라면 일을 추진함에 당당하지 못할 것이 없다.

그렇다. 나의 체질은 교사 체질보다도 학교장 체질이었음이 확실하다. 한 가지 예를 들면, 나는 신설학교에 교장으로 부임하자마자, 각종 학교 특색 교육 사업을 창의적으로 설정하고 학생들은 입학하자마자 각 교육사업(학생의 활동)마다 지속적으로 포트폴리오를 하도록 하였다. 당시 신입생의 3년 후 대학입시 제도는 본교에서 시행하여 온 학교 교육 특색사업 활동들이 수시나 대학별 모집, 그리고 면접이나 입학 사정관제 입시에 부합되었던 것이다. 따라서 (학교의 프로그램을 제대로 수행하였을 경우) 본교생들은 3년 후 대학입시를 당하여, 고1 때부터 활동하여 온 결과물을 그대로 그들의 대학입학에 활용할 수 있게 되었다.

한편, 나는 내가 맡은 일을 대충하는 성격이 아니었다. 이 모든 교육활동들이 제대로 돌아가는지 일일이 점검 확인하고 평가하여 시상을 하였다. 유야무야는 없었다. 학생들이 졸업할 때까지 깔끔하게 정리되고 마감되도록 살피고 관리하였다.

그런데, 이렇게 열정적으로 뛸 수 있었던 근본 요인은 무엇보다도 우리 학교 학생들에 대한 사랑이었다고 생각한다. 평생을 교단에 섰지만 교장이 되니 비로소 학생들 한 명 한 명이 나의 자식과 똑같이 사랑스러운 존재로 나의 눈에 들어오는 것이 아닌가! 잘생긴 놈이든 못생긴 놈이든 가난한 아이든 부잣집 아이든 하나같이 놓칠 수 없는 예쁜 존재들이었던 것이다. 내가 그들을 예쁘게 본 결과일까? (나의 착각인지는 모르지만) 이 녀석들도 교장을 너무 좋아하는 것이다. 교장이 나타나면 모두들 쫓아와 뭘 물어보고 또 이야기를 붙인다. 재잘거리며 따라다닌다.

개교 첫해에는 자율학습 시간에 복도를 걸어가면 교실에서 공부하던 아이들이 일제히 "교장선생니임~" 하면서 합창하듯 일제히 불러댄다. 다음 교실도 마찬가지… "와, 교장선생님 오신다." 복도를 다 지나갈 때까지 교실마다 교장선생님을 연호한다. 교실에서 수업하거나 자율학습을 감독하는 선생님들께 민망할 정도였다. 운동장 주변을 지나가다 보면 체육을 하던 학생들이 교장선생님을 합창으로 부르며 방방 뛰었다. 교장이 저희들을 무척 사랑하고 아끼는 것을 아는 것이다. 집에서 키우는 강아지도 주인이 저를 진심으로 귀여워하는지 아닌지를 안다 하는데 하물며 감수성 예민한 학생들임에랴.

이렇게 방방 뛰는 것만이 아니고 말을 잘 따른다. 어느 날 운동장 조회 때였던가? 전교생이 모처럼 운동장에 집합하였다. 그날따라 학생들이 정렬이 안 되었다. 해당 부장의 구령이 잘 안 먹히자 군 장교 출신인 OO 부장이 큰 소리로 정렬을 시키려 했으나 오(伍)와 열(列)이 맞질 않고 학생들의 쫑알거리는 소리는 여전하였다. 내가 마이크를 잡았다. "우리 잘 해 보자!!" 하며 낮은 톤으로 몇 마디 구령을 붙이니 금세 조용해지며 좌악 주의 집중이 되는 것 아닌가? 교장의 구령 한마디에는 수백 명이 일시에 따르는 것이다. 야단도 안 쳤는데….

모름지기 교사가 진심으로 학생들에게 자신의 귀여운 아들딸 대하듯 사랑을 쏟으면 반드시 교육을 이룰 수 있다고 생각한다. 또한 학생을 진심으로 사랑할 때 비로소, 학생에 대한 열의와 열정이 나오는 것 아닐까 한다.

나의 사례를 좀 더 쓰고자 한다. 자화자찬 같아서 일일이 쓰는 것이 겸연쩍다. 그러나 비록 자랑이 된다 할지라도 생각을 솔직히 쓰지 않는다면 글을 쓰는 것이 무슨 의미가 있겠는가?

나는 학생들이 식사하는 점심시간 또는 저녁 식사 시간에는 반드시 식당에 가서 그들의 식사하는 모습을 일일이 참관하였다. 학생들 수백 명이 일정한 시간에 식사를 질서 있게 완료하여야 하기 때문에 몇 명의 교사들이 당번이 되어 질서 관리는 하고 있으나 교장의 식사 시간 참관은 질서 관리 차원이 아니었다.

공부시키는 것도 중요하겠지만 전교생을 학교에서 '먹이는 문제'는 매우 중요한 문제가 아닐 수 없다. 급식의 위생문제도 중요하고 급식의 질적 문제도 중요하다. 교장인 내가 급식 시간에 하루도 빠지지 않고 참관하는 까닭은, 학생들의 급식에 대한 현장의 실태를 파악하려는 생각도 있지만 급식 종사자들에게도 학교장의 관심도를 보여 학생 급식은 학교장이 매우 중요시하는 일이라는 인식을 하게 할 의도도 있는 것이었다.

그러나 급식과 관련하여 업무적인 것이 전부는 아니었다. 급식 시간은 전교생을 만날 수 있는 좋은 기회였다. 교장은 학생들의 교장이다. 학생들이 애국 조회 때 교장을 먼발치에서나 볼 수 있는 존재, 그림 속의 교장이 되어서는 되겠는가? 급식 시간에 직접 학생들 얼굴을 가까이에서 보면서 짧은 몇 마디의 말이라도 나누는 것이 중요하다고 생각하였다. 400명 이상씩 학년별로 식탁에 앉아 식사를 하는 중 나는 맨 앞줄부터 마지막 줄까지 학생들 테이블을 순회하며 "오늘은 맛이 어때?" 묻기도 하고 "그래, 맛있게 먹거라."는 짧은 멘트를 하면서 등을 토닥여 주기도 한다. 학생별로 대화를 일일이 다 할 수는 없지만 되도록 한 명도 거르지 않고 빠짐없이, 최소한 눈길이라도 맞춰 주면서 순회를 마친다. 한편, 그날의 급식에 대하여 대부분 학생들이 맛있어하면 나의 한 나절은 기분이 좋아진다. 한 바퀴 도는 동안 그날의 급식에 대한 학생들의 호불호의 반응을 대략 파악할 수 있어 간혹은 영양사에게 학생들의 반응을 전하기도 한다.

이와 같이 점심시간이나 저녁 시간의 급식 타임에 학생들을 순회한 후, 교원 식당으로 들어오면 막상 내가 먹어야 하는 밥과 국물은 이미 식어 있고 급식대의 반찬들은 비어 있는 때도 많다. 나는 대부분 차디찬 밥을 먹을 때가 많았다. 점심때는 찬밥으로나마 대충 식사를 하지만 저녁때는 그나마 곤란할 때가 종종 있다. 종업원들이 퇴근을 위하여 음식들을 철수해 버린 것이다. 이때쯤엔 학생들이 야간 자율학습 시간이 시작된다. (자율학습 당번을 제외한) 교사들의 퇴근시간도 이미 지났을 때이니 교장은 밖에 나가서 저녁 식사를 하고 들어와도 되는 시간이다. 그런데 나는 학교 밖에 나가질 않았다. 교장이 교문을 들락거리는 것이 정숙한 자율학습 분위기나 교사들의 근무 자세에 손톱만큼이라도 누가 되지 않을까 하는 염려 때문이었다.

이렇게 저녁 식사 시간을 놓치는 날이면 밤 11시 이후에 퇴근하여 거의 12시에나 저녁 식사를 하게 된다. 이렇듯 교장 재임 기간 나의 식사 시간은 들쑥날쑥하였는데 건강에 좋을 리는 없었을 것이다. 학생들의 하루하루에 빈틈이 없는 일과 진행을 위하여 나는 교장 6개년간 하루도 긴장을 풀지 않고 아침 7시 30분에서 저녁 11시 30분까지 매일 매일 그리고 매 순간을 한결같이 학교와 학생들에게서 잠시도 눈과 마음을 떼지 않고 살아왔던 것이다. 바보처럼 살아온 것인가, 독자들에게 묻고 싶다.

진정, 학생을 위하여 (3)

학교와 교사는 학생들에게 지적 정서적으로 바람직하게 성장시키기 위하여 진력(盡力)하여야 하고 봉사해야 한다. 너무나 당연한 이야기임에도 당연한 일이 당연하게 이루어지지 않는 것이 문제다.

기업은 매출을 하고 돈을 벌어 사원에게 월급을 주며 사업을 확장하여 더 큰 부를 창출하려 한다. 만일 기업이 쇠퇴하고 부를 창출하지 못하면 기업은 망하게 되고 사원들은 월급을 받지 못할 뿐 아니라 나라의 경제에도 나쁜 영향을 끼친다.

기업은 대부분, 사원이 기업의 부를 창출하기 위하여 얼마만큼 기여했는가를 분석할 것인바, 이에 따라 사원 개인의 실적이나 기여도가 객관적으로 드러날 것이다. 기업에 기여한 사원은 기여한 만큼의 성과급을 받게 되지만 반대로 실적을 올리지 못한 사원은 도태된다.

그러나, 교원들은 기업과 같이 실적을 객관화하지 않는다. 객관화하기 쉽지는 않으나 불가능한 것은 아니다. 1990년대 후반, 한때, 학교에서는 기업식으로 '목표 관리 운영제'를 시도한 적이 있다. 학교에서 하는 모든 사업을 추출하고, 목표를 세워 가급적 수치화, 계량화한 후 연말에 그 목표에 얼마만큼 달성했는가 평가하는 것이다. 교육부는 이 실적을 교원들의 인사에 반영하거나 성과급에 반영할 방침이었던 모양이다. 그간 태평스러웠던(?) 교육계가 발칵 뒤집혔다. 학교들마다 술렁이는 분위기 속에서 새로운 방식에 의한 교육계획을 세우느라고 난리를 쳤다. 그러나 교육부는 1년도 안 되어 사실상 슬그머니 이 방침에서 발을 빼었다. 목표 관리제가 '1년 천하'로 끝난 것은 교육의 성과를 어떻게 수량화, 계량화할 수 있느냐하는 반대론자들의 반발 때문이었을 것이다. 즉 교육은 피교육자의 정신적 의식적 영역을 바람직하게 키우는 것이 중요한데 교육의 효과를 어떻게 객관화하여 성과를 계측할 수 있느냐는 것. 이리하여 모처럼 시도되었던, 교육기관이나 교사 등 교육기관에 종사하는 사람들에 대한 실적 평가제도는 지속되지 못하였다.

사람은 일반적으로 자신이 일한 성과와 실적이 평가되지 않을 때는 태만하여진다. 아무리 열심히 일해도 알아주지 않는다면, 더구나 열심히 일한 사람이나 태만하게 일한 사람이나 같은 대우를 받는다면, 누가 높은 성과를 내려고 진땀을 흘리겠는가? 교단의 경우 열심히 일하는 것을 교육자의 양심에 맡기는 형국이 되었으니 이에 따른 문제가 적지 않은 것이다. 실제로, 교직에서, 편한 사람은 한없이 편하게 근무하고 바쁜 사람은 연중 눈코 뜰 새 없이 바쁘게 근무하는 사례를 많이 볼 수 있다.

교직 외 공무원 사회도 마찬가지일 것이다. 한편, 어느 한 기관이나 개인이 열정적으로 일하고자 할 때는 위험 부담이 따른다. 많은 장애물과 방해 요인들이 있다. 또 업무를 의욕적으로 추진하다 보면 이해관계가 다른 상대방과 마찰과 충돌이 있을 수 있다. 시기와 질투를 하는 사람도 생기고 훼방꾼도 만날 수 있다. 창조적이고 열정적인 사람은 가는 길이 어렵고 험하다 하여 멈추지 않는다. 힘이 들고 고달프다. 그러나 힘 안 들이며 편하게 지내는 동료들과 대우가 별반 다르지 않다. 경력이 같을 경우 보수도 거의 같다. 이런 풍토에서 공직사회의 발전이 있겠는가?

어떤 사람이 뛰어나게 노력하여 어느 부문에서 좋은 실적을 내면 많은 사람들로부터 칭송과 박수를 받게 되지만 위험부담이 따른다. 그가 하는 일을 폄훼하는 사람이 생기고 나아가서는 모함을 받는 일도 생긴다. 선조 때 나라를 구하려고 애쓰던 이순신의 경우와 같이.

다 같이 비슷하게 무사안일하게 지내면 좋으련만 왜 저 사람은 혼자 열성을 부려 우리들과 비교되게 하는 거냐? 왜 우리들을 불편하게 하는 거야? 아마 이런 심리도 작용하여 시샘하고 모함하는 자들도 있을 수 있다.

그러나 그게 아니다. 공직자는 국민 세금으로 급여를 받아 생존하는 직업이 아닌가? 비가오고 눈이 내리는 노상에서 하루 종일 쭈그리고 앉아 푸성귀를 팔아 연명하는 사람, 거칠고 망망한 바다 일엽편주에 목숨을 맡기고 밤에도 한 숨 잠도 못자고 어로작업을 하여 노획물을 새벽에 부두에 끌고 와야만 생계를 잇는 사례 등 하루하루 생활전선에서 어렵게 싸우는 국민들이 한둘이 아닌데 요령과 안일을 추구하며 월급만 받아간다면 양심 있는 사람은 아니다. 그렇지만 이것은 원론적인 말이다.

공직에서 기관이나 개인이 아무런 평가를 받지 않는다면 여기에는 반드시 나태와 무책임이 따른다(물론 공공기관에서 구성원에 대한 평가가 없는 것은 아니지만 요식행위에 불과한 데가 많다고 생각한다).

고등학교의 경우, 일반계 실업계 예체능계 학교가 있다. 만일 어느 실업계 학교가 있었다 하자. a학교는 취업률이 70%인데 b학교는 10%도 안 된다. 그런데 b학교에서 이르는 말이,

"우리는 학생들 취직은 못시켰지만 취직이 교육의 전부가 아니다. 우리는 인성 교육을 시켰다."라고 변명한다면 이것을 어떻게 받아들여야 할까? 90% 이상을 취업시킨 학교에 대해서 "취업이 교육의 전부냐?"며 따진다 할 때, 과연 이것을 정상으로 볼 수 있을까? 일반계 고등학교의 경우도 마찬가지이다. 학생들을 거의 다 낙방시킨 학교에서 말하기를 교육 경쟁이 옳은 것이냐, 그런 것(진학 실적)은 말하지 말자. 마치 많은 학생을 합격시킨 것이 잘못된 것인 양 말하기도 한다. 아이들 절대다수를 불합격 시킨 그 학교에서는 도대체 무슨 특별한 교육이라도 했다는 것인가? 이것은 학생들에게 학력은 높여주지 못했으면서 입시 교육이 전부가 아니라는 핑계로 면피하려는 무책임한 변명이 될 수도 있다.

하나를 보면 열을 알 수 있는바, 단언하건대, 학생들의 학력을 향상시키지 못한 학교는 인성교육은커녕, 뭐하나 제대로 교육하지 못하고 3년간 우왕좌왕하다가 학생들을 졸업 시키는 경우가 많을 것이라고 생각한다. 학력 향상에 관심 없는 학교에서 생활지도는 제대로 했겠는가, 특기 적성교육은 제대로 했겠는가? 학교장은 운동권에게 휘둘리며 목소리를 제대로 내지 못하니 교원 관리가 제대로 될 수 없을 것이고 교원들은 학교가 어수선하니 학생들을 꽉 잡고 학습지도 또는 생활지도를 제대로 할 수 없을 것이다. 이런 분위기에서는 학생들도 교사를 우습게 보게 되어 교사의 말을 듣지 않을 뿐 아니라 일부 불량한 학생들은 도리어 교사의 약점을 잡으려 하는(교사의 언행에 대해 동영상 촬영 등의 사례) 수도 있다. 이런 모양으로 되어간다 할 때, 학교가 도대체 무엇을 할 수 있을까?

공부를 열심히 시키는 것은 '학력 경쟁'이고 '학력 경쟁'은 나쁜 것인 양 몰아붙이다 보니 학교에서는 학생들 학력 향상의 의지가 없게 되어 교실 분위기는 엉망이 되고 있다. 근래, 일부 학생들의 풍조를 보면 공부는 학원에서 하고 학교에서는 잠자는 곳으로 인식하는 경향도 있으니 말이 되는가. 학교가 그러하니 스승의 날에는 학교 선생님이 아닌 학원 선생님들에게 꽃을 들고 찾아가 감사드리고 축하하여 준다고 한다.

몇 년 전까지 만해도 학교는 야간에도, 젊은 청소년들이 '열공'하던(열심히 공부하던) 용광로같이 뜨겁고 활력 있는 장소였다. 그러나 지금은, 도심 수천 평 대지에 우뚝우뚝 솟아 시커먼 괴물처럼 서 있는 을씨년스런 학교 건물들… 거대한 학교 건물에 학생도 교사도, 불야성같이 빛나던 등불도 없다. 학교부지의 땅값이 아깝고 수십만 교원들의 인력(人力)이 아까울 지경이다. 불 꺼진 학교의 강당과 수많은 교실, 그리고 운동장을 활용하여 학생, 또는 시민들이 야간과 휴일을 의미 있게 활용할 수 있는 좋은 방책이나 방안은 없을까?

13. 제3기의 인생을 열다

평생 교직에서 내려와 이제 자유인이 되었다. 퇴임 후, 한때 서예, 명리학, 음악(키타) 등 취미 활동을 하다가 곧 법원, 검찰청에서 조정위원으로 활동을 하게 되었다. 법원이나 검찰청에서 판사, 변호사, 법무사 등 법조계 인사들과 함께하는 가사, 또는 형사조정활동으로 교직과 또 다른 세계를 체험하는 제3기의 인생을 열게 되었다.

법원 상근 조정위원

대체로 일생의 한 주기는 이러하다. 태어나서 교육을 받는 제1기, 사회인으로서 직업을 가지고 일을 하는 제2기, 그리고 퇴임 후 죽을 때까지의 기간으로 자유로운 삶을 구가하는 제3기.

나는 이제 제3기의 인생을 살아가는 시기가 되었다.

2012년 3월 20일, 나는 w지방법원 조정위원으로 법원장의 위촉장을 받고 재판부 가사 조정위원이 되었다. n지방법원은 s지원(支院), y지원, a지원, j지원, u지원 등 oo도(道) 전체 법원을 관할하는 oo도내 법원의 본청(本廳)이다.

법원은 검찰청과 지근거리에 있다. 요즘은 덜하지만 법원과 검찰은 그간 일반 국민들에게는 지엄하고 무서운(?)기관이었다. 민주화가 이루어진 오늘날은 그런 분위기는 아니다. 그런데 처음에는 가사 조정을 위하여 w지법 제4별관 2층에 올라가기 전, 공항에서처럼 양팔을 벌리게 하고 상하좌우 신체를 검색한 후 통과시키는 분위기가 매우 생소하였다.

3년 차가 되던 해부터 나는 상근조정위원으로서 법원장의 지명장을 받았다. 조정업무는 점점 익숙하여졌다.

처음 몇 년간은 조정 일주일 전, 조정 대상자의 소장이 등기우편으로 집에 배달되었다. 법원에 가기 전, 집에서 원고의 고소장과 피고의 답변서 또는 반소장을 정독하고 원·피고별 주장의 핵심요지를 공부하듯 메모하며 조정을 준비한다. 파탄 사유(고소 이유), 위자료, 친권 또는 양육권, 이혼 후 자녀의 면접, 일시와 방법…. 처음에는 1건의 소장을 읽어 파악하고 메모하는 데 무려 1시간 정도가 소요되었다(후에는 핵심 논점을 집중 요약하는 방식으로 시간이 줄어듦).

2015년이었던가, w지방법원의 소송 건수가 늘어나면서 가사부를 떼어내어 oo에 있는 등기소 건물로 분가시켰다. 여기서부터는 소장을 배달하지 않고 조정 기일표에 따라 조정실 내의 컴퓨터를 통하여 소장의 내용을 파악한 후 조정에 임하게 되었다. 이혼의 사유는 대체로 성격차이, 폭언·폭행, 경제적 사유, 배우자 부모와의 갈등, 배우자의 부정행위, 장기간 별거 등이었는데 빈곤층에서의 이혼 사례가 많았지만 다양한 연령과 각계각층의 사람들이 망라되었다. 나는 약 1140쌍 부부의 이혼을 조정하였다(2022년 9월 현재). 그 후 나는 2016년부터 w지법의 상담위원을 겸하게 되어 협의이혼 신청자들에 대한 '의무면담'을 맡게 되었다.

또한 2017년 11월에는 w지방 검찰청 형사 조정위원에 위촉받았다. 검찰청 형사조정위원은 상근이 아니어서 법원에 비해 출근 빈도가 낮다. 2019년의 경우, 법원 가사 조정과 협의 이혼 의무면담, 그리고 검찰청 형사조정을 망라하여 휴일을 제외하고 한 달의 절반 정도를 출근하기도 하였다.

법원 조정위원회에서는 조정활동 외에 법원장과 판사 전원, 그리고 모든 조정위원이 참석한 가운데 3월의 위촉식 행사와 6월, 10월의 체육 관련 행사, 9월의 조정위원 연수회, 역시 법원장과 판사 전원, 조정위원 전원이 참석하는 12월의 평가회 및 송년회 등 계획적이고 짜임새 있는 프로그램을 운영하고 있었다. w지방법원 본청의 경우, 호텔의 대형 룸에서 이루어지던 3월과 12월의 행사는 본 주제 외에 다양하고 수준 높은 예술프로그램도 전개한다. 한국 최고의 지적 수준을 갖춘 집단의 행사로서 내용과 품격이 예사롭지 않았다.

오랫동안 한 이불 아래에서 동거동락(同居同樂)하며 갖은 애환을 함께 겪고 귀여운 자녀들까지 출산, 성장시키던 한 가족이 심각한 파경에 치달아 원수처럼 싸우다 고소까지 하면서 헤어져야 하는 아픔을 겪는 사람들에게 제3의 객관자로서 조언을 하고 그들의 격한 감정을 누그러뜨리며 심각한 대결양상을 정리하여주는 조정위원의 역할에 나는 큰 보람과 긍지를 느꼈다. 조정위원의 업무를 하면서도 교장시절처럼 나는 되도록 일찍 출근하여 자료를 꼼꼼히 살피고 조정을 성립시키기 위해 애를 썼다.

2018년 8월, 용인 h콘도에서 조정위원회 워크숍이 있었다. 프로그램 중에는 조별로 조정 관련 특별 주제를 선정하고 토론을 하여 결론이나 방안을 도출하는 것이 핵심 내용이었다. 연수회 첫날 밤, 나는 제4조의 발표자가 되었다. 다음 날의 발표를 위해 나는 호텔 응접실에서 밤이 깊어질 때까지 토론 내용을 정리하였다. 그날 밤 호텔 컴퓨터를 빌려 워딩을 하고 인원수에 맞춰 출력을 하였다. 내가 작업을 하는 순간은 '흥겨운 친교의 시간'이었다. 홀에서는 노래 소리, 박수와 웃음소리….

나는 아침에 일찍 일어나 자료를 제본하고 원고를 숙지(熟知), 그리고 거울을 보며 음정과 말의 속도를 조정하면서 짧은 시간을 활용하여 발표 연습을 하였다. 이러다 보니 아침 식사도 놓쳤다. 발표시간, 순서가 되어 여러 조정위원들, 부장판사와 판사님들 앞에서 담담하게 발표를 하였다. 이날 조별 토론 주제 발표로서 심사 결과 우리조가 1등을 하였다. 필자는 다음 해 연말, 조정실적 발표회 및 송년회에서 공로장을 받았다. 위와 같은 활동의 실적이 참고가 되었을 것이다.

그 후, 가사부가 w가정법원으로 분리된 2019년 12월, 조정실적 발표회에서 공로패를 받았다.

2020년 12월에는 코로나로 인하여 법관들과 조정위원들이 전원 참석하는 조정실적 발표회는 하지 못하고 대신 조정위원 간담회를 열었다. 새로 8층으로 신축한 w가정법원 청사에서 최초로 이루어진 행사였다. 이 자리에서 나는 법원장으로부터 '대법관 감사장'을 받았다. 법원에서 총 4명이 수상(受賞)하였는데 나머지 3명은 법원장 상이었다. 시상식 후에 신축 가정법원 내부 투어가 있었다. 법원장님은 참석한 조정위원회 임원들과 당일 상을 받은 위원들을 법정, 조정실, 의무면담실, 면접실, 법원장실, 북 카페 등 각 층마다 일일이 인솔하면서 최신 모델로 신축된 법원 청사 새 건축물의 모습을 보여 주고 이전 청사와 다른 새로운 기능면에서의 특징을 상세히 설명하였다.

교직의 퇴임 후, 법원 조정위원직을 맡은 것만으로도 기쁘고 보람 있는 일인데 법원장님과 법관들 그리고 수많은 조정위원들이 함께하는 큰 행사에서 좋은 상까지 받게 된 것은 침체될 수도 있는 나의 인생 후반기를 새롭게 하고 활력을 불러일으킨 좋은 계기가 되었다고 본다.

시집 '풀잎을 스쳐온 바람'을 간행하다

2018년 w지검 형사조정위원회 밴드에 최 모 위원이 자신의 스냅 사진과 함께 글을 자주 올렸다. 사진 설명이기도 하고 어찌 보면 시(詩)이기도 했다. 봄철 새로 피는 꽃이나 계절의 변화와 관련된 풍경 사진, 때로는 가족들과 함께 찍은 사진을 올리기도 했다. 밴드에는 그밖에 2~3명쯤의 위원들이 글을 올리고 있었으나 최 위원이 올리는 사진과 글이 대부분이었다. 나는 그분이 시를 곁들여 올린 사진 설명에 시적인 글로 화답을 하였다. 그분과 마주 앉아 대화를 나눈 적은 없으나 밴드에서 시 문답으로 서로를 알게 된 셈이었다. 그분은 글을 자주 올렸고 나는 거의 빠짐없이 화답의 글을 올렸다. 밴드에 화답한 글을 올리다 보니 어느덧 30여 개나 되었다. 시라고 할 만큼 정제(精製)된 것은 아니었으나 이것을 조금씩 다듬다 보니 제법 시가 되었다. 밴드에 올렸던 30여 편에 그간 발표하지 않았거나 경기도 국어교육학회지, 또는 '성남펜'에 올렸던 것을 모으니 4~5편 정도가 추가되었다. 아, 새로 20~30편만 더 쓰면 시집 한 권을 묶을 수 있겠구나!

회고하여 보면, 40대 전후, 시흥(詩興)이 발동하여 시를 쓰다가 붓을 놓은 지 거의 30년이 아닌가. 40대 전후에 교단에 서던 시절, 담임 업무에, 아침저녁으로 보충수업에 날마다 고달픈 세월이었음에도 시를 썼는데 교감, 교장을 하면서도 시 한 편을 쓰지 않은 것은 시적 감흥(感興)에서 마음이 떠난 것이랄 것밖에 없었다.

오랜 세월 붓을 들지 않던 나는 2018년도에 짬짬이 시를 썼다. 얼마 전에 7순을 보냈으나 기념으로 뭐 하나 내어놓은 것 없어 허전하던 차에 7순을 기념하는 의미에서라도 곧바로 시집을 내어야겠다고 생각하였다. 7순을 기념하는 만큼 지나온 생애 중에서 기억 속에 남아 있는 중요한 에피소드(화소, 話素)를 중심으로 써보자. 상처로 남아 있는 실패담보다는 행복했던 과거를 찾아 써보자.

이리하여 2018년 봄, 최 위원의 글에 화답하는 형식으로 비롯된 시작(詩作) 활동이 정말로 오랜만에 가동되어 2018년 가을부터 2019년 봄에 이르기까지 35편 정도의 시를 더 보탤 수 있게 되었다. 새로 쓴 것들은 대부분 내가 지난 날, 간난신고(艱難辛苦) 끝에 이루어 낸 '땀방울의 결과'와 관련된 것들, 즉 열심히 노력하여 이루어 낸 잊을 수 없는 성과와 관련된 것들이었다. 시집 말미에는 해설을 대신하여 '성남펜' 활동을 할 때, 나의 시에 대하여 비평문 형식으로 써 준 황oo와 현oo의 글을 찾아서 올렸다. 무려 222페이지의 두꺼운 시집으로 발간되었다. 한국 문인협회 출판부에 출판을 의뢰할까 하였다가 발간의 시일이 너무 길어 취소하고 oo출판사에 의뢰하였다. 2019년 8월 10일, oo출판사에서는 깔끔하게 시집을 출판하여 보내왔다. 물론 인쇄 전, 출판사에서는 메일을 통하여 수정본을 보내오면 나는 거듭 교정을 하여 우편으로 보내길 수차례 반복한 것은 물론이다.

출판사에서는 교보문고, 영풍문고, 도서 11번가, 알라딘, 반디앤루니스, YES24, 인터파크도서 등 전국의 유명 서점에 좌악 깔아주었다.

나는 출판 기념회를 생각하여 보았다. 사람들을 불러 식사를 대접하고 책을 한 권씩 나누어 주는 일이 괜찮을까? 민폐에 다름이 아닐 것 같은 생각이 들었다. 친지들이 먼 곳에서 와줘야 되는데 어느 식당을 섭외하여야 될지 골치가 아팠다. 단념하였다. 대신 우리 집 첫째와 막내가 저희들 남편과 함께 분당의 깔끔한 경양식 집에서 조촐하게 기념회를 열어주었다. 케이크 커팅을 하고 꽃다발도 받았다.

그런데 오랜만에 책을 발간하였는데 출판 기념회를 생략하여 아쉬움이 있던 차에 마침 w지방법원 가을 연수회가 용인 oo콘도에서 열리게 되었는데 이oo 사무총장이 식전 행사에서 나의 시를 한 편을 직접 낭독해 줄 것을 요청하여 왔다.

연수회장인 콘도의 대형 룸에는 법원장님을 비롯하여 법관들 그리고 w지법 전체 조정위원들이 참석한 가운데 '2019 w지법 조정위원 연수회'에 앞선 문화행사 프로그램 중 나의 시 낭독 시간이 배정되었다. 사무처에서는 나의 시집 80권을 참석자 전원에게 배포하였다. 나는 법원의 식전(式前) 문화행사에 곁들인 시 낭독을 하기에 앞서 나의 시집 발간의 취지(7순을 맞이하여 지난날을 회고함)를 이야기한 후, 본 시집 중에서 '풀잎을 스쳐온 바람'을 낭송하였다. 이 시는 시집의 제목이기도 하다. 청중들은 따뜻하게 박수를 쳐 주었다. 비록 법원 연수회의 문화행사에 곁들인 나의 대표 시 낭송이었지만 법원의 법관들, 그리고 함께 일하는 동료 조정위원들에게 새로 나온 나의 시집을 선보이고 대표 시를 낭송한 것은 결과적으로 근사한 출판기념회가 된 셈이었다. 공적 행사에 끼어든 것 같아 미안한 일이기도 하였지만….

14. 함께 살아온 사람들

살아오면서, 고향에서, 학교에서 또는 직장에서 자주 만나고 고락을 함께한 수많은 사람들이 있다. 그러나 어느 땐가는 시간적 공간적인 이동으로 인하여 헤어지고 멀어지기도 한다. 유방백세(流芳百世)라 하였다. 인생의 길을 걷다가 만났던 좋은 동반자의 모습은 사라지지 않고 영원히 남아 지금도 나의 마음에 향훈(香薰)으로 피어오른다.

친구들

초등학교 때, 친한 친구에는 을증이가 있었다. 눈이 크고 몸이 뚱뚱한 편이었다. 큰장돌 웃말 동네, 우리 집에서 서쪽으로 50미터가 채 안 되는 곳에서 살았다. 그는 나보다 한 학년이 위였다. 초등학교 때, 학교에 갈 때에는 나는 그와 언제나 등굣길을 함께하였다. 그가 아직 식사를 하고 있을 경우에는 그 집에서 식사가 끝날 때까지 기다렸다가 같이 간다. 휴일이나 방학에는 그 집에서 살다시피 하였다. 수시로 그의 집에 찾아가 놀았는데 그의 할머니와 어머니는 내가 을증이를 찾으면 언제나 들어오라 하며 반갑게 맞이하였다. 산과 들을 헤집고 다니며 놀거나 마을 앞 바다에서 미역을 감을 때에도 을증이와 함께하였다. 을증이는 성격이 소탈하고 원만하였던 것 같다. 그와 어울린 날들이 많았지만 싸운 기억이 전혀 없다.

내가 중학교 때, 면소재지 근방에서 학교를 다닐 때부터, 그리고 고등학교 때 서울로 유학을 온 후, 어릴 적 동네 친구들을 만날 수 없었다. 중학교 때에는 잠시 왔다가 곧바로 하숙집으로 그리고 고등학교 때에는 서울로 올라갔기 때문일 터였다. 아니, 잠시라도 그 친구를 만날 수도 있었겠지만 나의 무성의, 아니면 조금 크면서 서로 거리감이 생겼기 때문일 수도 있었다.

세월이 흘렀다. 어느 때인가 형수님이 하는 말이었다. 귀신골 건너가는 길, 바로 우리 집 논뚝 초입에 아주 작고 초라한 집 한 채가 있었다. 을증이가 거기서 아내와 함께 산다는 것이었다. 사람이 저런 집에서 어떻게 무더위와 추위를 견딜 수 있을까? 어릴 적 친구 을증이의 이후의 생활이 어떠한가를 충분히 짐작케 하는 오두막이었다. 어느 날 여름 오후, 면답의 작은형 댁을 갔다 오는 길에 을증이를 시뚝 고개 근방에서 잠시 조우(遭遇)한 적이 있었다. 저녁 그를 찾아가 만났어야 했다. 만나서 서로 손을 마주 잡고 어릴 적 우정을 감격적으로 회상하며 술잔을 주고받아야 했다. 나의 무성의였나? 그날 저녁에 가보지 못했다. 이것으로 그 친구와는 마지막이었다. 몇 년 후 들으니 그는 이미 세상 사람이 아니었다. 들리는 말로는 무슨 사고를 당했다 한 것 같고 그 사고로 말미암아 그만 세상을 떴다는 것이다.

을증이 다음으로는 국서와 친하였다. 국서는 나보다 한 살 아래였다. 내가 서울로 고등학교에 진학한 후, 방학에 시골에 내려왔을 때, 간혹 길에서 국서의 엄마를 만나면,

"너는 조컸다. 우리 국서는 원제 서울이나 가 보겄니?"라고 말씀하시면서 내가 부럽다는 듯 넋두리를 하셨다. 이런 경우가 한두 번이 아니었다. 중학교 다닐 때에는 "너는 조컸다. 민이서(면面에서) 중학교 다니니께." (나는 면사무소 소재지에서 공립중학교를 다녔고 국서는 마을에서 시오리 떨어진 곳에 있는 사립 중학교를 다녔음. 당시에는 공립 중학교는 정식 중학교, 국서가 다닌 중학교는 비인가 비공식 중학교라고 인식하고 있었던 듯.) 이 밖에도 길에서 만날 때

마다 “너는 조컸다. 공부를 잘허니니께.” 등 만날 때마다 “조컸다.”를 연발(?)하셔서 무안하기도 하였다. 어쨌든 국서와도 한 형제처럼 붙어 다녔다. 방학 때에는 함께 놀다가 그의 집에서 자고 오는 날도 많았다. 어릴 적 일이다.

어느 날, 을증이네 집 토방에 아기가 누운 오줌이 고여 있었는데 그 속에 시래기 한 가닥이 섞여있었다. 마루에는 화금이 할머니가 있었고 친구들은 을증이와 국서 그리고 누군가 있었다. 내가 장난삼아 말하였다.

“(오줌 속에 떨어져 있는) 저 시래기를 건져먹는 사람에게 돈 100환을 주겠다.”

나는 그냥 해 본 소리였다. (왜 시답지 않은 이런 소리를 했을까? 이것으로 나의 인성이 좋다 나쁘다는 것을 말하는 것은 적절할지? 예나 지금이나 고만고만한 초등생들이 모이면 이런 류의 장난끼 있는 말도 흔히 나오기 마련인데….)

그중 국서가 머뭇머뭇하다가 그 시래기를 건져내더니 그만 입에다 넣고 질겅질겅 씹어 삼키는 것이 아닌가! 이 광경을 본 좌중은 놀라면서 박장대소(拍掌大笑)하였다.

곧 이어서 국서는 말하였다.

“돈 100환 내놔.”

국서는 나에게 손을 내밀며 재촉하였다. 100환이 있을 리 없다. 국서는 왜 돈을 안 주냐고 덤볐다. 마침 마루에 앉아 있다가 이 광경을 본 화금이 할머니가 한마디 거들었다.

“돈을 주는 게 맞다.”

이어서 말하였다.

“예전에 어떤 사람들이 마시기 내기를 하였더란다. 물 한 동이를 퍼다 놓고 이것을 다 마시면 상대방은 마누라를 주기로 하였지. 그 사람은 물

한 동이를 다 마시고 쓰러졌다. 상대방은 약속대로 자기의 마누라를 데리고 왔다. 물을 마시고 쓰러져 있던 사람은 얼마 후 상대방의 마누라를 데리고 갔더란다."

나는 그만 궁지에 몰렸다. 나는 한동안 어쩔 줄 모르고 쭈뼛대었고 국서는 돈을 안준다고 주위에 동정을 호소하듯 눈물을 훔치며 씩씩거렸다.

이 일로 국서와 나는 한동안 감정이 안 좋은 상태로 며칠이 지나는 과정에서 또 다른 사건이 발생하였다.

내가 그날 있었던 '시래기 사건'의 순간순간의 장면을 삽화(?)로 그려서 성냥갑 속 상자 밑바닥에 붙인 후, 이것들을 실로 연결하여 한 장면씩 (양쪽이 뚫린) 성냥갑 바깥 상자를 한 컷씩 통과시키며 친구들이 보는 가운데 그림 해설을 하였던 것이다. 당시 흥행하던 무성 영화의 연사처럼. 제목은 "더러운 돈 100환"이었다. 전에 있었던 일을 이야기 삼아(시나리오로 만들어) 영화 상영 놀이를 한 것인데 이것은 국서를 비방하는 것으로 보였던 것이다. 이 사실을 안 국서네 부모님이 우리 집 쪽을 향하여 소리를 지르는 등 야단이 난 것을 보았다. 아이들 싸움이 결국 어른의 싸움으로 번진 것이다.

지금 생각하면 우습기도 하고 어처구니없기도 하다. 장난으로 한 말에 오줌 속의 시래기를 먹은 행위가 바람직한 것은 아니었다 해도 그때, 내가 어떤 방법으로든 돈 100환을 구하여 국서에게 주었더라면 얼마나 멋졌을까? 그랬더라면 나는 이 싸움(?)에서 명예롭게 이긴 자가 되었을 것이다. 그러나 아니다. 돈을 주었더라면, 국서의 처지가 어찌 되는가? 국서가 돈 100환을 얻으려고 오줌 묻은 시래기를 먹었다는 말이 마을에 소문으로 퍼질 것이고 그것은 국서의 불명예로 길이 남았을 것이다. 그렇다면 당시에는 나의 처신이 명쾌하지 못했지만 길게 보면 내가 돈 100환을 주지 않은 것이 더 잘한 일인지도 모른다. 서로 완승은 없었지만 어쨌든 줄거리가 그리 아름답지는 않다. 오랜 세월이 지난 후 서로 깔깔거리며 웃을 수 있는 소재는 될 만하기에 우스운 추억 한 가지로 회상하여 본 것이다.

어릴 적 친구와의 싸움이야말로 칼로 물 베기이다. 이후에도 초등학교 시절, 국서와 나는 계속하여 사이좋게 놀았다. 그러나 그 이후 수십 년이 지난 지금까지 아직 '더러운 돈 100환'의 추억담을 '재상영(再上映)'하지는 못하였다. 30대 이후 지금까지 그 친구를 만나지 못했으므로.

이영운은 중학교 때 친구다. 키는 작고 다부졌으며 똘똘하였다.

2학년 때 담임이 유자향 체육 선생님이셨는데 영운이는 학급 조회 때 담임선생님의 지시에 반발했다가 담임 선생님이 야단을 치니 담임선생님께 불손하게 굴었다. 잘못했습니다라며 공손하게 용서를 빌지 않고 삐딱하게 서서 천정을 노려봤던 걸로 기억된다. 담임은 권위에 도전하는 제자에게 모욕감을 느꼈는지 영운이의 뺨을 두어 대 때렸다. 영운이는 강하게 저항하였다. 선생님이 나간 후, 책가방을 교실 바닥에 패대기치며 화풀이를 하였다.

영운이는 공부를 잘하였다. 1학년 2학기 때인가 전학을 온 그는 1학년 말에서부터 2학년 때까지 중간·기말 고사에서 늘 1등을 하였다. 그는 시 쓰기를 좋아하였다. 나는 영운이와 친하였는데 자작시를 지어서 두꺼운 대학 노트 한 권 가득 채우고 나에게 자주 보여 주었다. 일종의 시집을 낸 것이다. 국어 선생님이던 홍방순 선생님께 표지를 써 달라고 부탁했는데 선생님은 붓에 먹을 듬뿍 찍어 초서로 크게 '詩'라고 써 주셨다. 나도 영운이처럼 시를 썼고 역시 홍 선생님께 부탁하여 표지에 '詩'라는 제목을 받았다. 내가 쓴 시의 분량은 영운이보다 훨씬 적었다.

중학교 때 우리는 김소월의 시를 좋아하였다. 국어 선생님이 수업 시간에 감정을 살려 낭독하던 김소월의 시에 심취하였던 것 같다.

"……산산이 부서진 이름이여, 부르다가 내가 죽을 이름이여 사랑하는 그 사람이여, 사랑하는 그 사람이여!"

김소월의 시 '초혼(招魂)'의 영탄적 부르짖음이 사춘기 우리들의 마음을 흔들었을까? 영운이의 시에는 안면도 방포의 너른 바다의 물결이 감상적이고 영탄적인 언어로 출렁거리고 있었다.

그는 어느 토요일, 나와 함께 40리를 걸어 우리 집까지 놀러 왔었다. 당시 보여 줄 것도, 대접할 것도 없는 우리 집에 그를 왜 초대하였을까? 또 영운이는 무엇에 이끌려 먼 길을 쾌히 따라온 것이었을까? 아무런 의도나 셈법도 없이 친구가 좋아서 40리 밖에까지 데려오고 또 따라온 마음… 이것이 순수한 우정이라는 것이리라. 그러나 아쉽게도 그는 3학년 때, 대전으로 전학을 갔다. 간혹 편지를 주고받은 것 같은데 고1 때의 편지는 아직도 일부 내용을 기억한다.

"방포의 할미바위와 할아비 바위가 닳아 없어져도 세모돌이(나의 별명이었다) 너를 잊을 수 있을까?"라며 마치 고려가요 '정석가(鄭石歌)'를 연상하게 하는('구슬이 바위에 떨어진들 끈이야 끊어지리까?') 구절구절 절절한 그리움이 그의 습작시에서처럼 영탄조로 펼쳐지고 있었다.

그 후, 소식은 끊어지고 수십 년이 흘렀다. 그러나 나의 마음속에는 중학교 때 친구 영운이가 사라지지 않고 있었다.

2012년, 내가 교직을 정년 퇴임한 다음 해 분당에 사는 중학교 동창 김석진을 만나면서 40년 전의 친구 영운이와의 인연이 연결된다. 영운이를 궁금해하는 나를 위해 석진이는 이영운을 수소문하였다. 석진이도 중학교 때 같은 반이었을 뿐 아니라 영운과 대전고 동창이어서 그의 소식을 간간히 들어왔다고 하였다. 드디어 그의 연락처를 찾아내었다. 석진이가 건넨 전화번호로 나는 수십 년 만에 영운이와 통화를 할 수 있었다. 이산가족 만나듯 나는 참으로 감개무량한 마음으로 반갑게 통화하였다. 그 뒤, 잠실 민속 예식장에서 치렀던 김석진의 딸 결혼식장에서 드디어 영운이를 만나게 되었다.

영운이는 살아오면서 많은 풍상(風霜)을 겪었다. 유신시절 반정부 시위로 쫓겨다니며 피혁공장에 수년간이나 위장 취업까지 했다 한다. 대학교 교육과정은 마쳤으나 졸업도 못하다가 학교를 나온 지 3~4년 후, 전두환 정부가 졸업식에 참석은 하지 않는 조건으로 졸업을 시켜 준 것이라 한다. 졸업장을 우편으로 배달 받았다 하였다. 서울대학교 사학과를 졸업했으나 하는 일은 지금도 관청 등 신축 건물의 지붕 공사를 주문받아 하고 있다고.

나는 나의 시집('바람은 다시 돌아와 말을 한다')을 그에게 보내 줬다. 그리고 자주 문자를 보내고 통화를 하였다. 논어의 '유붕자원방래(有朋自遠方來) 불역낙호(不易樂呼)아'의 심정으로 나는 되도록 빠른 시일 내에 그와 만나 소주라도 하면서 회포를 풀고 싶었다.

그런데 이 친구는 독실한 기독교 신자가 되었고 지금은 장로를 한다고 하였으며 따라서 술은 일체 하지 않는다고. 그러나 술은 못하더라도 식사라도 함께할 수 있지 않겠나? 밥이나 먹자는 나의 제안을 차일피일 미루기만 하여 실망스러웠다.

그와 나는 시국관이 같았다. 삼엄했던 유신 때에 반정부 투쟁을 하던 그는 이제 자유 우파가 되어 있었고 대한민국을 부정하는 친북 좌파를 아주 미워하고 있었다. 그와 소식이 이어진 후 카톡으로 문자를 주고받거나 가끔 전화 통화를 하였지만, 어쨌든 석진 딸 결혼식장에서, 그리고 영운이 그의 어머님 장례식장에서, 또한 그의 아들 결혼식장에서 잠깐 잠깐 그를 만났을 뿐, 아직 '회포 풀기'는 이루어지지 않았다. 왠지 무미건조한 녀석으로 변해 있는 듯하였다. 새로 만난 지 10년이 가까운데 중학교 때 우정은 말라버렸나, 촉촉한 감성은 간데없고 마른 수숫대 모양 공허한 소리만 내는 듯하였다.

김석진은 중학교 때, 키가 반에서 두 번째로 컸고 공부를 잘하였다. 공부로 말하면 반에서 2등 정도였다. 한참 후에 알고 보니 나보다 3살이 많았다.

중학교 때 그는 키가 큰 아이들 그룹이어서 키가 작은 편이던 나와는 별로 친하지는 않았다. 그는 대전고와 연세대 의대를 졸업한 후, 강남 세브란스 방사선과에 근무하다가 퇴임하였다.

내가 교장 재임 시 분당에서 그를 처음 만났다. 어찌어찌하여 연락이 닿아 중학교 졸업 후 처음으로 수내역에서 만나기로 한 것이다.

처음 만나던 날, 약속한 장소에 연로한 할아버지 한 분이 다가왔다. 겨우 알아보고 반가워하였는데 이 할아버지가 김석진이었다. 중학교 때의 김석진은 이제 노인이 되어 내게 다가온 것이다. 그의 눈에도 나의 모습이 영감으로 보였을 것이리라. 이야기를 하다 보니 그의 큰딸이 내가 h고 재직할 때, 바로 그 학교에 다녔음을 알게 되었다. 그 아이의 수업에도 내가 들어갔던 기억이 난다. 얼굴은 잘 기억이 나지 않았는데 이름이 기억났다. 그 아이가 쓰기 과목 채점과 관련하여 '신경 쓰게' 한 일이 있었던 것 같았는데 그래서 기억이 났던 것이다.

석진이는 술을 좋아하였다. 몇 년간 연말마다 그와 함께 그의 동네 수내동에서 술을 마시고 노래방에도 갔다. 이후 그의 첫째 딸에 이어 둘째 딸도 잠실 민속예식장에서 결혼을 하였는데 나는 두 번 모두 참석하였다. 그의 두 번째 딸 결혼식에서 중학교 때 친구 영운이도 참석하여 비로소 셋이 함께 조우(遭遇)하였던 것이다.

고등학교 때에는 함께 뚝섬에 살던 유성목과 친하였다. 통학길에 65번 서울역행 버스나 아니면 동대문행 기동차를 함께 타고 등하교를 할 때도 많았다. 아버지는 일찍이 작고하셨고 어머니께서 솜틀집을 운영하셨다. 집은 뚝섬 구종점 방향, 지역이 정리되지 않은 듯한 약간 한산한 곳에 있었는데 그의 집은 판잣집처럼 엉성하였으나 당시 서울에서 내 집에 산다는 것은 쉬운 일이 아니었으므로 이것만도 어쩌면 다행한 형편이었다고 볼 수 있다. 성목이는 얼굴이 예쁘고 얌전하게 생겼으면서도 마음씨도 반듯하고 착하였다. 독실한 기독교 가정의 아이였고 평소에 나에게 함께 교회에 나갈 것을 간청하여 나도 몇 개월인가 함께 그 교회를 나간 적도 있었다. 근방의 가건물 개척교회인 뚝섬 장로교회였다. 그 교회를 다니던 중 교회에서는 가나안 농군학교를 방문하는 행사를 하였는데 그때 나도 함께 참석하였다. 그곳에서는 '일하지 않는 자는 먹지도 말라'는 가르침으로 마치 새마을 정신과 비슷한 근면, 자립의 정신을 교육한다 하였다. 시설을 견학하는 중, 거기서 키가 작고 말랐으며 까맣게 탄, 김용기 가나안 농군학교 교장의 강연을 들었다. 가나안 농군학교 학생들을 일과를 소개하고 이 나라를 위해 국민들이 어떠한 정신으로 어떻게 살아야 하는가에 대하여 강연을 하였던 것으로 기억한다. 분위기는 숙연하였다. 진지하게 강연하던 그분의 인상은 인도의 간디와 같은 느낌이었다.

성목이는 고등학교 동창 중 나의 결혼식에 참석한 두 명 중의 한 사람이었다(다른 한 아이는 김용운). 성목이는 결혼식 선물로 작은 성경책(신약)을 놓고 갔다.

임문진은 고등학교 때 친구다.

공주군 마곡면 마곡사리에서 왔다고 하였다. 그는 누나 집에서 기거하며 학교를 다녔다. 나는 그를 따라 그가 거처하는 누나 집에 두어 번 간 적이 있었고 갈 때마다 식사 대접을 받았다. 사춘기여서 학생들은 생활지도 규정을 어기며 바지를 통이 좁은 맘보바지를 입는 등 모두들 외모와 복장에 신경을 쓰는 아이들이 많았으나 문진, 그는 외모에 전혀 신경을 쓰지 않는 소탈한 아이였다. 무릎이 허옇게 바랜 넓은 바지에 터덜터덜한 군화를 신고 다녔다(당시 고교에서는 신발로 검정 군화를 허용하였다). 그는 공부를 열심히 하였으나 성적은 나보다는 못하였다. 나는 그와 우리의 미래에 관한 이야기를 많이 하였다. 고교 친구들 중에는 친구들과 모이게 되면 학생답지 못하게 놀았던 경험담 등 속되고 비뚤고 아름답지 못한 이야기들을 많이들 하는 사례가 많은데 우월감에서였을까, 나는 그런 친구들과는 어울리지 못하였다. 임문진 같은 친구가 내게 맞는 친구였다.

당시 우리들의 미래가 그리 밝지는 않았다. 그렇지만 나는, 공허한 공상이었을지 모르지만 친구들과 만나면 졸업 후, 성공을 장담하며 발전적이고 미래 지향적인 이야기를 많이 하였다. 나는 문진이와도 우리들의 진로 등 미래에 관한 이야기를 많이 하였다. 졸업 후 출세(?) 또는 밥벌이라도 하려고 시골에서 올라온 것은 김문진이나 내가 마찬가지이다. 나와 동병상련인 처지여서일까, 아님 내가 속(俗)되지 아니하여서였던가, 어쨌든 문진이도 나를 좋아하였다. 나도 문진이의 가식 없는 진실함과 정직함을 좋아하였다. 그와는 고교 졸업 후 헤어져 어디 사는지도 모르지만 수십 년간 그 친구의 생각을 거둔 적이 없다. 궁금하고 그리웠던 것이다. 여러 차례 인터넷을 통하여 그의 이름을 검색하여 보기도 하였지만 아직 소식을 알지 못한다.

그를 만나야 할 이유가 하나 더 있다. 고교 시절 어느 해 겨울, 내가 그와 함께 그의 누나네 집에 갔을 때, 그 친구를 통하여 그의 누나로부터 얼마인가 돈을 빌렸다. 겨울 방학이 되었는데 돈이 떨어져 시골 내려갈 차비가 필요했던 것이다. 지금 돈으로는 5만 원쯤 되었을 것이다. 그런데 아직 그 돈을 갚지 못하였다. 문진이를 다시 만날 수는 없을까? 만나고 싶다. 보고 싶기도 하고 돈도 갚아야 하기 때문이다.

추열우는 나보다 나이는 아래지만 내가 교직에 근무하면서 가장 오랫동안, 그리고 가장 편하게 지낸 친구(?)다.

1980년 무렵부터 지금까지 40여 년간을 그를 자주 만나기도 하고 전화도 자주 하면서 늘 편하게 지내 왔다. 나는 대인 관계에서 둥글둥글하고 두루뭉술하게 편한 관계를 유지하는 친구가 많지 않은데 추열우는 내가 편하게 지낼 수 있는 몇 안 되는 친구다. 그와는 만나면 농담도 잘 먹히고 서로 웃고 웃기며 즐거운 시간을 지내는 때가 많다. 내가 교장 재직할 때, 나의 교장실에 가장 많이 들러 차를 마시며 환담을 하였고 내가 3~4년 먼저 퇴임하여서는 나 또한 그의 학교 교장실에 자주 들렀던 것.

그는 예의가 바르고 상대방을 깍듯하게 존중하였으며 사소한 대접이라도 받으면 반드시 갚을 줄 하는 깔끔한 성격이었다. 농담을 잘하기도 하지만, 상대방의 농담도 오해함 없이 편하게 받아들일 때가 많다. 본인을 존중해 주는 한, 한없이 여유 있고 너그러운 사람이다. 그러나 이러한 모든 긍정적인 태도는 상대방이 자신을 존중해 줄 때에 한해서이다. 상대방이 조금이라도 자신의 자존심을 건드리는 경우, 그는 단호하게 돌아선다.

그와 나는 살아온 과정에 공통점이 많다. 교육대학 졸업 후, 다시 일반 대학에 편입하여 교사 자격증을 획득하고 고등학교 교사를 거쳐 교감, 교장에 이르는 과정도 비슷하다. 내가 몇 년 먼저 교감에 승진하여 교무·학사 업무를 감독하다 보니 타 학교의 상황과 사례들을 참고할 필요가 있었다. 나는 그때 교무부장을 많이 경험한 이 친구로부터 많은 정보들을 얻을 수 있었다. 추 또한 마찬가지였을 것이다. 내가 2~3년 먼저 교장으로 승진하여 학교를 운영을 하고 있었으므로 나로부터 듣게 되는 우리 학교 운영 사례와 경험이 그에게 참고가 되지 않았을까 생각한다. 나는 궁금한 것이 있으면 곧바로 이 친구에게 묻는다. "그 학교에서는 이런 것을 어떻게 처리했어?"라는 식으로. 그러나 이 친구는 자신이 궁금한 것을 대체로 직접 묻지는 않고 내가 스스로 말할 때를 기다려 필요한 말이 나오면 유심히 챙겨 듣는다. 즉 절대로 모르는 바는 드러내어 물어보지 않는다(대부분 사람들이 이러하다). 이런 태도는 인간관계를 하는데 있어 현명한 처신일 듯하다. 그러나 이로 인한 부작용(?)은 약간의 거리감을 '존재'하게 하는 것이랄까?

'추는 만나면 편하고 즐거운 사람이나 좋은 관계의 지속을 위해서는 그의 자존심을 건드리지 않도록 조심하여야 한다.'

나는 추열우를 만날 때마다 한 문장의 이 말을 떠올린다. 친한 사이일수록 말을 조심하여야 된다는 경구(警句)이기도 하다.

고마운 사람들

내가 어두웠던 시대 오지(奧地)에서 태어나 운 좋게 고등교육까지 받으며 미미하나마 사회 일원으로 구실하면서 현재까지 살아올 수 있었던 것은, 오직 나만의 능력과 노력으로 가능했던 것은 아니다. 살아오면서 수많은 사람들의 도움을 받아온 것이다.

가까이에는 이미 작고하신 할머님과 부모님, 생존하여 계신 형님 내외분, 그리고 누님, 동생, 아내…. 또한, 초등 시절부터 대학원 졸업에 이르기까지 훌륭하셨던 여러 은사님들, 직장에서의 많은 교육 동료들, 선배님들로 하여 오늘 이 좋은 세상에서 나는 미미하나마 사람 구실을 하며 아직 살아 존재하는 것이다. 그분들로 하여 아름다웠던 수많은 이야기가 있었음에도 이것저것 쓰다 보니 지면이 허용하는 분량에서 넘치고 말았다. 고맙고 고마울 뿐이다.

지금까지 살아오는 동안에 나에게 은혜를 베풀고 도움을 준 수천, 수백의 고마운 분들께 삼가 마음속 깊이 감사의 정을 간직하며 우선, 그중 몇 분들의 이야기를 여기에서 떠올려 보고자 한다.

* 교육대학의 김인동 교수님께 감사드리며 미안하게 생각한다. 교수님은 나를 학보사 기자로 뽑아주셨으며 편집장까지 시키셨다. 학보사에서 일하는 동안 전국 대학출판물 경연대회에서 금상, 은상을 받았으니 교수님 체면은 세워드린 셈이다. 그런데 학보사 기자들이 '전국 교육대학 체전에 참여한 선수들에게 급식이 부실했었다'는 학생들의 여론을 기사화하면서 제목을 '체육과 교육 침체' 운운으로 부적절 하게 뽑은 일이 있었다. 이에, 신문을 읽은 체육과 교수들이 편집 주간 교수였던 김인동 교수님께 항의하는 사태를 빚었던 일이 있었다. 이러한 일종의 필화(筆禍)로 교수님을 곤란하게 해드렸으며 그 외에도 기자 개인들의 성적 관리 문제와 일부 기자의 생활상의 잡음 문제 등으로 교수님의 속을 많이 썩여드렸다. 그럼에도 졸업 시에 교수회의에서 교수님은 학교 전체에서 몇 안 되는 공로상을 학보 편집장인 나에게 애써 추천하여 주셨다. 나는 그분의 고마움에 대하여 감사하다는 말씀이라도 제대로 드려야 했다. 그러나 졸업할 때, 아무런 고마움의 표현도 하지 못했다. 당시 나이가 스물이 넘었는데도 그런 인사를 하지 못했으니 한심한 일이 아닐 수 없었다. 그 이후에도 늘 감사드리는 마음은 가지고 있었으나 생전에 찾아가서 인사도 드리지 못한 나의 주변머리…. 작고하신 교수님께 진심으로 용서를 빌고 싶은 심정이다.

* 진로 문제를 조언하고 안내하여 주시던(구체적인 이야기는 생략한다.) 구섭인 교수님(교양국어, 인천교대, 국제대), 채식운 교수님(설화문학, 교원대) 그리고 대전에서 유학하던 조카들을 돌보시느라고 어머니께서 대전에 와 계실 때, 이웃에 사시면서 많이 보살펴주시던 중학교 때 은사 나복순(영

어) 선생님으로부터 많은 은혜를 입었는데 제대로 인사도 못 드려 죄송할 뿐이다. 모두 지은 죄를 지고 있는 것처럼 나의 마음을 무겁게 하고 있다.

* 안호정 교장선생님은 본인 아들이 중간고사에서 부정을 저지른 것을 알고 전교생 앞에서 퇴학 처분을 선언한 분. 자신 자녀의 잘못에 대하여 냉엄하셨다. 그 한 가지 행적으로도 그분은 학생들에게 큰 가르침을 주셨다. 오늘날 나라의 지도층 인사들의 행각에 비할 때 얼마나 훌륭하신 분인가. 최근 고위 공직까지 맡았던 부부가 자녀들을 부정 입학시키기 위해 갖은 불법과 비리를 저지르고 이것이 만천하에 드러났는데도 끝까지 발뺌하는 기가 막힌 사건에 임하면서 새삼 안호정 교장선생님의 훌륭하심을 절절하게 추억하지 않을 수 없다.

* 김한봉 교장선생님은 내가 다니던 섬 학교의 중학교 교장선생님으로 오셔서 교내에서 우수한 학생들을 불러 모아 특별한 지도를 하셨다. 무화과 클럽이라는 동아리를 만들어 주시고 너희들이 장래 이 섬을 위해 밀알이 되어 훌륭한 리더십을 발휘해야 한다고 깨우쳐 주셨다. 동아리의 로고와 노래까지 지어서 가르쳐 주시며 장래 이 지역을 사랑하고 선도하여야 할 필요성을 교육하셨다. 1960년대 초반, 내가 살던 낙후한 섬 oo도(島)의 미래를 밝히는 씨앗을 키우고자 하셨던 것이다.

* m 씨는 시골 나의 생가에서 두 번째로 가까운 곳에 사셨다. 20미터 정도의 거리다. 그분은 1960년대 초, 내가 면소재지 근방의 중학교에 다

닐 때 면서기를 하시던 분이었는데 점잖으셨고 얼굴에는 미소를 잃지 않는 친근감이 있는 분이었다.

내가 휴일에 집에 왔다가 월요일, 등교하게 되는 날 새벽 시간(새벽 5시에는 출발을 해야 했는데 겨울철에는 아직 깜깜한 밤과 같았다), 거리가 40리나 되는 험한 길이기 때문에 눈보라가 치거나 비가 심하게 오는 악천후에는 어머니는 m 씨께 동행하여 줄 것을 부탁하였고 m 씨는 기꺼이 동행하여 주셨다. 당시 나는 그분의 여유로움과 친절한 모습이 좋았다. 그분이 어렸을 적 나에게 그러한 도움을 준 것은 '은혜'였는데 그분이 나의 고향 집 가까운 곳에서 살았음에도 제대로 고마움의 인사를 하지 못한 것이 못내 죄송스럽다. 물론 가끔 오다가다 만나면 의례적인 인사를 하였지만, 어릴 때의 고마움에 대한 보답의 인사를 정식으로 하지 못한 것. 언젠가는 아내와 그 집에 잠깐 들러 인사를 하고 나온 적도 있기는 하다. 그렇지만, 어렸을 때의 고마움에 대하여 정식으로 감사의 인사를 드려야 되겠다는 생각을 하면서 실행하지 못한 채, 차일피일 세월은 흘렀다. 어느 핸가 큰 병으로 서울의 한 병원에 입원하였다는 소식이 들렸는데 얼마 후, 작고의 소식이 뒤를 따랐다. 후회가 영원히 남게 되었다.

* c 교장선생님은 k도 교육청 인사담당 장학관을 거쳐 w교육장을 지낸 후, h고등학교 교장으로 오셨다. 신도시 h고등학교가 막 자리를 잡아 수많은 우수 학생들을 배출, 명문 고등학교로 자리매김하고 있을 때였다. 그분은 성격이 명쾌하고 화통하였다. 부장회의에서도 부담되고 신경 쓰게 되는 이야기는 되도록 피하거나 짧게 논의하고 "이번 달에 부장 야유회는 어디로 갈까?" 등 즐겁고 재미있는 화제를 중심으로 대화

하는 것을 권장하였다. 중요한 안건이 없는 한 통상적 업무 협의는 굳이 부장회의에서 할 필요가 있느냐는 것이다. 그분은 아랫사람들에게 무슨 대접이라도 받으려는 듯 행동하는 일부 인사들의 태도를 싫어했으며 누구에게라도 폐를 끼치는 것을 싫어했다. 불가피한 일로 교직원이나 학부모들의 대접을 받으면 본인도 반드시 보답을 하는 분이었다. 매사 쪼잔하지 않으며 선이 굵었다. 특히 학생들에 대한 배려에 신경 쓰고 학생들의 마음을 얻기에 노력하였다. 어떤 명분으로도 학생들이 힘들어하거나 싫어하는 것은 하지 않았다. 교육자가 학생을 배려하는 것은 당연한 일인데도 c 교장의 이러한 모습은 참으로 신선하게 보였다. 그 시절까지 교육을 이끌어 가는 많은 교육 책임자들이 학생들을 배려하기보다 자신들의 출세를 위하여 상부나 교육계에 자신을 부각시키는데 더 신경 쓰다 보니 정작 학교의 주인인 학생들은 소외되거나 2차적 존재에 불과한 경향이 없지 않았다. 아직 이러한 관행에 젖은 시대에 c 교장선생님은 달랐던 것. 학생 우선주의였다. 학생을 존중하고 그들과 소통하려 애썼다.

c 교장선생님은 단연, 나의 롤모델이 되어 그 후 나의 교장시절, 학교를 경영하는 나에게 잠재적인 스승이 되었다.

*j 선생님은 내가 교감 시절 모시던 교장선생님이다.

내가 신설 p고등학교 교감으로 j 교장선생님과 함께 근무하면서 교장선생님의 신설학교 만드는 과정을 많이 학습할 수 있었다. j 교장선생님은 학부모들은 물론 교원들과 유대의 계기를 만들려는 노력을 많이 하셨다. 교원 상호간 애경사에 관심을 많이 가지셨고 교사들의 (생년

월일을 파악하여) 생일날마다 교장실에 불러 간단한 선물을 전달하였다. 교감이었던 내가 입원하여 수술 후 퇴원할 때, 학부모 회장단이나 주요 부장의 문병을 주선하거나 내가 교장 연수 때에는 (학부모 대표들과) 현장까지 격려 방문은 물론 내가 교장으로 승진, 부임하였을 때에까지도 당시의 학부모 대표들과 함께 거리가 먼 우리 학교 행사에까지 여러 번 와주셔서 축하하여 주셨다. j 교장선생님의 이러한 의리와 성의를 평가하고 싶다.

* n 교장선생님은 내가 교감되기 직전 부장교사일 때 교감이셨다. 선생님은 나의 승진에 관심을 가지시고 도움 되는 정보를 알려 주시는 등 많은 도움을 주셨다. 마침 내가 우연히도 n 교장선생님과 같은 r시 지역으로 교감발령을 받게 되어 이곳에서 교장선생님과 나는 가끔 만날 수 있었다. n 교장선생님은 교원 관리 등에 관하여 도움의 말씀을 주셨다. 교장선생님은 교원 통솔에 있어 요령보다는 진실하고 따뜻한 인간관계를 조성으로 리더십을 실행하시는 것으로 보였고 그 점은 나에게 좋은 가르침이 되었다. 또한 그분이 연로한 부모님을 모시던 이야기와 그때까지 실제로 부모님을 돌보는 모습에서 그분의 효심의 돈독함을 알 수 있었다. n 교장선생님은 아버님이 돌아가셨을 적 큰 비석을 세우고 손수 비문을 지어서 새겨 넣었다. 얼마 후 도시 개발로 산소를 옮기게 되자 풍경이 좋은 곳에 이장을 하고 그 산소 옆에 간단한 창고와 휴게 시설(고정 의자)을 만들었다. 어느 해, 함께 등산이나 하자하여 만났는데 교장선생님은 등산할 겸 자신의 부모님 산소를 가 보지 않겠냐고 권하여 그곳에 가 본 적이 있다. 교장선생님은 수시로 산소에 와서 잡초를 제거하고 가

족들과 함께 쉬었다 간다는 것이다.

* h 부장은 내가 j고등학교 교장 부임 후반기에서부터 퇴임 때까지 나와 함께 일한 부장교사다. 수석 부장, 즉 교무부장으로서 학교 교무 학사 등 주요 업무를 맡아 일하였다. 그가 교무부장 이전의 보직은 연구부장이었는데 연구부장직을 수행하면서도 아침마다 학교 교정을 비롯한 운동장 일원 등 전 구역을 연중 하루도 거르지 않고 스스로 휴지를 줍고 쓰레기를 치우며 청소를 하여 학교를 내내 깨끗하게 하였다. 1천 5백 명에 가까운 학생들이 전날 야간까지 학교에서 활동(자율학습이나 동아리활동)을 하다가 심야에 귀가하므로 다음 날 아침 교정은 쓰레기가 많이 널려 있을 수밖에 없다. 이것을 누군가 청소하지 않으면 다음 날 학생들은 새 아침에 지저분한 교정으로 등교해야 되고 아침부터 상쾌한 마음으로 수업에 임할 수 없는 것, 이런 상황에서 h 부장은 연중 가장 먼저 출근하여 전교 교정의 청소를 홀로 다 하는 것이었다. 이런 봉사적인 마음과 근면성으로 이후 교무부장의 보직을 맡았을 때에도 해당 업무를 빈틈없이 수행하여 학교 교육이 원활하게 이루어지도록 하는데 기여하였다. 새 학교를 성공적으로 일으켜 순풍에 돛단 듯 순항하던 시기, 몰아닥친 난기류 속 고군분투하던 나에게 천군만마와 같은 큰 힘이 되어준 사람이었으니 어찌 고마움을 잊겠는가.

* ooo 회장님은 w지방법원 조정위원회 총회 자리에서 처음 만났다. 그분은 부장판사를 하시다가 지금은 법무법인 oo을 운영하시며 변호사로 활동 중이시다. 나는 수원지법에서 수년간 조정위원을 하면서 그분

의 친절함과 따뜻함, 그리고 인간관계에 있어서의 여유로움과 원만함을 느꼈다. 어느 해, 나의 막내의 결혼식이 있어 주례를 부탁하였고 그분은 쾌히 들어주셨다. 막내의 결혼식장에서, 그분 특유의 친근감 있고 유려한 주례사는 막내의 결혼식장을 훈훈하게 만들었다.

* s 판사님은 내가 수원 가정법원 재판부 가사 2단독 조정위원으로 일할 때 조정장이셨던 판사님이다. 조정위원을 하면서 판사님을 여러분과 함께했지만 s 판사님은 가장 인상 깊고 기억에 남을 분이셨다.

해마다 법원의 조정실적 발표회 및 송년회에서 조정위원들에 대한 시상이 있다. 수상자는 3~4명이었는데 그중 대법관상은 1명, 법원장상은 2~3명에게 수여한다. 내가 2020년 12월 23일, 조정실적 발표회를 대신한(코로나 관계로) 조정위원회 간담회에서 법원장으로부터 대법관의 감사장을 전달받은 바 있다.

누구나 조정에 임하여 열심히 한다고 생각하겠지만 나는 교장직을 정년 퇴임 후, 조정위원이 되어 교장직을 수행할 때와 똑같은 정신으로 최선을 다하여 노력해 왔다. 해결하기 힘든 사건이라 하여도 단 한 번도 포기하지 않고 끝까지 최선을 다하여 '성립'시키고자 하여 온 것이다. 이것을 알아준 것인가? 조정위원 9년 만에 법원은 나를 대법관 상에 추천하여 주었다. 고마운 일이었다. 법원에서 추천할 수 있는 가장 높은 상이라 하였다. 이 상을 s 판사님이 추천해 주셨을 것이다.

이밖에 고마운 사람의 이야기가 많지만, 2명의 법원 조정위원을 추가하지 않을 수 없다.

조정은 원칙적으로 판사님과 조정위원 2사람이 원고 피고를 대상으로 하는 것이나 판사님은 조정의 후반부에 입실하셔서 최종 정리를 하시는 것, 거의 모든 조정의 과정이 두 사람에 의하여 이루어진다. 판사님을 제외한 두 사람의 조정위원은 대부분 변호사 또는 법무사 외 소위 '덕망이 있는' 사회인(조정위원 임용 자격)이다. 각 분야에 전문성이 있는 사람들, 즉 의사 건축사 회계사 등등이며 그 외 전직 교육장이나 학교장도 있다.

두 사람의 조정위원이 조정을 함께하는 파트너로서 조정에 임하면, 먼저 두 사람간의 조정이 되어야 하는 부분들이 있다고 생각한다. 우선 조정위원 두 사람 사이에서 원·피고를 상대로 어떤 절차로 접근해 갈 것인가, 원· 피고가 당면한 문제의 핵심은 무엇인가, 또는 어느 부분을 중점적으로 논의해야 할까 등등에서 있을 수 있는 견해 차이 등이다. 순간순간 두 사람은 조정 진행 중, 두 사람 간 또 하나의 묵언의 조정을 거치면서 원만하게 조정을 이끌어 가야 한다. 그러하매 조정위원 두 사람의 상호 교감이나 조화는 매우 중요하다. 많은 조정위원들이 서로 친한 사람들과의 사석에서는 상대 파트너 조정위원이 '잘 맞거나 또는 잘 맞지 않음'과 관련하여 이야기들을 많이 한다. 조정위원들의 궁합(?)이 중요하다는 의미다.

* y 조정위원은 w지방법원 조정위원에서 가사 조정을 함께한 여성 조정위원이다. 2020년까지 무려 5년간을 한 테이블에서 조정 파트너로 일하여 왔다. y 위원은 w시 '여성의 전화'(가정, 또는 사회적 위기에 처한 여성들의 상담기관)를 담당했다고 한다.

y 위원과 5년간 조정을 함께하는 동안 나는 매우 편안한 마음으로 조

정을 할 수 있었다. y 위원은 내가 발언을 할 때면 언제나 시선이나 표정으로 맞장구쳐 주며 긍정의 추임새를 넣어 주었다. 당연히 원피고에게도 신뢰감을 주는 매너다. 다행히 상대방인 y 위원님도 나와의 조정이 가장 편했다고 한다. 물론 나도 y 위원을 발언을 경청, 존중하여 함께 조화를 이루었다고 생각하지만 무엇보다 y 위원님의 배려심 또는 소양이나 넓은 포용력이 두 사람의 파트너십을 이루는 데 좋은 요인이 되었다고 생각한다. y 위원은 수년간 계속하여 조정위원회 조직(자치기구)에서도 (총회 때 준비업무 협조 등) 집행부의 일을 많이 돕는다. 개인 욕심이 없고 봉사적이어서 여러 조정위원들과도 관계가 넓고 원만하다.

* u 변호사. 조정위원이며 w가정법원에서 나와는 2021년부터 함께 조정을 하여 왔다. 서울에서 변호사 사무실을 운영하는 남자 아이를 둔 여성이다. 조정 과정에서 상대방 조정위원의 의사를 앞세우고 존중한다.

조정이란 법률을 바탕으로 원·피고의 대립적 문제를 중재, 해결하는 행위라고 할 수 있는바, u 변호사는 체질적으로 타고난 듯, 자신이 법률 전문가임에도 조정 중 일체의 독선이 없이 매우 겸손하게 그리고 친절하게 상대방과의 조화를 도모한다. 조정 시간 이외의 일상에서도 늘 공손하며 예의가 바르다. 어릴 때부터 가정교육을 잘 받은, 조선시대 품격 있는 양반가의 아리따운 규수에 비유할 수 있을 것 같다.

어느 여름날, 조정을 끝내고 함께 법원 현관을 나오는데 소낙비가 쏟아졌다. 나는 우산을 가져오지 않아 난감하였는데 u 변호사가 가방에서 우산을 꺼내더니 나의 차가 있는 곳까지 우산을 씌워 데려다주고 본인은 멀리 자신의 차가 주차된 곳으로 비를 맞은 채 뛰어가는 것 아닌가.

우산도 그냥 빌려준 채. 아직 세상에는 이렇게 아름다운 사람들이 있어 정말 고맙다. 오늘날의 팍팍한 세태에서도 훈훈한 여유와 넉넉함을 보이는 u 변호사, 그녀가 지나간 곳에는 꽃향기처럼 산뜻한 향훈(香薰)이 스친다.

평범한 사람의 자서전

초판 1쇄 발행 2022년 11월 30일

지은이 주세훈
펴낸이 이기봉
편집 좋은땅 편집팀
펴낸곳 도서출판 좋은땅
주소 서울특별시 마포구 양화로12길 26 지월드빌딩 (서교동 395-7)
전화 02)374-8616~7
팩스 02)374-8614
이메일 gworldbook@naver.com
홈페이지 www.g-world.co.kr

ISBN 979-11-388-1449-2 (03810)

※ 이 책은 여주세종문화재단의 전문예술창작 지원으로 발간되었음

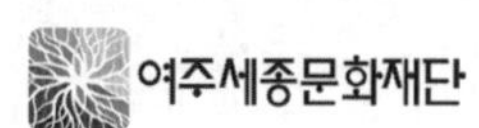